I0642503

OUVRAGES DU MÊME AUTEUR

I. — Discours prononcé à l'ouverture du cours de cochinchinois, à l'École annexe de la Sorbonne. 1869.

II. — Les six intonations chez les Annamites. 1869.

III. — Du système des intonations chinoises et de ses rapports avec celui des intonations annamites. *Imprimerie nationale.* 1869.

IV. — Huit contes en langue cochinchinoise, suivis d'exercices pratiques sur la conversation et la construction des phrases, par P. Trương vinh ký, transcrits en caractères figuratifs par A. E. des Michels. 1869.

V. — Essai sur les affinités de la civilisation chez les Annamites et chez les Chinois. 1869.

VI. — Dialogues cochinchinois, publiés en 1838 sous la direction de Monseigneur Taberd, évêque d'Isauropolis, expliqués littéralement en français, en anglais et en latin avec étude philologique du texte par A. E. des Michels. 1871.

VII. — Chrestomathie cochinchinoise, recueil de textes annamites publiés, traduits pour la première fois, et trancrits en caractères figuratifs. 1872 (premier fascicule).

VIII. — Chữ nôm annam. Petit dictionnaire pratique à l'usage des élèves du cours d'annamite. 1877.

SOUS PRESSE

LES POÈMES DE L'ANNAM.

N° 1. Le Lục vân tiên. Texte en caractères figuratifs ou chữ nôm, transcription en caractères latins modifiés ou quốc ngữ, traduction française et notes explicatives.

PRÊT A METTRE SOUS PRESSE

LES POÈMES DE L'ANNAM.

N° 2. Le Kim Vân Kiều tân truyện, *traduit pour la première fois*, avec notes, texte en chữ nôm et transcription en quốc ngữ

EN PRÉPARATION TRÈS AVANCÉE

I. LES POÈMES DE L'ANNAM.

N° 3. Le Đại nam quốc sử diễn ca.
N° 4. Le Thạch sanh Lý thông thơ. } Transcrits en caractères latins pour la première fois.

II. Les Chuyện đời xưa, contes plaisants annamites.

Ces trois derniers ouvrages sont également traduits pour la première fois.

PUBLICATIONS

DE L'ÉCOLE DES LANGUES ORIENTALES VIVANTES

XVII

TAM TU KINH

OU

LE LIVRE

DES PHRASES DE TROIS CARACTÈRES

LE PUY. — IMPRIMERIE DE MARCHESSOU FILS

TAM TU KINH

OU

LE LIVRE

DES PHRASES DE TROIS CARACTÈRES

Avec le grand commentaire de Vương tân thăng

TEXTE

TRANSCRIPTION ANNAMITE ET CHINOISE

EXPLICATION LITTÉRALE ET TRADUCTION COMPLÈTES

PAR

ABEL DES MICHELS

PROFESSEUR A L'ÉCOLE DES LANGUES ORIENTALES VIVANTES

PARIS

ERNEST LEROUX, ÉDITEUR

LIBRAIRE DE LA SOCIÉTÉ ASIATIQUE

DE L'ÉCOLE DES LANGUES ORIENTALES VIVANTES, ETC.

28, RUE BONAPARTE, 28

1882

PRÉFACE DU TRADUCTEUR

Le travail que je livre aujourd'hui au public n'était pas, tout d'abord, destiné à être publié. Je me proposais simplement de le donner à quelques-uns de mes élèves, candidats au collège des administrateurs stagiaires de Saïgon, dans le but de leur faciliter l'étude de la langue mandarine annamite [1], à laquelle ils devaient se livrer pendant leur séjour dans cette école.

J'ai pensé ensuite, sans attribuer dans mon esprit à ce travail plus d'importance qu'il ne mérite, qu'il pourrait y avoir quelque utilité à le mettre, en l'imprimant, à la portée de tous les jeunes gens qui se destinent à suivre, dans notre colonie, la carrière administrative, ainsi qu'à celle des personnes qui pourraient être amenées par suite de circonstances quelconques à voyager dans l'intérieur du royaume d'Annam.

La connaissance de la langue mandarine annamite (*chinois de style écrit prononcé d'une manière spéciale à la Cochinchine*) est,

1. Cette dénomination de langue *mandarine*, qui paraît avoir été adoptée dans l'enseignement du collège des stagiaires, provient d'une erreur de traduction. On avait interprété ainsi deux mots chinois qui signifient, non pas « *Langue des Mandarins* » ou « *Langue mandarine* » mais bien « *Langue générale, commune, courante* ». Elle peut néanmoins être employée ici sans grand inconvénient, puisqu'en Cochinchine on ne l'applique qu'au chinois de *style écrit*, dont l'usage est réservé exclusivement aux documents officiels.

en effet, de la plus grande utilité pour quiconque habite ce pays, et surtout pour les personnes auxquelles leur position impose des rapports officiels avec les indigènes. Car, sans parler ici des études et des concours, qui roulent entièrement sur la littérature chinoise classique, tout le code annamite est écrit dans cette langue. Elle est employée également dans le royaume d'Annam pour la rédaction des actes administratifs et judiciaires ainsi que pour les pièces diplomatiques ; et cela, à l'exclusion absolue de la langue annamite vulgaire. Ce dernier idiome lui-même, *bien qu'il ne soit nullement, comme on le dit généralement en commettant une erreur assez incompréhensible, un dialecte du chinois,* demande, pour être écrit ou même parlé un peu élégamment, une sérieuse teinture du *style écrit* de cette dernière langue [2]. Sans cette connaissance du chinois, il est notamment impossible de comprendre les poésies annamites, plus nombreuses et surtout beaucoup plus remarquables au point de vue littéraire qu'on ne le croit communément [3].

Il n'y a donc nullement lieu de s'étonner si l'étude du chinois annamite est imposée aux élèves administrateurs du collège de Saïgon ; et comme le Tam tự kinh est, tant en Chine que dans la colonie, un des ouvrages élémentaires les plus répandus, au point qu'il forme, pour ainsi dire, la première base de l'enseignement dans les écoles du pays, on l'a admis tout naturellement dans le

2. Voir, au sujet du rôle exact que joue le chinois dans la composition de l'idiome vulgaire annamite, ce que j'en ai dit dans l'introduction de ma *Chrestomathie Cochinchinoise.*

3 Je dirai plus. Le *Gia Định Báo* (Journal officiel de la colonie), *qui est rédigé exclusivement et par ordre en annamite vulgaire,* contient lui-même une telle quantité d'expressions empruntées à la langue mandarine et notamment au code, qu'on se trouve arrêté presque à chaque ligne lorsqu'on en entreprend la lecture sans une connaissance suffisante du style écrit chinois.

programme des études de ce collége ; et l'amiral Dupré, gouverneur de la colonie, qui était très justement désireux d'encourager et de faciliter l'étude de la langue mandarine, demanda à M. Pauthier, vers 1872, une traduction complète, non-seulement du texte de cet ouvrage, mais encore de son commentaire, qui en forme, à vrai dire, la partie la plus importante et la plus utile à étudier.

Le travail de M. Pauthier a-t-il suffisamment répondu à ce que le gouverneur de la Cochinchine était en droit d'en attendre? Je ne le crois pas. Il est permis de dire, sans attenter à la mémoire d'un savant honorable qui n'est plus, que M. Pauthier fut un littérateur fort distingué, un latiniste érudit, mais nullement un éminent sinologue ; et la traduction qu'il a donnée ne peut-être, ce me semble, considérée comme suffisante par quiconque est un peu versé dans la connaissance du chinois [1].

Notre savant maître Stanislas Julien composa de son côté, dans les derniers temps de sa vie, une traduction du même livre qui parut dans le recueil périodique publié sous le nom de *Ban zai sau* par M. François Turettini (mon ancien condisciple à l'École des langues orientales et japoniste distingué). Cet ouvrage porte le caractère de scrupuleuse exactitude qui distingue les nombreux travaux de l'illustre sinologue ; mais il n'est malheureusement pas complet, S. Julien ayant restreint sa traduction du commentaire

1. Les personnes qui voudront être édifiées à ce sujet pourront lire une brochure que M. le marquis d'Hervey de Saint-Denys, aujourd'hui membre de l'Institut, a publiée sous ce titre : *Deux traductions du San tseu king et de son commentaire (Genève H. Georg, libraire-éditeur*, 1873). Le savant professeur du Collège de France y indique, avec une mesure et un tact qu'on ne saurait trop louer, la valeur réelle de la traduction de M. Pauthier au point de vue du sinologue, tout en rendant, d'ailleurs, pleine justice au talent littéraire de l'auteur de cet ouvrage.

aux parties qu'il considérait comme offrant le plus d'intérêt, et ayant laissé de côté le reste. De plus, il n'a pas reproduit le texte chinois du même commentaire. Ce texte manque aussi dans le livre de Pauthier ; de sorte que les jeunes sinologues désireux de l'étudier en s'aidant de la traduction qui leur a été donnée se trouvent dans l'obligation de recourir aux éditions publiées en Chine. Or, elles sont, comme tous les livres élémentaires de ce pays, imprimées avec une négligence et une confusion inexprimables ; et, de plus, il est très difficile, pour ne pas dire impossible, de se les procurer.

J'espère, pour ces divers motifs, que le travail que je publie sera de quelque utilité aux étudiants. Il suppléera, d'un côté, au manque de textes lisibles, et, de l'autre, aux lacunes qui existent dans l'excellente traduction de S. Julien [5].

Je l'ai divisé en trois parties.

La première contient la reproduction *entière et absolument complète,* tant du texte du Tam tự kinh que de celui du grand commentaire de Vương tấn thăng, qui est le meilleur et le plus suivi. J'y ai figuré en regard de chaque caractère, au moyen des lettres latines modifiées dites quốc ngữ, la prononciation qui lui est attribuée dans la langue mandarine annamite ; et, pour donner à mon travail une utilité plus générale, j'y ai ajouté, dans une troisième colonne, la prononciation chinoise. J'ai marqué, en outre, la division des phrases au moyen de lettres indicatives, et chacun des caractères par un chiffre spécial.

La seconde partie se compose d'une traduction *littérale* dans laquelle chacun des caractères du texte est expliqué logiquement,

5. J'ajouterai que l'édition du commentaire que j'ai traduite ne doit pas être le même que celle dont s'est servi S. Julien ; car elle présente, en maints endroits, des différences de texte considérables.

avec l'indication de la construction et la décomposition étymologique des termes doubles ou multiples. Les lettres et les chiffres du texte, qui y sont répétés, permettront aux étudiants d'en comparer chaque phrase et chaque caractère avec leur explication renfermée dans cette deuxième partie.

Enfin, la troisième contient la traduction française du texte et du commentaire, coupée de telle sorte qu'on pourra aussi en comparer chaque phrase avec le passage qui lui correspond, soit dans le texte chinois, soit dans la traduction littérale.

J'ai cru inutile de répéter dans cette section les lettres de renvoi dont je me suis servi dans les deux premières.

Une mise en feuilles distincte permet d'isoler le texte de la double traduction et de les faire relier séparément, de manière à les mettre plus commodément en regard. En les comparant l'un avec l'autre, les jeunes sinologues pourront étudier fructueusement, et arriver à bien comprendre lé Tam tự kinh, dont la connaissance approfondie leur facilitera considérablement l'étude des classiques chinois.

J'ai cru devoir me montrer assez sobre de notes explicatives historiques. Pour ce qui concerne les éclaircissements de cette nature, je ne saurais mieux faire que de renvoyer le lecteur aux annotations de l'ouvrage de M. Pauthier. Elles y sont fort développées et en constituent, je crois, le principal mérite.

Je n'aurai pas perdu ma peine si cette nouvelle traduction du Tam tự kinh peut être de quelque utilité aux jeunes gens qui abordent l'étude de la langue chinoise écrite.

Poissy, 20 février 1879.

TRADUCTION FRANÇAISE

ET

TRADUCTION LITTÉRALE

PRÉFACE DU COMMENTATEUR

Le professeur Vương Bá Hậu, lettré de l'époque des Tông, écrivit le Tam tự kinh pour l'instruction de ses disciples.

Ce livre dit beaucoup en peu de mots; les expressions en sont claires et les raisonnements faciles à saisir.

L'auteur y montre une connaissance approfondie de la doctrine des « trois Puissances » ; les classiques et les historiens lui sont familiers.

En étudiant à fond ce livre, les jeunes gens doués de bonne volonté arriveront à connaître dans toute son extension la doctrine de la Grande étude.

Pour moi, sans me laisser arrêter par l'inanité de mon esprit, l'étroitesse de mes idées et mes erreurs, j'en ai fait un commentaire,

---

A. Le professeur [6 7] — Vương Bá Hậu [3 4 5], — lettré [2] — (du temps) des Tông [1], — a fait [8] — le Tam tự kinh [9 10 11] *(livre [11] ; des phrases) de trois [9]; caractères [10])* — pour [12] — instruire [13] — (les élèves de) son école [14 15] *(cour en dehors de la porte [15]; maison [14])*.

B. Ses paroles [1] — sont courtes [2], — le sens [3] — (en) est long [4]; — ses expressions [5] — sont claires [6], — et ses raisonnements [7] — sont aisés à saisir [8].

C. Il pénètre à fond [1 2] *(saturer [1]; enfiler [2])* — (la doctrine de) les trois [3] — Puissances [4], — et il est familiarisé avec [1 2] *(sortir [1]; entrer dans [2])* — les Livres classiques [3] — et les Historiens [4].

D. Si les enfants [2] — de bonne volonté *(litt. « de bonne foi »)* [1] — approfondissent [3] — lui [4], — ils pénètreront dans [5] — et atteindront [6] — la plénitude [10 11] (de doctrine. *Litt.* « *le débordement* ». *déborder* [10]; *tasse pleine de vin* [11]) — de la Grande [7] étude [8] — *p. aff.* [12].

E. Moi [1], — ne pas [2] — tenant compte de [3] — l'inanité (de mon esprit) [4], — de sa petitesse [5], — (ni) de ses erreurs [6], — j'ai fait [7] — un

mais non sans donner prise à la critique éclairée de ceux qui viendront après moi.

Cependant il sera, je l'espère, de quelque secours aux jeunes étudiants.

Le premier jour du douzième mois de l'année Bính Ngọ, moi, le lettré Vương tân thăng de Nhâm am, je vous présente avec respect (ces observations).

---

commentaire[8, 9] *(explication*[8]; *commenter*[9]*)*, — non[10] — sans[11] — laisser à ceux qui viendront après (moi)[12] — (des motifs de) critiquer[13] — d'une manière éclairée[14, 15] *(élevé*[14]; *clair*[15]*)*.

F. Cependant[1] — pour[2] — l'aide[6] — de[5] — les exercices[4] — des jeunes gens[3], — il pourra se faire que[7, 8] *(probablement*[7]; *peut-être*[8]*)* — il y ait (dans ce commentaire)[9] — un petit[10] — secours[11] — néanmoins[12, 13] — *(partic. finale*[12]; *ainsi*[13]*)*.

G. (Quant à) l'année[1], — étant dans[2] — le premier *(litt. « le (jour) fortuné »)*[10] — de[9] — le douzième mois[7, 8] *(litt. « paix*[8] *délicieuse*[7]) — de (l'année) Bính Ngọ[5, 6] *(caractère cyclique*[5]; *id.*[6]) — (de) Khang hi[3, 4], — Tân Thăng[13, 15, 16] — (de) Nhâm am[11, 12] — (qualifié du titre honorifique de) Tƣơng[14] — a l'honneur de[17] — (vous) faire savoir (ces choses)[18].

LE

LIVRE CLASSIQUE

DES PHRASES DE TROIS MOTS

1

Lorsque l'homme naît, sa nature est foncièrement bonne.

C'est par l'établissement de cette vérité que doit commencer l'instruction des jeunes gens et l'énonciation des principes.

C'est pourquoi l'on dit que la base de l'éducation est dans la naissance même.

LE

LIVRE CLASSIQUE[3]

DES TROIS[1] — CARACTÈRES[2]

1

A. **Dans le commencement[3] — de[2] — l'homme[1], — (sa) nature[4] — radicalement[5] — (est) bonne[6].**

B. Cela (est)[1] — le commencement[5] — de[4] — (le fait d')établir[2] — l'instruction[3] — (et) le commencement[9] — de[8] — (le fait d')émettre[6] — les principes[7].

C. C'est pourquoi[1] — la base (de l'éducation)[2] — est dans[3] — la naissance[6 7] (*au commencement*[6] ; *naître*[7]) — (de l')homme[4] — et[8] — on dit[9] — cela[10].

L'être qui reçoit la vie du Ciel s'appelle l' « Homme ».

Ce qui nous vient du Ciel s'appelle le « Naturel ».

Ce que la conscience de tous approuve se nomme le « Bien ».

Dès l'instant de sa naissance l'homme commence à se rendre compte des choses, et tout d'abord il reconnaît sa mère.

Dès qu'il commence à s'essayer à la parole, il adresse des appels à ses parents.

Mạnh tử dit : « Parmi les petits enfants, il n'en est point qui ne sache témoigner de l'affection à son père et à sa mère ; lorsqu'ils ont grandi, il n'en est point qui ne sache honorer ses frères aînés. »

« Tous les hommes, » dit Châu tử, « sont naturellement bons. » N'est-ce pas vrai ?

D. (L'être) auquel [3] — le Ciel [1] — *p. déterm.* [2] — donne la vie [4], — on appelle [5] — lui [6] — Homme [7].

E. Ce que [3] — le Ciel [1] — *p. déterm.* [2] — donne [4] — on appelle [5] — cela [6] — Nature morale [7].

F. (L'objet) instinctif [4] — de [3] — ce que la conscience universelle approuve [1 2] (*maintenir* [1]; *principe invariable* [2]), — on appelle [5] — cela [6] — le Bien [7].

G. (Dans le) commencement (de) [4] — la vie [2] — (de l')homme [1], — il commence à [5] — avoir [6] — de l'intelligence [7] ; — alors [8] — d'abord [9] — il connaît [10] — la mère [12] — de lui [11].

H. (Quand il) commence à [1] — apprendre à [2] — parler [3], — alors [4] — d'abord [5] — il appelle [6] — les père et mère de lui [7].

I. Mạnh tử [1 2] — dit [3] :

J. (Parmi les) enfants [4] — qu'on porte sur les bras [1 2] — (*enfant qui commence à sourire* [1]; — *porter* [2]), — il n'en est pas [5] — (qui) ne pas [6] — sache [7] — aimer [8] — les père et mère [10] — de lui [9] — *p. déterm.* [11].

K. (Lorsqu'ils) ont atteint [1] — (le fait d')être plus grands [3] — d'eux [2] — *p. explét.* [4], — il n'en est pas [5] — (qui) ne pas [6] — sache [7] — honorer [8] — les frères aînés [10] — de lui [9] — *p. aff.* [11].

L. Châu tử [1 2] — dit [3] :

M. (Les) natures [2] — (des) hommes [1] — toutes [3] — sont bonnes [4].

N. Ne pas [1] — cela [2] — (est) ainsi [3] — *p. int.?* » [4].

2

Rapprochés par leur nature, les hommes s'éloignent les uns des autres par l'habitude.

Ce texte se rapporte à ce qui a été dit plus haut.

Confucius dit : « Rapprochés par leur nature, les hommes s'éloignent les uns des autres par l'habitude. »

L'auteur veut dire que, dès les premiers jours de leur existence, les hommes, qu'ils soient intelligents ou bornés, bons ou vicieux, se ressemblent tous.

Dans l'origine, ces natures se rapprochent ; il n'existe pas de différence entre elles.

2

A. **Par leur nature [1] — mutuellement [2] — (les hommes) se rapprochent [3]; — par (le fait de) s'habituer [4] — mutuellement [5] — ils s'éloignent [6]:**

B. (Dans) ces (deux vers) [1] — se rapportant à [2] — le texte [4] — supérieur [3] — on parle [6] — *p. explét.* [5].

C. Confucius [1 2] — dit [3] :

D. « Par la nature [1] — mutuellement [2] — (les hommes) se rapprochent [3] — *p. aff.* [4].

E. Par l'éducation [1] — mutuellement [2] — ils s'éloignent [3] — *p. aff.* [4]. »

F. (L'auteur) dit que [1] — les hommes [2], — au temps que [5] — ils commencent à [3] — vivre [4], — intelligents [6], — bornés [7], — bons [8], — vicieux [9 10] (*Litt.* « *dégénérés* » ; *pas* [9] — *semblables* [10]), — tous [11] — sont semblables [12].

G. Ces [1] — natures [2] — dans l'origine [3] — mutuellement [4] — se rapprochent [5] — et [6] — n'ont pas de [7] — différence [8] — *p. aff.* [9]

Dès que leur esprit s'est ouvert, les facultés naturelles varient (au contraire) chez tous.

L'homme dont les facultés naturelles sont vives est dit « *intelligent* ».

L'homme dont l'esprit est voilé est dit « *stupide* ».

Celui qui agit conformément à la raison s'appelle un homme « *sage* ».

Celui qui s'abandonne à ses mauvaises passions est appelé « *vicieux* ».

Si un homme résiste au bon naturel que le ciel lui a départi, ne s'éloigne-t-il pas grandement (de la voie commune) ?

Il n'en est point autrement !

Cela provient de l'habitude et du tempérament.

H. Quand ils sont arrivés [1] — au fait que [2] — leur esprit [3] [4] (*fait de connaître* [3] ; *fait de savoir* [4]) — marque du passé [5] — a été ouvert [6], — leurs dispositions naturelles [7] [8] (*tempérament* [7] ; *dispositions naturelles* [8]) — toutes [9] — sont différentes [10].

I. Celui qui [4] — est prompt [3] — (quant à ses) dispositions [1] — *p. déterm.* [2] — alors [5] — il est appelé [6] — intelligent [7].

J. Celui qui [4] — est obscur [3] — quant au savoir [1] — *p. déterm.* [2] — alors [5] — il est appelé [6] — stupide [7].

K. Celui qui [4] — se conforme [1] — à [2] — la raison [3] — alors [5] — il est appelé [6] — sage [7].

L. Celui qui [4] — s'abandonne [1] — à [2] — ses désirs (*ses passions* [3]) — alors [5] — il est appelé [6] — vicieux [7] [8].

M. (Si certains hommes) se mettent en opposition avec [1] — *p. déterm.* [2] — la nature [7] — bonne [6] — qu'ils ont reçue du ciel [3] [4] — (*fait du ciel qui octroie des facultés aux hommes* [3] — *commun à tous* [4]) — *p. déterm.* [5], — est-ce que [13] — ne pas [8] — ils se sont éloignés des autres [9] [11] [12] — grandement [10] ?

N. Cela [1] — n'a rien de [2] — autre [3].

O. L'habitude [1] — et le tempérament [2] — font que [3] — (il en soit) ainsi [4] — *p. aff.* [5].

Le sage seul a le mérite d'alimenter ses bonnes dispositions, et de ne point laisser, dans la jeunesse, son naturel devenir vicieux.

3

Si l'on n'instruit pas les enfants, leur naturel change.
C'est dans l'esprit de suite que gît le mérite d'une méthode d'enseignement.

Que veulent dire ces mots : « Alimenter les bonnes dispositions ? » Cela signifie : « *savoir instruire.* » Comment, à moins d'être un saint homme, pourrait-on posséder la science infuse ?

P. Seulement [1] — le sage [2 3] — *(prince* [2] *— sage* [3]) — peut [4 5] *(faire* [4] ; *pouvoir* [5]) — avoir [6] — l'action méritoire [10] — de nourrir [7] — ses bons penchants [8] — *(litt. « ce qui est droit »*), et [11] — de ne pas [12] — faire que [13] — sa nature [17] — de jeune enfant [14 15] (*jeune* [14]; *tendre* [15]) — soit changée [18] — à [19] — ce qui n'est pas [20] — bon [21] — *p. aff.* [22].

3

A. Si [1] — ne pas [2] — on instruit (les enfants), [3] — alors [5] — leur nature [4] — est changée [6].

B. La méthode [3] — de [2] — enseigner [1] — est estimable [4] — par [5] — l'assiduité [6].

C. Nourrir [1] — les bons penchants [2] — *p. dét.* [3] — est entendu [4] — comment [5]?

D. On veut dire [1] — pouvoir *(savoir)* [2] — instruire [3] — *p. de déf.* [4].

E. (Quand on est un) homme [1] — (et que) ne pas [2] — (on est un) homme [4] — saint [3] — comment [5] — pourrait-on [6] — engendrer [7] — le savoir [8] ?

Qui n'a point de parents n'est point nourri; qui ne reçoit pas d'instruction ne se perfectionne pas. Si l'on a des enfants et qu'on ne les instruise pas, on laisse obscurcir la lumière naturelle dont le Ciel les a doués.

Ils entrent en lutte avec la raison, lâchent le frein à leurs passions, et se pervertissent tous les jours davantage.

Qu'est-ce que l'éducation ?

Chez les anciens, lorsqu'une femme était grosse, en s'asseyant elle ne se penchait point; elle ne se couchait pas sur le côté, et ne se tenait pas, lorsqu'elle était debout, appuyée sur une seule jambe. Elle ne prenait point, en marchant, une allure désordonnée. Ses yeux ne s'arrêtaient pas sur des objets indécents, elle ne prêtait pas l'oreille à des chants impudiques.

F. Sans [1] — parents [2] — ne pas [3] — on est nourri; [4] — sans [5] — (le fait d')être instruit — ne pas [7] — on se perfectionne [8].

G. (Si) on a [1] — des enfants [2] — et que [3] — ne pas [4] — on les instruise, [5] — alors [6] — on obscurcit [7] — d'eux [8] — la (lumière) naturelle [12] — par le Ciel [9] — octroyée [10] — *p. dét.* [11].

H. Ils se révoltent contre [1] — la raison, [2] — ils s'abandonnent à [3] — leurs désirs, [4] — et de jour en jour [5] — ils sont changés [6] — à [7] — (des gens qui ne sont) pas [8] — bons [9] — *p. aff. énergique* [10].

I. Instruire [1] — *p. dét.* [2] — c'est comment [3] [4] — (*comment* [3]; *comme* [4])?

J. (Du temps des) anciens [1] [2] — (*anciens* [1]; *ceux qui* [2]), — (lorsqu'une) femme [3] [4] (*femme mariée* [3]; *homme* [4]) avait [5] — (le fait d'être) enceinte, [6] — en étant assise [1] — ne pas [2] — elle se penchait [3], — en étant couchée [4] — ne pas [5] — elle se tenait sur le côté [6]; — en se tenant debout [7] — ne pas [8] — elle s'appuyait sur une seule jambe [9] [10], — (*se tenir sur un pied* [9]; *incliné* [10]); — en marchant [11] — ne pas [12] — d'une manière désordonnée [13] — elle marchait [14]; — ses yeux [15] — ne pas [16] — regardaient [17] — des objets indécents [18] [19] (*vicieux* [18]; *plaisir des sens* [19]); — ses oreilles [20] — ne pas [21] — écoutaient [22] — des chansons impudiques [4] [5] (*impudiques* [23]; *chants* [24]).

Elle ne faisait point entendre de paroles déplacées ; elle ne mangeait pas d'aliments ayant une saveur extraordinaire.

Elle pratiquait constamment la droiture, la piété filiale, l'affection, la bienveillance, la douceur.

(C'est pourquoi) elle mettait souvent au monde des enfants intelligents, habiles, prudents, et qui surpassaient les autres hommes par leur sagesse et leur vertu. C'était là faire l'éducation des enfants avant leur naissance, au sein même de leur mère.

Lorsqu'un enfant était en état de manger, on lui enseignait l'usage de la main droite. Lorsqu'il pouvait parler, on ne lui permettait pas d'exprimer ses désirs par des cris inarticulés.

Quand il était capable de marcher, on lui apprenait à connaître les quatre points cardinaux, ce qui est en haut et ce qui est en bas.

Quand il était en état de saluer, on lui enseignait la civilité, la déférence et le respect envers les parents.

Ne pas [25] — elle faisait sortir [26] — des paroles [28] — désordonnées [27].

Ne pas [29] — elle mangeait [30] — (des aliments ayant une) saveur [32] — inusitée [31].

K. Constamment [1] — elle mettait en action [2] — la chose [10] — de [9] — (être) douée de droiture [3], — (être) douée de piété filiale [4], — (être) amie [5], — (être) affectueuse [6], — (être bienveillante) [7], — (être) douce [8].

L. Souvent [12] (*aller* [1]; *aller* [2]) — elle mettait au monde [3] — des enfants [4] — à l'esprit prompt [5 6] — (*doué d'un esprit vif* [5]; *intelligent* [6]), — (doués de) talent [7], — (doués de) prudence [8], — (qui, en étant) sages [9] — (et par leur) vertu [10] — surpassaient [11] — les hommes [12].

M. Cela [1] — (est) l'éducation [6] — du faix [5] — (qui) pas encore [2] — est né [3] — *p. dét.* [4] — *p. de déf.* [7].

N. (Lorsqu'un) enfant [1] — pouvait [3] — manger [2], — on lui enseignait à [4] — se servir de [5] — la main [7] — droite [6].

O. (Quand il) pouvait [1] — parler [2], — ne pas [3] — on faisait que [6] — en criant (pour obtenir quelque chose) [5] — il émît des sons [6].

P. (Quand il) pouvait [1] — marcher [2], — on faisait que [3] — il connût [4] — les quatre [5] — points cardinaux [6], — le haut [7] — et le bas [8].

Q. (Quand il) pouvait [1] — saluer [2] — on lui enseignait [3] — *marque d'accusatif* [4] — la politesse [5], — la déférence [6], — (et le fait de) respecter [7] — ses parents [8].

C'était là l'éducation donnée par la mère, dans le temps qu'elle nourrissait son enfant.

Pour ce qui est de la manière d'arroser le sol d'une pièce, de balayer, de répondre, de s'avancer et de se retirer, ainsi que des règles qui concernent les Rites, la Musique, l'art de tirer de l'arc, de conduire un char, d'écrire ou de calculer, cela constituait l'objet de l'éducation que donnaient le père ou le maître.

Mais la méthode qu'ils employaient dans cette éducation des enfants tirait sa valeur d'une application assidue et infatigable. En effet, si le maître ne s'y applique pas assidûment, les enfants auront de la peine à réussir dans leurs études; si le maître se lasse d'enseigner, il en résultera que les élèves se relâcheront.

Ce n'est pas là la bonne méthode d'éducation.

R. Cela [1] — (était) l'enseignement [7] — de [6] — la mère [4] [5] (*mère* [4]; *désignation des personnes du sexe féminin* [5]) — nourricière [2] [3] (*s'appuyant contre* [2]; *nourrir* [3]) *p. de déf.* [8].

S. Quant à [1] [2] (*parvenir à* [1]; *à* [2]) — la manière [10] — de [9] — arroser (la chambre) [3], — balayer [4], — répondre [5] [6] (*répondre* [5]; *répondre* [6]), — s'avancer [7], — se retirer [8], — et les règles [18] — de [17] — les Rites [11] — la Musique [12], — (l'action de) tirer l'arc [13], — (l'action de) conduire un char [14], — (l'action d')écrire [15], — (l'action de) compter [16], — cela [19] — (était) l'enseignement [23] — du [22] — père [20] — (ou du) maître [21] — *p. de déf.* [24].

T. Mais [1] — quant à la méthode [5] — de [4] — enseigner [2] — eux [3], — encore [6] — (sa) valeur [7] — est dans [8] — (le fait de) s'appliquer assidûment [9] — et [10] — (de) ne pas avoir (le fait d') [11] — être las [12].

U. Car [1] — (si) ne pas [2] — on s'applique assidûment [3], — alors [4], — en étudiant [5], — difficilement [6] — on arrive à bonne fin [7] [8] (*compléter* [7]; *compléter* [8]).

V. (Si) on se fatigue d' [1] — enseigner [2], — alors [3] — les enfants [4], — par suite de cela [5], — se relâchent [6] [7] (*laisser de côté* [6], — *relâcher* [7]).

X. Cela n'est pas [1] — la méthode [5] — bonne [4] — de [3] — l'enseignegnement [2] — *p. aff.* [6].

4

Autrefois la mère de Mạnh Tử choisit un bon voisinage, et y habita.

L'éducation que donne la mère est basée sur la tendresse et pénètre par la douceur (dans le cœur de son enfant). C'est par là que doit commencer l'enseignement.

Parmi les sages mères des temps anciens qui se sont illustrées par l'éducation qu'elles donnèrent à leur fils, la plus remarquable fut celle de Mạnh Tử.

Le petit nom de Mạnh Tử était Khả, son nom honorifique Tử Dư ; c'était un homme du royaume de Trâu, qui vivait au temps des « guerres des royaumes ». Son père mourut de bonne heure. Sa mère, nommée Chưởng Thị, demeurait près de l'étal d'un boucher.

4

A. **Autrefois [1] — la mère [3] — de Mạnh Tử [2] — choisit [4] — un (bon) voisinage [5] — et y habita [6].**

B. (Quant à) l'enseignement [4]— de [2] — la mère [1 2]— il a sa base [5]— dans [6] — la tendresse [7] — et [10] — il entre [11] — par [8] — la douceur [9].

C. (C'est) ce par quoi [3] — l'éducation [1] — *p. dét.* [2] — doit [4] — commencer [5] — *p. aff.* [6].

D. Parmi les mères [4] — sages [3] — de [2] — l'antiquité [1] — qui [12] — se sont fait [9] — un grand [10] — nom [11] — par le fait de [8] — pouvoir [5] — élever [6] — leurs fils [7], — certainement [13] — la mère [15] — de Mạnh (Tử) [14] — le plus [16] — est mise en évidence [17].

E. Le petit nom [3]— de Mạnh Tử [1 2]— (était) Khả [4],— son nom honorifique [5] — (était) Tử Dư [6 7] ; — (c'était un) homme [11] — (du royaume de) Trâu [10] — du (temps des guerres civiles appelées) Chiến Quốc [8 9] (*combattants* [8] ; *royaumes* [9]) — *p. de déf.* [12].

F. Son père [1] — mourut [3] — de bonne heure [2].

G. Sa mère [1], — Chưởng Thị [2 3],

H. demeurait [1] — près de [2] — un étal [4] — de boucher [3].

Mạnh Tử, encore enfant, y jouait habituellement et y apprenait à égorger, préparer et découper les animaux, comme le font les hommes de cette profession.

Sa mère dit : « Je ne puis faire de ce lieu la demeure de mon fils. » Alors elle se transporta dans la banlieue, et se logea près d'un cimetière.

Mạnh Tử y apprit encore à imiter, pour se divertir, ceux qui ensevelissent les morts, contrefaisant leurs larmes et leurs lamentations.

Sa mère dit : « Je ne puis davantage faire de ce lieu la demeure de mon fils. »

Elle changea de nouveau sa résidence, et se fixa dans le voisinage d'une école.

Mạnh Tử, matin et soir, y apprenait les rites que l'on observe en saluant et en cédant le pas, ainsi que la manière de se présenter, de se retirer et de se comporter dans le monde.

I. Mạnh Tử [1], — étant tout jeune [3], — habituellement [4] — jouait [5 6] (*jouer* [5]; *jouer* [6]) — au milieu de [8] — lui (*cet étal*) [7], — et apprenait à [9] — faire [10] — l'affaire [16] — du [15] — boucher [11 12] — (*homme* [12]; *faire le métier de boucher* [11]) — qui égorge, dépouille, et pare les animaux [14], — et les découpe [14].

J. La mère [2] — de Mạnh Tử [1] — dit [3] :

K. « (En) cet (endroit) [1] — ne pas [2] — je puis [3 4] (*pouvoir* [3]; *faire en sorte que* [4]) — faire demeurer [5] — mon fils [6] — *part. aff.* [7] ».

L. Alors [1] — elle se transporta [2] — dans [3] — la banlieue [4], — et demeura [5] — près de [6] — un cimetière [7 8] (*tombeaux* [7]; *id.* [8]).

M. Mạnh Tử [1 2] — encore [3] — apprenait à [4] — faire [5] — le jeu de [11] — enterrer [6 7] (*enterrer* [6]; id. [7]), — pleurer [8] — (et) se lamenter [9].

N. La mère [2] — de Mạnh Tử [1] — dit [3] :

O. « (En) cet (endroit) [1] — aussi [2] — ne pas [3] — je puis [4 5] — faire demeurer [6] — mon fils [7] — *part. aff.* [8] ».

P. Encore [1] — elle se transporta [2] — dans [3] — le voisinage [7] — de [6] — une école (de préfecture ou de district) [4 5] (*étudier* [4]; *édifice* [5]).

Q. Mạnh Tử [1 2], — le matin [3] — et le soir [4], — apprenait à [5] — faire [6] — les cérémonies [10] — de saluer [7], — de céder le pas [8], — et la manière [16] — de [15] — avancer [11], — se retirer [12], — et de se conduire en société [13 14] (*faire un circuit* [13]; parcourir un orbite [14]).

Sa mère dit :

« Ici je puis me livrer à l'éducation de mon fils ; » et elle s'y fixa.

Une ancienne maxime dit : « Lorsqu'on veut nouer des relations, il importe de choisir ses amis ; lorsqu'on veut se fixer quelque part, il importe de choisir ses voisins. »

Confucius dit : « Dans un village, ce qu'il y a de meilleur, c'est l'humanité. Si l'on ne choisit pas, pour y fixer sa demeure, un endroit où règne l'humanité, est-ce là de la prudence ? » C'est là ce que signifie la maxime qui vient d'être citée.

R. La mère [2] — de Mạnh Tử [1] — dit [3] :

S. « (Dans) cet (endroit-ci) [1] — je puis [2 3] — *(pouvoir [1 2]; faire en sorte que [3])* — instruire [4] — le fils [6] — de moi [5] — *p. aff. énergique* [7]. »

T. Alors [1] — elle s'y fixa [2 3] (*tranquillement* [2] ; *demeurer* [3]) — *p. fin.* [4].

U. Une parole [2] — ancienne [1] — dit [3] :

V. « Pour former des relations [1], — il est nécessaire de [2] — choisir [3] — ses amis [4] ; — pour demeurer (quelque part) [5] — il est nécessaire de [6] — choisir [7] — ses voisins [8]. »

X. Confucius [1 2] (*Khổng ; le sage* [2]) dit [3] :

Y. « Dans un village [1] — l'humanité [2] — est [3] — (la chose) excellente (par dessus tout) [4]. »

Z. (Si,) choisissant [1], — ne pas [2] — on demeure dans [3] — (un endroit où règne) l'humanité [4], — comment [5] — pourrait-on [6] — être prudent [7] ?

A'. Cela (*ce qui vient d'être dit*) [2] — est la signification [4] — de [3] — cela (*le proverbe qui précède*) [3] — *p. aff.* [5].

5

Comme son fils n'étudiait pas, elle mit en pièces l'étoffe qu'elle tissait.

Le mot « Trứ » signifie « la navette d'un métier à tisser ».

La mère de Mạnh Tử, vivant paisiblement en ce lieu, s'occupait à tisser et à filer.

Mạnh Tử, ayant grandi, sortait de la maison pour suivre des leçons au dehors.

Tout à coup, il s'en fatigua et revint.

Sa mère, saisissant un couteau, mit en pièces l'étoffe qu'elle tissait.

Mạnh Tử fut effrayé de cette action; il s'agenouilla et en demanda le motif.

5

A. (Comme) son fils [1]— ne pas [2]— étudiait [3],— elle coupa [4]— son métier [5] — et sa navette [6].

B. Le mot : [2] — « Trứ » [1], — (c'est) la navette [6] — de [5] — un métier [4] — à tisser [3].

C. La mère de [2] — Mạnh Tử [1], — demeurant [4] — en paix [3],

D. prenant (*marque d'accusatif*) [1]— le fait de tisser [2]— et de filer [3]— en faisait [4] — son affaire [5].

E. (Quand) Mạnh Tử [1 2] — graduellement [3] — eût grandi [4],

F. il sortit [1] — et suivit [2]— les leçons [4] — de dehors [3].

G. Tout à coup [1] — il se fatigua [2] — et [3] — s'en retourna (chez lui) [4].

H. La mère [2] — de Mạnh Tử [1], — portant sur (son métier) [3]— un couteau [4], — d'elle-même [5] — coupa [6] — le métier (*l'étoffe*) [8]— d'elle [7].

I. Mạnh Tử [1 2] — fut effrayé [3].

J. Il s'agenouilla [1] — et [2] — demanda à [3] — l'interroger [4].

Celle-ci lui dit : « Vos études, ô mon fils, sont semblables à la toile que je tisse.

En ajoutant l'un à l'autre des fils de soie, j'en forme la largeur d'un pouce.

En réunissant des pouces, j'en forme un pied.

En ajoutant sans relâche des pieds et des pouces d'étoffe, je forme une pièce de la longueur d'un trượng.

Vous preniez des leçons, mon fils, pour devenir un saint et un sage ; puis vous vous êtes dégoûté de l'étude, et, las de travailler, vous demandez à revenir ici.

J'ai fait de même. Avant d'avoir achevé la pièce que je tissais, j'en ai moi-même coupé la trame. »

Mạnh Tử fut ému et, revenant à de meilleurs sentiments, il alla recevoir les leçons de Tư Tử.

Il persévéra, et mit en lumière (par ses écrits) l'enseignement du Saint homme.

K. Sa mère [1] — lui dit [2] :

L. L'étude [3] — de [2] — mon fils [1] — (est) comme [4] — le tissu [7] — de [6] — moi [5] — *p. aff.* [8].

M. En ajoutant [1] — des fils de soie [2] — je forme [3] — des pouces [4] ; — en ajoutant [5] — des pouces [6] — je forme [7] — des pieds [8].

N. (En ajoutant) des pieds [1] — et des pouces [2], — et ne pas [3] — m'arrêtant [4], — alors [5] — je forme [6] — des pièces [8] — d'un trượng (*dix pieds*) [7].

O. Maintenant [1] — mon fils [2] — apprenait [3] — pour être [4] — un Saint [5] — et un Sage [6] ;

P. (Mais) ensuite [1] — il s'est dégoûté [2], — s'est fatigué [3], — et [4] — il demande à [5] — revenir [6].

Q. (C'est) comme [1] moi [2] — (qui), tissant [3] — de la toile [4], — pas encore [5] — l'avais achevée [6], — et [7] — de moi-même [8] — ai coupé [9] — de moi [10] — le métier (*la trame*) [11] — *p. aff.* [12].

R. Mạnh Tử [1 2] — fut ému [3] et revint à lui [4] ; — alors [5] — il alla [6] — recevoir les leçons [7 8] (*recevoir* [7] ; *patrimoine* [8]) — à [9] — la porte (*l'école*) [13] — de [12] — Tư Tử [10 11].

S. Il continua [1] et mit en lumière [2] — l'enseignement [4] — du Saint (homme) [3].

Tel fut le fruit de l'éducation que lui avait donnée sa mère.

6

Đâu Yên Sơn posséda les principes de la justice.

L'éducation du père est basée sur la sévérité.
Il élève ses enfants selon les droits principes.
L'éducation est un devoir dans l'accomplissement duquel on ne doit point apporter de négligence.
Entre tous les pères qui, dans les générations récentes, se firent remarquer par leur sévérité et s'illustrèrent par l'éducation qu'ils donnèrent à leurs enfants, Đâu doit être cité en première ligne.
Đâu Vũ Quân était un homme de U Châu.

T. Tout (cela)[1] — (provient de) l'éducation[3] — de sa mère[2] — *p. aff.*[4].

6

A. Đâu Yên Sơn[1 2 3] — posséda[4] — les règles[6] — de la justice[5].

B. (Quant à) l'éducation[4] — du[3] — père[1 2] (*être*[1] — *père*[2]), — sa base[5] — est dans[6] — la sévérité[7].

C. Par le moyen de[1] — les droits (principes)[2] — *p. explét.*[3] — il instruit (ses enfants)[4].

D. En instruisant[1] — *p. déterm.*[2] — ne pas[3] — on doit[4] — être négligent[5] — *p. aff.*[6].

E. Parmi (les pères)[5] — sévères[4] — de[3] — les générations[2] — — proches (*récentes*)[1], — qui[14] — purent[6] — enseigner à[7] — leurs enfants[8 9] (*m. du pluriel*[8] — *enfants*[9]), (et se) créèrent[11] — tous[10] — une réputation[13] — digne d'être remarquée[12], — seulement[15] — Đâu[16 17] (*Đâu*[16]; *famille*[17]) — est[18] — le principal[19].

F. Đâu Vũ Quân[1 2 3] — (était un) homme (de)[6] — U Châu[4 5].

Comme ce territoire dépendait de celui de Yên, on lui donna le surnom de Yên-Sơn.

A l'époque où il faisait l'éducation de ses enfants, les rites de sa maison étaient observés plus scrupuleusement qu'à la cour.

Les précautions relatives au dedans et au dehors y étaient prises avec plus de rigueur que dans le lieu le plus retiré du palais.

Ses enfants écoutaient ses enseignements avec plus de crainte que celles d'un magistrat ou d'un maître.

Dans le Tả Truyện, Thạch Chước dit :

« Si vous avez de l'affection pour votre enfant, enseignez-lui les principes de la justice; ne le laissez pas tomber dans la dépravation. »

Telle fut l'éducation que Yên Sơn donna à ses enfants et qu'on peut définir : « L'enseignement des règles du devoir. »

G. Parce que [1] — (cette) terre (*territoire*) [2] — dépendait de [3] — Yên [4], — à cause (de cela) [5] — on le surnomma [6] — Yên Sơn [7 8] (Yên [7], montagne [8]).

H. (Lorsqu')il [1] — faisait (l'action de) [2] — instruire [3] — *p. de défin.* [4], — les rites [6] — de [5] — sa maison [3 4] (*maison* [3] — *pièces habitées par la famille* [4]) — étaient observés [7] — (plus) comparativement à [8] — (ceux de) la cour [9 10] (*la cour* [9] — *le lieu où l'empereur donne ses audiences* [10]).

I. Les précautions [4] — de [3] — le dedans [1] — et le dehors [2] — étaient rigoureuses [5] — (plus) comparativement à [6] — la partie la plus secrète [8] — du palais [7].

J. Les instructions [4] — de [3] — le père [1] — et le fils [2] — (étaient) redoutables [5] — (plus) comparativement à [6] — (celles d') un magistrat [7] — ou un maître [8].

K. (Dans le) Tả Truyện [1 2] (*de Tả* [1]; *le commentaire* [2]) — Thạch Chước [3 4] — dit : [5].

L. Si vous aimez [1] — (votre) fils [2], — enseignez (lui) [3] — les règles du devoir [4 5 6] (*marque d'accusatif* [4] — *justice* [5] — *principes* [6]) ; ne pas [7] — le laissez tomber (*litt* « *l'insérez* ») [8] — dans [9] — le vice [10].

M. (C'est) comme [1] — l'éducation [5] — de [4] — Yên Sơn [2 3], — (que) on peut [6] — appeler [7] — « les règles [9] — du devoir [8] » — *p. aff.* [10] — et voilà tout [11].

7

Il instruisit ses fils, et tous acquirent une grande réputation.

Les cinq fils de Yên Sơn étaient Nghi, Nghiêm, Khản, Xưng et Hi.

Tous devinrent, dans les commencements de la dynastie des Tông, de célèbres ministres, de hauts et illustres magistrats.

Leurs enfants gardèrent, de génération en génération, les traditions de la maison paternelle,

et, pendant de longues suites d'années, ils furent des citoyens éminents et honorés.

Heureuses conséquences de la sévérité avec laquelle leur père les instruisit et les guida dans le droit chemin !

7

A. Il éleva [1] — (ses) cinq [2] — fils [3], — (et quant à) la réputation [4] — tous [5] — s'étendirent [6].

B. Les cinq [3] — fils [4] de Yên Sơn [1 2] — (furent) Nghi [5], — Nghiêm [6] — Khản [7] — Xưng [8] — (et) Hi [9].

C. Au commencement de [2] — les Tông [1] — tous [3] — furent [4] — des ministres [6] — (doués de) réputation [5] — (et de) grands [7] — magistrats de rang élevé [8].

D. (Pendant les) générations [1] — ils gardèrent [2] — les règlements [7] — de la maison [6] — de [5] — le père [4] — d'eux [3].

E. Pendant beaucoup de générations [1 2] (*abondantes* [1] ; *feuilles* [2]) — ils furent honorables [3] — (et) célèbres [4].

F. Tout cela [1] — (fut le) résultat heureux [7] — (du fait) que des pères [3] — sévères [2] — instruisirent [4] — (et) guidèrent dans le droit chemin [5] — eux [6] — *p. aff.* [8].

8

Un père qui se contente de nourrir ses enfants sans les instruire est un père coupable.

Il n'y a pas lieu de craindre qu'un père ou une mère manquent de tendresse envers leurs enfants, mais bien qu'ils négligent de leur donner de l'instruction.

N'est-il pas en faute, le père qui, ayant des fils, n'est pas capable de les instruire?

9

Si un maître, instruisant ses élèves, manque de sévérité à leur égard, cela provient de sa paresse.

Quant à ce qui concerne les rapports des maîtres ou des aînés

---

8

A. (S'il) nourrit (ses fils)[1] — (et) ne pas[2] — (les) instruit[3], — (c'est la) faute[6] — de[5] — le père[4].

B. Les pères[1] — et les mères[2] — *p. déterm.*[3], — (dans leur conduite) concernant[4] — leurs fils[5], — ne pas[6] — (il y a lieu de) craindre que[7] — ne pas[8] — (ils soient) tendres[9].

C. Seulement[1] — il est à craindre que[2] — ils manquent de[3] — les instruire[4].

D. (S'il) a[1] — des fils[2] — et[3] — ne pas[4] — il peut[5] — les instruire[6], — est ce que[7] — ne pas[8] — cela est la faute[11] — du[10] — père?[9] — *p. int.*[12].

9

A. (S'il) instruit (ses élèves)[1] — et ne pas[2] — est sévère[3] — cela vient de la paresse[6] — du[5] — maître[4].

B. Les maîtres[1] — et les aînés[2] — *p. déterm.*[3], — (dans leur con-

avec leurs disciples, il n'est point à craindre qu'ils négligent de les instruire, mais bien qu'ils manquent de sévérité.

S'ils manquent de sévérité, leurs élèves seront paresseux et ne leur obéiront pas.

Il se livreront à la dissipation, et leurs devoirs seront abandonnés.

Cela viendra de la faute du maître.

10

Si votre fils n'étudie pas, il manque à son devoir.

S'il néglige de s'instruire étant jeune, que fera-t-il lorsqu'il sera vieux ?

Une maxime des anciens dit :

« Un père qui nourrit son enfant sans l'instruire est en faute.

---

duite) concernant [4] — leurs disciples [5 6] (*frère cadet*[5]; *fils*[6]) — ne pas [7] — (il est à) craindre que [8] — (ils soient) sans [9] — le fait de les instruire [10].

C. Seulement [1] — on craint que [2] — ne pas [3] — ils soient sévères [4].

D. Si ne pas [1] — ils sont sévères [2], — alors [3] — leurs disciples [4 5] — sont paresseux [6 7] (*paresseux* [6]; *se lasser de faire quelque chose* [7]) — et [8] — ne pas [9] — obéissent [10].

E. Leur esprit [1] — se dissipe [2] — et [3] — leurs devoirs [4] — sont abandonnés [5] — *p. aff. énergique* [6].

F. Cela [1] — (est) la faute [5] — de [4] — le maître [2 3] — (*être* [2] *maître* [3]) — *p. aff.* [6].

10

A. (Si un) fils [1] — ne pas [2] — étudie [3] — ne pas (c'est) [4] — ce que [5] — il convient (qu'il fasse) [6].

B. (Si, étant) jeune [1], — ne pas [2] — il étudie [3], — (lorsqu'il sera) vieux [4], — il fera [6] — quoi [5] ?

C. Une parole [2] — des anciens [1] — dit [3] :

D. « Nourrir [1] — son fils [2] — (et) ne pas [3] — l'instruire [4] — (c'est la) faute [7] — du [6] — père [5].

« Un maître qui instruit et dirige ses élèves sans montrer de « sévérité est coupable de paresse.

« L'éducation que donne le père et la sévérité du maître sont « deux choses qui n'ont rien d'incompatible.

« Si l'éducation d'un enfant reste incomplète, c'est à lui qu'il « faut s'en prendre. »

Cette maxime dit encore :

« Ne dites pas :

« Je n'étudie pas aujourd'hui, mais j'étudierai demain.

« Je n'étudie pas cette année, mais j'étudierai l'année prochaine.

« Les jours succéderont aux jours, les années aux années, et « vous serez devenu vieux, hélas !

« Et à qui la faute? »

On veut dire par là que votre repentir sera stérile.

E. « Instruire[1], — diriger[2], — (et) ne pas[3] — être sévère[4], — (cela provient de la) paresse[7] — du[6] — maître[5]. »

F. L'éducation[2] — du père[1] — et la sévérité[4] — du maître[3], — (ces) deux (choses)[5], — n'ont pas[6] — (quoique ce soit d') exclusif[7].

G. (Si, dans l') instruction[1 2] (*étudier*[1] ; *interroger*[2]), — il n'y a rien[3] — d'achevé[4], — c'est la faute[7] — du[6] — fils[5].

H. (Ce proverbe) dit[2] — encore[1] :

I. « Ne pas[1] — dites[2] : »

J. « Aujourd'hui[3 4] (*maintenant*[3] ; *jour*[4]) — ne pas[5] — j'étudie- « rai[6], — mais (j'étudierai)[7] — le jour[10] — prochain[8 9] (*avoir* (*le fait* « *de* ; *venir*[9]) ;

K. « Cette année[1 2] (*à présent*[1] ; *année*[2]) — ne pas[3] — j'étudierai[4], — « mais (j'étudierai)[5] — l'année[8] — prochaine[6 7]. »

L. « Un jour[1] — et de nouveau[2] — un[3] — jour[4] ; — une an- « née[5] — et de nouveau[6] — une[7] — année[8]. — Hélas ![9 10] (*ah !*[9] ; *in-* « *voquer*[10]) — (Voilà que sera venue) la vieillesse[11] ! — *p. d'aff. éner-* « *gique*[12].

M. « Cela[1] — (sera la) faute[4] — de[3] — qui[2] ? »

N. On veut dire que[1], — (dans le fait de) se repentir[2], — *p. dé-term.*[3] — il n'y aura rien[4] — qui atteigne (un but)[5] — *p. aff.*[6].

11

Si une pierre précieuse n'est point taillée, l'on ne pourra en faire un vase.

Si un homme n'étudie point, il ne connaîtra pas la justice.

Par le mot « Ngãi », on veut dire la « Droite voie ».

Dans le chapitre « Học kí » du Livre des Rites, on trouve ces paroles :

« Si une pierre précieuse n'est point taillée, l'on ne pourra en « faire un vase.

« Si un homme n'étudie pas, il ne connaîtra pas la droite voie. »

Un homme peut avoir des aptitudes remarquables; s'il ne se

11

A. (Si une) pierre précieuse [1] — ne pas [2] — est taillée [3], — ne pas [4] — elle devient [5] — un vase [6].

B. (Si) un homme [1] — ne pas [2] — étudie [3], — ne pas [4] — il connaît [5] — la justice (*ses devoirs*) [6].

C. Le caractère « Ngãi »[1], — c'est le sens [3] — de « (Droit) chemin » [2] — *p. de déf.* [4].

D. (Le chapitre) Học kí [3] [4] (*Mémoire* [4]; (*sur*) *l'étude* [3]) — du livre classique [2] — des Rites [1] — dit [5] :

E. « (Si) une pierre précieuse [1] — ne pas [2] — est taillée [3], — ne « pas [4] — elle devient [5] — un vase [6].

F. « (Si) un homme [1] — ne pas [2] — étudie [3], — ne pas [4] — il con-« naît [5] — la (droite) voie [6]. »

G. Quoique [1] — (un homme) ait [2] — des aptitudes [4] — remarquables [3], — (si) ne pas [5] — il étudie [7] [8] (*étudier* [7]; *interroger* [8]) — assi-

livre pas assidûment à l'étude, il restera étranger à la raison, à la justice, à la droite voie et à la vertu.

Jamais on ne pourra l'appeler un homme parfait.

12

Lorsqu'un homme a un fils, ce dernier, tandis qu'il est encore jeune, doit chercher un maître et un ami, étudier les rites et les règles de la politesse.

Dans ces vers se trouve renfermée la règle de conduite des fils et des frères cadets.

Tout homme, fils ou frère cadet d'un autre, doit, pendant qu'il est encore jeune et maître de son temps, chercher un professeur éclairé ; se lier avec une personne vertueuse; se livrer à l'étude des diffé-

---

dûment [6], — alors [9] — ne pas [10] — il pourrait [11] — connaître [12] — la raison [13], — la justice [14], — la droite voie [15] — (et) la vertu [16].

H. Jamais [1 2] — *(au plus haut degré* [1], — *ne pas* [2]) — il (ne) pourrait [3] s'appeler [4] — un homme [6] — accompli [5] — *p. aff.* [7].

12

A. (Quand on) est [1] — le fils [3] — d'un homme [2] — précisément [4] — dans sa jeunesse [5 6] — *(d'être jeune* [5]*; le temps* [6]) — (on doit) chercher (*litt.* « *s'approcher de* ») [7] — un maître [8] — (et) un ami [9], — et s'exercer à [10] — les rites [11] — et la civilité [12].

B. Cette [1] — parole [2] — est [3] — la règle (de conduite) [7] — des fils [4 6] — et des frères cadets [5 6] — *p. aff.* [8].

C. Quiconque [1] est [2] — fils [4] — (ou) frère cadet [5] — d'un homme [3], — pendant [6] — le temps [12] — de [11] — être jeune [7] — quant aux années [8] — (et) sans [9] — affaires [10], — doit [13 14] (*devoir* [13]; *id.* [14]) — chercher [15 16] (*s'approcher de* [15]; *id.* [16]) — un maître [18] — éclairé [17], — lier

rents rites, des pratiques de la civilité, des préceptes qui concernent l'amour des parents et le respect des aînés; faire des progrès dans la vertu, et remplir avec une perfection croissante les devoirs de son état, faisant de tout cela comme le fondement de la situation qu'il occupera dans la société.

13

A l'âge de neuf ans, Hương savait réchauffer la natte (de son père et de sa mère).

La piété filiale est une vertu d'une haute importance.

Parmi les actions les plus importantes de l'homme, on met en première ligne les manifestations de la piété filiale.

---

amitié avec [19] [20] (*se lier avec* [19]; *id.* [20]) — un ami [22] — vertueux [21], — pratiquer [23] [24] (*approfondir* [23]; *exercer* [24]) — l'affaire [30] — de [29] — les articles [26] — des rites [25] — et le cérémonial [28] — de la civilité [27], — et la manière [36] — de [35] — aimer [31] — ses parents [32] — et de respecter [33] — ses aînés [34], — avancer [37] — (dans) la vertu [38] — et perfectionner [39] — les devoirs de sa position [40], — pour [41] — faire [42] — la base [46] — de [45] (le fait de) se faire une position [43] [44] (*établir* [43]; *sa personne* [44]).

13

A. Hương [1], — (âgé de) neuf [2] — ans [3], — pouvait [4] — réchauffer [5] — la natte (de ses parents) [6].

B. (Etre) doué de piété [1] — envers [2] — ses parents [3] — (est) une chose à laquelle [4] — il faut [5] — s'attacher [6].

C. En tête [4] — de [3] — les cent [1] — actions [2] — prenant [5] — la piété filiale [6] — on en fait [7] — (celle qui est) en avant [8].

Un jeune homme qui commence à étudier ne doit point ignorer cela.

Autrefois, du temps des Hán, Hoàng Hương de Giang Hạ sut, dès l'âge de neuf ans, pratiquer la piété filiale.

Chaque été, au temps de la grande chaleur, il éventait les rideaux du lit de son père et de sa mère pour en rafraîchir l'oreiller et la natte, mettre en fuite les moustiques, et procurer à ses parents un paisible sommeil.

Lorsqu'arrivaient les froids rigoureux des jours d'hiver, il échauffait avec son corps la couverture, l'oreiller et la natte de ses parents, pour que ceux-ci pussent dormir chaudement.

Bien qu'on puisse dire que, pour pratiquer ainsi la piété filiale à un

---

D. Les étudiants [4] — (qui) en commençant [1] — étudient [2] — *p. déterm.* [3] — ne pas [5] — peuvent [6] — ne pas [7] — savoir (cela) [8] — *p. aff.* [9].

E. Autrefois [1], — au temps de [3] — les Hán [2], — il y avait [4] — Hoàng Hương [7 8] — (de) Giang hạ [5 6], — (qui) quant aux années [9] — (étant un enfant de) neuf [10] — ans [11] — alors (déjà) [12] — savait [13] — pratiquer la piété filiale [14] — envers [15] — ses parents [16].

F. Chaque (fois) [1], — pendant [2] — les jours [4] — de l'été [3], — au temps [8] — de [7] — la grande chaleur [5 6] (*chaud* [5]; *chaud* [6]), — alors [9] — il éventait [10] — les rideaux du lit [14 15] (*tente* [14]; *id.* [15]) — de son père [11 13] — et de sa mère [12 13], — (pour) faire que [16] — l'oreiller [17] — et la natte [18] — fussent frais [19 20] (*frais* [19]; *id.* [20]) — et que les moustiques [21 22] (*moustique* [21]; *id.* [22]) — prissent la fuite [24] — au loin [23], — pour [25] — procurer [26] — (le fait de) dormir [30] — paisiblement [29] — de [28] — ses parents [27].

G. (Quand on) était arrivé [1] — à [2] — les froids [6] — rigoureux [5] — des jours [4] — de l'hiver [3], — alors [7], — prenant [8] — son corps [9], — il réchauffait [10 11] (*réchauffer* [10]; *id.* [11]) — la couverture [15 16] (*couverture de lit* [15]; *couverture simple* [16]) — l'oreiller [17] — et la natte [18] — des parents [13 14] — de lui [12], — pour [19] — procurer [20] — (le fait de) dormir [24] — chaudement [23] — de [22] — ses parents [21].

H. (Être) tout jeune [1] — et [2] — pratiquer [3] — la piété filiale [4] — comme [5] — cela [6], — quoique [7] — (on puisse) dire (que) [8] — (c'était

âge aussi tendre, il faut être doué tout spécialement par le ciel, ce n'en est pas moins la règle de conduite que doivent suivre les enfants.

Disposer, le soir, le lit de ses parents; s'informer, le matin, de leur santé avec sollicitude; réchauffer leur couche pendant l'hiver et la rafraîchir pendant l'été, voilà ce que prescrivent les rites.

14

Dong, à quatre ans, fut capable de céder des poires (à ses frères).

Le respect des frères cadets envers leurs aînés, voilà ce qu'on doit apprendre tout d'abord.

Pour fortifier les relations sociales et consolider les liens d'affection, l'amour fraternel est ce qu'il y a de plus important.

---

par suite d'une) disposition naturelle [10] — du ciel (*donnée par le ciel*) [9], — cependant [11] — c'est la) règle de conduite [15] — de [14] — les fils [13] — des hommes [12].

I. Le soir [1] — arranger (la couche de ses parents) [2], — le matin [3] — s'enquérir avec sollicitude (de leur santé) [4], — l'hiver [5] — réchauffer (leur couche) [6], — l'été [7] — (la) rafraîchir [8], — (d'après) les rites [9] — il faut [10] — (qu'il en soit) ainsi [11] — *p. aff.* [12].

14

A. Dong [1] — (à l'âge de) quatre [2] — années [3] — put [4] — céder [5] — des poires [6].

B. Le respect des frères cadets [1] — envers [2] — les aînés [3], — (c'est une chose qu')il convient de [4] — savoir [6] — d'abord [5].

C. Pour fortifier [1] — les relations sociales [2] — et consolider [3] — les relations d'affection [4], — prenant (*m. d'accusatif*) [6] — l'amour fraternel [5], — on en fait [7] — (la chose la plus) importante [8].

Les jeunes enfants qui étudient doivent être au fait des devoirs réciproques des aînés et des cadets entre eux.

Du temps des Hán, Khồng Dong du royaume de Lồ, alors qu'il entrait dans sa quatrième année, connaissait déjà les devoirs de l'amour fraternel, du respect et de la déférence.

En ce temps-là, quelqu'un fit présent d'un panier de poires à sa famille.

Ses frères aînés se les disputèrent.

Dong, après eux, vint tout seul,

Et de plus, choisit, pour les prendre, les fruits les plus petits.

« Pourquoi, » lui demanda-t-on, « as-tu pris, seul, les plus petites poires ? »

« Je suis, » répondit-il, « le moins grand ;

D. Les devoirs réciproques [4] — de [3] — les frères aînés [1] — et frères cadets [2] — sont une chose que [7] — (ceux qui étant) tout jeunes [5] — étudient [6] — doivent [8] — connaître [9] — *p. aff.* [10].

E. Du temps de [2] — les Hán [1], — Khồng Dong [5 6] — du royaume [4] — de Lồ [3], — (lorsque quant aux) années [7] — il commençait [8] — quatre [9] — ans [10], — alors (déjà) [11] — il connaissait [12] — les règles [18] — de [17] — fraternellement [13] — aimer [14], — témoigner du respect [15], — et témoigner de la déférence [16].

F. A cette époque [1] — il y eut (quelqu'un qui) [2], — faisant un présent d'aliments [3], — fit cadeau à [4] — la famille [6] — de lui [5] — (d'en fait de) poires [7] — un [8] — panier [9].

G. Les [1] — frères aînés [2] — à l'envi (*en luttant*) [3] — prirent [4] — elles [5].

H. Dong [1] — seul [2] — vint après [3].

I. De plus [1], — choisissant [2] — les [6] — plus [4] — petites [5] — (d')elles [3], — il prit [7] — elles [8].

J. Des hommes [1] — l'interrogèrent [2] :

K. « Toi [1] — pourquoi [2] — seul [3] — as-tu pris [4] — les [6] — (plus) petites [5] ? »

L. Répondant [1] — il dit [2] :

M. « Moi [1], — de ma nature [2] — (je suis) le (plus) petit [3 4] — (*petit* [3] ; *enfant* [4]).

« J'ai donc dû prendre les moins grosses ».

On peut voir dans ce fait un exemple de son humilité, de son respect et de sa déférence.

Dans la suite, ils se trouvèrent impliqués dans un complot, et tous ses frères se disputèrent le coup de la mort.

La renommée de leur piété filiale et de leur affection fraternelle resplendit à travers les âges.

15

Ce qu'il y a de plus important, c'est la piété filiale et le respect envers les aînés;

En second lieu vient l'instruction.

Il faut connaître certains nombres; il faut savoir certains caractères.

N. « J'ai dû [1] — prendre [2] — les [4] — (plus) petites [3]. »

O. Précisément [1] — par là [2] — on peut [3] — voir [4] — un [11] — cas (*exemple*) [12] — de [10] — l'humilité [6], — du respect [7] [8] (*respecter* [7]; *id.* [8]), — et de la déférence [9] — de lui [5].

P. Dans la suite [2] — des jours [1] — ils furent impliqués dans [3] [4] (*rencontrer* [3]; *être séduit* [4]) — le malheur [6] — d'un complot [5].

Q. Toute [3] — la famille [4] — des frères [1] [2] (*frères aînés* [1]; *frères cadets* [2]) — à l'envi [5] — mourut [6].

R. La renommée [5] — de [4] — la piété filiale [2] — et de l'affection fraternelle [3] — d'eux [1] — resplendit [6] — *p. emphatique* [7] — (pendant) mille [8] — antiquités [9] — *p. aff. énergique* [10].

15

A. La première chose (*littt* : « *la tête* ») [1] — (est) la piété filiale [2] — et le respect envers les aînés [3]; — la deuxième [4] — (est) de s'instruire [5] [6] (*voir* [5]; *entendre* [6]).

B. Sachez [1] — certains [2] — nombres [3]; — retenez [4] — certains [5] — caractères [6].

Parmi les relations sociales, on doit pratiquer à fond les règles de piété filiale et du respect envers les aînés.

Les écoliers doivent être au fait des motifs qu'ils ont de s'instruire.

Khổng Tử dit :

« Quand, après avoir rempli leurs obligations, les jeunes gens ont « des loisirs, ils doivent les consacrer aux études qui constituent « l'éducation des personnes de la classe distinguée.

« Lorsqu'ils en connaîtront le programme, ils s'occuperont des « nombres.

« Lorsqu'ils connaîtront la signification des nombres, ils s'adonneront à l'étude des lettres. »

Le Diệc Kinh dit :

« Le sage connaît en détail les paroles, les démarches et les actions « des anciens.

« Chaque jour il retrempe sa vertu. »

Khổng Tử dit :

C. Les règles [4] — de [3] — la piété filiale [1] — et du respect envers les aînés [2] — (sont, parmi) les relations sociales [6] — des hommes [5], — celles que [7] — on doit [8] — épuiser *(pratiquer à fond)* [9].

D. La raison [4] — de [3] — s'instruire [1 2] — (est) la chose que [7] — les écoliers [5 6] *(tout jeune [5]; apprendre [6])* — doivent [8] — savoir [9].

E. (Khổng) Tử [1] — dit [2] :

F. « (Quand, après avoir) pratiqué (leurs premiers devoirs) [1] — (les jeunes gens) ont [2] — des forces [4] — en surplus [3], — alors [5] — (ils doi- « vent les employer) à [6] — étudier [7] — les caractères [8]. »

G. « Quand ils connaîtront [1] — la nomenclature [3] — d'eux [2], — « alors [4] — ils s'occuperont de [5] — les nombres [6]. »

H. « (Quand ils) sauront [1] — la signification [3] — d'eux [2], — alors [4] « ils étudieront [5] — les lettres [6]. »

I. Le Diệc (Kinh ou livre des changements) [1] — dit [2] :

J. « Le sage [1 2] *(homme éminent [1]; maître [2])* — en grand nombre [3] — « sait [4] — les paroles [6], — les démarches [7] — et les actions [8] — des « anciens [5].

K. « (De jour en) jour [1] — il renouvelle [2] — la vertu [4] — de lui [3]. »

L. Khổng Tử [1 2] — dit [3] :

« En écoutant beaucoup, l'on fait évanouir ses doutes.
« Ne dites point légèrement plus que le strict nécessaire.
« En regardant beaucoup, on fait disparaître le danger.
« Ne vous livrez point inconsidérément aux démarches qui ne sont « pas indispensables. »

Quand notre instruction s'est développée et que notre science a acquis de la profondeur, nos paroles « nous exposent rarement au blâme, » et « nous avons peu d'actions à regretter. »

16

(Comptez) de un à dix et de dix à cent.

A partir d'ici, l'on traite exclusivement de la connaissance de certains nombres.

M. « Beaucoup [1] — écouter [2] — efface [3] — les doutes [4].

N. « Avec circonspection [1], — dites [2] — le surplus [4] — de vous [3].

O. « Beaucoup [1] — regarder [2] — fait disparaître [3] — le danger [4].

P. « Avec circonspection [1] — agissez [2] — le surplus [4] — de vous [3]. »

Q. Quand on arrive [1] — à (le fait que) [2] — l'instruction [3] [4] *(écouter [3]; regarder [4])* — s'est étendue [5] [6] *(marque du passé [5]; s'élargir [6])* — (et que) la science [7] [8] *(savoir [7]; id. [8])* — a acquis de la profondeur [9] [10] *(m. du passé [9]; profond [10])*, — alors [11] — (nos) paroles [12] — « peu [13] — sont blâmées [14] » — et [15] — (nos) actions [16] — « peu [17] — sont regrettées [18] » — *p. aff. énergique* [19].

16

A. De un [1] — à [2] — dix [3]; — de dix [4] — à [5] — cent [6].

B. (Si on part de) ceci [1] — pour aller en descendant [2] [3] *(pour [2]; descendre [3])*, — toutes (les phrases) [4] — parlent de [5] — (le fait de) savoir [6] certains [7] — nombres [8] — *p. aff.* [9].

Les nombres au moyen desquels on peut compter tout ce qui existe ont leur point de départ dans l'unité.

L'unité constitue l'origine de la numération,
comme la dizaine en est le terme.

Le nombre « cent » résulte du développement complet du nombre « dix ».

17

Comptez de « cent » à « mille, » puis de « mille » à « dix mille ».

Si on développe le nombre « dix » jusqu'à sa plénitude en le multipliant par lui-même, on obtiendra le nombre « cent ».

Si on développe le nombre « cent » jusqu'à sa plénitude en le multipliant par « dix » on obtiendra le nombre « mille ».

C. Les nombres [4] — des dix mille [1] [3] — êtres [2] — commencent [5] — à [6] — un [7].

D. Le (nombre) [2] — un [1] — (est le) commencement [5] — de [4] — les nombres [3].

E. Le (nombre) [2] — dix [1] — (est) la fin [5] — de [4] — les nombres [3].

F. Le (nombre) [2] — cent [1] — (est) la plénitude (*le développement complet*) [5] — de [4] — (le nombre) dix [3] — *p. de déf.* [6].

17

A. De cent [1] — à [2] — mille [3] ; — de mille [4] — à [5] — dix mille [6].

B. (Si le nombre) dix [1] — est répété [2] — et [3] — porté à sa plénitude [4], — en complétant [5] — les dix (fois) [6] — alors [7] — on fait [8] — (le nombre) cent [9].

C. (Si le nombre) cent [1] — est répété [2] — et [3] — porté à sa plénitude [4], — en complétant [5] — les dix (fois) [6] — alors [7] — on fait [8] — (le nombre) mille [9].

Si on développe le nombre « mille » jusqu'à sa plénitude en le multipliant par « dix » on obtiendra le nombre « dix mille »;

Si on va plus loin, l'on ne trouvera point de limite à la série décimale des nombres, car elle est inépuisable.

18

(Ce qu'on appelle) les « trois Puissances », ce sont le Ciel, la Terre et l'Homme.

Parmi les exhalaisons du Chaos, celles qui étaient légères et qui purent s'élever flottèrent dans l'espace et formèrent le Ciel,

Celles qui étaient pesantes et impures descendirent, se condensèrent, et formèrent la Terre.

D. Si le nombre mille [1] — est répété [2] — et [3] — porté à sa plénitude [4], — en complétant [5] — les dix (fois) [6] — alors [7] — on fait [8] — le nombre dix mille [9] — *p. de déf.* [10].

E. (Si on) dépasse [1] — (ces) nombres [2] — pour [3] — aller (au-delà) [4], — les nombres [5] — n'ont pas [6] — de terminaison [8] — de leur série décimale [7].

F. Ne pas [1] — on peut [3] — épuiser [4] — eux [2] — *p. aff.* [5].

18

A. Les [3] — trois [1] — Puissances [2] — sont le Ciel [4], — la Terre [5] — et l'Homme [6].

B. (Parmi les) exhalaisons [4] — de [3] — le Chaos [1] [2] (*chaos* [1]; *confus* [2]), — les [7] — légères [5] — et pures [6] — montèrent [8], — flottèrent (dans l'espace) [9] — et [10] — formèrent [11] — le Ciel [12].

C. Les [3] — lourdes [1] — et impures [2] — descendirent [4], — se condensèrent [5] — et [6] — formèrent [7] — la Terre [8].

Entre le Ciel et la Terre prit naissance la multitude des créatures.
L'homme est la plus noble d'entre elles,
et le plus intelligent des êtres.
Les propriétés naturelles de l'élément vital sont (ce qu'on appelle) le Principe femelle et le Principe mâle.
Le Đạo transforme et développe.
Pendant toute la série des âges, il opère sans cesse,
de concert avec le Ciel, la Terre, et l'Homme.
C'est pourquoi l'on emploie cette expression : « *les trois Puissances* ».

19

Les trois Sources de lumière sont le Soleil, la Lune et les Etoiles.

Le Soleil prend son origine dans la partie subtile du Principe mâle.

D. Dans l'intervalle [4] — de [3] — le Ciel [1] — et la Terre [2], — les dix mille [5] — êtres [6] — en foule [7] — prirent naissance [8].

E. Mais [1] — l'Homme [2] — (est) le plus [3] — noble [4].

F. L'homme [1] — est [2] — (le plus) intelligent [6] — de [5] — les dix mille [3] — êtres [4].

G. Les propriétés naturelles (*données par le Ciel*) [2] — de l'élément vital [1] — (sont) le Principe femelle [3] — et le Principe mâle [4].

H. Le Đạo [1] — transforme [2] [3] (*pousser à faire quelque chose* [2] ; *transformer* [3]) — et fait développer [4].

I. D'âge en âge [1] [2] (*naître* [1] ; *id.* [2]) — ne pas [3] — il cesse [4].

J. Il agit de concert (*litt.* « *est associé* ») avec [1] — le Ciel [2], — la Terre [3] — et l'Homme [4].

K. C'est pourquoi [1] — on dit [2] — « les trois [3] — Puissances » [4].

19

A. Les [3] — trois [1] — Sources de lumière [2] — (sont) le Soleil [4], — la Lune [5] — et les Etoiles [6].

B. L'origine [2] — du Soleil [1] — (est) dans [3] — (la partie) subtile [6] — du [5] — Principe mâle [4].

Sa lumière brille pendant le jour.

La lune est formée, dans son essence, de la substance du principe femelle.

Elle donne sa lumière pendant la nuit.

Les cinq planètes et les diverses constellations sont toutes fixées dans le ciel,

où elles brillent resplendissantes.

Elles sont (à la fois) disséminées et rangées en ordre, innombrables comme les arbres d'une épaisse forêt.

Les trois ordres d'astres sont appelés les trois Luminaires.

20

Les trois grands liens (de l'humanité) sont: Le respect des ministres vis-à-vis du souverain; l'affection des fils

---

C. Il brille [1] [2] (*briller* [1]; *regarder en bas* [2]) — dans [3] — le jour [4].

D. L'origine [2] — de la Lune [1] — (est) dans [3] — la substance [6] — de [5] — le principe femelle [4].

E. Elle éclaire [1] [2] (*briller* [1]; *id.* [2]) — dans [3] — la nuit [4].

F. Les cinq [1] — Planètes [2] — et les diverses [3] — Constellations [4] — toutes [5] — sont fixées [7] — au firmament [7] [8].

G. Elles répandent un vif éclat [1] [2] [3] [4] (*éclatant* [1]; *lumineux* [2]; *resplendissant* [3] [4] (*éclatant* [3]; *splendide* [4]).

H. Elles sont disséminées [1] — et sont rangées [2], — innombrables et disposées avec ordre comme la multitude des arbres d'une forêt [3] [4] (*multitude d'arbres* [3]; *disposées avec ordre* [4]).

I. Elles ressemblent [1] — à [2] — le Soleil [3] — et la Lune [4].

J. On appelle [1] — eux (*ces trois ordres de luminaires*) [2] — les trois [3] — Luminaires [4].

20

A. Les [3] — trois [1] — Liens (ou Chefs) de la société humaine [2] — sont le respect (*litt. Justice*) [6] — du Prince [4] — et

pour leur père ; l'obéissance de la femme à son époux.

« Cang » veut dire *chef ou lien principal.*

Il y a trois grands Liens ou Chefs dans la société humaine.

Le Prince, gouvernant au sein de sa cour, est le *Chef* de ses ministres.

Le Père, gouvernant au milieu de la famille, est le *Chef* de ses fils.

L'Époux, gouvernant dans la maison, est le *Chef* de sa femme.

Lorsque les trois Liens sociaux sont droits (*régulièrement observés*), alors le souverain est saint et les ministres fidèles, les pères tendres et les fils doués de piété filiale, les maris conciliants et les femmes obéissantes. La pureté, le calme règnent dans le monde, et les États sont plongés dans une paix profonde.

---

des Ministres (*de la part des ministres*)[5]; **— l'amour**[9] **— du Père**[7] **— et du Fils** (*de la part du fils*)[8]; **— la soumission**[12]**— du Mari**[10] **— et de la Femme** (*de la femme vis-à-vis de son mari*)[11].

B. Le[2] — Cang[1], — (c'est) le lien[4] — principal[3] — *p. de déf.*[5].

C. (Quant aux) grands[4]— Liens (ou Chefs)[5]— de[3] — le monde[1 2] (*le dessous de*[2]; *le ciel*[1]),— il y en a[6] — trois[7].

D. Quand le Prince[1] — gouverne[2] — dans[3] — sa cour (*son royaume*)[4], — il est[5] — le Chef[8] — de[7] — ses ministres[6].

E. (Quand) le Père[1] — gouverne[2] — dans[3] — sa famille[4], — il est[5] — le Chef[8] — de[7] — ses fils[6].

F. (Quand) le Mari[1] — gouverne[2] — dans[3] — sa maison[4], — il est[5] — le Chef[8] — de[7] — sa femme[6].

G. Lorsque[3] — les trois[1] — Liens sociaux[2] — sont droits[4],— alors[5] — le Prince[6] — est saint[7] — et le Ministre[8] — est fidèle[9]; — le Père[10] — est affectueux[11] — et le Fils[12] — pratique la piété filiale[13]; — le Mari[14] — est doux[15] — et la Femme[16] — est soumise[17]; — le monde[18 19] (*partie de la maison recouverte par les bords du toit*[18]; *depuis l'antiquité jusqu'à nos jours*[19]) — est pur[20] — et tranquille[21]; — le royaume[22 23] (*royaume*[22]; *id.*[23]) —jouit d'une paix profonde[24 25] (*non troublé*[24]; *paix*[25]) — *p. d'aff. énergique*[26].

21

On dit : « *le Printemps et l'Été* »; on dit : « *l'Automne et l'Hiver* ».

Ces quatres saisons se succèdent indéfiniment et à tour de rôle.

L'auteur parle ici de l'ordre des saisons de l'année.

On divise le cours de l'année en quatres parties que l'on appelle les quatre saisons.

Elles correspondent à (la constellation appelée) *Boisseau du nord.*

Lorsque le manche du Boisseau est tourné vers l'orient et se trouve dans les points Dân, Meọ et Thìn, tout se fait jour et naît dans la nature.

C'est la saison du Printemps.

21

A. On dit [1] : — « le Printemps [2] — et l'Eté [3] » ; — on dit [4] : — « l'Automne [5] — et l'Hiver [6] ».

B. Ces [1] — quatre [1] — saisons [3] — font leur révolution [4] — — sans [5] — fin [6].

C. (Dans) ceci [1] — (on) parle de [2] — l'ordre [6] — de [5] — les Saisons [4] de l'année [3] — *p. de déf.* [7].

D. Le cours [4] — de [3] — une [1] — année [2] — se divise [5] — et fait [6] — les quatre [7] — Saisons [8].

E. Elles répondent [1] — à [2] — le Boisseau du Nord [3 4] (*Grande Ourse ou Chariot. Nord* [3] ; *boisseau* [4]).

F. (Lorsque) le manche [2] — du Boisseau [1] — est tourné vers [4] — l'Orient [3] — (et qu'il) — se trouve dans (les points de la boussole) [5] — Dân [6] — Meọ [7] — et Thìn [8], — les dix mille [9] — êtres (*toutes les productions de la nature*) [10] — se font jour [11] — et naissent [12].

G. Quant à [1] — la saison, [2] — c'est [3] — le Printemps [4].

Lorsque le manche est tourné vers le midi et se trouve aux points Tị, Ngọ et Mùi, tout se développe et prend un luxuriant accroissement.

C'est la saison de l'Été.

Lorsque le manche est tourné vers l'occident et se trouve en Thân, Dâu et Tuất, on recueille tous les produits.

C'est la saison de l'Automne.

Lorsque le manche est tourné vers le nord et se trouve en Hợi, Tí et Sửu, on les enmagasine.

C'est la saison de l'Hiver.

Les quatre saisons se succèdent dans une révolution sans fin, et tournent indéfiniment dans le même cercle.

Le froid et le chaud alternent entre eux, et les travaux de l'année s'accomplissent.

H. (Lorsque) le manche [2] — du Boisseau [1] — est tourné vers [4] — le midi [3] — et se trouve dans [5] — (les points) Tị [6] — Ngọ [7] — et Mùi [8], — les dix mille [9] — êtres [10] — se développent [11] — (et sont) luxuriants [12].

I. Quant à [1] — la saison [2], — c'est [3] — l'Eté [4].

J. (Lorsque) le manche [2] — du Boisseau [1] — est tourné vers [4] — l'occident [3] et se trouve dans [5] — (les points) Thân [6], — Dậu [7], — et Tuất [8], — toutes les productions de la nature [9 10] — sont recueillies [11 12] (*récolter* [11] ; *id.* [12]).

K. Quant à [1] — la saison [2], — c'est [3] — l'Automne [4].

L. (Lorsque) le manche [2] — du Boisseau [1] — est tourné vers [3] — le nord [4] — et se trouve dans [5] — (les points) Hợi [6], — Tí [7] — et Sửu [8], — les productions de la nature [9 10] — sont emmagasinées pour l'hiver [11 12] (*amasser* [11] ; *serrer* [12]).

M. Quant à [1] — la saison [2], — c'est [3] — l'Hiver [4].

N. Les quatre [1] — saisons [2] — *p. déterm.* [3] — font leur révolution [4 5] (*faire sa révolution* [4] ; *id.* [5]) — sans [6] — cesser [7].

O. Elles tournent en cercle [1 2] (*tourner* [1] ; *id.* [2]) — sans [3] — fin [4].

P. Le froid [1] — et la chaleur (du soleil) [2] — alternent [3] — et changent [4], — et [5] — les œuvres [7] — de l'année [6] — sont accomplies [8] — *p. fin.* [9].

22

On dit : « *Le Sud et le Nord* » ; on dit : « *L'Occident et l'Orient* ».

Ces quatre régions correspondent au centre.

L'on parle ici des quatre points cardinaux.

La région de l'Est direct a pour caractères cycliques Giáp et Ất,

Pour souverain *Thái Hạo*,

et pour génie *Câu mang.*

Son principe actif réside dans le *Bois.*

Parmi les Vertus cardinales, elle est *l'Humanité*,

et, parmi les Saisons, elle est le *Principe mâle verdoyant.*

La région du Sud direct a pour caractères cycliques *Bính* et *Đinh,*

22

A. On dit[1] : — « le Sud[2] — et le Nord[3] » ; — on dit[4] : — « l'Occident[5] — et l'Orient[6] ».

B. Ces[1] — quatre[2] — côtés (du monde)[3] — correspondent[4] — à[5] — le centre[6].

C. (Dans) cela[1] — (on) parle de[2] — la place[6] — de[5] — les quatre[3] — régions (côtés du monde)[4] — *p. aff.*[7].

D. (Quant à) la région[4] — de[3] — le droit[1] — Est[2], — les caractères cycliques[6] — d'elle[5] — (sont) Giáp et Ất[7 8].

E. Le souverain[2] — d'elle[1] — (est) Tái Hạo[3 4].

F. Le génie[2] — d'elle (*qui y préside*)[1] — est Câu mang[3 4].

G. Son principe actif[1 2] (*parfaite*[1]; *vertu*[2]) — est dans[3] — le Bois[4].

H. Dans[1] — les (cinq) Vertus cardinales[2] elle est[3] — l'Humanité[4].

I. Dans[1] — les Saisons[2] — elle est[3] — le Principe mâle[5] — verdoyant[4].

J. (Quant à) la région[4] — du[3] — Sud[2] — droit[1], — les caractères cycliques[6] — d'elle[5] — sont Bính et Đinh[7 8].

Pour souverain *Viêm Dê*,

Et pour génie *Chúc Dong*.

Son principe actif réside dans le *Feu*.

Parmi les Vertus cardinales, elle constitue *les Rites*,

et, parmi les saisons, elle est la *Lumière vermeille*.

La région de l'Ouest direct a pour caractères cycliques Canh et Tân,

pour souverain *Kim Thiên*,

et pour génie *Nhục Thâu*.

Son principe actif réside dans le *Métal*.

Parmi les Vertus cardinales, elle est la *Justice*,

et, parmi les saisons, le *Grenier blanc*.

La région du Nord direct a pour caractères cycliques Nhâm et Qúi,

pour souverain *Chuyên Húc*,

et pour génie *Ngươn Minh*.

Son principe actif réside dans l'*Eau*.

K. Le souverain [2] — d'elle [1] — est Viêm Đê [3] [4].

L. Le génie [2] — d'elle [1] — est Chúc Dong [3] [4].

M. Son principe actif [1] [2] — est dans [3] — le Feu [4].

N. Dans [1] — les Vertus cardinales [2] — elle est [3] — les Rites [4].

O. Dans [1] — les Saisons [2] — elle est [3] — la Lumière [5] — vermeille [4].

P. (Quant à) la région [4] — de [3] — l'Ouest [2] — droit [1], — les caractères cycliques [6] — d'elle [5] — sont Canh et Tân [7] [8].

Q. Le souverain [2] — d'elle [1] — est Kim Thiên [3] [4].

R. L'esprit [2] — d'elle [1] — est Nhục Thâu [3] [4].

S. Son principe actif [1] [2] — est dans [3] — le Métal [4].

T. Dans [1] — les Vertus cardinales [2] — elle est [3] — la Justice [4].

U. Dans [1] — les Saisons [2] — elle est [3] — le Grenier [5] — blanc [4].

V. (Quant à) la région [4] — de [3] — le Nord [2] — droit [1] — les caractères cycliques [6] — d'elle [5] — sont [7] — Nhâm et Quí [8] [9].

X. Le souverain [2] — d'elle [1] — est Chuyên Húc [3] [4].

Y. Le génie [2] — d'elle [1] — est Ngươn Minh [3] [4].

Z. Son principe actif [1] [2] — est dans [3] — l'Eau [4].

Parmi les Vertus cardinales, elle est la Prudence,
Et, parmi les Saisons, le Temps violent et dur.
Le palais du centre a pour caractères cycliques Mồ et Ki,
pour souverain *Hoàng* Đế,
et pour génie *Câu Long*.
Son principe actif réside dans la *Terre*.
Parmi les Vertus cardinales, il est la Sincérité,
et parmi les Saisons, il constitue l'élément déterminant de la prospérité dans les quatre Saisons et des quatre Régions.

Le printemps, l'été, l'automne et l'hiver ont chacun un principe dirigeant spécial.

Pour la terre, elle demeure au centre, s'appropriant le principe utile des choses, et subissant (en retour) l'influence simultanée des quatre Régions.

A'. Dans [1] — les Vertus cardinales [2] — elle est [3] — la Prudence [4].

B'. Dans [1] — les Saisons [2] — elle est [3] — le Temps violent et dur [4] [5] (*colère implacable* [4]; *cristal* [5]).

C'. (Quant au) palais [4] — de [3] — le centre [1] [2] (*au milieu* [1]; *le centre* [2]), — les caractères cycliques [6] — de lui [5] — sont Mồ et Ki [7] [8].

D'. Le souverain [2] — de lui [1] — est Hoàng Đế [3] [4].

E'. Le génie [2] — de lui [1] — est Câu Long [3] [4].

F'. Son principe actif [1] [2] — est dans [3] — la Terre [4].

G'. Dans [1] — les Vertus cardinales [2] — il est [3] — la Sincérité [4].

H'. Dans [1] — les Saisons [2] — (il est le principe qui) transmet [3] — la prospérité [4] — à [5] — les quatre [6] — Saisons [7] — (et aux) quatre [8] — Régions [9].

I'. (Quant à) le printemps [1], — l'été [2], — l'automne [3] — et l'hiver [4], — chacun [5] — a [6] — un directeur [8] — particulier [7].

J'. Seulement [1] — la terre [2] — demeure dans [3] — le centre [4] — et met à profit [5] — les choses [6]; — et [7] — les quatre [8] — Régions [9] — ensemble [10] — répondent à (*réagissent sur*) [11] — elle [12] — *p. aff.* [13].

23

On dit : « *L'eau, le feu, le bois, le métal et la terre* ».
Ces cinq éléments tirent leur origine de leur nombre même.

Am et Dương, les deux principes vitaux, se transformant au sein du monde, produisent les cinq Éléments.
En premier lieu, le ciel produit l'eau.
En second lieu, la terre produit le feu.
En troisième lieu, le ciel produit le bois.
En quatrième lieu, la terre produit le métal.
En cinquième lieu, le ciel produit la terre.
Tel est l'ordre de production des cinq Éléments.

23

A. On dit[1] : — « l'eau[2], — le feu[3], — le bois[4], — le métal[5] — et la terre[6] ».
B. (De) ces[1] — cinq[2] — Eléments[3] — l'origine[4] — (est) dans[5] — le nombre (primordial, qui est « cinq ») [6].

C. Dans l'intérieur[4] — de[3] — le monde[1] [2] (*ciel*[1]; *terre*[2]), — les deux[7] — principes vitaux[8] — âm[5] — et Dương[6] — se transforment en[9] [10] (*se transforment*[9] ; *donnent naissance à*[10]) — les cinq[11] — Éléments[12].
D. Le ciel[1] — en premier lieu[2] — produit[3] — l'eau[4].
E. La terre[1] — en second lieu[2] — produit[3] — le feu[4].
F. Le ciel[1] — en troisième lieu[2] — produit[3] — le bois[4].
G. La terre[1] — en quatrième lieu[2] — produit[3] — le métal[4].
H. Le ciel[1] — en cinquième lieu[2] — produit[3] — la terre[4].
I. Cela[1] — est l'ordre[6] — de production[5] — de[4] — les cinq[2] — Éléments[3] — *p. aff.*[7].

Par *l'eau*, on entend ce qui découle ;

Par le *feu*, ce qui s'élève sous la forme d'une flamme ;

Par le *bois*, ce qui est courbé et ce qui est droit ;

Par le *métal*, ce qui sert à fabriquer les ustensiles.

L'attribution spéciale de la terre consiste dans les semis et les moissons.

Ce sont là les vertus actives et naturelles des cinq Éléments.

L'eau produit le bois.

Le bois produit le feu.

Le feu produit la terre.

La terre produit le métal.

Le métal produit le feu.

L'eau dompte le feu.

Le feu dompte le métal.

Le métal dompte le bois.

J. (Par) « l'eau » [1], — on veut dire [2] — (ce qui) découle [3] [4] (*humecter* [3]; *descendre* [4]).

K. (Par) « le feu » [1], — on veut dire [2] — (ce qui,) en flamboyant [3] — s'élève [4].

L. (Par) « le bois » [1], — on veut dire [2] — (ce qui) est courbé [3] — et (ce qui) est droit [4].

M. (Par) « le métal » [1], — on veut dire [2] — (ce qui) est employé à faire [3] — les ustensiles [4].

N. La terre [1] — a pour attribution (*litt. consiste dans*) [2] — (le fait de) semer [3] — (et le fait de) moissonner [4].

O. Ce (sont) [1] — les vertus (actives) [7] — de [6] — la nature [5] — de [4] — les cinq [2] — Éléments [3] — *p. aff.* [8].

P. L'eau [1] — produit [2] — le bois [3].

Q. Le bois [1] — produit [2] — le feu [3].

R. Le feu [1] — produit [2] — la terre [3].

S. La terre [1] — produit [2] — le métal. [3].

T. Le métal [1] — produit [2] — le feu [3].

U. L'eau [1] — dompte [2] — le feu [3].

V. Le feu [1] — dompte [2] — le métal [3].

X. Le métal [1] — dompte [2] — le bois [3].

Le bois dompte la terre,

et la terre, à son tour, dompte l'eau.

Dans le monde moral comme dans le monde matériel, il n'est rien que les cinq Éléments ne pénètrent.

C'est d'eux que sort la force régulatrice du monde.

C'est d'eux que, par le raisonnement, l'on déduit l'universa des nombres.

Il est impossible de les ignorer.

24

On dit : *l'Humanité*, *la Justice, les Rites*, *la Prudence et la Fidélité*. »

Y. Le bois [1] — dompte [2] — la terre [3].

Z. La terre [1], — en outre [2], — dompte [3] — l'eau [4].

A'. (Parmi) les dix mille [1] — choses morales [2] — et les dix mille [3] — êtres matériels [4], — il n'en est pas [5] — (qui) ne pas [6] — ait [7] — (le fait que) les cinq [8] — Éléments [9] — pénètrent [10] — dans [11] — l'intérieur [13] — de lui [12]; — et [14] — la force régulatrice [18] — de [17] — le monde [15 16] (*le dessous* [16]; *du ciel* [15]), — en tout [19], — sort [22] — de [20] — ces (Éléments) [21].

B'. Les nombres [4] — de [3] — l'univers [1 2] — tous [5] — sont déduits [7] — de (ces éléments) [6].

C'. Ne pas [1] — on peut [2] — ne pas [3] — les connaître [4] — *p. aff.* [5].

24

A. On dit [1] : — « *l'Humanité* [2], — *la Justice* [3], — *les Rites* [4] — *la Prudence* [5] — *et la Fidélité* [6].

Il n'est pas permis de confondre ces cinq Vertus cardinales.

La doctrine des cinq Vertus cardinales, fondée sur la raison, a sa base dans l'origine même des facultés naturelles de l'homme.

La première s'appelle l'Humanité.

L'Humanité, c'est l'homme.

C'est la vertu du cœur.

Etre magnanime, doux, tendre et bon, compatissant, voilà l'Humanité.

La seconde s'appelle la Justice.

La Justice consiste dans *(la connaissance et la pratique de)* ce qui est convenable.

C'est ce à quoi le cœur est astreint.

Se montrer énergique et déterminé, doué de décision et de courage, voilà la Justice.

B. Ces [1] — cinq [2] — Vertus cardinales [3] — ne pas [4] — on tolère que [5] — on les confonde [6].

C. La juste doctrine [4] — de [3] — les cinq [1] — Vertus cardinales [2] — prend sa racine [5] — dans [6] — l'origine [8] — des dispositions naturelles (de l'homme) [7].

D. La première [1] — est dite [2] — l'Humanité [3].

E. L' [2] — Humanité [1] — c'est l'homme [3] — *p. de déf.* [4].

F. (C'est) la vertu [3] — de [2] — le cœur [1] — *p. de déf.* [4].

G. (Etre) magnanime [1 2] (*clément* [1]; *libéral* [2]), — doux [3 4] (*doux* [3]; *id.* [4]), — tendre et bon [5 6], — compatissant [7 8] (*avoir pitié de* [7]; *digne de compassion* [8]), — cela [9] — *p. déterm.* [10] — est [11] — l'Humanité [12].

H. La deuxième [1] — est dite [2] — la Justice [3].

I. La [2] — Justice [1] — (est ce qui) est convenable [3] — *p. de déf.* [4].

J. (C'est) l'obligation [3] — de [2] — le cœur [1] — *p. de déf.* [4]

K. Se manifester [1] — (comme) énergique [2] — et doué de détermination [3 4] (*ferme* [3]; *id.* [4]); — promptement [5] — décider [6], — être courageux [7 8] (*courageusement* [7]; *oser* [8]), — cela [9] — *p. déterm.* [10] — est [11] — la Justice [12].

La troisième s'appelle les Rites.

Les Rites, ce sont les usages.

C'est ce que le cœur tient pour conforme à la raison.

Avoir un extérieur réglé ; être gravé, modéré dans ses allures, correct, conciliant, plein de condescendance, modeste et respectueux envers autrui, voilà ce qu'on appelle les Rites.

La quatrième s'appelle la Prudence.

La Prudence, c'est le savoir.

C'est le ressort du cœur.

Avoir l'esprit prompt ; posséder une science profonde ; être versé dans la littérature et examiner en silence les questions ; voilà la Prudence.

La cinquième s'appelle la Fidélité.

La Fidélité, c'est la loyauté.

Elle tient le cœur sous son empire.

L. La troisième[1] — est dite[2] — les Rites[3].

M. Les[2] — Rites[1] — (ce sont) les usages[3] — *p. de déf.*[4].

N. (Ce sont) les choses trouvées convenables[3] — de[2] — le cœur *(par le cœur)*[1]. — *p. de déf.*[4].

O. Avoir un extérieur réglé[1], — être grave[2], — avoir des allures modérées (*tenant le milieu*)[3], — être correct[4], — être conciliant[5], — être condescendant[6], — être modeste[7] — et respecter (les autres)[8], — cela[9] — *p. déterm.*[10] — s'appelle[11] — les Rites[12].

P. La quatrième[1] — est dite[2] — la Prudence[3].

Q. La[2] — Prudence[1] — c'est le savoir[3] — *p. déf.*[4].

R. C'est le ressort[3] — de[2] — le cœur[1] — *p. de déf.*[4].

S. Avoir l'esprit prompt[1 2] (*qui a l'esprit pénétrant*[1] ; *perspicace*[2]) ; — être profond[3] — quant au savoir[4] ; — être versé dans la littérature[5 6] (*littérature*[5] ; *régler*[6]) ; — silencieusement[7] — examiner[8] ; — cela[9] — *p. déterm.*[10] — c'est[11] — la Prudence[12].

T. La cinquième[1] — est dite[2] — la Fidélité[3].

U. La[2] — Fidélité[1] — c'est la loyauté[3] — *p. de déf.*[4].

V. Elle est la dominatrice[3] — de[2] — le cœur[1] — *p. de déf.*[4].

Etre sincère, droit; être un homme sur lequel les autres puissent faire fond; être doué d'égalité d'âme; voilà la Fidélité.

L'Humanité, la Justice, les Rites, la Prudence et la Fidélité sont ce que l'on appelle les cinq *Vertus cardinales*.

Il n'est pas permis de les confondre.

25

Le riz, le gros millet, le haricot, le blé, le « thử » et le « tắc », telles sont les six espèces de grains dont l'homme fait sa nourriture.

L'on dit ici que les espèces de grains qui peuvent être mangées sont au nombre de six.

La première s'appelle le riz.

X. Etre sincère [1] [2] (*sincère* [1]; *vrai* [2]), — être droit [3] [4] (*droit* [3]; *id.* [4]); — être (un homme) sur qui on peut faire fond [5] [6] (*loyal* [5]; *loyal* [6]); — être doué d'égalité d'âme [7] [8] (*en paix* [7]; *paisible* [8]), — cela [9] — *p. déterm.* [10] — c'est [11] — la Fidélité [12].

Y. L'Humanité [1], — la Justice [2], — les Rites [3], — la Prudence [4] — et la Fidélité [5], — on appelle [6] — elles [7] — les cinq [8] — Vertus cardinales [9].

Z. Ne pas [1] — on tolère [2] — de les confondre [3] [4] (*confondre* [3]; *brouiller* [4]). — *p. aff.* [5].

25

A. Le riz [1], — le gros millet [2], — les haricots [3], — le blé [4], — le thử (*millet glutineux*) [5] — et le tắc (*millet non glutineux*) [6], — ces [7] — six [8] — (espèces de) grains [9] — (sont) ce que [11] — les hommes [10] — mangent [12].

B. (Dans) cela [1] — on dit que [2], — quant aux grains [3] — qui [6] — peuvent [4] — être mangés [5], — il y en a [7] — six [8] — *p. aff.* [9].

C. Le premier [1] — s'appelle (*est dit*) [2] — le riz [3].

Il y a le riz des montagnes, le riz non glutineux, le riz tardif et le riz glutineux.

La seconde s'appelle le gros millet.

C'est le « cao lương mễ » (millet à haute tige) des pays septentrionaux.

Il y a le gros millet jaune, le gros millet blanc et le gros millet vert.

La troisième se nomme le haricot. C'est le nom général de toutes les légumineuses comestibles.

On en connaît les espèces suivantes : « Le grand, le petit, le jaune, le noir, le vert, le blanc, le « cong ».

Le plat, celui que l'on donne aux porcs, est celui dont la gousse a la forme du ver à soie.

La quatrième s'appelle le blé.

C'est un grain d'été.

Il y a le grand blé, le petit blé, le blé jaune, le blé « kiêu ».

D. Il y a [1] — le riz [3] — « tiên » (*riz des montagnes*) [2], — le riz [5] — « canh » (*riz non glutineux*) [4], — le riz [7] — tardif [6] — et le riz « nhu » (*riz glutineux*) [8].

E. Le second [1] — s'appelle [2] — le gros millet [3].

F. (C'est le grain dit) « cao lương mễ » [3 4 5] (*graine de céréales* [5] ; *gros millet* [4] ; *haut* [3]) — de la région [2] — du nord [1].

G. Il y a [1] — le gros millet [3] — jaune [2], — le gros millet [5] — blanc [4], — le gros millet [7] — vert [6].

H. Le troisième [1] — s'appelle [2] — « thúc » (haricot) [3] ; — c'est [4] — le nom [9] — général [8] — de [7] — les graines de plantes légumineuses comestibles [5 6].

I. Il y a [1] — les espèces [13] — de [12] — le grand [2], — le petit [3], — le jaune [4], — le noir [5], — le vert [6], — le blanc [7], — le « cong » (*espèce à cosse très longue*) [8], — le plat [9], — le (haricot destiné aux) porcs [10], — le (haricot à gousse en forme de) ver à soie [11].

J. Le quatrième [1] — s'appelle [2] — blé [3].

K. (C'est) un grain [2] — d'été [1] — *p. de déf.* [3].

L. Il y a [1] — le grand [2] — blé [3], — le petit [4] — blé [5], — le blé [7] — jaune [6], — le blé [9] — « kiêu » [8].

La cinquième s'appelle « thử ».
Ce grain appartient à la région du nord.
On le désigne sous le nom de « tiêu mễ » (céréale à petit grain).
Il y a le glutineux et le non glutineux.
La sixième se nomme « tắc ».
Quelques-uns l'appellent millet noir.
On s'en sert dans les sacrifices.
Il y a le jaune et le noir.
Les six espèces de grains furent toutes créées par le Ciel pour nourrir le peuple.

26

Le cheval, le bœuf, le mouton, le coq, le chien et le porc sont six animaux domestiques que l'homme élève.

L'on dit ici que les animaux que l'homme élève sont au nombre de six.

M. Le cinquième [1] — s'appelle [2] — « thử » [3].
N. (C'est un) grain [4] — de [3] — la région [2] — du nord [1].
O. Les hommes [1] — l'appellent [2] — petit [3] — grain (*de céréales*) [4].
P. Il y a [1] — le glutineux [2], — il y a [3] — le non glutineux [4].
Q. Le sixième [1] — s'appelle [2] — « tắc » [3].
R. Quelques-uns [1] — l'appellent [2] — millet noir [3].
S. En offrant des sacrifices [1 2] (*sacrifier* [1]; *id.* [2]) — *p. déterm.* [3] — on s'en sert [4] — *p. aff.* [5].
T. Il y a [1] — le jaune [2]; — il y a [3] — le noir [4].
U. Toutes, quelles qu'elles soient [1], — ces [2] — six [3] — (espèces de) grains [4], — toutes ensemble [5] — (elles sont des choses) que [11] — le Ciel [6] — a créées [7] — pour [8] — nourrir [9] — le peuple [10] — *p. aff.* [12].

26

A. Le cheval [1], — le bœuf [2], — le mouton [3], — le coq [4], — le chien [5], — le porc [6], — ces [7] — six [8] — animaux domestiques [9] — sont (des animaux) que [11] — l'homme [10] — élève [12].

B. (Dans) cela [1] — on dit que [2] — quant à ceux que [5 8] (*ceux que* [5];

Le cheval peut porter une charge sur son dos et la transporter à de longues distances.

Le bœuf peut labourer les champs.

Le chien peut faire la garde pendant la nuit et nous préserver des dangers.

Aussi les nourrit-on pour les employer à ces usages.

Quant au coq, au mouton et au porc, l'homme les élève et favorise leur multiplication pour en tirer sa nourriture.

Par l'éducation de ces six animaux, il pourvoit à ses nécessités.

Ils lui rapportent des bénéfices, multiplient et augmentent ses revenus.

---

id. [8]) — l'homme [3] — *p. déterm.* [4] — nourrit [6] [7] (*nourrit* [6] ; *id.* [7]) — il y en a [9] — six [10] — *p. aff.* [11].

C. Le cheval [1] — peut [2] — porter (sur le dos) [3] — des fardeaux (*des choses lourdes*) [4] — et les transporter [5] — au loin [6].

D. Le bœuf [1] — peut [2] — labourer [3] — les champs [4].

E. Le chien [1] — peut [2] — garder [3] — pendant la nuit [4] — et prévenir [5] — les malheurs [6].

F. Alors [1] — (ce sont des animaux) que [7] — on nourrit [2] — eux [3] — pour [4] — pourvoir à [5] — l'usage [6] — *p. aff.* [8].

G. Le coq [1], — le mouton [2], — avec [3] — le porc [4], — alors [5] — (ce sont des animaux que) [13] — on nourrit [6] — eux [7], — et on les fait multiplier [8] [9] (*produire* [8] ; *id.* [9]) — pour [10] — pourvoir à [11] — la nourriture [12] — *p. aff.* [14].

H. Les [2] — six (animaux domestiques) [1], — par le fait que [3] — l'homme [4] — les élève [5] — et les nourrit [6], — font que [7] — il obtient [8] — le nécessaire [10] — de lui [9].

I. Alors [1] — ils (lui) rapportent [2] [3] (*produire* [2] ; *intérêt de l'argent* [3]), — s'accroissent [4] [5] (*nombreux* [4] ; *id.* [5]), — et [6] — font (*amènent*) [7] — l'extension [9] — de son bénéfice [8] — *p. aff. énergique* [10].

27

On dit : « *la Joie et la Colère* »; on dit : « *la Tristesse et la Crainte, l'Amour, la Haine et le Désir.* »

Telle est, au complet, l'énumération des sept passions.

L'on parle ici des mouvements de l'âme que produisent les sept passions.

Dès que l'homme naît, il est susceptible de connaissance.

Lorsqu'il est susceptible de connaissance, les sept passions naissent (dans son cœur).

La première s'appelle la Joie. C'est la gaîté et le plaisir.

La seconde s'appelle la Colère. C'est l'irritation.

27

A. On dit [1] : — « *la Joie* [2] — *et la Colère* » [3]; — on dit [4] : — « *la Tristesse* [5], — *la Crainte* [6], — *l'Amour* [7], — *la Haine* [8], — *le Désir* » [9]; — (alors) les sept [10] — affections de l'âme [11] — sont complètes (*sont complètement énumérées*) [12].

B. (Dans) ce (texte) [1] — (on) parle de [2] — les mouvements [6] — de [5] — les sept [3] — affections de l'âme [4].

C. (Quand) l'homme [1] — *p. déterm.* [2] — a [3] — (le fait de) naître [4], — aussitôt [5] — il a [6] — de la connaissance [7] [8] (*savoir* [7] ; *id.* [8]) — *p. aff.* [9].

D. (Quand) il a [1] — de la connaissance [2] [3] — alors [4] — les sept [5] — affections de l'âme [6] — naissent [7] — *p. aff.* [8].

E. La première [1] — s'appelle [2] — la Joie [3]; — (c'est) la gaîté [4] — et le plaisir [5] — *p. aff.* [6].

F. La seconde [1] — s'appelle [2] — la Colère [3]; — (c'est) l'irritation [4] [5] (*id.; id.*) — *p. aff.* [6].

La troisième s'appelle la Tristesse. C'est le chagrin.

La quatrième s'appelle la Crainte. C'est la frayeur.

La cinquième s'appelle l'Amour. C'est la tendresse passionnée.

La sixième s'appelle la Haine. C'est l'aversion.

La septième s'appelle le Désir. C'est la convoitise.

Prudents ou sots, sages ou vicieux, tous, nous avons en nous ces sept passions de l'âme ; mais les saints et les sages peuvent seuls les produire au dehors de la manière qui convient.

Que si on les produit au dehors comme il convient, l'on est un sage.

Si on le fait, au contraire, avec une intention mauvaise, on est un être vil et méprisable.

G. La troisième [1] — s'appelle [2] — la Tristesse [3] ; — (c'est) le chagrin [4] [5] (*chagrin* [4] ; *ému* [5]) — *p. aff.* [6].

H. La quatrième [1] — s'appelle [2] — la Crainte [3] ; — (c'est) la frayeur [4] [5] (*id.* [4] ; *id.* [5]) — *p. aff.* [6].

I. La cinquième [1] — s'appelle [2] — l'Amour [3] ; — (c'est) la tendresse passionnée [4] [5] (*aimer* [4] ; *désirer avec passion* [5]) — *p. aff.* [6].

J. La sixième [1] — s'appelle [2] — la Haine [3] ; — (c'est) l'aversion [4] [5] (*avoir en aversion* [4] ; *id.* [5]) — *p. aff.* [6].

K. La septième [1] — s'appelle [2] — le Désir [3] ; — (c'est) la convoitise [4] [5] (*convoiter* [4] ; *soupirer après quelque chose* [5]) — *p. aff.* [6].

L. Généralement toutes [1] — ces [2] — sept [3] — affections de l'âme [4], — les hommes prudents [5] — et les sots [6] ; — les sages [7] — et les hommes vicieux [8] [9] (*litt*[t]. « *dégénérés* ». *Pas* [8] ; *semblables* [9]) — tous [10] — ont [11] — elles [12].

M. Seulement [1] — les saints [2] — et les sages [3] — peuvent [4] — produire au dehors [5] — elles [6] — convenablement [7] [8] (*adv. de manière* [7] ; *convenable* [8]) — *finale intensive* [9].

N. Si on produit au dehors [1] — elles [2] — convenablement [3] [4], — alors [5] — on est [6] — un sage [7] [8] (*homme éminent* [7] ; *sage* [8]).

O. Si on produit au dehors [1] — elles [2] — dans un but coupable [3] [4] (*pour* [3] ; *le mal* [4]) — alors [5] — on est [6] — un homme méprisable et sans principes [7] [8] (*petit* [7] ; *homme* [8]).

Nous devons exalter le bien et rejeter le mal, nous conformer à la raison et réprimer nos désirs.

Peut-on ne pas y mettre tous ses soins ?

28

La calebasse, la terre, le cuir ; le bois, la pierre et le métal ; la soie et le bambou ; telles sont les sources des huit sons.

L'on traite ici des instruments qui produisent les huit sons.

La musique est étroitement liée aux rites, et voici comment :

Toutes les fois que l'on doit jouer un morceau de musique, l'on prépare d'abord (les instruments destinés à produire) les huit sons, puis l'on procède à l'exécution du morceau.

P. On (*litt*[t] « *les hommes* »)[1] — doit[2] — exalter[3] — le bien[4] — et[5] — rejeter[6] — le mal[7] ; — se conformer à[8] — la raison[9] — et[10] — réprimer (*litt*[t] « *boucher* »)[11] — ses désirs[12].

Q. Est-ce que[4] — on peut[1] — ne pas[2] — être attentif (à cela)[3] ?

28

A. **La courge[1], — la terre[2], — le cuir[3], — le bois[4], — la pierre[5], — le métal[6], — la soie[7], — et[8] — le bambou[9], — *p. auxiliaire affirmative*[10] — (sont) les huit[11] — sons[12]** *(servent à fabriquer les huit instruments de musique).*

B. (Dans) ce (texte)[1], — (on) parle de[2] — les instruments[6] — de[5] — les huit[3] — sons[4] — *p. aff.*[7].

C. Ce par quoi[2 3] (*ce que*[2] ; *par*[3]) — la musique[1] — est étroitement liée à[4] — les rites[5], — (le voici :).

D. (Dans le cas de) tous[1] — ceux qui[4] — exécutent des morceaux (de)[2] — musique[3], — les huit[5] — sons[6] — sont préparés[7] — et[8] — ensuite[9] — la musique[10] — est commencée[11] — et (exécutée) en entier[12].

Mais quelles sont (ces matières au moyen desquelles on produit) les huit sons?

La première s'appelle « Bào ». C'est la calebasse.

On l'emploie dans la fabrication des instruments nommés « Sanh » et « Vu ».

La seconde s'appelle « Thổ ». C'est (la matière) des intruments de terre cuite.

On en fait l'instrument dit « Huyên ».

La troisième s'appelle « Cách ». C'est la peau du bœuf.

On en fait des tambours.

La quatrième s'appelle « Mộc ». C'est la matière des instruments de bois.

On en fait le « Lữ » et le « Ngữ ».

La cinquième s'appelle « Thạch ». C'est le jade, dont on fait les instruments de pierre.

On s'en sert pour fabriquer le « Khánh ».

E. Les huit [1] — sons [2] — *p. aux.* [3] — (sont) comment [4]?

F. Le premier [1] — est appelé [2] — Bào (calebasse) [3]. — (C'est) la calebasse [4] [5] (*calebasse* [4] ; *courge* [5]) — *p. de déf.* [6].

G. On s'en sert [1] — pour faire [2] — (l'instrument appelé) Sanh [3] — (et l'instrument appelé) Vu [4].

H. Le second [1] — est appelé [2] — Thổ (terre) [3]. — (Ce sont) les instruments [5] — de terre cuite [4] — *p. de déf.* [6].

I. On s'en sert [1] — (pour) faire [2] — l'instrument appelé Huyên [3].

J. Le troisième [1] — est appelé [2] — Cách (cuir) [3]. — (C'est) la peau [5] — du bœuf [4] — *p. de déf.* [6].

K. On s'en sert [1] — pour faire [2] — des tambours [3].

L. Le quatrième [1] — s'appelle [2] — Mộc (bois) [3]. — (Ce sont) les instruments [5] — de bois [4] — *p. de déf.* [6].

M. On s'en sert [1] — pour faire [2] — l'instrument appelé Lữ [3] — et l'instrument appelé Ngữ [4].

N. Le cinquième [1] — s'appelle [2] — Thạch (pierre) [3]. — (Ce sont) les instruments [7] — de [6] — pierre de Jade [4] [5] (*Jade* [4] ; *pierre* [5]).

O. On s'en sert [1] — pour faire [2] — le Khánh [3].

La sixième s'appelle « Kim ». C'est (la matière) des instruments de métal fondu.

On en fait des cloches.

La septième s'appelle « Tư » (soie). C'est (la matière) des cordes d'instruments. On s'en sert pour fabriquer le « Kìm » et le « Sắt ».

La huitième s'appelle « Trước » (bambou). L'on en fait des « Tiêu » et des « Quản ».

L'invention de tous ces instruments remonte à Hoàng Đế.

Les cinq Empereurs et les trois Augustes Rois avaient chacun leur musique. On l'employait dans les sacrifices au souverain Seigneur du ciel ainsi qu'aux bons et aux mauvais génies, et lorsqu'on faisait des offrandes aux ancêtres ou qu'on traitait des hôtes de distinction.

Quand on portait des santés et que l'on offrait du vin aux convives

---

P. Le sixième [1] — s'appelle [2] — Kim (métal) [3] ; — (ce sont) les instruments (de métal) [5] — fondu [4] — *p. de déf.* [6].

Q. On s'en sert [1] — pour faire [2] — des cloches [3 4] (*cloche* [3] ; *grosse cloche* [4]).

R. Le septième [1] — s'appelle [2] — Tư (soie) [3] ; — (ce sont) les cordes (d'instruments) [4 5] (*corde d'instruments* [4] ; *corde* [5]) — *p. de déf.* [6].

S. On s'en sert [1] — pour faire [2] — le Kìm [3] — et le Sắt [4].

T. La huitième [1] — s'appelle [2] — Trước (le bambou) [3].

U. On s'en sert [1] — pour faire [2] — le Tiêu [3] — et le Quản [4].

V. Tous [1] — ces [2] — instruments [3 4] (*huit* [3] ; *sons* [4]) — sont inventés [5] — depuis [6] — Hoàng Đế [7 8].

X. (Quant à) les cinq [1] — Empereurs [2] — et les trois [3] — Rois [4], — chacun [5] — avait [6] — sa musique [7].

Y. On s'en servait [1] — pour [2] — sacrifier à [3] — le souverain Maître du ciel [4 5] (*supérieur* [4] ; *empereur* [5]), — pour faire des sacrifices [6] — aux mauvais génies [7] — et aux bons génies [8], — pour faire des offrandes à [9] — les ancêtres [10 11] (*ancêtres* [10] ; *id.* [11]) — et donner des repas à [12] — les hôtes [14] — distingués [13].

Z. (Lorsqu')on portait des santés [1 2] (*action du maître de maison qui porte une santé* [1] ; *action de son hôte qui lui fait raison* [2]), — qu'on offrait (du vin ; *expression polie ; litt[t] « offrir quelque chose en le tenant*

en les contraignant à boire, la musique était indispensable pour donner de l'éclat à ces cérémonies.

Soit que l'on montât, soit que l'on descendît, qu'on saluât ou qu'on cédât le pas, ces actions, sans la musique, n'eussent point été convenablement réglées.

Les morceaux que l'on jouait alternativement répandaient partout l'harmonie et la joie. Par ce moyen, l'on inspirait aux hommes de sincères et réciproques égards, l'on faisait pénétrer la gaîté dans leur caractère et dans leurs sentiments, et l'on concourait, en la faisant briller, en la rehaussant, à la majesté du Souverain.

C'est ce que l'on entend, lorsqu'on dit que

« Lorsqu'il ne manque rien aux rites et à la musique, le gouvernement est parfait. »

L'emploi de la musique est très étendu ;

à la main ») [3] — et qu'on forçait à boire [4], — (si) ne pas (il y avait) [5] — de la musique [6], — (ce n'était) pas [7] — une chose ayant de l'éclat (*litt*t « *publiée* ») [8].

A'. (Lorsqu'on) montait [1], — qu'on descendait [2], — qu'on saluait [3] — (ou) qu'on cédait le pas [4], — (s'il n'y avait) pas [5] — de musique [6], — ne pas [7] — c'était convenable [8].

B'. (Le fait de) en alternant [1] — jouer des morceaux [2] — répandait [3] [4] (*répandre* [3]; *pénétrer partout* [4]) — l'harmonie [5] [6] (*régler* [5] ; *concorde* [6]) — et répandait [7] — la joie [8] ;

C'. Ce par quoi [1] [2] (*ce que* [1]; *par* [2]) — on inspirait (*litt*t « *excitait à* ») [3] — de sincères égards [4] [5] (*sincère* [4] ; *égard* [5]), — on faisait pénétrer la gaîté dans [6] — la nature [7] — et les sentiments (des hommes) [8], on rendait brillante [9], — on rehaussait [10] [11] (*exciter* [10] ; *influencer* [11]) — et on aidait à [12] — la majesté du prince [13] [14] (*majesté* [13]; *règles de l'étiquette* [14]).

D'. (C'est) ce que [1] — on veut dire (par les paroles suivantes) [2] :

E'. « Lorsque les rites [1] — et la musique [2] — sont complets [3], — alors [4] — l'œuvre (*œuvre achevée*) [6] — du gouvernement [5] — est parfaite [7]. »

F'. Le fait de faire [3] — emploi [4] — de [2] — la musique [1], — il [5] — est grand [6] — *p. aff.* [7].

Aussi les anciens disaient-ils que

Nous ne pouvons nous passer, ne fût-ce qu'un moment, des rites et de la musique.

Voilà ce qu'il faut entendre par là.

29

De mon trisaïeul, de mon bisaïeul, de mon aïeul et de mon père à moi-même;

De moi-même à mon fils, de mon fils à mon petit-fils ;

L'on traite ici de l'ordre des neuf générations.

Quelles sont ces neuf générations?

La première est représentée par le trisaïeul (Cao tổ).

G'. Aussi [1] [2] (*comme* [1]; *cela* [2]) — les hommes [4] — anciens [3] (disaient) :

H'. Les rites [1] — et la musique [2] — ne pas [3] — peuvent [4] — quitter [7] — nous (*litt*t *« notre corps »*) [8] — un seul instant [5] [6] (*immédiatement* [5]; *fait d'obtenir une chose qu'on demandait* [6]).

I'. Ils voulaient dire [3] — cela [1] — *p. dét.* [2] — *p. aff.* [4].

29

A. Le trisaïeul [1] [2] (*cao, élevé* [1]; *tổ, ancêtre* [3]), — le bisaïeul [2] [3] (*tăng, doubler, en parlant des générations* [2]; *tổ, ancêtre* [3]),— l'aïeul [3]— le père [4] — et [5] — moi-même [6]; — moi-même [7] — et [8] — mon fils [9]; — mon fils [10] — et [11] — mon petit-fils [12];

B. (Dans) ce (texte) [1] — (on) parle de [2] — l'ordre [6] — de [5] — les neuf [3] — générations [4] — *p. aff.* [7].

C. (Quant à) les neuf [1] — générations [2] — on dit [3] — comment [4]?

D. La première [1] — s'appelle [2] — le trisaïeul [3] [4].

Le mot « cao » exprime un très haut degré d'élévation. Le trisaïeul, c'est l'aïeul de l'aïeul.

Toutes les générations qui descendent du trisaïeul constituent une seule et unique famille.

C'est ce que l'on appelle les parents du côté paternel, astreints à porter les cinq vêtements de deuil.

La seconde, c'est le bisaïeul (Tăng tổ).

Le mot « tăng » veut dire « superposer une couche à une autre ».

Le bisaïeul, c'est l'aïeul du père.

La troisième est représentée par l'aïeul.

Tantôt on l'appelle le « grand-père », tantôt on l'appelle le « roi père ».

C'est le père du père.

La quatrième est représentée par le père.

Tantôt on l'appelle le « prince de la famille », tantôt le « prince respectable ».

E. Le (mot) [2] — « cao » [1], — c'est le nom [6] — de [5] — (ce qui est) extrêmement [3] — élevé [4] ; — c'est l'aïeul [9] — de [8] — l'aïeul [7] — *p. de déf.* [10].

F. Tous [1] — ceux que [4] — le trisaïeul [2 3] — engendre [5] — en descendant [6 7] (*adverbe de manière* [6]; *être postérieur* [7]) — également [8] — sont [9] — (des gens de) la même [10] — famille [11].

G. (C'est) ce que [1] — on appelle [2] — les parents [8] — de [7] — les cinq [3] — vêtements (de deuil) [4] — du côté paternel [5 6] (*adv. de manière* [5]; *intérieur* [6]) — *p. de déf.* [9].

H. La seconde [1] — s'appelle [2] — le bisaïeul [4].

I. (Le mot) [2] — « tăng » [1] — (veut dire) « superposer une couche à une autre » [3 4] (*couche* [3]; *doubler* [4]) — et [5] — monter [6] — *p. de déf.* [7].

J. Il est [1] — l'aïeul [4] — de [3] — le père [2] — *p. de déf.* [5].

K. La troisième [1] — s'appelle [2] — l'aïeul [3].

L. Tantôt [1] — on l'appelle [2] — le grand [3] — père [4] ;

M. Tantôt [1] — on l'appelle [2] — le roi [3] — père [4].

N. Il est [1] — le père [4] — de [3] — le père [2].

O. La quatrième [1] — s'appelle [2] — le père [3].

P. Tantôt [1] — on l'appelle [2] — le prince [4] — de la famille [3] ;

Q. Tantôt [1] — on l'appelle [2] — le prince [4] respectable [3].

Ce sont là des qualifications honorifiques que l'on emploie pour le désigner.

Lorsque le père est mort, on le nomme « Khảo ».

Lorsque la mère est morte, on la nomme « Tỉ ».

Le trisaïeul, le bisaïeul et l'aïeul (décédés) reçoivent tous la désignation de « Khảo ».

La trisaïeule, la bisaïeule et l'aïeule (décédées) reçoivent toutes celle de « Tỉ ».

La cinquième génération est représentée par « moi-même ».

C'est ma propre personne.

Celle de mes compagnes qui est du même rang que moi se nomme « ma femme légitime ».

Quant à la femme de second rang, elle porte le nom de « concubine ».

La sixième génération est représentée par le fils.

Les fils sont les enfants mis au monde par les femmes légitimes et les concubines.

R. En l'honorant (ainsi) [1] — on désigne [2] — lui [3] — *p. aff.* [4].

S. (Lorsque) le père [1] — est mort [2], — alors [3] — on le nomme [4] — Khảo [5].

T. (Lorsque) la mère [1] — est morte [2], — alors [3] — on la nomme [4] — Tỉ [5].

U. Le trisaïeul [1 4], — le bisaïeul [2 4], — l'aïeul [3 4], — tous [5] — sont des Khảo [6] — *p. aff.* [7].

V. La trisaïeule [1 4], — la bisaïeule [2 4], — l'aïeule [3 4], — toutes [5] — sont des Tỉ [6] — *p. de déf.* [7].

X. La cinquième [1] — s'appelle [2] — moi [3].

Y. (C'est) le corps [2] — de moi-même [1] — *p. de déf.* [3].

Z. La compagne de même rang [3 4] (*id.* [3]; *id.* [4]) — de [2] — moi-même [1] — est [5] — la femme légitime [6].

A'. La femme [2] — de second rang [1], — d'un autre côté [3], — est [4] — la concubine [5].

B'. La sixième [1] — s'appelle [2] — le fils [3].

C'. (Ce sont) des personnes que [4] — les épouses légitimes [1] — et les concubines [2] — *p. dét.* [3] — mettent au monde [5] — *p. de déf.* [6].

L'enfant de la femme légitime s'appelle « fils légitime ».

Celui de la concubine, s'appelle « fils commun ».

La septième génération est représentée par le « petit-fils ».

C'est le fils du fils.

Le mot « tôn, *petit-fils,* » a le sens de « hệ, *continuation* ».

C'est comme le commencement d'un fil qui est continu avec le reste.

A partir du point de départ, il n'y a pas d'interruption.

30

(puis), de mon fils et de mon petit-fils à mon arrière-petit-fils et au fils de ce dernier, l'on compte neuf degrés

---

D'. L'enfant (*litt[t] le « né » de*)[2] — la femme légitime[1] — est[3] — le fils légitime[4 5] (*fils*[5] ; *de la compagne*[4]).

E'. L'enfant[2] — de la concubine[1] — est[3] — le fils[5] — commun[4].

F'. La septième[1] — s'appelle[2] — petit-fils[3].

G'. (C'est) le fils[3] — de[2] — le fils[1] — *p. de déf.*[4].

H'. Le (mot)[2] — tôn[1] — (signifie) hệ, continuation[3] — *p. de déf.*[4].

I'. (C'est le) commencement (d'un fil)[1] — et la continuation (de ce fil)[2] — (qui) mutuellement[3] — se perpétuent[4].

J'. Il y a[1] — un bout[2] — et[3] — ne pas[4] — il est interrompu[5] — *p. aff.*[6].

30

A. depuis[1] — le fils[2] — et le petit-fils[3] — jusqu'à[4] — l'arrière petit-fils (Tằng tôn)[6] — et le fils de l'arrière-petit-fils (Nguyên tôn)[5] — *p. aff.*[7], — (ce sont) les neuf[8] — degrés de

de parenté. C'est une des relations sociales qui sont établies parmi les hommes.

Au-dessous de moi, il y a mon fils et mon petit-fils.

Ceux qui tirent leur existence du fils et du petit-fils sont le petit-fils du petit-fils et l'arrière-petit-fils.

La huitième génération, c'est l'arrière-petit-fils.

C'est le fils du petit-fils.

La neuvième est représentée par le « nguyên tôn » ; c'est le petit-fils du petit-fils.

Depuis le trisaïeul jusqu'au petit-fils du petit-fils, il y a neuf générations.

Les personnes appartenant à ces neuf générations sont appelées « les parents des neuf degrés ».

Le mot « tôc, *degré de parenté,* » a le sens de « *multitude* ».

---

parenté [9]; — (c'est une) relation d'ordre social [12] — de [11] — les hommes [10].

B. Au-dessous [4] — de [3] — la personne [2] — de moi-même [1] — il y a [5] — le fils [6] — et le petit-fils [7].

C. Quant à ceux que [4] — les fils [1] — et les petit-fils [2] — *p. dét.* [3] — produisent (à l'existence) [5], — eh bien [6] — il y a [7] — les petits-fils du petit-fils [8] — et les arrière-petits-fils [9].

D. La huitième (génération) [1] — s'appelle [2] — arrière-petit-fils [3 4] *(doubler, en parlant des générations* [3]; *petit-fils* [4]).

E. C'est le fils [3] — de [2] — le petit-fils [1].

F. La neuvième [1] — s'appelle [2] — le petit-fils du petit-fils [3 4] *(le mot « nguyên, commencement », est pour huyên, obscur »* [3]; *petit-fils* [4]).

G. C'est le petit-fils [3] — de [2] — le petit-fils [1] — *p. de déf.* [4].

H. Depuis [1] — le trisaïeul [2 3] — jusqu'à [4] — le petit-fils du petit-fils [5 6], — (il y a) neuf [7] — générations [8] — *p. aff. énergique* [9].

I. Ceux que [4] — les neuf [1] — générations [2] — *p. dét.* [3] — produisent [5], — on appelle [6] — eux [7] — les neuf [8] — degrés [9].

J. Le (mot) [2] — « degré » [1] — (veut dire) « multitude » [3] — *p. aff.* [4].

Comme ceux qui naissent et croissent dans les limites de ces neuf générations sont extrêmement nombreux, on distingue chacun d'entre eux par la proximité ou l'éloignement de sa parenté.

Le mot « Luân » signifie « *rang* ».

Le rang des personnes nobles et celui des hommes de basse condition sont déterminés nettement et sans confusion.

Toutes ces relations de parenté, frères aînés et frères cadets, pères, oncles et aïeux de tous les degrés, fils, neveux et petit-fils, dérivent de l'ordre institué par le Ciel.

C'est comme une fontaine qui proviendrait d'une source unique.

Ce sont là des relations sociales auxquelles on doit attacher une grande importance, que l'on doit fortifier, honorer, aimer, et qu'il ne faut point laisser affaiblir.

K. (Comme ceux qui) naissent [3] — et sont élevés [4] — dans l'intérieur de [2] — elles (*ces générations*) [1] — (sont) extrêmement nombreux [5] [6] (*nombreux* [5]; *multitude* [6]),

L. chacun [1] — a [2] — (sa) distinction [8] — de [7] — proximité [6] — ou d'éloignement [5] — de parenté [3] [4] (*parents proches* [3]; *parents éloignés* [4]).

M. Le mot « Luân » [1] — (signifie) « rang » [2] — *p. de déf.* [3].

N. Les rangs [4] — de [3] — les personnes nobles [1] — (et de celles) de basse condition [2] — sont fixés [5] — et [6] — ne pas [7] — sont confondus [8].

O. Tous [1] — ces [2] — parents [3] [4] (*parents proches* [3]; *degré* [4]), — frère aîné [5] — et frère cadet [6], — pères [7] [8] (*marque du pluriel* [7]; *père* [8]), — fils [9], — neveu [10], — petit-fils [11] [12] (*m. du pluriel* [11]; *petit-fils* [12]), — tous [13] — procèdent de [14] — l'ordre établi par le Ciel [15] [16] (*du Ciel* [15]; *l'ordre* [16]).

P. (C'est) une chose que [1] [10] — on doit [2] — considérer comme importante [3], — fortifier [4], — honorer [5], — aimer [6], — et [7] — ne pas [8] — laisser affaiblir [9] — *p. aff.* [11].

31

L'affection du père pour le fils; la soumission de la femme à son époux; l'amitié des frères aînés pour les cadets, et le respect des cadets pour leurs aînés; (*v. la suite au n°* 32).

On exprime ainsi la conséquence des relations sociales qui règnent entre les hommes.

Après les neuf relations de parenté viennent, en suivant l'ordre d'importance, les dix Devoirs sociaux.

Le premier se nomme le devoir du père envers le fils.

Celui qui m'a transmis la vie est mon père.

et moi qui l'ai reçue de lui, je suis son fils.

31

A. L'affection [3] — du père [1] — et du fils [2]; — la soumission [6], — (lien) du mari [4] — et de la femme [5]; — (le fait que) le frère aîné [7], — d'un côté [8], — a de l'amitié pour (son cadet) [9]; — (le fait que) le frère cadet [10], — d'un autre côté [11], — a du respect (pour son aîné) [12].

B. D'après [1] — les relations sociales [3] — des hommes [2] — on dit [4] — cela [5].

C. (Comme) succédant dans l'ordre d'importance [4] — de [3] — les neuf [1] — relations de parenté [2], — encore [5] — il y a [6] — les dix [7] — devoirs sociaux [8].

D. Le premier [1] — s'appelle [2] — le devoir du père envers le fils [3 4] (*père* [3]; *fils* [4]).

E. Celui qui [3] — a donné naissance à [1] — moi [2], — (c'est mon) père [4].

F. Moi [1] — qui [3] — ai reçu la naissance [2], — (je suis son) fils [4].

La règle de conduite à laquelle doivent se conformer le père et le fils dans leurs rapports réciproques est celle-ci : « Douceur chez le père, piété filiale chez le fils ».

Ces deux vertus proviennent de la nature même dont le Ciel nous a gratifiés.

Un autre devoir social est celui du mari et de la femme l'un envers l'autre.

Le mari a le gouvernement général de la maison ; la femme a la direction de l'intérieur.

Si le mari et la femme aiment la bonne harmonie, s'ils vivent en paix et montrent de la condescendance l'un pour l'autre, l'on appelle cela « *l'influence de l'exemple* ».

Un autre devoir est celui qui règle les relations entre les frères aînés et les frères cadets.

Le premier qui vient au monde est le frère aîné.

Celui qui naît ensuite est le frère cadet.

G. La règle de conduite [4] — de [3] — le père [1] — et le fils [2], — c'est la règle doctrinale [8] — de [7] — la douceur (*du côté du père*) [5] — et la piété filiale (*du côté du fils*) [6].

H. Toutes deux [1] — proviennent de [2] — le bienfait [6] — de [5] — la nature [4] — du Ciel (*qui nous a été dévolue par le Ciel*) [3].

I. Un (autre devoir social) [1] — s'appelle [2] — (le devoir du) mari [3] — et de la femme [4].

J. L'homme [1], — d'un côté [2], — a [3] — (le gouvernement) de la maison [4] ; — la femme [5], — de l'autre [6], — a [7] — (le soin de) la famille [8].

K. (Si) le mari [1] — et la femme [2] — aiment [3] — la concorde [4], — vivent en paix [5] [6] (*unir* [5] ; *id.* [6]), — et ont de la condescendance l'un pour l'autre [7] [8] (*s'accorder avec quelqu'un* [7] ; *id.* [8]), — cela [9] — s'appelle [10] — « l'influence [14] — de [13] — l'exemple [11] — pour (l'un ou l'autre des époux) [12] ».

L. Un (autre devoir social) [1] — s'appelle [2] — (le devoir entre) les frères aînés [3] — et les frères cadets [4].

M. (Celui qui) d'abord [1] — est né [2] — est [3] — le frère aîné [4].

N. (Celui qui) postérieurement [1] — est né [2] — est [3] — le frère cadet [4].

Ils ont même racine et origine unique.

De son côté, le frère aîné doit témoigner de l'affection à son frère cadet; le cadet, du sien, doit montrer du respect pour son frère aîné.

C'est ce que l'on exprime par ces mots : « *Les convenances réciproques des mains et des pieds* ».

Lorsque les hommes peuvent en agir ainsi, ce sont certes là les plus excellentes vertus que produisent les relations sociales établies par le Ciel.

Parmi les joies de l'intérieur, il n'en est pas de plus grandes.

32

La subordination des plus jeunes aux plus âgés; les rapports réciproques des amis et des camarades; la gravité im-

---

o. (Ils sont les) mêmes [1] — (quant à la) racine [2]; — (ils ont) une (seule) [3] — origine [4].

p. Le frère aîné [1], — de son côté [2], — a de l'amitié [3] — et de la tendresse [4] — pour le frère cadet [6] — de lui [5], — et le frère cadet [7], — de son côté [8], — a de la déférence [9] — et a du respect [10] — (pour) le frère aîné [12] — de lui [11].

q. Cela [1] — s'appelle [2] — les convenances [6] — de [5] — les mains [3] — et les pieds [4].

r. (Quand) les hommes [1] — peuvent [2] — (se comporter) comme [3] — cela [4], — alors [5] — certainement [6] — (ce sont là les plus) excellentes [10] — vertus [11] — de [9] — les relations sociales [8] — du Ciel [7] (*inspirées ou établies par le Ciel*).

s. (C'est) la plus extrême [4] — joie [5] — de [3] — l'intérieur de la famille [1] [2] (*famille* [1]; *pièces habitées par la famille* [2]) — *p. aff.* [6].

32

A. La subordination [3] — des plus âgés [1] — et des jeunes [2] (*des jeunes aux personnes les plus âgées*); — (les rapports de) les ca-

posante chez le souverain et la droiture chez les ministres ; *(v. le n° suivant).*

Un autre devoir social est celui qui concerne les rapports entre camarades et amis.

Ceux qui ont atteint le même degré de vertu sont des amis ; ceux qui appartiennent à la même catégorie sociale sont des camarades.

S'influencer moralement les uns les autres et être unis par l'affection ; se conformer, dans les rapports mutuels, aux règles de la civilité ; observer, quant au rang, la distinction entre les plus âgés et les plus jeunes ; avoir, quant aux convenances, les mêmes rapports fraternels entre eux ; pour ce qui est des devoirs, mettre en commun la vie et la mort ; pour ce qui concerne les affections de l'âme, souffrir ensemble et se livrer ensemble à la joie ; telle est la règle de conduite que doivent, entre eux, observer les amis.

---

marades (entre eux) [4] — et [5] — (les rapports de) les amis (entre eux) [6] ;

B. (Le fait que) le prince [1], — de son côté [2], — a une gravité imposante [3] ; — (le fait que) les ministres [4], — de leur côté [5], — sont doués de droiture [6] ;

C. Une (autre devoir social) [1] — s'appelle [2] — (les rapports de) les Camarades [3] — et les amis [4] :

D. (Ceux qui sont de) même [1] — vertu [2] — sont [3] — les amis [4].

E. (Ceux qui sont de la) même [1] — espèce [2] — sont [3] — les camarades [4].

F. Être influencés moralement (les uns par les autres) [1] — et être unis [2] — par [3] — l'affection [4] ; — en ayant commerce (entre eux) [5] [6] *(faire un tour* [5] ; *id.* [6]) — employer [7] — la civilité [8] ; — quant au rang [9] — distinguer [10] — les plus âgés [11] — et les plus jeunes [12] ; — (quant aux) convenances [13] — (avoir les) mêmes [14] — rapports fraternels [15] [16] *(litt.* « *mains* [15] ; *pieds* [16] ») ; — (quant aux) devoirs [17], — mettre en commun [18] — la mort [19] — et la vie [20] ; — quant aux affections de l'âme [21], — également [22] — éprouver de la douleur [23] — et se réjouir [24] ; — (telle est la) règle de conduite [28] — de [27] — les camarades [25] — et les amis [26].

Elle est telle, et non autre.

S'il n'en est point ainsi, il n'y a rien de plus qu'un fugitif commerce de société entre des personnes qui se réunissent pendant un certain temps, pour se disperser ensuite.

Ce n'est pas là ce qu'on appelle l'amitié.

Un autre devoir encore s'applique aux rapports qui existent entre le souverain et ses ministres.

Le souverain est le chef des ministres.

Les ministres sont les auxiliaires du souverain.

Voici la règle de conduite que doit observer le souverain : il doit être doué d'un esprit prompt et connaître à fond les choses, afin de gouverner sagement le peuple ; être grave, sévère, imposant, et inspirer une crainte respectueuse, afin d'occuper dignement sa position ; être bienveillant, majestueux, clément et porté à la bienfaisance, pour diriger sainement ses ministres.

Les ministres doivent être éclairés, droits, doués de droiture et de

---

G. C'est[1] — cela[2] — et[3] — voilà tout[4].

H. (Si) ne pas[1] — (c'est) cela[2], — alors[3] — ce n'est pas autre chose que[4][5] (*ne pas*[4] ; *passer*[5]) — un commerce de société[12] — fugitif[11] — de[10] — (pendant) un[6] — temps[7] — se réunir[8] — et se disperser[9].

I. (Ce n'est) pas[1] — ce que[2] on appelle[3] — amitié[4] — *p. aff.*[5].

J. Un (autre devoir)[1] — s'appelle[2] — (les rapports entre) le prince[3] — et les ministres[4].

K. Le[2] — prince[1] — (est le) supérieur[5] — de[4] — les ministres[3].

L. Les[2] — ministres[1] — (sont les) auxiliaires[5] — de[4] — le prince[3].

M. La règle de conduite[4] — de[3] — (celui qui) est[1] — prince[2], — c'est d'être doué d'un esprit prompt[5][6] (*pénétrer*[5]; *clair*[6]) — et de savoir les choses à fond[7][8] (*profond*[7]; *savoir*[8]),— pour[9]— gouverner[10] — le peuple[12] — de lui[11] ; — d'être grave[13], — sévère[14], — imposant[15] — et inspirant une crainte respectueuse[16], — pour[17] — occuper[18] — la situation[20] — de lui[19] ; — d'être bienveillant[21], — auguste[22], — clément[23] et bienfaisant[24], — pour[25] — diriger[26] — les ministres[28] — de lui[27].

N. Ceux qui[3] — sont[1] — ministres[2] — doivent être éclairés[4][5]

sentiments élevés, afin de pouvoir maîtriser les sentiments de leur cœur ; être justes, désintéressés, actifs et sincères, pour s'acquitter intégralement des devoirs de leur dignité ; loyaux, bons, généreux et attentifs, pour bien servir leur maître.

Quand les choses se passent ainsi, les États sont unis et tranquilles, et l'influence du gouvernement est grande et efficace.

Dans le cas contraire, le prince est orgueilleux, les ministres flatteurs, et l'on s'avance, de jour en jour, à grand pas vers le désordre.

33

ces dix devoirs sont communs à tous les hommes.

Les rapports qui relient le père avec le fils, le mari avec la femme,

---

(*lumineux* [4]; *intelligent* [5]), — droits [6], — et ayant des sentiments élevés [7], — pour [8] — maintenir [9] — l'esprit [11] — d'eux [10] ; — être justes [12], — désintéressés [13], — actifs [14], — et sincères [15], — pour [16] — remplir complètement (*litt' épuiser*) [17] — (les devoirs de) la dignité [19] — d'eux [18] ; — être fidèles [20], — bons [21], — généreux [22] — et vigilants [23], — pour [24] — servir [25] — le supérieur [27] — d'eux [26].

O. (Quand les choses se passent) comme [1] — cela [2], — alors [3] — les états [4 5] (*états* [4]; *royaume* [5]) — sont unis [6] — et tranquilles [7] ; — l'influence [9] — du gouvernement [8] — grandement [10] — agit [11].

P. S'il n'y a pas [1] — cela [2], — alors [3] — le prince [4] — est orgueilleux [5], — les ministres [6] — sont flatteurs [7] ; — (de jour en) jour [8] — on court [9] — à [10] — les désordres [11] — *p. aff. énergique* [12].

33

A. Ces [1] — dix [2] — devoirs [3] — sont une chose que [5] — les hommes [4] — ont pareillement [6].

B. (Les rapports entre) le père [1] — et le fils [2], — le mari [3] — et les frères aînés avec les frères cadets, les amis avec les amis et les camarades avec les camarades, ainsi que le souverain avec les ministres, constituent ce que l'on nomme les *Cinq relations sociales*.

La tendresse du père, la pitié filiale du fils, l'esprit de concorde du mari, la soumission de la femme, l'affection du frère aîné, la déférence du frère cadet, l'attachement des amis, la sincérité des camarades, la gravité imposante du prince et la fidélité des ministres ; voilà ce que l'on appelle les *Dix devoirs sociaux*.

La possession de ces règles doctrinales constitue un point commun à l'humanité entière.

C'est le résultat nécessaire de la conformité des hommes à leur règle de conduite.

---

la femme[4], — le frère aîné[5] — et le frère cadet[6], — les amis[7] — et les camarades[8], — le prince[9] — et les ministres[10], — cela[11] — s'appelle[12] — les Cinq[13] — relations sociales[14].

C. La bonté[2] — du père[1], — la piété filiale[4] — du fils[3], — l'esprit de concorde[6] — du mari[5], — la soumission[8] — de la femme[7], — la tendresse[10] — du frère aîné[9], — la déférence[12] — du frère cadet[11], — l'affection[14] — des amis[13], — la sincérité[16] — des camarades[15], — la gravité imposante[18] — du prince[17], — la fidélité[20] — des ministres[19], — (c'est) ce que[21] — l'on appelle[22] — les Dix[23] — Devoirs sociaux[24] — *p. de déf.*[25].

D. Le[3] — (point) commun[2] — des hommes[1] — (c'est le fait de) les hommes[4] — être pourvus de[5] — ces[6] — règles doctrinales[7].

E. Toutes[1] — (elles sont) des choses que[5] — la règle de conduite[3] — des hommes[2] — *p. déterm.*[4] — doit[6] — produire *(litt. « faire »)*[7] — *p. aff.*[8].

34

Quiconque instruit des enfants doit leur analyser à fond les caractères.

(Dans l'enseignement des nombres,) on part de « un » et l'on va jusqu'à « dix ». Tous les mots du texte ci-dessus s'appliquent (d'abord) à la numération.

C'est ce que l'on entend par « *savoir certains nombres* ».

Tous aussi, en second lieu, mettent en lumière le sens de l'expression « *retenir certains caractères* ».

Tout cela constitue ce que l'on appelle « *la règle de conduite à suivre dans l'instruction des enfants* ».

34

A. Tous ceux (qui) [1] — instruisent [2] — les enfants [3] — doivent [4] — faire l'analyse [5 6] (des caractères ; *expliquer* [5]; *approfondir* [6]).

B. (On part) de — « un » [2], — et [3] — à « dix » [4] — on est arrivé au bout [5].

C. Ces (mots du texte ci-dessus) [1] — tous [2] — se rapportent [3] — à [4] — les nombres [5].

D. (C'est) ce que [1] — on appelle [2] — savoir [3] — certains [4] — nombres [5] — *p. aff. énergique* [6].

E. Ensuite [1] — ces (mots) [2] — tous [3] — mettent en lumière [4 5] *(rendre manifeste* [4]; *rendre clair* [5]) — le sens [10] — de (l'expression) [9] — « retenir [6] — certains [7] — caractères [8] ».

F. Généralement [1] — ces choses [2] — toutes [3] — (sont) ce que [4] — on appelle [5] — la règle de conduite [9] — de (le fait de) [8] — instruire [6] — les enfants [7] — *p. aff.* [10].

L'enfant est comme une plante naissante.

Dans son ignorance, il ne possède encore aucune lumière.

Pour l'instruire comme il convient, on doit s'attacher, avant tout, à lui donner des explications approfondies.

Expliquer un caractère, c'est en faire saisir clairement la signification.

L'approfondir, c'est en examiner à fond les finesses et les subtilités.

35

Eclaircissez tout dans l'explication et la recherche des preuves; marquez nettement les phrases, et faites en sentir les divisions à la lecture.

Le mot « Cò » signifie « *examiner les preuves* ».

G. Les [1] — enfants [2] — (sont) comme [3] — des plantes [4] — *p. déterm.* [5] — (qui) commencent à [6] — croître [7].

H. Les enfants encore ignorants [1 2] *(enfant ou ignorant* [1]; *obscur* [2]) — pas encore [3] — sont éclairés [4] — *p. aff.* [5].

I. (Quant à) ce qui convient pour (accomplir le fait) [4] — de [3] — instruire [1] — les enfants [2], — prenant [5] — le fait d'expliquer [6] — et approfondir [7] — (on en) fait [8] — le premier (point) [9].

J. Le fait d' [2] — expliquer [1], — (c'est) expliquer [3] — l'éclaircissement [8] — de [7] — le sens [6] — de ces [4] — caractères [5].

K. Le (fait d') [2] — approfondir [1] — (c'est) approfondir [3] — la profondeur [8] — de [7] — les subtilités [5] — et les finesses [6] — d'eux [4]

35

A. En éclaircissant [1] — enseignez [2], — et commentez avec preuves à l'appui [3]; — clairement [4] — marquez les phrases [5] — et faites en sentir les divisions à la lecture [6].

B. Le mot « Cò » [1] — (signifie) examiner [2] — les preuves [3] — *p. aff.*

Lorsqu'on aura minutieusement approfondi la raison d'être de leur signification, on recherchera les preuves de leur origine.

Pour marquer le sens, tant des livres canoniques que des livres classiques, après chaque phrase, l'on fait un « Câu » et après chaque demi-phrase un « Đọc ».

Si la phrase est composée d'un très grand nombre de caractères, on en marque les divisions par des points, pour faciliter aux enfants l'exercice de la lecture.

---

c. Lorsque [1] — on aura approfondi [3] — minutieusement [2] — la raison [6] — de la signification [5] — d'eux [4], — en outre [7] — on examinera [8] — quant aux preuves [9] — l'origine [14] — de laquelle [11] — ils [10] — sortent [12] — *p. déterm.* [13].

d. (Quant au) sens [5] — de [4] — tous les [1] — livres canoniques [2] — et livres classiques [3], — (pour) une [6] — phrase [7] — on fait [8] — un « Câu » [9], — (et pour) une demie [10] — phrase [11], — on fait [12] — un « Đọc » [13].

e. Si [1] — la phrase [2] — des caractères [3] — trop [4] — est longue [5], — alors [6], — dans [7] — le milieu [11] — de [10] — la division [8] [9] (*diviser* [8]; *continuité* [9]), — marquant une limite [12], — on fait [13] — l'interruption [15] — d'un point [14], — pour [16] — faciliter [17] — l'exercice [21] — de lire [20] — des enfants [18] [19] (*jeunes garçons ou jeunes filles* [18]; *enfants* [19]) — *p. aff.* [22].

36

Celui qui étudie doit commencer (par des exercices appropriés à sa force).

En fait d'études, la méthode universelle consiste à n'avancer que pas à pas.

Les commençants doivent procéder du superficiel au profond.

Ils ne doivent négliger aucun degré.

En agissant ainsi, ils aborderont avec facilité le sujet de leurs études, et ne rencontreront point d'obstacles.

Peu d'entr'eux auront le chagrin de se trouver arrêtés en route.

36

A. Ceux qui [3] — étudient [1 2] (*faire* [1]; *étudier* [2]) — doivent [4] — avoir [5] — un commencement [6].

B. La méthode [5] — de [4] — tous ceux (qui) [1] — étudient [2 3] — (consiste en ce qu') on doit [6 7] (*être nécessaire* [6]; *nécessaire* [7]) — par [8] — petit à petit [9] — *p. explét.* [10] — avancer [11].

C. Ceux qui [3] — commencent à [1] — étudier [2] — doivent [4] — en partant de [5] — le superficiel [6] — *p. explét.* [7] — entrer dans [8] — le profond [9].

D. Ne pas [1] — ils doivent [2] — sauter par dessus [3] — des degrés [4].

E. Alors [1] — facilement [2] — ils entreront [3] — et [4] — n'auront pas [5] — d'obstacles [6].

F. Peu (d'entre eux) [1] — essuieront [2] (*litt*[t] « *recevront dans la main* ») — l'affliction [7] — de [6] — être arrêtés (par des obstacles) [3] — (et de) ne pas [4] — pénétrer [5] — *p. déterm. énergique* [8].

37

Lorsqu'on a terminé la « Petite école », on passe aux quatres livres classiques.

Chez les anciens, les garçons, à huit ans, entraient dans la petite école.

On leur enseignait la manière d'arroser la chambre, de balayer, de répondre, de s'avancer et de se retirer ; la science des rites, l'art de la musique, celui de tirer de l'arc, de conduire les chars, d'écrire et de calculer.

On leur expliquait le sens (des écrits qui traitent de ces matières) de façon à ce qu'il restât gravé dans leur esprit.

37

A. (Quand le livre de) la Petite école [1 2] (*petite* [1]; *école* [2]) — est fini [3], — ils arrivent à [4] — les quatre [5] — livres classiques [6].

B. (Chez) [2] — les anciens [1], — (quand) un homme [3] — avait vécu (*litt[t]* « *produit* ») [4] — huit [5] — années [6], — d'abord [7] il entrait dans [8] — la Petite [9] — école [10].

C. On l'instruisait [1] — quant à [2] — la manière [10] — de [9] — arroser (la chambre) [3] — (et de la) balayer [4], — de répondre [5 6] (*id.* [5]; *id.* [6]), — de s'avancer [7] — (et de) se retirer [8]; — les élégances (*ce qui est d'ornement et non essentiel*) [18] — de [17] — les rites [11], — la musique [12], — le tir de l'arc [13], — la conduite des chars [14], — l'écriture [15] — et le calcul [16].

D. (On le) faisait [1] — savoir [2] — le sens [4] — d'eux (*le sens des textes qui se rapportaient à ces six arts*) [3], — et [5] — graver [6] — lui [7] — dans [8] — (son) esprit [9].

C'est pour cela que Châu Tử a composé le livre de la « Petite école ».

Il a pour objet principal d'établir les bases de l'éducation.

La mise en lumière des relations sociales et le respect de soi-même en forment le sujet essentiel.

L'examen des belles paroles et des actions vertueuses des anciens constitue la matière des développements accessoires.

Les mots « *établir les bases de l'éducation* » signifient « composer des discours propres à instruire les jeunes gens ».

Par l'expression « *mettre en lumière les relations sociales* », on entend tout ce qui sert à donner une connaissance bien nette des liens de société qui unissent les hommes.

Avoir « *le respect de soi-même* », c'est respecter sa propre personne et se garder de la paresse.

Lorsque Châu Tử eut clairement mis en lumière et complètement

---

E. C'est pourquoi [1] — Châu Tử [3] — a composé [4] [5] (*mettre au jour* [1]; *faire* [5]) — le livre [8] — de la Petite [6] — école [7].

F. L'objet principal [2] — de lui [1] — consiste dans [3] — (le fait de) poser les fondements de [4] — l'éducation [5].

G. (Le fait de) exposer avec lucidité [1] — les relations sociales [2] — (et le fait de) respecter [3] — sa personne (*litt*[t] « *son corps* ») [4] forment [5] — le sujet essentiel [6] [7] (de l'ouvrage. *Intérieure* [6]; *corde* [7]).

H. (Le fait de) examiner [1] — les paroles [4] — excellentes [3] — et les actions [6] — vertueuses [5] — des anciens [2] — forme [7] — les développements accessoires [8] [9] (*dehors* [8]; *mailles d'un filet* [9]).

I. Les (mots) [3] — « poser les fondements de [1] — l'éducation » [2] — (signifient) établir [4] — des paroles [5] — pour [6] — instruire [7] — les jeunes gens [8] [9] (*fils* [8]; *frère cadet* [9]) — *part. de déf.* [10].

J. Les (mots) [3] — « exposer avec lucidité [1] — les relations sociales » [2] — (signifient) toutes les choses [4] — par lesquelles [5] [6] (*ce que* [5]; *par* [6]) — on met en lumière [7] — les relations sociales [9] — des hommes [8].

K. Les (mots) [3] — « respecter [1] — sa personne » [2], — c'est respecter [4] [5] (*respecter* [4]; *id.* [5]) — cette [6] — personne [7] — (et) nullement [8] — oser [9] — être paresseux [10] [11] (*paresseux* [10]; *id.* [11]).

L. Lorsque [3] — Châu Tử [1] [2] — clairement [4] — eût mis en lu-

approfondi les articles qui composent les trois sections ci-dessus, il en ajouta une quatrième, intitulée « *Examen de l'antiquité* ».

Il y examine les *règles* au moyen desquelles les anciens établirent les bases de l'éducation, mirent en lumière les relations sociales, et se respectèrent eux-mêmes.

Dans la section intitulée « *Belles paroles* », il a recueilli les *paroles* par lesquelles les anciens établirent les bases de l'éducation, mirent en lumière les relations sociales, et manifestèrent le respect qu'ils avaient d'eux-mêmes.

Dans celle qui a pour titre « *Belles actions* », il a recueilli les *actes* par lesquels les anciens établirent les bases de l'éducation, mirent en lumière les relations sociales, et manifestèrent le respect qu'ils avaient d'eux-mêmes. Il leur a donné ainsi une (nouvelle et) réelle existence.

Il est nécessaire que les étudiants connaissent tout cela.

---

mière [5] — et complètement [6] — approfondi [7] — les articles [11] — de [10] — les [9] — trois (sections ci-dessus) [8], — en outre [12] — il augmenta [13] — elles [14] — avec [15] — la (section intitulée) [18] — « examen de l'antiquité » [16] [17] (*examiner* [16]; *ancien* [17]).

M. (Il y) examine [1] — les règles [11] — de [10] — les hommes [3] — anciens [2] — (pour) jeter les fondements de [4] — l'éducation [5], — mettre en lumière [6] — les relations sociales [7] — et respecter [8] — soi-même [9].

N. (Dans) celle qui [4] — est dite : [1] — « les belles paroles » [2] [3] (*paroles* [3]; *excellentes* [2]); — il a recueilli [5] — les paroles [15] — de [14] — les hommes [7] — anciens [6] — (qui) jetaient les fondements [8] — de l'éducation [9], — mettaient en lumière [10] — les relations sociales [11], — et respectaient [12] — eux-mêmes [13].

O. (Dans) celle qui [4] — est dite : [1] — « les belles actions » [2] [3] (*action* [3]; *bonne ou vertueuse* [2]) — il a recueilli [5] — les actes [15] — de [14] — les hommes [7] — anciens [6] — qui jetaient les fondements de [8] — l'éducation [9], — mettaient en lumière [10] — les relations sociales [11], — et respectaient [12] — eux-mêmes [13]; — (et) par (là) [16] — il a (comme) réalisé [17] — elles [18] — *p. aff.* [19].

P. Les jeunes étudiants [1] [2] — (*tout jeune* [1]; *étudier* [2]) — ont besoin [3] — de ces (choses) [4].

Quand, l'ayant expliquée, ils comprendront clairement la « *petite étude* », ils passeront à l'interprétation des quatre livres classiques.

Ils le pourront désormais sans difficulté.

Les quatre livres sont le Luận Ngữ, le livre de Mạnh Tử, le Đại Học et le Trung Dong ; les anciens les possédaient.

Depuis l'époque des Đàng et des Tông, le Luận Ngữ, le livre de Mạnh Tử avec celui de la Piété filiale, le (dictionnaire) Nhĩ Nhã, les deux commentaires historiques de Công Dương et de Cốc Lương, le rituel des Châu, le Nghi Lễ et les cinq livres canoniques formèrent ce que l'on appelle les treize Kinh.

Quant au Luận Ngữ et au livre de Mạnh Tử, ceux qui en faisaient une étude particulière étaient encore en petit nombre.

Q. (Lorsque) en expliquant [1] — ils se seront rendus maîtres de (*litt[t] « auront obtenu »*) [2] la Petite école [5] [6] — de Châu Tử [3] [4] — clairement [7] [8] (*clair* [7]; *id.* [8]), — après cela [9] [10] (*alors* [9]; *ensuite* [10]) — en expliquant [11] — ils s'exerceront sur [12] — les quatre [13] — livres [14].

R. A partir (de ce moment) [1] — ne pas [2] — ils les trouveront difficiles [3] — *p. aff. énergique* [4].

S. Les [3] — quatre [1] livres [2] — (sont) le Luận (ngữ ou Livre des entretiens. *Luận raisonner; ngữ paroles)* [4], — les (œuvres de) Mạnh (Tử) [5], — le (Đại) học (ou Grande étude. *Đại grande; học étude*) [6], — le (Trung) Dong (ou L'invariabilité dans le milieu. *Trung, milieu; Dong, invariable*) [7]; les anciens [8] — avaient [9] — ces [10] — livres [11].

T. (Depuis les) Đàng [1] — et les Tông [2] — à [3] — venir (vers nous) [4], — le Luận (ngữ) [5], — le Mạnh(tử) [6] — avec [7] — le livre [9] — de la Piété filiale [8], — le (dictionnaire) Nhĩ nhã [10] [11] (*abondant* [10]; *correct* [11]), — les deux [16] — commentaires historiques [17] — de Công Dương [12] [13] — (et de) Cốc Lương [14] [15] (*sur le Xuân thu de Confucius*), — le Rituel [19] — des Châu [18], — le Nghi lễ [20] [21] (*usages de l'humanité* [20]; *rites* [21]) — avec [22] — les cinq [23] — Kinh [24] — formèrent [25] — les treize [26] [27] (*dix* [26]; *trois* [27]) — Kinh (ou *Livres canoniques*) [28].

U. (Quant à) les deux [3] — livres [4] — Luận (ngữ) [1] — et Mạnh (Tử) [2], — ceux qui [7] — s'exerçaient [6] — spécialement [5] — encore [8] — (étaient) en petit nombre [9].

En outre, le Trung Dong et le Đại Học avaient été insérés parmi les chapitres du Livre des Rites.

Jusqu'à Châu Tử, qui commença à recueillir les paroles éparses des lettrés antérieurs, en pesa la valeur et fit le commentaire coordonné du Luận Ngữ et du livre de Mạnh Tử, on s'était basé sur les opinions de Trình Tử.

Châu Tử divisa le Đại Học et le Trung Dong en chapitres, en expliqua les phrases une à une, et donna à ces deux ouvrages réunis aux deux précédents, la dénomination générale des quatre livres classiques.

Depuis qu'ils ont reçu ce nom des « quatre livres », les lettrés ont commencé à les étudier d'une manière spéciale, et à bien connaître

---

v. En outre [7] — les deux [5] — livres [6] — Trung Dong [1 2] — et Đại học [3 4] — avaient été insérés [8 9] (*être écrit dedans* [8]; *entrer* [9]) — dans l'intérieur de [13] — les chapitres [12] — du Livre des Rites [10 11] (*Mémorial* [11] ; *des Rites* [10]).

x. Jusqu'à [1] — Châu tử [2 3], — (qui) commença [4] — à recueillir [5] — les paroles [9] — éparses (*litt[t]* « *mêlées confusément* ») [8] — des lettrés [7] — précédents [6] — et [10] — pesa la valeur de [11 12] (*décider entre* [11]; *jugement équitable* [12]) — elles [13], — et fit [14] — les commentaires [18] — coordonnés [17] — du Luận (ngữ) [15] — et du Mạnh (Tử) [16], — encore [19] — on prenait pour base [20] — la manière de voir [24] — de [23] — Trình Tử [21 22].

y. (Châu tử) prit [1] — le (Đại) Học [2] — et le (Trung) Dong [3], — les divisa en [4] — chapitres [5], — (en) expliqua une à une [6] — les phrases [7], — et d'une manière générale [8] — nommant [9] — eux (*les quatre livres Luận, Mạnh, Học, Dong*) [10], — en fit [11] — les « quatre [12] — livres » [13].

z. Depuis que [1] — ils eurent [2] — le nom [6] — de [5] — « quatre [3] — livres » [4], — les étudiants [7 8] (*ceux qui* [8]; *étudient* [7]) — commencèrent à [9] — savoir [10] — les étudier [12] — d'une manière spéciale [11] — et [13] — connurent [14] — les courants [25] — des sources [24] — de [23] — les saints hommes [19 20] (*saint* [19]; *sage* [20]) — Không (Tử) [15], — Tăng (Tử) [16], — Tử

les doctrines qui émanent, comme les ruisseaux font de leur source, des saints hommes Khổng Tử, Tăng Tử, Tư Tử et Mạnh Tử.

38

Le Luận Ngữ se compose de vingt chapitres.

Le Luận ngữ est le livre qui renferme les principes philosophiques transmis par l'école de Confucius.

Il y a le Luận de l'état de Tề et celui de l'état de Lỗ.

Le Luận de Tề n'est plus connu de la génération actuelle.

Celui qui est en usage aujourd'hui est le Luận de l'état de Lỗ.

La première et la deuxième section forment, l'une dans l'autre, vingt chapitres.

(Tử)[17] — et Mạnh (Tử)[18], — qui les avaient transmis[21 22] (*donner*[21]; *recevoir*[22]) — *p. aff. énergique*[26].

38

A. Le[3] — Luận Ngữ[1 2] (*paroles*[2]; *examinées*[1]) — (consiste en) vingt[4 5] (*deux*[4]; *dix*[5]) — chapitres[6].

B. Le Luận ngữ[1 2] — (est) le livre[8] — de[7] — les principes[6] — transmis[5] — de l'école[4] (*litt^t* « *de la porte* ») — de Confucius[3].

C. Il y a[1] — le Luận[3] — (de l'état) de Tề[2] — (et) le Luận[5] — (de l'état) de Lỗ[4].

D. Le Luận[2] — de Tề[1] — ne pas[3] — a été vu[4] — dans[5] — la génération (actuelle)[6].

E. Celui que[2 4] — on emploie (*litt^t* « *fait circuler* ») [3] — maintenant[1] — (est) le Luận[6] — de Lỗ[5] — *p. aff.*[7].

F. La première (partie; *litt^t* « *supérieure* ») [1] — et la deuxième (*litt^t* « *inférieure* ») [2] — (renferment) en tout[3] — vingt[4 5] — chapitres[6].

39

Les disciples de Confucius y ont rapporté ses excellentes maximes.

Le Luận ngữ se compose d'entretiens dans lesquels des lettrés de l'école de Confucius, ses disciples Tử Hạ, Tử Trương, Tử Du, Tăng Tử, et Mẫn Tử, ont consigné les paroles, les actions, les instructions et les réponses du Saint homme.

Châu Tử a commencé cet ouvrage.

Il l'a mis en tête des « Quatre livres ».

39

A. Les disciples [1 2 3] (de Confucius. *Marque du pluriel* [1]; *frères cadets* [2]; *fils* [3]) — (y) ont rapporté [4] — (ses) excellentes [5] — paroles [6].

B. Le Luận ngữ [1 2], — certainement (ce sont) [3] — des conversations [33] — de [32] — les hommes [21] — de l'école [20], — disciples [6 7] — de Confucius [4 5], — Tử Hạ [8 9], — Tử Trương [10 11], — Tử Du [12 13], — ainsi que [14] — Tăng Tử [15 16] — et Mẫn Tử [17 18] — *p. déterm.* [19], — (qui) ont rapporté [22] — les paroles [26], — les actions [27], — les instructions [28 29] (*instruire* [28]; *id.* [29]) — et les réponses [30 31] (*répondre* [30]; *rendre* [31]) — de [25] — le Saint [23] — homme [24].

C. Châu Tử [1 2] — l'a coordonné [3] — et l'a commenté [4].

D. (Il en) a fait [1] — le premier [5] (*litt*[t] « *la tête* »)— des Quatre [2] — livres [3].

40

Le livre de Mạnh Tử ne contient que sept chapitres.
(Ce philosophe) y raisonne sur la Droite voie et la Vertu, et y traite de l'Humanité et de la Justice.

Mạnh Tử voyagea, à l'époque des Chiến Quốc, dans l'état de Tề et dans celui de Lương.

Comme sa doctrine n'était pas mise en pratique, il se retira et se fixa dans l'état de Trâu avec ses deux disciples Công Tôn Sửu et Vạn Chương.

Ces derniers publièrent les sept chapitres du livre de Mạnh Tử.

La « Droite voie », c'est le chemin par lequel a, de tout temps, passé le monde.

40

A. Le (livre) [3] — de Mạnh Tử [1 2] — (consiste en) sept [4] — chapitres [5] — (et puis) s'arrête [6].

B. Il raisonne sur [1] — la (Droite) voie [2] — et la Vertu [3]. — Il parle de [4] — l'Humanité [5] — et la Justice [6].

C. Mạnh Tử [1 2], — pendant [3] — l'époque [7] — de [6] — les royaumes [5] — combattants [4] — voyagea [8] — dans [9] — le royaume de Tề [10] — et (celui de) Lương [11].

D. (Comme) les principes [2] — de lui [1] — ne pas [3] — étaient mis en pratique [4], — il se retira [5] — et demeura [6] — dans le royaume [8] — de Trâu [7] — avec [9] — ses élèves [10 11], — les disciples [18] — (appelés) Công Tôn Sửu [12 13 14] — (et) Vạn Chương [15 16] — *p. déterm.* [17].

E. Ils publièrent [1] — les sept [4] — chapitres [5] — de Mạnh Tử [2 3].

F. La [2] — (Droite) voie [1], — (c'est) ce que [7] — le monde [3 4] (*du ciel* [3]; *le dessous* [4]) — anciennement [5] — et à présent [6] — à la fois [8] — passe par [9].

La Vertu, c'est la perfection morale que les sages et les saints acquièrent par une pratique personnelle. L'Humanité et la Justice sont des vertus dont le Ciel, de qui elles viennent, orne notre nature.

La commisération pour les fautes des autres et le regret des celles qui nous sont propres en sont les manifestations visibles; la douceur unie à la fermeté dans le gouvernement et la prospérité du peuple sont les résultats de l'application qui en est faite.

Si l'on fuit les fausses doctrines; si, appréciant la grandeur des dignités conférées par le Ciel, on révère les rois et qu'on méprise les chefs des princes feudataires; si on met un frein au vice et que l'on réprime la débauche; qu'on se contraigne soi-même à suivre la droite voie et qu'on s'applique à tenir un langage vertueux, on sera digne d'être comparé à Nghiêu et à Thuân.

G. La [2] — Vertu [1] — (est) ce que [7] — les saints [3] — et les sages [4], — en le pratiquant [6] — personnellement [5], — obtiennent [9] — (dans leur) cœur [8].

H. L'Humanité [1] — et [2] — la Justice [3] — certainement [4] — ont leur base [5] — dans [6] — le Ciel [7] — et [8] — sont disposées [9] — dans [10] — (notre) nature [11].

I. La compassion [1] [2] (pour les fautes des autres, *avoir pitié de* [1]; *digne de compassion* [2]) — et le regret [3] [4] (de ses propres fautes, *avoir honte* [3]; *id.* [4]) — sont les points [7] — visibles (*litt[t]* « *vus* ») [6] — d'elles [5], — et [8] — (le fait de) gouverner avec douceur et fermeté [9] — les générations [10] — (et de) faire prospérer [11] — le peuple [12] — sont les résultats de l'application [14] [15] (*œuvre accomplie* [14]; *se servir* [15])—d'elles [13]— *p. aff.* [16].

J. Si [1] — on fuit [2] — les fausses doctrines [3] [4] (*extraordinaires* [3]; *principes fondamentaux* [4]), — qu'on honore [5] — la noblesse qui vient du Ciel [6] [7] (*le Ciel* [6]; *degrés de noblesse* [7]), — qu'on révère [8] — les rois [9] — (et qu'on) méprise [10] — les chefs des princes feudataires [11], — qu'on s'oppose à [12] — le vice [13] — (et qu'on) bannisse [14] — la débauche [15], — qu'on dirige dans la droite voie [16] — ses dispositions naturelles [17] — et qu'on rende bonnes [19] — ses paroles [18], — nécessairement [20] — on approchera de [21] — Nghiêu [22] — et Thuân [23].

K. (Cela) est [1] — *p. aff.* [2].

41

C'est au pinceau de Tử Tư que nous devons le Trung Dong.

Ce qui tient le milieu n'incline d'aucun côté; ce qui est invariable n'éprouve point de changement.

Tử Tư était le petit-fils de Kổng Tử et le fils de Ba Ngư; son petit nom était « Cấp ».

Les lettrés l'honorent sous le nom de « Thuật Thánh *(Celui qui suit les traces du Saint homme)* ».

Il a fait les trente-trois chapitres du Trung Dong.

Trình Tử dit:

« Ce qui n'incline ni d'un côté ni de l'autre s'appelle « le milieu »; ce qui ne change pas est dit « invariable ».

41

A. (Ce qui) a fait [1] — le Trung Dong [2 3], — (c'est) le pinceau [6] — de Tử Tư [4 5].

B. (Ce qui) est au milieu [1] — ne pas [2] — incline [3]; — (ce qui) est invariable [4] — ne pas [5] — change [6].

C. Tử Tư [1 2] — (était) le petit-fils [6] — de [5] — Khổng Tử [3 4], — le fils [9] — de Ba Ngư [7 8]; — son nom (donné) [10] — (était) Cấp [11].

D. Les lettrés [1 2] (*étudier* [1]; *celui qui* [2]), — honorant [3] — lui [4], — l'appellent (*litt[t]* « *le font* ») [5] — « Thuật Thánh » [6 7] (*celui qui a suivi les traces de* [6]; *le Saint* [7]).

E. Il a fait [1] — les trente-trois [4 5 6] (*trois* [4]; *dix* [5]; *trois* [6]) — chapitres [7] — du Trung Dong [2 3].

F. Trình Tử [1 2] — dit [3]:

G. « (Ce qui) ne pas [1] — incline [2] — *p. déterm.* [3] — s'appelle [4] — le Milieu [5]; — (ce qui) ne pas [6] — change [7] — *p. déterm.* [8] — s'appelle [9] — invariable » [10].

Tout ce qu'on dit ici concerne la règle de conduite que l'homme doit suivre dans sa vie de chaque jour, et dont il ne doit pas s'écarter un seul instant.

C'est ce qu'on entend par ces mots : « Si on lui laisse prendre son essor, elle s'étend dans le monde entier ; si on la retire à soi, elle revient et se cache dans les lieux secrets. »

Dans l'origine, on disait : « *L'auteur du Trung Dong, c'est Khổng Cập* ».

On a supprimé l'énonciation du nom du grand sage.

Maintenant, on remplace les derniers mots (de la phrase) par les trois caractères « Tử Tư Bút (c'est le pinceau de Tử Tư) ». C'est plus convenable.

H. Ce que [1] — on dit (ainsi) [2] — tout (cela) [3] — (concerne) la règle de conduite [14] — (dont) l'homme [4] — (pendant) les jours [6] — de sa vie [5] — se sert [7] — (et dont) ne pas [8] — il doit [9] — s'écarter [12] — un seul instant [10 11] (*attendre* [10]; *un petit moment* [11]) — *p. déterm.* [13].

I. (C'est) ce que [1 16] — on veut dire (par ces mots :) [2] — (Si) on laisse aller [3] — elle [4], — alors [5] — elle parvient partout [6] — (dans) tout l'univers [7 8]; — (si) on resserre (*litt[t]* « *si on roule* ») [9] — elle [10], — alors [11] — elle s'en retourne [12] — et se cache [13] — dans [14] — les (lieux) secrets [15] — *p. de déf.* [17].

J. Anciennement [1], — dans l'origine [2], — on disait [3] : — « (Celui qui) a fait [1] — le Trung Dong [2 3] — certainement (c'est) [4] — Khổng Cập [5 6]. »

K. On a rejeté [1] — (le fait de) prononcer [2] — le nom [6] — de [5] — le grand [3] — sage [4].

L. Maintenant [1], — le remplaçant par [2 3] (*mettre de côté* [2]; *changer* [3]) — les trois [7] — caractères [8] — Tử tư Bút [4 5 6], — on fait [9] — (une chose plus) convenable [10].

42

La Grande étude a été composée par Tăng Tử.

Après y avoir traité de l'amélioration personnelle de l'homme et du bon ordre à établir dans la famille, il s'occupe la pacification et du bon gouvernement de l'Empire.

Le nom de Tăng Tử était Sâm.

Son surnom était Tử Dữ.

C'était un disciple de Khổng Tử.

Il nous a transmis d'un bout à l'autre la doctrine de son maître.

Les étudiants l'honorent sous le nom de « Tông Tánh (*Celui qui a succédé au Saint homme*) ».

Il a fait le livre de la *Grande étude*.

42

A. (Celui qui) a fait[1] — la Grande[2] — étude[3] — certainement (c'est)[4] — Tăng Tử[5 6].

B. (Partant) de[1] — (le fait de) s'améliorer personnellement[2] — (et de celui d')établir le bon ordre (dans la famille)[3], — il arrive à (le moyen de)[4] — pacifier[5] — (et bien) gouverner (l'empire)[6].

C. (Quant à) Tăng Tử[1 2], — son nom[3] — (était) Sâm[4].

D. Son surnom[2] — était Tử Dữ[3].

E. (C'était un) disciple[3 4] — de Khổng Tử[1 2].

F. Il (nous) a transmis[1] — la doctrine[7] — de[6] — Khổng Tử[2 3] — d'un bout à l'autre[4 5] (*d'une*[4]; *enfilade*[5]).

G. Les étudiants[1 2], — honorant[3] — lui[4], — l'appellent (*litt*[t] « *le font* »)[5] — « Tông Thánh[6 7] (*celui qui succède à*[6]; *le Saint*[7]) ».

H. Il a fait[1] — l'unique[4] — livre[5] — de la Grande[2] — Etude[3].

La « *Grande étude* », c'est celle à laquelle doivent se livrer les hommes faits.

Les points principaux en sont ceux-ci : « Mettre en lumière la brillante vertu, renouveler le cœur du peuple et se fixer dans le souverain bien ».

Les points de développement sont les suivants : « Examiner à fond les choses, atteindre au plus haut degré possible de science, acquérir la sincérité d'intentions et la droiture de cœur ; s'améliorer soi-même, établir le bon ordre dans la famille, bien gouverner les états et pacifier l'empire ».

C'est là faire l'œuvre des Saints hommes.

Les étudiants doivent, tout d'abord, s'appliquer de toutes leurs forces à cette étude.

Châu Tử en a fait un ouvrage divisé en dix sections.

I. La [3] — Grande étude [1 2], — (c'est) l'étude [7] — de [6] — les hommes faits [4 5] (*hommes* [5] ; (*devenus*) *grands* [4]) — *p. de déf.* [8].

J. Les points principaux [2] — d'elle [1] — consistent en (*litt*[t] « *sont dans* ») [3] — (le fait de) mettre en lumière [4] — la brillante [5] — vertu [6], — renouveler [7] — le (cœur du) peuple [8], — (et) s'arrêter [9] — à [10] — le souverain [11] — bien [12].

K. Les points de développement [2] — d'elle [1] — consistent en [3] — (le fait d') examiner à fond [4] — les choses [5], — pousser au plus haut degré [6] — sa science [7], — rendre sincères [8] — (ses) intentions [9], — rendre droit [10] — (son) cœur [11], — corriger [12] — sa personne [13], — mettre le bon ordre dans [14] — la famille [15], — (bien gouverner [16] — les états [17] — et pacifier [18] — l'empire [19 20].

L. Certes (c'est là) [1] — faire [2] — l'œuvre (méritoire) [5] — de [4] — les Saints [3].

M. Les étudiants [1 2], — tout d'abord, — (doivent) s'appliquer de toutes leurs forces à [5] — elle (*cette étude*) [3] — *p. aff.* [6].

N. Châu Tử [1 2] — l'a divisée [3] — et en a fait [4] — les dix [7] — parties [8] — de un [5] — livre [6].

Ce livre est appelé : « *L'entrée par laquelle les jeunes gens parviennent à la vertu* ».

Tăng Tử est le seul qui ait élucidé les principes fondamentaux de la doctrine de Confucius.

Tử Tư a puisé ses connaissances chez Tăng Tử.

Mạnh Tử s'est instruit à l'école de Tử Tư.

Or ce livre parle d'abord de Khổng Tử et de Mạnh Tử, et arrive ensuite à Tử Tư.

Intervertissant l'ordre, il ne place Tăng Tử qu'après eux.

Pourquoi cela?

N'est-ce pas parce qu'on y suit uniquement la classification de l'époque?

O. (Cette Grande Etude est) ce que [1] — on appelle [2] — la porte [8] — de [7] — les débutants [3 4] *(commencer à* [3]; *étudier* [4]) parvenir à (*litt*[t] « *entrer dans* ») [5] — la vertu [6].

P. Pour ce qui regarde [1] — la doctrine [5] — de [4] — Confucius [2 3], — Tăng Tử [6 7] — seul [8] — a obtenu [9] — les principes fondamentaux [11] — d'elle [10].

Q. L'instruction [4] — de [3] — Tử tư [1 2] — eut sa racine [5] — dans [6] — Tăng Tử [7 8].

R. Mạnh Tử [1 2] — reçut [3] — (son) patrimoine (philosophique) [4] — de [5] *(m. d'ablatif)* — l'école [9] — de [8] — Tử tư [6 7].

S. Ce [1] — livre [2] — certainement [3] — d'abord [4] — parle de [5] — Khổng (Tử) [6] — (et de) Mạnh Tử, — et [8] — ensuite [9] — arrive à [10] — Tử tư [11 12].

T. Tăng Tử [1 2], — étant interverti [3], — est [4] — celui qui [7] — (est) le plus [5] — postérieur [6].

U. Pourquoi cela? [1 2] *(comment?* [1]; *p. dubitative* [2]).

V. N'est-ce pas que [1], — (dans) ce [2] — livre [3], — uniquement [4] — on suit [5] — la classification [9 10] *(succédant à* [9]; *ordre* [10]) — de [8] — à cette époque *(à l'époque de* [6]; *époque* [7]) — et [11] — on parle [12]?

Pour ce qui est du Luận ngữ et du Mạnh Tử, on en avait, dès avant cette époque, des éditions définitives.

Le Trung Dong et le Đại học sont, au contraire, des chapitres extraits du Lễ kí.

Le Trung Dong en est le trente-et-unième,

Et le Đại học le quarante-deuxième.

Châu Tử les y a pris, puis les a divisés en chapitres et subdivisés en phrases.

Il les a rangés parmi les quatre livres classiques.

C'est à cause de cela qu'on les mentionne en dernier lieu.

43

Lorsqu'on a bien compris le livre de la Piété filiale, et

---

x. Quant au Luận Ngữ [1 2]—et au Mạnh Tử [3 4],—avant (cette époque) [5] — il y en avait [6] — des livres [8] — parfaits *(dont le texte était invariablement arrêté)* [7].

y. Le Trung Dong [1 2]— et le Đại học [3 4], — au contraire *(litt[t] « d'autre part »)* [5], — sortent *(ont été extraits)* [6] — de *(m. d'ablatif)* [7]— les titres [12] — des chapitres [11] — de [10] — le Lễ Kí [8 9].

z. Le Trung Dong [1 2]—est [3]—le trente et unième (chapitre) [7 8 9 10] *(trois* [8]; *dix* [9]; *(et) un* [10]; *ième* [7]) — de [6] — Le Lễ Ký [4 5].

a'. Le Đại học [1 2] -- est [3] — le quarante-deuxième [7 8 9 10] *(quatre* [8]; *dix* [9]; *(et) deux* [10]; *ième* [7]) — de [6].— le Lễ Ký [4 5].

b'. Châu Tử [1 2] — a pris [3] — et [4] — divisé en chapitres [5] — et divisé en phrases [6] — eux [7].

c'. (Les) prenant *(marque d'accusatif)* [1], — il les a rangés [2] — dans [3] — les quatre [4] — livres (classiques) [5].

d'. A cause de [3]— le (τὸ) [2] — avoir fait (cela) [1], — on les a considérés comme [4 5] *(prendre* [4]; *faire* [5]) — venant après [6] — *p. aff.* [7].

43

a. (Lorsque) le livre [2] — de la Piété filiale [1] — est bien

qu'on sait par cœur les quatre livres classiques, on commence à pouvoir lire les six livres canoniques.

On parle ici de l'ordre dans lequel on doit lire les livres.

Le livre de la Piété filiale est un de ceux que l'on appelait anciennement « les treize Kinh ».

Tăng Tử mit en ordre les questions et les réponses de Khổng Tử, et en fit un livre canonique en dix-huit chapitres, pour mettre en lumière les règles de la Piété filiale.

Lorsque les étudiants se seront assimilé les quatre livres classiques, ils devront d'abord lire celui de la Piété filiale, afin de connaître les rites qui concernent les enfants.

Après cela, se conformant à l'ordre adopté, ils étudieront les six livres canoniques.

---

compris [3] — (et que) les quatre [4] — livres classiques [5] — ont été appris par cœur (*litt^t^ « mûr » ou « cuit »*) [6], — alors [7] — les six [8] — livres canoniques [9] — commencent à [10] — pouvoir [11] — être lus [12].

B. Dans ces (dernières phrases) [1] — (on) parle de [2] — l'ordre [6] — de [5] — lire [3] — les livres [4] — *p. aff.* [7].

C. Le livre [2] — de la Piété filiale [1] — est [3] — l'un [9] — de [8] — les anciens [4] — treize [5 6] — Kinh (livres canoniques) [7].

D. Tăng Tử [1 2] — mit en ordre [3] — les paroles [9] — des [8] — demandes [6] — et réponses [7] — de Khổng Tử [4 5] — et en fit [10] — les dix-huit [12 13] — chapitres [14] — d'un Kinh [11] — pour [15] — mettre en lumière [16] — les règles [18] — de la Piété filiale [17].

E. Les étudiants [1 2], — après (le fait) [8] — de [7] — les quatre [3] — livres classiques [4] — avoir été mûris [5 6] (*marque du passé* [5]; *mûrir* [6]), — doivent [9] — d'abord [10] — lire [11] — le livre de la Piété filiale [12 13] — pour [14] — connaître [15] — les rites [19] — de [18] — (ceux qui) sont [16] — des enfants [17].

F. Après cela [1 2] (*ainsi* [1]; *après* [2]) — ils se conformeront à [3] — l'ordre [4], — et [5] — liront [6] — les six [7] — livres canoniques [1].

44

Le livre des Vers, celui des Annales impériales, celui des Transformations, les rituels, le Printemps et l'Automne sont appelés les six Kinh (livres canoniques), dont il faut approfondir le sens.

L'on donne ici la nomenclature des six livres canoniques.

Le livre des Transformations, celui des Annales impériales, le livre des Vers, le Printemps et l'Automne, le rituel des Châu et le Lễ Kí (mémorial des Rites) sont appelés les six Kinh.

Ce sont des livres à l'explication desquels les étudiants doivent s'exercer, et qu'ils doivent scruter et approfondir.

44

A. (Le livre des) Vers [1], — (le livre des) Annales impériales [2], — (le livre des) Transformations [3], — les Rituels [4], — (la chronique nommée) « le Printemps et l'Automne [6] (*printemps* [5] ; *automne* [6]), — s'appellent [7] — les six [8] — Kinh (livres canoniques [9]), — (qu') il faut [10] — expliquer [11] — et approfondir [12].

B. (Dans) ce (texte) [1] — (on) dit [2] — la liste [6] — de [5] — les six [3] — livres canoniques [4].

C. Le livre des Transformations [1], — le livre des Annales impériales [2], — le livre des Vers [3], — le Printemps et l'Automne [4 5], — le rituel [7] — (de la dynastie) des Châu [6], — et le mémorial [9] — des Rites [8], — ces (livres) [10] — sont nommés [11] — les six [12] — Kinh [13].

D. C'est ce que [3 10] — les étudiants [1 2] — doivent [4] — en expliquant [5] — pratiquer [6] — et [7] — en scrutant (*litt*[t] « *en ciselant et polissant* ») [8] — approfondir [9] — *p. aff.* [11].

A l'époque (où ces livres ont été écrits), le rituel des Châu était rangé au nombre des six livres canoniques. Maintenant on l'en a retranché, il en reste plus que cinq, dits les cinq Kinh.

Le caractère n° 1 se prononce (en chinois) comme le caractère n° 3 ; il a le sens de « *ciseler et polir* ».

45

Il y a le Liên sơn, le Qui tàng, et le Diệc des Châu. Etudiez minutieusement ces trois Diệc.

Il y a trois Diệc (kinh).
Le premier se nomme « Liên sơn »
C'est le Diệc de Phục hi.

E. Dans ce temps-là [1] [2] (*dans le temps que* [1]; *époque* [2]) — le Châu Lễ [3] [4] — était rangé [5] — dans [6] — les six [7] — Kinh [8]; — maintenant [9] — au contraire [10] — on en a exclu [11] — le Châu Lễ [12] [13] — et on (en) a fait [14] — les cinq [15] — Kinh [16] — *p. aff. énergique* [17].

F. Le son [2] — du caractère n° 1 [1] — (est, en chinois, celui du caractère) n° 3 [3]; — il a [4] — le sens [8] — de [7] — « ciseler et polir » [5] [6] (*polir* [5]; *id.* [6]).

45

A. Il y a [1] — le Liên sơn [2] [3] (*montagnes* [3]; *contigues* [2]); — il y a [4] — le Qui tàng [5] [6] (*Retourner dans le sein mystérieux de la nature — Retourner à* [5]; *cacher* [6]); — il y a [7] — le Châu Diệc [8] [9] (*Diệc kinh* [9]; *des Châu* [8]). — Etudiez minutieusement [12] — les Diệc [11] — (de ces) trois (espèces) [10]

B. (Quant au) livre [3] — de [2] — le Diệc [1], — il y en a [4] — trois [5].

C. Le premier [1] — s'appelle [2] — Liên sơn [3] [4].

D. C'est le Diệc [4] — de [3] — Phục hi [1] [2].

Il commence par (le Quái) « Cấn ».
(Ce Quái) est l'image des montagnes.
Le second se nomme « Qui tàng »
C'est le Diệc de Viêm đế.
Il commence par (le Quái) « Khôn ».
(Ce Quái) est l'image de la Terre.
Le troisième s'appelle « le Diệc des Châu »
C'est celui de Văn Vương.
Il commence par le (Quái) « Càn »
(Ce Quái) est l'image du Ciel.
Peu d'étudiants pénètrent le sens des deux Diệc « Liên sơn » et « Qui tàng ».
Celui qui est actuellement en usage est le Diệc de la dynastie des Châu.

E. Prenant (*marque d'accusatif*)[1] — (le Quái) « Cấn »[2] — il en fait[3] — son commencement[4].

F. (Ce Quái « Cấn ») est l'image[3] — de[2] — les montagnes[1] — *p. aff.*[4].

G. Le second[1] — s'appelle[2] — Qui tàng[3 4].

H. C'est le Diệc[4] — de[3] — Viêm đế[1 2].

I. Prenant[1] — (le Quái) « Khôn »[2] — il en fait[3] — son commencement[4].

J. (C'est) l'image[3] — de[2] — la Terre[1] — *p. aff.*[4].

K. Le troisième[1] — s'appelle[2] — le Diệc[4] — des Châu[3].

L. (C'est) le Diệc[4] — de[3] — Văn Vương[1 2].

M. Prenant[1] — (le Quái) « Càn »[2] — il en fait[3] — son commencement[4].

N. C'est l'image[3] — de[2] — le Ciel[1] — *p. aff.*[4].

O. (Quant à) les deux[5] — Diệc[6] — Liên sơn[1 2] — et Qui tàng[3 4], — les étudiants[7 8] — en petit nombre[9] — pénètrent[10] — le sens[12] — d'eux[11].

P. Celui que[2 4] — on emploie (*litt^t « on fait circuler »*)[3] — maintenant[1] — est le Diệc[6] — des Châu[5].

L'origine des soixante-quatre Quái remonte à Phục hi.

Les sections intitulées « Quái từ » et « Thoán từ » ont été composées par Văn vương.

Celle qui a pour titre » Hào từ » est due à Châu công.

Les sections appelées « Quái tương », « Hào tương », « Văn ngôn » et les deux parties de la section « Hệ từ » sont l'œuvre de Khổng tử.

Sorti des mains de ces quatre saints hommes, le Diệc avait acquis toute sa perfection et se trouva complet.

Les lettrés qui ont commenté ce livre sont nombreux.

On ne se sert aujourd'hui que du commentaire de Trình Tử et de l'ouvrage intitulé « Le sens fondamental du Diệc » par Châu Tử.

Q. Les images [6] — de [5] — les soixante-quatre [1 2 3] (*six* [1]; *dix* [2]; *quatre* [3]) — Quái (*diagrammes symboliques*) [4] — commencent [7] — à [8] Phục hi [9 10].

R. (Les parties intitulées) Quái từ [1 2] (*Quái* [1]; *paroles* [2]) — et Thoán từ [3 4] (*hérisson* (*animal qui était réputé connaître l'avenir*) [3]; *paroles* [4]) — sont des choses que [7] — Văn vương [5 6] — a composées [8].

S. (La partie intitulée) Hào từ [3 4] (*lignes qui composent les Quái* [3]; *paroles* [4]) — de [2] — les Quái [1] — (est) une chose que [7] — Châu Công [5 6] — a composée [8].

T. (Les parties appelées) Quái tương [1 2] (*Quái* [1]; *images* [2]), — Hào tương [3 4], — Văn ngôn [5 6] (*littérature* [5]; *paroles* [6]), — (et la section) Hệ từ [9 10] (*lier* [9]; *paroles* [10]) — supérieure (*premier livre*) [7] — et inférieure (*second livre*) [8], — d'un autre côté [11], — (sont) des choses que [15] — Khổng Tử [12 13] — *p. déterm.* [14] — a composées [16].

U. Après que [5 6] (*p. explét.* [5]; *après* [6]) — il eut passé par [1] — (ces) quatre [2] — saints [3] — hommes [4], — (ce fut un) Diệc [9] — parfait [7] — et complet [8] — *p. aff.* [10].

V. Les lettrés [4] — (qui) ont commenté [1] — le Diệc [2] — *p. déterm.* [3] — (sont) nombreux [5] — (de telle manière que) ne pas [6] — on peut [7] — les citer [8].

X. Maintenant [1], — seulement [2] — on se sert de [3] — le commentaire [7] — du Diệc [6] — de Trình Tử [4 5] — (et de l'ouvrage intitulé) le sens [11] — fondamental (du Diệc) [10] — de Châu Tử [8 9].

Les Tần ont brûlé le livre des Vers.

Le Diệc seul, étant un livre de divination, fut épargné.

46

Les Lois et les Conseils, les Enseignements et les Proclamations, les Serments solennels et les Ordres sont les parties les plus profondes du Thơ kinh.

Le « Thơ kinh » est le livre des quatre dynasties Ngu, Hạ, Thương et Châu.

Les mots « *Lois, Conseils, Enseignements, Proclamations, Serments solennels* » et « *Ordres* » sont des titres qui désignent des sections du Thơ kinh.

Y. Les Tần [1] — ont brûlé [2] — le livre [4] — des Vers [3].

Z. Seulement [1] — le Diệc [2],— étant [3] — un livre [7] — de [6] — divination [4 5] (*divination par la tortue* [4] ; *divination par les tiges de certaines plantes* [5]), — obtint [8] — de (*litt* « *quant à* ») [9] — ne pas [10] — être détruit [11].

46

A. *P. auxiliaire énumérative* [1]— les Lois [2] — et les Conseils [3], — *p. auxil. énumér.* [4] — les Instructions [5] — et les Proclamations [6], — *p. aux. énum.* [7] — les Serments solennels [8] — et les Ordres [9] — (sont les parties les plus) profondes [12] — de [11] — le Thơ (kinh) [10].

B. Le [3] — Thơ kinh [1 2] (*livre canonique* [2] ; *des annales impériales* [1]) — (est) le livre [11]— des [10] — quatre [8]— dynasties [9]—Ngu [4],—Hạ [5], — Thương [6], — et Châu [7] — *p. de déf.* [12].

C. (Les mots) « Lois [1],— Conseils [2], — Instructions [3], — Proclamations [4], — Serments solennels [5], — Ordres [6] », — tous [7] — (sont) des noms [11] — de chapitres [10] — de [9] — le Thơ Kinh [8].

Le mot « Diễn, *Loi,* » veut dire « constant et invariable ».

Les « Lois » sont les livres qui contiennent les ordres transmis aux empereurs et aux rois. Telles, par exemple, les « Lois de Nghiêu » et les « Lois de Thuấn ».

« Mô » signifie « Conseil ».

De grands ministres assistent le prince de leurs conseils pour l'aider dans le gouvernement, comme on le voit dans les « Conseils du grand Vũ » et ceux de « Ich Tắc ».

« Huấn » signifie « Enseignements ».

De grands ministres instruisent et guident le souverain dans la droite voie pour suppléer à son insuffisance. Tels, par exemple, les « Enseignements » de Y.

Le mot « Cáo » a le sens d'« avertissements ».

Les empereurs publient leurs ordres et les signifient à tout l'empire,

---

D. Le (mot) — « Điển » [1]— (signifie) « constant et invariable » [3]— *p. de déf.* [4].

E. La loi [1] — est immuable [2], — et [3] — ne pas [4] — peut [5] — être changée [6].

F. C'est [1] — le livre [7] — de [6] — les empereurs [2] — et les rois [3] — recevant [4] — des ordres [5] ; — comme [8] — la loi [10] — de Nghiêu [9] — et la loi [12] — de Thuấn [11] ; — c'est (ainsi) [13] — *p. aff.* [14].

G. Le (mot) [2] — « Mô » [1]— (veut dire) « conseils » [3]— *p. de déf.* [4].

H. De grands [1] — ministres [2], — l'assistant [3 4] (*assister* [3] ; *id.* [4]), — donnent des conseils au souverain [5 6] (*litt*[t] « *forment des projets, des plans* ». *Conseil* [5] ; *projet* [6]) — pour [7] — aider à [8] — le saint [9] — gouvernement [10] ; — comme [11] — les conseils [17] — du grand [12] — Vũ [13] — et de [16] — Ich Tắc [14 15] ; — c'est (ainsi) [18] — *p. aff.* [19].

I. Le (mot) [2] — Huấn [1] — (signifie) « instruction » [3] — *p. de déf.* [4].

J. De grands [1] — ministres [2] — instruisent [3] — et dirigent dans la droite voie [4] — le prince [6] — d'eux [5] — pour [7] — assister [8] — son insuffisance [9 10] (*ne pas* [9] ; *atteindre* [10]), — comme [11] — les instructions [13] — de Y [12] ; — c'est (ainsi) [14] — *p. aff.* [15].

K. Le (mot) [2] — « Cáo » [1]— (signifie) « avertissement » [3]—*p. de déf.* [4].

L. Les [2] — empereurs [1] — publient [3 4] (*répandre* [3]; *émettre* [4]) —

afin de porter à la connaissance de tous les lois qui créent des obligations nouvelles. Tels sont les « Avertissements de Trong Hûy », les « grands Avertissements », ceux « de Khang », « de Triêu », et les Avertissements « au sujet du vin ».

Le mot « Thệ » veut dire « fidélité dans les engagements ».

Le Prince des hommes, mettant respectueusement en pratique les châtiments que le Ciel ordonne, commande aux généraux de proclamer avec serment devant leurs troupes qu'ils récompenseront fidèlement et ne failliront point à punir; comme dans les chapitres Cam thệ, Thang thệ, Thái thệ, Phi thệ, Tần thệ.

Le mot « Mạng » signifie « ordre ».

Le Prince des hommes transmet ses ordres à ses grands ministres,

---

leurs ordres [5] [6] (*ordre* [5]; *id.* [6]), — et, avertissant [7], — les signifient à [8] — tout l'empire [9] [10] (*du ciel* [9]; *le dessous* [10]) — pour [11] — répandre [12] — les lois [16] — *p. déterm.* [15] — qui lient (le peuple) [13] — nouvellement [14]; — comme [17] — les Avertissements [21] — de [20] — Trong Hûy [18] [19], — les grands [22] — Avertissements [23], — les Avertissements [25] — de Khang *(donnés à Khang)* [24], — les Avertissements [27] — de Triệu [26], — les Avertissements [29] — du vin (sur l'usage du vin) [28]; — c'est (ainsi) [30] — *p. aff.* [31].

M. Le (mot) [2] — « Thệ » [1] — (veut dire) « fidélité à tenir sa parole [3] » — *p. de déf.* [4].

N. Le Prince [2] — des hommes [1], — avec respect [3] — mettant en action [4] — les châtiments (*litt* « *punitions des réfractaires* ») [6] — du Ciel [5], — ordonne à [7] — les généraux [8] — de proclamer avec serment devant [9] — les troupes [10] — des paroles [16] — de [15] — fidèlement [11] — récompenser [12] — et certainement [13] — punir [14]; — comme [17] — (les chapitres intitulés) Cam thệ [18] [19], — Thang thệ [20] [21], — Thái thệ [22] [23], — Phi thệ [24] [25], — et Tần thệ [26] [27]; — c'est (ainsi) [28] — *p. aff.* [29].

O. Le (mot) [2] — « Mạng » [1] — (signifie) « ordre » [3] — *p. de déf.* [4].

P. Le Prince [2] — des hommes [1] — communique [3] [4] (*enjoindre à un inférieur* [3]; *faire connaître* [4]) — ses ordres [5] [6] (*id.* [5]; *id.* [6]) — à [7] — (ses) grands [8] — ministres [9]; — comme [10] — (les chapitres intitulés) Duyệt mạng [11] [12], — Vi tử chi mạng [13] [14] [15] [16], — Cố mạng [17] [18], — Thái

comme on peut le voir dans les chapitres Duyệt mạng, Vi tử chi mạng, Cô mạng, Thái trung chi mạng, Văn hầu chi mạng.

Autrefois Khổng Tử corrigea le Thơ Kinh.

Partant de Đàng et de Ngu, il le divisa en cent chapitres.

Puis vint l'époque où les Tần brûlèrent le Livre des Vers.

Sous l'empereur Văn Đế des Hán vivait à Tế Nam un lettré nommé Phục Sinh, célèbre entre tous, qui, à l'âge de quatre-vingt-dix ans, transmit, en les récitant avec l'exactitude la plus complète, vingt-huit chapitres du Thơ Kinh.

A cause de son extrême antiquité, on a appelé cet ouvrage « L'Ancien livre ».

En outre, une jeune fille du pays en deçà du fleuve présenta le chapitre Thái thệ.

---

trung chi m ng [19 20 21 22], — Văn hầu chi mạng [23 24 25 26]; — c'est (ainsi) [27] — *p. aff.* [28].

Q. Autrefois [1] — Khổng Tử [2 3] — corrigea [4] — le Thơ kinh [5].

R. Il le divisa [1], — à partir de [2] — Đàng [3] — et Ngu [4], — en tout [5], — en cent [6] — chapitres [7].

S. On arriva (au temps que) [1] — (la dynastie des) Tần [2] — brûla [3] — le Livre [5] — des Vers [4].

T. Au temps de [4] — Văn Đế [2 3] — des Hán [1], — à Tế Nam [5 6] — il y eut [7] — Phục sinh [8 9], — (homme) qui [12] — l'emportait [11] — (quant à la renommée [10]; — (étant, quant aux) années [13] — (un homme de) quatre-vingt-dix [14 15] (*neuf* [14]; *dix* [15]), — de bouche [16] — il communiqua [17] — d'une manière parfaitement exacte [18 19] (*éclat des pierres précieuses* [18]; *polir* [19]) — vingt-huit [20 21 22] (*deux* [20]; *dix* [21]; *huit* [22]) — chapitres [23].

U. Prenant (*m. d'accusatif*) [1] — ce [2] — livre [6] — *p. déterm.* [5] — d'une antiquité reculée [3 4] (*supérieur* [3]; *ancien* [4]), — à cause de cela [7] — on appela [8] — lui [9] — « l'Ancien [10] — livre » [11].

V. En outre [1], — une fille [4 5] (*fille* [4]; *enfant* [5]) — (du pays) en deçà [3] — du fleuve [2] — présenta (*présenter à un supérieur*) [6] — (le) un [9] — chapitre [10] — du Thái thệ [7 8].

Au temps de Võ Đế, Cung Vương, prince de Lỗ, démolissait la vieille maison de Khổng Tử.

On trouva dans le mur, écrites en caractères antiques, les annales des Ngu, des Hạ, des Thương et des Châu que le Sage y avait cachées.

Khổng An Quấc en fit un examen critique, et ajouta vingt-cinq chapitres au Thơ kinh de Phục Sinh.

Thái Trầm, disciple de Châu tử, composa un grand commentaire sur ce livre.

47

Notre Châu Công a fait le Rituel des Châu, (dans lequel) il institua les Six Magistratures et conserva les principes fondamentaux du gouvernement.

---

x. Au temps de [3] — Võ Đế [1 2], — Cung Vương [5 6], — (prince) de Lỗ [4], — démolissait [7] — la vieille [10] — maison [11] — de Khổng Tử [8 9].

y. Dans [1] — le milieu de [3] — le mur [2], — on trouva [4] — le Thơ kinh [15] — en caractères [9] — anciens [8] — des Ngu [10], — des Hạ [11], — des Thương [12] — et des Châu [13] — que [6] — il [5] — (y) avait caché [7].

z. Khổng An Quấc [1 2 3] — en fit un examen critique [4 5] (*examiner* [4]; *critiquer* [5]),— et ajouta à [6 7] (*ajouta* [6]; *id.* [7])—(le Thơ kinh rétabli par) Phục Sinh [8 9] — vingt-cinq [10 11 12] (*deux* [10]; *dix* [11]; *cinq* [12]) — chapitres [13].

z'. Thái Trầm [5 6], — disciple [3 4] (*secte ou école* [3]; *homme* [4]) — de Châu Tử [1 2], — fit [7] — un grand commentaire [9 10] (*explications* [10]; *rassemblées* [9]) — de lui [8].

47

A. Le Châu Công [2 3] — de nous [1] — a fait [4] — le Rituel [6] — des Châu [5].

B. Il a établi [1] — les Six [2] — Magistrats [3], — et a conservé (dans ce livre) [4] — les principes essentiels [6] — de l'administration [5].

Le Châu l a été composé par Châu Công.

Châu Công appartenait à la famille Công et à la branche Cơ.

C'était le fils de Văn Vương et le frère cadet de Võ Vương.

Le Châu lễ est un livre qui contient les règlements par lesquels les Châu instituèrent les magistratures et répartirent les emplois.

Il y avait le gouverneur suprême, magistrat du ciel; le ministre de l'éducation, magistrat de la terre; le ministre des rites, magistrat du printemps; le ministre de la guerre, magistrat de l'été; le ministre de la justice, magistrat de l'automne, et le ministre des travaux publics, magistrat de l'hiver.

C'est pour cela qu'on les appelle les « Six Magistrats ».

C'étaient comme six « Khanh »

En haut, l'Empereur gouvernait sans peine et sans efforts; en bas, les Six Magistrats distribuaient les fonctions.

---

c. Le Châu lễ [1] [2] — est une chose que [5] — Châu Công [3] [4] — a faite [6].

d. (Il était de la) famille [2] — Công [1] — et de la branche [4] — Cơ [3].

e. (C'était) le fils [3] — de Văn Vương [1] [2] — et le frère cadet [6] — de Võ Vương [4] [5] — *p. de déf.* [7].

f. (Le) un [3] — livre [4] — du Châu lễ [1] [2] — consiste dans (*litt* « *est* ») [5] — les règlements [15] — de [14] — la une [8] — dynastie [9] — de la maison [7] — des Châu [6], — qui constitua [10] — les magistratures [11] — et distribua [12] — les emplois [13].

g. Il y avait [1] — le gouverneur [5] — suprême [4], — magistrat [3] — du ciel [2]; — le ministre de l'éducation [8] [9] (*diriger* [8]; *disciples* [9]), — magistrat [7] — de la terre [6]; — le ministre des rites [12] [13] (*salle des ancêtres* [12]; *contrôler* [13]), — magistrat [11] — du printemps [10]; — le ministre de la guerre [16] [17] (*diriger* [16]; *cavalerie* [17]), magistrat [15] de l'été [14]; — le ministre de la justice [20] [21] (*veiller à* [20]; *malfaiteurs* [21]), magistrat [19] — de l'automne [18]; — le ministre des travaux publics [24] [25] — (*diriger* [24]; *travaux* [25]), magistrat [23] — de l'hiver [22].

h. C'est pourquoi [1] — on les appelait [2] — les Six [3] — Magistrats [4].

i. (C'était) comme [1] — six [2] — « Khanh » [3] — *p. aff.* [4].

j. L'empereur [1] [2] (*du Ciel* [1]; *le fils* [2]) — laissait retomber (ses vête-

L'action des lois pénétrait en tous lieux ; les dispositions administratives étaient classées et mises en ordre ; il n'y avait point d'affaire qui ne fût réglée ; dans l'administration, tout était conforme aux saines doctrines, et l'empire jouissait de la paix.

Après la destruction du Thi Kinh par les Tần, le rituel des Châu tomba en désuétude.

Quand vint le temps où les Hán recherchèrent les livres, il commença à reparaître ; mais on avait perdu le chapitre intitulé « Đông quan ».

Les lettrés de l'époque des Hán comblèrent ce vide en insérant à la place le chapitre « Khảo Công kì ».

On s'en servait, sous les Tống, dans les examens pour le choix des lettrés.

Actuellement il n'est plus en usage.

---

ments) [3] — et croisait les mains (*sur sa poitrine, en joignant les pouces*) [4] — en [5] — haut [6] ; — les Six [7] — Magistrats [8] — distribuaient [9] — les emplois [10] — en [11] — bas [12].

K. Les lois [1] [2] — (*régler* [1] ; *institutions répressives* [2]) — se répandaient en tous lieux [3] [4] (*s'étendre partout* [3] ; *se répandre* [4]) ; — les règlements [5] [6] (*règlements* [5] ; *id.* [6]) — étaient classés [7] — et mis en ordre [8], — (et, en fait d')affaires [9], — il n'y en avait pas [10] — (qui) ne pas [11] — fussent bien réglés [12] ; — (en fait d')administration [13] — il n'y en avait pas [14] — (qui) ne pas [15] — fût (bien) dirigée [16] ; — et [17] — l'empire [18] [19] — était en paix [20] — *p. aff. énergique* [21].

L. (Lorsque) les Tần [1] — eurent détruit [6] — le Thi kinh [3] — et le Thơ kinh [4], — ne plus [5] — on fit usage [6] — du Rituel [8] — des Châu [7].

M. (Quand) on arriva (au temps que) [1] — les Hán [2] — cherchèrent [3] — les livres [4], — il commença à [5] — sortir (au jour) [6], — mais [7] — on avait perdu [8] — le (chapitre intitulé) Đông quan ou le Magistrat de l'hiver [10] [11] (*hiver* [10] ; *magistrat* [11]) de lui [9].

N. Les lettrés [2] — des Hán [1] — réparèrent [7] — lui [8] — avec [3] — le « Khảo công kí » [4] [5] [6] (ou mémoire dans lequel on examine les travaux) *Mémoire* [6] *d'examiner* [4] ; *les travaux* [5]).

O. La dynastie [2] — des Tống [1] — s'en servait [3] — pour [4] — choisir [5] — les lettrés [6].

P. Maintenant [1] — ne pas [2] — on s'en sert [3].

48

Đái l'aîné et Đái le jeune commentèrent le Mémorial des rites.

Lorsqu'on y eût rapporté les paroles des saints, les rites et la musique furent complets.

Si l'on n'appelle point le Lễ kí un « Kinh (livre canonique) », c'est que les cinq livres de ce nom ont tous été écrits par les saints en personne.

Quant à celui-ci, il a été composé par des lettrés d'une époque postérieure qui, rapportant les paroles des saints de l'antiquité, en ont formé une compilation.

C'est pourquoi on l'appelle un « mémorial », et non un « livre canonique ».

48

A. Le grand (*l'aîné*) [1] — et le petit (*le jeune*) [2] — Đái [3] — ont commenté [4] — le Mémorial [6] — des rites [5]. — (Quand on y) eut rapporté [7] — les paroles [9] — des saints [8], — les rites [10] — et la musique [11] — furent complets [12].

B. Si [8] — (le) un [3] — livre [4] — du Lễ Kí [1 2] — ne pas [5] — est appelé [6] — Kinh (ou livre canonique) [7], — (c'est que) les cinq [9] — Kinh [10] — tous [11] — (sont des livres que) les saints [12] — hommes [13] — en personne [14] — ont composés [15].

C. (Quant à) celui-ci [1], — eh bien [2] — des lettrés [4] — postérieurs [3], — au moyen de [11] — en compilant [5] — rapporter [6] — les paroles [10] — de [9] — les saints [8] — antérieurs [7], — formèrent [12] — un livre [13].

D. C'est pourquoi [1] — on l'appelle [2] — « mémorial » [3] — et [4] — ne pas [5] — on l'appelle [6] — « livre canonique » [7] — *p. aff.* [8].

Đái *l'aîné*, c'est Đái Đức, un lettré de l'époque des Hán.

Quant à Đái *le jeune*, c'était le fils de Đái Thánh, frère aîné de Đái Đức.

Ce dernier rassembla les cent quatre-vingt sections des anciens livres des rites et de la musique, les abrégea, en fixa la rédaction et en fit quatre-vingt-cinq chapitres.

On appelle maintenant ce livre «le mémorial des rites de Đái l'aîné ».

Đái le jeune, le réduisant encore, en a fait un ouvrage bien arrêté et complet, composé de quarante-neuf chapitres (seulement).

Le Đại Học et le Trung Dong lui ont été aussi annexés.

Trận Hạo, lettré du temps des Nguyên, en a fait un commentaire qui a pour titre : « Doctrines coordonnées du Lễ Kí ».

Le mémorial des rites de Đái l'aîné est actuellement tombé en désuétude.

E. L'aîné [1] — Đái [2] — (était un) lettré [4] — (du temps) des Hán [3] — (nommé) Đái Đức [5 6].

F. Le jeune [1] — Đái [2] — d'un autre côté [3] — (était) le fils [6] — du frère aîné [5] — de Đái Đức [4] ; — (c'était) Đái Thánh [7 8] — *p. aff.* [9].

G. Đái Đức [1 2] — rassembla [3] — les cent quatre-vingt [9 10 11 12] (*un* [9] ; *cent* [10] ; *huit* [11] ; *dix* [12]) — chapitres [13] — de les [7] — anciens [4] — livres [8] — des rites [5] — et de la musique [6], — les abrégea [14], — les fixa [15] — et en fit [16] — quatre-vingt-cinq [17 18 19] (*huit* [17] ; *dix* [18] ; *cinq* [19]) — chapitres [20].

H. Maintenant [1] — on l'appelle [2] — le « mémorial [6] — des rites [5] — de l'aîné [3] — Đái [4] ».

I. Le jeune [1] — i [2] — encore [3] — en fit [4] — les quarante-neuf [9 10 11] (*quatre* [9] ; *dix* [10] ; *neuf* [11]) — chapitres [12] — d'un livre [8] — réduit [5], — fixé [6] — et complet [7].

J. Le Đại Học [1 2] — et le Trung Dong [3 4] — aussi [5] — ont été joints [6] — à [7] — le nombre [10] — de [9] — ses chapitres [8].

K. Trận Hạo [3 4], — lettré [2] — des Nguyên [1], — le commentant [5], — a fait [6] — (l'ouvrage intitulé) : « Doctrines [10] — coordonnées [9] — du Lễ Kí » [7 8].

L. Le Lễ Kí [3] — de l'aîné [1] — Đái [2] — maintenant [4] — n'est pas [5] — employé (*litt*[t] *mis en circulation*) [6].

Celui de Đái le jeune a seul été mis au nombre des cinq Kinh.

49

Les « Mœurs des royaumes, » les deux « Excellences » et les « Chants solennels » sont les noms de quatre genres de poésies que l'on doit lire et chanter.

Le Livre des Vers est composé de quatre sections.

La première s'appelle les « *Mœurs des royaumes* ». C'étaient des poésies rustiques que chantait habituellement le peuple.

Les princes feudataires les recueillaient pour les présenter au Fils du Ciel.

M. Seulement [1] — le Lễ Kí [4 5] — du jeune [2] — Đái [3] — a été rangé [6] — dans [7] — les cinq [8] — Kinh [9].

49

A. *P. explét.* [1] — les Mœurs [3] — des royaumes [2], — *p. explét.* [4] — les « Excellences » [5] — et les Chants solennels [6] — s'appellent [7] — les quatre [8] — (genres de) poésie [9] — (que) il faut [10] — lire [11] — et chanter [12].

B. (Quant à) les parties [4] — de [3] — le livre canonique [2] — des Vers [1], — il y en a [5] — quatre [6].

C. La première [1] — s'appelle [2] — les Mœurs des royaumes [3 4]; — (c'étaient) les vers [10] — de [9] — le peuple [5] — (qui) habituellement [6] — chantait [7] — des chansons rustiques [8].

D. Les princes feudataires [1 2] (*m. du pluriel* [1]; *prince feudataire* [2]) — recueillaient [3] — eux [4] — pour [5] — les présenter [6] — à [7] — le Fils [9] — du Ciel [8].

L'Empereur les recevait et les confiait au grand maître de la musique, afin de connaître, par l'examen qui en était fait, ce qu'il y avait de bon ou de mauvais dans les mœurs, de louable ou de défectueux dans son gouvernement.

La deuxième s'appelle la « *petite Excellence* ».

Les poésies de ce nom étaient composées dans les circonstances où les princes feudataires, les ministres et les Đại Phu venaient présenter leurs hommages au Fils du Ciel, ou lorsque les souverains des royaumes divers, faisant accueil aux magistrats impériaux qui avaient bien mérité du pays, leur envoyaient des officiers chargés de leur rendre visite.

La troisième s'appelle la « *grande Excellence*. »

On composait ces vers lorsque le Fils du Ciel donnait un festin aux princes feudataires, aux ministres et aux fonctionnaires, et que, re-

---

E. Le Fils [2] — du Ciel [1] — recevait [3] — eux [4] — et [5] — les confiait [6] — à [7] — le magistrat [9] — de la musique [8] — pour [10], — par ce moyen [11], — examiner [12] — le bon [17] — et le mauvais [18] — des [16] — mœurs [14 15] (*mœurs* [14]; *coutumes* [15]) — de lui (*le peuple*) [13], — et [19] — connaître [20] — les mérites [25] — et les défauts [26] — de [24] — l'administration [22 23] (*administrer* [22]; *régir* [23]) — de lui [21] — *p. aff.* [27].

F. La deuxième (partie) [1] — s'appelle [2] — la petite [3] — Excellence [4].

G. (C'étaient) des œuvres [22] — de [21] — les princes feudataires [1 2], — les ministres [3] — et les Đại phu [4 5] (*grand* [4]; *homme* [5]) — faire leur cour [6] — et visiter [7] — le Fils [9] — du Ciel [8], — et (de) [10] — les princes [14] — de [13] — les différents [11] — royaumes [12], — faisant réception à [15] — les officiers [18] — de l'Empereur [17] — qui avaient rendu des services à l'état [16], — envoyer (à eux) [19] — des officiers visiteurs [20].

H. La troisième (partie) [1] — s'appelle [2] — la grande [3] — Excellence [4].

I. (C'étaient) des œuvres [10] — de [18] — le Fils [2] — du Ciel [1] — par des festins [3] — traiter [4] — les princes feudataires [5 6], — les ministres [7] — les magistrats [8], — et (de) [9] — le souverain [10], — recevant dans son palais [11] — les princes [12] — et les ministres [13], — les in-

cevant dans son palais les princes et les ministres, le souverain les invitait à sa table et les plaçait selon leur rang.

Si on les appelle « Excellences », c'est parce que le style en est correct, châtié, réglé, élégant ; ce en quoi elles diffèrent des chants appelés « Mœurs des royaumes ».

La quatrième s'appelle les « Chants solennels ».

C'étaient des morceaux de musique dans lesquels, lorsque l'Empereur sacrifiait dans le temple du Ciel, on louait solennellement et on exaltait les vertus des anciens rois et des anciens princes.

On y a joint les Chants solennels de Lỗ ainsi que ceux des Thương.

Toutes ces pièces, réunies, forment les quatre espèces de poésies.

Ce sont des morceaux que les étudiants doivent lire et chanter.

Après l'incendie allumé par les Tần, Mao Trường, lettré du temps des Hán, les a examinés, fixés, et en a formé un livre.

---

viter [14] [15] — (*assembler* [14]; *festin* [15]) — et les placer selon leur rang [16] [17] (*disposer en ordre* [16]; *placer selon le rang* [17]).

J. Le [4] — appeler [1] — elles [2] — nhã (*droit, excellent*) [3] — (vient de ce que) le style [6] — d'elles [5] — (est) correct [7], — châtié [8], — réglé [9], — élégant [10] ; — (et), par là [11], — on le distingue [12] — de [13] — (les chansons appelées Quốc) phong [14].

K. La quatrième (partie) [1] — s'appelle [2] — les Chants solennels [3].

L. (C'étaient) des morceaux [15] — de musique [14] — de [13], — (lorsque le Fils du Ciel [1] [2] — offrait [3] — des sacrifices [4] — dans le temple du Ciel [5] [6], (*lieu propre aux sacrifices* [5]; *temple* [6]) — louer [7] — et exalter [8] — les anciens [9] — rois [10] — et les anciens [11] — princes [12].

M. Les Chants solennels [2] — (du royaume) de Lỗ [1] — et les Chants solennels [4] — (de la dynastie) des Thương [3] — y ont été ajoutés [5] — *p. aff.* [6].

N. Le tout [1] — est [2] — les quatre [3] — (sortes de) poésie [4].

O. (C'est) ce que [3] — les étudiants [1] [2] — doivent [4] — lire [5] [6] (*lire* [5]; *lire comme en psalmodiant* [6]) — et [7] — chanter [8] [9] (*chanter* [8]; *chanter avec sentiment* [9]) — lui [10] — *p. aff.* [11].

P. Après [4] — l'incendie [2] — des Tần [1] — *p. déterm.* [3], — Mao Trường [7] [8], — lettré [6] — des Hán [5], — les a examinées [9], — les a fixées [10], — et en a fait [11] — un livre [12].

Quelques personnes les appellent les « Poésies de Mao ».
Châu Tử les a commentés.

50

Lorsque les poésies eurent cessé d'exister, le Xuân thu fut composé.

Il renferme l'éloge et le blâme, et fait la distinction du bien et du mal.

Mạnh tử dit :

« Quand les traces des empereurs furent effacées, les vers cessèrent d'être en usage.

« Quand les vers cessèrent d'être en usage, le Xuân thu fut composé. »

Q. Quelques personnes [1] — appellent [2] — elles [3] — poésies [5] — de Mao [4].

R. Châu Tử [1 2] — les a commentées [3 4] (*rassembler* [3]; *les explications* [4]).

50

A. Lorsque [2] — les poésies [1] — eurent péri (*eurent cessé d'être en usage*) [3],— le Xuân thu [4 5] — fut fait [6].

B. Il se rapporte à [1] — des éloges [2] — et des blâmes [3] — il distingue [4] — le bon [5] — et le mauvais [6].

C. Mạnh Tử [1 2] — dit [3].

D. (Quand) les traces [4] — de [3] — les empereurs [1 2] (*empereur* [1]; *celui qui* [2]) — furent éteintes [5], — alors [6] — les vers [7] — périrent [8].

E. (Quand) les vers [1] — périrent [2],— après cela [3 4] (*alors* [3] ; *après* [4]) — (la chronique appelée) « le Printemps et l'Automne » [5 6] — fut composée [7].

Les « traces des empereurs », ce sont les principes de gouvernement de Văn vương et de Võ vương, les habiles conceptions du premier et les actions remarquables du second ; les temps heureux de Thành vương et de Khang vương et les hauts faits de Châu công et de Triêu công, jusqu'à la translation de l'empire, qui commence avec le chapitre intitulé « Mœurs de la principauté de Mân » et l'élévation au trône de Tuyên vương.

Toutes ces choses sont consignées dans les chapitres qui composent les quatre sections du Livre des Vers.

Ce sont là les « traces des empereurs »,
que ces poésies ont servi à conserver.

Depuis la translation de la cour à l'Orient, les intendants de la musique cessèrent de présenter des vers à l'Empereur, et les « Quôc phong » tombèrent dans l'oubli.

F. Les traces [4] — de [3] — les empereurs [1 2] — (c'est) l'administration [8] — de [7] — Văn (vương) [5] — et de Võ (vương) [6] — *p. de déf.* [9], — comme [10] — les plans habiles [13] — de Văn (vương) [11 12], — les actes brillants [16] — de [15] — Võ (vương) [14], — l'époque [21] — florissante [20] — de [19] — Thành (vương) [17] — et de Khang (vương) [18] — et les grands [25] — exploits [26] — de [24] — Châu (công) [22] — et de Triêu (công) [23], — jusqu'à [27 28] (*de manière à* [27] ; *atteindre* [28]) — (le fait de) transférer [31] — l'empire (*le patrimoine impérial*) [32] — de Mân phong [29 30] (*commençant avec la section « Mân phong ». Mœurs* [30] ; *de la principauté de Mân* [29]), — et l'élévation au trône [35 36] (*litt*' « *la rénovation* ». *Au milieu* [35] ; *s'élever* [36]) — de Tuyên vương [33 34].

G. Toutes (ces choses) [1] — sont vues [2] — dans [3] — les chapitres [7] — de [6] — les quatre [4] — (parties du) Thi (Kinh) [5].

H. Ce sont [1] — les traces [5] — de [4] — les empereurs [2 3] (*ceux qui* [3] — *sont empereurs* [2]).

I. Au moyen de [1] — les vers [2], — les prenant (*m. d'accusatif*) [3] — on les a conservées [4] — *p. aff.* [5].

J. Depuis [1] — le fait de se transporter [3] — à l'orient [2] — à [4] — aller (*en avant*) [5], — les intendants [7] — de la Musique [6] — ne pas [8] — présentèrent [9] — des vers [10] — et [11] — les Phong [12] — périrent [13].

Les princes feudataires ne vinrent plus rendre hommage au Fils du Ciel, et les « Tiều nhã » disparurent.

Le Fils du Ciel n'offrit plus de festins aux princes feudataires, et les « Đại nhã » tombèrent en désuétude.

Les princes feudataires ne concoururent plus aux sacrifices, et les Chants solennels cessèrent d'exister.

Lorsque les poésies eurent été mises en oubli, les traces des empereurs s'effacèrent.

C'est pourquoi Khổng tử, qui était né au déclin de la dynastie des Châu orientaux, s'attristait de ce que les empereurs ne gouvernaient plus, et que les princes feudataires avaient rejeté toute contrainte.

Quittant alors le royaume de Vệ, il retourna dans celui de Lỗ, et écrivit le Printemps et l'Automne pour relever l'influence impériale.

Cette dénomination : « Le Printemps et l'Automne », est le titre primitif de la chronique du royaume de Lỗ.

K. Les [1] — Princes feudataires [2] — ne plus [3] — vinrent rendre hommage à [4] — le Fils [6] — du Ciel [5] — et [7] — les Tiều nhã [8 9] — périrent [10].

L. Le Fils [2] — du Ciel [1] — ne plus [3] — traita (dans des festins) [4] — les Princes feudataires [5 6], — et [7] — les Đại nhã [8 9] — périrent [10].

M. Les Princes feudataires [1 2] — ne plus [3] — aidèrent à [4] — les sacrifices [5], — et [6] — les Tụng [7] — périrent [8].

N. Lorsque [2] — les poésies [1] — périrent [3], — alors [4] — les traces [8] — de [7] — les empereurs [5 6] — s'éteignirent [9] — *p. aff. énergique* [10].

O. C'est pourquoi [1] — Khổng Tử [2 3], — qui était né [4] — à [5] — la fin [9] — de [8] — les Châu [7] — de l'orient [6], — s'affligeait de [10] — (le fait que) l'administration [12] — de l'Empereur [11] — *p. déterm.* [13] — ne pas [14] — était exercée [15], — (et que) les Princes feudataires [16 17] — n'écoutaient que leur volonté [18 19] (*opiniâtre* [18] ; *rejeter toute contrainte* [19]) ; — alors [20 21] (*dans* [20] ; *ce temps là* [21]), — de [22] — (le royaume de) Vệ [23] — il retourna dans [24] — (le royaume de) Lỗ [25], — et fit [26] — le Xuân thu [27 28] — pour [29] — redresser [30] — l'influence [31] — des empereurs [32].

P. Le [3] — Xuân thu [1 2] — (est) l'ancien [7] — nom [8] — de [6] — la chronique [5] — (du royaume de) Lỗ [4].

Les événements qui ont eu lieu dans les quatre saisons y sont exposés.

Si Confucius a pris pour titre les noms du Printemps et de l'Automne, c'est parce que le printemps réveille la vie dans la nature, et que l'automne y amène la mort.

Cette chronique a pour objet la grande puissance des empereurs.

La translation à l'Orient du trône des Châu ayant entraîné leur affaiblissement, le Xuân thu commence à la première année du règne de An công, roi de Lỗ.

Elle répond à la fin du règne de Bình Vương, et au commencement du règne des Châu orientaux.

La chronique du Printemps et de l'Automne passe en revue les règnes de An công, Hoàn công, Trang công, Mẫn công, Hi công, Tuyên công, Thành công, Tương công, Chiêu công, Định công et Ai công.

Q. Les quatre [1] — saisons [2] — toutes [3] — (y sont) complètes (*exposées complètement*) [4].

R. Le (fait de) [7] — avoir adopté (*litt[t] « levé avec les mains »*) [1] — les (les mots) « Xuân thu » [2 3] — pour [4] — (en) faire [5] — le nom (de cette chronique) [6] — (vient de ce que Khổng tử) appliqua (*prit*) [8] — le sens [14] — de [13] — (le fait que) le printemps [9] — fait naître [10] — (et du fait que) l'automne [11] — fait périr (*litt[t] « tue »*) [12].

S. (Cette chronique) se rapporte à [1] — la grande [5] — puissance [6] — de [4] — les empereurs [2 3].

T. Les Châu [1] — s'étant affaiblis [2] — dans [3] — leur changement de résidence [5] — de l'orient [4], — Le Xuân thu [1 2], — commence à [3] — la première (*litt[t] « originaire »*) [7] — année [8] — de An Công [5 6] — roi de Lỗ [4].

U. Elle correspond à [1] — la fin [5] — de [4] — Bình Vương [2 3] — (et au fait de) commencer à [9] — régner [10] — de [8] — les Châu [7] — de l'Est [6] — *p. de déf.* [11].

V. (Cette chronique) parcourt (les règnes de) [1] — An Công [2], — Hoàn (Công) [3], — Trang (Công) [4], — Mẫn (Công) [5], — Hi (Công) [6], — Văn Công) [7], — Tuyên (Công) [8], — Thành (Công) [9], — Tương (Công) [10], — Chiêu (Công) [11], — Định (Công) [12], — et Ai (Công) [13].

Arrivé à la prise du Kì lân, Khổng tử s'arrête, s'affligeant de ce que cet animal merveilleux n'avait pas été vu à une époque qui en fût digne, et de ce que l'autorité des empereurs n'était pas respectée.

Il relate, en tout, les faits qui se sont passés pendant une période de trois cent quarante-deux années.

Un seul mot d'éloge de sa part est plus glorieux qu'un splendide vêtement impérial.

Un seul mot de blâme est plus redoutable que l'atteinte de la hache.

Mạnh tử dit :

« Lorsque Khổng tử eut achevé le Printemps et l'Automne, les « sujets rebelles et les brigands furent frappés de terreur. »

Il veut dire par là que, lorsque les récompenses et les châtiments eurent été manifestés, et que le bien et le mal eurent été mis en évi-

---

X. (Lorsque Khổng Tử) arrive à [1] — (le fait qu') on s'était emparé d' [2] — un (Kì) lân [3], — alors [4] — il jette de côté [5] — son pinceau [6].

Y. Il s'afflige (de ce que) [1], — (bien que ce ne soit) pas [2] — en temps opportun [3], — cependant [4] — le Lân [5] — a été vu [6], — et se plaint (de ce que) [7] — l'autorité [9] — des empereurs [8] — *p. déterm.* [10] — ne pas [11] — est obéie [12] — *p. aff.* [13].

Z. En tout [1] — il relate [2] — les choses [10] — de [9] — trois cent quarante-deux [3 4 5 6 7] (*trois* [3]; *cent* [4]; *quatre* [5]; *dix* [6]; *deux* [7]) — années [8].

A' Une louange [4] — de [3] — un (seul) [1] — caractère [2] (mot) — est glorieuse [5] — comparativement à [6] — un splendide [7] — habit impérial [8].

B'. Un blâme [4] — de [3] — un (seul) [1] — caractère [2] — est redoutable [5] — comparativement à [6] — l'atteinte [8] — de la hache [7].

C'. Mạnh Tử [1 2] — dit [3].

D'. (Lorsque) Khổng Tử [1 2] — eut achevé [3] — le Xuân Thu [4 5], — alors [6] — les sujets [8] — séditieux [7] — et les brigands [9 10] — craignirent [11].

E'. Il veut dire que [1] — (lorsque) les récompenses [3] — et les châtiments [4] — d'eux [2] — eurent été manifestés [5] — et (que) [6] — le

dence, les sujets rebelles et les brigands ne trouvèrent, dans le monde entier, aucun moyen d'échapper au châtiment dû à leurs crimes.

51

Les trois commentaires (du Printemps et de l'Automne) sont celui de Công dương, celui de Tả thị et celui de Cốc lương.

Ces commentaires ont pour objet l'explication du sens du Xuân thu.

Beaucoup de personnes ont fait des commentaires de cette chronique; mais les plus renommés sont au nombre de trois.

Le premier s'appelle le commentaire de Tả thị.

---

bien [7] — et le mal [8] — eurent été mis au jour [9], — les sujets [11] — séditieux [10] — et les brigands [12] [13] — n'eurent pas [14] — ce par quoi [15] — ils (pussent) fuir [17] — le châtiment dû à leur crime [16] — dans [18] — l'intervalle [22] — de [21] — le ciel [19] — et la terre [20] — *p. aff.* [23].

51

A. Les [3] — trois [1] — commentaires [2] (sont) *p. énumér.* [4] — (Celui de) Công Dương [5] [6] — *p. énumér.* [7] — (celui de) Tả thị [8] [9] — (et) *p. énumér.* [10] — (celui de) Cốc Lương [11] [12].

B. Le [2] — commentaire [1], — (c'est) ce par quoi [3] [4] (*ce que* [3]; *par* [4]) — on explique [5] — le sens [9] — de [8] — le Xuân Thu [6] [7] — *p. de déf.* [10].

C. Ceux qui [4] — ont commenté [1] — le Xuân Thu [2] [3] — ne pas [5] — (sont) un (seul) [6]; — mais [1] — trois [2] — commentaires [3] — (sont) les plus [4] — fameux [5].

D. Le premier [1] — s'appelle [2] — le commentaire [5] — de Tả thị [3] [4].

Tả khưu minh était un sage du royaume de Lỗ.

Dans son explication du Printemps et de l'Automne, il procède à la manière des annales, exposant minutieusement les faits à la suite de chaque année.

Les détails de toute espèce, concernant les empereurs et les princes feudataires; les relations entre les hommes, soit au sujet de la guerre, soit au sujet des présents (qu'on offrait à l'occasion des traités d'alliance); les motifs de l'élévation ou du déclin, du maintien ou de l'extinction des maisons régnantes; la distinction entre les sages et les fourbes, entre les hommes vertueux et les hommes dissolus; toutes ces choses, sans le secours de Tả thị, ne sauraient être saisies clairement.

Le deuxième s'appelle le commentaire de Công dương.

Công dương cao était un homme du pays de Lỗ.

E. Tả khưu minh [1 2 3] — (était) un homme [7] — sage [6] — de [5] — (le royaume de) Lỗ [4] — *p. de déf.* [8].

F. Quand [1] — il a expliqué [2] — le Xuân thu [3 4], — il a employé [5] — la manière [11] — de [10] — raconter [8] — les choses [9] — (à la façon) des annales [6 7] (*relier des objets l'un à l'autre avec une corde* [6]; *années* [7]), — et [12] — les a exposées [14] — minutieusement [13] — à [15] — la suite [19] — de [18] — chaque [16] — année [17].

G. Toutes les [1] — choses [7] — de [6] — les empereurs [2 3] — et les princes feudataires [4 5], — les relations [13] — de [12] — guerre [8 9] (*armes* [8]; *armes défensives* [9]) — (ou de) présents [10 11] (*id,* [10]; *id.* [11]) — les motifs (pour les états) [19] — de [18] — s'élever [14], — de décliner [15], — de subsister [16] — ou de s'éteindre [17], — la distinction [25] — de [24] — les sages [20], — les fourbes [21], — les hommes vertueux [22] — et les hommes dissolus [23], — sans [26] — Tả thị [27 28] — alors [29] — ne pas [30] — on les saisirait clairement [31] — *p. aff.* [32].

H. Le second [1] — s'appelle [2] — le commentaire [5] — de Công Dương [3 4].

I. Công dương cao [1 2 3] — était un homme [5] — de Lỗ [4] — *p. de déf.* [6].

Le troisième est dû à Côc lương.

Côc lương xích était un disciple de Tử hạ.

Chacun de ces deux commentaires présente des qualités et des défauts; tantôt ils sont semblables entre eux, et tantôt ils diffèrent.

Dans tous deux, le sens général du Xuân thu est examiné et apprécié; les nuances les plus légères du bien et du mal y sont mises en évidence.

Le commentaire de Tả thị a été interprété par Đỗ dự, lettré de l'époque des Tấn.

Hà hưu, au temps des Hán, a expliqué celui de Công dương, et Phạm Minh, sous les Tấn, a fait de même pour celui de Côc lương.

Les expressions du Xuân thu sont concises, et les idées en sont profondes; sans le secours d'un commentaire, on ne pourrait les comprendre clairement.

J. Le troisième[1] — s'appelle[2] — le commentaire[5] — de Côc lương[3,4].

K. Côc Lương xích[1,2,3] — (était un) disciple[6,7] (*frère cadet*[6]; *fils*[7]) — de Tử hạ[4,5] — *p. de déf.*[8].

L. (De ces) deux[1] — commentaires[2] — chacun[3] — a[4] — des défauts (*litt*[t] « *du court* »)[5] — et des qualités (*litt*[t] « *du long* ») [6], — des ressemblances[7] — et des différences[8].

M. (Dans) tous (deux)[1] — on examine[2] — et on juge[3] — le sens général[7,8] (*grand*[7]; *sens*[8]) — de[6] — le Xuân thu[4,5] — et on fait ressortir[9,10] (*faire connaître*[9]; *manifester*[10] — les plus délicates[14] — nuances[15] — de[13] — le bien[11] — et le mal[12] — *p. aff.*[16].

N. (Quant au) commentaire[2] — de Tả (thị)[1] — il y a[3] — Đỗ dự[5,6] — (lettré du temps) des Tấn[4] — qui l'a expliqué[7].

O. (Quant à celui de) Công Dương[1,2] — il y a[3] — Hà Hưu[5,6], — (lettré du temps) des Hán[4], — qui l'a expliqué[7].

P. (Quant à celui de) Côc Lương[1,2] — il y a[3] — Phạm Minh[5,6] — (lettré du temps) des Tấn[4], — qui l'a expliqué[7].

Q. Les paroles[3] — du Xuân Thu[1,2] — sont concises[4]; — ses idées[5] — sont profondes[6]; — sans[7] — commentaires[8] — ne pas[9] — il serait clair[10].

C'est pourquoi on les a conservés tous les trois.

On les a mis au nombre des treize kinh.

Maintenant, soit qu'on fasse l'examen d'une époque ou qu'on prenne note d'un fait, on peut, au moyen des trois commentaires, décider en connaissance de cause.

Veut-on prendre une décision ou adopter une règle, on a recours à celui de Hồ an quấc, lettré du temps des Tông.

52

Une fois les Kinh bien compris, abordez l'étude des philosophes.

Recueillez ce qui s'y trouve d'important, et gravez dans votre mémoire les faits qu'ils contiennent.

R. C'est pourquoi [1] — ensemble [2] — on a conservé [3] — eux [4].

S. On les a rangés [1] — dans [2] — le nombre [7] — de [6] — les treize [3 4] (*dix* [3]; *trois* [4]) — Kinh [5].

T. Maintenant [1 2] (*le* [2]; *maintenant* [1]), — lorsqu'on examine [3] — les temps [4] — et qu'on note [5] — les choses [6], — alors [7] — on décide en connaissance de cause [8 9] (*décider* [8]; *juste jugement* [9]) — d'après [10] — les trois [11] — commentaires [12].

U. Si on prend une décision [1 2] (*donner une opinion juridique* [1]; *régler* [2]) — ou qu'on adopte (*litt* «*prend pour son usage* ») [3] — une règle [4], — alors [5] — on emploie [6] — le commentaire [12] — de Hồ an quấc [9 10 11], — lettré [8] — des Tông [7].

52

A. Quand [2] — les Kinh [1] — ont été bien compris [3], — alors [4] — lisez [5] — les philosophes [6].

B. Recueillez [1] — (les points) importants [3] — d'eux [2], — et gravez dans votre mémoire [4] — les choses [6] — d'eux [5].

Les quatre livres classiques et les six livres canoniques ont tous reçu le nom de Kinh.

Il est indispensable d'examiner, dans une lecture approfondie, les pensées délicates et cachées des doctrines élevées qu'ils renferment.

Lorsqu'on possédera bien les Kinh, l'on devra se procurer aussi les ouvrages des philosophes et les lire.

Seulement on y trouvera, réunies ensemble, d'excellentes choses et des imperfections.

On devra nécessairement en faire un résumé sommaire, afin de compléter la série régulière de ses études et de graver dans sa mémoire les résultats des faits qui y sont exposés, en se préparant ainsi à franchir l'échelle graduée des examens.

C. Les quatre [1] — livres classiques [2] — et les six [3] — livres canoniques [4] — tous [5] — (sont des) Kinh [6] — *p. de déf.* [7].

D. Très certainement [1] — ne pas [2] — on doit [3] — ne pas [4] — lire [6] — en approfondissant (*litt^t « en mûrissant »*) [5] — et [7] — examiner [8] — les (pensées) délicates [13] — et cachées [14] — de [12] — les doctrines élevées [10 11] (*excellent* [10]; *juste doctrine* [11]) — d'eux [9] — *p. aff. énergique* [15].

E. *P. initiale* [1] — lorsque [4] — l'étude [3] — des Kinh [2] — a été élucidée [5], — en outre [6] — ne pas [7] — on doit [8] — ne pas [9] — à la suite [10] — recueillir [11] — les (*marque du pluriel*) [12] — philosophes [13] — et [14] — lire [15] — eux [16].

F. Seulement [1], — (dans) les livres [5] — de [4] — les philosophes [2 3], — des richesses [6] — et des imperfections [7] — ensemble [8] — sont vues [9].

G. Nécessairement [1] — on doit [2], — les recueillant [3], — prendre [4] — les paroles [9] — concises [6] — et importantes [7] — *p. déterm.* [8] — d'eux [5] — pour [10] — compléter [11] — une étude [13] — régulière [12] — et graver dans sa mémoire [14 15] (*graver dans sa mémoire* [14]; *se remémorer* [15]) — les résultats [20] — de [19] — les faits [17 18] (*choses* [17]; *traces* [18]) — d'eux [16], — pour [21] — préparer [22] — des examens [24] — croissant en degré [23].

Nos études habituelles accroîtront alors journellement notre savoir, et nous éviterons l'écueil des fausses doctrines.

53

Les cinq philosophes (principaux) sont Tuân, Dương, Văn trung tử, Lão et Trang.

Les livres qu'ont écrits les philosophes appartiennent à des écoles innombrables ; il est impossible de les énumérer toutes.

Si on veut aller aux meilleurs et les lire, on en trouvera cinq qui sont :

H. Alors [1] — ce que [2] — on apprend [3] — de jour en jour [4] — progressera [5] — vers (*litt* « *à* ») [6] — la plénitude de la science [7] [8] (*déborder* [7] ; *science* [8]), — et [9] — ne pas [10] — on (en) arrivera à [11] — (le fait de) s'écouler [12] — dans [13] — les doctrines vicieuses [14] [15] (*pervers* [14] ; *dépravé* [15]) — *p. aff. énergique* [16].

53

A. (Quant à) les [3] — cinq [1] — philosophes [2], — il y a [4] — Tân [5], — Dương [6], — Văn Trung Tử [7] [8] [9], — ainsi que [10] — Lão [11] — et Trang [12].

B. Toutes les écoles [3] [4] (*les cent* [3]; *sectes* [4]) — des livres [2] — des philosophes [1] — (sont) immensément [5] — nombreuses [6] ; — ne pas [7] — on peut [8] — venir à bout de (*litt* « *supporter de* ») [9] — les énumérer toutes (*litt* « *les épuiser* ») [10].

C. Si on aborde [1] — les [5] — plus [3] — bons [4] — de [2] — elles [6] — et qu'on lise [7] — eux [8], — alors [9] — il y a [10] — cinq [11] — philosophes [12].

1° Lão tử. Son nom de famille était Lý, son petit nom Nhĩ et son nom honorifique Bác dương.

C'était un homme du pays de Bạc.

Il remplissait, au temps des Châu orientaux, les fonctions d'historiographe.

Il a fait le livre de la Voie et de la Vertu, qui contient cinq mille mots.

2° Trang tử. Son petit nom était Châu, et son nom honorifique Tư hưu. Il était né à Mông, dans le Royaume de Sở.

Il remplissait les fonctions d'officier chargé du soin des arbres à vernis.

Il a écrit le livre de la montagne Nam hoa.

3° Tuân tử. Son petit nom était Khanh. Il était de Lan lăng dans le royaume de Sở.

Il a fait un livre en deux sections, intitulé Tuân tử.

D. Ils s'appellent [1] : — Lão Tử [2 3]. — (Son) nom de famille [1] — (était) Lý [2] ; — son petit nom [3] — était Nhĩ [4] ; — son nom honorifique [5] — était Bác Dương [6 7]. — (C'était) un homme [10] — de la ville [9] — de Bạc [8].

E. Dans le temps de [3] — les Châu [2] — de l'Est [1] — il était [4] — historiographe [5 6 7] (*colonne* [5] ; *au bas de* [6] ; *historien* [7]).

F. Il a fait [1] — les cinq [5] — mille [6] — mots [7] — du livre [4] — de la Voie [2] — et de la Vertu [3].

G. Trang Tử [1 2]. — Son petit nom [3] — (était) Châu [4] ; — son nom honorifique [5] — était Tư Hưu [6 7].

H. (C'était) un homme [4] — de la ville [3] — de Mông [2] — (du royaume) de Sở [1].

I. Il était [1] — officier [4] — des jardins [3] — des arbres à vernis [2].

J. Il a fait [1] — le livre [4] — (de la montagne) Nam hoa [2 3].

K. Tuân Tử [1 2]. — Son petit nom [3] — était Khanh [4] ; — (c'était) un homme [8] — de Lan Lăng [6 7] — (du royaume) de Sở [5].

L. Il a fait [1] — les deux [6] — chapitres [7] — premier (*supérieur*) [4] — et second (*inférieur*) [5] — (du livre intitulé) Tuân Tử [2 3].

4° Dương tử. Son petit nom était Hùng. Son pays était la ville de Thành đô, qui appartenait aux Hán.

Il est l'auteur du Thái ngươn kinh et du Pháp ngôn.

5° Văn trung tử. Il avait pour nom de famille Vương, pour petit nom Thông, et pour nom honorifique Trong yêm.

Il était né à Long môn, ville des Tuỳ.

Il a écrit le Nguyên kinh et le Trung tuyêt. Son nom posthume est Văn trung tử.

Principales idées des cinq philosophes :

Lão tử ne fait nul cas de la réputation, et ne se glorifie point de sa vertu.

Pour lui, ce qu'il y a de plus désirable, c'est le calme, la quiétude et le « non agir ».

M. Dương Tử [1 2].— Son petit nom [3] — était Hùng [4] ; — (c'était un) homme [8] — (du pays de) Thành đô [6 8] — des Hán (*qui appartenait aux Hán*) [5].

N. Il a fait [1] — les deux [7] — livres [8] — Thái Ngươn kinh [2 3 4] — et Pháp ngôn [5 6].

O. Văn Trung Tử [1 2 3] ; — son nom de famille [4] — était Vương [5], — son petit nom [6] — était Thông [7]; — son nom honorifique [8] — était Trong Yêm [9 10].

P. C'était un homme [4] — de Long Môn [2 3] — de Tuỳ (*qui appartenait aux Tuỳ*) [1].

Q. Il a fait [1] — les deux [6] — livres [7] — (intitulés Nguyên kinh [2 3] — et Trung thuyêt [4 5].

R. Son nom posthume [1] — est [2] — Văn Trung Tử [3 4].

S. Principales [3] — idées [4] — des cinq [1] — philosophes [2].

T. Lão [1 2] — ne pas [3] — fait cas de [4] — la réputation [5] ; — ne pas [6] — il se glorifie de [7] — sa vertu [8].

U. Prenant (*m. d'accusatif*) [1] — le calme [2], — la quiétude [3] — et le non agir [4 5] (*ne pas* [4] ; *agir* [5]), — il (en) fait [6] — la chose la plus désirable [7] (*litt' « la plus haute »*).

Trang tử parle par métaphores du dégoût des choses du monde.

Ce qu'il y a de plus élevé à son point de vue, c'est de se séparer de la multitude et de renoncer au siècle.

Tuân tử, dans un style recherché, mais qui manque de profondeur, traite de la nature et de la destinée de l'homme.

Dương tử se modèle sur le Diệc kinh.

Il présente de grandes qualités et de légers défauts.

Les « Dissertations de Trung » de Văn trung tử, ont un air de ressemblance avec le Luân ngữ; mais on trouve qu'il lui est bien inférieur.

On compare le Nguyên kinh au Xuân thu;
(mais), glorifiant les Nguy du nord d'avoir détruit la dynastie des Tân, il leur donne le titre d'empereur.

Ce n'est pas là l'esprit du Xuân thu.

---

v. Trang tử [1] [2] — métaphoriquement [3] — parle [4] — (du fait d') être dégoûté de [5] — le siècle [6].

x. Prenant (*m. d'accusatif*) [1] — (le fait de) se séparer de [2] — la multitude [3] — et de renoncer à [4] — le monde [5] — il en fait [6] — (la chose la plus) élevée [7].

y. Tuân tử [1] [2] — parle de [3] — l'étude [7] — de [6] — la nature [4] — et de la destinée (de l'homme) [5] — d'une manière recherchée [8] [9], (*choisir* [8]; *p. adverbiale* [9]) — mais [10] — non [11] — profonde (*litt^t^ « subtile »*) [12].

z. Dương tử [1] [2] — en ressemblant à [3] — le Diệc Kinh [4] — établit [5] — ses paroles [6].

a'. (Il s'y trouve) de grandes [1] — qualités [2] — et [3] — de petits [4] — défauts [5].

b'. Les « Dissertations [4] — de Trung » [3] — de Văn trung (tử) [1] [2] — ressemblent à [5] — le Luân ngữ [6] [7]; — mais [8] — les hommes [9] — tiennent pour non réelle [10] — l'affinité [12] — d'elles (avec cet ouvrage) [11].

c'. Le Nguyên kinh [1] [2] — est comparé à [3] — le Xuân Thu [5].

d'. Il honore [1] — le fait (que les Nguy) ont aboli [2] — les Tân [3], — (et) il considère comme empereurs [4] — les Nguy [6] — du Nord [5].

e'. Ce n'est pas [1] — l'esprit [5] — de [4] — le Xuân thu [2] [3].

Les jeunes gens des écoles devront, sans se lasser, étudier son style et s'assimiler ses pensées, mais non s'attacher à ses expressions.

54

Lorsque les Kinh et les philosophes vous seront devenus familiers, lisez les historiens.

Examinez l'enchaînement des générations; sachez-en le commencement et la fin.

Après avoir approfondi les livres canoniques et les philosophes, on pourra lire les historiens.

Leurs livres racontent les gouvernements prospères et les troubles, l'état florissant et la chute des dynasties ; la sagesse ou la folie des

---

F'. Les étudiants [1] [2] — seulement [3] — (doivent) étudier jusqu'à en être las [4] — son style [5] — et prendre [6] — ses idées [7]; — mais [8] — ne pas [9] — (ils doivent) s'attacher [10] — à [11] — ses expressions [12]; — c'est là juste ce qu'il faut [13] [14] (*devoir* [13]; *p. affirm.* [14]).

54

A. Lorsque les Kinh [1] — et les philosophes [2] — sont connus à fond [3], — lisez [4] — les (*m. du pluriel*) [5] — historiens [6].

B. Examinez [1] — la suite [3] — des générations [2]; — sachez en [4] — la fin [5] — et le commencement [6].

C. Quand [5] — les six [1] — livres canoniques [2] — (et) les philosophes [3] [4] — sont connus à fond [6], — ensuite [7] [8] (*alors* [7]; *après* [8]) — les Historiens [9] [10] — peuvent [11] — être lus [12] — *p. aff.* [13].

D. Les livres [2] — des Historiens [1] — racontent [3] — les choses [11] — de [10] — le gouvernement prospère [6], — les désordres [7], — l'état flo-

princes, les vertus ou la perversité des ministres; la transmission du pouvoir entre les générations successives, l'année où elles commencent et celle où elles finissent.

On y trouve toutes ces notions, et on peut les y approfondir.

Il y a deux espèces de livres historiques.

Les uns se nomment « Histoires générales »; les autres « Histoires des royaumes ».

Les « Histoires des royaumes » exposent les faits qui concernent une seule dynastie; comme, par exemple, le livre des Hán et celui des Tân.

Les « Histoires générales » racontent les événements passés et les faits actuels; tel est le cas du « Thông giám cang mục ».

Dans les Histoires des royaumes, les princes ont leur biographie particulière, et les hommes d'Etat leur notice distincte.

---

rissant [8] — et la décadence [9] — d'une [4] — dynastie [5], — la sagesse [14] ou la folie [15] — de [13] — les princes [12], — les vertus morales [18] — ou la perversité [19] — de [17] — les ministres [16], — la transmission [23 24] (*transmettre* [23]; *communiquer* [24]) — de [22] — la suite [21] — des générations (de princes) [20], — la date [28 29] (*année* [28]; *id.* [29]) — de [27] — leur commencement [25] — (et leur) fin [26].

E. On peut [1] — les (y) trouver *(obtenir)* [2] — et [3] — les (y) examiner [4] — *p. aff.* [5].

F. (En fait de) les genres [4] — de [3] — les livres [2] — d'histoire [1] — il y en a [5] — deux [6].

G. On les appelle [1] — Histoires [2] — générales [3]; — on les appelle [4] — Histoires [6] — des royaumes [5].

H. Les Histoires [2] — des royaumes [1] — racontent [3] — les affaires [7] — de [6] — une (seule) [4] — dynastie (*cour*) [5]; — comme (par exemple) [8] — les espèces [11] — de [13] — les livres [10] — des Hán [9] — et des livres [12] — des Tân [11].

I. Les Histoires [2] — générales [1] — racontent [3] — les choses [7] — de [6] — autrefois [4] — et maintenant [5]; — comme [8] — l'espèce [11] — de [13] — le « Thông giám cang mục » [9 10 11 12] (*miroir* [10]; *général* [9]; *grosse corde qui relie les mailles d'un filet* [11]; *mailles d'un filet* [12]).

J. Dans les Histoires [2] — des royaumes [1], — les princes [3] — ont [4] — (leur) biographie [5 6] (*particulière* [5]; *relation* [6]); — les hommes d'état [7]

Les choses relatives à l'administration sont consignées dans des mémoires et des tables.

Le « Thông giám » se borne à relier les années l'une à l'autre en coordonnant les faits
qu'il puise dans les Histoires des royaumes.

55

Hi, Nông et Huỳnh đế sont appelés les trois augustes rois.

Ils vécurent dans l'antiquité la plus reculée.

Au commencement, alors que l'empire n'était qu'un vaste désert, aux temps reculés de la confusion universelle, avant Phục hi, bien

---

— ont [8] — leur histoire [10] — distincte [9]; — les choses [12] — de l'administration [11] — ont [13] — des mémoires [14] — (et) ont [15] — des tables [16].

K. Le « Thông giám », [1 2] — d'un côté [3], — reliant l'un à l'autre (*comme on lie ensemble des objets avec une corde*) [4] — les années [5], — dispose en ordre [6] — les faits [7], — et [8] — voilà tout [9].

L. Les faits [2] — de lui [1], — d'un autre côté [3], — prennent leur origine [4] — dans [5] — les Histoires [7] — des royaumes [6] — *p. aff.* [8].

55

A. (Les souverains), depuis [1] — Hi [2] — et Nông [3] — jusqu'à [4] — Huỳnh đế [5 6], — s'appellent [7] — les trois [8] — Hoàng (augustes rois) [9]; — ils sont placés dans [10] — la plus haute antiquité [11 12] (*supérieures* [11]; *générations* [12]).

B. Au commencement [4] — de [3] — (le temps où tout était) vaste [1] — et désert [2], — à l'origine [8] — de [7] — (le temps de la) confusion uni-

qu'il y eût des chefs, on ne retrouve rien qui les concerne, et l'on ne peut donner sur eux aucun détail.

C'est pourquoi Tư mã thiên fait commencer à Phục hi ses mémoires historiques.

Thái hiệu était le surnom honorifique de Phục hi.

Il commença à composer des caractères et traça d'abord les huit quái.

On voit en lui le père de la civilisation.

Le surnom honorifique de Thần nông était « Viêm đế ».

Il inventa la charrue, la herse et l'art de planter ; il fit connaître les cinq graines alimentaires, procurant par là au peuple des ressources alimentaires.

Huỳnh đế, dont le surnom était Hữu hùng thị, fabriqua des vêtements ; il institua les rites et les usages de la politesse.

---

verselle [5 6] (*en désordre* [5]; *confus* [6]), — avant [11 12] (*dans, en parlant d'une époque* [11]; *auparavant* [12]) — Phục hi [9 10], — quoique [13] — il y eût [14] — des princes [15] — et des chefs [16], — ne pas [17] — on peut [18] — les retrouver (*litt*t *« obtenir »*) [19] — et [20] — les faire connaître en détail [21] — *p. aff.* [22].

C. C'est pourquoi [1] — Tư Mã Thiên [2 3 4] — en faisant [5] — (son) « sử kí » [6 7] (*mémoires historiques, histoire* [6]; *mémoires* [7]), — prenant [8] — Phục Hi [9 10] — en a fait [11] — le commencement [12].

D. Thái Hiệu [1 2] — était le surnom honorifique [5] — de Phục Hi [3 4].

E. Il commença à [1] — composer [2] — les caractères [3 4] (*littérature* [3]; *caractères* [4]), — et, (comme) début [5], — traça [6] — les huit [7] — Quái [8].

F. On le regarde comme [1] — l'ancêtre [7] — de [6] — la civilisation [4 5] (*lettres* [4]; *éclat* [5]) — des dix mille [2] — générations [3].

G. « Viêm đế » [1 2] — (est) le surnom honorifique [5] — de Thần Nông [3 4].

H. Il commença à [1] — faire [2] — des charrues [3], — des herses [4], — l'art [6] — de planter [5] — et les cinq [7] — graines alimentaires [8].

I. Il établit [1] — la source [7] — du (fait de) [6] — le peuple [2 3] (*vivre* [2]; *peuple* [3]) — être nourri [4 5] (*être nourri* [4]; *avoir des moyens de substance* [5]).

J. Huỳnh đế [1 2], — (appelé) Hữu hùng thị [3 4 5], — fabriqua [6] — des vêtements [7 8] (*vêtements supérieurs* [7]; *vêtement inférieur* [8]) — et établit [9] — les rites [10] — et les usages de la politesse [11].

L'on parvint au plus haut degré de civilisation, et toutes choses prospérèrent.

On regarde ces empereurs comme des modèles qui s'imposent à l'admiration du monde entier.

Les générations postérieures leur rendirent les honneurs les plus élevés.

Dans les statuts réglementaires des sacrifices, on appelle Hi, Nông, et Huỳnh đế « les trois empereurs augustes ».

L'auteur du Sử ki parle d'eux au commencement de son livre, et les place en tête des empereurs et des rois de l'antiquité reculée.

56

Đàng et Hữu ngu sont appelés « les deux empereurs ».

K. La civilisation [1 2] — grandement [3] — fut organisée [4].

L. Toutes choses [1 2] *(ordre [1]; chose [2])* — prospéraient [3 4] *(ensemble [3]; prospère [4])*.

M. On fait (de ces empereurs) [1] — le modèle [7] — de [6] — les dix mille [2] — royaumes [3] — (qui), tous à la fois [4], — ont les yeux fixés (sur eux) [5].

N. Les générations [2] — postérieures [1] — en première ligne *(litt' « en tête »)* [3] — les ont honorés [4].

O. Dans les règlements [2] — des sacrifices [1], — prenant [3] — Hi [4], — Nông [5], — et Huỳnh đế [6 7], — on en fait [8] — les « trois [9] — empereurs augustes » [10].

P. (Dans le) Sử Ký [1 2], — ils sont rangés [3] — dans [4] — le premier *(litt' « antérieur »)* [5] — fascicule [6], — (et l'auteur) en fait [7] — les chefs [13] — de [12] — les empereurs [10] — et les rois [11] — de mille [8] — antiquités [9].

56

A. Đàng [1] — et Hữu ngu [2 3] — sont appelés [4] — les « deux [5] empereurs » [6].

Le premier céda l'empire au second en le saluant; on les appelle « l'illustre génération ».

Thiều hiệu, surnommé Kim thiên et fils de Huỳnh đế, occupa le trône pendant quatre-vingt-quatre ans.

Chuyên húc, petit-fils de Huỳnh đế, surnommé Cao dương, en régna soixante-quinze,
et Đế côc, surnommé Cao tân et petit-fils de Kim thiên, soixante-dix.

Ces trois souverains, réunis à Nghiêu et à Thuấn, sont appelés « les cinq empereurs ».

Si l'auteur de ce livre ne parle que de Nghiêu et de Thuấn, c'est à cause de la supériorité de leur mérite et de leur vertu.

L'empereur Nghiêu, ou Đaò đàng thị, était le plus jeune fils de Cao tân.

B. Mutuellement [1] — en saluant [2] — (l'un) céda [3] *(l'empire à l'autre)*; — on les appelle [4] — la génération [6] — illustre [5].

C. Le fils [4] — de [3] — Huỳnh đế [1 2] — nommé Thiều hiệu [5 6], — (appelé) Kim Thiên [7 8] — (quant à son) surnom honorifique [9], — fut sur [10] — le trône [11] — quatre-vingt-quatre [12 13 14] *(huit* [12]; *dix* [13]; *quatre* [14]*)* — années [15].

D. Le petit-fils [4] — de [3] — Huỳnh đế [1 2] — (nommé) Chuyên húc [5 6], — (et appelé) Cao Dương [7 8] — (quant à son) surnom [9], — fut sur [10] — le trône [11] — soixante-quinze [12 13 14] *(sept* [12]; *dix* [13]; *cinq* [14]*)* — années [15].

E. Le petit-fils [4] — de [3] — Kim thiên [1 2], — (nommé) Đế côc [5 6] — (et appelé) Cao tân [7 8] — quant à son prénom [9], — fut sur [10] — le trône [11] — soixante-dix [12 13] *(sept* [12]; *dix* [13]) — années [14].

F. Ensemble avec [1] — Nghiêu [2] — et Thuấn [3], — ils font [4] — les « cinq [5] — empereurs » [6].

G. Le (fait que) [7] — l'auteur [1 2] *(celui qui* [2]; *a fait (ce livre)* [1]) — seulement [3] — parle de [4] — Nghiêu [5] — et Thuấn [6], — (a lieu) parce que [8] — les mérites [10] — et les vertus [11] — d'eux [9] — sont les plus [12] — élevés [13] — *p. aff.* [14].

H. L'empereur [1] — Nghiêu [2], — (appelé) Đào đàng thị [3 4 5], — (était) le plus jeune [8] — fils [9] — de Cao tân [6 7].

Son frère aîné Đế chí était un homme sans principes.

Les princes feudataires le détrônèrent et donnèrent le pouvoir à Nghiêu,

qui devint empereur, de prince feudataire de Đàng qu'il était auparavant.

Il avait été primitivement investi de la principauté de Đào;

c'est pourquoi on lui donna le surnom de « Daò đàng thị ».

Nghiêu fut un prince dont l'humanité égalait celle du Ciel, et dont l'intelligence égalait celle des génies.

Sa vertu était si sublime et son mérite tellement immense, que le peuple ne put lui donner un nom (qui fût digne de lui).

Il occupa le trône pendant soixante-douze ans.

Comme il avait un fils dégénéré,

I. (Son) frère aîné [1] — Đế Chí [2 3] — était sans [4] — règle de conduite [5].

J. Les princes feudataires [1 2] — destituèrent [3] — lui [4] — et [5] — constituèrent [6] — Nghiêu [7].

K. De [1] — prince feudataire [3] — de Đàng [2] — *p. adversative* [4],— il fut (*devint*) [5] — empereur [6 7].

L. En commençant [2],— il [1] — avait été investi [3] — à [4] — (la principauté de) Đào [5].

M. C'est pourquoi [1] — on le surnomma [2] — « Đào đàng thị » [3 4 5].

N. Nghiêu [1] — *p. déterm.* [2] — fut [3] — un prince [4] — *p. finale suspensive* [5]; — l'humanité [7] — de lui [6] — (était) comme [8] — le Ciel [9]; — l'intelligence [11] — de lui [10] — (était) comme [12] — les génies [13].

O. (Il était) doué d'une vertu sublime [1 2] (*doué d'une vertu sublime* [1]; *id.* [2]) — et était vaste (quant au mérite) [3 4] (*vaste* [3]; *id.* [4]). — (au point que) le peuple [5] — n'avait pas [5] — (le fait de) pouvoir [7] — (lui) donner un nom (digne de lui) [8].

P. Il fut sur [1] — le trône [2] — soixante-douze [3 4 5] (*sept* [3]; *dix* [4]; *deux* [5]) — années [6].

Q. Il avait [1] — un fils [2] — dégénéré [3 4] (*pas* [3]; *semblable* [4]).

il chercha un sage, et céda l'empire à Ngu thị, qui fut Đế Thuấn. Hữu ngu th thuấn était un descendant de Huỳnh đế.

Son père était pervers et sa mère stupide; et cependant il réussit, par sa piété filiale, à les mettre d'accord.

Il labourait, semait, fabriquait des poteries et pêchait.

L'éclat de ses vertus devenait de jour en jour plus vif.

Le Tứ nhạc le présenta à Nghiêu.

L'empereur lui fit épouser ses deux filles, lui donna autorité sur tous les magistrats du rang supérieur, puis il lui céda le trône.

Il constitua en dignité et employa des sages qui furent appelés les « neuf magistrats », les « douze surintendants », les « huit chefs » et les huit « hommes doués de douceur ».

R. Il chercha [1] — un sage [2] — et [3] — céda l'empire [4] — à [5] — Ngu Thị [6] [7] — qui fut [8] — Dê Thuấn [9] [10].

S. Hữu ngu thị thuấn [1] [2] [3] [4] *(Thuấn* [4]; *(nommé) Hữu ngu* [1] [2]; *quant au titre* [3]*)* — (était un) descendant [4] [5] *(descendant* [4]; *petit-fils* [5]*)* — de [3] — Huỳnh Đế [1] [2].

T. Son père [1] — (était) pervers [2], — sa mère [3] — (était) stupide [4]; — il put [5] — les mettre d'accord (*comme on met d'accord entre eux des instruments de musique*) [6] — par [7] — sa piété filiale [8].

U. Il labourait [1], — semait [2], — fabriquait des poteries [3] — et pêchait [4].

V. De jour en jour [1] — il rendait manifeste [2] — la vertu [4] — de lui [3].

X. Le Tứ nhạc [1] [2] (*intendant des quatre montagnes sacrées; quatre* [1]; *pics sacrés* [2]) — présenta [3] — lui [4] — à [5] — Nghiêu [6].

Y. (Nghiêu) donna pour épouses à [1] — lui [2] — *marque d'accusatif* [3] — (ses) deux [4] — filles [5], — et fit que [6] — il eut le commandement général de [7] — tous les magistrats supérieurs [8] [9] (*les cent* [8]; *magistrats supérieurs* [9]), — et ensuite [10] — il lui céda [11] — *marque d'accusatif* [12] — le trône [13].

Z. Les élevant [1] — il employa [2] — des sages [13] — appelés les « neuf [3] — magistrats » [4], — les « douze [5] [6] (*dix* [5]; *deux* [6]) — surintendants » [7], — les « huit [8] — chefs » [9] — et les « huit [10] — hommes doués de douceur » [11] — *p. déterm.* [13].

Il fit mourir des malfaiteurs que l'on nommait « les quatre hommes cruels ».

En faisant régler par Vũ le cours des eaux, il mit le comble à ses mérites.

Il céda l'empire à Vũ après un règne de soixante-et-un ans.

Au temps de Đàng et de Ngu, les générations prospéraient paisibles et joyeuses.

L'un céda le trône en saluant, et l'autre devint empereur.

On peut bien les appeler une « illustre génération ».

A partir de Huỳnh đế, l'on commença à pouvoir supputer les cycles d'années.

De Huỳnh đế à Thuấn, on compte en tout six générations et quatre cent quatre-vingts ans.

A' Il fit mourir [1] — des hommes vicieux [5] [6] (*pas* [5]; *semblables* [6]) — appelés « les quatre [2] — (hommes) cruels » [3] — *p. déterm.* [4].

B'. En faisant que [1] — Vũ [2] — réglât [3] — les eaux [4], — il mit le comble à [5] — ses mérites [6].

C'. Il fut sur [1] — le trône [2] — soixante et une [3] [4] [5] (*six* [3]; *dix* [4]; une [5]) — années [6] — et [7] — céda l'empire [8] — à [9] — Vũ [10].

D'. A l'époque [4] — de [3] — Đàng [1] — et de Ngu [2], — les générations [5] — se réjouissaient [6], — vivaient en paix [7] — et prospéraient [8].

E'. (L'un, en) saluant [1], — céda (le pouvoir suprême) [2] — et [3] — (l'autre) eut [4] — l'empire [5] [6].

F' On peut [1] — les appeler [2] — illustres [3] — *p. aff. énergique* [4].

G'. Or [5] — depuis [6] — Huỳnh đế [7] [8] — à [9] — aller (en avant) [10], — on commença à [11] — avoir [12] — un cycle (*litt' la première lettre du cycle dénaire*) [14] — d'années [13] — qui put [15] — être compté [16].

H'. Depuis [1] — Huỳnh đế [2] [3] — jusqu'à [4] — Thuấn [5], — en tout [6] — (il y a) six [7] — générations [8] — (et) quatre cent quatre vingt [9] [10] [11] [12] (*quatre* [9]; *cent* [10]; *huit* [11]; *dix* [12]) — années [13].

57

Vũ, des Hạ, Thang, des Thương, et Văn võ, des Châu, sont appelés les « trois rois ».

Les deux empereurs (Nghiêu et Thuấn) régnèrent glorieusement, et s'offrent aux princes comme le plus beau modèle (qu'ils puissent suivre).

Le règne des « trois rois » succéda à cette ère de prospérité.

Vint d'abord un prince nommé Hậu thị, de la famille des Hạ, qui reçut le titre de « roi Vũ ».

Le mot « Vũ » signifie « recevoir la cession de l'empire et accomplir des œuvres méritoires ».

Aux Hạ succédèrent les Thương.

Il y eut alors le roi Thang.

57

A. *P. aux. se plaçant devant les noms* [2] — Vũ [3] — des Hạ [1], — *p. aux.* [5] — Thang [6] — des Thương [4], — Văn et Võ [8 9] — des Châu [7] — sont appelés [10] — les « trois [11] — rois » [12].

B. Les deux [1] — empereurs [2] — *p. déterm.* [3] — régnèrent avec gloire [4] — (et) sont [5] — le type le plus élevé [8 9] (*établir* [8]; *le plus haut point* [9]) — du gouvernement [7] — des princes [6].

C. (Quant à) ceux qui [4] — succédèrent à [1] — la prospérité [3] — d'eux [2], — alors [5] — il y a [6] — les « trois [7] — rois » [8].

D. (Un) prince [5] — *p. déterm.* [4] — (nommé) Hậu thị [2 3], — (de la famille) Hạ [1],— au commencement (*litt* « *en tête* ») [6],— fut appelé [7]— « le roi [9] — Vũ » [8].

E. Le (mot) [2] — Vũ [1] — (est un mot ayant) la signification [8] — de [7] — « recevoir [3] — la cession (de l'empire) [4] — et accomplir [5] — des œuvres méritoires » [6].

F. Ceux qui [3] — succédèrent à [1] — les Hạ [2] — (sont) les Thương [4].

G. Alors [1] — il y eut [2] — le roi [4] — Thang [3].

« Thang » veut dire « chasser les criminels et écarter les tyrans ».

Les Thương eurent pour successeurs les Châu.

C'est l'époque des deux rois Văn et Võ.

Văn était le père de Võ.

« Traverser en tous sens le ciel et la terre, » cela s'appelle Văn.

Võ était le fils de Văn.

« Livrer combat aux méchants et délivrer le peuple, » cela s'appelle « Võ ».

Ces princes sont la souche de trois dynasties qui reçurent le mandat du ciel ;

C'est pourquoi on les appelle « les trois rois ».

Les deux empereurs et les trois rois, Nghiêu, Thuấn, Vũ, Thang, ainsi que Văn et Võ sont appelés les successeurs du ciel et les fondateurs de l'autorité suprême.

H. Le mot [2] — Thang [1] — (est un mot ayant) la signification [8] — de [7] — « expulser [3] — les criminels [4] — et éloigner [5] — les hommes tyranniques » [6].

I. Ceux qui [3] — succédèrent à [1] — les Thương [2] — (furent) les Châu [4].

J. Alors [5] — il y eut [6] — les deux [9] — rois [10] — Văn et Võ [7] [8].

K. Celui qui (était) [2] — Văn [1] — (était) le père [5] — de [4] — Võ [3].

L. « Traverser (*comme la chaîne d'un tissu*) [1] — le ciel [2] — et traverser (*comme la trame*) [3] — la terre [4] — s'appelle [5] — Văn [6].

M. Celui qui (était) [2] — Võ [1] — était le fils [5] — de [4] — Văn [3].

N. « Attaquer [1] — les (hommes) cruels [2] — et délivrer [3] — le peuple [4] » — s'appelle [5] — Võ [6].

O. Ces (empereurs) [1] — tous [2] — (ont été) les ancêtres [9] — commençants [8] — de [7] — trois [3] — dynasties [4] — qui reçurent [5] — le mandat du ciel [6].

P. C'est pourquoi [1] — on les appelle [2] — « les trois [3] — rois » [4].

Q. Les deux [7] — empereurs [8] — et les trois [9] — rois [10] — Nghiêu [1] — Thuấn [2], — Vũ [3], — Thang [4], — Văn et Võ [5] [6] — (sont) ce que [11] — on appelle [12] — (ceux qui) ont succédé à [13] — le Ciel [14] — et ont fondé [15] — le (pouvoir) suprême [16].

On les regarde comme les instituteurs des princes de tous les siècles.

58

Les Hạ transmirent le pouvoir à leurs fils, et regardèrent l'empire comme un bien patrimonial.

Quatre cents ans plus tard, le trône passa en d'autres mains.

L'auteur a parlé plus haut des trois rois d'une manière générale.

Il traite ici du temps pendant lequel ont régné les familles.

Les trois Hoàng et les cinq empereurs considérèrent l'empire comme une chose publique.

Ils le transmettaient à des sages à qui ils donnaient le trône.

R. Ils sont [1] — les [7] — précepteurs [6] [7] (*maître* [6]; *celui qui* [7]) — des Princes [5] — de [4] — les dix mille [2] — générations [3] — *p. aff.* [8].

58

A. Les Hạ [1] — transmirent (le pouvoir) à [2] — leurs fils [3], — et considérèrent comme bien de famille [4] — l'empire [5] [6].

B. (Après) quatre [1] — cents [2] — années [3], — on transféra [4] — l'autel de l'Esprit de la terre [6] — des Hạ [5].

C. Avant (ceci) [1] — on a traité [3] — en général [2] — (des) trois [4] — rois [5].

D. (Dans) ce (chapitre) ci [1], — d'un autre côté [2], — pour chacun [3], — on parle de [4] — la fin [6] — et du commencement d'eux [5].

E. Les trois [1] — Hoàng (Phước Hi, Thần Nông, Huỳnh đê)[2], — et les cinq [3] — empereurs [4] (Nghiêu, Thuần, Vũ, Thang, Văn et Võ), — prenant [5] — l'empire [6] [7], — en firent [8] — (une chose) publique [9].

F. Ils transmirent (l'empire) à [1] — des sages [2] — et [3] — leur donnèrent [4] — le trône [5].

C'est ce qu'on appelle « rendre accessible à tous l'autorité suprême ».

Si, plus tard, l'empire fut considéré comme un bien de famille, cela n'eut lieu qu'à partir de Hậu thị, de la dynastie des Hạ.

Vũ, ou Diệu tì thị, était un descendant de Chuyên húc.

Il apaisa et contint la grande inondation.

La renommée de sa sainteté et de ses œuvres surhumaines pénétra au loin et se perpétua longtemps.

En outre, il donna naissance à un fils doué de sagesse que l'on nommait Khải.

Les hommes sages purent sincèrement l'honorer.

Il continua à mettre en pratique les principes du gouvernement de Vũ.

Ce dernier, au moment de sa mort, céda le trône à son ministre Bác ích.

Le peuple de l'empire ne voulut point obéir à Ich, et s'attacha à Khải.

G. On appelle [1] — cela [2] — « rendre commun (*accessible à tous*) [3] — l'empire » [4 5].

H. Si alors [1 2] (*si* [1]; *maintenant* [2]) — on considéra comme bien de famille [3] — l'empire [4 5], — eh bien [6] — cela commença [11] — à partir de [7] — (le prince surnommé) Hậu Thị [9 10] — de la dynastie des) Hạ [8].

I. Vũ [1], — (appelé) Diệu thì [2 3 4], — était un descendant [8] — de [7] — Chuyên Húc [5 6] — *p. de déf.* [9].

J. En les pacifiant [1] — il contint [2] — les eaux [4] — débordées [3].

K. Ses vertus [2] — saintes [1] — et ses œuvres [4] — surhumaines [3] — atteignirent [5] — les peuples [6] — au loin [7] — et longtemps [8].

L. De plus [1] — il donna naissance à [2] — un fils [4] — sage [3] — qu'on nomme [5] — Khải [6].

M. Les sages [1] — purent [2] — sincèrement [3] — l'honorer [4].

N. Il continua [1] — le système de gouvernement [4] — de [3] — Vũ [2].

O. Au jour [4] — de [3] — (le fait que) Vũ [1] — mourut (*litt* « *s'écroula* »)[2] — il céda [5] — le trône [6] — à [7] — Bác ích [10 11] — ministre [9] — de lui [8].

P. Le peuple [4] — de [3] — l'empire [1 2] — ne pas [5] — obéit à [6] — Ich [7] — et (*p. adversative*) [8] — obéit à [9] — Khải [10].

« C'est le fils de notre prince ! » disaient-ils.

A partir de la cession que Vũ fit à son fils du trône impérial, les princes des générations postérieures le considérèrent comme un bien de leur maison.

C'est pourquoi on dit qu'ils regardèrent l'empire comme un bien patrimonial.

La dynastie des Hạ occupa le trône pendant dix-sept générations.

Jusqu'à Kiệt, qui s'adonna au vin et se livra à la débauche, fut sans principes et maltraita le peuple, ce qui amena la perte de l'empire, on compte en tout quatre cent cinquante-huit ans.

59

Lorsque Thang eut détruit les Hạ, l'empire passa sous le nom de Thương.

Q. Il dit [1] : — (« c'est) le fils [5] — de [4] — le prince [3] — de nous [2] » *p. aff.* [6].

R. Depuis que [1] — Vũ [2] — *p. déterm.* [3] — transmit (l'empire) à [4] — son fils, [5] — les générations (des princes) [7] — postérieurs [6], — prenant [8] — l'empire [9 10], — en firent [11] — un bien de famille [12].

S. C'est pourquoi [1] — on dit [2] — (qu'il) regarda comme un bien de famille [3] — l'empire [4 5].

T. (La dynastie) des Hạ [1] — parcourt [2] — dix-sept [3 4] (*dix* [3]; *sept* [4]) — générations [5].

U. Jusqu'à [1] — Kiệt [2], — (qui fut) adonné à [3] — le vin [4] — et se livra à [5] — la débauche [6], — qui fut sans [7] — principes [8] — et tyrannisa [9] — le peuple [10], — et (le fait que) [11] — l'empire [12] — par (cela) [13] — périt [14], — en tout [15] — (il y a) quatre cent cinquante-huit [16 17 18 19 20] (*quatre* [16]; *cent* [17] — *cinq* [18]; *dix* [19]; *huit* [20]) — ans [21].

59

A. (Lorsque) Thang [1] — eut détruit [2] — les Hạ [3], — l'empire [4] — prit le nom de [5] — Thương [6].

(Cette dynastie) dura six cents ans et périt avec Trụ.

La famille qui succéda aux Hạ sur le trône fut celle des Thương.

Le nom patronymique de Thang était Tử thị ; son petit nom était Lý ; c'était un descendant de Khê, fils de Cao tân.

Il était investi de la principauté héréditaire de Thương.

Il extermina Kiệt et posséda l'empire.

Son trône passa successivement à vingt-huit générations qui durèrent six cent quarante-quatre années, jusqu'à Trụ, qui fut sans principes et perdit le pouvoir.

B. Il dura six cents [1] [2] (*six* [1]; *cent* [2]) — ans [3], — et, étant arrivé à [4] — Trụ [5], — il périt [6].

C. Ceux qui [5] — succédèrent à [1] — les Hạ [2] — et furent [3] — souverains [4], — ce sont les Thương [6] — *p. aff.* [7].

D. Le nom de famille [2] — de Thang [1] — (était) Tử thị [3] [4] (*Tử* [3] ; *famille* [4]) ; son petit nom [5] — était Lý [6]; — c'était un descendant [13] — de [12] — Khê [11], — fils [10] — de [9] — Cao Tân [7] [8] — *p. de défin.* [14].

E. Héréditairement [1] — il était investi [2] — de [3] — (la principauté) de Thương [4].

F. Il détruisit [1] — Kiệt [2] — et [3] — eut [4] — l'empire [5] [6].

G. Il transmit [1] — le pouvoir (*litt* « *la félicité du règne*) [2] — (à) vingt-huit [3] [4] [5] (*deux* [3]; *dix* [4]; *huit* [5]) — générations [6] — (pendant) six cent quarante-quatre [7] [8] [9] [10] [11] (*six* [7]; *cent* [8]; *quatre* [9]; *dix* [10]; *quatre* [11]) — années [12], — jusqu'à [13] — Trụ [14], — qui fut sans [15] — principes [16] — et [17] — perdit [18] — le royaume [20] — de lui [19].

60

Võ vương, des Châu, commença par faire périr Trụ.

Trụ était fils de Đế ất, roi de la dynastie des Thương.

Grâce à une élocution facile, il pouvait réfuter les représentations, et son intelligence était assez grande pour lui permettre de pallier ses fautes.

Cédant aux caprices de sa favorite Đát kỉ, il faisait rôtir des officiers de sa cour.

Il ouvrit le ventre d'une femme enceinte et en fit extraire le contenu pour vérifier si c'était un garçon ou une fille.

Il coupa à un homme les os des jambes pour s'assurer si la moëlle en remplissait bien la cavité ou si elle était flétrie.

60

A. Võ vương [2] [3], — (de la dynastie) des Châu [1], — commença par [4] — exterminer [5] — Trụ [6].

B. Trụ [1] — était [2] — fils [8] — de [7] — Đế ất [5] [6], — roi [4] — (de la dynastie) des Thương [3].

C. Par ses paroles [1] — il était capable de [2] — réfuter [3] — les représentations [4] ; — par l'intelligence [5] — il était capable [6] — de pallier [7] — ses fautes [8].

D. Cédant au caprice de [1] — (sa) favorite [2] — Đát Kỉ [3] [4], — il faisait rôtir [5] [6] (*rôtir de la viande en la plaçant au milieu du feu* [5]; *chauffé au rouge* [6]) — des officiers [8] — de la cour [7].

E. Le fendant (à l'aide d'un instrument tranchant) [1], — il vida du contenu (de leur ventre) [2] — des femmes [4] — enceintes [3] — pour [5] — examiner (si c'était) [6] — (un) garçon [7] — (ou une) fille [8].

F. Il coupa [1] — les os [4] — des jambes [3] — d'un homme [2] — (pour vérifier (si) [5] la moëlle [6] — les remplissait [7] — ou était flétrie [8].

Il ouvrit en deux le cœur de son oncle Tỉ can.

Le gouverneur de l'Ouest, Võ vương de la famille de Châu, leva des troupes, livra bataille à Trụ, et enleva le pouvoir à la dynastie An.

61

Les Châu régnèrent huit cents ans; la durée de cette dynastie est extrêmement longue.

Après qu'elle eut été fondée par Văn et Võ, la dynastie des Châu prit pour capitale Phong kiều.

Thành vương et Khang vương succédèrent aux deux premiers empereurs.

L'empire entier jouit de la paix.

G. Il ouvrit en deux (avec un instrument tranchant) [1] — le cœur [7] — de [6] — son oncle [2] [3] (*frère cadet du père* [2]; *père* [3]) — Tỉ Can [4] [5].

H. Le gouverneur [2] — de l'Ouest [1], — Võ Vương [4] [5] — (de la dynastie) des Châu [3] — leva [6] — des troupes [7], — attaqua [8] — Trụ [9], — et [10] — transféra [11] — l'autel du génie de la terre [13] — de la dynastie An [12] — *fin. affirmat.* [14].

61

A. **(Les Châu régnèrent) pendant huit cents [1] [2] — ans [3]; — ils durèrent longtemps [6] — très [4] — longuement [5].**

B. Les Châu [1], — depuis que [2] — Văn et Võ [3] [4] — eurent fondé leur dynastie [5] [6] (*litt* « *eurent ouvert* [5]; *les fondements* [6] »), — établirent leur capitale [7] — à [8] — Phong Kiều [9] [10].

C. Thành Vương [1] — et Khang Vương [2] — continuèrent [3] — leurs générations [4].

D. L'empire [1] [2] — tout entier [3] — fut en paix [4].

Le trône passa ensuite à Chiêu vương, à Mục vương, puis à Cung vương, Y vương, Hiếu vương, Di vương et Lệ vương ; en tout douze générations.

Mais Lệ vương, étant dépourvu de principes, perdit l'empire.

Tuyên vương s'élève au pouvoir ; puis on arrive à U vương, qui fut aussi sans principes, et que tuèrent les Barbares de l'Ouest.

Bình vương, son fils, transféra la résidence impériale à Lạc, dans l'Est ;

d'où le nom de « Châu orientaux ».

Il eut pour successeurs Hoàn vương, Hi vương, Huệ vương, Tương vương, Khuynh vương, Khuông vương, Định vương, Giản vương, Linh vương, Canh vương, Đạo vương, Kính vương, Trình định vương, Ai vương, Tư vương, Khao vương, Oai liệt vương, An vương, Liệt

---

E. Ils transmirent (leur pouvoir) à [1] — Chiêu Vương [2] [3] — Mục Vương [4] [5], — jusqu'à [6] [7] (*en* [6]; *atteignant* [7]) Cung (Vương) [8], — Y (Vương) [9], — Hiếu (Vương) [10], — Di Vương [11], — Lệ Vương [12]; en tout [13] — douze [14] [15] — générations [16].

F. Mais [1] — Lệ (Vương) [2] [3] — perdit [7] — le royaume [8] — par (le fait que) [4] — il n'avait pas [5] — de principes [6].

G. Tuyên (Vương) [1] [2] — s'éleva au pouvoir [3] [4] (*au milieu* [3]; *s'élever* [4]) — jusqu'à [5] — U (Vương) [6] [7], — (qui) de nouveau [8] — fut sans [9] — principes [10], — et [11] — fut tué [12] [13] (*m. du passif* [12]; *tuer* [13]) — par [14] — les Barbares [16] — de l'Ouest [15].

H. Bình (Vương) [3] [4], — fils [2] — de lui [1], — transporta (sa résidence) [6] — à l'Est [5] — à [7] — Lạc [8].

I. Cela [1] — est [2] — les Châu [4] — de l'Est [3].

J. Il transmit (l'autorité suprême) à [1] — Hoàn (Vương) [2], — Trang (Vương) [3], — Hi (Vương) [4], — Huệ (Vương) [5], — Tương (Vương) [6], — Khuynh (Vương) [7], — Khuông (Vương) [8], — Định (Vương) [9], — Giản (Vương) [10], — Linh (Vương) [11], — Canh (Vương) [12], — (Đạo (Vương) [13], — Kính (Vương) [14], — Nguyên (Vương) [15], — Trình định (Vương) [16] [17], — Ai (Vương) [18], — Tư (Vương) [19], — Khao (Vương) [20], — Oai Liệt (Vương) [21] [22], —

vương, Hiển vương, Thân tinh vương, jusqu'à Noản vương et l'extinction des Châu.

La dynastie des Châu, tant orientaux qu'occidentaux, comprend trente-huit générations et subsista pendant huit cent soixante-quatorze ans.

La durée en a été extrêmement longue.

62

Lorsque les Châu se furent transportés à l'Orient, l'autorité des empereurs s'évanouit.

L'on s'éprit du métier des armes et l'on s'engoua des orateurs errants.

A partir du moment où les Châu transférèrent leur résidence à

An (Vương) [23], — Liệt (Vương) [24], Hiển (Vương) [25], — Thân Tinh (Vương) [26] [27]. — jusqu'à [28], — Noản (Vương) [29] [30] — et [31], — (le fait que) les Châu [32], — périrent [33].

K. Tous [1] — les Châu [4] — de l'Orient [2] — et de l'Occident [3] — en tout [5] — (forment) trente-huit [6] [7] [8] — générations [9] — (et durent) huit cent soixante-quatorze [10] [11] [12] [13] [14] — ans [15].

L. (C'est une dynastie) qui [6] — a eu [1] — l'empire [2] — *p. déterm.* [3] — très [4] — longuement [5] — *p. aff.* [7].

62

A. (Quand) les Châu [1] — se furent transportés dans [2] — l'Orient [3], — l'autorité [5] — des empereurs [4] — périt [6].

B. On se passionna pour [1] — les armes [2] [3] (*bouclier* [2]; *lances* [3]), — et on estima [4] — les orateurs (*litt[t]* « les discours ») [6] — errants [5].

C. Dès que [2] — les Châu [1] — se furent transportés [4] — à l'Orient [3],

l'Orient, les princes feudataires prirent de la force et leur influence grandit.

Les ordres des empereurs n'étaient plus exécutés.

Les royaumes recouraient journellement aux armes, s'envahissant, s'attaquant l'un l'autre.

Des lettrés, orateurs errants, abusant de la parole, faisaient des discours dans lesquels ils plaidaient le vrai et le faux, dans le but de provoquer des luttes et des combats.

63

C'est d'abord l'époque où est composé le Xuân thu (la chronique du Printemps et de l'Automne) ; puis vient celle des « royaumes combattants ».

— les Princes feudataires [5] [6] (*marque du pluriel* [5] ; *Prince feudataire* [6]) — se fortifièrent [7] — et grandirent [8].

D. Les ordres [2] — des empereurs [1] — ne pas [3] — étaient exécutés [4].

E. Les divers [1] — royaumes [2] — de jour en jour [3] — usèrent de [4] — les armes [5] [6] — et mutuellement [7] — ils firent (l'action de) [8] — (s')envahir [9] — et (s')attaquer [10].

F. Des lettrés [4], — orateurs nomades [1] [2] (*errant* [1] ; *parler* [2]) — *p. déterm.* [3], — se livrant aux excès de [5] — la bouche [6] — et la langue [7], — firent [8] — des discours [12] — soutenant le faux et le vrai [9] [10] (*litt*^t^ « *perpendiculaires* [9] *et transversaux* [10]) — *p. déterm.* [11] — pour [13] — soulever [14] — les combats [15] [16] (*combattre* [15] ; *id.* [16]) — et [17] — voilà tout [18].

63

A. Au commencement [1], — (c'est) le Printemps [2] — et l'Automne [3] (*l'époque où Khổng Tử écrivit cet ouvrage*) ; — à la fin [4], — (c'est l'époque des) « royaumes [6] — combattants » [5].

Cinq chefs des princes feudataires se fortifient, et sept héros surgissent.

L'époque à laquelle Bình vương venait de transférer sa cour à l'Orient est appelée le « Printemps et l'Automne ».

Après que Confucius eut brisé son pinceau vint celle des « royaumes combattants ».

Les princes feudataires dont il est parlé dans le Xuân thu sont Hoàn công de Tề, Văn công de Tấn, Tương công de Tống, Mục công de Tần et Trang vương de Sở.

Au temps des cinq chefs des princes feudataires, bien qu'on puisse dire qu'ils n'avaient qu'une puissance trompeuse, du moins ils feignaient de pratiquer l'humanité et la justice, ils honoraient le souverain et livraient bataille aux rebelles; ils avaient le mérite de prêter leur soutien à ceux qui chancelaient et leur aide aux faibles.

B. Cinq [1] — chefs des princes feudataires [2] — se fortifièrent [3]; — sept [4] — héros [5] — surgirent [6].

C. Le commencement [6] — de [5] — (le temps où) Bình Vương [1] [2] — transféra (la cour) [4] — à l'Orient [3], — alors [7] — c'est [8] — le Printemps et l'Automne [9] [10].

D. Après [6] — (le fait) de [5] — Khổng Tử [1] [2] — avoir brisé [3] — son pinceau [4], — alors [7] — c'est [8] — (l'époque des) « royaumes [10] — combattants » [9].

E. (En fait de) les princes feudataires [3] [4] — du Xuân thu [1] [2], — il y a [5] — Hoàn Công [7] [8] — de Tề [6], — Văn Công [10] [11] — de Tấn [9], — Tương Công [13] [14] — de Tống [12], — Mục Công [16] [17] — de Tần [15] — et Trang Vương [19] [20] — de Sở [18].

F. A l'époque de [1] — le temps [4] — des cinq [2] — chefs des princes feudataires [3], — quoique [5] — on dise que [6] — ils étaient mensongers [7] — quant à la puissance [8], — encore [9] — ils feignaient [10] — l'humanité [11] — et la justice [12], — ils honoraient [13] — les empereurs [14], — attaquaient [15] — les rebelles [16], — (et) avaient [17] — le mérite [23] — de [22] — soutenir [18] — (ceux qui) chancelaient [19] — (et de) secourir [20] — les faibles [21].

Mais lorsqu'on arrive à l'époque où sept héros s'arrogèrent le titre de rois, la maison des Châu s'affaiblit, diminua d'importance et tomba au niveau des petits royaumes.

Quoique le règne de cette dynastie ait été long, sa puissance n'en finit pas moins par s'amoindrir de plus en plus, jusqu'à devenir presque nulle.

64

Dinh tần thị commença par réunir tous les royaumes en un seul.

Il transmit l'empire à Nhị thế; les Sở et les Hán se le disputèrent.

Dinh était le nom de la famille qui régnait sur la principauté de Tần.

G. Quand on atteignit [1] — à [2] — (l'époque où) sept [3] — héros [4] — se [5] — qualifièrent de rois [6], — la maison [8] — des Châu [7] — tomba en décadence [9] [10] (*s'affaiblir* [9]; *diminuer* [10]), — (et), s'abaissant [11], — elle fut semblable à [12] — les petits [13] — royaumes [14].

H. Quoique [3] — le règne [2] — des Châu [1] — ait été long [4], — encore [5] — (ce ne fut plus que) le prolongement [10] — à peine (sensible) [9] — de [8] — un [6] — fil [7], — et [11] — voilà tout [12].

64

A. Dinh Tần Thị [1] [2] [3] — commença par [4] — réunir en un seul [5] [6] (tous les royaumes. *réunir ensemble* [5]; *ensemble* [6]).

B. Il transmit (l'empire) à [1] — Nhị thế [2] [3]; — les Sở [4] — et les Hán [5] — se le disputèrent [6].

C. Dinh [1] — (était) le nom de famille [5] — de [4] — le royaume [3] — de Tần [2] — *p. de déf.* [6].

Tần descendait de Bá ích.

Phi tử sortit du milieu des barbares de l'Ouest, servit Hiếu vương des Châu, et eut la surintendance des chevaux, qui se multiplièrent considérablement.

L'Empereur l'investit du titre de prince de Tần.

Arrivée à l'époque du Tương Công, cette principauté s'enrichit de jour en jour. Au temps de Mậu công, sa force devient toujours plus considérable.

Huệ văn prit le titre de roi, et s'assimila peu à peu les différents royaumes.

Chiêu tương, s'agrandissant toujours, absorba tous les états des princes feudataires.

Noản vương lui offrit son territoire, et les Châu disparurent.

Chiêu tương transmit le trône à Hiếu văn et à Trang tương.

D. Tần [1] — était un descendant [5] — de [4] — Bá ích [2 3]. — Phi tử [6 7] — s'éleva [8] — de [9] — les barbares [11] — de l'Ouest [10], — servit [12] — Hiếu Vựơng [14 15] — des Châu [13], — et eut la surintendance de [16] — les chevaux [17], — (qui) se multiplièrent considérablement [18 19] — (*nombreux* [18] ; *multitude* [19]).

E. (L'Empereur) lui donna en investiture [1] — Tần [4] — comme principauté [2] — *marque d'accusatif* [3].

F. Quand on fut arrivé à [1] — Tương Công [2 3], — alors [4] — cette principauté [5] — de jour en jour [6] — s'enrichit [7].

G. (Quand on fut arrivé à) Mậu Công [1 2], — alors [3] — (cette principauté [4] — de jour en jour [5] — se fortifia [6].

H. Huệ Văn [1 2] — se déclara [3] — roi [4], — (et), à la manière des vers à soie [5] — mangea [6] — divers [7] — royaumes [8].

I. Chiêu tương [1 2] — augmenta [3] — sa grandeur [4], — et dévora [5] — tous ensemble [6] — les états des princes feudataires [7 8].

J. Noản Vương [1 2] — lui offrit [3] — sa terre [4], — et [5] — la maison [7] — des Châu [6] — périt [8].

K. Il transmit son pouvoir à [1] — Hiếu Văn [2 3] — (et à) Trang Tương [4 5].

Il fit périr les princes de la dynastie des Châu occidentaux, et le règne de la maison de Cơ prit fin.

Nous arrivons à Thỉ hoàng đế.

On le donne comme le fils de Trang tương ;

mais sa mère était déjà enceinte (lorsqu'elle épousa ce prince).

Thỉ hoàng, l'enfant qu'elle mit au monde, était en réalité le fils de Lử thị.

C'est par fraude qu'il succéda au trône des Tần, et le nom de la famille Dinh disparut.

Appuyé sur la grande et puissante principauté dont il avait hérité, Thỉ hoàng s'empara de six royaumes et constitua un empire unique.

Il se montra, dans la conduite de l'état, violent, belliqueux et cruel, fabriqua des armes,

et éleva la grande muraille.

Il brûla le Thi kinh et le Thơ kinh,

L. Il fit périr [1] — le prince [4] — des Châu [3] — de l'Orient [2], — et [5] — la dynastie ((litt^t « *le règne heureux*) [7] — de Cơ (*autre nom des Châu*) [6] — fut anéantie (*litt^t* « *épuisée* ») [8].

M. On arrive à [1] [2] (*atteindre* [1] ; *id.* [2]) — Thỉ Hoàng đế [3] [4] [5].

N. On (en) fait [1] — le fils [4] — de Trang Tương [2] [3].

O. La mère [2] — de lui [1] — auparavant [3] — avait [4] — (le fait d') être enceinte [5], — et [6] — elle mit au monde [7] — Thỉ hoàng [8] [9].

P. En réalité [1] — (il était) le fils [5] — de [4] — Lử Thị [2] [3].

Q. Frauduleusement [1] — il succéda à [2] — le trône [4] — des Tần [3], — et [5] — le nom de famille [7] — de Dinh [6] — périt [8] — *p. aff. énergique* [9].

R. Thỉ Hoàng [1] [2],— s'appuyant sur [3] — un patrimoine héréditaire [7] — fort [4] — et grand [5] — *p. déterm.* [6],— s'empara de (*litt^t* « *tondit* » [8] — six [9] royaumes [10] — et [11] — en forma [12] — un [13] — tout [14].

S. Par le moyen de (« *dĩ* » *postposé*) [5] — (le fait d')être violent [1], — belliqueux [2] — et cruel [3] [4], — il gouverna [6] — l'empire [7] [8].

T. Il fit fabriquer (*litt^t* « *fondit* ») [1] — des armes [2] [3] (*armes* [2] ; *armes défensives* [3]).

U. Il éleva [1] — la grande [2] — muraille [3].

V. Il brûla [1] — le Thi (kinh) [2] — (et) le Thơ (kinh) [3].

et attacha une grande importance aux lois de répression.
Supprimant les noms posthumes,
il s'attribua à lui-même le titre de « Thi hoàng »,
et aurait voulu transmettre son empire à une longue suite de générations.
Il fut trente-sept ans sur le trône,
et mourut à Sa khu'u pendant qu'il faisait une tournée d'inspection sur la frontière orientale.
L'eunuque Triệu cao, s'appuyant sur un faux décret, tua le prince héréditaire Phò tô, et mit sur le trône Hồ hợi, le plus jeune des fils de l'Empereur.
C'est ce dernier prince qui est appelé Nhị thế.
Il augmenta les impôts d'une manière tyrannique et cruelle,
et extermina, en les faisant décapiter, les membres de sa famille.

X. Il eut en grande estime [1] — les lois pénales [2] [3] (*lois pénales* [2]; *id.* [3]).

Y. Il supprima [1] — les noms posthumes [2] [3] (*nom glorieux conféré après la mort par le souverain* [2]; *surnom* [3]).

Z. Il qualifia [2] — lui-même [1] — de Thi hoàng [3] [4] (*l'empereur* [4]; *qui commence* [3]).

A'. Il désirait [1] — transmettre [2] — l'empire [3] — à [4] — dix mille [5] — générations [6].

B'. Il fut sur [1] — le trône [2] — trente-sept [3] [4] [5] — années [6].

C'. (Tandis qu') il faisait une tournée impériale d'inspection sur les frontières [2] [3] (*tournée* [2] — *chien de chasse* [3]) — à l'orient [1], — alors [4] — il mourut [5] — à [6] — Sa khu'u [7] [8].

D'. L'eunuque [1] [2] (*eunuque* [1]; *p. substantive* [2]) — Triệu cao [3] [4], — simulant [5] — un édit [6], — tua [7] — le prince héréditaire [8] [9] (*terme de haut respect* [8]; *fils* [9]) — Phò tô [10] [11], — et [12] — établit (sur le trône) [13] le fils [15] — le plus jeune [14] — Hồ hợi [17].

E'. Ce dernier [1] — est (*s'appelle*) [2] — Nhị thế [3] [4] (*litt* « *deuxième* [3]; *génération* » [4]).

F'. D'une façon tyrannique [1] — et cruelle [2], — il amplifia [3] — la perception des impôts [4].

G'. Les décapitant [1] — il extermina [2] — les membres de sa famille [3] [4] (*litt* « *les branches* [4]; *de sa race* » [3]).

Il se livra à un emploi immodéré des maçons et des charpentiers.

Les populations s'enfuirent, et l'empire fut en proie à un grand désordre.

Trận thắng, de Sở, leva une armée, échoua dans sa tentative et fut défait.

Après lui, vinrent Hang lương, puis Hang vũ, qui éleva au pouvoir un descendant des Sở afin d'attaquer les Tần.

Lưu quí. le Cao tổ des Hân, commandait un Đình du pays de Tứ thượng.

A la faveur des désordres qui régnaient dans le peuple, il s'unit au prince de Sở, mit sur pied une armée, entra dans les passes des frontières et détruisit les Tần.

Nhị thế avait déjà été tué par Triệu cao.

Tử anh, surnommé Tam thế, vint faire sa soumission dans un char sans ornements traîné par des chevaux blancs.

H'. Grandement [1] — il éleva [2] — la terre [3] — et le bois [4].

I'. Les populations [1 2] (*familles* [1], *branches* [2]), — fuyant [3], — disparurent (*litt* « *furent perdues* ») [4].

J'. L'empire [1 2] — grandement [3] — fut en proie au désordre [4].

K'. Trận thắng [3 4], — homme [2] — de Sở [1],— leva [5] — une armée [6], — ne pas [7] — réussit [8] — et [9] — fut défait [10].

L'. Ceux qui [3] — succédèrent à [1] — lui [2] — (*furent*) Hang lương [4 5] — et Hang vũ [6 7], — (qui) établirent (sur le trône) [8] — un descendant [10] — des Sở [9] — pour [11] — attaquer [12] — Tần [13].

M'. Lưu quí [4 5], — le Cao Tổ [2 3] — des Hân [1], — était [6] — chef [8] — d'un Đình (*poste de police*) [9] — (du pays) de Tứ thượng [7 8].

N'. A la faveur de [1] — les désordres [4] — de [3] — le peuple [2], — il s'unit à [5] — le prince de Sở [6], — leva [7] — des troupes [8], — entra [9] — dans les passes des frontières [10] — et détruisit [11] — les Tần [12].

O'. Nhị thế [1 2] — déjà [3] — avait été [4] — (un homme) que [7] — Triệu cao [5 6] — avait tué (*le mot* « thị » *se dit seulement du meurtre d'un supérieur*) [8].

P'. Tử anh [3 4] — (*surnommé*) Tam thế [1 2], — dans un char [6] — simple (*sans ornements*) [5] — et avec des chevaux [8] — blancs [7] — *p. de corrélation* [9] — se soumit [10].

La dynastie des Tần posséda l'empire et la puissance pendant trois générations; puis elle périt.

Hang vũ donna l'investiture à Cao tổ, le créa roi des Hán, et lui désigna un royaume dans le Thục occidental.

Craignant qu'il ne revint vers l'Orient, il établit, pour lui barrer le chemin, les trois rois Ung, Tắc et Địch.

Peu de temps après, le roi de Hán sortit de son territoire et constitua les trois Tần.

Il eut avec le prince de Sở, dans le pays de Thành cao, plus de soixante-dix engagements, chacun d'eux, tour à tour, remportant des victoires et essuyant des revers.

Il réunit enfin toute son armée à Cai hạ, et anéantit, par ce moyen, les forces du prince de Sở.

Hang vương, à bout de ressources, se coupa lui-même la gorge, et la dynastie des Hán s'éleva au pouvoir.

Q'. (La dynastie des) Tần [1] — posséda [2] — l'empire [3] [4], — fut puissante [5] — (pendant) trois [6] — générations [7] — et quarante-trois [8] [9] [10] — années [11] — et [12] — périt [13].

R'. Hang Vũ [1] [2] — donna l'investiture à [3] — Cao Tổ [4] [5] — pour être [6] — roi [8] — de Hán [7].

S'. Il lui désigna un royaume [1] — dans [2] — le Thục [4] — de l'Occident [3].

T'. Craignant [1] — (le fait de) lui [2] — revenir [4] — dans l'Orient [3], — il établit [5] — les trois [9] — rois [10] — Ung [6] — Tắc [7] — et Địch [8] — pour [11] — empêcher [12] — lui [13].

U'. Peu après [1] [2] (*pas encore* [1]; *tant soit peu* [2]), — le roi de Hán [3] [4] — sortit [5] — et établit [6] — les trois [7] — Tần [8].

V'. Il combattit [3] — avec [1] — (le prince de) Sở [2] — dans (le pays de) [4] — Thành cao [5] [6] — en tout [7] — soixante et dix [8] [9] — combats [11] — et plus [10].

X'. L'un et l'autre [1] — eurent [2] — des victoires [3] — et des revers [4]

Y'. A la fin [1] — il concentra [2] — son armée [3] — à [4] — Cai hạ [5] [6], — (et), par ce moyen [7], — il défit [8] — le prince de Sở [9].

Z'. Les ressources [3] — de Hang vương [1] [2] — étant épuisées [4], — il coupa la gorge à [6] — lui-même [5], — et [7] — la famille de Hán [8] — s'éleva au pouvoir [9] — *p. aff. énergique* [10].

65

Lorsque Cao tổ s'éleva au pouvoir, la dynastie des Hán fut fondée.

Quand on arrive à Hiếu bình, Vương mãng usurpe le trône.

Le Sử kí commence aux trois augustes rois et finit à Võ đế des Hán.

Ban thị a écrit le livre des Hán antérieurs pour raconter l'histoire des douze empereurs de la capitale de l'Occident.

Le Cao tổ des premiers Hán avait pour nom de famille Lưu thị ; son petit nom était « Bang » et son surnom honorifique, « Qúi ».

C'était un homme de Phaí.

Il extermina les Tần, détruisit la maison de Sở et posséda l'empire.

65

A. (Lorsque) Cao tổ [1 2] — s'éleva (au pouvoir) [3], — la dynastie (*littt le « patrimoine »*) [5] — des Hán [4] — fut fondée [6].

B. (Quand) on fut arrivé à [1] — Hiếu bình [2 3], — Vương mãng [4 5] — usurpa le trône [6].

C. Le livre [4] — de [3] — le « Sử kí » ou Mémoires historiques » [1 2] — commence [5] — à [6] — les trois [7] — augustes (rois) [8] — et finit [9] — à [10] — Võ (Đế) [12] — des Hán [11].

D. Ban thị [1 2] — a fait [3] — le livre [6] — des Hán [5] — antérieurs [4] — pour [7] — raconter l'histoire de [8] — les douze [11 12] — empereurs [13] — de la capitale [10] — de l'Occident [9].

E. (Quant au) Cao tổ [3 4] — des premiers [1] — Hán [2], son nom de famille [5] — était Lưu thị [6 7], — son petit nom [8] — était Bang [9], — et son surnom honorifique [10] — était Qúi [11].

F. C'était un homme [2] — de Phaí [1] — *p. déf.* [3].

G. Il fit périr [1] les Tần [2], — extermina [3] — les Sở [4], — et [5] — eut [6] — l'empire [7 8].

Il prit pour capitale Trường an,
et transmit l'empire à Huệ đế, Văn đế, Canh đế, Võ đế, Chiêu đế, Tuyên đế, Ngươn đế, Thành đế, Ai đế, Bình đế et Nhụ tử, en tout douze générations ; après quoi Vương mãng s'assit sur le trône.

Vương mãng était le fils du frère aîné de l'impératrice épouse de Hiêu nguyên vương. Il s'acquit, en faisant montre d'humilité et de respect, une réputation imméritée, et parvint aux fonctions de premier ministre.

Il empoisonna Bình đế.

Usant de dissimulation, il plaça d'abord Nhụ tử sur le trône, le déposa ensuite et s'y assit lui-même.

Ces événements se produisirent dans une période de dix-huit années.

Les Hán se relevèrent par la vertu du feu, et exterminèrent Vương mãng.

H. Il fit (sa) capitale [1] — Trường an [2] [3].

I. Il transmit l'empire à [1] — Huệ đế [2], — Văn đế [3], — Canh đế [4], — Võ đế [5], — Chiêu đế [6], — Tuyên đế [7], — Ngươn đế [8], — Thành đế [9], — Ai đế [10], — Bình đế [11] — et Nhụ tử [12] [13], — en tout [14] — douze [15] [16] — générations [17], — puis [18] — Vương mãng [19] [20] — usurpa [21] — le trône [22].

J. Vương mãng [1] [2] — *p. désignative du sujet* [3] — (était) le fils [11] — du frère aîné [10] — de [9] — l'impératrice [7] [8] (*auguste* [7]; *impératrice* [8]) — (femme de) Hiêu nguyên vương [4] [5] [6] — *p. de déf.* [12].

K. Par [1] — (des manières) humbles [2] — et respectueuses [3] — il déroba [4] - la réputation [5] — et [6] — arriva à [7] — la dignité de premier ministre [8] [9] (*gouverner* [8]; *ministre* [9]).

L. Par le poison [1] — il tua [2] — Bình đế [3] [4].

M. Il feignit d' [1] — établir *(sur le trône)* [2] — Nhụ tử [3] [4], — de nouveau [5] — déposa [6] — An [7], — et [8] — établit *(sur le trône)* [10] — lui-même [9].

N. En tout (cela dura) [1] — dix huit [2] [3] — années [4].

O. Par (la vertu de) le feu [1] — les Hán [2] — de nouveau [3] — s'élevèrent [4] - et [5] — exterminèrent [6] — (Vương) Mãng [7].

66

Quang võ s'éleva au pouvoir, et fut la souche des Hán orientaux,
qui, quatre cents ans plus tard, finirent avec Hiên đê.

Tú était le nom de l'empereur Quang võ des Hán postérieurs. C'était un neveu de Canh đê à la septième génération.

S'appuyant sur le bas peuple, il mit sur pied une armée et extermina Vương mãng. Il détruisit les brigands et releva la maison des Hán.

Il prit pour capitale Lạc dương.

C'est l'origine des Hán d'Orient.

Il transmit l'empire à Minh đê, Chương đê, Hoà đê, Thường đê, An

---

66

A. Quang võ [1] [2] — s'éleva [3] — et fit [4] — les Hán [6] — de l'Est [5].
B. (Après) quatre cents [1] [2] — années [3] — ils finissent [4] — à [5] — Hiên đê [6].

P. (Quant à) l'Empereur [5] [6] (*auguste* [5]; *empereur* [6]) — Quang võ [3] [4] — des Hán [2] — postérieurs [1], — (son) nom [7] — (était) Tú [8]; — (c'était) un neveu [13] — à la septième [11] — génération [12] — de Canh đê [9] [10].

Q. Par le moyen de [1] — le bas peuple [2] [3] (*litt* « *les habits* [3]; *de chanvre* [2]), — il leva [4] — des troupes [5] — et extermina [6] — Vương mãng [7] [8]; — il détruisit [9] — les voleurs [10] [11] (*marque du pluriel* [10]; *voleurs* [11]) — et [12] — de nouveau [13] — éleva [14] — la maison [16] des Hán [15].

R. Il prit pour capitale [1] — Lạc dương [2] [3].

S. Cela [1] — est [2] — les Hán [4] — de l'Orient [3].

T. Il transmit (l'empire) à [1] — Minh [2], — Chương [3], — Hoà [4], đê, Thuận đê, Xung đê, Chât đê, Hoàn đê, Linh đê, Hiên đê, en tout douze générations.

puis les Hán cédèrent le pouvoir aux Ngụy.

Les deux dynasties des Hán produisirent en tout vingt-quatre générations et durèrent quatre cent vingt-cinq ans.

67

Ngụy, Thục et Ngô luttèrent pour les trépieds des Hán.

C'est ce que l'on appelle les « Trois royaumes », qui durèrent jusqu'aux deux Tân.

Après les annales de la maison de Hán vient l'histoire des « Trois royaumes. »

Qu'entend-on par les « Trois royaumes » ?

Ce sont les Ngụy, les Thục et les Ngô.

Thường [5], — An [6], — Thuận [7], — Xung [8], — Chât [9], — Hoàn [10], — Linh [11], — Hiên [12], en tout [13] — douze [14] [15] — générations [16], — et [17] — (cette dynastie) céda (le pouvoir suprême) [18] — aux [19] — Ngụy [20].

U. Les deux [1] — (dynasties des) Hán [2] — en totalité [3] — parcourent [4] — vingt-quatre [5] [6] [7] — générations [8], — (et) quatre cent vingt-cinq [9] [10] [11] [12] [13] — années [14].

67

A. Ngụy [1], — Thục [2], — (et) Ngô [3] — luttèrent pour [4] — les trépieds [6] — des Hán [5].

B. Ils s'appellent [1] — les Trois [2] — royaumes [3] — (qui durèrent) jusqu'à [4] — les deux [5] — Tân [6].

C. Après [4] — le livre [3] — des deux [1] — Hán [2], — il y a [5] — l'histoire [8] — des Trois [6] — royaumes [7].

D. Les [3] — Trois [1] — royaumes [2], — quels (sont-ils) [4] ?

E. Ngụy [1], — Thục [2], — (et) Ngô [3] ; — cela est [4] — ainsi [5].

Táo thị, du royaume de Ngụy, avait pour petit nom Tháo ; il était du pays de Tiêu.

Pendant les troubles qu'avait suscités Đồng trác, l'Empereur était tombé en butte à la mauvaise fortune.

Tháo alla au-devant de lui et fixa sa capitale à Hư.

Exerçant sur l'Empereur une influence extrême, il commanda aux princes feudataires, réprima les usurpations et mit fin aux désordres.

Son pouvoir, de même que ses mérites, s'accrut de jour en jour.

Phi, son fils, lui succéda et monta sur le trône.

Les Hán lui cédèrent le pouvoir, et il devint empereur.

Ses états reçurent le nom de « royaume de Ngụy ».

Il transmit le trône à son fils Duệ, à ses petits-fils Phương et Mạo, et enfin à son neveu Hoàng qui céda le pouvoir aux Tấn ; en tout cinq générations et quarante-six années.

F. (Quant à) Táo thị [3 4],— du royaume [2] — de Ngụy [1], — son petit nom [5] — était Tháo [6] ; — c'était un homme [8] — (du pays) de Tiêu [7] — *p. de déf.* [9].

G. Pendant [1] — les troubles [5] — de [4] — Đồng trác [2 3], — l'Empereur [6 7] — était tombé dans l'adversité [8 9] *(litt[t] « était couvert de* [8]; *poussière »* [9]*)*; — Tháo [10] — alla au-devant de [11] — l'Empereur *(terme respectueux; litt[t] « le char de l'empereur »)* [12], — prit pour capitale [13] — Hư [14], — exerça une pression sur [15] — l'Empereur [16 17], — donna des ordres à [18] — les princes feudataires [19 20], — et apaisa [21 22] *(effacer en grattant avec un couteau* [21]; *apaiser* [22]*)* — les usurpations [23] — et les désordres [24].

H. Sa puissance [1] — et ses mérites [2] — de jour en jour [3] — s'accrurent [4].

I. Son fils [1] — Phi [2] — lui succèda [3], — et fut placé (sur le trône) [4].

J. Il reçut [1] — le trône [4] — cédé [3] — par les Hán [2] — et [5] — eut [6] — l'empire [7 8].

K. Son royaume [1] — s'appelant [2] — fut dit [3] — Ngụy [4].

L. Il transmit (le trône) à [1] — son fils [2] — Duệ [3] — et à ses petits fils [4] — Phương [5] — et Mạo [6], — jusqu'à [7 8] — *(pour* [7]; *atteindre* [8]*)* — son neveu [9] — Hoàng [10] — (qui) alors [11] — céda (le trône) [12] — à [13] — les Tấn [14] : — en tout [15] — cinq [16] — générations [17] — et quarante-six [18 19 20] — années [21].

Lưu thị, de Thục, avait pour petit nom « Bị » ; c'était un descendant de Canh đế.

Il leva des troupes, extirpa les brigands, et occupa les pays de Kinh et de Thục.

Lorsque la dynastie des Hán prit fin, il se proclama empereur, et transmit le trône à son fils Thuyền ; en tout deux générations et quarante années.

Tôn quyền, de Ngô, avec son père Kiên et son frère aîné Sách, concentrèrent entre leurs mains l'héritage des générations.

Ils passèrent le fleuve Giang et possédèrent le territoire qui se trouve au-delà.

Tôn quyền transmit le pouvoir à ses fils Lương et Hưu ainsi qu'à son neveu Hạo.

Après quatre générations et une durée de cinquante-neuf années, cette dynastie fut détruite par les Tấn à qui firent retour les « trois royaumes ».

M. (Quant à) Lưu thị [2] [3], — de Thục [1], — son petit nom [4] — (était) Bị [5] ; — (c'était un) descendant [9] — de [8] — Canh [6] — đế [7].

N. Il leva [1] — des troupes [2], — extirpa [3] — les brigands [4], — (et,) les occupant [5], — il posséda [6] — (les pays de) Kinh [7] — et de Thục [8].

O. (Lorsque) les Hán [1] — périrent [2], — il se proclama [3] — empereur [4] — et transmit (le trône) à [5] — son fils [6] — Thuyền [7].

P. (Cela dura) deux [1] — générations [2] — et quarante [3] [4], — années [5].

Q. Tôn quyền [2] [3], — de Ngô [1], — (avec) son père [4] — Kiên [5] — et son frère aîné [6] — Sách [7], — réunirent entre leurs mains [8] [9] *(accumuler [8]; id. [9])* — l'héritage [12] — de [11] — les générations [10].

R. Le passant [1] — ils possédèrent [2] — l'autre côté *(litt[t] « l'extérieur »)* [4] — du fleuve Giang [3].

S. Il transmit (le trône) à [1] — ses fils [2] — Lương [3] — et Hưu [4], — et à son neveu [5] — Hạo [6].

T. (Cela dura) quatre [1] — générations [2] — et cinquante-neuf [3] [4] [5] — années [6], — et [7] — (leur royaume) fut détruit [8] — par [9] — les Tấn [10].

U. Les autels du génie de la terre [4] — de [3] — les trois [1] — royaumes [2], — tous [5], — retournèrent [6] — à [7] — les Tấn [8].

Tư mã thị, des Tần, dont le petit nom était « Viêm », son aïeul Y, son oncle Sư et son père Chiêu tinrent dans leurs mains, pendant quatre générations, le gouvernement des Ngụy.

Tư mã thị reçut la cession de l'empire,
et fixa sa résidence à Lạc dương.

Ce prince est connu sous le nom de Võ đế.

Il transmit le trône à ses fils Huệ đế et Hoài đế, ainsi qu'à son petit-fils Mẫn đế.

Hoài đế et Mẫn đế furent tués tous les deux par les Triệu antérieurs, et les Tần occidentaux disparurent après avoir subsisté pendant quatre générations et cinquante-trois années.

Ngưu thị, des Tần orientaux, était le petit-fils de Tư mã ý.

Hạ hầu, concubine de Cung vương de Lang da, eut des rapports avec le fils de Ngưu thị et donna le jour à un enfant qui fut appelé Duệ.

---

v. (Quant) Tư mã thị [2 3 4],—des Tần [1],—(dont) le petit nom [5]—(était) Viêm [6],— son aïeul [7] — Y [8],— son oncle *(frère aîné du père)* [9]— Sư [10], — et son père [11] — Chiêu [12],— (pendant leurs) quatre [13] — générations [14], — tinrent dans leurs mains [15] — le gouvernement [17] — (du royaume) des Ngụy [16].

x. (Tư mã thị en) reçut [1] — la cession [2] — et [3] — posséda [4] — l'empire [5 6].

y. Il établit sa capitale [1] — à [2] — Lạc dương [3 4].

z. Ce (souverain) [1] — est (connu sous le nom de) [2] — Võ đế [3 4].

a'. Il transmit (le trône) à [1] — ses fils [2] — Huệ đế [3 4], — Hoài đế [5 6] — et à son petit-fils [7] — Mẫn đế [8 9].

b'. Hoài [1] — et Mẫn [2]— ensemble [3] — furent tués [4 5] *(marque du passif* [4]; *tuer* [5]*)* — par [6] — les Triệu [8] — antérieurs [7],— et [9] — les Tần [11] — de l'Ouest [10] — périrent [12].

c'. En tout [1] — (ils subsistèrent pendant) quatre [2] — générations [3] — et cinquante-trois [4 5 6] — années [7].

d'. Ngưu thị [3 4], — des Tần [2] — de l'Orient [1],— (était) petit-fils [8] — de Tư mã ý [5 6 7].

e'. Hạ hầu thị [6 7],—concubine [5]—de Cung vương [3 4]—de Lang da [1 2], — eut des rapports avec [9] — le fils [13] — de [12] — Ngưu thị [10 11] — et [14] — mit au monde [15] — un fils [16] — (appelé) Duệ [17].

Il hérita frauduleusement du titre de « Vương »,
et occupa l'autre côté du fleuve Giang.

Il fut, lorsque Tân fut dépouillé de l'empire, proclamé empereur à Kim lang.

Ce prince est le « Nguyên đế » des Tân de l'Orient.

Après lui, le pouvoir passa à son fils Minh đế, à ses petits-fils Thành đế et Khang đế, à ses arrière-petits-fils Mục đế, Ai đế, et Đế diệc, puis à Giản văn đế, le plus jeune fils de Nguyên đế, à son petit-fils Hiếu võ đế, et à ses arrière-petits-fils An đế et Cung đế ; en tout onze générations et cent deux années.

Les deux dynasties des Tân dont il vient d'être parlé donnent, prises ensemble, quinze générations, et subsistent pendant cent cinquante-quatre années.

Pendant la durée de ces deux dynasties, l'on compte en tout dix-

---

F'. Frauduleusement [1] — il hérita [2] — de la dignité [4] — de Vương (prince) [3].

G'. L'occupant [1] — il posséda [2] — l'autre côté [4] — du (fleuve) Giang [3].

H'. (Lorsqu') arriva (le fait que) [1] — les Tân [2] — perdirent [3] — l'empire [4], — alors [5] — il fut proclamé [6] — empereur [7] — à [8] — Kim lang [9 10].

I'. Ce (souverain) [1] — est [2] — le Nguyên đế [5 6] *(originaire ou premier* [5]; *empereur* [6]*)* — des Tân [4] — de l'Orient [3].

J'. Il transmit (l'empire) à [1] — son fils [2] — Minh đế [3 4], — à ses petits-fils [5] — Thành đế [6 7] — et Khang đế [8 9], — à ses arrière-petits-fils [10 11] *(doubler (en parlant des générations)* [10]; *petit-fils* [11]*)* — Mục đế [12 13], — Ai đế [14 15], — et Đế diệc [16 17], — jusqu'à [18 19] *(pour* [18]; *atteindre* [19]*)* — Giản văn (đế) [24 25], — fils [23] — puîné [22] — de Nguơn đế [20 21], — son petit-fils [26] — Hiếu võ đế [27 28 29] — et ses arrière-petits-fils [30 31] — An đế [32 33] — et Cung đế [34 35]; — en tout [36] — onze [37 38] — générations [39] — et cent deux [40 41] — années [42].

K'. Les [2] — (dynasties des) Tân [3] — ci-dessus *(litt^t « à gauche »)* [1] — ensemble [4] — (subsistèrent pendant) quinze [5 6] — générations [7] — et cent cinquante-quatre [8 9 10 11 12] — années [13].

L'. Pendant (la durée) [4] — de [3] — les deux [1] — dynasties des Tân [2], — ceux qui [12] — furent usurpateurs [7 8], *(usurper* [7]; *celui qui prend*

huit royaumes résultant d'usurpations plus oú moins anciennes dans la région du Nord, savoir : deux Triệu, trois Tần, cinq Yên, cinq Lương, le royaume de Thục, celui des Ngụy, celui des Hạ, ainsi que les Ngụy fondés par Đại de la famille Thác bạt, que l'on compte en dehors.

Lưu huyên, fondateur des premiers Triệu, qui portait à la cour du Đơn vu le titre de « sage prince de la gauche », occupa, au temps des Huệ đế, la ville de Bình dương.

Il prit le titre d'empereur des Hán.

Il laissa le trône à son fils Luu thông,
qui mit à sac la ville de Trường an,
et fit prisonniers les deux empereurs des Tần.

Lưu thông transmit l'autorité suprême à ses fils Hoà et Huyên, après qui elle passa à son neveu Diệu et à Hi, fils de ce dernier ; en tout cinq générations et vingt-six années.

---

un titre auquel il n'a pas droit [8]) — (soit) avant [5], — (soit) après [6], — dans [9] — la région [11] — du nord [10], — en tout [13] — (sont au nombre de) dix-huit [14 15] — royaumes [16] — (que,) les réunissant [17], — on compte (ainsi) [18] :— deux [19] — Triệu [20], — trois [21] — Tần [22], — cinq [23] — Yên [24], — cinq [25] — Lương [26], — (le royaume de) Thục [27], — (celui de) Ngụy [1], — (celui de) Hạ [2], — et [3] — les Ngụy [8] — de Đại [7] — de [6] — Thác bạt [4 5] — (qui) ne pas [9] — (sont comptés) avec [10] — *finale affirmative* [11].

M'. Lưu huyên [3 4],— des premiers [1] — Triệu [2],—(ayant le titre de) « prince [9] — sage [8] — de la gauche » [7] — du Đơn vu [5 6], — au temps de [12] — Huệ đế [10 11], — occupa [13] — (la ville de) Bình « dương [14 15].

N'. Il prit le titre d' [1] — empereur [3] — des Hán [2].

O'. Il transmit (le trône) à [1] — son fils [2] — Luu thông [3 4].

P'. Il mit à sac [1] — la ville de Trường an [2 3].

Q'. Il se saisit de [1] — les deux [3] — empereurs [4] — des Tần [2].

R'. Il transmit (le trône) à [1] — ses fils [2] — Hoà [3] — et Huyên [4], — à son neveu [5] — Diệu [6], — à Hi [9] — fils [8] — de Diệu [7], — en tout [10] — cinq [11] — générations [12] — et vingt-six [13 14 15] — années [16].

Cette dynastie fut détruite par les Triệu postérieurs.

Thạch lạc, fondateur des Triệu postérieurs, qui avait été général de Huyên, s'empara, au temps de Nguyên đế, du pays de Tương quấc.

Le trône passa ensuite à son fils Hoàng, à Hồ, son frère cadet, puis à Thế, Tuần, Giám et Kì, fils de Hồ,

ce qui fait sept générations ayant régné vingt-trois années.

Cette dynastie fut détruite par Nhiễn mẫn.

Mộ dung hùy, fondateur des Yên antérieurs, était le chef de la horde des Tiển ti.

Son fils Hoang, sous l'empereur Hoài đế, prit la ville de Nghiệp et se proclama roi.

Il eut pour successeurs son fils Tuần qui prit le titre d'empereur, et Vĩ, fils de ce dernier; en tout quatre générations et soixante-trois années.

---

s'. (Cette dynastie) fut détruite [1] — par [2] — les Triệu [4] — postérieurs [3].

T'. Thạch lạc [3 4] — des Triệu [2] — postérieurs [1], — général [7] — des [6] — Huyên [5], — occupa [11], — au temps de [10] — Ngươn đế [8 9], — le pays de Tương quấc [12 13].

U'. Il transmit (le trône) à [1] — son fils [2] — Hoàng [3], — à son frère cadet [4] — Hồ [5], — à Thế [8], — Tuần [9], — Giám [10], — et Kì [11], — fils [7] — de Hồ [6].

V'. (Cela dura) sept [1] — générations [2] — (et) vingt-trois [3 4 5] — années [6].

X'. (Cette dynastie) fut détruite [1] — par [2] — Nhiễn mẫn [3 4].

Y'. Mộ dung hùy [3 4 5], — des Yên [2] — antérieurs [1], — était le chef [9] — de la horde [8] — des Tiển ti [6 7].

Z'. Son fils [1] — Hoang [2], — au temps de [5] — Hoài đế [3 4], — s'empara de [6] — (la ville de) Nghiệp [7] — et se proclama [8] — roi [9].

A''. Il eut pour successeurs [1] — Tuần [4], — fils [3] — de Hoang [2], — qui se proclama [5] — empereur [6], — et Vĩ [9] — fils [8] — de Tuần [7]; — en tout quatre [10] — générations [11] — et soixante-trois [12 13 14] — années [15].

Les Tần détruisirent cette dynastie.

Au temps de l'empereur Hiêu võ đê, le fils de Hoang, Mộ dung thuỳ, qui fonda la dynastie des Yên postérieurs,

se révolta contre les Tần et se proclama empereur.

Après lui règnèrent son fils Bửu, son petit-fils Thạnh, et Hi, frère cadet de Bửu.

Cette dynastie se compose de quatre générations. Elle subsista vingt-quatre ans,

et fut détruite par Cao vân.

Mộ dung hoàng, qui fonda les Yên de l'Est, était fils de Tuần. Il occupa Hoa âm.

Le pouvoir passa ensuite à son frère cadet Xung, à Khải, neveu de Xung, à Diêu, fils de Xung, à Trung, fils, et à Lai, frère cadet de Hoàng ; en tout six générations et dix années.

Les Yên postérieurs détruisirent cette dynastie.

B''. (Cette dynastie) fut détruite [1] — par [2] — les Tần [3].

C''. Mộ dung thuỳ [3 4 5], — des Yên [2] — postérieurs [1], — fils [7] — de Hoang [6], — au temps de [10] — l'Empereur Hiêu võ (đê) [8 9], — se révolta contre [11] — les Tần [12] — et se proclama [13] — empereur [14].

D''. Il eut pour successeurs [1] — son fils [2] — Bửu [3], — son petit-fils [4] — Thạnh [5], — et Hi [8], — frère cadet [7] — de Bửu [6].

E''. (Cette dynastie dura) quatre [1] — générations [2] — et vingt-quatre [3 4 5] — années [6].

F''. Elle fut détruite [1] — par [2] — Cao vân [3 4].

G''. Mộ dung hoàng [3 4 5], — des Yên [2] — de l'Occident [1], — était fils [7] — de Tuần [6]; — il occupa [8] — Hoa âm [9 10].

H''. Il eut pour successeurs [1] — son frère cadet [2] — Xung [3], — Khải [6], neveu [5] — de Xung [4], — Diêu [9] — fils [8] — de Xung [7], — Trung [12] — fils [11] — de Hoàng [10], — Lai [15], — frère cadet [14] — de Hoàng [13] ; — (en tout) six [16] — générations [17] — et dix [18] — ans [19].

I''. (Cette dynastie) fut détruite [1] — par [2] — les Yên [4] — postérieurs [3].

Mộ dung đức, fondateur des Yên méridionaux, était frère cadet de Thuỳ. Il s'empara de Hoạt đài, et eut pour successeur son fils Siêu.

Cette dynastie se compose de deux générations qui régnèrent treize ans.

Elle fut détruite par les Tần.

Phùng chánh, fondateur des Yên septentrionaux, était ministre de Mộ dung thuỳ. Il s'empara de Long thành.

Hoàng, son frère cadet, lui succéda,

Cette dynastie compte deux générations qui régnèrent dix-huit ans.

Phù hồng, qui fonda les Tần antérieurs, occupa, au temps de Mục đế, la ville de Trường an.

Ses successeurs sont : Kiện, son fils et Sinh son petit-fils ; Kiện, frère cadet de Kiện ; Phi, fils de Kiện, puis Đăng, et enfin Sùng, fils de Đăng ; en tout sept générations et quarante-six années.

Cette dynastie fut renversée par les Tần postérieurs.

J". Mộ dung đức [3 4 5] — des Yên [2] — du Midi [1] — était frère cadet [7] — de Thuỳ [6] ; — il s'empara de [8] — Hoạt đài [9 10].

K". Il eut pour successeur [1] — son fils [2] — Siêu [3].

L". (Cette dynastie dura) deux [1] — générations [2] — et treize [3 4] — années [5].

M". Elle fut détruite [1] — par [2] — les Tần [3].

N". Phùng chánh [3 4] — des Yên [2] — du Nord [1],— était ministre [8] — de Mộ dung thuỳ [5 6 7] ; il s'empara de [9] — Long thành [10 11].

O". Il eut pour successeur [1] — son frère cadet [2] — Hoàng [3].

P". (Cette dynastie dura) deux [1] — générations [2] — et dix-huit [3 4 5] — années [6].

Q". Phù hồng [3 4], — des Tần [2] — antérieurs [1], — au temps de [7] — Mục đế [5 6], — occupa [8] — Trường an [9 10].

R". Il eut pour successeurs [1] — Kiện [4], — fils [3] — de Hồng [2], — son petit-fils [5] — Sinh [6], — Kiện [9], — frère cadet [8] — de Kiện [7], — Phi [12], — fils [11] — de Kiện [10], — Đăng [13], — Sùng [16], — fils [15] — de Đăng [14] ; — en tout sept [17] — générations [18] — et quarante-six [19 20 21] — années [22].

S". Elle fut détruite [1] — par [2] — les Tần [4] — postérieurs [3].

Diệu thương, fondateur des Tần postérieurs, secoua l'autorité des Tần et s'empara de Trường an.

Il eut pour successeurs son fils Hung et son neveu Hoàng; en tous trois générations et trente-quatre années.

Cette dynastie fut détruite par les Tần.

Khât phục quâc nhơn, fondateur des Tần occidentaux, était un général des Tần. Il s'empara de la ville de Kim.

Il eut pour successeurs son frère cadet Càn qui, son petit-fils Xi bàn, et Mộ vị, fils de Bàn; en tout quatre générations et quarante-sept années.

Cette dynastie fut détruite par les Hạ.

Trương quì, fondateur des Lương antérieurs, était ministre des Tần. Il s'empara, sous Huệ đê, de la ville de Bình lương.

Ses successeurs furent son fils Thật, son petit-fils Mậu, Tuân fils de Mậu, Trung hoa fils de Tuân, Diệu linh, fils, et Tô, frère

---

T''. Diệu thương [3 4], — des Tần [2] — postérieurs [1], — se révolta contre [5] — les Tần [6], — et s'empara de [7] — Trương an [8 9].

U''. Il eut pour successeurs [1] — son fils [2] — Hung [3] — et son neveu [4] — Hoàng [5]; — (en tout) trois [6] — générations [7] — et trente-quatre [8 9] — années [10].

V''. (Cette dynastie) fut éteinte [1] — par [2] — les Tần [3].

X''. Khât phục quâc nhơn [3 4 5 6], — des Tần [2] — de l'Occident [1], — était général [8] — des Tần [7]; — il occupa [9] — la ville [11] — de Kim [10].

Y''. Il eut pour successeurs [1] — son frère cadet [2] — Càn qui [3 4], — son petit-fils [5] — Xí bàn [6 7], — et Mộ vị [10 11] — fils [9] — de Bàn [8]; — (en tout) quatre [12] — générations [13] — et quarante-sept [14 15 16] — années [17].

Z''. (Cette dynastie) fut détruite [1] — par [2] — les Hạ [3].

A'''. Trương quì [3 4], — des Lương [2] — antérieurs [1], — était ministre [6] — des Tần [5]; — au temps de [9] — Huệ đ· [7 8], — il s'empara de [10] — Bình lương [2] — [11 12].

B'''. Il transmit (ses états) à [1] — son fils [2] — Thật [3], — à son petit-fils [4] — Mậu [5], — à Tuân [8] — fils [7] — de Mậu [6], — à Trung hoa [11 12], — fils [10] — de Tuân [9], — à Diệu linh [15 16] — fils [14] — de

cadet de Hoa, Nguơn tinh, frère cadet de Diệu linh, et Thiên tích, frère cadet de Tơ; en tout neuf générations et soixante-dix-huit ans.

Cette dynastie fut détruite par les Tần.

Lữ quang, qui fonda les Lương postérieurs, était un général de Tần. Il s'empara de Lương, et transmit le pouvoir à ses fils Thiệu, Mộ et Lung; en tout quatre générations et dix-neuf années.

Cette dynastie fut détruite par les Tần postérieurs.

Thồc phát ô cô, fondateur des Lương méridionaux, était un général des Lương. Il prit la ville de Nhạc đô.

Ses frères cadets Lội lộc cồ et Núc đàn lui succèdèrent; en tout trois générations et dix-neuf années.

Cette dynastie fut détruite par les Tần de l'Ouest.

Hoa [13], — à Tộ [19], — frère cadet [18] — de Hoa [17], — à Nguơn Tinh [23 24], frère cadet [22] — de Diệu linh [20 21], — et à Thiên tích [27 28], — frère cadet [26] — de Tộ [25]; — (en tout) neuf [29] — générations [30] — et soixante-dix-huit [31 32 33] — années [34].

c'''. (Cette dynastie) fut détruite [1] — par [2] — les Tần [3].

D'''. Lữ quang [3 4] — des Lương postérieurs [1 2] — était général [6] — des Tần [5]; — il s'empara de [7] — Lương [8].

E'''. Il transmit (ses états) à [1] — ses fils [2] — Thiệu [3], — Mộ [4], — et Lung [5]; — en tout quatre [6] — générations [7] — et dix-neuf [8 9] — années [10].

F'''. (Cette dynastie) fut détruite [1] — par [2] — les Tần [4] — postérieurs [3].

G'''. Thồc phát ô cô [3 4 5 6], — des Lương [2] — méridionaux [1], — était général [8] — des Lương [7]; — il s'empara de [9] — Nhạc đô [10 11].

H'''. Il eut pour successeurs [1] — ses frères cadets [2] — Lội lộc cồ [3 4 5] — et Núc dàn [6 7]; — (en tout) trois [8] — générations [9] — et dix-neuf [10 11] — années [12].

I'''. (Cette dynastie) fut détruite [1] — par [2] — les Tần [4] — de l'occident [3].

Lý cao, fondateur des Lương occidentaux, était un ministre de Đoạn nghiệp, des Lương du nord. Il s'empara de Tân xương, et transmit le pouvoir à ses fils Hâm et Tuân; en tout trois générations et dix-neuf années.

Cette dynastie fut détruite par les Lương du nord.

Đoạn nghiệp, qui fonda les Lương du nord, était un général des Lương postérieurs. Il prit la ville de Trương dịch.

Cinq ans après qu'il eut été proclamé roi, son ministre Thư cừ mông tồn le tua et monta lui-même sur le trône.

Il transmit le pouvoir à son fils Mục kiện.

Cette dynastie, formée par deux familles, se compose de trois générations et dura quarante-trois ans.

Elle fut détruite par les Ngụy.

Du temps de Huệ đê, Lý đặc, fondateur du royaume de Thục, se rendit maître de Quảng hán.

J'''. Lý cao [3 4], — des Lương [2] — de l'ouest [1], — était ministre — de Đoạn nghiệp [7 8],— des Lương [6] — du nord [5]; — il s'empara de [10] — Tân xương [11 12].

K'''. Il transmit (ses états) à [1] — ses fils [2] — Hâm [3] — et Tuân [4]; — (en tout) trois [5] — générations [6] — et dix-neuf [7 8] — années [9].

L'''. (Cette dynastie) fut détruite [1] — par [2] — les Lương [4] — du nord [3].

M'''. Đoạn nghiệp [3 4], — des Lương [2] — du nord [1], — était général [7] — des Lương [6] — postérieurs [5]. — Il prit [8] — Trương dịch [9 10].

N'''. La cinquième [3] — année [4] — (à partir du moment où) il s'était proclamé [1] — roi [2], — son [5] — ministre [6] — Thư cừ mông tồn [7 8 9 10] — tua [11] — lui [12] — et établit (sur le trône) [14] — lui-même [13].

O'''. Il transmit (le pouvoir) à [1] — son fils [2] — Mục kiện [3 4].

P'''. (Cette dynastie est formée par) deux [1] — familles [2] — et trois [3] — générations [4], — et (dura) quarante-trois [5 6 7] — années [8].

Q'''. Elle fut détruite [1] — par [2] — les Ngụy [3].

R'''. Lý đặc [2 3], — (du royaume de) Thục [1], — au temps de [6] — Huệ đê [4 5], — s'empara de [7] — Quảng hán [8 9].

Il transmit le pouvoir à son fils Hùng, qui prit le titre de Thành đê, et eut pour successeur son neveu Ban kì.

Thọ, oncle de ce dernier, changea l'ancien nom du royaume en celui de Hán,

et transmit le pouvoir à son fils Thê.

Cette dynastie compte six générations et dura quarante-sept années.

Elle fut détruite par les Tần.

Nhiễn mẫn, qui fonda les Ngụy, avait été élevé par Thạch hổ. Il tua le fils de ce dernier et se plaça sur le trône.

La troisième année de son règne, un homme de Yên le tua.

Hách liên bột bột, originaire du royaume de Hạ et parent consanguin de Lưu huyên, s'empara de Thông vạn.

Il transmit le pouvoir à ses fils Xương et Định, ce qui fait trois générations ayant régné vingt-cinq années.

Cette dynastie fut détruite par les Thổ cốc hồn.

S'''. Il transmit (le pouvoir) à [1] — son fils [2] — Hùng [3], — qui se proclama [4] — (sous le nom de) Thành đê [5] [6].

T'''. Il eut pour successeur [1] — son neveu [2] — Ban kì [3] [4].

U'''. Thọ [3], — oncle [2] — de lui [1], — changea [4] — la désignation (du royaume, qui était Thục) [5] — (en celle de) Hán [6].

V'''. Il transmit (le pouvoir) à [1] — son fils [2] — Thê [3].

X'''. (Cette dynastie dura) six [1] — générations [2] — et quarante-sept [3 4 5] — années [6].

Y'''. Elle fut détruite [1] — par [2] — les Tần [3].

Z'''. Nhiễn mẫn [2 3], — de Ngụy [1], — était petit-fils [7] — élevé [6] — par (*litt* « *de* ») Thạch hổ [4 5]. — Il tua [8] — le fils [10] — de Hổ [9] — et plaça (sur le trône) [12] — lui-même [11].

A². La troisième [1] — année [2] — un homme [4] — de Yên [3] — tua [5] — lui [6].

B². Hách liên bột bột [2 3 4 5], — (du royaume de) Hạ [1], — et parent consanguin [9] — de [8] — Lưu huyên [6 7], — s'empara de [10] — Thông vạn [11 12].

C². Il transmit le pouvoir à [1] — ses fils [2] — Xương [3] — et Định [4]; — (en tout) trois [5] — générations [6] — et vingt-cinq [7 8 9] — années [10].

D². (Cette dynastie) fut détruite [1] — par [2] — les Thổ cốc Hồn [3 4 5].

Cao vân, des Yên du Nord, mit à mort Mộ dung hi et se plaça sur le trône.

La troisième année de son règne, il fut tué par ses sujets.

Il eut pour successeur Phùng bạt.

Vân et Nhiễn mẫn ne recueillirent pas les fruits de leur révolte et du meurtre de leur prince.

Les six chefs des Yên occidentaux s'entretuèrent.

Les trois familles dont on vient de parler n'ont point constitué de véritables dynasties régnantes.

Quant aux seize autres royaumes, l'histoire en a été jointe à celle des T n.

E[2]. Cao vân [3 4], — des Yên [2] — du nord [1], — tua [5] — Mộ dung hi [6 7 8] — et [9] — plaça (sur le trône) [11] — lui-même [10].

F[2]. La troisième [1] — année [2], — il fut [3] — un homme que [6] — les sujets [5] — de lui [4] — tuèrent [7].

G[2]. Phùng bạt [1 2] — succéda à [3] — son trône .

H[2]. (Le fait d') assassiner leur prince [5] — (et de) se révolter [6] — de Vân [1] — et [2] — (de) Nhiễn mẫn [3 4] — n'aboutit pas [7 8].

I[2]. Les six [3] — chefs [4] — des Yên [2] — de l'occident [1] — tuèrent [6 7] *(tuer le souverain d'un pays étranger [6]; tuer [8])* — mutuellement [6] eux-mêmes [5].

J[2]. Les [2] — trois (familles dont on a parlé) [1] — ne pas [3] — formèrent [4] — des royaumes (véritables) [5].

K[2]. (Quant à) les seize [2 3] — royaumes [4] — en surplus [1], — tous [5], — étant annexés [6], — sont vus [7] — dans le livre [9] — des Tấn [8].

68

Les Tông et les Tế vinrent après; les Lương et les Trần leur succédèrent.

Ils formèrent les cours du midi, et prirent pour capitale Kim lang.

On parle ici de l'histoire des cours du midi.

Il y en a quatre. La première est celle des Tông.

Leur Cao tổ, Lưu dữ de Bành thành, reçut des mains des Tần la cession de l'empire.

Il eut pour successeur ses fils Thiếu đế et Văn đế, Hiếu Võ fils de Văn, Phế đế fils de Võ, Minh đế frère cadet de Võ, Thương

---

68

A. Les Tông [1] — et les Tế [2] — vinrent après [3]; — les Lương [4] — et les Trần [5] — leur succédèrent [6].

B. Ils formèrent [1] — les cours [3] — du midi [2] — et prirent pour capitale [4] — Kim Lang [5 6].

C. Cette (phrase) [1] — parle de [2] — l'histoire [6] — de [5] — les cours [4] — du midi [3].

D. (Elles sont) en tout [1] — quatre [2] — cours [3]; — la première [4] — s'appelle [5] — les Tông [6].

E. Luu dữ [3 4], — (leur) Cao t (*ou fondateur de la dynastie. Haut* [1]; *aïeul* [2]) [1 2], — homme [7] — de Bành thành [5 6], — reçut [8] — la cession [10] — des Tần [9].

F. Il transmit (le pouvoir) à [1] — ses fils [2] — Hiếu đế [3 4] — et Văn đế [5 6] — à Hiếu võ [9 10] — fils [8] — de Văn [7], — à Phế đế [13 14] — fils [12] — de Võ [11], — à Minh đế [17 18] — frère cadet [16] — de Võ [15], — à Thương ngô fils de Minh, et enfin Thuận đế; en tout huit générations et soixante années.

La deuxième est celle des Tề.

Leur Thái tổ, nommé Đạo thành, qui appartenait à la famille Tiêu et était de Lan lang, reçut des Tống la cession du pouvoir, qui passa, après lui, à son fils Võ đế, à deux jeunes princes ses petits-fils, à son neveu Minh đế, à Đông hôn et à Hoà đế, fils de Minh; en tout sept générations et vingt-trois années.

La troisième est celle des Lương.

Võ đế, nommé Tiêu diễn, de la famille Tiêu et de la race des Tề, reçut de leurs mains la cession de l'empire.

Ses successeurs furent ses fils Giản Văn et Nguơn đế, puis Kính đế fils de Nguơn; en tout quatre générations et cinquante-six ans.

La quatrième est celle des Trần.

Ngô [21 22] — fils [20] — de Minh [19], — et à Thuận đế [23 24]; — en tout [25] — huit [26] — générations [27] — et soixante [28 29] — années [30].

G. La deuxième [1] — s'appelle [2] — Tề [3].

H. Thái tổ [3 4], — nommé Đạo thành [5 6], — de la famille [2] — Tiêu [1], — homme [9] — de Lan lang [7 8], — reçut [10] — la cession [12] — des Tống [11].

I. Il transmit (le pouvoir) à [1] — son fils [2] — Võ đế [3 4], — à ses petits-fils [5], — deux [6] — jeunes [7] — empereurs [8]; — à son neveu [9] — Minh đế [10 11], — à Đông hôn [14 15] — et Hoà đế [16 17], — fils [13] — de Minh [12]; — (en tout) sept [18] — générations [19] — et vingt-trois [20 21 22] — ans [23].

J. La troisième [1] — s'appelle [2] — les Lương [3].

K. Võ đế [3 4], — (nommé) Tiêu diễn [5 6], — de la famille [2] — Tiêu [1], — homme de la race [9] — de [8] — les Tề [7], — reçut [10] — la cession [12] — des Tề [11].

L. Il transmit (le pouvoir) à [1] — ses fils [2] — Giản văn [3 4] — et Nguơn đế [5 6], — et à Kính đế [9 10] — fils [8] — de Nguơn [7]; — (en tout) quatre [11] — générations [12] — et cinquante-six [13 14 15] — ans [16].

M. La quatrième [1] — s'appelle [2] — Trần [3].

Vỏ đế, nommé Bá tiên, de la famille Trần, qui était de Trường hưng, reçut des Lương la cession du pouvoir.

Ses successeurs furent Văn đế fils de son frère aîné, Phế đế fils de Văn, Tuyên đế frère cadet du même prince, et Hậu chủ fils de Tuyên; en tout cinq générations et trente-trois années.

Les quatre cours dont on vient de parler prirent pour capitale la ville de Kim lăng.

Chacune d'elles, en dehors de l'Histoire du midi, a une chronique spéciale.

On leur donne aussi, en y joignant les Ngô et les Tần orientaux, la dénomination des « Six cours ».

N. Võ đế [3 4], — (nommé) Bá tiên [5 6], — de la famille [2] — Trần [1], — homme [9] — de Trường Hưng [7 8], — reçut [10] — la cession [12] — des Lương [11].

O. Il transmit (le pouvoir) à [1] — Văn đế [4 5] — fils [3] — de son frère aîné [2], — à Phế đế [8 9] — fils [7] — de Văn [6], — à Tuyên đế [12 13] — frère cadet [11] — de Văn [10], — (et) à Hậu chủ [16 17] — fils [15] — de Tuyên [14]; — (en tout) cinq [18] — générations [19] — et trente-trois [20 21 22] — années [23].

P. Les quatre [3] — cours [4] — ci-dessus [1 2] (*en* [1], *haut* [2]), — toutes [5] — prirent pour capitale [6] — Kim lăng [7 8].

Q. En dehors [4] — de [3] — l'Histoire [2] — du midi [1], — toutes [5] — ont [6] — (une) histoire [8] — (spéciale à chaque) royaume [7].

R. Les quatre [1] — cours [2], — avec [3] — les Ngô [4] — et [5] — les Tần [7] — orientaux [6], — encore [8] — sont appelées [9] — les Six [10] — cours [11].

69

Issus des Nguơn du nord, les Ngụy se divisent en orientaux et occidentaux.

(Il y a, en outre) les Châu, qui descendaient de Vũ văn, et les Tề, qui descendaient de Cao.

La première des trois cours dont il est question dans les annales du Nord s'appelle « la Cour des Ngụy ».

Leur nom de famille était Thác bạt,
et ils étaient originaires du Sóc mạc.

Dans le principe, Thánh võ đế, Khiết phân, Thần nguyên đế et Lực vi étaient des chefs qui reconnurent, de génération en gé-

---

69

A. Les Ngụy [3], — (issus de) les Nguơn [2] — du Nord [1], — se divisent en [4] — (Ngụy de l') orient [5] — (et Ngụy de l') occident [6].

B. Les Châu [3], — (de la famille) de Vũ văn [1 2], — et [4] — les Tề [6], — (de la famille) de Cao [5].

A. (Parmi les) trois [3] — cours [4] — des annales [2] — du nord [1], — la première [5] — s'appelle [6] — Ngụy [7].

B. Son nom de famille [1] — (est) la famille [4] — Thác bạt [2 3].

C. Elle tire son origine [1] — de [2] — Sóc mạc [3 4].

D. Au commencement [1] — Thánh võ đế [2 3 4] — Khiết phân [5 6] — Thần nguyên đế [7 8 9], — et Lực vi [10 11], — successivement [12] — furent [13] — des chefs [14 15] (*prince* [14]; *chef* [15]) — qui étaient soumis à [16 17]

nération, la suprématie du Royaume du milieu. Cela dura jusqu'au moment où Thác bạt y lư y entra pour réprimer des révoltes intestines, en commença la conquête, et se proclama roi sous le titre de Đại vương.

Après lui régnèrent Lũy luật, fils de son frère cadet, Thập dực kiên fils de Luật, et Khuê fils de Kiên.

Sous Hiếu võ, ce dernier se proclama empereur des Ngụy, et prit pour capitale la ville de Dương.

C'est le Đạo võ đê des annales.

Il eut pour successeur son fils Minh nguơn, Đại võ fils de ce dernier, Cao tông petit-fils de Võ, Hiền văn fils de Cao, Hiếu văn fils de Hiền, à partir de qui le nom de la famille fut changé en celui de Nguyên.

Le pouvoir passa, après lui, à son fils Tuyên võ, à Hiếu minh

---

— (*sujet* [16]; *être soumis à* [17]) — le royaume [19] — du Milieu [18], — jusqu'à (ce que) [20] — Thác bạt y lư [21 22 23 24] — (y) entra [25] — pour châtier [26] — les révoltés [28] — du dedans [27], — commença à [29] — posséder [30] — le Royaume [32] — du milieu [31], — et proclama [34] — lui-même [33] — Đại vương [35 36] (*roi* [36]; *de* (*la famille*) Đại [35]).

E. Il transmit (le pouvoir) à [1] — Lũy luật [4 5], — fils [3] — de son frère cadet [2], — à Thập dực kiên [8 9 10], — fils [7] — de Luật [6], — (et à) Khuê [13] — fils [12] — de Kiên [11].

F. A [1] — le temps [4] — de Hiếu võ [2 3], — il se proclama [5] — empereur [6] — des Ngụy [6].

G. Il établit sa capitale [1] — à [2] — Dương [3].

H. Cet (empereur) [1] — est [2] — Đạo võ đê [3 4 5].

I. (Ses successeurs sont) son fils [1] — Minh Nguơn [2 3], — Đại võ [6 7], — fils [5] — de Nguơn [4], — Cao Tông [10 11], — petit-fils [9] — de Võ [8], — Hiền văn [14 15], — fils [13] — de Cao [12], — Hiếu văn [18 19] — fils [17] — de Hiền [16] — (qui) commença à [20] — changer [21] — le nom de (sa) famille [22], — (et en) fit [23] — la famille (*litt* « *la branche* ») [25] — des Nguyên [24].

J. Il transmit (le pouvoir) à [1] — (son) fils [2] — Tuyên võ [3 4], —

et à Hiếu văn fils de Võ, et à Hiếu trang, Tiết mẫn et Hiếu võ, petits-fils de Hiếu văn.

Hiếu võ, serré de près par Cao hoan, son ministre, s'enfuit dans la ville de Trường an.

C'est là l'origine des Ngụy de l'Ouest.

Ceux qui lui succédèrent furent son cousin germain Văn bàng, Phê đế et Cung đế, fils de Văn ; puis cette dynastie céda l'empire aux Châu.

Tinh đế, nommé Thiện kiên, des Ngụy orientaux, qui était petit-fils de Hiếu văn et avait été mis sur le trône par Cao hoan, prit pour capitale la ville de Nghiệp, et divisa en deux branches la maison de Ngụy.

Après un règne de douze ans, il céda l'empire aux Tề.

De Đạo thành à Cung đế, on compte en tout seize générations et cent soixante-dix années.

(à) Hiếu minh [7 8] — (et) Hiếu văn [9 10], — fils [6] — de Võ [5] — (à) Hiếu trang [12 13], — Tiết mẫn [14 15], — (et) Hiếu võ [16 17], — petits-fils [11] — de Hiếu văn [9 10].

K. Hiếu võ [1 2], — étant [3] — (un homme) que [8] — Cao hoan [6 7], — ministre [5] — de lui [4] — pressait [9], — se réfugia [10] — à [11] — Trường an [12 13].

L. Cela [1] — est [2] — (l'origine de) les Ngụy [4] — de l'Ouest [3].

M. Il transmit (le pouvoir) à [1] — (son) cousin germain [2 3] (*suivre dans l'ordre d'importance* [2] ; *frère cadet* [3]) — Văn bàng [4 5], — à Phê đế [8 9], — et à Cung đế [10 11], — fils [7] — de Văn [6], — et [12] — (cette dynastie) céda (l'empire) [13] — à [14] — les Châu [15].

N. Tinh đế [3 4], — (nommé) Thiện kiên [5 6], — des Ngụy [2] — orientaux [1], — petit-fils [10] — de [9] — Hiếu văn [7 8], — que [13] — Cao Hoan [11 12] — mit sur le trône [14], — établit sa capitale [15] — à [16] — Nghiệp [17], — et, divisant [18] — (la maison des) Ngụy [19], — en fit [20] — deux (branches) [21].

O. Il fut sur le trône [1] — douze [2 3] — ans [4] — et [5] — céda (l'empire [6] — à [7] — les Tề [8].

P. De [1] — Đạo thành [2 3] — jusqu'à [4] — Cung đế [5 6], — il y a (en tout) [7] — seize [8 9] — générations [10] — et cent soixante-dix [11 12 13] — années [14].

Si l'on remonte de Cung đê à Thánh võ, on trouve une durée de trois cent trente ans.

La seconde est la cour de Tề, qui avait pour nom de famille « Cao ».

Dans l'origine, Cao hoan plaça Tịnh đế sur le trône.

Il conserva le pouvoir pendant toute sa vie, et le transmit après lui à son fils Dương.

Ce dernier prince est le Văn tuyên đế des Tề.

Ses successeurs furent son fils Phê đế, ses frères cadets Hiếu chiêu et Võ thành, ainsi que Hậu chủ fils de Thành; en tout cinq générations et dix-huit ans.

Cette dynastie fut détruite par les Châu.

La troisième est la cour des Châu, dont le nom de famille est Vũ văn.

Vũ văn thái ayant pris sous sa protection, à Trường an, l'em-

---

Q. Au-dessus de (*en remontant de*) [3] — Cung đê [1 2] — jusqu'à [4] — Thánh võ [5 6], — (il y a) trois cent trente [7 8 9 10] — années [12] — et plus [11].

R. La deuxième [1] — s'appelle [2] — les Tề [3], — (qui sont) la famille [5] — Cao [4].

S. Au commencement [1], — Cao Hoan [2 3] — plaça sur le trône [4] — Tịnh đế [5 6].

T. Pendant toute sa vie [1] — il tint [2] — le gouvernement [4] — de lui [3], — jusqu'à [5] — son fils [6] — Dương [7] — (qui) alors [8] — reçut [9] — la cession (du pouvoir) [10].

U. Ce (souverain) [1] — est [2] — le Văn tuyên đế [4 5 6] — des Tề [3].

V. Il transmit (le pouvoir) à [1] — son fils [2] — Phê đế [3 4], — à ses frères cadets [5] — Hiếu chiêu [6 7] — et Võ thành [8 9], — et à Hậu chủ [12 13] — fils [11] — de Thành [10], — (en tout) cinq [14] — générations [15] — et [16] — dix-huit [17 18] — ans [19].

X. (Cette dynastie) fut détruite [1] — par [2] — les Châu [3].

Y. La troisième [1] — s'appelle [2] — les Châu [3], — (qui sont) la famille Vũ văn [4 5].

Z. Vũ văn thái [1 2 3], — ayant protégé (*litt[t]* « *pris dans ses bras* »

pereur Hiêu võ đê des Ngụy, conserva' pendant toute sa vie le gouvernement de l'Etat.

Son fils Hiêu mẫn đê, nommé Giác, reçut l'empire que lui cédaient les Ngụy, et changea le nom de sa maison en celui de Châu.

Après lui, le trône passa à ses frères cadets Hiêu minh et Hiêu võ, à Hiêu tuyên, fils de Võ, et à Hiêu tịnh, fils de Tuyên; en tout cinq générations et vingt-cinq années.

Les Châu cédèrent l'empire aux Tuỳ.

70

Arrivés au pouvoir, les Tu opérèrent l'unification du territoire.

Après une seule transmission du trône, ils perdirent l'héritage de l'empire.

— Hiêu võ đê [6 7 8] .— des Ngụy [5] — à [9] — Trường An [10 11], — tint [13] — pendant sa vie [12] — le gouvernement [15] — de lui [14].

A'. Hiêu Mẫn đê [3 4 5], — nommé Giác [6], — fils [2] — de lui [1], — reçut [7] — la cession [9] — des Ngụy [8], — et changeant (le nom de sa dynastie [10], — la nomma [11] — Châu [12].

B'. Il transmit (le pouvoir) à [1] — ses frères cadets [2] — Hiêu minh [3 4] — et Hiêu võ [5 6], — à Hiêu tuyên [9 10], — fils [8] — de Võ [7], — et à Hiêu tịnh [13 14], — fils [12] — de Tuyên [11]; — (en tout) cinq [15] — générations [16] — et vingt-cinq [17 18 19] — années [20].

C'. (Les Châu) cédèrent (le trône) [1] — à [2] — les Tuỳ [3].

70

A. Et quand [1] — on fut arrivé à [2] — les Tuỳ [3], — ils unifièrent [4] — le territoire [5 6] *(territoire [5]; id. [6])*.

B. Ne pas [1] — de nouveau [2] — ils transmirent (le trône) [3], — et ils perdirent [4] — la succession de la dynastie [5 6] *(gouverner [5]; succéder à une charge [6])*.

La quatrième est celle des Tuỳ, dont le nom de famille est Dương.

Dương kiên, leur Cao tổ, prêta son aide aux Châu qui lui cédèrent le pouvoir.

La dynastie prit le nom de Tuỳ.

Il pacifia, au Midi, le royaume de Trần, et réunit toutes les parties de l'empire sous la même domination.

Il transmit le trône à son fils Dương đế, qui se livra sans mesure aux excès et à la débauche.

L'empire fut profondément troublé.

Dương đế n'eut point de successeur, et Lý thị plaça Cung đế sur le trône.

La dynastie des Tuỳ prit fin.

Ces Tuỳ dont il vient d'être parlé subsistèrent pendant trois générations et trente-sept années.

C. La quatrième [1] — s'appelle [2] — les Tuỳ [3], — (qui sont) la famille [5] — de Dương [4].

D. Dương kiên [3 4], — (leur) Cao tổ [1 2], — aida [5] — les Châu [6] — et (en) reçut [7] — la cession (du pouvoir) [8].

E. Le royaume [1] — étant nommé [2] — fut dit [3] — Tuỳ [4].

F. Au midi [1], — il pacifia [2] — le royaume [4] — de Trần [3] — et [5] — unifia [6] — l'empire [7 8].

G. Il transmit (le pouvoir) à [1] — son fils [2] — Dương đế [3 4], — (qui) se livra aux excès et à la débauche [5 6] (*sans frein* [5]; *débauche* [6]) — sans [7] — mesure [8].

H. L'empire [1 2] — grandement [3] — fut troublé [4].

I. Ne pas [1] — de nouveau [2] — il transmit (le trône) [3], — et [4] — Lý thị [5 6] — (y) plaça [7] — Cung đế [8 9].

J. Les Tuỳ [1] — périrent [2] — *p. aff. énergique* [3].

K. Les Tuỳ [2] — dont on vient de parler (*litt* « *d'à droite* ») [1] — (subsistèrent pendant) trois [3] — générations [4] — et trente-sept [5 6 7] — années [8].

(L'histoire des) quatre dynasties ci-dessus est connue sous le nom des « Annales du Nord ».

Chacune des maisons de Ngụy, de Tề, de Châu et de Tuỳ, a, en outre, sa chronique spéciale.

71

Le Cao tổ des Đàng leva des troupes pour la défense du droit.

Il mit fin aux désordres laissés par les Tuỳ et jeta les fondements de son empire.

Les Đàng succédèrent aux Tuỳ.

C'est (de cette nouvelle dynastie que traite) le livre des Đàng.

L. (Quant à) les quatre [3] — cours [4] — ci-dessus [1] [2] (*adverbe de manières* [1] ; *supérieur* [2]), — on appelle [5] — elles [6] — les Annales [7] — du Nord [8].

M. (Quant à) les Ngụy [1], — les Tề [2], — les Châu [3], — les Tuỳ [4], — aussi [5] — chacune (de ces dynasties) [6] — a [7] — (son) livre (particulier) [9] — d'annales [8].

71

A. Le Cao tổ [2] [3] — des Đàng [1] — leva [4] — des troupes [6] — justes (*servant la cause du bon droit*) [5].

B. Il apaisa (*litt*[t] « *supprima* ») [1] — les désordres [2] — des Tuỳ (*laissés par les Tuỳ*) [3] — et commença [4] — les fondements [6] — de son empire [5].

C. Ceux qui [3] — succédèrent à [1] — les Tuỳ [2] — (sont) les Đàng [4] — *p. aff.* [5].

D. Cette (histoire) [1] — est [2] — le livre [4] — des Đàng [3].

Le Cao tổ des Đàng avait pour nom de famille « Lý thị » ; son petit nom était Huyên.

C'était un homme de Lũng tây.

Il fut, sous les Tuỳ, gouverneur de Đại nguyên.

Son aspect majestueux le mit tout d'abord en évidence.

L'empereur conçut de l'aversion pour lui.

Ce souverain fit une tournée à l'Orient et n'en revint pas.

Le Quan trung fut profondément troublé.

Cao tổ reçut, par décret impérial, l'ordre de réduire les rebelles.

Il fut saisi de crainte.

Mettant à exécution les plans de son fils Thái tông, il se plaça à la tête de troupes dévouées, leva une armée, pénétra dans le Quan trung, et éleva au trône Cung đế, petit-fils de l'empereur Dương.

E. (Quant à) le Cao tổ [2] [3] — des Đàng [1], — son nom de famillle [4] — était Lý thị [5] [6] (*famille* [6] ; *de Lý* [5]) — et son petit nom [7] — Huyên [8]; — (c'était un) homme [11] — de Lũng tây [9] [10].

F. Suivant [1] — les Tuỳ [2], — il fut [3] — gouverneur [6] — de Đại nguyên [4] [5].

G. Tout d'abord [3] — il se mit en évidence [4] — par son aspect [2] — majestueux [1].

H. L'empereur [2] — des Tuỳ [1] — prit en aversion [3] — lui [4].

I. L'empereur [1] — fit une tournée [3] — à l'Orient [2] — et ne pas [4] — revint [5].

J. Le Quan trung [1] [2] — grandement [3] — fut troublé [4].

K. (L'Empereur) ordonna par décret à [1] — Cao tổ [2] [3] — de réduire [4] [5] (*en épuisant son énergie* [4]; *châtier* [5]) — les rebelles [6] [7] (*m. du pluriel* [6]; *brigands* [7]).

L. Cao tổ [1] [2] — craignit [3].

M. Alors [1], — par suite de [2] — les plans [7] — de [6] — son fils [3] — Thái tông [4] [5], — il se mit à la tête de [8] — des troupes dévouées (*litt* « *justes* ») [9], — leva [10] — une armée [11], — entra dans [12] — le Quan (Trung) [13], — et plaça (sur le trône) [14] — Cung đế [18] [19], — petit-fils [17] — de l'empereur [16] — Dương [15].

Il fit une proclamation au peuple de l'empire;
mais il finit, peu de temps après, par établir sa dynastie sur le trône, à la place de celle des Tuỳ.

72

Après vingt-cinq règnes et trois cents ans de durée, les Lương renversèrent cette maison, et le nom de la dynastie régnante fut changé.

Si les Đàng possédèrent l'empire, et si Cao tổ put jeter les fondements de sa dynastie, ce fut grâce à son fils Thái tông, qui réprima

---

N. Il fit une proclamation à [1] [2] (*ordre verbal* [1]; *sommer* [2]), — l'empire [3] [4].

O. Peu de temps après [1] [2] (*pas encore* [1]; *tant soit peu* [2]), — finalement [3] — il commença [4] — sa dynastie (*litt[t] son patrimoine*) [5] — et [6] — remplaça (*litt[t] « changea »*) [7] — la dynastie (*litt[t] « la félicité du règne »*) [9] — des Tuỳ [8] — *p. aff. énergique* [10].

72

A. (Il y eut) vingt [1] [2] — transmissions [3] — et trois cents [4] [5] — années [6]; — (puis) les Lương [7] — éteignirent [8] — eux [9], — et l'empire [10] — alors [11] — changea (de nom) [12].

B. (Si) les Đàng [1] — eurent [2] — l'empire [3] [4], — (et si) Cao tổ [5] [6] — jeta les fondements [7] [8] (*de sa dynastie, creuser* [7]; *fondements* [8]), — tout cela [9] — provient de [10] — l'œuvre (méritoire) [24] — de [23] — Thái tông [13] [14], — fils [12] — de lui [11], — qui réprima [15] — et arrêta [16] — les malheurs [17] — et les troubles [18], — effaça (*comme on efface des carac-*

les désordres, apporta un terme aux malheurs et mit fin aux usurpations.

Thái tông eut pour fils Cao tông.

Trung tông, fils de Cao, fut dépossédé par sa mère Võ thị, qui s'arrogea, pendant dix années, le droit de gouverner l'empire; après quoi elle lui rendit le trône.

Le frère cadet de Trung fut Duệ tông.

Minh hoàng, fils de Duệ, s'éprit de la concubine Dương, et suscita des troubles dans l'empire.

An lộc sơn ayant attaqué la capitale, l'Empereur se transporta dans le pays de Thục.

Il s'en fallut de peu qu'il ne perdit son trône.

Túc tông, fils de Minh, Đại tông, fils de Túc, Đức tông, fils de Đại, Thuận tông, fils de Đức, Hiến tông, fils de Thuận, Mục tông, fils de Hiến, Kính tông, Văn tông et Võ tông, fils de Mục, Tuyên tông, frère

---

tères avec un grattoir) [19] — et apaisa [20] — les usurpations [21 22] (*usurper* [21]; *usurper des attributions* [22]) *p. aff.* [25].

c. Le fils [3] — de Thái tông [1 2] — fut Cao tông [4 5].

d. Trung tông [3 4], — fils [2] — de Cao [1], — fut [5] — (un homme) que [9] — sa mère [6] — Võ thị [7 8] — détrôna [10].

e. Võ thị [1 2] — accapara le gouvernement [3 4] (*se donner pour* [3]; *celui qui gouverne* [4]) — vingt [5 6] — années [7].

f. Ensuite [1 2] (*alors* [1]; *après* [2]) — elle lui restitua [3] — le trône [4].

g. Le frère cadet [2] — de Trung [1] — (fut) Duệ tông [3 4].

h. Minh hoàng [3 4], — fils [2] — de Duệ [1], — s'éprit [5] — de sa concubine [7] — Dương [6] — et [8] — troubla [9] — l'empire [10].

i. An Lộc sơn [1 2 3] — attaqua [4] — la capitale [5 6] (*capitale* [5]; *id.* [6]).

j. L'Empereur [1] — se transporta dans [2] — le pays de Thục [4] — de l'Orient [3].

k. (Encore) un peu [1] — et il perdait [2] — l'empire [3 4].

l. Túc tông [3 4], — fils [2] — de Minh [1], — Đại tông [7 8] — fils [6] — de Túc [5], — Đức tông [11 12], — fils [10] — de Đại [9] — Thuận tông [15 16], — fils [14] — de Đức [13], — Hiến tông [19 20], — fils [18] — de Thuận [17], — Mục tông [23 24], — fils [22] — de Hiến [21], — Kính tông [27 28], — Văn tông [29 30], — Võ tông [31 32], — fils [26] — de Mục [25], — Tuyên tông [35 36], — frère cadet du même prince, Y tông, fils de Tuyên, Hi tông et Chiêu tông, fils de Y, Chiêu tuyên, fils de Chiêu, constituent, (avec les empereurs ci-dessus), vingt générations qui se transmirent successivement le pouvoir et durèrent deux cent quatre-vingt-neuf ans. Cette dynastie fut renversée par les Lương. Le pouvoir des Đàng fut aussitôt transféré aux Lương, qui devinrent maîtres de l'empire.

73

Les Lương, les Đàng, les Tân et les Châu sont appelés les « *cinq dynasties* ». Toutes ont eu leur raison d'être.

Aux Đàng succédèrent les Lương, les Đàng (postérieurs), les

---

cadet [34] — de Mục [33], — Y tông [39 40] — fils [38] — de Tuyên [37], — Hi tông [43 44], — Chiêu tông [45 46] — fils [42] — de Y [41], — Chiêu tuyên [49 50] — fils [48] — de Chiêu [47], — en tout [51], — (quant au fait de) transmettre [52] — l'empire [53], — (constituèrent) vingt [54 55] — générations [56], — parcoururent [57], — (en fait d') années [58], — deux cent quatre-vingt-neuf [59 60 61 62 63], — et [64] — furent éteints [65] — par [66] — les Lương [67].

M. Le règne [3 4] — de [2] — les Đàng [1] — aussitôt [5] — fut changé [6 7] (*changer* [6]; *déplacer* [7]), — et forma [8] — (la dynastie des) Lương [9] — *p. aff. énergique* [10].

73

A. Les Lương [1], — les Đàng [2], — les Tân [3], — avec [4] — les Hán [5] — et les Châu [6], — s'appellent [7] — les cinq [8] — dynasties (*litt*[t] « *générations* ») [9], — (et) toutes [10] — elles ont [11] — leur raison d'être [12].

B. Ceux qui [3] — succédèrent à [1] — les Đàng [2] — (furent) les Lương [4], — les Đàng [5], — les Tân [6], — les Hán [7] — et les Châu [8].

Tân, les Hán et les Châu qui sont appelés les « *cinq dynasties* ».

L'historien officiel en a écrit les annales qu'il a réunies en un seul corps.

La première est celle des Lương.

Châu ôn, leur Thái tổ, fit, après avoir été chef de rebelles, sa soumission aux Đàng, et fut fait gouverneur d'un Trấn.

Il occupa ensuite le trône des Đàng et prit Biện pour capitale.

Avide de voluptés, sans aucun principe, il fut assassiné par son fils Hữu quê.

Son troisième fils Hữu trinh tua Quê et se plaça sur le trône.

Cette dynastie se compose de deux générations et dura dix-sept années.

Elle fût détruite par les Đàng postérieurs,
qui forment la seconde.

C. Ces (familles) [9] — forment [10] — les cinq [11] — dynasties (*litt*[t] « *générations* ») [12].

D. Le fonctionnaire [1] — historien [2] — en a fait [3] — l'Histoire [6] — des cinq [4] — dynasties [5], — et, les réunissant [7], — en a formé [8] — un seul [9] — livre [10].

E. La première [1] — s'appelle [2] — les Lương [3].

F. Leur Thái tổ [1] [2] (*suprême* [1]; *ancêtre* [2]), — Châu ôn [3] [4], — au commencement [5], — fut [6] — général [8] — de rebelles (*litt*[t] « *brigands* ») [7], — revint à [9] — les Đàng [10], — et fut [11] — gouverneur d'un Trấn [12] [13] (*gouverner* [12] ; *Trấn* [13]).

G. Après cela [1] — il usurpa [2] — (le trône des) Đàng [3], — et établit sa capitale [4] — à [5] — Biện [6].

H. Il fut avide de [1] — volupté [2], — sans [3] — principes [4], — et fut [5] — (un homme) que [9] — son fils [6] — Hữu quê [7] [8] — assassina [10].

I. Son troisième [1] — fils [2] — Hữu trinh [3] [4] — tua [5] — Quê [6] — et plaça sur le trône [8] — lui-même [7].

J. (Cela dura) en tout [1] — deux [2] — générations [3] — et dix-sept [4] — années [6],

K. (Cette dynastie) fut détruite [1] — par [2] — les Đàng [4] — postérieurs [3].

L. La deuxième [1] — s'appelle [2] — les Đàng [4] — postérieurs [3].

Le nom de famille de Trang tông, nommé Lý tôn tôi, était Châu đa. C'était un homme de Sa đà.

Un de ses ancêtres avait rendu des services aux Dàng.

Ils lui donnèrent, avec le titre de prince de Tân, leur nom de famille qui était « Lý thị ».

Châu thị, qui occupa le trône des Dàng, était un ennemi héréditaire des Tân.

Il renversa les Lương postérieurs et monta sur le trône impérial.

Possédé de l'amour des excursions de plaisir et des divertissements, il perdit ses états,

et fut remplacé sur le trône par Tự nguyên, que son père avait élevé.

Ce prince est connu sous le nom de Minh tông.

Il transmit le pouvoir à son fils Mẫn đế,

Mais Vương tùng kha, qu'il avait élevé, le déposséda.

M. Quant à Trang tông [1 2],— (nommé) Lý tôn tôi [3 4 5], — son nom de famille [7] — originaire [6] — (était) Châu đa [8 9]; — c'était un homme [12] — de Sa đà [10 11].

N. Un de ses ancêtres [1 2] (*litt[t]* « *une génération* [2]; *antérieure* [1]) — avait eu [3] — des mérites [4] — envers [5] — les Dàng [6].

O. Ils lui octroyèrent [1] — leur nom de famille [2] — Lý thị [3 4].

P. Ils l'investirent de [1] — (le titre de) prince [3] — de Tân [2].

Q. Châu thị [1 2], — (qui) usurpa [3] — (le trône des) Dàng [4], — était ennemi [8] — de génération en génération [7] — avec [5] — les Tân [6].

R. Il détruisit [1] — les Lương [3] — postérieurs [2] — et [4] — eut [5] — l'empire [6 7].

S. Il aima [1]— les excursions de plaisir [2] — et les divertissements [3], — et [4] — perdit [5] — ses états [6].

T. Tự nguyên [5 6] — fils [4] — élevé [3] — de [2] — son père [1] — le remplaça sur [7] — le trône [8].

U. Ce (prince) [1] — fut [2] — Minh tông [3 4].

V. Il transmit (le pouvoir) à [1] — son fils [2] — Mẫn đế [3 4].

X. Vương tùng kha [3 4 5],— (son) fils [2]— élevé [1], — encore [6] — ravit [7] — le trône [9] — de lui [8].

En tout quatre générations et quinze années,
après quoi cette dynastie fut détruite par les Tân.

La troisième est celle des Tân postérieurs.

Leur Cao tổ Thạch kính đàng, gendre de Minh tông, eut recours à l'armée des Liêu et mit fin au pouvoir des Dàng.

Il transmit l'empire à son fils Tê vương, qui fut dépossédé par les Khê đơn.

Cette dynastie subsista, en tout, pendant deux générations et dix années.

La quatrième s'appelle les Hán postérieurs.

Lưu tri viễn, leur Cao tổ, expulsa les Liêu et prit la place des Tân.

Il eut pour successeur son fils An đê.

Ce dernier ayant fait massacrer les grands officiers,
l'armée se tourna contre lui et il périt.

Cette dynastie compte deux générations et dure quatre années.

Y. (Cela dura) en tout [1] — quatre [2] — générations [3] — et quinze [4 5] — années [6], — et [7] — (cette dynastie) fut détruite [8] — par [9] — les Tân [10].

Z. La troisième [1] — s'appelle [2] — les Tân [4] — postérieurs [3].

A'. Leur Cao tổ [1 2] — Thạch kính đàng [3 4 5], — gendre [9] — de [8] — Minh tông [6 7], — emprunta [10] — les troupes [12] — de Liêu [11] — et [13] — détruisit [14] — les Dàng [15].

B'. Il transmit (l'empire) à [1] — son fils [2] — Tê vương [3 4], — (qui) fut [5] — (un homme) que [8] — les Khê đơn [6 7] — détruisirent [9].

C'. (Cette dynastie subsista) en tout [1] — (pendant) deux [2] — générations [3] — et dix [4] — années [5].

D'. La quatrième [1] — s'appelle [2] — les Hán [4] — postérieurs [3].

E'. (Leur) Cao tổ [1 2] — Lưu tri viễn [3 4 5] — chassa [6] — les Liêu [7] — et [8] — remplaça [9] — les Tân [10].

F'. Il transmit (l'empire) à [1] — son fils [2] — An đê [3 4].

G'. Il massacra [1 2] (*tuer* [1]; *massacrer* [2]) — les grands [3] — officiers [4].

H'. L'armée [1] — tourna [2] — et [3] — il périt [4].

I'. (Cette dynastie subsista pendant) deux [1] — générations [2], — en tout [3] — quatre [4] — années [5].

La cinquième est celle des Châu postérieurs.

Quách oai, leur Thái tổ, servit les Hán et gouverna le pays de Nghiệp.

L'armée tourna, déposa les Hán, et le mit sur le trône à leur place.

Il transmit l'empire à Thế tông et à Sai vinh qu'il avait élevés.

(Sai vinh), par sa puissance, pacifia le Sud et le Nord.

Il transmit le trône à son fils Cung đế, qui le céda aux Tông.

Cette maison compte trois générations et dure dix années.

Les cinq dynasties dont il vient d'être parlé comptent, l'une dans l'autre, treize souverains, et durent cinquante-trois années.

On parle en outre, dans leurs annales, de la durée du règne de dix princes,
qui, pendant trois générations des cinq dynasties, occupèrent chacun une contrée.

J'. La cinquième [1] — s'appelle [2] — les Châu [4] — postérieurs [3].

K'. Leur Thái tổ [1] [2] — Quách oai [3] [4] — servit [5] — les Hán [6] — et gouverna [7] — (le pays de) Nghiệp [8].

L'. L'armée [1] — tourna [2], — déposa [3] — les Hán [4], — et [5] — le substitua à [6] — eux [7].

M'. Il transmit (l'empire) à [1] — ses fils [3] — nourris [2] — Thế tông [4] [5] — et Sai vinh [6] [7].

N'. Par sa puissance [1] — il pacifia [2] — le Sud [3] — et le Nord [4].

O'. Il transmit (l'empire) à [1] — son fils [2] — Cung đế [3] [4] — (qui le) céda [5] — à [6] — les Tông [7].

P'. (Cette dynastie subsista) en tout [1] — (pendant) trois [2] — générations [3] — et dix [4] — années [5].

Q'. Les cinq [2] — dynasties [3] — dont on vient de parler (*litt* « *d'à droite* ») [1], — étant additionnées [4], — (représentent) treize [5] [6] — rois [7] — et cinquante-trois [8] [9] [10] — années [11].

R'. (Y) joignant [1] — dix [2] — royaumes [3] — on note [4] — les années [5].

S'. (Pendant) trois [3] — générations [4] — des cinq [1] — dynasties [2], — chacun (des princes de ce royaume) [5] — s'empara de [6] — une [7] — contrée [8].

Ce sont : Dương hành mật, roi de Ngô ; Lý thăng, des Đàng du Midi ; Kiên, roi de Thục ; Mạnh tri tương, des Thục postérieurs ; Thẩm tri, roi de Mẫn ; Mã an, de Sở ; Tiền lưu, des Ngô việt ; Lưu ản, des Hán du Midi ; Lưu tông, des Hán du Nord ; Cao qúi hưng, de Kinh nam ; en tout douze rois usurpateurs.

A l'avènement des Tông, les Hán du Midi et du Nord, les Đàng, les Thục, les Kinh et les Ngô việt du Midi se fondirent tous dans cette dynastie.

Seuls, les Khê đơn subsistèrent concurremment avec les Tông.

74

Les Tông s'élevèrent par la vertu du Feu, et les Châu leur cédèrent l'empire.

T'. (Ce sont :) Dương hành mật [3 4 5], — roi [2] — de Ngô [1] ; — Lý thăng [8 9], — des Đàng [7] — du Midi [6] ; — Kiên [12] — roi [11] — de Thục [10] ; — Mạnh tri tương [15 16 17] — des Thục [14] — postérieurs [13] ; — Thẩm tri [20 21], — roi [19] — de Mẫn [18] ; — Mã an [23 24], — de Sở [22] ; — Tiền Lưu [27 28], — de Ngô việt [25 26] ; — Lưu ản [31 32], — des Hán [30] — du Midi [29] ; — Lưu tông [35 36], — des Hán [34] — du Nord [33] ; — Cao quí hưng [39 40 41], — de Kinh nam [37 38] ; — en tout [42] — dix [43] — royaumes [45] — usurpateurs [44].

U'. (Lorsqu') arriva [1] — le commencement [3] — des Tông [2], — les Hán [6] — du Midi [4] — et du Nord [5], — les Đàng [7], — les Thục [8], — les Kinh [9] — et les Ngô việt [11 12] — du Midi [10], — tous [13] — rentrèrent [14] — dans [15] — les Tông [16].

V'. Seulement [1] — les Khê đơn [2 3] — se tinrent (debout) [7] — conjointement [6] — avec [4] — les Tông [5].

74

A. Les Tông [2] — s'élevèrent [3] — par (la vertu du) Feu [1], — et reçurent [4] — la cession [6] — des Châu [5].

Le trône fut dix-huit fois transmis; puis le Midi et le Nord se confondirent.

Les Tông prirent la place des cinq dynasties.

Ils régnèrent par la vertu du Feu.

C'est pourquoi on les nomme « les Tông du Feu ».

Triệu thị, leur Thái tổ, avait pour petit nom « Khuông doãn ». Les Châu lui cédèrent l'empire, et il établit sa capitale à Biện.

Après lui régnèrent son frère cadet Thái tông, Chân tông fils de Thái tông, Nhơn tông fils de Chân, Anh tông arrière-petit-fils de Thái tông, Thần tông fils de Anh, Triết tông et Huy tông fils de Thần,
et Khâm tông, fils de Huy; en tout neuf empereurs.

Les Kim prirent Biện.

Huy se soumit à eux avec son fils Khâm.

B. (Il y eut) dix-huit [1] [2] — transmissions [3], — (puis) le Midi [4] — et le Nord [5] — furent confondus [6].

C. Ceux qui [4] — succédèrent à [1] — les cinq [2] — dynasties [3] — (sont) les Tông [5] — *p. aff.* [6].

D. Les Tông [1] — régnèrent [5] — par [2] — la vertu [4] — du Feu [3].

E. C'est pourquoi [1] — on les nomme [2] — les Tông [4] — du Feu [5].

F. Leur Thái tổ [1] [2] — Triệu thị [3] [4], — (qui) s'appelait de son petit nom [5] — Khuông doãn [6] [7], — reçut [8] — la cession [10] — des Châu [9], — et [11] — établit sa capitale [12] — à [13] — Biện [14].

G. Il transmit (l'empire) à [1] — son frère cadet [2] — Thái tông [3] [4], — à Chân tông [8] [9], — fils [7] — de Thái tông [5] [6], — à Nhơn tông [12] [13], — fils [11] — de Chân [10], — à Anh tông [18] [19], — arrière-petit-fils [16] [17] — de Thái tông [14] [15], — à Thần tông [22] [23], — fils [21] — de Anh [20], — à Triết tông [26] [27] — et Huy tông [28] [29], — fils [25] — de Thần [24], — à Khâm tông [32] [33], — fils [30] — de Huy [31]; — en tout [34] — neuf [35] — empereurs [36].

H. Les hommes [2] — de Kim [1] — s'emparèrent de [3] — Biện [4].

I. Huy [1] — et Khâm [2], — le père [3] — et le fils [4], — tous deux [5] — se soumirent [6] — à [7] — les Kim [8].

Cao tông, des Tông du Midi, qui était fils de Huy tông, choisit pour sa capitale la ville de Khang châu.

Comme il n'avait pas de fils, il transmit l'empire à Hiêu tông, descendant de Thái tổ à la huitième génération, après qui régnèrent son fils Quang tông et son petit-fils Ninh tông.

Ninh tông n'ayant pas de fils, le trône passa à Lý tông, qui descendait de Thái tổ à la onzième génération, puis à son fils Độ tông, à Cung đế et Doan tông, fils de Độ, et à Bính, son frère cadet; en tout neuf générations, après lesquelles cette dynastie fut renversée par les Nguyên.

Les Tông du Midi ét du Nord ont donné dix-huit générations et duré trois cent vingt années.

Parmi les états du Nord se trouvent les Liêu, qui étaient plus anciens que les Tông.

Leur Thái tổ avait pour nom de famille « Da luật » ; son petit nom était « A bào cơ ».

J. Cao tông [3,4], — des Tông [2] — du Midi [1], — fils [7] — de Huy tông [5,6], — fit sa capitale de [8] — Khang châu [9,10].

K. N'ayant pas de [1] — fils [2], — il transmit (l'empire) à [3] — Hiêu tông [9,10], — descendant [8] — de huitième [6] — génération [7] — de Thái tổ [4,5], — à Quang tông [13,14], — fils [12] — de Hiêu [11], — et à son petit-fils [15] — Ninh tông [16,17].

L. (Ce dernier), n'ayant pas de [1] — fils [2],— transmit l'empire à [3]— Lý tông [10,11], — descendant [9] — de onzième [6,7] — génération [8] — de Thái tổ [4,5], — à Độ tông [14,15], — fils [13] — de Lý [12], — à Cung đế [18,19] — et à Đoan tông [20,21], — fils [17] — de Độ [16], — à son frère cadet [22] — Bính [23]; — en tout [24] — neuf [25] — générations [26]; — et [27] — ils furent détruits [28] — par [29] — les Nguyên [30].

M. Les Tông [3] — du Midi [1] — et du Nord [2] — (comptent) dix-huit [4,5] — générations [6] — (et ont duré) trois cent vingt [7,8,9,10] — années [11].

N. (Parmi) les états [4] — de [3] — la région [2] — du Nord [1], — (en fait de) celui qui [8] — était ancien [5] — (comparativement) à [6] — les Tông [7], — il y a eu [9] — les Liêu [10].

O. Leur Thái tổ [1,2] — (est) Da luật [3,4] — (quant à sa) famille [5], — (et quant à son) petit nom [6] — il (est) A bảo cơ [7,8,9].

Il eut pour successeurs Thái tông, Thế tông, Mục tông, Canh tông, Thánh tông, Hưng tông, Đạo tông et Thiên tộ.

Cette dynastie fut renversée par les Kim.

Đức tông se plaça sur le trône et donna à sa dynastie le nom de Liêu occidentaux.

Après lui régnèrent Nhơn tông et Mạt chủ; en tout douze générations qui régnèrent plus de cent soixante-dix ans.

Cette dynastie fut éteinte par les Nải man.

Les Liêu eurent pour successeurs les Kim.

Leur nom de famille était « Huòn nhan »,
et le petit nom de leur Thái tổ était « Mân ».

Il renversa les Liêu et choisit pour capitale la ville de Yên.

Le trône passa, après lui, à Thái tông, Hi tông, Phế đế, Thế tông, Chương tông, Vệ vương, Tuyên tông, Ai tông et Mạt chủ; en tout dix générations et cent vingt années.

P. Il transmit (le pouvoir souverain) à [1] — Thái tông [2 3], — Thế tông [4 5], — Mục tông [6 7], — Canh tông [8 9], — Thánh tông [10 11], — Hưng tông [12 13], — Đạo tông [14 15] — et Thiên tộ [16 17].

Q. Ils furent détruits [1] — par [2] — les Kim [3].

R. Đức tông [1 2] — plaça (sur le trône) [4] — lui-même [3] — et nomma (sa dynastie) [5] — « les Liêu [7] — de l'Occident » [6].

S. Il transmit (le pouvoir) à [1] — Nhơn tông [2 3], — et à Mạt chủ [4 5]; — en tout [6] — douze [7 8] — générations [9] — et cent soixante-dix [10 11 12] — années [14] — et plus [13].

T. (Cette dynastie) fut éteinte [1] — par [2] — les Nai man [3 4].

U. (En fait de ceux qui) succédèrent à [1] — les Liêu [2] — et [3] — régnèrent [4] — il y a [5] — les Kim [6].

V. Leur nom de famille [1] — (était) la famille [4] — des Hoàn nhan [2 3].

X. Leur Thai tổ [1 2] — avait pour petit nom [3] — Mân [4].

Y. Il détruisit [1] — les Liêu [2] — et [3] — établit sa cour [4] — à [5] — Yên [6].

Z. Il transmit (le trône) à [1] — Thai tông [2 3], — Hi tông [4 5], — Phế đế [6 7], — Thế tông [8 9], — Chương tông [10 11], — Vệ vương [12 13], — Tuyên tông [14 15], — Ai tông [16 17], — Mạt chủ [18 19], — en tout [20] — dix [21] — générations [22] — et cent vingt [23 24 25 26] — années [27].

Cette dynastie fut détruite par les Nguyên.

Le Thái tổ des Nguyên avait pour nom de famille « Kì ôc ôn »; son petit nom était « Thiêt mộc chân ».

Il s'éleva du milieu des Mongols.

Ses successeurs sont: Thái tông, qui détruisit les Kim et établit sa cour à Yên; Đinh tông fils de Thái tông, Hiên tông petit-fils de Thái tổ, et Thê tổ frère cadet de Hiên.

Ce dernier détruisit la dynastie des Tông. Le Midi et le Nord, confondus, furent réunis en un seul empire.

Après Thê tổ, le trône passa à son petit-fils Thành tông, à Võ tông et Nhơn tông, neveux de Thành, à Anh tông fils de Nhơn, à Thái định neveu de Thành, à Minh tông et Văn tông, fils de Võ, puis à Ninh tông et Thuận đế, fils de Minh; en tout quatorze générations et cent soixante-cinq années; après quoi cette dynastie fut détruite par les Minh.

A'. (Cette dynastie) fut éteinte [1] — par [2] les Nguyên [3].

B'. (Quant à) le Thaí tổ [2 3] — des Nguyên [1], — son nom de famille [4] — (était) la famille [8] — Kì ôc ôn [5 6 7] — et son petit nom [9] — (était) Thiêt mộc chân [10 11 12].

C'. Il s'éleva [1] — de (le milieu des) [2] — Mongols [3 4].

D'. Il transmit (le pouvoir) à [1] — Thaí tông [2 3], — (qui) détruisit [4] — les Kim [5] — et établit sa capitale [6] — à [7] — Yên [8], — à Đinh tông [12 13], — fils [11] — de Thaí tông [9 10], — à Hiên tông [17 18], — petit-fils [16] — de Thaí tổ [14 15], — et à Thê tổ [21 22], — frère cadet [12] — de Hiên [17].

E'. (Ce dernier) détruisit [1] — les Tông [2] — et [3] — le Midi [4] — et le Nord [5] — étant confondus [6] — furent réunis en un seul (empire) [7].

F'. Il transmit (l'empire) à [1] — son petit-fils [2] — Thành tông [3 4], — à Võ tông [7 8] — et Nhơn tông [9 10], — neveux [6] — de Thành [5], — à Anh tông [13 14], — fils [12] — de Nhơn [11], — à Thaí định [17 18], — neveu [16] — de Thành [15], — à Minh tông [21 22] — et Văn tông [24 25], — fils [20] — de Võ [19], — à Văn tông (fils du même Võ tông) [1 2] — et à Ninh tông [27 28] — et Thuận đế [29 30], — fils [26] — de Minh [25] — en tout [31] — quatorze [32 33] — générations [34] — et cent soixante-cinq [35 36 37 38] — années [39]; — et ensuite [40] — cette dynastie fut détruite [41] — par [42] — les Minh [43].

75

Tel est le résumé complet des dix-sept histoires.

Les histoires officielles de cette époque (celle où écrivait l'auteur du Tam tự kinh) sont au nombre de dix-sept.

La première s'appelle les « Mémoires historiques ».

C'est l'histoire des trois augustes souverains, des cinq empereurs, des trois rois et des royaumes de Tần et de Sở jusqu'à Võ đế des Hán.

Elle est l'œuvre de Tư mã thiên, historien du temps des Hán.

La seconde s'appelle le « Livre des Hán antérieurs ». Elle a été composée par Ban cô qui vivait de leur temps.

75

A. **Les dix-sept** [1] [2] — **histoires** [3] — **complètement** [4] — **sont dans** [5] — **cela** [6].

B. Dix-sept [1] [2] — histoires [3], — (c'est) le nombre [9] — de [8] — les histoires [7] — officielles [6] — de ce temps-là [4] [5] (celui où écrivait l'auteur du Tam tự kinh. *à cette époque* [4] ; *époque* [5]) — *p. aff.* [10].

C. La première [1] — s'appelle [2] — les Mémoires [4] — historiques [3].

D. (C'est) l'histoire [15] — de [14] — les trois [1] — augustes (rois) [2], — des cinq [3] — empereurs [4], — des trois [5] — rois [6], — (du royaume) de Tần [7] — (et de celui de) Sở [8], — jusqu'à [9] [10] (*pour* [9] ; *parvenir à* [10]) — (l'empereur) Võ đế [12] [13] — des Hán [11].

E. Tư mã thiên [2] [3] [4], — écrivain de l'époque) des Hán [1], — l'a composée [5].

F. La deuxième [1] — s'appelle [2] — le Livre [5] — des Hán [4] — antérieurs [3] ; — Ban cô [7] [8], — (écrivain de l'époque) des Hán [6], — l'a composée [9].

La troisième est intitulée le « Livre des Hán postérieurs, arrangé et mis en ordre ». Elle a pour auteur Phạm úy tông, qui vivait sous les Tông.

La quatrième s'appelle l' « Histoire des trois royaumes ». Elle a été écrite par Trần thọ, à l'époque des Tấn.

La cinquième s'appelle le « Livre des Tấn ». Elle a été composée par l'empereur Thái tông des Đàng.

La sixième s'appelle le » Livre des Tông ». Elle est l'œuvre de Trâm ước, qui vivait sous les Lương.

La septième s'appelle le « Livre des Tề ». Elle a pour auteur Tiêu tử hiển, écrivain de l'époque des Lương.

La huitième s'appelle le « Livre des Lương »,
et la neuvième le « Livre des Trần ». Elles ont été écrites toutes deux par Daò tư liêm, historien qui vivait sous les Dàng.

La dixième s'appelle le « Livre des Ngụy du Nord ». Elle a été composée par Ngụy thu, écrivain du temps des Tề du Nord.

G. La troisième [1] — s'appelle [2] — l'arrangement [6] — du livre [5] — des Hán [4] — postérieurs [3]; — Phạm úy tông [8 9 10], — (écrivain de l'époque) des Tông [7], — l'a composée [11].

H. La quatrième [1] — s'appelle [2] — l'histoire [5] — des Trois [3] — royaumes [4]; — Trần thọ [7 8], — (écrivain de l'époque) des Tấn [6], — l'a composée [9].

I. La cinquième [1] — s'appelle [2] — le livre [4] — des Tấn [3]; — (l'empereur) Thaí tông [6 7], — (de la dynastie) des Đàng [5], — l'a composé [8].

J. La sixième [1] — s'appelle [2] — le livre [4] — des Tông [3]; — Trâm ước [6 7], — (écrivain de l'époque) des Lương [5], — l'a composée [8].

K. La septième [1] — s'appelle [2] — le livre [4] — des Tề [3], — Tiêu tử hiển [6 7 8], — (écrivain de l'époque) des Lương [5], — l'a composée [9].

L. La huitième [1] — s'appelle [2] — le livre [4] — des Lương [3].

M. La neuvième [1] — s'appelle [2] — le livre [4] — des Trần [3]; — toutes les deux [5], — Dào tư liêm [7 8 9], — (écrivain de l'époque des) Đàng [6], — les a composées [10].

N. La dixième [1] — s'appelle [2] — le livre [5] — des Ngụy [4] — du Nord [3]; — Ngụy thu [8 9], — (écrivain de l'époque) des Tề [7] — du Nord [6], — l'a composée [10].

La onzième est le « Livre des Tề du Nord ». Elle est l'œuvre de Lý bá dược, qui vivait sous les Đàng.

La douzième est le « Livre des Châu du Nord ». L'auteur en est Lịnh hồ đức phần, qui vivait sous les Đàng.

La treizième est le « Livre des Tùy ». Elle a été écrite par Ngụy trưng, historien de la même époque.

La quatorzième est l'« Histoire du Midi », au temps des Tống, des Tề, des Lương et des Trần.

La quinzième est l'« Histoire du Nord », au temps des Ngụy, des Tề, des Châu et des Tùy.

Elles ont été écrites toutes deux par Lý diên thọ, qui vivait aussi sous les Đàng.

La seizième est le « Livre des Đàng », œuvre de Tống châu et de Au dương tu, historiens du temps des Tống.

La dix-septième est l' « Histoire des Cinq dynasties ». Elle a pour auteur Au dương tư.

---

o. La onzième [1 2] — (est) le livre [5] — des Tề [4] — du Nord [3]; — Lý bá dược [7 8 9], — écrivain de l'époque) des Đàng [6], — l'a composée [10].

p. La douzième [1 2] — (est) le livre [5] — des Châu [4] — du Nord [3]; — Lịnh hồ đức phần [7 8 9 10], — (écrivain du temps) des Đàng [6], — l'a composée [11].

q. La treizième [1 2] — (est) le livre [4] — des Tuỳ [3]; — Ngụy trưng [6 7], — (écrivain de l'époque) des Đàng [5], — l'a composée [8].

r. La quatorzième [1 2] — est l'histoire [8] — du Midi (de la Chine [7], — (au temps) des Tống [3], — des Tề [4], — des Lương [5] — et des Trần [6].

s. La quinzième [1 2] — est l'histoire [8] — du Nord (de la Chine) [7] — (au temps) des Ngụy [3], — des Tề [4], — des Châu [5] — et des Tuỳ [6].

t. Toutes deux [1], — Lý diên thọ [3 4 5], — (écrivain de l'époque) des Đàng [2], — les a composées [6].

u. La seizième [1 2] — est le livre [4] — des Đàng [3].

v. Tống châu [2 3] — et Au dương tu [4 5 6], — (écrivain de l'époque) des Tống [1], — l'ont composé [7].

x. La dix-septième [1 2] — est l'histoire [5] — des Cinq [3] — dynasties [4].

y. Au dương tu [1 2 3] — l'a composée [4].

Tel est le résumé succinct des Dix-sept histoires, qui se trouve intégralement dans le présent ouvrage.

Il faut y ajouter encore les histoires des Tông, des Liêu et des Kim, qui ont été composées par Thoát thoát, Au dương nguơn et Kiệt khê tư, écrivains de l'époque des Nguơn,

et enfin l'histoire des Nguơn, qui a pour auteur Tông liêm đẳng, historien du temps des Minh.

Elles forment, toutes ensemble, ce que l'on appelle les « Vingt-et-une histoires ».

76 

On y trouve mentionnés les gouvernements prospères

z. L'autenr [1] [2] *(celui qui* [2]; *a fait* [1]*)* — énonce [3] — l'extrême [8] — résumé [9] — de [7] — les Dix-sept [4] [5] — histoires [6].

A'. Entièrement [1] — elles se trouvent [2] — dans [3] — ceci [4] — *p. aff.* [5].

B'. Suivant [1] — celles-là [2] — encore [3] — il y a [4] — l'histoire [6] — des Tông [5], — l'histoire [8] — des Liêu [7], — l'histoire [10] — des Kim [9].

C'. Toutes [1], — Thoát thoát [3] [4], — Au dương nguơn [5] [6] [7], — et Kiệt khê tư [8] [9] [10], — (écrivains de l'époque) des Nguơn [2] — les ont composées [11].

D'. Encore [1] — il y a [2] — l'histoire [4] — des Nguơn [3].

E'. *P. initiale d'affirmation* [1] — Tông liêm đẳng [3] [4] [5], — (écrivain de l'époque) des Minh [2], — l'a composée [6].

F'. Ensemble [1] — on les appelle [2] — les Vingt-et-une [3] [4] [5] — histoires [6].

76

A. Elles contiennent [1] — les gouvernements prospères [2]

et les troubles des états; par elles on connaît l'histoire de l'élévation et de la décadence des royaumes.

L'Histoire est la grande règle du gouvernement des royaumes.

On y découvre les causes en vertu desquelles les états sont régis pacifiquement ou sont en proie au désordre, ainsi que la loi de l'élévation et de la décadence des royaumes.

Lorsqu'ils sont régis d'après les bons principes (de gouvernement) ils jouissent de la paix.

Lorsque ces principes sont abandonnés, le désordre a lieu.

Ce fut là, de tous temps, comme une ornière toujours suivie.

— et les désordres [3]; — elles font connaître [4] — l'élévation [5] — et la décadence des royaumes [6].

B. La [2] — histoire [1] — (est) la grande [6] — règle [7] — de [5] — (le fait de) gouverner [3] — les royaumes [4].

C. Ce que [1 3] — elle contient [2], — (ce sont) les causes [9] — du (fait que) [8] — les cours [4 5] *(cour [4]; lieu affecté aux audiences du Souverain [5])* — gouvernent en paix [6] — ou sont en proie au désordre [7], — (et) la loi [15] — du (fait que) [14] — la prospérité [11] — des royaumes [10] — augmente [12] — ou décroit [13].

D. (Lorsqu'ils) sont en possession de [1] — les bons principes (de gouvernement) [3] — d'eux [2], — alors [4] — ils sont gouvernés (pacifiquement) [5].

E. (Lorsqu') ils perdent [1] — les bons principes [3] — d'eux [2], — alors [4] — ils sont en désordre [5].

F. (Pendant) mille [1] — antiquités [2], — (c'est) comme [3] — une (même) [4] — ornière [5] — *p. aff.* [6].

77

Celui qui lit les Historiens doit compulser les documents authentiques.

Alors il pénétrera dans le passé et dans le présent aussi clairement que s'il les voyait avec ses propres yeux.

L'auteur dit que tous ceux qui lisent les Historiens doivent nécessairement examiner et comparer avec soin.

Les documents authentiques provenant de princes ou de personnages éminents qui exposaient des faits ou transmettaient leur volonté méritent une tout autre confiance que les dires d'employés de bas étage.

Ce qui concerne les sages et les hommes pervers, la prospérité ou

---

77

A. (Que) celui qui [3] — lit [1] — l'histoire [2] — (en) examine [4] — les documents authentiques [5] [6] *(vrai [5]; annales [6])*.

B. Il pénétrera [1] — (ce qui est) ancien [2] — (et ce qui est d') à présent [3] — comme [4] — (s'il le voyait avec son) propre [5] — œil [6].

C. (L'auteur dit (que) [1] — tous ceux (qui) [2] — lisent [3] — les annales [4] — doivent nécessairement [5] [6] *(être nécessaire [5]; important [6])*— avec soin [7] [8] *(délié [7]; esprit [8])* — examiner [9] — et comparer [10].

D. Les documents authentiques [6] [7] — de [5] — les princes [1] — et des personnages éminents [2] — qui exposent des faits [3] — (ou) transmettent leur volonté [4] — ne pas [15] — sont égaux [16] — avec [8] — les contes [11] [12] *(petits [11]; dires [12])* — des employés de bas étage [9] [10] *(mauvaise herbe [9]; fonctionnaire [10])* — (quant au) vrai [13] — (ou au) faux [14].

E. Les sages [1] — et les hommes pervers [2], — les gouvernements

le désordre des gouvernements est (ainsi) clairement connu. La comparaison le fait ressortir.

Alors, comme on connaît à fond les choses du passé et celles du présent de même que si on les voyait de ses propres yeux,
les expressions subtiles, le sens profond (de tel ou tel passage) peuvent être saisis et mis en lumière.

Ce qui est court comme ce qui est long se comprend et peut être soumis à la critique.

78

Lisez avec la bouche; méditez avec l'esprit.
Vaquez y le matin; vaquez y le soir.

A partir d'ici, l'auteur parle d'une manière générale de la méthode que l'on doit suivre en lisant les livres.

---

prospères [3] — et les désordres [4] — sont clairement manifestés [5, 6] *(montrer* [5]; *clair* [6]*)*, — et, étant comparés [7], — sont mis en lumière [8].

F. Pénétrant [1, 2] *(pénétrer* [1]; *id.* [2]*)* — les choses d'autrefois [3] — et les choses d'à présent [4] — comme [5] — ce que [8] — les yeux [7] — propres [6] — voient [9],

G. alors [1] — les expressions [3] — subtiles [2] — et les sens [5] — profonds [4] — peuvent [6] — être obtenus [7] — et [8] — mis en lumière [9].

H. De cela [1] — le court [2] — et de ceci [3] — le long [4] — peut [5] — s'atteindre [6] — et [7] — se soumettre à la critique [8] — *p. aff.* [9].

78

A. (Avec) la bouche [1] — *p. explét.* [2] — lisez [3]; — avec l'esprit [4] — *p. explét.* [5] — méditez [6].

B. Le matin [1] — (vaquez) à [2] — cela [3]; — le soir [4] — (vaquez) à [5] — cela [6].

C. (De) ceci [1] — en [2] — descendant [3] — on parle [4] — en général (de) [5] — la règle [9] — de [8] — (l'action de) lire [6] — les livres [7].

Elle consiste à les méditer.

Chez tous ceux qui lisent les Livres Canoniques, les Annales, les ouvrages des Philosophes et les Recueils littéraires, il faut que l'esprit et la bouche se correspondent mutuellement.

Si la bouche lit sans que l'esprit médite, (les pensées que renferme le livre), rencontrant un obstacle, ne pénètrent point (en nous).

Si l'esprit médite sans que la bouche lise, l'esprit et la volonté ne s'appliqueront pas énergiquement (à la lecture entreprise).

S'il arrive qu'après s'en être occupé le matin l'on n'y revienne pas le soir, il en résultera une interruption dans l'étude.

Il y aura un moment où ce que l'on aura appris sera perdu.

Ce n'est pas ainsi que procède une méthode d'étude constante.

D. (C'est de) méditer [1] — et de penser [3] — *p. de déf.* [2].

E. (Chez) tous ceux (qui) [1] — lisent [2] — les livres [7] [8] *(m. du pluriel [7]; livres [8])* — des Kinh [3], — des Historiens [4], — des Philosophes [5], — des Recueils (littéraires) [6], — il importe que [9] — le cœur [10] — et la bouche [11] — mutuellement [12] — correspondent [13].

F. (Si) la bouche [1] — lit [2] — et (que) [3] — l'esprit [4] — ne pas [5] — médite [6], — alors [7] — (le contenu du livre) rencontre des obstacles [8] [9] *(arrêter [8]; limite [9])* — et [10] — ne pas [11] — entre (dans l'esprit [12].

G. (Si) l'esprit [1] — médite [2] — et (que) [3] — la bouche [4] — ne pas [5] — lit [6], — alors [7] — l'esprit [8] — et la volonté [9] — ne pas [10] — s'appliquent [11].

H. (Si) le matin [1], — par hasard [2], — (on vaque) à [3] — cela [4], — et que [5] — le soir [6], — par hasard [7], — ne pas [8] — (on agisse) de même [9], — alors [10] — il y aura [13] — un temps (où) [14] — ce que [11] — on étudie [12] — *p. explét.* [15] — sera négligé [16].

I. Il y aura [3] — un temps (où) [4] — ce que [1] — l'on aura acquis [2] — *p. explét.* [5] — sera perdu [6].

J. (Cela n'est) pas [1] — la méthode [5] — de [4] — étudier [3] — en tout temps [2] — *finale aff.* [6].

79

Autrefois Trọng ni prit pour maître Hàng thác.

Les saints et les sages des temps anciens étudiaient encore assidûment.

A partir d'ici l'on cite, en les prenant çà et là (dans l'histoire), des hommes de l'antiquité, afin d'exciter les jeunes enfants à la lecture et à une étude assidue.

Trọng ni était le nom honorifique de Khổng tử.

Sa mère pria sur la montagne Ni et le mit au monde.

C'est pourquoi Khổng tử reçut le nom honorifique de Trọng ni.

Hàng Thác était un saint enfant du royaume de Lỗ.

79

A. Autrefois [1] — Trọng ni [2 3] — prit pour maître [4] — Hang thác [5 6].

B. Les saints [2] — et les sages [3] — anciens [1] — encore [4] — assidûment [5] — étudiaient [6].

C. (De) ceci [1] — en [2] — descendant [3], — en mêlant *(en les mêlant çà et là)* [4], — on cite [5] — des hommes [7] — anciens [6] — pour [8] — exciter [9 10] *(exhorter [9]; animer [10])* — le (fait de) lire [14] — les livres [15] — (et d') étudier [17] — assidûment [16] — (de la part) des [13] — jeunes enfants [11 12] *(petit [11]; fils [12])*.

D. Trọng ni [1 2] — était le nom honorifique [6] — de [5] — Khổng tử [3 4].

E. La mère [3] — de Khổng tử [1 2] — pria [4] — sur *(litt[t] « à »)* [5] — la montagne [7] — Ni [6] — et [8] — mit au monde [9] — Khổng tử [10 11].

F. C'est pourquoi [1] — Khổng tử [2 3] — reçut le nom honorifique (de) [4] — Trọng ni [5 6].

G. Hàng thác [1 2] — (était un) enfant [6] — saint [5] — de [4] — le royaume de Lỗ [3] — *p. de déf.* [7].

Agé de sept ans seulement, il fut le maître de Không tử.

On dit que le Saint homme était doué de la science infuse, et cependant il était assidu au travail et ami de l'étude.

Il prit pour son maître et choisit pour son modèle un enfant sage et saint, afin de s'exciter au travail.

A plus forte raison, les enfants d'aujourd'hui peuvent-ils se dispenser d'y consacrer leurs efforts ?

80

Le secrétaire du palais Triệu lisait le Luận de Lỗ.

Au temps où il exerçait ses fonctions, il étudiait encore avec assiduité.

H. (Il n'avait que) sept [1] — ans [2] — et [3] — fut [4] — le maître [7] — de Không tử [5] [6].

I. On dit (que) [1] — le Saint [2] — homme [3] — était doué de connaissances innées [4] [5] *(en naissant [4]; savait [5])*.

J. Et cependant [1] [2] *(encore [1]; cependant [2])* — laborieusement [3] — il s'appliquait [4] — et aimait [5] — l'étude [6].

K. Il prit pour maître [1] — et choisit pour modèle [2] — un enfant [6] — sage [3] — et saint [4] — *p. déterm.* [5] — pour [7] — exciter [9] — lui-même [8].

L. A plus forte raison [1] [2] *(à plus forte raison [1]; explétive [2])* — les enfants [5] [6] *(petits [5]; fils [6])* — de [4] — à présent [3] — peuvent (-ils) [7] — ne pas [8] — faire des efforts [9] — *p. int. emphatique* [10] ?

80

A. Triệu [1] — secrétaire du palais [2] [3] *(intérieur [2]; officier [3])* — lisait [4] — le Luận (Ngữ) [6] — (du royaume) de Lỗ [5].

B. Ce (personnage) là [1], — alors que [2] — il était en charge [3], — en étudiant [4] — encore [5] — il était assidu [6].

Ce texte parle de ceux qui, bien que promus à un rang élevé, aiment cependant (encore) l'étude.

Triệu phổ, personnage de l'époque des Tông, fut ministre de Thái tổ et de Thái tông.

Il exerça les fonctions de secrétaire du palais.

C'est pourquoi il est appelé Trung Lịnh.

Il avait coutume de dire :

« Avec la moitié du Luận ngữ, j'ai aidé Thái tổ; avec l'autre moitié, j'aide l'empereur actuel. »

Tout l'empire était bien gouverné ; le peuple jouissait de la paix.

Ces deux choses étaient l'heureux résultat de la lecture du Luận ngữ.

Promu, alors qu'il était déjà en charge et qu'il avait été même

---

C. (Dans) ces (phrases)[1], — on part de[2] — (le fait d') avoir été promu à un rang élevé[3 4] (*marque du passé*[3]; *élever à une dignité*[4]), — et cependant[5] — aimer[6] — l'étude[7] — *p. aff.*[8].

D. Triệu phổ[2 3], — (personnage du temps) des Tông[1], — fut ministre de[4] — Thaí tổ[5 6] — et Thaí tông[7 8].

E. Il fut[1] — secrétaire du palais[2 3 4] (*officier*[4]; *des livres*[3]; *de l'intérieur*[2]).

F. C'est pourquoi[1] — il est appelé[2] — Trung lịnh[3 4].

G. Habituellement[1] — il disait[2] :

H. Moi[1], — avec[2] — le Luận ngữ[5 6] — de un demi[3] — volume[4] (*la moitié du Luận ngữ*), — j'ai aidé (en qualité de ministre)[7] — Thaí tổ[8 9]; — avec[10] — un demi[11] — volume[12] — j'aide[13] — l'Empereur[15] — de maintenant[14].

I. L'empire entier[1 2] (*toutes*[1]; *les générations*[2]) — était bien gouverné[3]; — le peuple[4] — jouissait de la paix[5].

J. (Ces) deux choses[1] — (étaient) l'heureux résultat[6] — de[5] — (le fait de) lire[2] — le Luận ngữ[3 4].

K. Ce (personnage) là[1] — était en charge[2 3] (*m. du passé*[2]; *être fonctionnaire*[3]), — (et,) en outre[4], — étant élevé en dignité[5], — était[6] — premier ministre[7 8] (*présider*[7]; *ministre*[8]) — *p. d'admira-*

élevé à la dignité de premier ministre, il n'en étudiait pas moins assidûment et aimait à lire les livres,
conservant toujours (ses goûts littéraires).

A plus forte raison, les jeunes gens qui n'ont pas encore de fonctions dans l'état peuvent-ils ne pas montrer de l'ardeur pour l'étude ?

81

L'un, pour les tresser, disposait des roseaux; l'autre grattait des bambous et en formait des tablettes.

Ces hommes-là n'avaient point de livres, et cependant ils savaient montrer du zèle.

Dans ce passage l'on parle d'hommes qui, bien qu'ils n'eussent pas de livres, aimaient cependant à étudier.

---

tion énergique [9], — et cependant [10] — assidûment [11] — il étudiait [12] — et aimait [13] — à lire les livres [14].

L. Encore [1] [2] (*encore* [1]; *id.* [2]) — c'était comme [3] — cela [4].

M. A plus forte raison [1] — les jeunes gens [5] [6] — (qui) pas encore [2] — sont en charge [3] — *p. déterm.* [4], — peuvent (-ils) [7] — ne pas [8] — montrer de l'ardeur pour l'étude [9] — *p. int. emphatique* [10]?

81

A. (L'un) étendait (les uns à côté des autres) [1] — des roseaux [2] — pour les tresser [3]; — (l'autre) ratissait [4] — des tablettes [6] — de bambou [5].

B. Ces (hommes) là [1] — n'avaient pas de [2] — livres [3]; — cependant [4] — ils savaient [5] — montrer de l'ardeur [6].

C. (Dans) ce (passage) [1] — on parle de [2] — (le fait de) n'avoir pas de [3] — livres [4] — et cependant [5] — aimer [6] — l'étude [7] — *p. aff.* [8].

Avant les Hán, lorsqu'on n'appartenait pas à une famille d'un rang élevé, on ne possédait pas de livres.

Pour s'en procurer, il fallait les copier, les perpétuer par l'écriture.

En outre, il n'y avait point de papier. Si on ne possédait pas, soit de la soie, soit des peaux fines, soit des tablettes de bambou, il était impossible de faire des copies.

Les gens pauvres et dénués de ressources ne pouvaient se procurer des livres.

Au temps des Hán, Lộ ôn thơ, faisant paître ses brebis au bord d'un grand lac, prenait des roseaux et, les tressant, en formait des nattes.

Il se fit prêter le Thơ kinh, en fit une copie, puis le lut.

Công tôn hoằng était âgé de cinquante ans.

D. Avant [2] [3] (*en* [2]; *avant* [3]) — les Hán [1],—(lorsqu'on n'avait) pas [4] — une grande famille [5] [6] (*générations* [5]; *famille* [6]),— on n'avait pas de [7] — livres [8].

E. (Lorsque) ne pas [1] — on copiait [2] [3] (des livres. *copier* [2]; *id.* [3]) — (pour) les perpétuer par l'écriture [4] [5] (*en perpétuant* [4]; *écrire* [5]). — alors [6] — on n'avait pas de [7] — livres [8].

F. En outre [1] — il n'y avait pas de [2] — papier [3]. — (Si on n'avait) pas [4] — de soie [5] [6] (*soie mince et peu coûteuse dont on se sert pour l'enluminure* [5]; *soie blanche et unie* [6]), — de peaux fines [7] [8] (*peau* [7]; *une pièce de soie* [8]) — (ou de) tablettes de bambou [9] [10] (*plaquette allongée de bambou* [9]; *bande de papier pour prendre des notes* [10]), — ne pas [11] — on pouvait [12] — copier [13] [14].

G. Ceux qui [5] — étaient pauvres [1] — et [2] — n'avaient pas de [3] — ressources [4] — ne pas [6] — pouvaient [7] — se procurer [8] — des livres [9].

H. (Du temps des) Hán [1] — il y avait [2] — Lộ ôn thơ [3] [4] [5] — qui faisait paître [6] — des brebis [7] — près de (*litt* « *à* ») [8] — un grand [9] — lac [10], — prenait [11] — des plantes [13] — de roseaux [12], — les tressait [14] [15] (*tresser* [14]; *id.* [15]) — et en formait [16] — des nattes [17].

I. Il emprunta [1] — le Thương thơ [2] [3] (*ancien* [2]; *livre* [3]), — le copia [4] [5] — et [6] — lut [7] — lui [8].

J. Công tôn hoằng [1] [2] [3] — quant aux années [4] — (en avait) cinquante [5] [6] — *p. aff. énergique* [7].

Tout en faisant paître, dans la forêt de bambous de Hàn, des porcs qui appartenaient à une personne étrangère, il ratissait des bambous avec son couteau et en enlevait la partie verte.

Il emprunta le Xuân thu, et, l'ayant copié, il le lut.

Ces deux sages acquirent ainsi, de leur temps, une grande réputation,

arrivèrent aux honneurs, et furent ministres.

Or tous deux étaient pauvres et appartenaient à la basse classe; cependant ils aimaient l'étude au point que l'on vient de voir.

Les étudiants de nos jours peuvent se procurer des livres avec la plus grande facilité.

S'ils font fi, comme cela a lieu, des plus purs et des meilleurs, et s'ils n'aiment point à étudier, ne nuisent-ils pas eux-mêmes à leur avenir par cette conduite aveugle?

K. Il faisait paître [3]— des porcs [4]— pour [1] — quelqu'un [2] — dans [5] — l'intérieur [9] — de la forêt [8] — de bambous [7] — de Hàn [6].

L. Alors [1] — avec [2] — son couteau [3] — ratissant [4] — il enleva [5] — (l'écorce) verte [7] — des bambous [6].

M. Il emprunta [1 2] (*emprunter* [1]; *prendre* [2]) — le Xuân thu [3 4], — le copia [5 6], — et [7] — lut [8] — lui [9].

N. (Ces) deux [1] — sages [2] — par [3] — cela [4] — s'illustrèrent [6] — (quant à) la réputation [5] — à leur époque [7 8] (*dans le temps où* [7]; *temps* [8]).

O. Etant élevés en dignité [1] — ils furent [2] — ministres [3 4] (*fonctionnaire de haut rang* [3]; *ministre* [4]).

P. Or [1] — (ces) deux [2] — sages [3] — étaient pauvres [4] — et de basse condition [5], — et cependant [6] — ils aimaient [7] — l'étude [8] — ainsi [9 10] (*comme* [9] *cela* [10]).

Q. Les étudiants [3 4 5] (*ceux qui* [5]; *étudient* [3]; *les livres* [4]) — de [2] — à présent [1] — facilement [6] — les cherchent [7], — facilement [8] — se les procurent [9].

R. S'ils font fi de [1 2] (*mépriser* [1]; *id.* [2]) — les (plus) purs [3] — et les meilleurs [4] — comme [5] — cela [6], — et (que) [7] — ne pas [8] — ils aiment [9] — l'étude [10], — est-ce que [11] — ne pas [12] — ils empêchent (de parvenir) par suite de leur erreur [14] — eux-mêmes [13] — *p. int.* [15]?

82

Tel se suspendait la tête à une poutre; tel autre se piquait la jambe avec une alène.

Ces hommes-là n'avaient personne qui leur donnât l'instruction; et cependant ils se livraient à un labeur pénible et incessant.

Ce texte parle d'hommes qui se livraient assidûment à des études pénibles.

Au temps des Tần vivait Tôn kính qui étudiait bien avant dans la nuit.

Craignant de se laisser envahir par le sommeil ou dompter par la fatigue, il s'attachait à une poutre par la touffe de cheveux de sa tête, afin de n'être point dominé par le besoin de dormir.

82

A. Par la tête [1] — (l'un) se suspendait à [2] — une poutre [3]; avec une alène [4] — (l'autre) piquait [5] — sa hanche [6].

B. Ces (hommes) là [1] — ne pas [2] — recevaient de l'instruction [3] — (et cependant) ils mortifiaient [6] — assidûment [5] — eux-mêmes [4].

C. Ce (texte) [1] — parle de [2] — l'assiduité [6] — du fait de [5] — péniblement [3] — étudier [4] — *p. aff.* [7].

D. (Sous) les Tần [1] — il y avait [2] — Tôn kính [3] [4] — (qui) étudiait [5] — les livres [6] — pendant la nuit [7] — tard [8].

E. Habituellement [1] — il craignait [2] — (le fait de) tomber en somnolence [3] — (ou d'être) fatigué [4].

F. Alors [1], — prenant [2] — la touffe de cheveux [4] — de sa tête [3], — il la suspendait [5] — à [6] [8] (*litt^t à* [6]; *le dessus de* [8]) — une poutre [7] — pour [9] — empêcher que [10] — il ne fût dominé par [11] — (le fait de) dormir [12].

Tô tân, n'ayant point réussi au concours, revint dans sa famille.

Comme ses parents le traitaient avec mépris, il se mit résolument à étudier.

Chaque fois qu'il succombait à la paresse, qu'il sentait ses idées se brouiller et la fatigue l'envahir, il prenait une alène aiguë et se piquait la hanche pour se réveiller.

Or, ces deux sages qui, surmontant la souffrance, s'animaient ainsi au travail, étaient certainement privés des leçons d'un père ou d'un frère aîné qui les pussent exhorter ou reprendre avec sévérité.

Vous, jeunes gens, qui avez le bonheur d'habiter des demeures paisibles, d'être tenus chaudement, bien nourris,
qui, en outre, êtes instruits et guidés par la sagesse de vos pères et de

---

G. Tô tân [1 2] — ne réussit pas au concours [3 4] (*ne pas* [3]; *rencontrer* [4]) — et [5] — revint [6].

H. Il était [1] — (un homme) que [4] — ses proches [2 3] (*os* [2]; *chair* [3]) — traitaient avec mépris [5].

I. Alors [1] — il se mit résolument à [2 3] (*exciter* [2]; *sa volonté* [3]) — étudier [4] — les livres [5].

J. Chaque fois (qu') [1] — il rencontrait [2] — un moment [8] — de [7] — être paresseux [3 4] (*paresseux* [3]; *id.* [4]), — avoir de la confusion dans les idées [5] — et être fatigué [6], — prenant [9] — une alène [11] — aigüe [10], — il piquait [12] — la hanche [14] — de lui [13] — pour [15] — réveiller [17] — lui-même [16].

K. Or [1] — (ces) deux [2] — sages [3] — *p. déterm.* [4] — (qui) surmontaient [5] — la souffrance [6] — et excitaient (au travail) [8] — eux-mêmes [7] — comme [9] — cela [10], — assurément [11] — n'avaient pas [12] — l'instruction [16] — de [15] — un père [13] — ou un frère aîné [14] — (qui) sévèrement [17 18] (*grave* [17]; *sévère* [18]) — exhortassent [19] — et reprissent [20] — eux [21] — *p. aff.* [22].

L. Vous autres [1 2] (*toi* [1]; *marque du pluriel* [2]), — jeunes gens [3 4], (*petit* [3]; *maître* [4]) — (qui) jouissez de [5] — le bien être [11] — de [10] — être dans une demeure [7] — en paix [6], — être chaudement [8] — et être rassasiés [9];

M. (qui), en outre [1], — avez [2] — de sages [3] — pères [4] — et frères

vos frères aînés, comment pouvez-vous ne pas penser à faire des efforts pour vous animer (au travail)?

83

Celui-ci, par exemple, renfermait, pour s'éclairer, des vers luisants dans un sac; celui-là s'aidait, (pour y voir), de l'éclat de la neige.

Bien que leur famille fut pauvre, ils étudiaient sans relâche.

Ce texte parle d'hommes qui, quoique pauvres, ne renonçaient pas à l'étude.

Xa Doãn. qui vivait sous les Tân, aimait à étudier.

---

aînés [5] — pour [6] — instruire [7] — et diriger [8] — vous [9], — comment [10] — pouvez-vous [11] — ne pas [12] — songer à [13] — faire des efforts [14] [15] — pour [16] — exciter [18] — vous-mêmes [17] — *p. int. emphatique* [19].

83

A. Par exemple [1],— (l'un) renfermait dans un sac [2] — des vers luisants [3]; — par exemple [4], — (l'autre) usait de la réflexion (de) [5] — la neige [6].

B. Quoique [2] — leur famille [1] — fût pauvre [3], — en étudiant [4] — ne pas [5] — ils s'arrêtaient [6].

C. Dans ce (texte) [1] — on parle de [2] — (le fait d') être pauvre [3] — et ne pas [4] — renoncer à [5] — l'étude [6] — *p. aff.* [7].

D. Xa Doãn [2] [3], — (homme du temps) des Tân [1], — aimait à [4] — étudier [5].

Comme sa famille était pauvre, il le faisait pendant la nuit, sans huile (pour allumer sa lampe).

Alors il prenait des vers luisants, les plaçait dans un sac, et s'aidait de leur éclat pour lire dans ses livres.

Tôn Khang, pendant les nuits d'hiver, étudiait aussi en se passant d'huile.

Alors il sortait au devant de sa maison, et lisait en s'aidant de la lumière que réfléchissait la neige.

Or ces deux sages, tout pauvres qu'ils étaient, n'abandonnaient point leurs études pour cela.

Ils finirent par acquérir une grande réputation.

A plus forte raison, vous, qui avez des pères et des frères aînés qui vous viennent en aide et qui vous pourvoient du nécessaire, pouvez-vous ne point faire des efforts ?

E. Sa famille [1] — était pauvre [2] ; — il étudiait [4] — pendant la nuit [3] — et n'avait pas d' [5] — huile [6].

F. Alors [1] — il prenait [2] — des vers luisants [3] [4] (*ver luisant* [3] ; *feu* [4]),— mettait dans un sac [5] — eux [6], — et [7] — empruntait [8] — la lumière [10] — d'eux [9] — pour [11] — éclairer [12] — (son action d') étudier [13] — les livres [14].

G. Tôn khang [1] [2], — (pendant) les nuits [4] — froides [3], — étudiant [5] — les livres [6], — n'avait pas d' [7] — huile [8].

H. Alors [1] — il sortait [2] — devant [4] — sa maison [3], — profitait de la réflexion de [5] — l'éclat [7] — de la neige [6], — et [8] — étudiait [9].

I. Or [1] — (ces) deux [2] — sages [3] — ne pas [4] — parce que [5] — ils étaient pauvres [6] — *p. explét.* [7] — abandonnaient [8] — l'étude [9].

J. A la fin [1] — ils (se) créèrent [2] — une grande [3] — renommée [4].

K. A plus forte raison [1] — vous (autres) [2] [3] (*toi* [2] ; *marque du pluriel* [3]) — (qui) avez [4] — des pères [5] — et des frères aînés [6] — (qui vous) viennent en aide [7] — (et qui vous) pourvoient du nécessaire [8], — pouvez-vous [9] — ne pas [10] — faire des efforts [11] — *p. emphatique* [12] ?

84

Autre exemple : Tel portait sur son dos du bois de chauffage ; tel autre suspendait (ses livres) aux cornes (de son bœuf).

Bien que voués à un travail fatiguant, ils finissaient, à force de peine, par l'emporter sur les autres.

Ce texte parle d'hommes chez qui la fatigue du corps ne détruisait pas le goût de l'étude.

Châu mãi thần, personnage de l'époque des Hán, qui était pauvre et recueillait du bois à brûler, ne négligeait pas l'étude.

Quand il avait coupé son bois, il plaçait son livre au pied d'un arbre et étudiait.

84

A. Par exemple [1],— (l'un) portait sur son dos [2] — du bois de chauffage [3] ; — par exemple [4], — (l'autre) suspendait (son livre) à [5] — les cornes (d'un bœuf) [6].

B. Quoique [2] — leur corps [1] — fût las [3], — encore [4] — péniblement [5] — (ils arrivaient à) surpasser les autres [6].

C. (Dans) ce (texte) [1] — on parle de [2] — (le fait d') être fatigué [4]— quant au corps [3],— et cependant [5] — aimer [6] — l'étude [7] — *p. aff.* [8].

D. Châu mãi thần [2 3 4],— (homme de l'époque) des Hán [1],— était pauvre [5] — et [6] — recueillait [7] — du bois à brûler [8], — (et cependant) ne pas [9] — il laissa de côté [10] — (l'action d') étudier [11] — les livres [12].

E. A la suite de [1] — le moment [4] — de couper [2] — le bois [3], — il plaçait [5] — (son) livre [6] — à [7] — le bas de [9] — un groupe d'arbres [8] — et [10] — étudiait [11].

Lorsqu'il revenait, son fardeau sur l'épaule, il suspendait son livre au bout de sa charge et lisait, emportant le tout avec lui.

Dans la suite, il servit l'empereur Võ đế en qualité de fonctionnaire, et fut gouverneur de Hội kê.

Lý mật, au temps des Tùy, aimait à étudier.

Monté sur un bœuf, il lisait un cahier du livre des Hán,
et suspendait les autres aux deux cornes de sa monture.

Dương việt công le vit et ressentit de la sympathie pour lui.

Plus tard, investi d'une dignité héréditaire, il devint duc de Bồ sơn.

C'est ainsi que ces deux sages, pendant qu'ils livraient leur corps à un travail fatigant, s'adonnaient encore à un pénible travail d'esprit et s'élevaient au-dessus des autres.

F. (Lorsqu') il portait sur son dos [1] — le bois [2] — et [3] — revenait [4], — il suspendait [5] — son livre [6] — à [7] — le bout [9] — de sa charge [8], — lisait [10], — et [11] — l'emportant [12] — il marchait [13].

G. Dans la suite [1], — il servit en qualité de fonctionnaire [2] — Võ đế [3] [4], — et fut [5] — gouverneur [8] — de Hội kê [6] [7].

H. Lý mật [2] [3], — (homme de l'époque) des Tuỳ [1], — aimait [4] — l'étude [5].

I. Il montait [1] — un bœuf [2] — et [3] — lisait [4] — le livre [6] — des Hán [5].

J. Prenant [1] — les autres [2] — volumes [3], — il les suspendait à [4] — le dessus [8] — de [7] — les deux [5] — cornes [6].

K. Dương việt công [1] [2] [3] — le vit [4], — et [5] — ressentit de la sympathie pour [6] — lui [7].

L. Dans la suite [1] — il fut investi héréditairement de [2] — une dignité [3] — et fut [4] — duc [7] — de Bồ sơn [5] [6].

M. (Ces) deux [1] — sages [2], — alors que [4] — leur corps [3] — laborieusement [5] — travaillait [6], — cependant [7] — encore [8] — se livraient à un labeur fatigant [9] [10] (de l'esprit. *Travailler* [9]; *pénible* [10]), — (et) résolument [11] — s'élevaient au-dessus des autres [12] — comme [13] — cela [14].

A plus forte raison, vous qui mangez chaque jour jusqu'à satiété, n'avez-vous pas lieu de vous occuper ?

85

Tô lão tuyền, à l'âge de vingt-sept ans, commença à manifester de l'ardeur et à étudier les livres.

Ce texte parle d'un homme qui, bien qu'âgé déjà d'un certain nombre d'années, se prit néanmoins d'amour pour l'étude.

Le petit nom de Lão tuyền était Tuân,
son nom honorifique était Minh doãn. C'était un homme de Mi sơn, qui vivait à l'époque des Tống et fut le père de Tô đông pha.

Lão tuyền, lorsqu'il était jeune, négligeait l'étude.

N. A plus forte raison [1] — vous (autres) [2 3], — (qui) à satiété [4] — mangez [5] — tous les jours [6 7] (*fin* [6]; *jour* [7]), — n'y a-t-il pas [8 13] (*il n'y a pas* [8]; *particule interrogative* [13]) — ce en quoi [9 12] — vous vous occupiez d' [10] — affaires [11] ?

85

A. **Tô Lão tuyền [1 2 3], — (âgé de) vingt-sept (ans) [4 5 6], — commença à [7] — manifester [8] — de l'ardeur [9] — et à étudier [10] — les livres [11 12]** (*livre* [11]; *registre* [12]).

B. Ce (texte) [1] — parle de [2] — (un homme) qui [8] — était âgé [4] — quant aux années [3] — et cependant [5] — aimait [6] — l'étude [7].

C. Le petit nom [3] — de Lão tuyền [1 2] — (était) Tuân [4].

D. Son nom honorifique [1] — était Minh doãn [2 3]; — (c'était un) homme [7] — de Mi sơn [5 6] — (du temps des) Tống [4] — et le père [12] — de [11] — Tô đông pha [8 9 10] — *p. de déf.* [13].

E. Lão tuyền [1 2] — étant jeune [3] — alors [4] — négligeait [5] — l'étude [6].

Arrivé à l'âge de vingt-sept ans, il commença à se rendre compte de sa faute, montra de l'ardeur, étudia fort et ferme et se fit un grand nom.

Ces deux sages furent de grands lettrés.

A l'époque où ils vécurent, on les surnommait « les deux Tô ».

86

Cet homme-là, lorsqu'il fut devenu âgé, se repentait encore de ce qu'il avait tant différé.

Vous, jeunes gens, vous devez de bonne heure penser (à votre avenir).

Ce texte dit que, bien que cet âge (de vingt-sept ans) ne soit pas la vieillesse, comme l'on doit entrer dans la petite école lorsqu'on a huit

---

F. Etant parvenu à [1] — vingt-sept [2 3 4] — années [5], — il commença à [6] — comprendre [7] — la faute [9] — de lui [8], — manifesta [10] — de l'ardeur [11], — étudia fort et ferme [12 13] (*litt^t « livra bataille à* [12]; *les livres* [13]) — et [14] — (se) fit [15] — une grande [16] — réputation [17].

G. (Ces) deux [1] — sages [2], — tous deux [3], — (furent) de grands [4] — lettrés [5].

H. De leur temps [1] — ils furent surnommés [2] — les deux [3] — Tô [4].

86

A. Cet (homme) là [1], — lorsque [2] — il était devenu âgé [3], — encore [4] — il se repentit de [5] — (le fait qu'il) avait (trop) tardé [6].

B. Vous [1], — jeunes enfants [2 3], — vous devez [4] — de bonne heure [5] — penser (à votre avenir) [6].

C. Dans ce (texte) [1] — (on) dit que [2], — quoique [5] — (cet) âge [3 4] (*années* [3]; *id.* [4]) — ne pas [6] — soit [7] — la vieillesse [8], — comme [9] —

ans et dans la grande lorsqu'on en a quinze, on peut, en se basant là-dessus, dire que ce sage était déjà vieux.

Or, arrivé à cette époque avancée de sa vie, Lão tuyền avait les embarras de la famille; en outre, dans l'origine, il n'aimait pas le travail; et cependant, un matin, il fut pris de repentir en pensant au retard qu'il avait apporté dans ses études, montra de l'ardeur, et devint illustre comme on vient de le voir.

Pour vous, jeunes enfants, qui n'êtes point vieux encore, vous devez de bonne heure penser à vous élever, et faire des efforts pour acquérir des mérites.

Gardez-vous d'attendre la vieillesse, pour vous livrer ensuite à un repentir qui serait alors inutile.

---

les hommes [10], — (lorsqu'ils) sont âgés de [11] — huit [12] — ans [13], — doivent [14] — entrer dans [15] — la petite [16] — école [17], — (que, lorsqu'ils ont atteint) quinze (ans) [18] [19], — ils doivent [20] — entrer dans [21] la grande [22] — école [23], — en calculant [24] — cela [25], — alors [26] — (ce sage) déjà [27] — était devenu vieux [28] — *p. d'admiration énergique* [29].

D. Or [1], — lorsque [5] — Lão Tuyền [2] [3] — quant aux années [4] — eut grandi [6], — il avait [7] — les embarras [11] — de [10] — la famille [8] [9] (*maison* [8]; *famille* [9]), — et en outre [12], — au commencement [13], — ne pas [14] — il aimait [15] — l'étude [16]; — et cependant [17], — un [18] — matin [19], — se repentant [20], — il envisagea [21] — son retard [24] — de [23] — étudier [22], — manifesta [25] — de l'ardeur [26], — et [27] — (se) fit [28] — une grande [29] — réputation [30] — comme [31] — cela [32].

E. Quant à [1] — vous (autres) [2] [3] — jeunes enfants [4] [5], — pendant [6] — le temps [10] — de [9] — ne pas encore [7] — être âgés [8], — vous devez [11] — de bonne heure [12] — penser à [13] — monter [14] — et progresser [15], — et faire des efforts [16] [17] (*faire des efforts* [16]; *id.* [17]) — pour [18] — accomplir [19] — des œuvres méritoires [20].

F. Gardez-vous de [1] — attendre [2] — la vieillesse [3] — et [4] — ensuite [5] — vous repentir de [6] — cela [7] — inutilement [8] [9] (*ne pas* [8] — *atteindre* [9]).

Comment, d'ailleurs, pourriez-vous atteindre à la hauteur des dispositions naturelles que le Ciel avait départies à Lão tuyền ?

87

Voici encore un exemple : Lương hạo, à quatre-vingt-deux ans, subit l'examen de la Grande Salle et l'emporta sur les lettrés.

On parle ici d'un amour de l'étude qui, dans la vieillesse même, s'accroissait encore de jour en jour.

La « Grande Salle », c'est la salle du palais du Fils du Ciel.

« L'emporter sur les lettrés », c'est être fait Trạng nguyên.

G. En outre [1] — comment [2] — pourriez-vous [3] — égaler [4] — la hauteur [10] — *explétive mettant en relief le mot précédent* [11] — de [9] — les facultés naturelles [7 8] (*dispositions* [8]; (*venant*) *du Ciel* [7]) — de Lão Tuyền [5 6] ? *p. int.* [12].

87

A. Par exemple [1], — Lương hạo [2 3], — (âgé de) quatre-vingt deux (ans) [4 5 6] — répondit [7] — (dans) la Grande [8] — Salle [9] — et l'emporta sur [10] — les nombreux [11] — lettrés [12].

B. (Dans) ce (texte) [1] — on parle de [2] — un amour de l'étude [3 4 5 6] (*cœur* [6]; *de* [5]; *aimer* [3]; *l'étude* [4]) — (qui), étant arrivé à [7] — la vieillesse [8], — cependant [9] — toujours d'avantage [10] — grandissait [11] — *p. aff.* [12].

C. La « Grande [1] — Salle [2] », — (c'est) la salle du palais [6] — de [5] — le Fils [4] — du Ciel. [3].

D. « L'emporter sur [1] — les nombreux [2] — lettrés [3] », — (c'est être) Trạng Nguyên [4 5] (*paraître* [4] ; *le principal* [5]) — *p. de déf.* [6].

Lương hạo, sous les Tông, avait étudié péniblement pendant toute sa vie sans réussir.

Arrivé à l'âge de quatre-vingt-deux ans, il était encore capable de faire des efforts et de déployer une grande ardeur.

Il subit un examen dans la Grande Salle et fut fait chef des nombreux lettrés.

88

Lorsqu'il réussit, tous le proclamèrent un homme extraordinaire.

Vous, jeunes gens, vous devez prendre des résolutions énergiques.

Le caractère « Bỉ » désigne Lương hạo.

E. Lương hạo [3 4], — (homme de l'époque) de [2] — les Tông [1], — étudiait [6] — péniblement [5] ; — et, (pendant) toute [7] — (sa) vie [8], — pas encore [9] — il avait réussi (*litt* « *rencontré*) [10].

F. (Lorsqu'il) fut arrivé [1] — à [2] — en fait d'années [3] — quatre-vingt [4 5] — (et,) de plus, [6] — deux [7] — *p. emphatique* [8], — encore [9] — il pouvait [10] — faire des efforts [11 12] (*s'exciter* [11] ; *se lever* [12]) — et déployer une grande ardeur [13 14] (*avoir* [13] ; (*l'action d'*)*agir* [14]).

G. Il répondit à [1] — des questions (telles qu'on les propose aux candidats) [2] — (dans) la Grande [3] — Salle [4] — et [5] — fut [6] — chef [10] — de [9] — les nombreux [7] — lettrés [8].

88

A. Lorsque [2] — ce (lettré) là [1] — réussit [3], — tous [4] — (le) proclamèrent [5] — un homme extraordinaire [6].

B. Vous [1], — jeunes gens [2 3], — vous devez [4] — prendre des résolutions (énergiques) [5 6] (*fixer* [5] ; *résolutions* [6]).

C. (Le mot) « Bỉ » [1] — désigne [2] — Lương hạo [3 4] — *p. aff.* [5].

L'on dit ici que le nombre de ses années était élevé, sa capacité supérieure et son tempérament robuste.

En outre, il put acquérir une grande réputation.

C'est véritablement l'homme le plus extraordinaire des temps anciens et de l'époque présente.

Vous qui étudiez, vous devez prendre exemple sur lui.

Ne vous glorifiez pas de vos succès.

Ne vous découragez pas de vos échecs.

Jusqu'à la vieillesse, appliquez-vous de toutes vos forces à l'étude, et ne vous lassez pas.

Comme Hạo, prenez envers vous-même l'engagement (d'étudier toujours). Si vous ne faiblissez pas dans vos résolutions, cela vous sera possible.

D. On dit (ici) que [1] — (le chiffre des) années [3] — de Hạo [2] — (était) élevé [4], — et (que,) cependant [5] — son talent [6] — (était) éminent [7], — et ses forces [8] — robustes [9].

E. En outre [1] — il put [2] — (se) faire [3] — cette [4] — grande [5] — réputation [6].

F. Véritablement [1] — (c'est l'homme) le plus extraordinaire [5 6 7] (*litt.* « *le* [7] ; *seul* [5] ; *extraordinaire* [6]) — de [4] — l'antiquité [2] — et des temps présents [3] — *p. aff.* [8].

G. Vous [1 2] — (qui) étudiez [3] — les livres [4], — vous devez [5], — prenant [6] — cet (homme) [7], — en faire [8] — un modèle [9].

H. Gardez-vous de [1] — vanter [7] — vous-même [6] — parce que [2] — vous avez réussi [3 4] (*marque du passé* [3] ; *rencontrer* [4]) — *p. explét.* [5].

I. Gardez-vous de [1] — décourager [7] — vous même [6] — parce que [2] — ne pas [3] — vous avez réussi [4] — *p. explét.* [5].

J. De tout votre cœur [1 2] (*tout* [1] ; *cœur* [2]) — prenez pour objet [3] — l'étude [4] — jusqu'à [5] — la vieillesse [6], — et [7] — ne pas [8] — vous lassez [9].

K. Prenez l'engagement (d'étudier toujours) envers [4] — vous même [3] — de même que [1] — Hạo [2] ; — (si) ne pas [5] — vous laissez fléchir [6] — les résolutions [8] — de vous [7], — vous pourrez (y réussir) [9] — *p. aff.* [10].

89

Minh, à l'âge de huit ans, fut capable de composer des vers.

Ici, l'on parle d'un enfant qui réussit, bien qu'il fût encore dans l'âge le plus tendre.

Tồ Minh, qui vivait à l'époque des Tế septentrionaux, put, à l'âge de huit ans, composer des pièces de vers irréprochables.

Plus tard il devint rédacteur des documents officiels.

89

A. Uinh [1], — (âgé de) huit [2] — ans [3], — put [4] — chanter [5] — des vers [6].

A. Ce texte [1] — parle de [2] — (un personnage qui était) tout jeune [3], — et (qui), cependant [4], — (quoique ce fût) de très bonne heure [5], — réussit [6] — *p. aff.* [7].

B. Tồ Uinh [3] [4], — (qui vivait à l'époque) des Tế [2] — du Nord [1], — (ayant, quant aux) années [5], — huit [6] — ans [7], — alors [8] — put [9] — chanter (*composer*) [10] — des pièces [13] — parfaites [12] — de poésie [11].

C. Dans la suite [1] — il fut [2] — rédacteur de documents officiels [3] [4] [5] (*homme* [5]; *qui met en évidence* [3]; *les actions* [4]).

90

A sept ans, Bí put célébrer en vers le jeu d'échecs.

Lý bí, qui vivait sous les Đàng, avait à peine sept ans.

Viên bán thiên, fils de sa tante, fut, à l'âge de neuf ans, présenté à la cour comme un enfant merveilleux.

Minh hoàng l'interrogea en ces termes : « Y a-t-il, au dehors, quelqu'un qui puisse vous être comparé ? »

Il répondit : « Lý bí, mon cousin, qui a sept ans, l'emporte sur moi. »

L'Empereur commanda qu'on introduisît ce dernier en sa présence.

En ce moment-là, le souverain jouait aux échecs avec Trương duyệt.

90

A. Bí[1], — (âgé de) sept[2] — ans[3], — put[4] — célébrer en vers[5] — les échecs[6].

B. Lý bí[2 3], — (qui vivait à l'époque) des Đàng[1],— (quant aux) années[4],— commençait[5] — (ses) sept[6] — ans[7].

C. Viên bán thiên[3 4 5], — fils[2] — de sa tante[1], — (à l'âge de) neuf[6] — ans[7], — fut présenté (à la cour)[8] — (comme un) enfant[10] — merveilleux[9].

D. Minh hoàng[1 2],— l'interrogeant[3],— dit :[4] — « Est-ce que[8], — en dehors de[1] — la salle du palais[2],— encore[3] — il y a[4] — quelqu'un) qui (soit)[7] — semblable à[5] — vous[6] ? »

E. Répondant[1] — il dit[2] :

F. « Lý bí[3 4],— fils[2] — de mon oncle[1],— (âgé de) sept[5]— ans[6], — (par le) talent[7] — l'emporte[8] — sur[9] — (votre) sujet *(moi)*[10].

G. L'Empereur[1] — ordonna de[2] — introduire (ce dernier)[3] — (pour le) voir[4].

H. En ce moment[1] — l'Empereur[2] — était en train de[3] — jouer à[7] — les échecs[8] — avec[4] — Trương duyệt[5 6].

Il fit (à l'enfant) la question suivante :

« Sais-tu faire des vers, mon enfant ? »

« Je sais en faire, » répondit ce dernier.

L'Empereur lui ordonna d'en composer sur les mots *Carré*, *Rond*, *Mouvement*, *Repos*.

Bí sollicita la permission de demander à Sa Majesté ce qu'elle entendait par là.

« Ce qui est carré, » dit Trượng duyệt, « c'est, par exemple, l'échiquier ; ce qui est rond, ce sont les échecs ; le mouvement, c'est la marche des pièces ; le repos, la fin de la partie. »

« Ce qui est carré, » répartit Bí, « c'est, par exemple, la pratique de la justice ; ce qui est rond, c'est la propagation de la science autour

---

I. L'Empereur [1], — l'interrogeant [2], — lui dit [3] :

J. « Est-ce que [5] — le petit [1] — enfant [2] — peut [3] — faire des vers ? » [4]

K. Répondant [1] — il dit [2] :

L. « Je le puis [1] ».

M. L'Empereur [1] — lui ordonna [2] — de faire des vers (sur) [3] — (les mots) *Carré* [4], — *Rond* [5], — *Mouvement* [6] — *Repos* [7].

N. Bí [1] — demanda la permission de [2] — interroger (l'Empereur) sur [3] — la pensée [5] — de lui [4].

O. Trượng duyệt [1] [2] — dit [3] :

P. « (Ce qui est) carré [1], — (c'est) comme [2] — l'échiquier [3] [4] (*échecs* [3] : *jeu* [4]) ; — (ce qui est) rond [5], — c'est comme [6] — les échecs [7] [8] (*échecs* [7] ; *affixe déterminatif de certains objets* [8]) ; — le mouvement [9], — c'est comme [10] — la mise en action des pièces [11] [12] — (*la vie* [12] ; *des échecs* [11]) ; — le repos [13], — c'est comme [14] — la mort [16] — des échecs [15] (*la fin de la partie*). »

Q. Bí [1], — répondant [2], — dit [3] :

R. « (Ce qui est) carré [1], — c'est comme [2] — (le fait de) pratiquer [3] — la justice [4] : — (ce qui est) rond [5], — c'est comme [6] — (le fait de) faire circuler [7] — l'esprit [8] ; — le mouvement [9], — c'est comme [10] — (le fait de) mettre énergiquement en action (*litt* « *activer la marche*

de nous ; le mouvement, c'est la mise en activité du talent ; le repos, la réalisation de nos désirs. »

L'Empereur l'admira fort et lui donna un vêtement violet.

Dans la suite, ayant rempli la charge de ministre, il fut le soutien de l'empire.

91

Ces hommes-là étaient doués d'un esprit perspicace, et on les proclama des êtres extraordinaires.

Vous devez, jeunes étudiants, les prendre pour modèles.

On veut dire que Tô et Lý étaient, dès leur jeune âge, doués d'une grande perspicacité.

---

de ») [11] — le talent [12] ; — le repos [13], — c'est comme [14] — obtenir ce qu'on désire [15 16] (*obtenir* [15] ; *volonté* [16]) ».

s. L'Empereur [1] — grandement [2] — admira [3] — lui [4], — et (lui) donna [5] — *marque d'accusatif* [6] — un vêtement [8] — violet [7].

T. Dans la suite [1], — en sortant de l'emploi de ministre [2 3 4] (*parcourir* [2]; *dignité* [4] ; *ministre* [3]), — il fut [5] — un soutien de l'empire [6 7 8] (*génie de la terre* [6] ; *génie des céréales* [7] ; *ministre* [8]).

91

A. Ces (hommes) là [1] — étaient doués d'un esprit perspicace [2 3] (*se distinguer des autres lettrés par sa perspicacité* [2] ; *saisir clairement* [3]) ; — les hommes [4] — les proclamèrent [5] — extraordinaires [6].

B. Vous [1] (qui, étant) tous jeunes [2], — étudiez [3], — vous devez [4] — imiter [5] — eux [6].

C. (L'auteur) dit que [1] — les deux [4] — hommes [5] — (appelés) Tô [2] — et Lý [3], — dans leurs années [7] — d'enfants [6], — étaient doués d'un esprit perspicace [8 9].

Le souverain fut frappé de leur talent et de leurs aptitudes ; ils furent ministres de bonne heure, et on les proclama, comme on vient de le voir, des êtres admirables.

Voilà, jeunes étudiants, les modèles que vous devez imiter.

92

Thái văn kì savait distinguer les sons du kìm.

93

Tạ đạo uẩn savait faire des vers.

D. Par leurs talents [1] — et leur capacité [2] — ils firent impression sur [3] — le souverain [4] ; — de bonne heure [5] — ils reçurent [6] — la dignité de ministre [7] [8] (*officier de rang élevé* [7] ; *ministre* [8]), — et les hommes [9] — proclamèrent (eux) [10] — admirables [11] [12] (*admirable* [11] ; *id.* [12]) — comme [13] — cela [14].

E. Vous [1], — hommes [5] — (qui,) étant tous jeunes [2], — étudiez [3] — *p. déterm.* [4], — vous devez [6], — les prenant [7], — en faire [8] — des modèles [9] — et [10] — imiter [11] — eux [12] ; — vous le pouvez [13].

92

A. Thái văn kì [1] [2] [3] — pouvait [4] — distinguer [5] — (les sons du) kìm [6].

93

B. Tạ đạo uẩn [1] [2] [3] — pouvait [4] — composer des vers [5] [6] (*chanter* [5] ; *fredonner* [6]).

L'auteur dit que, dans l'antiquité, les hommes n'étaient pas seuls à aimer l'étude.

Des femmes, elles-mêmes, se distinguèrent par leur pénétration, leur capacité et leur prudence.

La fille de Thái bá giại avait pour petit nom « Diệm »; son surnom était Văn kì.

Pendant que son père jouait du kìm, le chat vint à s'emparer d'une souris.

Văn kì comprit que les sons de l'instrument étaient en connexion avec le meurtre.

Après l'usurpation de Dòng trác, Ung, déplorant les agitations de l'époque,

se mit à jouer du kìm; Văn kì fut attristée, car elle comprit, aux sons brisés et confus qui sortaient de l'instrument, que des malheurs allaient arriver.

C. (L'auteur) dit que [1],— dans l'antiquité [2],— pas [3] — seulement [4] — les hommes [5] [6] (*mâle* [5] ; *affixe* [6]) — aimaient [7] — l'étude [8].

D. Quoique [1] — (elles fussent) des femmes [2] [3] (*femme* [2] ; *affixe* [3]), — aussi [4] — il y (en) avait [5]— qui [12], — par leur intelligence [6] [7] (*saisir clairement* [6] ; *clair* [7]), — leurs talents [8] — et leur prudence [9],— surpassaient [10] — les (autres) êtres humains [11].

E. Le petit nom [5] — de la fille [4] — de Thái bá giại [1] [2] [3] — était Điệm [6], — et son surnom [7] — (était) Văn kì [8] [9].

F. (Pendant que) son père [1] — était en train de [2] — jouer de [3] (*litt* « *jouer mal, râcler* ») — le kìm [4],— il arriva que [5] — le chat [6] — saisit [7] — une souris [8].

G. Văn kì [1] [2] — sut que [3] — les sons [6] — du kìm [5] — de lui [4] — étaient en connexion avec [7] — (le fait de) tuer [8].

H. (Comme) Dòng trác [1] [2] — s'était emparé de [3] — le pouvoir [4],— Ung (surnom de Thái bá giại) [5] — eut [6] — un cœur [10]— de [9] — être affligé sur [7] — son époque [8].

I. Alors [1] — il pinça de [2] — le kìm [3], — et [4] — Văn kì [5] [6]— fut attristée (de ce que) [7] — les sons [11] — du kìm [10] — du père [9] — d'elle [8] — étant brisés et confus [12] [13] (*rauque* [12] ; *écourter* [13]), — des dangers [14] [15] (*danger* [14] ; *adversité* [15]) — étaient sur le point de [16] — arriver [17].

Son père fut impliqué dans l'affaire du meurtre de Trác et puni de mort; Văn kì envoyée en exil chez les Mongols.

Elle composa, sur le flageolet en usage chez ce peuple, un chant en dix-huit strophes.

Il se répandit jusque dans l'intérieur de la Chine.

Elle y exhalait ses secrets murmures, ses lamentations, sa tristesse.

Tào mạnh đức, l'ayant entendu, la racheta pour mille onces d'argent; il la fit revenir et la donna en mariage au lettré Đổng ki.

Tạ đạo uẩn était fille du frère aîné de Tạ an, premier ministre du roi de Tấn.

Dès l'âge le plus tendre elle savait faire des vers.

La neige tombait à gros flocons dans la cour (de sa maison).

An, interrogeant ses enfants et ses neveux, leur dit :

J. Son père [1] — à cause de [2] — le meurtre [5] — de [4] — Trác [3] — fut incriminé [6 7] (*obtenir* [6]; *incrimination* [7]) — et [8] — mourut [9].

K. On exila [1] — Văn kì [2 3] — dans [4] — le territoire [6] — des Mongols [5].

L. Văn kì [1 2] — fit [3] — une chanson [10] — de [9] — dix-huit [6 7] — couplets [8] — (sur le) flageolet [5] — mongol [4].

M. Se répandant [1] — elle entra dans [2] — le royaume [4] — du Milieu [3].

N. Secrètement [1] — elle (y) murmurait [2], — se lamentait [3] — et exhalait sa tristesse [4].

O. Tào mạnh đức [1 2 3] — entendit [4] — elle [5]; — prenant [6] — mille [7] — onces d'argent [8], — il la racheta [9], — la fit revenir [10], — et [11] — la maria à [12] — Đổng ki [15 16], — homme [14] — lettré [13].

P. Tạ đạo uẩn [1 2 3] — (était) fille [11] — du frère aîné [10] — de [9] — Tạ an [7 8], — premier ministre [5 6] (*gouverner* [5]; *ministre* [6]) — (du roi) de Tấn [4].

Q. (Etant) toute jeune [1] — elle put [2] — composer [3] — des vers [4].

R. Dans [2] — la cour [1] — grandement [3] — il neigeait [4].

S. An [1], — interrogeant [2] — *marque du pluriel* [3] — ses enfants [4] — et ses neveux [5], — dit [6] :

« Que vous rappelle cette neige, à la fois abondante et confuse? »

« Elle ressemble, » lui répondit Diệm, sa nièce, « à du sel que l'on projetterait irrégulièrement dans l'espace. »

« Elle rappellerait plutôt, » dit Đạo uằn, » des chatons de saules soulevés par le vent.

An fut émerveillé (de sa réponse).

Plus tard, elle épousa Ngưng chi, fils de Vương, maréchal de la gauche.

Son mari étant mort, elle se fit remarquer par sa chasteté.

94

C'étaient là des jeunes filles; et, cependant, elles se montrèrent intelligentes et sagaces.

T. « L'abondance confuse [3 4] — de (cette) grande [1] — neige [2], — comment (est) [5] — ce à quoi [6] — elle ressemble [7]? »

U. Sa nièce [1] — Diệm [2], — répondant [3], — dit [4] :

V. « La projection irrégulière [5]— (du fait de) répandre [1] — du sel [2] — dans [4] — l'espace [3], — peut [6] — être comparée (à cela) [7]. »

X. Đạo uằn [1 2], — répondant [3], — dit [4] :

Y. « (Ce n'est) pas encore [1] — comme [2] — les chatons [4] — des saules [3] — (qui) par le vent [5] — sont soulevés [6]. »

Z. An [1] — grandement [2] — admira [3] — elle [4].

A'. Dans la suite [1] — elle épousa [2] — Ngưng chi [7 8], — fils de [6] — Vương [3], — maréchal [5] — de la gauche [4].

B'. Son mari [1] — étant mort [2], — elle se mit en évidence [5] — par [3] — sa chasteté [4].

94

A. Ces (personnes) là [1] — (étaient) de jeunes filles [2 3], — et cependant [4] — elles furent intelligentes [5] — et douées de sagacité [6].

Vous jeunes hommes, vous devez vous exciter (à les imiter).

L'auteur dit que Văn kì et Dạo uằn n'étaient que des jeunes filles; et, cependant, si l'une d'elles put, avec intelligence et vivacité d'esprit, interpréter ainsi les sons, c'est qu'elle était douée de finesse et de perspicacité.

Si l'autre répondit comme on l'a vu, c'est grâce à la finesse de goût dont elle était douée au plus haut point.

A plus forte raison, vous, qui êtes des hommes, ne ferez-vous pas ce que firent des jeunes filles? Laisserez-vous fléchir vos (bonnes) résolutions?

Leur exemple doit vous exciter (au travail) et vous remplir de crainte (à la vue de votre infériorité).

B. Vous [1],— jeunes hommes [2] [3],— vous devez [4]— exciter [6] — vous-mêmes [5].

C. (L'auteur) dit (que) [1] — Văn kì [2] [3] — et Dạo uằn [4] [5] — n'(étaient) que [6] [7] (*ne pas* [6]; *dépasser* [7]) — des jeunes filles [8] [9] — *p. emphatique* [10],— et, cependant [11],— (si l'une) pouvait [12]— avec intelligence [13] [14] — et vivacité d'esprit [15] [16] (*qui a l'esprit subtil* [15]; *prompt* [16]), — interpréter [17] — les sons [18] — comme [19] — cela [20], — (c'est qu') elle [21] — était douée de finesse [22] — et était perspicace [23].

D. (Si l'autre) répondit [1] [2] — (*répondre* [1]; *id.* [2]) comme [3] — cela [4], — (c'est qu') elle [5] — était douée d'un goût fin [6] — extraordinairement [7].

E. A plus forte raison [1] — vous (autres) [2] [3], — qui (« *pour gì* ») [7] — tous [4]— êtes de jeunes hommes [5] [6],— est-ce que [8] — vous pouvez [9] — ne pas (être) [10] — comme [11] — de jeunes filles [12] [13],— et [14] — de vous-mêmes [15] — laisser tomber [16] — les résolutions [18]— de vous [17]? *p. int.* [19].

F. Vous devez [1] — exciter [5] — vous-mêmes [4] — au moyen de [2] — (l'exemple de) ces (jeunes filles) [3],— et [6] — alarmer (de votre infériorité) [8]— vous-mêmes [7] ;— voilà ce qui convient [9] [10] (*devoir* [9]; *p. aff.* [10]).

95

Lưu yên, qui vivait sous les Đàng, reçut, à l'âge de sept ans, le titre d' « *Enfant merveilleux* », et devint correcteur des caractères.

Ce texte cite encore un autre enfant merveilleux, afin de faire voir à quoi peuvent mener la perspicacité et l'intelligence.

Au temps des Đàng vivait Lưu yên.

Il n'avait que sept ans, lorsque Minh hoàng vint à visiter le palais de Hoa thanh.

Yên arrêta son char et lui présenta un écrit.

L'Empereur l'admira fort.

95

A. Lưu yên [2 3], — (personnage de l'époque) des Đàng [1], — alors que [4] — (il avait) sept [5] — ans [6], — fut élevé (au titre de) [7] — Merveilleux [8] — enfant [9], — et devint [10] — correcteur des caractères [11 12] (*corriger* [11]; *caractères* [12]).

B. Ce texte [1] — encore [2] — cite [3] — la chose (*ce qui concerne*) [7] — de [6] — un enfant [5] — merveilleux [4], — pour [8] — mettre en lumière [9] — le mérite [13] — de (*qui naît de*) [12] — la sagacité [10] — et de l'intelligence [11].

C. (Sous les) Đàng [1] — il y eut [2] Lưu Yên [3 4].

D. Alors que [2] — quant aux années [1] — (il avait) sept [3] — ans [4], — il arriva que [5] — Minh hoàng [6 7] — visita [8] — le palais [11] — de Hoa thanh [9 10].

E. Yên [1] — arrêta avec la main [2] — son char [3], — et présenta (*litt* « *éleva* ») [4] — une lettre [5].

F. L'Empereur [1] — grandement [2] — admira [3] — lui [4].

Il lui donna le titre d'« *Enfant merveilleux* », et le nomma correcteur des caractères près l'académie des Hàn lâm.

Un jour il le fit venir en sa présence.

D.rong, épouse impériale de second rang, le prit en amitié; elle le fit asseoir sur ses genoux, et assujettit elle-même sa touffe de cheveux.

L'Empereur lui fit la question suivante:

« Puisque vous êtes le correcteur des caractères, combien en avez-vous corrigé? »

« Les caractères sont tous réguliers, » répondit Yên en se prosternant.

« Celui du mot « *B`ng, ami*, » est le seul qui ne le soit pas. »

Or, ce signe ressemble à celui de « *Nguyệt, lune* » que l'on y répète deux fois, et que l'on écrivait alors obliquement.

G. Il appela [1] — lui [2] — « Enfant [4] — merveilleux [3] » — et lui donna [5] — (la charge de) Correcteur des caractères [8] [9] — (de l'académie) des Hàn lâm [6] [7] (*forêt* [7] — *des pinceaux* [6]).

H. Un [1] — jour [2] — il le manda [3] [4] (*fait de l'Empereur qui donne un ordre* [3]; *visiter* [4]).

I. La concubine impériale [2] — Du'o'ng [1] — aima [3] — lui [4], — lui ordonna de [5] — s'asseoir [6] — à [7] — le dessus de [9] — ses genoux [8], — et, en personne [10], — fit (l'action de) [11] — assujettir [12] — la touffe de cheveux [13].

J. L'Empereur [1], — interrogeant [2], — lui [3] — dit [4] :

K. « Vous [1] — (qui) êtes [2] — correcteur des caractères [3] [4], — en corrigeant [5] — vous avez obtenu [6] — combien de [7] — caractères [8] ? »

L. Yên [1] — se prosterna [2] [3] (*s'incliner* [2]; *se prosterner la face contre terre* [3]) — et répondant [4] — dit [5] :

M. « Les caractères [1] [2] — tous [3] — sont corrects [4].

N. « Seulement [1] — il y a [2] — le caractère [4] — « *ami* » [3] — (qui) ne pas [5] — est correct [6]. »

O. Or [1] — le caractère [3] — « *ami* » [2] — ressemble à [4] — deux [5] — caractères [7] — « *lune* » [6] — et [8] — la figure [9] — ne pas [10] — (en) était droite [11].

(Dans cette observation de l'enfant) il y avait aussi une allusion satirique aux nombreux favoris adulateurs de cette époque, qui flattaient les grands mandarins sur leur administration, faisant commerce d'amitié, et s'unissant pour commettre le mal.

Minh hoàng l'admira beaucoup.

Dans la suite il servit successivement Minh tông, Túc tông, Đại tông et Dức tông.

Il parvint aux fonctions de président du Tribunal des finances et de ministre.

Yên n'était pas seulement intelligent et perspicace; mais il montra encore, dans la circonstance dont il vient d'être parlé, combien il honorait les hommes droits et repoussait les pervers.

P. En outre [1] — par là [2] — il faisait une allusion satirique à [3] — les nombreuses [12] — classes [13] — d'adulateurs [11] — favorisés [10] — (qui,) à cette époque [4 5] (*au temps de* [4]; *époque* [5]) — flattaient [6] — (la manière de) remplir [8] — leurs fonctions [9] — des grands mandarins [7] — (qui) se liaient ensemble [14], — s'unissaient [15] — et [16] — faisaient [17] — le mal [18] — *p. aff.* [19].

Q. Minh hoàng [1 2] — grandement [3] — admira [4] — lui [5].

R. Dans la suite [1] — successivement [2] — il servit [3] — Minh (Tông) [4], — Túc (Tông) [5], — Đại (Tông) [6], — et Dức (Tông) [7].

S. (En fait de) fonctions [1] — il arriva à [2] — (le titre de) président [5 6] (*contrôler* [5]; *documents* [6]) — du Tribunal des finances [3 4] (*ménage* [3]; *conseils* [4]) — et (à celui de) ministre [7 8 9] (*officier* [9]; *qui met d'accord* [7]; *les documents* [8]).

T. Yên [1] — pas [2] — seulement [3] — était intelligent [4] — et perspicace [5], — mais encore [6] — (son) cœur [12] — de [11] — honorer [7] — les (hommes) droits [8] — (et de) repousser [9] — les pervers [10] — a été vu [13 14] (*m. du passé* [13]; *voir* [14]) — dans [15] — ceci [16] — *p. énergique* [17].

96

Malgré sa grande jeunesse, il exerça personnellement des fonctions.

Vous, jeunes étudiants, faites des efforts et vous arriverez.

On dit ici que, bien que Yên ne fût qu'un enfant de sept ans, il entra cependant en personne dans le corps des magistrats.

Vous, jeunes étudiants, vous devez vous efforcer de l'imiter.

96

A. Quoique [2] — ce (lettré) là [1] — fût très jeune [3], — déjà [5] — en personne [4] — il servit en qualité de fonctionnaire [6].

B. Vous [1] — (qui,) étant jeunes [2], — étudiez [3], — faites des efforts [4] — et [5] — vous arriverez [6].

C. (L'auteur) dit que [1], — quoique [3] — Yên [2] — fût un jeune [6] — enfant [7] — de sept [4] — ans [5], —, cependant [8] — déjà [9] — en personne [10] — il entra dans [11] — le corps (*litt* « *la forêt* ») [13] — des fonctionnaires [12].

D. Vous [1 2] (*toi* [1]; *marque du pluriel appliquée aux inférieurs* [2]) — (qui,) étant tout jeunes [3], — étudiez [4], — vous devez [5] — faire des efforts [6 7] (*faire des efforts* [6]; *forces* [7]) — pour [8] — imiter [9] — lui [10], — et ce sera bien [11 12] (*devoir* [11]; *p. aff. én.* [12]).

97

Ceux qui montrent du zèle pourront parvenir comme lui.

Ce qui manque aux hommes, c'est uniquement de faire des efforts et de déployer de l'ardeur.
Ce Luu yên, lui aussi, était un homme.
Qu'y a-t-il de difficile à l'imiter?

98

Le chien nous garde pendant la nuit; le coq préside à l'aurore.

97

A. Ceux qui [3] — déploient de l'ardeur [1 2] (*avoir* [1] ; (*le fait d'*) *agir* [2]) — aussi [4] — (seront) comme [5] — cet (enfant-là) [6].

B. Uniquement [2] — les hommes [1] — ne pas [3] — peuvent [4] — faire des efforts [5 6] (*exciter* [5] ; *s'élever* [6]) — et déployer de l'ardeur [7 8] — *p. emphatique* [9].
C. Ce [1] — Luu yên [2 3] — aussi [4] — (était un) homme [5] — *p. aff.* [6].
D. A imiter [1] — lui [2] — quoi [3] — de difficile (y a-t-il ?) [4].

98

A. Le chien [1] — garde [2] — (pendant) la nuit [3] ;— le coq [4] — préside à (*annonce*) [5] — l'aurore [6].

Si vous n'étudiez pas, méritez-vous d'être appelés des hommes ?

Que n'abaissez-vous votre regard jusqu'aux bêtes, afin d'exciter votre courage !

Le chien et le coq sont, tous deux, des animaux domestiques.

Le chien fait la garde la nuit, et, par la crainte qu'il leur inspire, il nous préserve des attaques violentes des malfaiteurs.

Le coq, (par son chant), préside, (pour ainsi dire), à l'aurore. Il nous prévient que le jour va venir, et nous rappelle qu'il nous faut nous ever de grand matin.

Or, le plus petit d'entre les coqs ou les chiens a encore des qualités utiles ;

à plus forte raison l'homme, qui est la plus intelligente des créatures, ne doit-il pas se livrer trop longtemps au repos.

B. Si [1] — ne pas [2] — vous étudiez [3], — comment [4] — seriez-vous [5] — des hommes [6]?

C. Vous [1] — pourquoi [2] — ne pas [3] — regardez (vous) [5] — en bas [4] — vers [6] — les animaux [7] [8] (*classe* [8]; *des créatures* [7]) — pour [9] — exciter [11] — vous-mêmes [10]? — *p. int.* [12].

D. Le chien [1] — et [2] — le coq [3], — tous deux [4], — sont des animaux domestiques [5] — *p. aff.* [6].

E. Le chien [1], — de son côté [2], — a [3] — le pouvoir [7] — de [6] — garder [4] — (pendant) la nuit [5], — et de faire que [8] — les hommes [9] — ne pas [10] — osent [11] — attaquer violemment [12].

F. Le coq [1], — du sien (*de son côté*) [2], — a [3] — le pouvoir [9] — de [8] — présider à [4] — l'aurore [5], — d'annoncer [6] — l'aube [7], — et de faire que [10] — les hommes [11] — se souviennent de [12] — se lever [14] — de grand matin [13].

G. Or [1] — (le plus) petit [5] — de [4] — les coqs [2] — et les chiens [3] — encore [6] — a [7] — des qualités (*litt^t « des points »*) [11] — utiles [8] [9] (*qu'on peut* [8]; *s'approprier pour son usage* [9]) — *p. déterm.* [10].

H. A plus forte raison [1], — l'homme [2], — (qui) est [3] — le (plus) intelligent [7] — de [6] — les dix mille [4] — êtres [5], — est-ce que [8] — il doit [9] — tardivement [10] [11] (*tard* [10]; *marque adverbiale* [11]) — se [12] — reposer [13]? — *p. int.* [14].

Depuis l'antiquité jusqu'à nos jours, tous les grands sages, tous les grands saints passèrent par l'étude avant de devenir (ce qu'ils ont été par la suite).

Si un homme n'étudie pas, il finira par retomber dans la classe inférieure.

Au lieu de réussir, il n'arrivera même point à rendre les services qu'on reçoit du coq ou du chien.

Peut-on, dès lors, le considérer comme un homme?

99

Le ver tire la soie de son estomac; l'abeille élabore le miel.

L'homme qui n'étudie point ne vaut pas même un animal.

I. Depuis [1] — l'antiquité [2], — les grands [3] — saints [4] — et les grands [5] — sages [6], — tous [7], — ont passé par [8] — le (fait d') étudier [9], — et [10] — ensuite [11] — ont réussi [12].

J. (Étant) un homme [1], — si [2] — ne pas [3] — (on) étudie [4], — alors [5] — finalement [6] — on retourne à [7] — la classe [9] — inférieure [8].

K. Agissant en sens contraire (de ce qui doit être) [1], — ne pas [2] — on atteint [3] — l'utilité [7] [8] — de [6] — le coq [4] — et le chien [5].

L. Alors [1] — aussi [2] — en quoi [3] [4] (*par* [4]; *quoi* [3]) — serait-on [5] — un homme [6]? — *p. int. emphatique* [7].

99

A. Le ver à soie [1] — expectore [2] — de la soie [3]; — l'abeille [4] — élabore [5] — le miel [6].

B. (Si) l'homme [1] — ne pas [2] — étudie [3], — il n'égale pas [4] [5] (*ne pas* [4]; (*il est*) *comme* [5]) — les animaux [6].

Ne voyez-vous pas la même chose chez l'abeille et le ver à soie?
Ces deux insectes sont des créatures d'une petitesse extrême,
et ils ne réclament rien de l'homme.
Lorsque ce dernier les nourrit,
le ver lui rend le service de tirer la soie de son estomac, et d'en former un cocon qui servira à fabriquer les étoffes de cette matière;
l'abeille lui est utile en suçant les fleurs et en élaborant le miel qui entrera dans ses boissons et ses aliments.
Si ce sont là de petits animaux, les services qu'ils rendent sont grands.
Pour vous, nobles jeunes hommes, si vous n'étudiez pas et que vous négligiez votre carrière, vous ne valez pas même ces insectes.

C. Encore [1] — est-ce que [9] — ne pas [2] — vous considérez [3] — cela [4] — dans [5] — l'abeille [6] — et [7] — le ver à soie [8]?

D. Ces [1] — ver à soie [2] — et abeille [3] — (sont) des êtres [7] — extrêmement [4] — petits [5] — *p. déterm.* [6].

E. Il n'y a rien (qu') [1] — ils demandent [2] — à [3] — l'homme [4].

F. (Lorsqu'ils) sont [1] — (des animaux) que [3] — l'homme [2] — nourrit [4], — le ver à soie [5], — de son côté [6], — a [7] — le mérite [17] — de [10] — expectorer [8] — de la soie [9], — et d'entrelacer [16] — son cocon [11] — pour [12] — (qu'on en) fasse [13] — des étoffes de soie [14 15] (*une pièce de soie* [14]; *étoffe de soie blanche et unie* [15]).

G. L'abeille [1], — de son côté [2], — a [3] — l'emploi [13] — de [12] — sucer [4] — les fleurs [5], — et d'élaborer [6] — le miel [7] — pour [8] — (nous) procurer [9] — la boisson [10] — et l'aliment [11].

H. (Leur fait d') être [1] — des créatures [2], — d'un côté [3], — est petit [4]; — les services [6] — accomplis (par eux) [5], — de l'autre [7], — sont grands [8].

I. Vous [1 2], — jeunes gens [5 6] — nobles [3 4] (*honorable* [3]; *id.* [4]). — si [7 8] (*si* [7]; *id.* [8]) — ne pas [9] — vous étudiez [10], — et (que) [11] — vous négligiez [12] — la carrière [14] — de vous [13], — c'est [15] — la non ressemblance [19 20] (*pas* [19]; *comme* [20]) — de [18] — les insectes [16 17] (*multitude* [16]; *insectes* [17]).

100

Etudiez pendant la jeunesse, agissez pendant l'âge mûr.

Ce n'est point uniquement pour étudier que l'homme vient au monde.

Dans sa jeunesse, il étudie les paroles des saints et des sages, afin d'agir plus tard comme eux-mêmes ont agi.

S'il se contentait d'étudier sans conformer sa conduite à la leur, quels avantages rencontrerait-il dans l'étude?

100

A. Etant jeunes [1], — d'un côté [2], — étudiez [3]; — (devenus) hommes faits [4], — de l'autre [5], — agissez [6].

B. (Si) l'homme [1] — *p. déterm.* [2] — naît [3] — *p. explét. appelant l'attention sur la proposition qu'elle précède)* [4], — ce n'est pas [5] — seulement [6] — (pour) s'occuper [7] — à [8] — étudier [9 10] (*lire en murmurant* [9]; *réciter à haute voix* [10]) — et [11] — voilà tout [12].

C. Etant jeune [1], — d'un côté [2] — il apprend [3] — les paroles [7] — de [6] — les saints [4] — et les sages [5], — pour, plus tard [8 9] (*marque du futur* [8]; *afin de* [9]), — (étant devenu) homme fait [10], — de l'autre côté [11] — mettre en pratique [12] — les actions [16] — de [15] — les saints [13] — et les sages [14] — *p. aff.* [17].

D. Si [1] — seulement [2] — il étudiait [3] — et (que) [4] — ne pas [5] — il agît [6] — les actions [8] — d'eux [7], — encore [9] — il s'approprierait [11] — quoi [10] — dans [12] — l'étude [13]? — *p. d'exclamation* [14].

101

Guidez, en haut, le prince vers la perfection; répandez, en bas, les bienfaits sur le peuple.

Que signifient ces mots : « Agir dans l'âge mûr » ?

Ils veulent dire que, lorsqu'un lettré ou un sage a vu se réaliser ses désirs (en occupant des fonctions dans l'Etat), il doit suivre la voie qui lui est tracée (par les devoirs de sa position).

En haut, il fait que le Prince gouverne comme un second Nghiêu ou un second Thuấn ;

En bas, il répand sur le peuple les bienfaits que ces deux souverains répandirent sur lui.

101

A. En haut [1] — conduisez (vers la perfection) [2] — le prince [3]; — en bas [4] — faites du bien à [5] — le peuple [6].

B. Agir [2] — (lorsqu'on est) homme fait [1] — signifie (*litt* « *dit* ») — quoi [4]?

C. (Cela signifie que, lorsqu') un lettré [1] — ou un sage [2 3] — a obtenu [4] — (l'objet de ses) désirs [5], — alors [6] — il marche (dans) [7] — la voie [9] — de lui [8] — *p. de déf.* [10].

D. En haut [1], — par là [2],— il amène [3] — le prince [5] — de lui [4] — à être [6] — un prince [10] — de (la même valeur que) [9] — Nghiêu [7] — et Thuấn [8].

E. En bas [1],— par là [2],— il fait du bien à [3] — le peuple [5] — de lui [4] — comme [6] — (il fut fait au) peuple [10] — de [9] — Nghiêu [7] — et de Thuấn [8].

C'est là ce qu'on entend par cette maxime : « Dans le malheur, ne vous occupez que de votre propre amélioration ;
dans la prospérité, cherchez aussi à procurer celle de l'empire ».

102

Etendez votre réputation ; rendez illustres vos parents.
Faites que l'éclat de votre renommée rejaillisse sur vos aïeux, et laissez des biens à vos descendants.

Si, par votre travail, vous devenez un grand lettré, vous deviendrez célèbre dans tout l'empire.
Si, vous consacrant au service de l'Etat, vous devenez un illustre

---

F. (C'est) ce que [1] — signifient (ces mots) [2] : — « (Étant dans) l'adversité [3], — alors [4] — seulement [5] — améliorez [6] — la personne [8] — de vous [7] ;
G. (si) vous réussissez (dans la vie) [1], — alors [2] — en même temps [3] — améliorez [4] — l'empire [5] [6] ».

102

A. Etendez [1] — votre réputation [2] [3] (*réputation* [2] ; *id.* [3]) — et illustrez [4] — vos parents [5] [6] (*père* [5] ; *mère* [6]).
B. Réfléchissez l'éclat (de votre illustration) [1] — sur [2] — vos aïeux [3], — et laissez des richesses [4] — à [5] — vos descendants [6].

C. (Si,) en étudiant [1], — vous devenez (*litt*[t] « *êtes* ») [2] — un grand [3] — lettré [4], — votre réputation [5] [6] — se répandra [7] — dans [8] — tout l'empire [9] [10] (*les quatre* [9] ; *points cardinaux* [10]).
D. (Si,) étant fonctionnaire [1], — vous devenez [2] — un ministre [4]

ministre, le souverain vous louera, vous accordera ses faveurs, et conférera la noblesse à votre père et à votre mère ; ou bien, si vous vous montrez complètement fidèle à vos devoirs envers le prince et envers vos parents, la bonne odeur de vos vertus embaumera de nombreuses générations ; ou bien enfin, si vous êtes droit, juste et désintéressé, vous verrez tout à coup les hommes exalter vos vertus, votre célébrité grandir, et votre illustration se répandre sur vos proches.

Si un homme peut, par sa vertu, son mérite et ses sages conceptions, devenir célèbre dans le monde, alors sa vertu parfaite et sa grande position sociale jettent un éclat qui rejaillit sur ses aïeux. Il augmente le nombre de ses plaisirs, accumule félicités sur félicités, et transmet des richesses aux générations qui viendront après lui.

N'est-ce point là le magnifique résultat de l'étude?

— illustre [3], — (le souverain), en vous louant [5] — et en vous accordant sa faveur [6], — conférera (la noblesse) [7] — à [8] — (votre) père [9] — (et à votre) mère [10] ;— ou bien [11],— (si) complètement [12] — vous êtes fidèle [13] — (et que) vous épuisiez [14] — votre piété filiale [15], — (pendant) cent [16] — générations [17] — vous répandrez [18] — la bonne odeur (de vos vertus) [19] ; — ou bien [20], — (si vous êtes) droit [21] [22] (*droit* [21] ; *id.* [22]), — juste [23]. — et désintéressé [24], — tout d'un coup [25] [26] (*un* [25] ; *temps* [26]) — on exaltera [27] — (votre) vertu [28], — et, tout à la fois [29], — vous étendrez [30] — (votre) réputation [31] — et vous illustrerez [32] — les choses [35] — de [34] — vos proches [33] — *p. aff.* [36].

E. (Si) un homme [1] — peut [2], — par [3] — sa vertu [4] [5] (*vertu* [4] ; *id.* [5]), — ses mérites [6], — ses vues (pleines de sagesse) [7], — répandre [8] — son illustration [9] — dans [10] — le monde [11], — alors [12] — sa vertu [14] — parfaite [13] — et sa grande [15] — position sociale [16] — produisent un éclat qui rejaillit [17] [18] (*illuminer* [17] ; *id.* [18]) — sur [19] — ses ancêtres [20] [21] (*ancêtres* [20] ; *id.* [21]) ; — il amasse [22] — de la joie [23], — accumule [24] — du bonheur [25], — et transmet [26] — des richesses [27] — à [28] — les générations [30] — suivantes [29].

F. Est-ce que (cela) [1] — n'est pas [2] — le grand [6] — résultat [7] — de [5] — (le fait d') étudier [3] — les livres [4] ? — *p. int. emphatique* [8].

103

D'autres lèguent à leurs enfants des coffres pleins d'or.

Pour moi, je me contente d'enseigner aux miens un seul livre.

Ces mots résument tout ce qui précède.

L'auteur veut dire que tous ceux qui laissent un héritage à leurs descendants n'attachent d'importance qu'à l'or et à l'argent.

Pour moi, je me contente, au moyen d'un unique livre, d'instruire mes enfants et d'en faire des sages et des saints.

On dit souvent :

103

A. Les hommes [1] — laissent à [2] — (leurs) enfants [3] — des coffres [6] — pleins [5] — d'or [4].

B. Moi [1], — j'enseigne à [2] — (mes) enfants [3] — seulement [4] — un [5] — livre [6].

C. (Dans) ces (paroles) [1], — (l'auteur) résume [2] [3] (*réunir ensemble* [2] ; *attacher* [3]) — le texte [5] — précédent (*litt* « *supérieur* ») [4].

D. Il dit que [1] — (parmi) tous les [2] — hommes [3], — ceux qui [9] — laissent [4] [5] (*un héritage. Laisser* [4] ; *id.* [5]) — à [6] — leurs fils [7] — (ou à leurs) petits-fils [8] — seulement [10] — attachent de l'importance à [11] — l'or [12] — et à l'argent [13].

E. Moi [1], — de mon côté [2], — j'instruis [7] — mes enfants [8] — seulement [3] — par le moyen de [4] — un (seul) [5] — livre [6], — pour faire que [9] — en étudiant [10] — ils deviennent [11] — des saints [12], — des sages [13], — et [14] — c'est tout [15].

F. Répétant [1] — on dit [2] :

« Il vaut mieux enseigner un seul livre à son fils que de lui laisser des coffres pleins d'or. » Et c'est bien vrai !

104

Le mérite consiste dans un travail assidu.
S'amuser ne sert de rien.
Gardez-vous en !
Il faut vous appliquer avec ardeur.

Ce sont là des paroles d'avertissement destinées, en général, aux étudiants à venir.

L'auteur veut dire que celui qui s'applique avec soin et assiduité à ses études verra ses efforts récompensés par un progrès journalier.

G. « Des coffres [4] — pleins d' [3] — or [1] [2] (*jaune* [1] ; *métal* [2]) — n'égalent pas [5] [6] (*pas* [5] ; *comme* [6]) — enseigner à [7] — ses fils [8] — un seul [9] — livre [10] ; — il en est ainsi [11] ! — *p. d'admiration* [12].

104

A. (Si l'on) est assidu [1], — (l'on) a [2] — du mérite [3].
B. Le jeu [1] — n'a pas d' [2] — utilité [3].
C. Gardez-vous de [1] — lui [2] ! — *p. d'exclamation* [3].
D. Vous devez [1] — faire tous vos efforts [2] [3] (*faire des efforts* [2] ; *forces* [3]).

E. Ces (mots) [1] — (sont) des paroles [7] — de [6] — en général [2] — avertir [3] — les étudiants [5] — de l'avenir [4].

F. (L'auteur) dit (que) [1] — tout [2] — homme [3] — (qui) soigneusement [4] — et assidûment [5] — se tourne vers [6] — l'étude [7] — alors [8] — aura [9] — le mérite [13] — de [12] — faire des progrès [11] — de jour en jour [10].

S'il se livre, au contraire, à la paresse et aux amusements, loin d'en tirer profit, il en éprouvera du dommage.

Pour vous, vous devez vous en garder et y renoncer.

Etudiez de toutes vos forces ; mettez-vous résolûment au travail, afin de parvenir à de hauts grades littéraires.

FIN

G. Si [1] — il est paresseux [2 3] (*paresseux* [2] ; *id.* [3]) — et s'amuse [4 5] (*jouer* [4] ; *id.* [5]), — alors [6] — (cela) sera sans [7] — utilité (pour lui) [8], — et, au contraire [9], — il en aura [10] — du dommage [11] — *p. aff. énergique* [12].

H. Vous [1 2], — vous devez [3] — vous garder de [4] — cela [5] — et couper court à (*litt*[t] « *éteindre* ») [6] — cela [7].

I. Ne pas [1] — vous devez [2] — ne pas [3] — faire tous vos efforts [4 5] — et vous mettre résolument [6 5] (*exciter* [6] ; *sa volonté* [7])— à [8] — étudier [9] — pour [10] — devenir [11] — de grands [12] — lettrés [13] — *p aff.* [14].

FIN

NOTES

PRÉFACE

« Nhẫn am Vương tướng tấn thăng. — *Moi, le lettré* « Vương tấn thăng[1] ».

« Nhẫn am » est une qualification d'origine.

Les lettrés qui n'exerçaient point de fonctions dans l'État avaient autrefois pour coutume d'habiter de modestes retraites (*Am*) situées dans un lieu écarté, afin de pouvoir se livrer à leurs études dans la paix et la tranquillité. Ils prenaient le nom de leur demeure, lequel leur constituait comme une espèce de titre littéraire. Si j'en crois ce qui m'a été rapporté à ce sujet, cette coutume se retrouverait même encore aujourd'hui.

Le nom de la résidence de Vương tấn thăng, l'auteur du Tam tự kinh, est assez remarquable, et parfaitement approprié à un savant et à un professeur. En effet, ces deux mots « Nhẫn am » signifient, à proprement parler, « *la chaumière où l'on pèse ses paroles* (Nhẫn, hésiter dans la crainte de parler mal à propos; am, chaumière) ».

Quant au mot « tướng », dont la signification ordinaire est « *ministre* », il ne représente ici qu'une simple qualification sans grande importance, qui a quelque rapport avec nos expressions françaises « *le sieur* » ou « *le nommé* » ; mais elle est plus relevée, et on l'accole particulièrement au nom des lettrés. Il y a lieu de remarquer la manière dont se place cette qualification, entre le « tánh » ou nom de

1. Le présent ouvrage étant destiné plus particulièrement aux personnes qui étudient la langue mandarine annamite, j'ai cru devoir adopter de préférence la prononciation cochinchinoise pour la transcription de tous les caractères chinois que renferment ces notes.

famille (qui est ici « Vương ») et le tư'hiệu » ou nom honorifique. Pour être absolument exact, il faudrait peut-être traduire ainsi :

« *Le lettré de la famille Vương, de Nhân am, dont le nom honorifique est Tấn thăng* ».

J'ai préféré néanmoins m'arrêter à l'interprétation que je donne dans le corps de ma traduction ; elle est plus concise et me paraît mieux respecter la valeur relative que les deux caractères « Nhân am » tirent de leur position.

« *L'année* Bính ngọ ».

La chronologie s'établit, chez les principaux peuples de l'extrême Orient, au moyen de la combinaison de deux séries de caractères symboliques.

La première est composée de dix signes, que l'on nomme Thập can où « les dix *Troncs* ». Ce sont des caractères qui n'ont pas de signification propre par eux-mêmes, mais qui sont supposés en relation avec les « Cinq éléments », tels que les comprennent ces peuples, c'est-à-dire le *Bois,* le *Feu*, la *Terre,* le *Métal* et l'*Eau,* dont ils sont la représentation. On verra, exposé plus loin, le développement de cette idée.

La seconde série contient douze caractères. On les appelle Chi ² où « *Branches* ». Chacun de ces douze « Chi » représente un animal, et la combinaison des noms de ces douze animaux avec ceux des heures de la journée, des constellations du zodiaque, etc., constitue la base sur laquelle roulent les élucubrations des astrologues.

En combinant les dix « Can » et les douze « Chi » on obtient un cycle de soixante ans. Pour cela, on écrit parallèlement ces deux séries de signes, jusqu'à ce que les deux premiers de chaque ordre, accolés en commençant, se trouvent de nouveau en regard l'un de l'autre ; ce qui ne peut se produire qu'après soixante combinaisons binaires, puisque les « Can » n'étant qu'au nombre de dix, le premier d'entre eux « Giáp » a besoin d'être répété six fois pour pouvoir se trouver encore vis-à-vis du signe « Tí » qui est le premier des » Chi ».

L'examen du tableau suivant, qui représente une révolution complète du cycle, fera mieux comprendre ce mécanisme, d'ailleurs fort simple.

1. Giáp tí.
2. Ất sửu.
3. Bính dần.
4. Đinh meọ.
5. Mồ thìn.
6. Kỉ tị.
7. Canh ng .
8. Tân muì.
9. Nhâm thân.
10. Quí dậu.
11. Giáp tuất.
12. Ất hợi.
13. Bính tí.
14. Đinh sửu.
15. Mồ dần.
16. Kỉ mẹo.
17. Canh thìn.
18. Tân tị.
19. Nhâm ngọ.
20. Quí muì.
21. Giáp thân.
22. Ất dậu.
23. Bính tuất.
24. Đinh hợi.
25. Mồ tí.
26. Kỉ sửu.
27. Canh dần.
28. Tân meọ.
29. Nhâm thìn.
30. Quí tị.
31. Giáp ngọ.
32. Ất muì.
33. Bính thân.
34. Đinh dậu.
35. Mồ tuất.
36. Kỉ hợi.
37. Canh tí.
38. Tân sửu.
39. Nhâm dần.
40. Quí meọ.
41. Giáp thìn.
42. Ất tị.
43. Bính ngọ.
44. Đinh muì.
45. Mồ thân.
46. Kỉ dậu.
47. Canh tuất.
48. Tân hợi.
49. Nhâm tí.
50. Quí sửu.
51. Giáp dần.
52. Ất meọ.
53. Bính thìn.
54. Đinh tị.
55. Mồ ngọ.
56. Kỉ muì.
57. Canh thân.
58. Tân dậu.
59. Nhâm tuất.
60. Quí hợi.

Ce cycle est appelé en Chine « Lục thập hoa giáp tí [3] » ou « le cycle des soixante *fleurs* ».

Les Annamites semblent employer de préférence l'expression, d'ailleurs également chinoise, de « Vạn niên lục giáp [4] » qui signifie « Tableau de six cycles de dix, marquant la révolution des années », ou simplement celle de « Con giáp, le Giáp ». On attribue l'invention de ce système de supputation des années à Thái nào, ministre de l'empereur Huỳnh đế ; et on aurait commencé à en faire usage en 2637 av. J.-C. Depuis ce temps, les « Nguyên » ou révolutions cycliques se sont succédé jusqu'à nos jours. Nous sommes aujourd'hui dans la soixante-dixième, d'après la décision du tribunal des Mathématiques de Chine, qui, pour trancher des contestations élevées au sujet du nombre des cycles révolus, décida, en 1684, que le soixante-septième cycle commençait cette année-là même.

Le règne de Khang hi, qui commence en 1667 et finit en 1723, est à cheval sur cette révolution et la précédente.

Le chiffre Bính ngọ, étant le quarante-troisième sur le tableau cyclique, ne peut indiquer, par conséquent, que l'année 1666 ; comme on peut s'en convaincre en comptant quarante-trois à partir de 1624, première année du soixante-sixième cycle.

2

« *Le* SAGE *seul a le mérite d'alimenter ses bonnes dispositions* ».

L'expression chinoise « Quân tử », que je traduis ici par le mot « *sage* », répond à un certain nombre d'idées différentes les unes des autres, au moins par les nuances.

Ainsi le Quân tử est, à tour de rôle :

1° Le type de la perfection morale ;

2° Un prince doué d'une vertu supérieure (Trị quốc chi quân tử)[5] ;

3° Un sage, sans aucune acception de souveraineté sur les autres hommes ;

4° Simplement ce que nous appelons « un homme distingué » et les Anglais « a perfect gentleman » (Wells William, *Chinese dict.*)[1]. Comme ce mot se trouve, pour ainsi dire, à chaque page dans les œuvres du grand moraliste chinois Confucius, œuvres qui sont comme la source d'où est sortie la langue littéraire et philosophique de la Chine et desquelles le Tam tự kinh tire des citations assez nombreuses, je ne crois pas inutile de donner ici un résumé des caractères distinctifs du « Quân tử » tel que je les relève dans la magnifique édition des livres classiques de la Chine que nous a donnée le savant docteur Legge.

On distinguera facilement ce qui se rapporte plus particulièrement à chacune des nuances que j'ai cru pouvoir indiquer ci-dessus.

L'homme supérieur ou « Quân tử » est, d'après le « Luận ngữ », sujet à trois changements.

1. En annamite, surtout dans les poésies, le mot « Quân tử » est souvent un terme d'amour respectueux employé par une femme en parlant à un jeune homme (v. le Luc vân tiên).

« Lorsqu'on le considère à une certaine distance, il paraît sévère ; « lorsqu'on l'aborde, il est doux ; lorsqu'on l'entend parler, son lan- « gage est ferme et décidé. »

« Il s'exerce à la pratique de la vertu ; au lieu de dissimuler ses « erreurs, il les rectifie. »

« Sa fermeté est basée sur le droit. »

« Il est loyal, poli, humble, sincère, et agit plus qu'il ne parle. »

« Il est neuf choses auxquelles il s'applique particulièrement ; à « savoir :

« 1° En ce qui concerne l'usage de ses yeux, de voir clairement ;

« 2° En ce qui concerne l'usage de ses oreilles, d'entendre distinc- « tement ;

« 3° En ce qui concerne sa physionomie, de lui faire exprimer la « bonté ;

« 4° En ce qui concerne sa conduite, qu'elle soit respectueuse en- « vers qui de droit ;

« 5° En ce qui concerne ses discours, qu'ils soient sincères ;

« 6° Lorsqu'il s'occupe d'une affaire, il s'efforce d'agir avec un soin « révérencieux ;

« 7° Lorsqu'il doute, il a à cœur de connaître l'opinion des autres ;

« 8° Quand il ressent de la colère, il pense aux difficultés dans « lesquelles cette passion pourra l'impliquer ;

« 9° Enfin, lorsqu'il voit un gain à faire, il recherche si ce gain est « honnête (littéralement : « *il pense à la droiture*) ».

« Un des caractères distinctifs les plus saillants du véritable « Quân « tử », c'est le soin mêlé de respect qu'il apporte à se perfectionner « lui-même, dans le but de procurer la paix aux autres hommes.

« Fût-il chargé de la conduite d'un jeune prince orphelin de quinze « ans, eût-il sous son autorité un territoire de cent Li[n], il n'en reste- « rait pas moins inébranlablement fidèle à ses principes » ; ni la con- « sidération des personnes, ni l'influence des richesses ne pourraient « l'en faire dévier.

« Ses pensées sont en harmonie avec sa position.

« L'objet de ses recherches, c'est la vérité.

« Il tient à l'approbation de sa conscience et non à celle des hommes.

n. Domaine de dix lieues carrées, attribué, dans les règlements des Châu, aux Công et aux Hau, (*V. Mencius, 2e partie, livre V, chapitre 2*).

« Lorsqu'il est placé à la tête d'un état, il n'élève point les fonction-
« naires en dignité pour la manière dont ils parlent ; et, réciproque-
« ment, il ne refuse pas son attention aux paroles qu'on prononce
« devant lui par mépris pour l'homme de qui elles viennent.

« La pensée que son nom ne sera plus prononcé après sa mort lui
« est pénible.

« En toute chose, » dit le « Đại học », « il cherche à faire de son
« mieux.

« Il veille sur lui-même lorsqu'il est seul comme lorsqu'il est dans
« la compagnie des autres hommes (Quân tử tất thận kì độc dã)[c].

« D'après le « Trung dong », « il n'est pas capable d'agir autrement
« qu'en conformité avec l'*Invariabilité dans le milieu* »[c], et combine,
« dans sa conduite, l'harmonie avec la fermeté. Cette conduite,
« dont le mobile secret est dans le naturel qu'il tient du Ciel, con-
« cerne et embrasse tous les devoirs.

« Distingué des autres par une entière sincérité, il suit sa voie avec
« une indomptable persévérance. Il s'efforce de faire en tout des
« progrès incessants, aimant à tenir sa vertu cachée, alors qu'elle
« devient de jour en jour plus éclatante ».

(Luận ngữ, Đại học, Trung dong, *passim*).

5

« ..... *il alla recevoir les leçons de* Tử tư ».

Tử tư était le petit fils de Confucius. Si la chronologie chinoise, ordinairement si exacte, n'est pas en défaut ici, le commentateur du Tam tự kinh émet une assertion absolument erronée. Il aura probablement été trompé par le passage suivant de Châu khi, que je tire, avec les considérations qui l'accompagnent, du Mencius du docteur Legge *(Prolegomena)*.

« Quand Mạnh tử fut devenu grand, » dit Châu khi, « il étudia sous « Tử tư ; il apprit tout ce qu'enseignait *le Savant*, et les cinq Kinh lui

c. Je crois devoir, dans la traduction de ces passages, adopter, comme la plus exacte, l'interprétation que S. Julien donnait de l'expression « *Trung dong* ».

« devinrent familiers. Il s'assimila tout particulièrement le Livre des « vers et celui des annales.

« On voit, en examinant les dates, qu'il doit y avoir dans ce passage « une inexactitude. Entre la mort de Confucius et la naissance de « Mencius, il s'est écoulé cent huit ans ; et en supposant (ce qui n'est « pas probable) que Tử tư soit né l'année même de la mort de son « père, il aurait eu cent douze ans à la naissance de Mencius.

« De plus, la supposition qu'il a pu y avoir entre eux des relations « de maître à élève n'est nullement justifiée par les expressions « qu'emploie Mencius lorsqu'il s'en réfère à l'opinion de Tử tư. Les « sept citations qu'il en tire font bien voir que la biographie de ce « maître lui était familière, mais n'indiquent nullement qu'il ait « jamais eu aucun rapport personnel avec lui.

« D'après Tư mã thiên, c'est à l'école des disciples de Tử tư que « Mencius aurait fait son éducation. Il a dû en être ainsi, et rien, « dans la disposition chronologique des faits, ne rend la chose impos- « sible ou même improbable ; mais on ne saurait s'avancer davan- « tage.

« L'école de Tử tư n'a transmis à la postérité aucun nom célèbre, « et Mencius ne s'exprime nulle part comme ayant des obligations « particulières à aucun maître pour l'enseignement qu'il en aurait « reçu. »

(Dr Legge, *Works of Mencius, Prolegomena.*)

« .... *et mit en lumière, par ses écrits, l'enseignement du* SAINT « HOMME. »

L'on trouve chez les philosophes chinois, notamment chez ceux de l'école de Confucius, comme une échelle progressive de termes au moyen desquels ils expriment les différents degrés de la perfection morale, telle, du moins, qu'ils la conçoivent. Les voici, en commençant par le plus bas pour aboutir au plus élevé :

Tiểu nhơn, *l'Homme de peu de valeur ;*
Quân tử, ou
Đại nhơn, *l'Homme supérieur ;*
Hiền nhơn, *le Sage ;*

Thánh nhơn, *le Saint ;*
Thần nhơn (A), *l'Homme divin.*

J'ai donné, dans une note précédente, une espèce de tableau des qualités caractéristiques de l'Homme supérieur ou « Quân tử ». Ce terme, pris dans son acception la plus générale, me paraît à peu près équivalent comme portée à celui de « Đại nhơn », par lequel les moralistes de la Chine désignent « *l'Homme qui obéit aux impulsions de la partie la plus noble de son être* » laquelle est l' « *âme* », l' « *esprit* » ou le « *cœur* » ; ces trois expressions paraissant représenter quelque chose de sensiblement identique, d'après les idées chinoises. « Tùng kỳ đại thể vi đại nhơn (B) », dit Mencius *(Liv.* VI, *sect.* 1, *chap.* 15, § 1). Les qualités qui constituent les nombreux signes caractéristiques du « Quân tử », ne sont, en somme, que l'application développée de cette disposition morale.

Par opposition, le « Tiểu nhơn » est « *celui qui écoute les sollicitations de la partie la plus basse de sa nature* », c'est-à-dire à celles de ses sens. « Tùng kỳ tiểu thể vi tiểu nhơn (C) » *(Mencius, eod. loc.).*

Au-dessus du « Quân tử » ou « Đại nhơn » se place le *Sage*, « Hiền nhơn » : c'est l'homme « *admirable, doué de talents et de vertu* ».

Plus haut encore, nous trouvons le « Thánh nhơn », que Mencius définit : « *Un grand homme capable d'exercer sur ses semblables une influence transformatrice* Đại nhi hoá chi chi vị thánh (D) » (Mencius, *liv.* VII, *sect.* 2, *chap.* 25, § 7).

Enfin, lorsqu'un saint possède un degré de sagesse tellement élevé, qu'il *est inintelligible pour les autres hommes* (« Thánh nhi bất khả tri chi » (E), on lui donne le nom de « *génie* » ou d' « *homme divin* » « vị thần (F) » (*Mencius, eod. loc.*).

Les maximes et la manière d'être de Confucius pouvant être comprises de ses semblables, on n'a pu, malgré la profonde vénération dont il est l'objet, lui appliquer l'épithète de « Thần » ; mais, d'autre part, à cause de l'élévation et de la pureté de ses doctrines philosophiques, on ne s'est pas contenté de lui donner le titre de « Thánh » ou saint ; on l'a appelé « Thánh nhơn [2], LE SAINT » par excellence ».

On verra plus loin que, dans la pensée des lettrés chinois, Confucius est supposé avoir été doué de la science infuse.

15

« *Quand, après avoir rempli leurs obligations* ..... ».

Le chapitre vi du premier livre du Luân ngữ, d'où sont tirées ces paroles de Confucius, donne le détail de ces obligations auquelles doivent, avant toutes choses, satisfaire les jeunes gens.

« Un jeune homme, » dit le Maître, « doit pratiquer la piété filiale « dans le temps qu'il est à la maison, et, lorsqu'il est au dehors, il « doit se montrer respectueux envers les aînés. Qu'il soit diligent, « sincère, qu'il étende son affection à tous, et cultive l'amitié des gens « de bien. (Tử viết : « Đệ tử, nhập tắc hiếu, xuất tắc đệ ; cẩn nhi tín, « phiếm ái chúng, nhi thân nhơn (G) ».

Les mots « Hữu dư lực », dont se sert Confucius dans la phrase qui suit et que cite Vương tấn thăng, répondent en français à ceux-ci : « Quand il en a la facilité et le loisir » (*V. Dr Legge*). Cette expression paraît employée à dessein par le philosophe pour faire ressortir l'extrême importance qu'il attache aux devoirs qu'il vient de tracer, en donnant à entendre qu'il y a dans leur accomplissement consciencieux de quoi remplir entièrement, ou à peu de chose près, l'existence d'un jeune homme.

« .... *ils s'adonneront à l'étude des lettres.* »

M. le Dr Legge, s'appuyant sur l'autorité de Châu hy, considère le mot « Văn » comme exprimant, non seulement les *études littéraires,* mais encore toutes les connaissances que doit acquérir un homme bien élevé, c'est-à-dire la science des rites, la musique, l'art de tirer de l'arc, les diverses connaissances, tout ce que doit posséder un cavalier, et enfin l'écriture et les nombres.

« Not *literary studies* merely, but all the accomplishments of a gentleman also : — ceremonies, music, archery, horsemanship, writing « and numbers. »

18

« Toutes les formes matérielles visibles, » dit Lão tử, « ne sont que « des émanations du ĐAO, ou *Raison universelle suprême.* C'est elle « qui a formé tous les êtres. Avant leur formation, leur émission au « dehors, l'univers n'était qu'une masse indistincte, confuse, un « chaos de tous les éléments à l'état de germe, d'essence subtile. »

Voici une traduction littérale du passage où est expliquée cette formation de l'univers. (Đạo đức kinh, 25e *sect.*).

« Les êtres aux formes corporelles ont été formés de la matière première confuse.

« Avant l'existence du ciel et de la terre,

« Ce n'était qu'un silence immense, un vide incommensurable et sans formes perceptibles.

« Seul il existait, infini, immuable.

« Il circulait dans l'espace illimité sans éprouver aucune altération.

« On peut le considérer comme la mère de l'univers ;

« Moi, j'ignore son nom, mais je le désigne par la dénomination de Dao, raison universelle suprême.

« Forcé de lui faire un nom, (je le désigne par ses attributs, et) je le dis *grand*, élevé ;

« Étant (reconnu) grand, élevé, je le nomme *s'étendant au loin ;*

« Étant (reconnu) étendu au loin, je le nomme *éloigné, infini ;*

« Étant (reconnu) éloigné, infini, je le nomme *ce qui est opposé à moi.....*

« L'Homme a sa loi dans la Terre ;

« La Terre a sa loi dans le Ciel ;

« Le Ciel a sa loi dans le Dao ou la Raison universelle suprême.

« La Raison universelle suprême a sa loi en elle-même. »

(*L'Univers. Chine, par* M. G. Pauthier.)

19

« . . . . *le principe femelle et le principe mâle.* »

Les théories basées sur l'influence respective et la combinaison de ces deux principes jouent un rôle capital dans la philosophie chinoise.

Dương est le principe mâle, supérieur, actif, la matière en mouvement dans la nature.

Am (qui, bien qu'inférieur, est énoncé le premier dans la formule « Am dương »), est le principe femelle ou réceptif. C'est la matière au repos ; c'est, lorsqu'on établit une comparaison énoncée ou tacite entre deux choses contraires, celle qui est inférieure à l'autre. Telles, par exemple, la lune, la terre, la nuit ou l'eau, opposées au soleil, au jour, au feu, lesquels sont, par contre, désignés par le mot « Dương ».

Lorsque ces deux principes, dits « Lưỡng nghi », sont réunis et combinés ensemble, on considère la puissance qui résulte de leur union comme formant, dirigeant et modifiant toutes choses; « produisant », disent les philosophes chinois, « tout le bien opéré par le ciel, et donnant naissance à tous les êtres » ; car ils ne sont, toujours d'après les mêmes philosophes, que des émanations du Thái cực, le grand principe primordial et immatériel, que quelques-uns regardent comme la même chose que le « Thượng đế » ou le Ciel doué d'intelligence et de raison. (*V.* Wells Williams, *a syllabic dict. of the chinese language.*)

20

« *Les trois grands* liens *de la société humaine.* »

Le caractère « Cang [7] », composé de la phonétique qui en fixe la prononciation et de la clef de la soie, a pour signification primitive : « *La grosse corde qui réunit entre elles les mailles d'un filet* ». Par suite, les « Trois Cang » sont les trois grands liens de la société humaine, celle-ci étant considérée comme un assemblage de mailles que relient et maintiennent trois cordes maîtresses, qui sont le prince, le père et le mari.

23

« *Ces cinq éléments tirent leur origine de leur nombre même.* »

Je trouve dans les remarques écrites par Claude Visdelou, évêque de Claudiopolis, à la suite d'une notice qu'il publia en 1728, sur le « Diệc kinh » ou *Livre canonique des changements*, une dissertation des plus intéressantes sur les « cinq éléments » dont il s'agit ici. Comme la lecture de ces considérations facilitera beaucoup l'intelligence de plusieurs passages du Tam tự kinh, je les transcris en entier :

« Les philosophes chinois, » dit le savant évêque, « posent comme « un fait incontestable que les *cinq éléments,* savoir : le bois, le feu, « la terre, le métal et l'eau, sont les principes immédiats de toutes « choses, et que les cinq génies qui les gouvernent étendent leur do- « mination sur les dynasties qui doivent tour à tour posséder l'empire « de la Chine ; de même qu'ils président aux *cinq parties* qui forment « le ciel en entier, et aux *cinq saisons* dont l'année est composée.

« Ils donnent à chacun de ces génies le nom de Thượng đế et celui de « la couleur qui lui est propre. Ainsi, le génie qui préside à l'orient et « au printemps est celui de l'élément de bois, ou le Thượng đế vert. Le « génie qui préside au midi et à l'été est celui de l'élément du feu, ou « le Thượng đế rouge. Le génie qui préside à la partie moyenne du « ciel et à la saison moyenne de l'année est celui de l'élément de la « terre, ou le Thượng đế jaune ; lequel, comme on le voit, tient le « milieu entre les cinq éléments et les cinq saisons, et dans le monde. « Le génie qui préside à l'occident et à l'automne est celui de l'élé- « ment du métal, ou le Thượng đế blanc ; et le génie qui préside au « septentrion et à l'hiver est celui de l'élément de l'eau, ou le Thượng « đế noir.

« Or, chacun de ces éléments produit une dynastie. Ainsi l'élément « du bois en produit une, et son Thượng đế forme un fondateur. « Ensuite l'élément du feu produit une autre dynastie et un nouveau « fondateur. Et après que les trois autres éléments ont fondé chacun « la leur, l'élément du bois reprend la domination, et forme un nou-

« veau fondateur ; et ce période dure autant que le monde, sans in-« terruption et nécessairement. De là cette formule de l'histoire « chinoise : *Telle dynastie a régné par la vertu du bois ou de quel-« que autre élément.* Celle d'aujourd'hui, par exemple, règne par la « vertu de l'eau. De là vient aussi que la plupart des anciennes dy-« nasties sacrifiaient au Thượng đế, ou à l'élément qu'elles regar-« daient comme leur père, voulant comme persuader au peuple « qu'elles en étaient issues. Ils donnent souvent à ce période pré-« tendu, qui est très ancien, le nom des *cinq vertus* ou des *cinq ré-« volutions*, par rapport au nombre des éléments ; attribuant au bois « la charité ; à celui du feu, les cérémonies ; à celui de la terre, la « foi et la sincérité ; à celui du métal, la justice, et à celui de l'eau, « la prudence. Il n'est pas croyable combien il y a eu entre les phi-« losophes de contestations sur un sujet si frivole. Ils ont surtout « balancé longtemps sur l'ordre qu'il fallait tenir dans ce période ; « les uns prétendant qu'il fallait suivre l'ordre de génération que « voici : le bois produit le feu, le feu produit la terre, la terre produit « le métal, le métal produit l'eau ; ensuite l'eau produit le bois, le « bois produit le feu, et ainsi du reste.

« Les autres, au contraire, disent qu'il faut suivre l'ordre des des-« tructions que voici : La terre détruit l'eau, l'eau détruit le feu, le « feu détruit le métal, le métal détruit le bois ; ensuite le bois détruit « la terre, la terre détruit l'eau, et ainsi des autres. L'ordre de la « génération l'a enfin emporté, et on le suit depuis longtemps.

« Ce n'est pas tout. Ils se sont avisés de fixer le nombre des années « de ce période chimérique. Selon ce compte, qui à la vérité n'est pas « si ancien à beaucoup près que l'invention de ce période, les empires « fondés par *l'élément de la terre* durent mille ans, sous cinquante « générations. Ceux fondés par *l'élément du métal* durent neuf cents « ans, sous quarante-neuf générations. Ceux fondés par *l'élément de « l'eau* durent six cents ans, sous vingt générations. Ceux fondés par « *l'élément du bois* durent huit cents ans, sous trente générations. « Ceux enfin fondés par *l'élément du feu* durent sept cents ans, sous « vingt générations. Telle est, disent-ils, la règle fixe et perpétuelle « du ciel et de la terre.

« Voilà quelle est la doctrine des philosophes chinois sur les révo-« lutions des générations élémentaires, ou des cinq Thượng đế. C'est

« ainsi qu'ils prétendent que le cours des empires n'est pas moins « périodique que les révolutions célestes ; et c'est ce qui a donné lieu « à cette formule des empereurs : *Nous que le ciel par ses révolutions « a destinés à l'empire.* Mais ces révolutions, quoique imaginaires, en « ont produit de réelles dans l'empire chinois. Car, comme les philo- « sophes, ajoutant erreurs sur erreurs, soutiennent que l'art peut « prévoir ces événements, qu'ils croient nécessaires, avec autant de « certitude qu'ils prévoient une éclipse, surtout en les concluant des « pronostics qui ne manquent jamais de les précéder, ils ont donné « naissance aux sorts et aux devins, qui ont rempli la Chine de « tableaux prophétiques, de vaines prédictions et de faux prodiges. « Aussi des usurpateurs, qui craignaient de prendre les armes, se « sont souvent servis de cette double persuasion, pour obliger les « empereurs légitimes à leur céder le trône. Ils mettaient d'abord « dans leurs intérêts les devins, qui les servaient de toute l'habileté « de leur métier ; et la rareté des prodiges vrais les obligeait ensuite « à en faire imaginer une infinité de faux par des imposteurs à gages.

« De cette doctrine, que nous venons de voir, dépend en partie la « connaissance de ce que les Chinois pensent de la Divinité, chaque « dynastie, dans tout ce qu'elle fait, se réglant uniquement sur la « révolution de l'élément par la vertu duquel elle règne, afin de faire « éclater en tout la gloire de l'intelligence de l'élément dominant, ou « du Thượng đế qui la gouverne. »

(*Remarques de* Visdelou, *reproduites par* Pauthier *dans « les Livres sacrés de l'Orient ».)*

28

« . . . . *telles sont les sources des* HUIT SONS. »

« Bát âm » ou les « *Huit sons* », est une expression générale qui répond à ce que nous entendons par « la musique instrumentale ». Elle fait allusion au timbre différent que donnent aux instruments les huit matières qui entrent dans leur composition.

Entre toutes les nations de l'antiquité, celle qui a connu la pre- mière la musique, est incontestablement la nation chinoise. Dès le temps de Phục hi, l'on jouait de divers instruments dans les cérémonies religieuses et dans celles qui se rapportaient au culte des ancêtres ; mais on ne suivait point de règles fixes, tant dans leur fabrication que dans la manière de les employer. Lịnh Luân, ministre de Hoàng đế (2697 avant J.-C.) perfectionna l'art de la musique, au point qu'on le regarde comme l'ayant véritablement inventé. Il établit un son fondamental et adopta une gamme qui se compose, comme la nôtre, de cinq tons et deux demi-tons. Dès cette haute antiquité, et aux époques qui la suivirent, les Chinois attachèrent à la musique une importance des plus considérables, en firent une branche de leur philosophie, lui rapportèrent tout, expliquèrent tout par elle. Confucius jouait constamment du Cầm, et la hauteur de ses conceptions imprimait, disent-ils, à son jeu une perfection inouïe.

« Alors que le Maître se trouvait dans le royaume de Tề, » dit le « Luận ngữ *(liv. VII. chap. 13)*, « ayant entendu exécuter la musique « dite Thiều (inventée par l'empereur Thuấn et renommée par la « beauté et l'expression de sa mélodie (1), il en perdit pendant trois mois « le goût des viandes. » « Je n'aurais jamais cru, » dit-il, « qu'on pût « composer d'aussi excellente musique. (Bất đồ vi nhạc chi chí ư tư « dĩ (2). »

Passant à Võ thành, ville située sur un rocher abrupt, et par suite très propre à des opérations stratégiques, mais dans laquelle (Tử du), qui en avait le commandement, avait exercé sur les mœurs de la population une influence si pacifique qu'il y avait fait, dit le « Bi chí » remplacer les cottes de mailles et les casques par les instruments à cordes et les chants, le sage les entendit résonner et sourit de plaisir en disant : « Pourquoi, pour tuer un poulet, employer un couteau « à tuer les bœufs ? » Il exprimait par là la puissante influence qu'il « attribuait à la musique et le merveilleux résultat de l'usage qu'en « avait fait Tử du » *(V. les notes du Dr Legge sur le* Luận ngữ).

29

« ...... *on le nomme* Khảo ».
« ...... *on la nomme* Tỉ ».

« Khảo » signifie proprement « *Celui qui a terminé son existence* ».

« Tì a le sens de « *semblable* ». « On veut dire, » dit S. Julien « traduisant une édition différente du commentaire, « que sa vertu « est comparable à la vertu parfaite du père défunt. »

30

« *Puis de mon fils et de mon petit-fils à mon arrière-petit-fils et au* « *fils de ce dernier.* »

J'ai réparé, en traduisant, une erreur qui s'est glissée dans le texte, lequel place « Tăng (tôn), *l'arrière-petit-fils* » après « Nguyên (tôn), *le fils de cet arrière-petit-fils* ».

« Chư phụ, *pères.* »

Ce pluriel peut paraître singulier au premier abord. Il tient à ce que les Chinois n'attachent pas au mot « Phụ, *père* » une valeur aussi restreinte que nous. On a pu voir plus haut que l'aïeul se nomme aussi « Đại phụ, *le grand-père* » et « Vương phụ ». Il faut, je pense, entendre par « Chư phụ » non seulement le père proprement dit et le grand-père, mais encore tous les ascendants mâles du côté paternel. C'est pour rendre cette expression avec une exactitude suffisante, tout en offensant le moins possible la langue française, que j'ai cru pouvoir me permettre de la traduire par ces mots : « *les pères ...... de tous les degrés.* »

31

« Hình vu chi hoá, *l'influence de l'exemple.*

L'origine de cette expression est assez singulière. Je l'ai trouvée dans le troisième chapitre du Thơ kinh, intitulé « Nghiêu điển ». Au douzième paragraphe de ce chapitre, l'Empereur, désirant quitter le pouvoir, s'adresse au Tứ nhạc (chef des quatre pics sacrés), et lui dit :

« O Tứ nhạc! voilà soixante-dix ans révolus que je règne; vous « êtes capable de mettre mes instructions en pratique, je vous cède « mon pouvoir. » — « Je suis un homme dénué de vertu, » répond le Tứ nhac; « je déshonorerais le trône. — Faites-moi donc », dit le souverain, « connaître soit un homme illustre, soit un homme pauvre « et de basse extraction à qui je puisse le transmettre ». Tous les officiers de la cour désignent alors un homme du peuple appelé Thuân, et font connaître que, par sa piété filiale, il a ramené dans le droit chemin son père qui était pervers, sa mère qui était fausse et son frère qui était plein d'arrogance : — « Je vais le mettre à l'épreuve », dit l'Empereur ; « je le marierai, et *je verrai alors quelle sera sa con- « duite envers mes deux filles*, que je vais lui donner pour femmes : « Nữ, vu thì quan quyết hình vu nhị nữ ».

Le mot « Hình » signifie aussi « exemple ». Dans le dictionnaire chinois-anglais de M. Wells Williams, on le voit appliqué dans ce sens. On y lit qu'un prince, parlant d'une chose qu'il jugeait d'un bon exemple pour sa femme, prononça ces paroles : « Hình vu quả thê », qui signifient : « *Ce sera pour la princesse ma femme un « modèle à suivre,* » littéralement : *un modèle-pour-mon humble-épouse*) ».

Ces mots sont devenus une espèce de proverbe, et l'on a fini par considérer les deux premiers (Hình vu) comme un substantif composé; d'où cette construction bizarre : « .... hình vu chi hoá », dont la traduction littérale serait : « *l'influence du* Hình vu ».

35

« Minh cú đậu, *clairement marquer les phrases et en faire sentir les divisions à la lecture.* »

Pour suivre absolument le texte chinois, il faudrait traduire : « ..... *clairement marquer les « Cú et les Đậu* ».

Le « Cú » est un arrêt qu'on fait à la lecture, lorsque la phrase est terminée et donne un sens complet. Par dérivation, l'on entend aussi par là cette même phrase complète en elle-même, et, lorsqu'il s'agit de l'écriture, la marque qui indique l'endroit où elle se termine. Ce signe consiste en un petit rond, et répond à peu près à notre point.

Le « Đậu » est une suspension moins considérable indiquant, lorsqu'on lit, la fin d'un membre de phrase qui ne forme pas un sens complet par lui-même. Ce terme signifie aussi, soit le membre limité par cet arrêt, soit le petit signe qui sert à le marquer, et qui, dans les éditions bien ponctuées, ressemble un peu à notre virgule, à laquelle il correspond d'ailleurs.

Il s'en faut que la ponctuation soit exactement indiquée dans les livres chinois. Très souvent elle est absolument absente, même dans ceux dont l'impression est soignée. Telle est, par exemple, la grande édition du code annamite, dont le caractère est très beau, mais où tout se suit sans aucune indication d'arrêt, sauf pour les grandes divisions.

Dans d'autres ouvrages, la ponctuation consiste en de petits ronds uniformes, qui représentent tout à la fois les virgules et les points. Il en est ainsi dans les éditions scolaires à très bon marché, comme est, par exemple, l'exemplaire du Tam tự kinh dont je me suis servi pour faire la présente traduction. Les points d'arrêt y sont même distribués avec une négligence extrême, parfois comme au hasard.

Les peuples de l'extrême Orient n'ont pas, du reste, à ce sujet, la même manière de voir que nous. Aussi trouve-t-on souvent, dans les textes ponctués, des divisions que jamais esprit européen n'eût songé à y mettre. De là aussi la grande difficulté qu'éprouvent, en particulier, la plupart des Annamites à diviser correctement leurs phrases, soit qu'ils écrivent leur propre langue en caractères latins modifiés, soit même qu'ils se servent de la nôtre.

37

« . . . . . . *La partie principale de l'ouvrage.* »

Voici une autre acception figurative de « Cang », également dérivée du sens primitif de ce caractère, que j'ai déjà fait connaître plus haut. Ici, l'ensemble du filet, c'est le livre de la « Petite école » ; la grosse corde qui relie tout, c'est le sujet essentiel de l'ouvrage (la mise en lumière des relations sociales et le respect de soi-même) ; et les mailles, ce sont les développements accessoires (l'examen des belles paroles et des actions vertueuses des anciens).

40

« .... *et qu'on méprise les Chefs des princes feudataires.* »

Par ces « Chefs des princes feudataires », il faut entendre les tyrans de l'époque des Ngũ bá [8], dont il est parlé dans le Xuân thu de Confucius (*V. plus loin*). L'appréciation qui en est faite par le commentateur du Tam tự kinh explique suffisamment le mépris que l'on doit, comme il le dit ici, ressentir pour eux.

Cependant Mencius, après avoir semblé professer à leur égard la même manière de voir, basée sur ce qu'ils usurpaient les attributions de l'Empereur en matière de répression (*V. Liv. VI, sect.* 2, *chap.* 7, § 2), et sur ce qu'ils faisaient un étalage hypocrite d'une humanité et d'une droiture qui étaient innées chez Nghiêu et Thuân, que Thang et Võ s'étaient assimilés, mais qu'eux-mêmes ne possédaient point en réalité, ajoute cette phrase : « Cửu già nhi bất qui, ác tri kỳ phi hữu « dã [9] ? *S'ils avaient emprunté depuis si longtemps (ces sentiments d'hu- « manité et de droiture) et s'ils ne les rendaient point, comment peut- « on savoir qu'ils ne les possédaient pas en propre ?* » (*Liv. VII, sect.* 1, *chap.* 30, § 2).

41

« .... *son petit nom était* Cấp. »

Les Chinois ont des noms divers et plus ou moins nombreux selon la position sociale qu'ils occupent. Les plus utiles à connaître sont les suivants :

1° Le « Tánh » ou nom patronymique de la tribu.
2° Le « Thị » ou nom de branche.
3° Le « Danh » ou petit nom.
4° Le « Tự » ou nom honorifique.

5° Le « Húy [10] » ou nom posthume.

Voici quelques détails sommaires sur la signification et l'usage de ces diverses appellations.

On fait généralement remonter l'origine de la nation chinoise à la migration d'un nombre assez restreint de familles qui, partant de la région située entre la mer du Nord et la mer Caspienne et se dirigeant vers l'Orient, arrivèrent jusqu'au territoire qui constitue actuellement la province du Chen-si, dont ils occupèrent d'abord la partie méridionale, pour couvrir plus tard, dans leur immense développement, la vaste étendue de terre qui porte le nom d'*Empire du Milieu*.

Ces familles, souche de tout le peuple chinois, formaient des espèces de tribus ou de *clans*. Les individus qui descendaient de chacune d'elles en conservèrent le nom patronymique ou « Tánh » et la réunion de toutes ces tribus fut appelée *Les cent familles*, en chinois « Bá tánh » ou Bá gia tánh [11] ».

Furent-elles, dans l'origine, au nombre de cent ou environ, ou bien le mot « bá [1] » ne joue-t-il dans cette expression que le rôle d'une simple marque du pluriel, comme l'on dit : « Bá quan (O), *les mandarins* » ou « Bá công [12], *les artisans* » ? Toujours est-il que bien que, par la division des premières souches, dont les branches choisirent un nouveau nom ou, parfois, l'ajoutèrent à l'ancien en formant un « Tánh » double, il y en ait aujourd'hui près de cinq cents, on n'en a pas moins conservé, pour les désigner, cette expression de « Bá tánh » qui, par une dérivation naturelle, est aussi appliquée à tout l'ensemble du peuple chinois.

L'énumération de ces *clans* et leur histoire succincte sont consignées dans un petit livre que l'on apprend par cœur dans les écoles chinoises. Le nom particulier à chacun d'eux vient, tantôt d'un domaine attribué par l'Empereur, tantôt d'une fonction occupée par un ancêtre ; tantôt encore c'est celui d'un membre de la famille qui s'est illustré.

Chaque Chinois porte, en conséquence, le nom du « Tánh » dont il fait partie ; et la descendance est généralement conservée dans un livre généalogique remontant souvent très haut, et tenu avec la plus scrupuleuse exactitude.

Le mot « Thị » présente plusieurs sens qui dérivent tous, plus ou moins directement, de la même idée. Ce caractère désigne, à proprement parler, une branche du « Tánh » ou souche primitive. C'est là signification qu'il conserve lorsqu'il est appliqué aux femmes, comme cela a lieu le plus souvent, la jeune fille qui se sépare de sa famille pour entrer dans celle de son mari étant considérée comme une branche qui se détache du tronc qui la portait pour aller se greffer sur un autre.

Toujours d'après le même ordre d'idées, le mot « Thị » s'applique à tout individu qui fait partie d'un clan ou tribu. Autrefois il en désignait le chef.

Le prince porte souvent, dans les livres classiques et les ouvrages d'histoire, un nom composé de celui de l'état qu'il gouverne et du caractère « Thị », que l'on voit aussi fort souvent accolé au nom des écrivains illustres. Il accompagne enfin, à titre de qualification honorifique, le nom de certains personnages de l'antiquité.

Le « Danh », *nom donné* ou *petit nom*, doit être soigneusement distingué du nom de race et du surnom. Il est choisi et décerné à l'enfant qui vient de naître par un parent ou un ami intime du sexe masculin s'il s'agit d'un garçon, ou, si c'est une fille, par une amie. Ce nom est double et présente toujours une signification flatteuse.

Les Chinois ont pour habitude de bien séparer leur petit nom de leur « Tánh » ou nom de clan. Ils vont parfois jusqu'à intercaler un titre entre les deux, comme on peut en voir un exemple dans la préface même du Tam tự kinh.

Le « Tự » est une appellation particulière que l'on donne aux jeunes gens à l'âge de vingt ans et aux filles au moment de leur mariage. Ce nom, qui est double comme le « Danh », était autrefois, lorsqu'il s'agissait d'un jeune homme, conféré dans une cérémonie solennelle en même temps qu'un bonnet de forme particulière destiné à témoigner que la personne qui le recevait avait atteint l'âge viril. La cérémonie de la collation du bonnet n'est plus en usage ; mais le « Tự » ou *surnom honorifique* est toujours employé, notamment dans les écrits officiels, le style épistolaire et une foule de circonstances. Appeler un Chinois par son petit nom serait de la dernière inconvenance ; les parents et les amis intimes de la famille seuls peuvent le faire.

Enfin, le mot « Húy » signifie proprement « *redouter, s'abstenir par respect de l'usage, de l'emploi de quelque chose* ». On fait usage du nom

ainsi appelé dans les cérémonies du culte des génies ; il sert à désigner les mânes des défunts. Lorsqu'on expose, dans le temple des ancêtres, devant toute la famille en deuil, le corps d'une personne décédée, le fils aîné lui décerne ce nom posthume qui est inscrit sur la tablette sacrée, et employé dans le cours des sacrifices offerts au parent défunt.

Ce nom, dont l'usage régulier et légal date de la dynastie des Châu, est considéré comme sacré. On ne s'en sert jamais dans les circonstances ordinaires de la vie.

Outre le nom posthume ordinaire, l'Empereur en a un second, tiré de ses relations de parenté. C'est par ce dernier qu'il est désigné dans l'histoire.

45

« *L'origine des soixante-quatre quài remonte à* Phục hi. »

Certains écrivains chinois voient dans cette invention de Phục hi l'origine de l'écriture.

Avant ce personnage, on se serait servi, pour en tenir lieu, de cordelettes auxquelles on faisait des nœuds que l'on combinait de différentes manières. Il est facile de comprendre combien ce moyen de fixer les idées était lent et imparfait. Selon d'autres, à l'avis desquels se range le P. de Prémare, la découverte des caractères remonterait beaucoup plus haut, et Phục hi n'aurait fait qu'en introduire l'usage « dans les actes publics et concernant le gouvernement ». Quoiqu'il en soit, cet empereur se trouvait, d'après la légende, sur les bords du fleuve Hoàng-hà. Tout à coup il vit sortir du fleuve un animal extraordinaire qui tenait du cheval par le corps, et du dragon par les ailes et les écailles, et portait sur son dos une espèce de table sur laquelle étaient gravées certaines lignes. Phục hi les dessina et s'en servit pour former huit trigrammes en combinant, trois par trois, vingt-quatre traits, dont douze entiers et douze interrompus ; puis, avec ces trigrammes, il écrivit le Diệc kinh primitif. Thần nông, son successeur, mit huit trigrammes nouveaux sur chacun de ceux de Phục hi, et forma ainsi les soixante-quatre hexagrammes dont il est parlé ici.

Ce Phục hi, dont le nom signifie « *celui qui soumet la victime* », et que plusieurs considèrent comme le premier souverain de la Chine, avait, selon certains récits fabuleux qui ont cours à son sujet, *le corps d'un dragon et la tête d'un bœuf* ». D'autres en font un portrait encore plus singulier ; mais il est à penser que ces détails, qui semblent purement fabuleux, sont, au moins en grande partie, des expressions figuratives faisant allusion à certaines particularités physiques où morales de sa nature. Il fonda l'institution du mariage, et régla les cérémonies destinées à le consacrer. La défense d'épouser une personne de même « tánh » ou nom patronymique remonterait, dit-on, à cette époque. Phục hi inventa trois instruments de musique dont deux sont restés célèbres ; c'étaient le « Cầm ou Kìm », espèce de lyre, et le « Sắc », sorte de guitare, qui avaient, selon l'opinion la plus accréditée, le premier vingt-sept cordes et le second trente-six. Le troisième instrument était en terre cuite. Ce prince fonda aussi le calendrier, enseigna au peuple l'art de la pêche et lui apprit à fabriquer des filets.

« *Les sections intitulées........ sont l'œuvre de Confucius.* »

Avec sa profonde sagesse, et malgré la circonspection bien digne de remarque que l'on observe chez lui lorsqu'il s'agit de questions touchant au surnaturel, Confucius s'était épris d'une véritable passion pour l'étude du Diệc kinh. « Il aimait principalement ce livre, » dit le P. Visdelou dans sa notice ; « il l'admirait ; il l'avait toujours en « main, tellement qu'à force de le feuilleter il usa plusieurs cordons ; « car, dans ce temps, le papier n'était pas encore inventé, et les feuil- « lets de bois étaient enfilés. Il souhaitait que la vie lui fut prolongée, « uniquement afin de pouvoir acquérir une parfaite connaissance de « ce livre. Il l'orna de commentaires rédigés en dix chapitres, que « ceux qui vinrent après lui nommèrent les *dix ailes* sur lesquelles ce « livre volerait à la postérité. »

Ce goût extraordinaire que le grand philosophe de la Chine montra pour l'étude et l'explication « *du livre des changements* » explique la foi absolue que des lettrés fort éclairés manifestent lorsqu'il s'agit des procédés de divination fondés sur les enseignements de ce livre, bien qu'ils rient des sortilèges et opérations soi-disant magiques auxquels la basse classe ajoute une si grande et si ridicule créance. « La « foi superstitieuse au « Bát quái » et à l'influence des lettres cycli-

« ques de l'année de la naissance sur la destinée de chaque individu, « chez des gens aussi sceptiques que les lettrés annamites constitue », dit G. Janneau dans l'intéressante notice sur le Bát quái qu'il avait publiée à la suite de sa transcription du Lục vân tiên, « un fait psy- « chologique des plus curieux, sans précédent dans l'histoire des « croyances humaines ; à moins qu'on ne consente à le rattacher à « ces exemples de foi ardente offerts chez nous, à diverses époques, « par les adeptes du baquet de Mesmer, du magnétisme animal et du « spiritisme. »

Pour quiconque sait de quelle extrême vénération les sectateurs de Confucius entourent tout ce qui rapporte au *Saint homme* et à sa mémoire, ce fait n'a rien d'étonnant à mon sens ; et cette incohérence apparente s'explique parfaitement par la confiance aveugle qu'inspire à toute son école la moindre de ses opinions, si peu justifiée qu'elle soit, les erreurs même du sage devenant pour ses adeptes des vérités indiscutables.

46

« *Le mot* « Điển » *veut dire* « *constant et invariable.* »

Le Dr Legge traduit très heureusement ce mot en anglais par « *Canon* ».

« Ce caractère [13], » dit-il dans ses notes sur le premier chapitre du Thơ kinh, « se trouve dans le dictionnaire de Khang hi, sous le dou- « zième radical [14] ; mais le Thuyết văn [15] le donne comme dérivé « d'un signe qui veut dire « *ce qui est élevé et horizontal* » [16]. Celui « qui signifie *livres* » [17] étant placé au-dessus, le caractère total donne « ainsi une idée de la nature très élevée du document. Il indique « une chose classique, invariable, qui peut servir de loi ou de règle. »

(Dr Legge, the Shoo king, p. 16, *première colonne, en note.)*

« *Comme dans les chapitres* Cam thệ, Thang thệ, *etc.* »

« Les mots Cam thệ » signifient « *l'allocution faite à Cam* ». Si on « suit l'opinion de Tư mã thiên, cette allocution aurait été pronon-

« cée en 2194 avant J.-C., dans le désert de ce nom, par l'empereur « Khai, troisième successeur de Nghiêu, au moment où il allait livrer « bataille au prince vassal de Hộ qui s'était révolté contre lui ». Ce court chapitre du Thơ kinh est remarquable par sa sauvage énergie. En voici la traduction :

« Un grand combat se livrait à Cam. L'empereur manda ses six « khanh (chefs de corps d'armée).

« Il leur dit : « Combattants de mes six armées, je vous fais ici « une déclaration solennelle. Le prince de Hộ renverse follement et « méprise les Cinq éléments (l'ordre établi des quatre saisons). Il a, « dans sa paresse, abandonné les trois dates fixées par les dynasties « impériales pour le commencement de l'année (Oai vũ ngũ hành, « đaĩ khi tam chánh [23]. *Le Ciel va lui retirer son mandat, et moi, je lui « infligerai avec révérence le châtiment du Ciel*).

« Si vous, hommes de la droite (placés à droite du char de guerre), « vous ne faites point votre devoir à la place qui vous est assignée, ce « sera que vous méprisez mes ordres. Il en sera de même de vous, ô « hommes de la gauche, et de vous aussi, conducteurs de chars, si « vous négligez la conduite des chevaux. Si vous m'obéissez, je vous « récompenserai devant la face de mes ancêtres ; dans le cas contraire, « je vous ferai mettre à mort en présence du génie tutélaire du pays, « et j'exterminerai vos femmes et vos enfants. »

Le « Thang thệ » est une allocution faite par Thang à son peuple. Exposant les motifs pour lesquels il y a lieu d'attaquer le tyran Kiệt [24], il promet des récompenses à ceux qui l'aideront à appliquer au coupable le châtiment ordonné par le Ciel (Thiên chi phạt) [25], et fait des menaces terribles à ceux qui ne lui obéiraient pas.

La dynastie fondée par Thang ayant dégénéré comme la précédente, Trụ [18], son dernier représentant, s'est lui-même, par ses horribles cruautés, rendu indigne de la protection du Ciel (litt' : « *s'est retranché lui-même du Ciel* ; Tự tuyệt vu Thiên [19] »). Võ, dans une grande revue, excite ses officiers à l'aider de toutes leurs forces pour anéantir l'oppresseur. C'est là le sujet du Thái thệ.

Ces deux tyrans, Kiệt et Trụ, qui provoquèrent tous deux la destruction de leur dynastie par une débauche sans frein et d'épouvantables cruautés, sont stigmatisés dans les deux vers suivants du Lục vân tiên :

« Ghét dòi Kiệt Trụ mê dâm,
« Để dân ên ỏi sa hầm siả hang.

« Je hais les générations de Kiệt et de Trụ, débauchés qui firent « glisser le peuple dans l'abîme du malheur. »

« Faites silence ! » dit dans le Phí thệ (allocution faite au pays de Phí) le duc de Châu (Châu công) à ses troupes : « Écoutez mes ordres ! « nous allons punir les barbares de Hoại et de Từ, qui se sont soulevés « de concert. » Puis il leur recommande de mettre leurs armes en état, et leur ordonne, sous peine d'être punis conformément aux lois, de laisser le bétail en liberté sans chercher à le poursuivre. Un châtiment sévère attend aussi les troupes du contingent de Lỗ, si les approvisionnements viennent à se trouver insuffisants.

Le Thái thệ est une véritable confession faite par Mục công, prince de Tần, à ses généraux qui revenaient battus d'une expédition peu honorable, dans laquelle, méprisant les avis du sage Bá lý hề [20], il les avait engagés. Il s'étend sur l'avantage qu'il y a pour le prince à posséder un bon ministre. « Car, » dit-il, « la prospérité où l'instabilité de l'État peuvent être le résultat des actes d'un seul homme, comme les vertus d'un seul homme en peuvent aussi procurer la gloire et le repos. » (Bang chi ngột nghiệt, viết do nhơn ; bang chi vinh hoài, diệc thượng nhứt nhơn chi khánh [21].)

(V. Thơ kinh, *passim.*)

« *Les chapitres* Duyệt mạng, Vi tử chi mạng, *etc.* ».

« Duyệt mạng » signifie « *les ordres donnés* (par l'Empereur Võ đinh) à Duyệt (à l'occasion de son élévation au rang de premier ministre).

« Vi tử chi mạng ». Ce sont les instructions transmises à Khải [27], prince de Vi (du titre de « Tử »), par Thành Vương [28] qui, après avoir anéanti la dynastie des rois de An [29], le charge de *continuer leur descendance.*

« Cố mạng » veut dire « *les dernières volontés* du souverain ». Ce sont en effet les ordres de Thành vương, confiant son fils aîné Chiêu [31] à la tutelle de ses grands officiers.

« Thái trung chi mạng ». — Hồ [30], fils du prince de Thái, s'étant distingué par d'éminentes vertus, Châu công lui obtint de l'Empereur sa réintégration dans l'apanage dont son père avait été dépossédé. C'est à cette occasion qu'il reçut les instructions développées dans ce chapitre du Thơ kinh.

Enfin, dans la section intitulée « Văn hầu chi mạng », il est question des instructions que le roi Bình vương [32] donna au prince Văn de Tấn, en même temps qu'il le louait de ses services et lui donnait en récompense « *un vase plein de la liqueur tirée du millet noir et parfumée avec des herbes odoriférantes, deux arcs, l'un rouge et l'autre noir, avec cent flèches de chacune de ces couleurs et quatre chevaux* (Dụng lại nhĩ cứ sưởng nhứt dữu, đồng cung nhứt, đồng thĩ bá, lô cung nhứt, lô thỉ bá, mã tứ thất [33]) ».

(*V.* Thơ kinh, *passim.*)

« *À cause de son extrême antiquité, on a appelé cet ouvrage :* « L'an-« cien livre. »

C'est le titre qu'on lit en tête de l'ouvrage, au commencement du livre de Dàng, après la préface attribuée à Confucius. Il fut, dit-on, adopté par le « Saint homme » qui, par ces mots : « Thượng thơ » voulut exprimer que le « Thơ », comme on avait appelé jusqu'alors ces annales, était le livre « *élevé par excellence* ». Khổng an quốc l'attribue, non à Confucius, mais à Phục sinh, qui, dit-il, entendait par là « *le livre qui remonte à la plus haute antiquité* » ; mais il est prouvé qu'on l'avait déjà employé auparavant pour désigner le Thơ kinh.

(*V. docteur Legge, Shoo king, notes*).

« *Une jeune fille du pays en deçà du fleuve Hà...* »

D'après Vương sung, écrivain de la fin du premier siècle de notre ère, cette jeune fille, du pays situé au nord du fleuve Hà (le Hoàng hà ou fleuve Jaune), trouva, au temps de l'empereur Tuyên (72-48 av. J.-C.), trois livres dans les ruines d'une ancienne maison. Ces volumes étaient des parties du Thơ kinh, du Lễ ký et du Diệc kinh. Elle les offrit à l'Empereur qui les fit transmettre aux grands lettrés.

Selon un autre auteur, cette découverte du Thái thệ serait plus ancienne. Un homme du peuple l'aurait trouvé dans un mur à la fin du règne de l'Empereur Võ (139-86 av. J.-C.) et l'aurait présenté au souverain.

Le docteur Legge, chez qui je puise ces détails, considère cette origine du Thái thệ comme absolument controuvée. Comme cette pièce est remplie d'absurdités, et qu'il est incroyable que Phục sinh ait pu (comme cela paraît, cependant, très-certain) la donner comme une partie du Thơ kinh de Confucius, on aura, dit-il, inventé ces contes pour sauvegarder la réputation littéraire du célèbre vieillard, en attribuant à un autre source la découverte de ce Thái thệ, bien différent de celui que citent Mencius et d'autres.

(*V. docteur Legge, Shoo king.*)

47

« *Il appartenait à la famille* Công *et à la branche* Cơ ».

Le texte porte « Công thánh Cơ thị ». Le mot Thị est pris ici dans son acception primitive, qui est celle de *subdivision du* Tánh *ou nom patronymique.*

Les « Lục khanh » de la dynastie des Châu correspondaient aux six ministères actuels, et tiraient leur dénomination du Ciel, de la Terre et des Quatre saisons. Avant cette époque, ce terme s'appliquait aux six généraux de l'Empereur.

(*Wells Williams, dict. of the Chinese langage.*)

50

« *Arrivé à la prise du Kì lân...* »

Le « Kì lân » est un animal fabuleux dont l'apparition présage, d'après les Chinois, des événements heureux. Le mâle de cette espèce supposée porte le nom de « Kì ». Il apparaît, dit-on, à la naissance des sages, comme cela eut lieu à celle de Confucius. La femelle s'appelle « Lân ». On lui attribue une influence favorable dans le travail de la parturition. Le Kì lân est représenté sous la forme d'un cheval pie et couvert d'écailles, avec une corne unique et une queue de vache. M. Wells Williams pense que l'idée de cet animal pourrait bien avoir son origine dans le souvenir défiguré d'une espèce éteinte appartenant à la race chevaline.

56

« Thuân *était un descendant de* Huỳnh đế. »

Cette assertion, mise en avant par Tư mã thiên, qui le fait descendre de cet empereur par Chuyên húc, est au moins hasardée ; car nous lisons dans le Thơ kinh (Nghiêu điển § 12) que Nghiêu lui donna en mariage ses deux filles. Or Nghiêu descendant aussi de Huỳnh đế par Đế cốc, le Dr Legge observe très justement que le beau-père et le gendre auraient eu le même nom patronymique ; « et la « pensée d'un tel mariage est, » dit l'éminent sinologue, « si antipa-« thique *(abhorrent)* à la bienséance dans les idées chinoises, que Châu « hi déclare la généalogie mise en avant par Tư mã thiên *souveraine-« ment attentatoire à l'honneur des sages.* »

Il vaut donc mieux se rallier à l'opinion de Mencius, qui donne pour origine à Thuân une localité située dans les pays barbares de l'Est.

« *Son père était pervers et sa mère stupide.* »

On peut en juger par ce passage de Mencius : « Vạn chương dit : « Le père et la mère de Thuân lui ordonnèrent de réparer un grenier. « (Pendant qu'il était dans l'intérieur,) ils retirèrent l'échelle (par la-« quelle il était monté), et Cổ tẩu mit le feu au bâtiment. (Cổ tẩu « phẩn lắm.) Heureusement Thuân put s'échapper en se garantissant « des flammes avec deux paravents de bambou.

« Ils lui commandèrent de creuser un puits. Il en sortit (par un « trou qu'il trouva dans le mur latéral); mais eux, (qui l'y croyaient « encore,) se mirent à le boucher. »

(*Mencius, livre* V, *chapitre* II, § 3.)

« *Le* Tứ nhạc *le présente à* Nghiêu. »

La signification exacte de cette expression : « Tư nhạc » est très controversée.

Elle se rapporte, comme l'indique le sens des deux caractères dont elle se compose, aux quatre montagnes célèbres qui formaient dans l'empire autant de centres auxquels se rattachaient les contrées environnantes, et qui étaient :

A l'est, le Đại tông ou Thaí sơn ;

Au sud, le Hoành sơn ;

A l'ouest, le Hoa sơn ou Thaí hoa ;

Au nord, le Hằng sơn [37].

Mais l'officier qui prenait ce nom de « *Quatre montagnes* » était-il unique, où ces deux mots forment-ils, au contraire, une dénomination appliquée aux gouverneurs respectifs des parties de l'empire qui avoisinaient les quatres pics sacrés? L'opinion la plus fondée est celle de Châu hi, suivie par le commentateur du Tam tự kinh. Suivant Châu hi, le « Tứ nhạc » était *un* officier, chef de tous les nobles « de l'empire, et ayant pour mission de régler les relations qui avaient « lieu entre la cour et les vassaux. »

Le Dr Legge, à qui j'emprunte cette définition, se rallie à l'idée d'un officier unique, en se basant sur ce que, dans le chapitre du Thơ kinh où Nghiêu propose au « Tứ nhạc » de prendre sa place sur le trône, il est impossible d'admettre qu'il s'agit de plusieurs individus.

(*V. le* Thơ kinh, *passim.*)

57

« Vũ (*des* Hạ), Thang (*des* Thương), *et* Văn Võ (*des* Châu) *sont appelés les « Trois rois.* »

Après Thuấn, le dernier des cinq Đế (empereurs), les souverains de la Chine prirent le titre plus modeste de « Vương, *rois* », qu'ils conservèrent jusqu'à la dynastie des Tần (220 avant J.-C.).

Le dictionnaire « Thuyết văn » explique le mot « Đế [38] » par « đế », qui veut dire « *juger* » ; ce que l'on développe en disant « que « le Ciel applique une règle impartiale en portant des jugements « équitables », et que « ce nom de « Đế » est donné au souverain « terrestre, délégué d'en haut pour gouverner les hommes, parce « qu'on attend de lui qu'il agisse de même ».

(*V. Dr Legge, Shoo king, p.* 16, *en note.*)

60

« .... *et enleva le pouvoir à la dynastie* An (littéralement : *et « transféra ailleurs les autels du génie de la terre de la dynastie* « An). »

Dans les idées des Chinois qui tiennent, avec juste raison, en si grand honneur tout ce qui concerne l'agriculture, les génies ou esprits de la terre, comme aussi ceux des céréales, sont les protecteurs naturels des royaumes dont la prospérité repose sur eux. Le prince a seul le droit d'offrir des sacrifices sur leurs autels, soit au printemps pour la moisson future, soit en automne, comme actions de grâces pour la récolte, soit encore en hiver ou dans les temps de calamité. Mais il faut que ces génies répondent à la confiance qu'on leur témoigne. S'il en est autrement, *on les change.* « Lorsque, » dit Mencius, « les victimes étaient sans défaut, que le millet, dans les vases qui le « contiennent, était exempt d'impuretés, que les sacrifices ont été « offerts en temps convenable et que, néanmoins, il est survenu une

« sécheresse ou une inondation, on dépose (litt' : *on change*) les « esprits de la terre et des céréales, et l'on en établit d'autres à leur « place. Hi sinh kí thành, tư thạnh kí khiêt, tê tự dĩ thì, nhiên nhi « hạn càn thủy dật, tắc biên trí xã tắc [39] ». (*Mencius, liv.*VII, *part.* II, *chap.* XIV, § 4.)

Ce sans façon avec lequel on en agit envers des êtres prétendus surnaturels, s'explique par ce fait que, tout esprits qu'ils sont, ces génies ne sont pas considérés comme l'élément constitutif le plus important de la nation. « Le plus important, » nous dit encore Mencius, « c'est le *peuple*. Après lui, viennent d'abord les *esprits de la terre et des grains*, puis l'*Empereur*. « Dân vi quí, xã tắc thứ chi, quân vi khinh [40] ». (*Mencius, eodem loco,* § 1.)

Le changement se fait en détruisant les autels des génies devenus indignes et en en élevant d'autres ailleurs. On comprend dès lors pourquoi l'on voit si fréquemment, dans l'histoire chinoise, une dynastie nouvelle *transférer* dans un lieu différent les autels des génies de la terre et des céréales de celle qu'elle a remplacée. Puisque ces esprits, manquant à leur mission, n'ont pas su conserver ou défendre ceux qui mettaient en eux leur confiance, pourquoi les adopter? C'était là, du moins, un prétexte habile pour effectuer un changement de résidence que des motifs politiques, assez faciles à comprendre, rendaient souvent nécessaire.

63

« *Cinq chefs des Princes feudataires se fortifient.* »

« Il y a, dit le Dr Legge (*notes sur Mencius*), deux énumérations des « cinq chefs des Princes feudataires : l'une appelée « Tam đại chi « ngũ bá », ou « les chefs des trois dynasties », et l'autre, « Xuân « thu chi ngũ bá », ou « les chefs du Xuân thu ». Hoàn de Tề et « Văn de Tấn, sont les deux seuls qui soient commnns aux deux « listes. »

« *L'époque..... est appelée « le Printemps et l'Automne.* »

du nom de la chronique qu'écrivit Confucius pour en raconter les événements.

64

« Lưu lí, *le* Cao tổ *des* Hán. »

On voit très souvent, dans l'histoire des empereurs de la Chine, le fondateur d'une dynastie porter le nom de « Cao tổ (*trisaïeul*) », de « Thái tổ (*grand ancêtre*) », ou de « Nguyên đế (*empereur originaire*) ». L'usage de ces désignations est si fréquent qu'il pourrait presque être érigé en règle, et qu'il n'est pas irrationnel, ce me semble, de les considérer comme de véritables noms communs, qualificatifs du rôle que celui qui les porte joue dans la généalogie. La construction du texte chinois semble bien indiquer que telle est l'idée de l'auteur.

C'est au lecteur de juger si j'ai mal fait de l'interpréter ainsi, en introduisant une petite innovation dans le système généralement admis.

« .... *commandait un* Đình *du pays de* Sái thượng. »

D'après S. Julien, citant le dictionnaire de Khang hi, ces Đình « étaient des postes de police établis de dix en dix li. Le chef « d'un Đình était muni de cordes pour attacher les brigands ». Cependant Julien a aussi trouvé ce mot dans un dictionnaire chinois-mandchou, avec le sens de « *village* ».

« *et constitua les trois* Tần. »

Le texte de l'exemplaire que j'ai sous les yeux porte bien les mots : « Định tam Tần ». Il y a là un point assez obscur, qui résulte probablement d'une lacune, ou, tout au moins, d'une concision par trop grande dans le résumé historique fait par le commentateur du Tam tự kinh.

Stanislas Julien cite en note un passage du Sử kí ainsi conçu : « Après que Cao tổ eut détruit la dynastie des Tần, il divisa son « territoire en trois parties et y plaça trois rois, Ung vương, Tắc « vương et Dích vương. Ces trois pays furent appelés « Tam Tần (les « trois Tần) ».

Or, immédiatement avant la phrase du commentaire de Vương tần thăng où il est dit que le roi de Hán « constitua les trois Tần « (Định tam Tần) », nous voyons les princes que le Sử kí désigne sous ce nom placés sur son chemin par Hang vũ pour l'empêcher de revenir vers l'Orient. Il faut nécessairement, pour expliquer cette apparente contradiction, admettre que le roi de Hán, sorti de son territoire et maître de la situation, ne constitua pas seulement (ils l'étaient déjà), mais *confirma* dans leur autorité les princes Ung, Tắc et Dịch, en leur assignant à chacun un tiers du territoire divisé.

Je n'ai pas sous les yeux le texte de Tư mã thiên ; mais il me semble difficile de donner à ce passage une autre interprétation logique.

67

« Nguy, Thục *et* Ngô *luttèrent pour les trépieds des* Hánh. »

Les trépieds (Đảnh ou Đinh) étaient pourvus de trois pieds, comme leur nom l'indique, et de deux anses. On s'en servait dans les cérémonies du culte.

Comme l'Empereur offrait en personne les sacrifices au Ciel, chaque dynastie dut tenir à avoir ses trépieds particuliers, d'où l'emploi du nom même de ces vases pour désigner l'Empire, l'État, le trône.

C'est ainsi que l'on dit : « Định đảnh, lập đảnh », pour *fonder une nouvelle dynastie ;* « Cách đảnh », pour *abolir l'ancienne ;* « Đảnh thần [41] », pour *ministre d'État.*

On peut voir dans les gravures de la *Chine* de Pauthier des *fac simile* extrêmement curieux de plusieurs trépieds. Ils sont extraits du Tây thanh cổ giám, magnifique ouvrage dont la bibliothèque nationale possède un exemplaire, et où se trouvent décrits tous les vases antiques conservés au musée impérial de Pékin. (*Voir aussi le Cursus litteraturæ sinicæ du P. Angelo Zottoli, tabula XVI, vasa.*)

« *Le* « Don vu » *était le chef des Turcs orientaux.* »

Ce titre, qui équivaut à celui de « Khan » ou de « Rajah », était à l'origine le nom même d'un chef célèbre qui commandait aux hordes des Huns, vers l'année 25 av. J.-C.

(*V. Wells Williams, Chinese dictionary.*)

73

« ..... *et fut gouverneur d'un* Trấn. »

L'on appelait ainsi, au temps des cinq dynasties, une ville ou district dont le gouverneur jouissait de certains privilèges spéciaux.

74

« *Les* Tông *du midi et du nord ont duré..... trois cent vingt années.* »

J'ai ajouté les trois mots « *et du nord* », bien que le texte de mon exemplaire du Tam tự kinh porte seulement : « Nam Tông... « tam bá nh thập niên ».

Il y a évidemment ici un caractère oublié. J'ai cru devoir le suppléer et traduire comme s'il y avait « Nam bắc Tông...., etc. »

83

« *celui-ci.... renfermait, pour s'éclairer, des vers luisants dans un sac* ».

Ce sac était évidemment formé d'un tissu composé de fils très écartés entre eux, tel, par exemple, que le tulle. Une enveloppe formée d'une étoffe de cette nature ne pouvait apporter aucun obstacle à la diffusion de la lumière produite par les insectes qu'elle contenait.

101

« *Il fait que le Prince gouverne comme un second* Nghiêu *et un second* Thuấn ».

Nghiêu et Thuấn, dont le sage gouvernement fait l'objet des premiers chapitres du Thơ kinh, sont restés, dans la mémoire des lettrés chinois, comme les types le plus parfaits du souverain. L'éloge le plus pompeux qu'ils puissent faire d'un prince est de le comparer à ces deux antiques empereurs..

104

« *Dans le malheur, ne vous occupez que de votre propre améliora-*
« *tion ; dans la prospérité, cherchez à procurer celle de l'Empire.* »

Cette phrase tirée d'un paragraphe de Mencius (*Livre VII, sect. I. chap. IX,* § 6), y est au prétérit. On pourrait la conserver sous cette forme au lieu de la mettre à l'impératif en l'érigeant en maxime. Cependant le sens général du contexte me semble indiquer que le commentateur du Tam tự kinh a bien eu l'intention de l'employer dans ce sens.

Voici, au reste, le paragraphe en entier :

« *Lorsque les anciens atteignaient le but de leurs désirs, leurs* « *bienfaits se répandaient sur le peuple ; s'ils ne l'atteignaient point,* « *ils se perfectionnaient eux-mêmes et devenaient célèbres parmi les* « *hommes. Dans le malheur, ils ne s'occupaient que de leur propre* « *amélioration ; dans la prospérité, ils procuraient celle de tout* « *l'Empire.* — Cồ chi nhơn, đắc chí, trạch gia ư dân ; bất đắc chí, tu « thân kiên ư thế. Cùng, tác độc thiện kì thân ; đạt, tác kiêm thiện « thiên hạ. »

Le Puy. — Imprimerie de Marchessou fils, boulevard Saint-Laurent, 23.

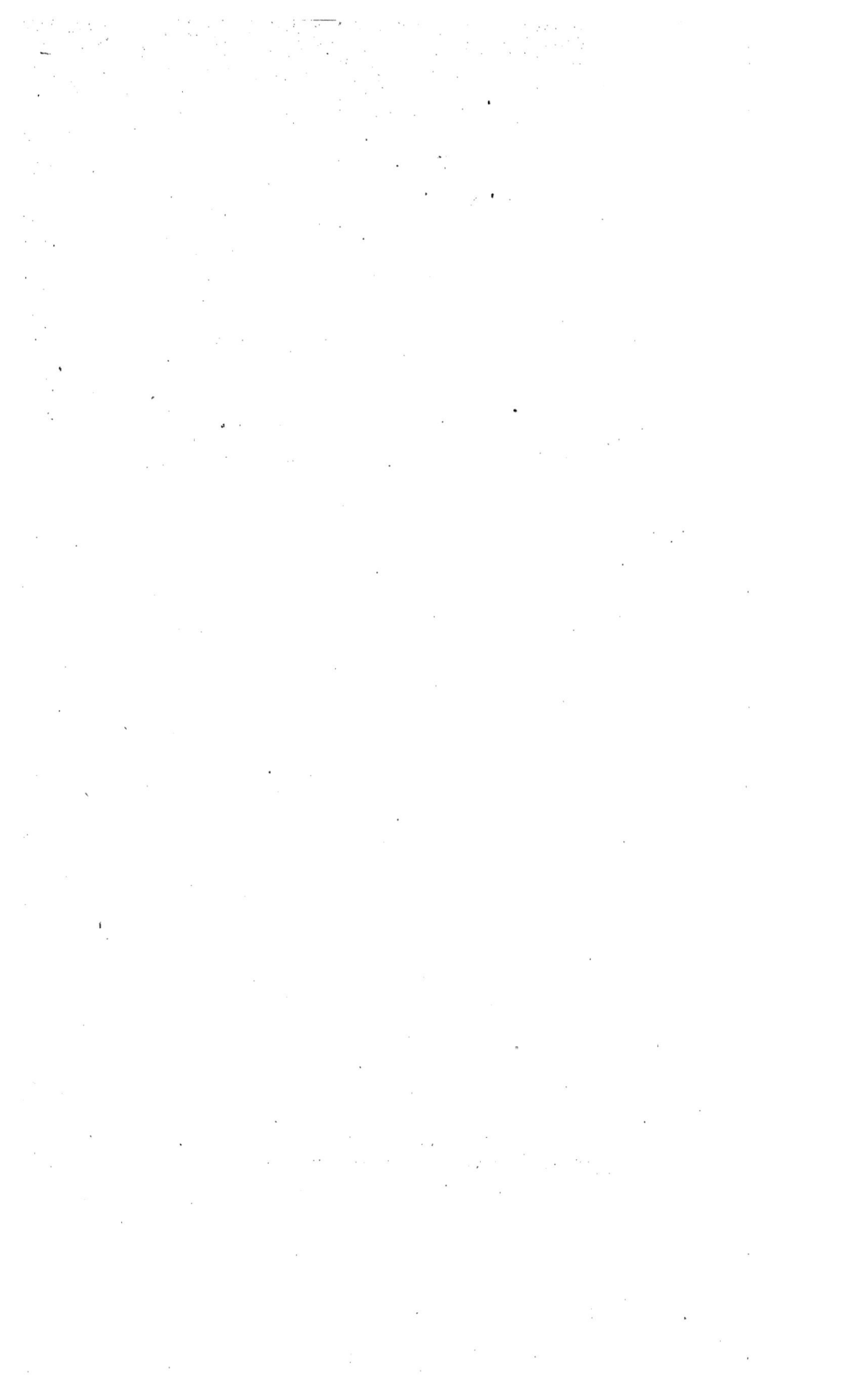

www.ingramcontent.com/pod-product-compliance
Lightning Source LLC
Chambersburg PA
CBHW061037030726
47504CB00002B/410

* 9 7 8 2 0 1 9 1 5 9 3 8 2 *

三字經訓詁

A. 1	宋	*Tống*	Sóng
2	儒	*nhu*	joû
3	王	*Vương*	Ouâng
4	伯	*Bá*	Pĕ
5	厚	*hậu*	héou
6	先	*tiên*	siēn
7	生	*sinh*	sēng
8	作	*tác*	tsó
9	三	*Tam*	Sān
10	字	*tự*	tséu
11	經	*kinh*	kīng
12	以	*dĩ*	yì
13	課	*khoa*	k'ó
14	家	*gia*	kiā
15	塾。	*thục*.	chŏu

B. 1	言	Ngôn	Yên
2	簡、	giản,	kièn,
3	義	ngãi	yí
4	長、	trưởng,	tch'âng,
5	詞	từ	ts'êu
6	明、	minh,	mîng,
7	理	lý	lì
8	晰。	tích.	sĭ.
C. 1	淹	Yêm	Yēn
2	貫	quán	kouán
3	三	tam	sān
4	才、	tài,	ts'âi,
5	出	xuất	tch'ŏu
6	入	nhập	jĭ
7	經	kinh	kīng
8	史。	sử.	ssè.
D. 1	誠	Thành	Tch'îng
2	蒙	mông	mông
3	求	cầu	k'iêou
4	之	chi	tchī
5	津	tiến	tsīn
6	逮	đại	tái
7	大	Đại	Tá
8	學	học	hiŏ
9	之	chi	tchī
10	濫	lạm	lán
11	觴	thương	chāng
12	也。	dã.	yè.
E. 1	予	Dư	Yû
2	不	bất	poŭ

3	穉	*trĩ*	tchì
4	習	*tập*	sĭ
5	之	*chi*	tchī
6	助、	*trợ;*	tchóu,
7	庶	*thứ*	chóu
8	或	*hoặc*	hŏ
9.	有	*hữu*	yèou
10	小	*tiểu*	siào
11	補	*bổ*	pòu
12	云	*vân*	yûn
13	爾。	*nhĩ.*	eùlh.
G. 1	歲	*Tuế*	Sóuï
2	在	*tại*	tsái
3	康	*Khang*	K'āng
4	熙	*hi*	hī

3	揣	*sủy*	tch'oùï
4	荒、	*hoang,*	hoāng,
5	陋、	*lậu,*	léou,
6	謬、	*mậu,*	miéou,
7	爲	*vi*	ouêi
8	訓	*huấn*	hiún
9	詁、	*cổ,*	kòu,
10	不	*bất*	pŏu
11	無	*vô*	vôu
12	貽	*di*	yî
13	䚋	*tiếu*	ts'iáo
14	高	*cao.*	kāo
15	明。	*minh.*	mîng.
F. 1	然、	*Nhiên,*	Jên,
2	於	*ư*	yū

5	丙	*Bính*	Pîng
6	午	*ngọ*	où
7	嘉	*Gia*	Kīa
8	平	*bình*	p'îng
9	之	*chi*	tchī
10	吉、	*kiết,*	kĭ,
11	認	*Nhẫn*	Jín
12	菴	*am*	ngān
13	王	*Vương*	Ouâng
14	相	*tướng*	siāng
15	晉	*Tấn*	Tsín
16	升	*thăng*	chēng
17	甫	*phủ*	foù
18	識。	*thức.*	chĭ.

1

A.1	人	1. Nhơn	Jîn
2	之	chi	tchī
3	初、	sơ,	ts'ōu,
4	性	tính	síng
5	本	bổn	pén
6	善。	thiên.	chén.
B.1	此	Thử	Ts'èu
2	立	lập	lĭ
3	教	giáo	kiáo
4	之	chi	tchī
5	初、	sơ,	ts'ōu,
6	發	phát	fă
7	端	doan	toān
8	之	chi	tchī
9	始。	thỉ	chì.
C.1	故	Cố	Kóu
2	本	bổn	pén
3	於	ư	yû
4	人	nhơn	jîn
5	之	chi	tchī
6	初	sơ.	ts'ōu
7	生	sinh	sēng
8	而	nhi	ēulh
9	言	ngôn	yên
10	之。	chi.	tchī.
D.1	天	Thiên	T'iēn
2	之	chi	tchī
3	所	sở	sò
4	生	sinh	sēng
5	謂	vị	ouéi
6	之	chi	tchī
7	人。	nhơn.	jîn.
E.1	天	Thiên	T'iēn
2	之	chi	tchī
3	所	sở	sò
4	賦	phó	fóu
5	謂	vị	ouéi
6	之	chi	tchī
7	性。	tính.	síng.
F.1	秉	Bỉnh	Píng
2	彝	di	yî
3	之	chi	tchī
4	良	lương	leâng
5	謂	vị	ouéi
6	之	chi	tchī
7	善。	thiện.	chén.
G.1	人	Nhơn	Jîn
2	生	sinh	sēng
3	之	chi	tchī
4	初、	sơ,	ts'ōu,
5	始	thỉ	chì
6	有	hữu	yeòu
7	知、	tri,	tchī,
8	則	tắc	tsĕ
9	先	tiên	siēn
10	識	thức	tchĭ
11	其	kì	k'î
12	母。	mẫu.	mòu.
H.1	始	Thỉ	Chì
2	學	học	hiŏ
3	語、	ngữ,	yú,
4	則	tắc	tsĕ
5	先	tiên	siēn
6	呼	hô	hōu
7	其	kì	k'î
8	親。	thân.	ts'īn.
I.1	孟	Mạnh	Méng
2	子	tử	tsèu
3	曰。	viết:	youĕ:
J.1	孩	Hài	Haî
2	提	đề	t'î
3	之	chi	tchī
4	童、	đồng,	t'ông,
5	無	vô	vôu
6	不	bất	pŏu
7	知	tri	tchī
8	愛	ái	ngái
9	其	kì	k'î

2 人 nhơn jîn
3 初 sơ tsʻōu
4 生 sinh sēng
5 時、thì, chî,
6 智、trí, chí,
7 愚、ngu, yû,
8 賢、hiền, hiên,
9 不 bất pŏu
10 肖、tiếu, siáo,
11 皆 giai kiāi
12 同。đồng. tʻông.
G.1 此 Thử Tsʻèu
2 性 tính síng
3 本 bổn pèn
4 相 tương siāng
5 近 cận kín
6 而 nhi êulh
7 無 vô vôu
8 別 biệt piĕ
9 也。dã. yè.
H.1 及 Cập Kĭ
2 乎 hồ hôu
3 知 tri tchī
4 識 thức chĭ
5 既 kí kí
6 開、khai, kʻaī,
7 氣 khí kʻí
8 稟 bẩm pìn
9 各 các kŏ
10 異。dị. yí.

3 近、cận, kín,
4 習 tập sĭ
5 相 tương siāng
6 遠 viễn. yuèn.
B.1 此 Thử Tsʻèu
2 承 thừa tchʻêng
3 上 thượng cháng
4 文 văn ouên
5 而 nhi êulh
6 言。ngôn. yên.
C.1 孔 Khổng Kʻòng
2 子 tử tsèu
3 曰。viết: yoŭe:
D.1 性 Tính Síng
2 相 tương siāng
3 近 cận kín
4 也。dã. yè.
E.1 習 Tập Sĭ
2 相 tương siāng
3 遠 viễn yuèn
4 也。dã. yè.
F.1 言 Ngôn Yên

10 親 thân tsʻīn
11 也。dã. yè.
K.1 及 Cập Kĭ
2 其 kì kʻî
3 長 trưởng tchàng
4 也、dã, yè,
5 無 vô vôu
6 不 bất pŏu
7 知 tri tchī
8 敬 kính kíng
9 其 kì kʻî
10 兄 huynh hiōng
11 也。dã. yè.
I.1 朱 Châu Tchōu
2 子 tử tsèu
3 曰。viết: yoŭe:
M.1 人 Nhơn Jîn
2 性 tính síng
3 皆 giai kiāi
4 善。thiện. chén.
N.1 不 Bất Pŏu
2 其 kì kʻî
3 然 nhiên jên
4 乎。hồ? hôu?

A.1 性 2. Tính Síng
2 相 tương siāng

11	而	nhi	ûlh
12	不	bất	pǒu
13	使	sử	ssè
14	幼	ấu	yéou
15	穉	trì	tchí
16	之	chi	tchī
17	性	tính	síng
18	移	di	yî
19	於	ư	yū
20	不	bất	pǒu
21	善	thiện	chén
22	也。	dã.	yè.
A.1	苟	3. Cẩu	Kèou
2	不	bất	pǒu
3	教、	giáo,	kiáo,
4	性	tính	síng
5	乃	nải	nài
6	遷。	thiên.	tsiēn.

2	之	chi	tchī
3	秉	bỉnh	pìng
4	彝	di	yî
5	之	chi	tchī
6	善	thiện	chén
7	性、	tính,	síng,
8	不	bất	pǒu
9	旣	kí	kí
10	大	đại	tá
11	相	tương	siāng
12	遠	viễn	yuèn
13	乎。	hồ?	hôu?
N.1	此	Thử	Ts'èu
2	無	vô	voû
3	他。	tha.	t'ā.
O.1	習	Tập	Sǐ
2	氣	khí	k'í
3	使	sử	ssè
4	然	nhiên	jên
5	也。	dã.	yè.
P.1	惟	Duy	Ouêi
2	君	quân	kiūn
3	子	tử	tsèu
4	爲	vi	ouêi
5	能	năng	nêng
6	有	hữu	yeòu
7	養	dưỡng	yàng
8	正	chính	tchíng
9	之	chi	tchī
10	功、	công,	kōng,

I.1	資	Tư	Tsēu
2	之	chi	tchī
3	敏	mẫn	mìn
4	者、	giả,	tchè,
5	則	tắc	tsě
6	爲	vi	ouêi
7	智。	trí.	tchí.
J.1	識	Thức	Tchǐ
2	之	chi	tchī
3	闇	hám	ngàn
4	者、	giả,	tchè,
5	則	tắc	tsě
6	爲	vi	ouêi
7	愚。	ngu.	yû.
K.1	循	Tuần	Siûn
2	乎	hồ	hôu
3	理	lý	lì
4	者、	giả,	tchè,
5	則	tắc	tsě
6	爲	vi	ouêi
7	賢。	hiền.	hiên.
L.1	縱	Túng	Tsōng
2	乎	hồ	hôu
3	欲	dục	yǔ
4	者、	giả,	tchè,
5	則	tắc	tsě
6	爲	vi	ouêi
7	不	bất	pǒu
8	肖。	tiêu.	siáo.
M.1	反	Phản	Fàn

B. 1	教	Giáo	Kiáo
2	之	chi	tchī
3	道	đạo,	táo
4	貴	quí	kouéi
5	以	dĩ	yì
6	專	chuyên.	tchoūen
C. 1	養	Dưỡng	Yàng
2	正	chính	tching
3	之	chi	tchī
4	謂	vị	ouéi
5	何。	hà?	hô?
D. 1	謂	Vị	Ouéi
2	能	năng	nêng
3	教	giáo	kiáo
4	也。	dã.	yè.
E. 1	人	Nhơn	Jîn
2	非	phi	fēi
3	聖	thánh	chíng
4	人、	nhơn,	jîn,
5	豈	khỉ	kʻì
6	能	năng	nêng
7	生	sinh	sēng
8	知。	tri?	tchī?
F. 1	非	Phi	Fēi
2	親	thân	tsʻīn
3	不	bất	poŭ
4	育、	dục,	yŭ,
5	非	phi	fēi
6	教	giáo	kiáo
7	弗	phất	foŭ
8	成。	thành.	tchʻîng.
G. 1	有	Hữu	Yeòu
2	子	tử	tsèu
3	而	nhi	eûlh
4	不	bất	poŭ
5	教、	giáo,	kiáo,
6	則	tắc	tsĕ
7	昧	muội	méi
8	其	kì	kʻî
9	天	thiên	tʻiēn
10	賦	phú	fóu
11	之	chi	tchī
12	良。	lương.	leâng.
H. 1	悖	Bột	Pʻŏ
2	理	lý	lì
3	縱	túng	tsóng
4	欲、	dục,	yŭ,
5	日	nhựt	jĭ
6	遷	thiên	tsiēn
7	于	vu	yŭ
8	不	bất	poŭ
9	善	thiện	chén
10	矣。	hỉ.	yì.
I. 1	教	Giáo	Kiáo
2	之	chi	tchī
3	何	hà	hô
4	如。	như?	joû?
J. 1	古	Cổ	Kòu
2	者、	giả,	tchè,
3	婦	phụ	fóu
4	人	nhơn	jîn
5	有	hữu	yeòu
6	娠、	chấn,	chén,
1	坐	tọa	tsó
2	不	bất	poŭ
3	偏、	thiên;	pʻiēn;
4	臥	ngọa	ngó
5	不	bất	poŭ
6	側、	trắc;	tsʻĕ;
7	立	lập	lĭ
8	不	bất	poŭ
9	跛	bả	pò pi
10	倚、	ỷ;	yì;
11	行	hành	hîng
12	不	bất	poŭ
13	亂	loạn	loán
14	步、	bộ;	póu;
15	目	mục	moŭ

2	行、	*hành,*	*hing,*
3	使	*sử*	*ssè*
4	知	*tri*	*tchī*
5	四	*tứ*	*ssé*
6	方	*phương*	*fāng*
7	上	*thượng*	*cháng*
8	下。	*hạ.*	*hia.*
Q.1	能	*Năng*	*Nêng*
2	揖、	*ấp,*	~~*ǎr*~~ *yih*
3	教	*giáo*	*kiáo*
4	以	*dĩ*	*yì*
5	禮	*lễ*	*lì*
6	讓	*nhượng*	*jáng*
7	尊	*tôn*	*tsūn*
8	親。	*thân.*	*tsʻin.*
R.1	此	*Thử*	*Tsʻèu*
2	阿	*a*	*ngō*
3	保	*bảo*	*pào*
4	母	*mẫu*	*mòu*
5	氏	*thị*	*chí*
6	之	*chi*	*tchī*
7	教	*giáo*	*kiáo*
8	也。	*dã.*	*yè.*
S.1	至	*Chí*	*Tchí*
2	於	*ư*	*yû*
3	洒	*sái,*	*chài,*
4	掃、	*tảo,*	*sào,*
5	應	*ứng*	*yíng*
6	對、	*đối,*	*touí,*
7	進	*tấn*	*tsín*

4	子	*tử*	*tsèu*
5	聰	*thông*	*tsʻōng*
6	明、	*minh,*	*mîng,*
7	才	*tài*	*tsʻâi*
8	智、	*trí,*	*tchí,*
9	賢	*hiền*	*hiên*
10	德	*đức*	*tĕ*
11	過	*quá*	*kouó*
12	人。	*nhơn.*	*jîn.*
M.1	此	*Thử*	*Tsʻèu*
2	未	*vị*	*ouéi*
3	生	*sinh*	*sēng*
4	之	*chi*	*tchī*
5	胎	*thai*	*tʻāi*
6	教	*giáo*	*kiáo*
7	也。	*dã.*	*yè.*
N.1	子	*Tử*	*Tsèu*
2	能	*năng*	*nêng*
3	食、	*thực,*	*chĭ,*
4	教	*giáo*	*kiáo*
5	以	*dĩ*	*yì*
6	右	*hữu*	*yeóu*
7	手。	*thủ.*	*cheòu.*
O.1	能	*Năng*	*Nêng*
2	言、	*ngôn,*	*yên,*
3	勿	*vật*	*voŭ*
4	使	*sử*	*ssè*
5	嬌	*kiều*	*kiāo*
6	聲。	*thinh.*	*chīng.*
P.1	能	*Năng*	*Nêng*

16	不	*bất*	*poŭ*
17	視、	*thị*	*chí*
18	惡	*ác*	*ngŏ*
19	色、	*sắc;*	*sĕ;*
20	耳	*nhĩ*	*èulh*
21	不	*bất*	*poŭ*
22	聽	*thính*	*tʻīng*
23	淫	*dân*	*yîn*
24	聲、	*thinh;*	*chīng;*
25	不	*bất*	*poŭ*
26	出	*xuất*	*tchʻoŭ*
27	亂	*loạn*	*louán*
28	言、	*ngôn;*	*yên;*
29	不	*bất*	*poŭ*
30	食	*thực*	*chĭ*
31	耶	*tà*	*siê*
32.	味。	*vị.*	*ouéi.*
K.1	嘗	*Thường*	*Tchʻâng*
2	行	*hành*	*hîng*
3	忠、	*trung,*	*tchōng,*
4	孝、	*hiếu,*	*hiáo,*
5	友、	*hữu,*	*yeòu,*
6	愛、	*ái,*	*ngái,*
7	惠	*huệ*	*hoéi*
8	良	*lương*	*leâng*
9	之	*chi*	*tchī*
10	事。	*sự.*	*ssé.*
L.1	往	*Vãng*	*Ouàng*
2	往	*vãng*	*ouàng*
3	生	*sinh*	*sēng*

4 擇 trạch tsʻĕ
5 鄰 lân lin
6 處。 xứ tchʻòu.
B.1 母 Mẫu Mòu
2 氏 thị chí
3 之 chi tchī
4 教、 giáo, kiáo,
5 本 bổn pèn
6 於 ư yû
7 慈、 từ, tsʻê,
8 由 do yeôu
9 巽 tốn siún
10 而 nhi eûlh
11 入。 nhập. jŭ.
C.1 教 Giáo Kiáo
2 之 chi tchī
3 所 sở sò
4 宜 nghi yî
5 先 tiên siēn
6 也。 dã. yè.
D.1 古 Cổ Kòu
2 之 chi tchī
3 賢 hiền hiên
4 母、 mẫu, mòu,

2 不 bất pŏu
3 專、 chuyên, tchouēn,
4 則 tắc tsĕ
5 學 học hiŏ
6 難 nạn nân
7 成 thành tchʻîng
8 就。 tựu. tsiéou.
V.1 倦 Quyện Kiuén
2 教、 giáo, kiáo,
3 則 tắc tsĕ
4 子 tử tsèu
5 蓋 cái kái
6 廢 phế féi
7 弛。 thỉ. chì.
X.1 非 Phi Fēi
2 教 giáo kiáo
3 之 chi tchī
4 善 thiện chén
5 道 đạo táo
6 也。 dã. yè.

A.1 昔 4. Tích Sĭ
2 孟 Mạnh Méng
3 母 mẫu mòu

8 退 thối tʻouï
9 之 chi tchī
10 節、 tiết, tsiĕ,
11 禮、 lễ, lì,
12 樂、 nhạc, yŏ,
13 射、 xạ, ché,
14 御、 ngự, yù,
15 書、 thơ, chōu,
16 數 số chóu
17 之 chi tchī
18 文、 văn, ouên,
19 此 thử tsʻèu
20 父 phụ fóu
21 師 sư ssē
22 之 chi tchī
23 教 giáo kiáo
24 也。 dã. yè.
T.1 然 Nhiên Jên
2 教 giáo kiáo
3 之 chi tchī
4 之 chi tchī
5 道、 đạo, táo,
6 又 hựu yéou
7 貴 quí kouéi
8 在 tại tsái
9 專 chuyên tchouēn
10 而 nhi eûlh
11 無 vô vôu
12 倦。 quyện. kiuén.
V.1 蓋 Cái Kái

5	能	năng	nêng
6	教	giáo	kiáo
7	子	tử	tsèu
8	以	dĩ	yì
9	成	thành	tch'îng
10	大	đại	tá
11	名	danh	mîng
12	者、	giả,	tchè,
13	惟	duy	ouêi
14	孟	Mạnh	Méng
15	母	mẫu	mòu
16	最	tối	tsóuï
17	著。	trứ.	tchóu.
E. 1	孟	Mạnh	Méng
2	子	tử	tsèu
3	名	danh	mîng
4	軻、	Kha,	K'ō,
5	字	tự	tsén
6	子	Tử	Tsèu
7	輿、	Dư,	Yû,
8	戰	chiến	tchén
9	國	quấc	kouĕ
10	鄒	Trâu	Tsēou
11	人	nhơn	jîn
12	也。	dã.	yè.
F. 1	父	Phụ	Fóu
2	早	tảo	tsào
3	喪。	táng.	sāng.
G. 1	母	Mẫu	Mòu
2	仉	Chưởng	Chàng
3	氏。	thị.	chí.
H. 1	居	Cư	Kiū
2	近	cận	kín
3	屠	đồ	t'ôu
4	肆。	tứ.	ssé.
I. 1	孟	Mạnh	Méng
2	子	tử	tsèu
3	幼	ấu	yéou
4	嘗	thường	tch'âng
5	嬉	hi	hī
6	戲	hí	hí
7	其	kì	k'î
8	間、	gian,	kiēn,
9	學	học	hiŏ
10	爲	vi	ouêi
11	屠	đồ	t'ôu
12	人	nhơn	jîn
13	宰	tể	tsài
14	割	cát	kŏ
15	之	chi	tchī
16	事。	sự.	ssé.
J. 1	孟	Mạnh	Méng
2	母	mẫu	mòu
3	曰。	viết:	youĕ:
K. 1	此、	Thử	Ts'èu
2	非	phi	fēi
3	可	khả	k'ò
4	以	dĩ	yì
5	居	cư	kiū
6	子	tử	tsèu
7	也。	dã.	yè.
L. 1	乃	Nãi	Nài
2	遷	thiên	tsiēn
3	於	ư	yü
4	郊、	giao,	kiāo,
5	居	cư	kiū
6	近	cận	kín
7	墳	phần	fên
8	塋。	uinh.	yîng.
M. 1	孟	Mạnh	Méng
2	子	tử	tsèu
3	又	hựu	yéou
4	學	học	hiŏ
5	爲	vi	ouêi
6	埋	mai	mâi
7	葬	táng	tsáng
8	哭	khốc	k'ŏu
9	泣	khấp	k'ĭ
10	之	chi	tchī
11	戲。	hí.	hí.
N. 1	孟	Mạnh	Méng
2	母	mẫu	mòu
3	曰。	viết:	youĕ:
O. 1	此	Thử	Ts'èu
2	亦	diệc	yĭ
3	非	phi	fēi
4	可	khả	k'ò
5	以	dĩ	yì
6	居	cư	kiū
7	子	tử	tsèu

5	焉	yên	yēn
6	得	đắc	tĕ
7	智。	trí?	tchí?
A'.1	其	Kì	K'î
2	此	thử	ts'èu
3	之	chi	tchī
4	謂	vị	ouéi
5	乎	hồ?	hôu?
A.1	子	5. Tử	Tsèu
2	不	bất	poŭ
3	學、	học,	hiŏ,
4	斷	đoạn	toán
5	機	cơ	kī
6	杼。	trữ.	choù.
B.1	杼	Trữ	Choù
2	者、	giả,	tchè,
3	織	chức	tchĭ

4	教	giáo	kiáo
5	吾	ngô	ôu
6	子	tử	tsèu
7	矣。	hĩ.	yì.
T.1	遂	Toại	Soúi
2	安	an	ngān
3	居	cư	kiū
4	焉。	diên.	yēn.
V.1	古	Cổ	Koù
2	語	ngữ	yú
3	云。	vân:	yûn:
V.1	交	Giao	Kiāo
2	必	tất	pĭ
3	擇	trạch	ts'ĕ
4	友、	hữu,	yeòu,
5	居	cư	kiū
6	必	tất	pĭ
7	擇	trạch	ts'ĕ
8	隣	lân.	lîn.
X.1	孔	Khổng	K'òng
2	子	tử	tsèu
3	曰。	viết:	youĕ:
Y.1	里	Lý	Lì
2	仁	nhơn	jîn
3	爲	vi	ouêi
4	美。	mĩ.	mèi.
Z.1	擇	Trạch	Ts'ĕ
2	不	bất	poŭ
3	處	xử	tch'òu
4	仁、	nhơn,	jîn

8	也。	dã.	yè.
P.1	又	Hựu	Yeóu
2	遷	thiên	tsiēn
3	於	ư	yū
4	學	học	hiŏ
5	宮	cung	kōng
6	之	chi	tchī
7	旁。	bàng.	p'âng.
Q.1	孟	Mạnh	Méng
2	子	tử	tsèu
3	朝	triêu	tchāo
4	夕	tịch	sĭ
5	學	học	hiŏ
6	爲	vi	ouêi
7	揖	ấp	yĭ
8	讓	nhượng	jáng
9	之	chi	tchī
10	禮、	lễ,	lì,
11	進	tấn	tsín
12	退	thối	t'ouí
13	周	châu	tcheōu
14	旋	tuyền	siuên
15	之	chi	tchī
16	節。	tiết.	tsiĕ.
R.1	孟	Mạnh	Méng
2	母	mẫu	mòu
3	曰。	viết:	youĕ:
S.1	此	Thử	Ts'èu
2	可	khả	k'ò
3	以	dĩ	yì

4	已、	dĩ,	yì,
5	遂	toại	souï
6	成	thành	tch'îng
7	丈	trượng	tcháng
8	疋。	thất.	p'ĭ
O.1	今	Kim	Kīn
2	子	tử	tsèu
3	學	học	hiŏ
4	爲	vi	ouêi
5	聖	thánh	chíng
6	賢。	hiền.	hiên.
P.1	乃	Nải	Nài
2	厭	yểm	yén
3	倦	quyện	kiúen
4	而	nhi	êulh
5	求	cầu	kiêou
6	歸。	qui.	kouēi.
Q.1	猶	Du	Yeôu
2	吾	ngô	oû
3	織	chức	tchĭ
4	布	bố	póu
5	未	vị	ouéi
6	成、	thành,	tch'îng,
7	而	nhi	êulh
8	自	tự	tséu
9	斷	đoạn	toán
10	其	kì	k'î
11	機	cơ	kī
12	也。	dã.	yè.
R.1	孟	Mạnh	Méng

7	其	kì	k'î
8	機。	cơ.	kī.
I.1	孟	Mạnh	Méng
2	子	tử	tsèu
3	懼。	cụ.	kiú.
J.1	跪	Quì	K'ouèi
2	而	nhi	êulh
3	請	thỉnh	ts'ìng
4	問。	vấn.	ouén.
K.1	母	Mẫu	Moù
2	曰。	viết:	youĕ:
L.1	子	Tử	Tsèu
2	之	chi	tchī
3	學、	học,	hiŏ,
4	猶	du	yeôu
5	吾	ngô	oû
6	之	chi	tchī
7	織	chức	tchĭ
8	也。	dã.	yè.
M.1	積	Tích	Tsĭ
2	絲	tư	ssē
3	成	thành	tch'îng
4	寸、	thốn,	ts'ún,
5	積	tích	tsĭ
6	寸	thốn	ts'ún
7	成	thành	tch'îng
8	尺。	xích.	tch'ĭ.
N.1	尺	Xích	Tch'ĭ.
2	寸	thốn	ts'ún
3	不	bất	poŭ

4	機	cơ	kī
5	之	chi	tchī
6	梭。	thoan	sōu.
C.1	孟	Mạnh	Méng
2	母	mẫu	moù
3	平	bình	p'îng
4	居。	cư.	kiū.
D.1	以	Dĩ	Yì
2	織	chức	tchĭ
3	紡	phưởng	fàng
4	爲	vi	ouêi
5	事。	sự.	ssé.
E.1	孟	Mạnh	Méng
2	子	tử	tsèu
3	稍	sảo	siào
4	長。	trưởng.	tch'àng.
F.1	出	Xuất	Tch'oŭ
2	從	tùng	ts'ông
3	外	ngoại	ouái
4	傳。	truyền.	tch'ouên.
G.1	偶	Ngẫu	Ngeòu
2	倦	quyện	kiúen
3	而	nhi	êulh
4	返。	phản.	fàn.
H.1	孟	Mạnh	Méng
2	母	mẫu	moù
3	引	dẫn	yìn
4	刀	đao	taō
5	自	tự	tséu
6	斷	đoạn	toán

5	父、	phụ,	fóu,
6	能	năng	nêng
7	敎	giáo	kiáo
8	諸	chư	tchōu
9	子	tử	tsèu
10	皆	giai	kiāi
11	成	thành	tch'îng
12	令	linh	líng
13	名	danh	mîng
14	者、	giả,	tchè,
15	惟	duy	ouêi
16	竇	Đậu	Teóu
17	氏	thị	chí
18	爲	vi	ouêi
19	最。	tối.	tsouéi.
F.1	竇	Đậu	Teóu
2	禹	Vũ	Yù
3	鈞	quân	kiūn
4	幽	U	Yeōu
5	州	châu	tcheōu
6	人。	nhơn.	jîn.
G.1	以	Dĩ	Yì
2	地	địa	tí
3	屬	thuộc	chŏu
4	燕、	Yên,	Yén,
5	因	nhơn	yīn
6	號	hiệu	hâo
7	燕	Yên	Yên
8	山。	sơn.	chān.
H.1	其	Kì	K'î

4	有	hữu	yeòu
5	義	ngãi	yí
6	方。	phương.	fāng.
B.1	爲	Vị	Ouéi
2	父	phụ	fóu
3	之	chi	tchī
4	敎、	giáo,	kiáo,
5	本	bổn	pèn
6	於	ư	yû
7	嚴。	nghiêm.	yên.
C.1	以	Dĩ	Yì
2	正	chính	tching
3	而	nhi	eûlh
4	訓。	huấn.	hiún.
D.1	敎	Giáo	Kiáo
2	之	chi	tchī
3	不	bất	pŏu
4	可	khả	k'ò
5	忽	hốt	hŏu
6	也。	dã.	yè.
E.1	近	Cận	Kín.
2	代	đại	tái
3	之	chi	tchī
4	嚴	nghiêm	yên

2	子	tử	tsèu
3	感	cảm	kàn
4	悟、	ngộ,	óu,
5	乃	nải	nài
6	往	vãng	ouàng
7	受	thọ	chéou
8	業	nghiệp	niĕ
9	於	ư	yû
10	子	Tử	Tsèu
11	思	tư	ssē
12	之	chi	tchī
13	門。	môn.	mên.
S.1	紹	Thiệu	Cháo
2	明	minh	mîng
3	聖	thánh	chíng
4	學。	học.	hiŏ.
T.1	皆	Giai	Kiāi
2	母	mẫu	mòu
3	敎	giáo	kiáo
4	也。	dã.	yè.
A.1	竇	Đậu	Teóu
2	燕	Yên	Yén
3	山	Sơn	Chān

3	子、	tử,	tsèu
4	名	danh	mîng
5	俱	cu	kiû
6	揚。	dương.	yâng.
B.1	燕	Yên	Yén
2	山	sơn	chān
3	五	ngũ	où
4	子、	tử,	tsèu,
5	儀、	Nghi,	Yî,
6	儼、	Nghiêm,	Yèn,
7	侃、	Khản,	K'àn,
8	偁、(?稱)	Xứng,	Tch'ing,
9	僖。	Hi.	Hi.
C.1	宋	Tống	Sóng
2	初	sơ	ts'ou
3	皆	giai	kiāi
4	爲	vi	ouêi
5	名	danh	mîng
6	臣	thần	tch'în
7	鉅	cự	kiú
8	卿。	khanh.	k'ing.
D.1	世	Thế	Chí

4	碏	Thố	Ts'iŏ
5	曰。	viết:	youĕ:
L.1	愛	Ái	Ngái
2	子	tử	tsèu
3	教	giáo	kiáo
4	以	dĩ	yì
5	義	ngãi	yí
6	方	phương,	fāng,
7	弗	phất	fŏu
8	納	nạp	nă
9	于	vu	yû
10	邪。	tà.	siê.
M.1	如	Như	Jôu
2	燕	Yên	Yén
3	山	sơn	chān
4	之	chi	tchī
5	教、	giáo,	kiáo,
6	可	khả	k'ò
7	謂	vi	ouéi
8	義	ngãi	yí
9	方	phương	fāng
10	也	dã	yè
11	已。	dĩ.	yì.
A.1	教	7 Giáo	Kiáo
2	五	ngũ	où

2	爲	vi	ouêi
3	訓	huấn	hiún
4	也、	dã,	yè,
5	家	gia	kiā
6	庭	đình	t'îng
7	之	chi	tchī
8	禮	lễ	lì
9	肅	túc	sŏu
10	於	ư	yû
11	朝	triều	tch'âo
12	廷。	đình.	t'îng.
I.1	內	Nội	Néi
2	外	ngoại	ouái
3	之	chi	tchī
4	防、	phòng,	fâng,
5	嚴	nghiêm	yên
6	於	ư	yû
7	宮	cung	kōng
8	禁。	cấm.	kín.
J.1	父	Phụ	Fóu
2	子	tử	tsèu
3	之	chi	tchī
4	訓、	huấn,	hiún,
5	凜	lẫm	lìn
6	於	ư	yû
7	官	quan	kouān
8	師。	sư.	ssē.
K.1	左	Tả	Tsò
2	傳	truyện	tch'ouân
3	石	Thạch	Chĕ

12	乎。	hồ?	hôu?
A.1	教	Giáo	Kiáo
2	不	bất	poŭ
3	嚴、	nghiêm,	yên,
4	師	sư	ssē
5	之	chi	tchī
6	惰。	đọa.	tó.
E.1	師	Sư	Ssē
2	長	trưởng	tch'âng
3	之	chi	tchī
4	於	ư	yū
5	弟	đệ	tí
6	子、	tử,	tsèu,
7	不	bất	poŭ
8	患	hoạn	hoán
9	無	vô	vôu
10	教。	giáo.	kiáo.

5	之	chi	tchī
6	過。	quá.	koúo.
B.1	父	Phụ	Fóu
2	母	mẫu	moù
3	之	chi	tchī
4	於	ư	yū
5	子、	tử,	tsèu,
6	不	bất	poŭ
7	患	hoạn	hoán
8	不	bất	poŭ
9	慈。	từ.	ts'ŭ.
C.1	但	Đãn	Tán
2	患	hoạn	hoán
3	失	thất	chĕ
4	教。	giáo.	kiáo.
D.1	有	Hữu	Yeòu
2	子	tử	tsèu
3	而	nhi	eûlh
4	不	bất	poŭ
5	能	năng	nêng
6	教、	giáo,	kiáo,
7	豈	khỉ	k'ì
8	非	phi	fēi
9	父	phụ	fóu
10	之	chi	tchī
11	過	quá	koúo

2	守	thủ	cheoù
3	其	kì	k'î
4	父	phụ	fóu
5	之	chi	tchī
6	家	gia	kiā
7	法。	pháp.	fă.
E.1	奕	Diệc	Yĭ
2	葉	diệp	yĕ
3	貴	quí	kouéi
4	顯。	hiển.	hièn.
F.1	皆	Giai	Kiāi
2	嚴	nghiêm	yên
3	親	thân	ts'īn
4	訓	huấn	hiún
5	廸	địch	tĭ
6	之	chi	tchī
7	功	công	kōng
8	也。	dã.	yè.
A.1	養	8. Dưỡng	Yàng
2	不	bất	poŭ
3	教、	giáo,	kiáo,
4	父	phụ	fóu

C.1	但	Đản	Tán
2	患	hoạn	hoán
3	不	bất	pöu
4	嚴。	nghiêm.	yên.
D.1	不	Bất	Pöu
2	嚴	nghiêm,	yên,
3	則	tắc	tsĕ
4	弟	đệ	tí
5	子	tử	tsèu
6	怠	đãi	tái
7	翫	ngoạn	ouáng
8	而	nhi	eûlh
9	不	bất	pöu
10	遵。	tuân.	tsūn.
E.1	志	Chí	Tchí
2	荒	hoang	hoāng
3	而	nhi	eûlh
4	業	nghiệp	nïĕ
5	廢	phế	féi
6	矣。	hĩ.	yì.
F.1	此	Thử	Ts'èu
2	為	vi	ouêi
3	師	sư	ssē
4	之	chi	tchī
5	過	quá.	kóuo
6	也。	dã.	yè
A.1	子 [10]	Tử	Tsèu
2	不	bất	pöu
3	學、	học,	hiŏ,
4	非	phi	fēi
5	所	sở	sò
6	宜。	nghi.	yî.
B.1	幼	Ấu	Yéou
2	不	bất	pöu
3	學、	học,	hiŏ,
4	老	lão	lào
5	何	hà	hô
6	為。	vi?	ouêi?
C.1	古	Cổ	Kòu
2	語	ngữ	yù
3	云。	vân:	yûn:
D.1	養	Dưỡng	Yàng
2	子	tử	tsèu
3	不	bất	pöu
4	教、	giáo,	kiáo,
5	父	phụ	fóu
6	之	chi	tchī
7	過。	quá.	kóuo.
E.1	訓	Huấn	Hiún
2	導	đạo	táo
3	不	bất	pöu
4	嚴、	nghiêm,	yên,
5	師	sư	ssē
6	之	chi	tchī
7	惰。	đọa.	tó.
F.1	父	Phụ	Fóu
2	教	giáo	kiáo
3	師	sư	ssē
4	嚴、	nghiêm,	yên,
5	兩	lưỡng	leàng
6	無	vô	vôu
7	外。	ngoại.	ouái.
G.1	學	Học	Hiŏ
2	問	vấn	ouén
3	無	vô	vôu

6	器、	khí,	k'í,
B.1	人	Nhơn	jên
2	不	bất	poŭ
3	學、	học,	hiŏ,
4	不	bất	poŭ
5	知	tri	tchī
6	義。	ngãi.	yí.
C.1	義	Ngãi	yí
2	道	đạo	táo
3	義	ngãi	yí
4	也。	dã.	yè.
D.1	禮	Lễ	Lì
2	經	kinh	kīng
3	學	học	hiŏ
4	記	kí	kí
5	曰。	viết:	youĕ:

7	一	nhứt	yĭ
8	年。	niên,	niên,
9	嗚	ô	oū
10	呼	hô!	hoū!
11	老	lão	lào
12	矣。	hĩ.	yì.
M.1	是	Thị	Chí
2	誰	thùy	chôui
3	之	chi	tchī
4	愆。	khiên?	k'iēn?
N.1	言	Ngôn	Yên
2	悔	hối	hoùi
3	之	chi	tchī
4	無	vô	voū
5	及	cập	kĭ
6	也。	dã.	yè.
A.1	玉	11. Ngọc	Yŭ
2	不	bất	poŭ
3	琢、	trạc,	tchŏu,
4	不	bất	poŭ
5	成	thành	tch'îng

4	成、	thành,	tch'îng
5	子	tử	tsèu
6	之	chi	tchī
7	罪。	tội.	tsoúi.
H.1	又	Hựu	Yéou
2	曰。	viết:	youĕ:
I.1	勿	Vật	Voŭ
2	謂。	vị:	ouéi:
J.1	今	Kim	Kīn
2	日	nhựt	jĭ
3	不	bất	poŭ
4	學、	học,	hiŏ,
5	而	nhi	eûlh
6	有	hữu	yeòu
7	來	lai	lâi
8	日。	nhựt.	jĭ.
K.1	今	Kim	Kīn
2	年	niên	niên
3	不	bất	poŭ
4	學、	học,	hiŏ,
5	而	nhi	eûlh
6	有	hữu	yeòu
7	來	lai	lâi
8	年。	niên.	niên.
L.1	日	Nhựt	Jĭ
2	復	phục	foŭ
3	一	nhứt	yĭ
4	日、	nhựt,	jĭ,
5	年	niên	niên
6	復	phục	foŭ

9	友、	hữu	yeòu,
10	習	tập	sĭ
11	禮	lễ	lì
12	儀。	nghi.	yî.
B.1	此	Thử	Ts'èu
2	言	ngôn	yên
3	爲	vi	ouêi
4	子	tử	tsèu
5	弟	đệ	tí
6	之	chi	tchī
7	道	đạo	táo
8	也。	dã.	yè.
C.1	凡	Phàm	Fân.
2	爲	vi	ouêi
3	人	nhơn	jîn
4	子	tử	tsèu
5	弟、	đệ,	tí,
6	當	đang	tāng
7	少	thiểu	chào
8	年	niên	niên
9	無	vô	vôu
10	事	sự	ssé

3	可	khả	k'ò
4	謂	vị	ouéi
5	成	thành	tch'îng
6	人	nhơn	jîn
7	也。	dã.	yè.
A.1	爲	12. Vị	Ouéi
2	人	nhơn	jîn
3	子、	tử,	tsèu,
4	方	phương	fāng
5	少	thiểu	chaò
6	時、	thì,	chî,
7	親	thân	ts'īn
8	師	sư	ssē

E.1	玉	Ngọc	Yŭ
2	不	bất	pŏu
3	琢、	trạc,	tchŏu,
4	不	bất	pŏu
5	成	thành	tchîng
6	器。	khí;	k'í;
F.1	人	nhơn	jîn
2	不	bất	pŏu
3	學、	học,	hiŏ,
4	不	bất	pŏu
5	知	tri	tchī
6	道。	đạo.	táo.
G.1	雖	Tuy	Souī
2	有	hữu	yeòu
3	美	mĩ	meì
4	才、	tài,	tsâi,
5	不	bất	pŏu
6	勤	cần	k'în
7	學	học	hiŏ
8	問、	vấn,	ouén,
9	則	tắc	tsĕ
10	不	bất	pŏu
11	能	năng	nêng
12	知	tri	tchī
13	理、	lý,	lì,
14	義、	nghĩa,	yí,
15	道、	đạo,	táo,
16	德。	đức.	tĕ.
H.1	終	Chung	Tchōng
2	不	bất	pŏu

3	親、	thân,	ts'in,
4	所	sở	sò
5	當	đang	tāng
6	執。	chấp.	tchĕ
C 1	百	Bá	Pĕ
2	行	hành	hîng
3	之	chi	tchī
4	首、	thủ,	cheòu,
5	以	dĩ	yì
6	孝	hiếu	hiáo
7	爲	vi	ouêi
8	先。	tiên.	siēn.
D.1	初	Sơ	Ts'ou
2	學	học	hiŏ
3	之	chi	tchī
4	士、	sĩ,	ssé,
5	不	bất	poŭ
6	可	khả	k'ò
7	不	bất	poŭ
8	知	tri	tchī
9	也。	dã.	yè.
E.1	昔	Tích	Si

41	以	dĩ	yì
42	爲	vi	ouêi
43	立	lập	lĭ
44	身	thân	chīn
45	之	chi	tchī
46	本。	bổn.	pèn.
A.1	香	13. Hương	Hiāng
2	九	cửu	kieòu
3	齡、	linh,	lîng,
4	能	năng	nêng
5	温	ôn	ouēn
6	席。	tịch.	sĭ.
B.1	孝	Hiếu	Hiáo
2	於	ư	yû

11	之	chi	tchī
12	時、	thì,	chî,
13	宜	nghi	yî
14	當	đang	tāng
15	親	thân	ts'in
16	近	cận	kín
17	明	minh	mîng
18	師、	sư,	ssē,
19	交	giao	kiāo
20	結	kiết	kiĕ
21	良	lương	leâng
22	友、	hữu,	yeoù,
23	講	giảng	kiàng
24	習	tập	sĭ
25	禮	lễ	lì
26	節	tiết	tsiĕ
27	儀	nghi	yî
28	文	văn	ouên
29	之	chi	tchī
30	事、	sự,	ssé,
31	愛	ái	ngái
32	親	thân	ts'in
33	敬	kính	kíng
34	長	trưởng	tchàng
35	之	chi	tchī
36	道、	đạo,	táo,
37	進	tấn	tsín
38	德	đức	tĕ
39	修	tu	sieōu
40	業、	nghiệp,	niĕ,

2	漢	Hán	Hán
3	時、	thì,	chî,
4	有	hữu	yeòu
5	江	Giang	Kiāng
6	夏	Hạ	Hiá
7	黃	Hoàng	Hoâng
8	香、	Hương,	Hiāng,
9	年	niên	niên
10	九	cửu	kieòu
11	歲、	tuế,	soúi,
12	即	tức	tsĭ
13	知	tri	tchī
14	孝	hiếu	hiáo
15	於	ư	yû
16	親。	thân.	ts'īn.
F.1	每	Mỗi	Mèi
2	當	đang	tāng
3	夏	hạ	hiá
4	日、	nhựt,	jĭ,
5	炎	viêm	yên
6	熱	nhiệt	jĕ
7	之	chi	tchī
8	時、	thì,	chî,
9	則	tắc	tsĕ
10	扇	phiến	chán
11	父	phụ	foú
12	母	mẫu	moù
13	之	chi	tchī
14	帷	duy	wêi
15	帳、	trướng,	tcháng,
16	使	sử	ssè
17	枕	chẩm	tchèn
18	席	tịch	sĭ
19	清	thanh	ts'īng
20	凉、	lương,	leâng,
21	蚊	văn	ouên
22	蚋	nhuế	joúi
23	遠	viễn	yuèn
24	避、	tị,	pí,
25	以	dĩ	ì
26	待	đãi	tái
27	親	thân	ts'īn
28	之	chi	tchī
29	安	an	ngān
30	寢。	tẩm.	ts'ìn.
G.1	至	Chí	Tchí
2	於	ư	yû
3	冬	đông	tōng
4	日	nhựt	jĭ
5	嚴	nghiêm	yên
6	寒、	hàn,	hân,
7	則	tắc	tsĕ
8	以	dĩ	yì
9	身	thân	chīn
10	溫	ôn	ouēn
11	煖	noãn	noàn
12	其	kì	kĭ
13	親	thân	ts'īn
14	之	chi	tchī
15	衾	khâm	k'īn
16	裯、	trù,	tchôu,
17	枕、	chẩm,	tchèn,
18	席、	tịch,	sĭ,
19	以	dĩ	ì
20	待	đãi	tái
21	親	thân	ts'īn
22	之	chi	tchī
23	煖	noãn	noàn
24	臥。	ngọa.	ngó.
H.1	幼	Ấu	Yeóu
2	而	nhi	eûlh
3	行	hành	hîng
4	孝	hiếu	hiáo
5	如	như	joû
6	此、	thử,	ts'èu,
7	雖	tuy	soūi
8	云	vân	yûn
9	天	thiên	t'iēn
10	性、	tính,	síng,
11	然	nhiên	jên
12	人	nhơn	jîn
13	子	tử	tsèu
14	之	chi	tchī
15	道。	đạo.	táo.
I.1	昏	Hôn	Houēn
2	定、	định,	tíng,
3	晨	thần	chên
4	省、	tỉnh,	sìng,
5	冬	đông	tōng
6	溫、	ôn,	ouēn,

7	夏	hạ	hiá
8	清、	thanh,	ts'ing
9	禮	lễ	lì
10	當	đang	tāng
11	然	nhiên	jên
12	也。	dã.	yè.
A.1	融	[14] Dong	Yông
2	四	tứ	ssé
3	歲、	tuế,	sóui,
4	能	năng	nêng
5	讓	nhường	jáng
6	梨。	lê.	lî.
B.1	弟	Đễ[2]	Tí
2	於	ư	yû

3	長、	trưởng[2],	tch'àng,
4	宜	nghi	î
5	先	tiên	siên
6	知。	tri.	tchī.
C.1	敦	Đôn	Tūn
2	倫	luân	lûn
3	篤	đốc	toŭ
4	誼、	nghị,	í,
5	友	hữu	yeòu
6	于	vu	yû
7	爲	vi	ouêi
8	重。	trụng.	tchóng.
D.1	兄	Huynh	Hiōng
2	弟	đệ	tí
3	之	chi	tchī
4	義、	ngaĩ,	í,
5	幼	ấu	yeóu
6	學	học	hiŏ
7	所	sở	sò
8	宜	nghi	î
9	知	tri	tchī
10	也。	dã.	yè.

E.1	漢	Hán	Hán
2	時、	thì,	chî,
3	魯	Lỗ	Loù
4	國	quấc	kouĕ
5	孔	Khổng	K'òng
6	融、	Dong,	Yông,
7	年	niên	niên
8	始	thỉ.	chì
9	四	tứ	ssé
10	歲、	tuế,	sóui,
11	即	tức	tsĭ
12	知	tri	tchī
13	友	vĩ	yeòu
14	愛	ái	ngái
15	敬	kính	kíng
16	讓	nhượng	jáng
17	之	chi	tchī
18	道。	đạo.	táo.
F.1	時	Thì	Chî
2	有	hữu	yeòu
3	饋	quỉ[2]	kouéi
4	送	tống	sóng
5	其	kì	k'î
6	家	gia	kiā
7	梨	lê	lî
8	一	nhứt	ĭ
9	筐。	khuông.	k'ouāng.
G.1	諸	Chư	Tchōu
2	兄	huynh	hiōng
3	競	cạnh	kíng

6	燦	xán	ts'án
7	然	nhiên	jên
8	千	thiên	ts'iēn
9	古	cổ	kòu
10	矣。	hĩ.	yì.
A.1	首	Thủ	Chèou
2	孝	hiếu	hiáo
3	弟、	đệ,	tí,
4	次	thứ	ts'éu
5	見	kiến	kién
6	聞。	văn.	ouên.
B.1	知	Tri	Tchī
2	某	mỗ	méou

4	者。	giả.	tchè.
O.1	即	Tức	Tsĭ
2	此	thử	ts'èu
3	可	khả	k'ò
4	觀	quan	kouān
5	其	kì	k'î
6	謙	khiêm	k'iēn
7	恭	cung	kong
8	敬	kính	kíng
9	讓	nhường	jáng
10	之	chi	tchī
11	一	nhứt	yĭ
12	端。	đoan.	touān.
P.1	日	Nhựt	Jĭ
2	後	hậu	heóu
3	罹	li	lî
4	鉤	câu	keōu
5	黨	đảng	tàng
6	禍。	họa.	hó.
Q.1	兄	Huynh	Hiōng
2	弟	đệ	tí
3	一	nhứt	yĭ
4	門	môn	mên
5	爭	tranh	tsēng
6	死。	tử.	ssè.
R.1	其	Kì	K'î
2	孝	hiếu	hiáo
3	友	hữu	yeòu
4	之	chi	tchī
5	風、	phong,	fōng,

4	取	thủ	ts'iù
5	之。	chi.	tchī.
H.1	融	Dong	Yông
2	獨	độc	toŭ
3	後。	hậu.	heóu.
I.1	又	Hựu	Yeóu
2	擇	trạch	tsĕ
3	其	kì	k'î
4	最	tối	tsoúi
5	小	tiểu	siào
6	者	giả	tchè
7	取	thủ	ts'iù
8	之。	chi.	tchī.
J.1	人	Nhơn	Jîn
2	問。	vấn:	ouén:
K.1	爾	Nhĩ	Eùlh
2	何	hà	hô
3	獨	độc	toŭ
4	取	thủ	ts'iù
5	小	tiểu	siào
6	者。	giả?	tchè?
L.1	答	Đáp	Tă
2	曰。	viết:	yoŭe:
M.1	我	Ngã	Ngò
2	本	bổn	pèn
3	小	tiểu	siào
4	兒。	nhi.	eûlh.
N.1	當	Đang	Tāng
2	取	thủ	ts'iù
3	小	tiểu	siào

3	數、	số,	chóu,
4	識	thức	chŭ
5	某	mỗ	méou
6	文。	văn.	ouên.
C.1	孝	Hiếu	Hiáo
2	弟	đệ	tí
3	之	chi	tchī
4	道、	đạo,	táo,
5	人	nhơn	jîn
6	倫	luân	lûn
7	所	sở	sò
8	當	đang	tāng
9	盡。	tận.	tsín.
D.1	見	Kiến	Kién
2	聞	văn	ouên
3	之	chi	tchī
4	理、	lý,	lì,
5	幼	ấu	yéou
6	學	học	hiŏ
7	所	sở	sò
8	宜	nghi	yî
9	知。	tri.	tchī.

E.1	子	Tử	Tsèu
2	曰。	viết:	youĕ:
F.1	行	Hạnh	Hîng
2	有	hữu	yeòu
3	餘	dư	yû
4	力、	lực,	lĭ,
5	則	tắc	tsĕ
6	以	dĩ	yì
7	學	học	hiŏ
8	文。	văn.	ouên.
G.1	知	Tri	Tchī
2	其	kì	kî
3	目、	mục,	mŏu,
4	則	tắc	tsĕ
5	爲	vi	ouêi
6	數。	số.	chóu.
H.1	識	Thức	Chĕ
2	其	kì	kî
3	義、	ngãi,	yí,
4	則	tắc	tsĕ
5	爲	vi	ouêi
6	文。	văn.	ouên.
I.1	易	Diệc	Yĭ
2	曰。	viết:	youĕ:
J.1	君	Quân	Kiūn
2	子	tử	tsèu
3	多	đa	tō
4	識	thức	chĕ
5	前	tiền	ts'iên
6	言	ngôn	yên

7	往	vãng	ouàng
8	行。	hành.	hîng.
K.1	日	Nhựt	Jĭ
2	新	tân	sīn
3	其	kì	kî
4	德。	đức.	tĕ.
L.1	孔	Khổng	K'òng
2	子	tử	tsèu
3	曰。	viết:	youĕ:
M.1	多	Đa	Tō
2	聞	văn	ouên
3	闕	khuyết	k'iuĕ
4	疑。	nghi.	yî.
N.1	愼	Thận	Chín
2	言	ngôn	yên
3	其	kì	kî
4	餘。	dư.	yû.
O.1	多	Đa	Tō
2	見	kiến	kién
3	闕	khuyết	k'iuĕ
4	殆。	tãi.	tài.
P.1	愼	Thận	Chín
2	行	hành	hîng
3	其	kì	kî
4	餘。	dư.	yû.
Q.1	及	Cập	Kĭ
2	乎	hồ	hôu
3	聞	văn	ouên
4	見	kiến	kién
5	既	kí	kí

6	廣、	quảng,	kouàng,
7	知	tri	tchī
8	識	thức	chĕ
9	既	kí	kí
10	深、	thâm,	chēn,
11	則	tắc	tsĕ
12	言	ngôn	yên
13	寡	quả	kouà
14	尤	vưu	yeôu
15	而	nhi	eûlh
16	行	hành	hîng
17	寡	quả	kouà
18	悔	hối	hoèi
19	矣。	hĩ.	yì.
A.1	一	16. Nhứt	Ĭ
2	而	nhi	eûlh
3	十、	thập,	chĕ,
4	十	thập	chĕ
5	而	nhi	eûlh
6	百。	bá.	pĕ.
B.1	此	Thử	Ts'èu
2	以	dĩ	yì
3	下、	hạ,	hiá,
4	皆	giai	kiāi
5	言	ngôn	yên
6	知	tri	tchī
7	某	mỗ	meóu
8	數	số	chóu
9	也。	dã.	yè.
C.1	萬	Vạn	Ouán
2	物	vật	wŏu
3	之	chi	tchī
4	數、	số,	chóu,
5	起	khỉ	k'ì
6	於	ư	yū
7	一。	nhứt.	ĭ.
D.1	一	Nhứt	Ĭ
2	者、	giả,	tchè,
3	數	số	chóu
4	之	chi	tchī
5	始。	thỉ.	chì.
E.1	十	Thập	Chĕ
2	者、	giả,	tchè,
3	數	số	chóu
4	之	chi	tchī
5	終。	chung.	tchōng
F.1	百	Bá	Pĕ
2	者、	giả,	tchè,
3	十	thập	chĕ
4	之	chi	tchī
5	盈	dinh	îng
6	也。	dã.	yè.
A.1	百	17. Bá	Pĕ
2	而	nhi	eûlh
3	千、	thiên,	ts'iēn,
4	千	thiên	ts'iēn
5	而	nhi	eûlh
6	萬。	vạn,	ouán.
B.1	十	Thập	Chĕ
2	累	lụy	lòui
3	而	nhi	eûlh
4	盈、	dinh,	yîng,
5	滿	mản	màn
6	十	thập	chĕ

7	則	tắc	tsĕ
8	爲	vi	ouêi
9	百。	bá.	pĕ.
C.1	百	Bá	Pĕ
2	累	lụy	loùi
3	而	nhi	êulh
4	盈、	dinh,	yîng,
5	滿	mản	màn
6	十	thập	chĕ
7	則	tắc	tsĕ
8	爲	vi	ouêi
9	千。	thiên.	ts'iēn.
D.1	千	Thiên	Ts'iēn
2	累	lụy	loùi
3	而	nhi	êulh
4	盈、	dinh,	yîng,
5	滿	mản	màn
6	十	thập	chĕ
7	則	tắc	tsĕ
8	爲	vi	ouêi
9	萬	vạn	ouán
10	也。	dã.	yè.
E.1	過	Quá	Koúo
2	此	thử	ts'eù
3	以	dĩ	yì
4	往、	vãng,	ouàng,
5	數	số	choú
6	無	vô	voû
7	紀	kỷ	kì
8	極。	cực.	kĭ.

F.1	莫	Mạc	Mŏ
2	之	chi	tchī
3	能	năng	nêng
4	窮	cùng	k'iông
5	也。	dã	yè.
A.1	三	18. Tam	Sān
2	才	tài	ts'âi
3	者、	giả,	tchè,
4	天	thiên	t'iēn
5	地	địa	tí
6	人。	nhơn.	jîn.
B.1	混	Hỗn	Hoèn
2	沌	độn	tùn
3	之	chi	tchī
4	氣、	khí,	k'í,
5	輕	khinh	k'īng
6	清	thanh	ts'īng

7	者、	giả,	tchè,
8	上	thượng	cháng
9	浮	phù	fôu
10	而	nhi	êulh
11	爲	vi	ouêi
12	天。	thiên.	t'iēn.
C.1	重	Trụng	Tchóng
2	濁	trược	tchŏu
3	者、	giả,	tchè,
4	下	hạ	hiá
5	凝	ngưng	yîng
6	而	nhi	êulh
7	爲	vi	ouêi
8	地。	địa.	tí
D.1	天	Thiên	T'iēn
2	地	địa	tí
3	之	chi	tchī
4	間、	gian,	kiēn,
5	萬	vạn	ouán
6	物	vật	voŭ
7	羣	quần	kiûn
8	生。	sinh.	sēng.
E.1	惟	Duy	Ouêi
2	人	nhơn	jîn
3	最	tối	tsoúi
4	貴。	quí.	kouéi.
F.1	人	Nhơn	Jîn
2	爲	vi	ouêi
3	萬	vạn	ouán
4	物	vật	voŭ

5	之	chi	tchī
6	靈。	linh.	lîng.
G.1	氣	Khí	K'í
2	稟	bẩm	pìn
3	陰	âm	yīn
4	陽。	dương.	yâng.
H.1	道	Đạo	Táo
2	敦	đôn	tūn
3	化	hóa	hoá
4	育。	dục.	yǔ.
I.1	生	Sinh	Sēng
2	生	sinh	sēng
3	不	bất	poǔ
4	息。	tức.	sǐ.
J.1	與	Dữ	Yù.
2	天	thiên	t'iēn
3	地	địa	tí
4	人。	nhơn.	jîn.
K.1	故	Cố	Koú
2	曰	viết	youě
3	三	tam	sān
4	才。	tài.	ts'âi.

19

A.1	三	Tam	Sān
2	光	quang	kouang
3	者、	giả,	tchè,

4	日	nhựt	jǐ
5	月	nguyệt	youě
6	星。	tinh.	sīng.
B.1	日	Nhựt	Jǐ
2	本	bổn	pén
3	乎	hồ	hôu
4	陽	dương	yâng
5	之	chi	tchī
6	精。	tinh.	ts'īng.
C.1	照	Chiếu	Tcháo
2	臨	lâm	lîn
3	于	vu	yû
4	晝。	trú.	tchéou.
D.1	月	Nguyệt	Youě
2	本	bổn	pén
3	乎	hồ	hôu
4	陰	âm	yīn
5	之	chi	tchī
6	魄。	phách.	pě.
E.1	光	Quang	Kouāng
2	明	minh	mîng
3	于	vu	yû
4	夜。	dạ.	yè.
F.1	五	Ngũ	Où

2	星	tinh	sīng
3	列	liệt	liě
4	宿、	tú,	soǔ,
5	皆	giai	kiāi
6	麗	lệ	lí
7	于	vu	yû
8	天。	thiên.	t'iēn.
G.1	輝	Huy	Hoēi
2	煌	hoàng	hoâng
3	燦	xán	ts'án
4	爛。	lạn.	lán.
H.1	布	Bố	Póu
2	列	liệt	liě
3	森	sum	sēn
4	羅。	la.	lô.
I.1	配	Phối	P'éi
2	乎	hồ	hôu
3	日	nhựt	jǐ
4	月。	nguyệt.	youě.
J.1	謂	Vị	Ouéi
2	之	chi	tchī
3	三	tam	sān
4	光	quang	kouang
5	也。	dã.	yè.

20

A.1	三	Tam	Sān
2	綱	cang	kāng

3	者、	giả,	tchè,
4	君	quân	kiūn
5	臣	thần	tch'în
6	義、	ngãi,	yí,
7	父	phụ	fóu
8	子	tử	tsèu
9	親、	thân,	ts'īn
10	夫	phu	fōu
11	婦	phụ	fóu
12	順。	thuận.	chún.

B.1	綱	Cang	Kāng
2	者、	giả,	tchè,
3	統	thống	tòng
4	系	hệ	hí
5	也。	dã.	yè.
C.1	天	Thiên	T'iēn
2	下	hạ	hiá
3	之	chi	tchī
4	大	đại	tá
5	綱	cang	kāng
6	有	hữu	yeòu
7	三。	tam.	sān.
D.1	君	Quân	Kiūn
2	正	chánh	tchíng
3	於	ư	yū
4	朝、	triều,	tch'âo,
5	爲	vi	ouêi
6	臣	thần	tch'în
7	之	chi	tchī
8	綱。	cang.	kāng.
E.1	父	Phụ	Fóu
2	正	chánh	tchíng
3	于	vu	yū
4	家、	gia,	kiā,
5	爲	vi	ouêi
6	子	tử,	tsèu
7	之	chi	tchī
8	綱。	cang.	kāng.
F.1	夫	Phu	Fōu
2	正	chánh	tchíng

3	于	vu	yū
4	室、	thất,	chĕ,
5	爲	vi	ouêi
6	妻	thê	ts'ī
7	之	chi	tchī
8	綱。	cang.	kāng.
G.1	三	Tam	Sān
2	綱	cang	kāng
3	旣	kí	kí
4	正、	chính,	tchíng,
5	則	tắc	tsĕ
6	君	quân	kiūn
7	聖	thánh	chíng
8	臣	thần	tch'în
9	良;	lương;	leâng;
10	父、	phụ	fóu
11	慈	từ	ts'êu
12	子	tử	tsèu
13	孝、	hiếu,	hiáo,
14	夫	phu	fōu
15	和	hoà	hô
16	婦	phụ	fóu
17	順;	thuận;	chún;
18	宇	vũ	yù
19	宙	trụ	tcheóu
20	清	thanh	ts'īng
21	寧、	ninh,	nîng,
22	邦	bang	pāng
23	國	quấc	kouĕ
24	平	bình	p'îng

25	康	khang	k'ang
26	熙。	hi.	hi.
A. 1	曰	Viết	Youĕ
2	春	Xuân	Tch'ūn
3	夏、	Hạ,	Hiá,
4	曰	viết	youĕ
5	秋	thu	Ts'iēou
6	冬。	Đông.	Tōng.
B. 1	此	Thử	Ts'èu
2	四	tứ	ssé
3	時、	thì,	chî,
4	運	vận	yún
5	不	bất	poŭ
6	窮。	cùng.	k'iông.
C. 1	此	Thử	Ts'èu
2	言	ngôn	yên
3	歲	tuế	souï
4	時	thì	chî
5	之	chi	tchī
6	序	tự	siú
7	也。	dã.	yè.
D. 1	一	Nhứt	Yĭ
2	歲	tuế	souï
3	之	chi	tchī
4	序	tự	siú
5	分	phân	fēn
6	爲	vi	ouêi
7	四	tứ	ssé
8	時。	thì.	chî.
E. 1	應	Ứng	Yíng
2	乎	hồ	hôu
3	北	Bắc	Pĕ
4	斗。	đẩu.	teòu.
F. 1	斗	Đẩu	Teòu
2	柄	bính	píng
3	東	Đông	Tōng
4	指、	chỉ,	tchì,
5	在	tại	tsái
6	寅	Dần	Yîn
7	卯	Mẹo	Maò
8	辰、	Thìn,	Chîn,
9	萬	vạn	ouán
10	物	vật	voŭ
11	發	phát	fă
12	生。	sanh.	sēng.
G. 1	於	Ư	Yū
2	時	thì	chî
3	爲	vi	ouêi
4	春。	Xuân.	Tch'ūn.
H. 1	斗	Đẩu	Teòu
2	柄	bính	píng
3	南	Nam	Nân
4	指、	chỉ,	tchì,
5	在	tại	tsái
6	巳	Tị	Ssé
7	午	Ngọ	Où
8	未、	Mùi,	Ouéi,
9	萬	vạn	ouán
10	物	vật	voŭ
11	暢	sướng	tcháng
12	茂。	mậu.	meóu.
I. 1	於	Ư	Yū
2	時	thì	chî
3	爲	vi	ouêi
4	夏。	Hạ.	Hiá.

4	曰	viết	youĕ
5	西	Tây	Sī
6	東、	Đông.	Tōng.
B.1	此	Thử	Ts'èu
2	四	tứ	ssé
3	方、	phương,	fāng,
4	應	ứng	yíng
5	乎	hồ	hôu
6	中。	trung.	tchōng
C.1	此	Thử	Ts'èu
2	言	ngôn	yên
3	四	tứ	ssé

3	爲	vi	ouêi
4	冬。	Đông.	Tōng.
N.1	四	Tứ	Ssé
2	時	thì	chî
3	之	chi	tchī
4	循	tuần	siûn
5	還	hoàn	hoân
6	不	bất	poŭ
7	已。	dĩ.	yì.
O.1	運	Vận	Yún
2	轉	chuyển	tchouèn
3	不	bất	poŭ
4	窮。	cùng.	k'iông.
P.1	寒	Hàn	Hân
2	暑	thử	chòu
3	迭	điệt	tiĕ
4	易、	dịch	yí,
5	而	nhi	eûlh
6	歲	tuế	soúi
7	功	công	kōng
8	成	thành	tch'îng
9	焉。	diên.	yēn.
A.1	曰	Viết	Youĕ
2	南	Nam	Nân
3	北、	Bắc,	Pĕ,

J.1	斗	Đẩu	Teòu
2	柄	bính	pìng
3	西	Tây	Sī
4	指、	chỉ,	tchì,
5	在	tại	tsái
6	申	Thân	Chīn
7	酉	Dậu	Yeòu
8	戌、	Tuất,	Siŭ,
9	萬	vạn	ouán
10	物	vật	voŭ
11	收	thâu	cheōu
12	斂	liễm	lièn.
K.1	於	Ư	Yû
2	時	thì	chî
3	爲	vi	ouêi
4	秋。	Thu.	Ts'ieōu.
L.1	斗	Đẩu	Teòu
2	柄	bính	pìng
3	北	Bắc	Pĕ
4	指、	chỉ,	tchì,
5	在	tại	tsái
6	亥	Hợi	Hái
7	子	Tí	Tsèu
8	丑、	Sửu,	Tcheòu,
9	萬	vạn	ouán
10	物	vật	voŭ
11	閉	bế	pí
12	藏。	tàng.	tsâng.
M.1	於	Ư	Yû
	時	thì	chî

4	朱	Châu	Tchōu
5	明。	Minh.	Mîng.
P.1	正	Chính	Tchíng
2	西	Tây	Sī
3	之	chi	tchī
4	方、	phương,	fāng,
5	其	kì	kʻî
6	干	can	kān
7	庚	Canh	Kēng
8	辛。	Tân.	Sīn.
Q.1	其	Kì	Kʻî
2	帝	đế	tí
3	金	Kim	Kīn
4	天。	Thiên.	Tʻiēn.
R.1	其	Kì	Kʻî
2	神	thần	chîn
3	蓐	Nhục	Jŏu
4	收。	Thâu.	Cheōu.
S.1	盛	Thạnh	Chíng
2	德	đức	tĕ
3	在	tại	tsái
4	金。	kim.	kīn.
T.1	於	Ư	Yū
2	常	thường	tchʻâng
3	為	vi	ouêi
4	義。	ngại.	í.
U.1	於	Ư	Yū
2	時	thì	chî
3	為	vi	ouêi
4	白	Bạch	Pĕ

3	為	vi	ouêi
4	青	Thanh	Tsʻīng
5	陽。	Dương.	Yâng.
J.1	正	Chính	Tchíng.
2	南	Nam	Nân
3	之	chi	tchī
4	方、	phương,	fāng,
5	其	kì	kʻî
6	干	can	kān
7	丙	Bính	Pìng
8	丁。	Đinh.	Tīng.
K.1	其	Kì	Kʻî
2	帝	đế	tí
3	炎	Viêm	Yên
4	帝。	Đế.	Tí.
L.1	其	Kì	Kʻî
2	神	thần	chîn
3	祝	Chúc	Tchŏu
4	融。	Dong.	Yông.
M.1	盛	Thạnh	Chíng
2	德	đức	tĕ
3	在	tại	tsái
4	火。	hoả.	hò.
N.1	於	Ư	Yū
2	常	thường	tchʻâng
3	為	vi	ouêi
4	禮。	lễ.	lì.
O.1	於	Ư	Yū
2	時	thì	chî
3	為	vi	ouêi

4	方	phương	fāng
5	之	chi	tchī
6	位	vị	ouéi
7	也。	dã	yè.
D.1	正	Chính	Tchíng
2	東	Đông	Tōng
3	之	chi	tchī
4	方、	phương,	fāng,
5	其	kì	kʻî
6	干	can	kān
7	甲	Giáp	Kiă
8	乙。	Ất	Yĭ.
E.1	其	Kì	Kʻî
2	帝	đế	tí
3	太	Thái	Thái
4	皞。	Hạo	Hào.
F.1	其	Kì	Kʻî
2	神	thần	chîn
3	勾	Câu	Keōu
4	芒。	Mang.	Mâng.
G.1	盛	Thạnh	Chíng
2	德	đức	tĕ
3	在	tại	tsái
4	木。	mộc.	mŏu.
H.1	於	Ư	Yū
2	常	thường	tchʻâng
3	為	vi	ouêi
4	仁。	nhơn.	jîn.
I.1	於	Ư	Yū
2	時	thì	chî

6	四	Tứ	Ssé
7	季	Quí	Kí
8	四	Tứ	Ssé
9	方。	Phương.	Fāng.
I'.1	春	Xuân	Tch'ūn
2	夏	Hạ	Hiá
3	秋	Thu	Ts'iēou
4	冬、	Đông,	Tōng,
5	各	các	kŏ
6	有	hữu	yèou
7	專	chuyên	tchouēn
8	司。	tư.	ssē.
J'.1	惟	Duy	Ouêi
2	土	Thổ	T'òu
3	居	cư	kiū
4	中	trung	tchōng
5	用	dụng	yóng
6	事、	sự,	ssé,
7	而	nhi	eûlh
8	四	Tứ	Ssé
9	方	Phang	Fāng
10	咸	hàm	hiên
11	應	ứng	yíng
12	之	chi	tchī
13	也。	dã.	yè.
A.1	曰	(33) 23. Viết	Youĕ
12	水	Thủy	Choùi

5	英。	anh.	yīng.
C'.1	中	Trung	Tchōng
2	央	ương	yāng
3	之	chi	tchī
4	宮、	cung,	kōng,
5	其	kì	k'î
6	干	can	kān
7	戊	Mồ	Méou
8	己。	Kỉ.	Kì.
D'.1	其	Kì	K'î
2	帝	đế	tí
3	黃	Hoàng	Hoâng
4	帝。	Đế.	Tí.
E'.1	其	Kì	K'î
2	神	thần	chîn
3	勾	Câu	Keōu
4	龍。	Long.	Lông.
F'.1	盛	Thạnh	Chíng
2	德	đức	tĕ
3	在	tại	tsái
4	土。	Thổ.	T'òu.
G'.1	於	Ư	Yū
2	常	thường	tch'âng
3	爲	vi	ouêi
4	信。	Tín.	Sín.
H'.1	於	Ư	Yū
2	時	thì	chî
3	寄	kí	kí
4	旺	vượng	ouáng
5	乎	hồ	hôu

5	藏。	tàng.	tsâng.
V.1	正	Chính	Tchíng
2	北	Bắc	Pĕ
3	之	chi	tchī
4	方、	phương,	fāng,
5	其	kì	k'î
6	干	can	kān
7	爲	vi	ouêi
8	壬	Nhâm	Jîn
9	癸。	Quí.	Kouèi.
X.1	其	Kì	K'î
2	帝	đế	tí
3	顓	Chuyên	Tchouēn
4	頊。	Húc.	Hiŏ.
Y.1	其	Kì	K'î
2	神	thần	chîn
3	元	Nguơn	Yuên
4	冥。	Minh.	Mîng.
Z.1	盛	Thạnh	Chíng
2	德	tức	tĕ
3	在	tại	tsái
4	水。	thủy.	choùi.
A'.1	於	Ư	Yū
2	常	thường	tch'âng
3	爲	vi	ouêi
4	智。	trí.	tchí.
B'.1	於	Ư	Yū
2	時	thì	chî
3	爲	vi	ouêi
4	位	huyền	hiên

3	火、	Hỏa,	Hò,
4	木	Mộc	Mŏu
5	金	Kim	Kīn
6	土。	Thổ.	T'òu.
B.1	此	Thử	Ts'èu
2	五	ngũ	où
3	行、	Hành,	Hîng,
4	本	bổn	pén
5	乎	hồ	hôu
6	數。	số..	chóu.

C.1	天	Thiên	T'iēn
2	地	Địa	Tí
3	之	chi	tchī
4	間、	gian,	kiēn,
5	陰	Âm	Yīn
6	陽	Dương	Yâng
7	二	nhị	eúlh
8	氣、	khí,	k'í,
9	化	hóa	hoá
10	生	sinh	sēng
11	五	Ngũ	Où
12	行。	Hành.	Hîng.
D.1	天	Thiên	T'iēn
2	一	nhứt	yĭ
3	生	sinh	sēng
4	水。	Thủy.	Choùï.
E.1	地	Địa	Tí
2	二	nhị	eúlh
3	生	sinh	sēng
4	火。	Hỏa.	Hò.
F.1	天	Thiên	T'iēn
2	三	tam	sān
3	生	sinh	sēng
4	木。	Mộc.	Mŏu.
G.1	地	Địa	Tí
2	四	tứ	ssé
3	生	sinh	sēng
4	金。	Kim.	Kīn.
H.1	天	Thiên	T'iēn
2	五	ngũ	où

3	生	sinh.	sēng
4	土。	Thổ.	T'òu.
I.1	此	Thử	Ts'èu
2	五	Ngũ	Où
3	行	Hành	Hîng
4	之	chi	tchī
5	生	sinh	sēng
6	序	tự	siú
7	也。	dã.	yè.
J.1	水	Thủy	Choùï
2	曰	viết	youĕ
3	潤	gián	jún
4	下。	hạ.	hiá.
K.1	火	Hỏa	Hò
2	曰	viết	youĕ
3	炎	Viêm	yên
4	上。	thượng.	cháng.
L.1	木	Mộc	Mŏu
2	曰	viết	youĕ
3	曲	khúc	k'iŏ
4	直。	trực.	tchĭ.
M.1	金	Kim	Kīn
2	曰	viết	youĕ
3	從	tùng	ts'ông
4	器。	khí.	k'í.
N.1	土	Thổ	T'òu
2	爰	viên	yuên.
3	稼	giá	kiá
4	穡。	tắc.	sĕ.
O.1	此	Thử	Ts'èu

B'.1	天	Thiên	T'iēn
2	下	hạ	hiá
3	之	chi	tchī
4	數、	số,	chóu,
5	皆	giai	kiāi
6	由	do	yeôu
7	此	thử	ts'èu
8	推。	suy.	tch'ōui.
C'.1	不	Bất	Poŭ
2	可	khả	k'ò
3	不	bất	poŭ
4	知	tri	tchī
5	也。	dã.	yè.
A.1	曰	24 Viết	Youĕ
2	仁	nhơn	jîn
3	義、	ngãi,	yí,
4	禮	lễ	lì
5	智	trí	tchí
6	信。	tín.	sín.
3	木。	Mộc.	Moŭ.
Y.1	木	Mộc	Moŭ
2	尅	khắc	k'ĕ
3	土。	Thổ.	T'où.
Z.1	土	Thổ	T'où
2	又	hựu	yeóu
3	尅	khắc	k'ĕ
4	水。	Thủy.	Choùi.
A'.1	萬	Vạn	Ouán
2	事	sự	ssé
3	萬	van	ouán
4	物、	vật,	voŭ,
5	無	vô	voû
6	不	bất	poŭ
7	有	hữu	yeòu
8	五	Ngũ	Où
9	行	Hành	Hîng
10	貫	quán	kouán
11	乎	hồ	hôu
12	其	kì	k'î
13	間。	gian,	kiēn,
14	而	nhi	eûlh
15	天	thiên	t'iēn
16	下	hạ	hiá
17	之	chi	tchī
18	理、	lý,	lì,
19	皆	giai	kiāi
20	由	do	yeôu
21	此	thử	ts'èu
22.	出。	xuất.	tch'oŭ.
2	五	Ngũ	Où
3	行	Hành	Hîng
4	之	chi	tchī
5	性	tính	síng
6	之	chi	tchī
7	德	đức	tĕ
8	也。	dã.	yè.
P.1	水	Thủy	Choùi
2	生	sinh	sēng
3	木。	Mộc.	Moŭ.
Q.1	木	Mộc	Moŭ
2	生	sinh	sēng
3	火。	Hỏa.	Hò.
R.1	火	Hỏa	Hò
2	生	sinh	sēng
3	土。	Thổ.	T'où.
S.1	土	Thổ	T'où
2	生	sinh	sēng
3	金。	Kim.	Kīn.
T.1	金	Kim	Kīn
2	生	sinh	sēng
3	火。	Hỏa.	Hò.
U.1	水	Thủy	Choùi
2	尅	khắc	k'ĕ
3	火。	Hỏa.	Hò.
V.1	火	Hỏa	Hò
2	尅	khắc	k'ĕ
3	金。	Kim.	Kīn.
X.1	金	Kim	Kīn
2	尅	khắc	k'ĕ

B.1	此	Thử	Ts'èu
2	五	ngũ	où
3	常、	thường,	tch'âng,
4	不	bất	poŭ
5	容	dung	yông
6	紊。	vặn.	ouén.
C.1	五	Ngũ	Où
2	常	thường	tch'âng
3	之	chi	tchī
4	理、	lý,	lì,
5	根	căn	kēn
6	於	ư	yū
7	性	tánh	síng
8	生。	sinh.	sēng.
D.1	一	Nhứt	Yĭ
2	曰	viết	youĕ
3	仁。	nhơn.	jîn.
E.1	仁	Nhơn	Jîn
2	者、	giả,	tchè,
3	人	nhơn	jîn
4	也。	dã.	yè.
F.1	心	Tâm	Sīn
2	之	chi	tchī
3	德	đức	tĕ
4	也。	dã.	yè.
G.1	寬	Khoan	K'ouan
2	裕、	dũ,	yú,
3	溫	ôn	ouēn
4	柔、	nhu,	jôu,
5	慈	từ	ts'êu
6	良、	lương,	leâng,
7	惻	trắc	ts'ĕ
8	隱、	ẩn,	yìn,
9	是	thị	chí
10	之	chi	tchī
11	謂	vị	ouéi
12	仁。	nhơn.	jîn.
H.1	二	Nhị	Éulh
2	曰	viết	youĕ
3	義。	ngãi.	yí.
I.1	義	Ngãi	Yí
2	者、	giả,	tchè,
3	宜	nghi	yî
4	也。	dã.	yè.
J.1	心	Tâm	Sīn
2	之	chi	tchī
3	契	khế	k'í
4	也。	dã.	yè.
K.1	發	Phát	Fă
2	強	cang	k'iâng
3	剛	cang	kāng
4	毅、	nghị,	yí,
5	奮	phấn	fén
6	決	khuyết	kiuĕ
7	果	quả	kò
8	敢、	cảm,	kàn,
9	是	thị	chí
10	之	chi	tchī
11	謂	vị	ouéi
12	義。	ngãi.	yí.
L.1	三	Tam	Sān
2	曰	viết	youĕ
3	禮。	lễ.	lì.
M.1	禮	Lễ	Lì
2	者、	giả,	tchè,
3	儀	nghi	yî
4	也。	dã.	yè.
N.1	心	Tâm	Sīn
2	之	chi	tchī
3	理	lý	lì
4	也。	dã.	yè.
O.1	齊	Tề	Ts'î
2	莊	trang	tchoāng
3	中	trung	tchōng
4	正、	chính,	tchíng,
5	遜	tốn	sún
6	順	thuận	chún
7	謙	khiêm	k'iēn

2 1	不	Bất	Poŭ
2	容	dung	yông
3	紊	vặn	ouén
4	亂	loạn	loán
5	也。	dã.	yè.
		25	
A.1	稻	Đạo	Táo
2	粱	Lương	Leâng
3	菽、	Thúc,	Choŭ,
4	麥	Mạch	Mĕ
5	黍	Thử	Choù
6	稷、	Tắc,	Tsĭ,
7	此	thử	ts'eù
8	六	lục	loŭ

3	信。	tín.	sín.
U.1	信	Tín	Sín
2	者、	giả,	tchè,
3	厚	hậu	heóu
4	也。	dã.	yè.
V.1	心	Tâm	Sīn
2	之	chi	tchī
3	主	chủ	tchoù
4	也。	dã.	yè.
X.1	誠	Thành	Tch'ĭng
2	實	thật	chĕ
3	正	chính	tchíng
4	直、	trực,	tchĭ,
5	忠	trung	tchōng
6	厚	hậu	heóu
7	和	hoà	hô
8	平、	bình,	p'îng,
9	是	thị	chí
10	之	chi	tchī
11	謂	vị	ouéi
12	信。	tín.	sín.
Y.1	仁、	Nhơn,	Jîn,
2	義、	Ngãi,	Yí,
3	禮、	Lễ,	Lì,
4	智、	Trí,	Tchí,
5	信、	Tín,	Sín,
6	謂	vị	ouéi
7	之	chi	tchī
8	五	Ngũ	Où
9	常。	thường.	tch'âng.

8	恭、	cung,	kōng,
9	是	thị	chí
10	之	chi	tchī
11	謂	vị	ouéi
12	禮。	lễ.	lì.
P.1	四	Tứ	Ssé
2	曰	viết	youĕ
3	智。	trí.	tchí.
Q.1	智	Trí	Tchí
2	者、	giả,	tchè,
3	知	tri	tchī
4	也。	dã.	yè.
R.1	心	Tâm	Sīn
2	之	chi	tchī
3	機	cơ	kī
4	也。	dã.	yè.
S.1	聰	Thông	Ts'ōng
2	明	minh	mîng
3	睿	duệ	joéi
4	知、	tri,	tchī,
5	文	văn	ouên
6	理	lý	lì
7	密	mật	mĭ
8	察、	sát,	ts'ă,
9	是	thị	chí
10	之	chi	tchī
11	謂	vị	ouéi
12	智。	trí.	tchí.
T.1	五	Ngũ	Où
2	曰	viết	youĕ

9	穀、	*cốc,*	koŭ,
10	人	*nhơn*	jîn
11	所	*sở*	sò
12	食。	*thực.*	chĭ.
B. 1	此	*Thử*	Ts'èu
2	言	*ngôn*	yên
3	穀	*cốc*	koŭ
4	可	*khả*	k'ò
5	食	*thực*	chĭ
6	者	*giả*	tchè
7	有	*hữu*	yeóu
8	六	*lục*	loŭ
9	也。	*dã.*	yè.
C. 1	一	*Nhứt*	Yĭ
2	曰	*viết*	youĕ
3	稻。	*Đạo.*	Táo.
D. 1	有	*Hữu*	Yeòu
2	秈	*Tiên*	Siēn
3	稻、	*đạo,*	táo,
4	粳	*Canh*	Kēng
5	稻、	*đạo,*	táo,
6	晚	*Vãn*	Ouàn
7	稻、	*đạo,*	táo,
8	糯	*Nhu*	Jôu
9	稻。	*đạo.*	táo.
E. 1	二	*Nhị*	Eúlh
2	曰	*viết*	youĕ
3	粱。	*Lương.*	Leâng.
F. 1	北	*Bắc*	Pĕ
2	方	*phương*	fāng
3	高	*Cao*	Kāo
4	粱	*lương*	leâng
5	米。	*mễ.*	mì.
G. 1	有	*Hữu*	Yeóu
2	黄	*Hoàng*	Hoâng
3	粱、	*lương,*	leâng,
4	白	*Bạch*	Pĕ
5	粱、	*lương,*	leâng,
6	青	*Thanh*	Ts'īng
7	粱。	*lương.*	leâng.
H. 1	三	*Tam*	Sān
2	曰	*viết*	youĕ
3	菽、	*Thúc,*	Chŏu,
4	即	*tức*	tsĭ
5	諸	*chư*	tchōu
6	豆	*đậu*	teóu
7	之	*chi*	tchī
8	總	*tổng*	tsòng
9	名。	*danh.*	mîng.
I. 1	有	*Hữu*	Yeóu
2	大、	*Đại,*	Tá,
3	小、	*Tiểu,*	Siào,
4	黄、	*Hoàng,*	Hoâng,
5	黑、	*Hắc,*	Hĕ,
6	青、	*Thanh,*	Ts'īng,
7	白、	*Bạch,*	Pĕ,
8	豇、	*Cong,*	Kōuang,
9	扁、	*Biển,*	Pièn,
10	豑、	*Trệ,*	Tchí,
11	蠶、	*Tằm*	Ts'ân
12	之	*chi*	tchī
13	類。	*loại.*	loüi.
J. 1	四	*Tứ*	Ssé
2	曰	*viết*	youĕ
3	麥。	*Mạch;*	mĕ.
K. 1	夏	*Hạ*	Hiá
2	穀	*cốc*	koŭ
3	也。	*dã.*	yè.
L. 1	有	*Hữu*	Yeòu
2	大	*Đại*	Tá
3	麥、	*mạch,*	mĕ,
4	小	*Tiểu*	Siáo
5	麥、	*mạch,*	mĕ,
6	穬	*Hoàng*	Kòng
7	麥	*mạch,*	mĕ,
8	蕎	*Kiêu*	Kiâo
9	麥、	*mạch,*	mĕ.
M. 1	五	*Ngũ*	Où
2	曰	*viết*	youĕ
3	黍。	*Thử.*	Chòu
N. 1	北	*Bắc*	Pĕ
1	方	*phương*	fāng

3	之	chi	tchī
4	穀。	cốc.	kŏu.
O.1	人	Nhơn	Jîn
2	名	danh	mîng
3	小	tiểu	siào
4	米。	mễ.	mì.
P.1	有	Hữu	Yeòu
2	粘、	Niêm,	Niên,
3	有	hữu	yeòu
4	粳。	Canh.	Keng.
Q.1	六	Lục	Lŏu
2	曰	viết	yoŭe
3	稷。	Tắc.	Tsĭ.
R.1	一	Nhứt	Yĭ
2	名	danh	mîng
3	秬。	Cự.	Kiù.
S.1	祭	Tế	Tsí
2	祀	tự	ssé
3	之	chi	tchī
4	用	dụng	yóng
5	也。	dã.	yè.
T.1	有	Hữu	Yeòu
2	黃、	Hoàng,	Hoâng,
3	有	hữu	yeòu
4	黑。	Hắc.	Hĕ.
V.1	凡	Phàm	Fân
2	此	thử	ts'èu
3	六	lục	lŏu
4	穀、	cốc,	kŏu,
5	皆	giai	kiāi

6	天	thiên	t'iēn
7	生	sinh	sēng
8	以	dĩ	yì
9	養	dưỡng	yàng
10	民	dân	mîn
11	者	giả	tchè
12	也。	dã.	yè.

26.

A.1	馬	Mã,	Mà,
2	牛	ngưu,	niêou,
3	羊、	dương,	yâng,
4	雞	kê,	kī,
5	犬	khuyển,	k'iuèn,
6	豕、	thỉ,	chè,
7	此	thử	ts'èu
8	六	lục	lŏu
9	畜、	súc,	tch'ŏu,
10	人	nhơn	jîn
11	所	sở	sò
12	飼。	tự.	ssè.

B.1	此	Thử	Ts'èu
2	言	ngôn	yên
3	人	nhơn	jîn
4	之	chi	tchī
5	所	sở	sò
6	畜	súc	tch'ŏu
7	養	dưỡng	yàng
8	者	giả	tchè
9	有	hữu	yeòu
10	六	lục	lŏu
11	也。	dã.	yè.
C.1	馬	Mã	Mà
2	能	năng	nêng
3	負	phụ	fóu
4	重	trọng	tchóng
5	致	trí	tchí
6	遠。	viễn.	yuèn.
D.1	牛	Ngưu	Nieôu

2	能	năng	nông
3	耕	canh	kēng
4	田。	điền.	t'iên
E.1	犬	Khuyển	K'iuèn
2	能	năng	nông
3	守	thủ	cheòu
4	夜	dạ	yè
5	防	phòng	fâng
6	患。	hoạn.	hoán.
F.1	則	Tắc	Tsĕ
2	畜	súc	tch'ŏu
3	之	chi	tchī
4	以	dĩ	yì
5	備	bị	péi
6	用	dụng	yóng
7	者	giả	tchè
8	也。	dã.	yè
G.1	雞	Kê,	Kī,
2	羊	dương,	yâng,
3	與	dữ	yù
4	豕	thỉ,	chì,
5	則	tắc	tsĕ
6	畜	súc	tch'ŏu
7	之	chi	tchī
8	孳	tư	tsēu
9	生	sinh	sēng
10	以	dĩ	yì
11	備	bị	péi
12	食	thực	chĕ
13	者	giả	tchè

14	也。	dã.	yè.
H.1	六	Lục	Liŏu
2	者	giả	tchè
3	在	tại	tsái
4	人	nhân	jîn
5	飼	tự	ssé
6	養	dưỡng	yàng
7	使	sử	ssè
8	得	đắc	tĕ
9	其	kì	k'î
10	宜。	nghi.	yî.
1	則	Tắc	Tsĕ
2	生	sinh	sēng
3	息	tức	sĭ
4	蕃	phiền	fân
5	滋	tư	tsēu
6	而	nhi	eûlh
7	爲	vi	ouêi
8	利	lợi	lí
9	溥	phổ	p'òu
10	矣。	hĩ.	yì.

A.1	曰	27 Viết	Youĕ
2	喜	hỉ	hì
3	怒、	nộ,	noú,
4	曰	viết	youĕ
5	哀	ai	ngāi
6	懼、	cụ,	kiú,
7	愛	ái	ngái
8	惡	ố	oú
9	欲、	dục;	yŏ;
10	七	thất	tsĭ
11	情	tình	tsîng
12	具	cụ.	kiú.

B.1	此	Thử	Ts'èu
2	言	ngôn	yên
3	七	thất	tsĭ

4 貪 tham t'ān
5 慕 mộ móu
6 也。 dã. yè.
L.1 凡 Phàm Fân
2 此 thử ts'èu
3 七 thất tsǐ
4 情、 tình, ts'îng,
5 智、 trí, tchí,
6 愚、 ngu, yû,
7 賢、 hiền, hiên,
8 不 bất poǔ
9 肖、 tiêu, siáo,
10 皆 giai kiai
11 有 hữu yeòu
12 之 chi. tchī.
M.1 惟 Duy Ouêi
2 聖 thánh chíng
3 賢 hiền hiên
4 能 năng nêng
5 出 xuất tch'oǔ
6 之 chi tchī
7 以 dĩ yì
8 正 chính tchíng
9 耳。 nhĩ. eùlh.
N.1 出 Xuất Tch'oǔ
2 之 chi tchī
3 以 dĩ yì
4 正、 chính, tchíng,
5 則 tắc tsě
6 爲 vi ouêi

4 嗔 sân tch'ēn
5 恚 huế hoéi
6 也。 dã. yè.
G.1 三 Tam Sān
2 曰 viết youě
3 哀、 ai, ngāi,
4 傷 thương chāng
5 感 cảm kàn
6 也。 dã. yè.
H.1 四 Tứ Ssé
2 曰 viết youě
3 懼、 cụ, kiú,
4 恐 khủng k'òng
5 畏 úy ouéi
6 也。 dã. yè.
I.1 五 Ngũ Où
2 曰 viết youě
3 愛、 ái, ngái,
4 眷 quyến kiuén
5 戀 luyện louán
6 也。 dã. yè.
J.1 六 Lục Loǔ
2 曰 viết youě
3 惡、 ác, oú,
4 憎 tăng tsēng
5 嫌 hiềm hiên
6 也。 dã. yè.
K.1 七 Thất Tsǐ
2 曰 viết youě
3 欲、 dục, yǒ,

4 情 tình ts'îng
5 之 chi tchī
6 動 động tóng
7 也。 dã. yè.
C.1 人 Nhơn Jîn
2 之 chi tchī
3 有 hữu yeòu
4 生、 sinh, sēng,
5 便 tiện pién
6 有 hữu yeòu
7 知 tri tchī
8 識 thức chǐ
9 也。 dã. yè.
D.1 有 Hữu Yeòu
2 知 tri tchī
3 識 thức, chǐ,
4 則 tắc tsě
5 七 thất tsǐ
6 情 tình ts'îng
7 生 sinh sēng
8 焉。 diên. yēn.
E.1 一 Nhứt Yǐ
2 曰 viết youě
3 喜、 hỉ, hì,
4 歡 hoan hoān
5 樂 lạc lǒ
6 也。 dã. yè.
F.1 二 Nhị Eûlh
2 曰 viết youě.
3 怒、 nộ, nóu,

12	音。	âm.	yīn.
B.1	此	Thử	Ts'èu
2	言	ngôn	yên
3	八	bát	pă
4	音	âm	yīn
5	之	chi	tchē
6	器	khí	k'í
7	也。	dã.	yè.
C.1	樂	Nhạc	Yŏ
2	所	sở	sò
3	以	dĩ	yì
4	配	phối	p'éi
5	禮。	lễ.	lì.
6	凡	Phàm	Fân
7	奏	tấu	tseóu
8	樂	nhạc	yŏ
9	者、	giả,	tchè
10	八	bát	pă
11	音	âm	yīn
12	備、	bị,	péi,
13	而	nhi	eûlh
14	後	hậu	heóu
15	樂	nhạc	yŏ
16	始	thỉ	chì
17	全。	tuyền.	ts'iuên.
D.1	八	Bát	Pă
2	音	âm	yīn
3	維	duy	ouêi

2	土	thổ,	t'òu,
3	革、	cách,	kĕ,
4	木	mộc,	mŏu,
5	石	thạch,	chĕ,
6	金、	kim,	kīn,
7	絲	tư	ssē
8	與	dữ	yù
9	竹、	trước,	tchŏu,
10	乃	nãi	nài
11	八	bát	pă

7	君	quân	kiūn
8	子。	tử.	tsèu.
O.1	出	Xuất	Tch'ŏu
2	之	chi	tchē
3	以	dĩ	yì
4	邪、	tà,	siê,
5	則	tắc	tsĕ
6	爲	vi	ouêi
7	小	tiểu	siào
8	人。	nhơn.	jîn.
P.1	人	Nhơn	Jîn
2	當	đang	tāng
3	崇	sùng	ts'ông
4	正	chính	tchíng
5	而	nhi	eûlh
6	黜	truất	tch'ŏu
7	邪、	tà,	siê,
8	循	tuần	siûn
9	理	lý	lì
10	而	nhi	eûlh
11	窒	trất	tchĭ
12	欲。	dục.	yŏ.
Q.1	可	Khả	K'ò
2	不	bất	pŏu
3	愼	thận	chén
4	乎。	hồ?	hôu?
A.1	匏	28 Bào,	P'âo,

1	曰	viết	youĕ
3	絲、	tư;	ssē;
4	絃	huyền	hiên
5	索	sách	sŏ
6	也。	dã.	yè.
S.1	用	Dụng	Yóng
2	爲	vi	ouêi
3	琴	kim	k'în
4	瑟。	sắt.	sĕ.
T.1	八	Bát	Pă
2	曰	viết	youĕ
3	竹。	trước.	tchŏu.
U.1	用	Dụng	Yóng
2	爲	vi	ouêi
3	簫	tiêu	siāo
4	管。	quản.	kouàn.
V.1	凡	Phàm	Fân
2	此	thử	ts'èu
3	八	bát	pă.
4	音	âm	yīn
5	制	chế	tchí
6	自	tự	tséu
7	黄	Hoàng	Hoâng
8	帝。	Đế.	Tí.
X.1	五	Ngũ	Où
2	帝	Đế	Tí
3	三	Tam	Sān
4	皇	Hoàng	Hoâng
5	各	các	kŏ
6	有	hữu	yeòu

2	曰	viết	youĕ
3	木、	mộc;	moŭ;
4	木	mộc	moŭ
5	器	khí	k'í
6	也。	dã.	yè.
M.1	用	Dụng	Yóng
2	爲	vi	ouêi
3	梠	lữ	lìu
4	敔。	ngữ.	yù.
N.1	五	Ngũ	Où
2	曰	viết	youĕ
3	石、	thạch;	chĕ;
4	玉	ngọc	yŭ
5	石	thạch	chĕ
6	之	chi	tchī
7	器。	khí.	k'í.
O.1	用	Dụng	Yóng
2	爲	vi	ouêi
3	磬。	khánh.	k'íng.
P.1	六	Lục	Loŭ
2	曰	viết	youĕ
3	金、	kim;	kīn;
4	鑄	chú	tchoū
5	器	khí	k'í
6	也。	dã.	yè.
Q.1	用	Dụng	Yóng
2	爲	vi	ouêi
3	鐘	chung	tchōng
4	鏞。	dong.	yōng.
R.1	七	Thất	Tsĭ

4	何。	hà?	hô?
F.1	一	Nhất	Yĭ
2	曰	viết	youĕ
3	匏、	bào;	p'âo;
4	瓢	biều	hôu
5	瓜	qua	koūa
6	也。	dã.	yè.
G.1	用	Dụng	Yóng
2	爲	vi	ouêi
3	笙	sanh	sēng
4	竽。	vu.	yū.
H.1	二	Nhì	Eúlh
2	曰	viết	youĕ
3	土、	thổ;	t'où;
4	瓦	ngoã	ouà
5	器	khí	k'í
6	也。	dã.	yè.
I.1	用	Dụng	Yóng
2	爲	vi	ouêi
3	塤。	huyên.	hiuen.
J.1	三	Tam	Sān
2	曰	viết	youĕ
3	革、	cách;	kĕ;
4	牛	ngưu	nieôu
5	皮	bì	p'î
6	也。	dã.	yè.
K.1	用	Dụng	Yóng
2	爲	vi	ouêi
3	鼓。	cổ.	koù.
L.1	四	Tứ	Ssé

8	功	công	kōng
9	成。	thành.	tchʻîng.
E'.1	樂	Nhạc	Yŏ
2	之	chi	tchī
3	為	vi	ouêi
4	用	dụng	yóng
5	其	kì	kʻî
6	大	đại	tá
7	也。	dã.	yè.
F'.1	如	Như	Jôu
2	此	thử	tsʻèu
3	古	cổ	koù
4	人。	nhơn:	jîn:
G'.1	禮	Lễ	Lì
2	樂	nhạc	yŏ
3	不	bất	poŭ
4	可	khả	kʻò
5	斯	tư	ssè
6	須	tu	siū
7	去	khứ	kʻiù
8	身。	thân.	chīn.
H'.1	此	Thử	Tsʻèu
2	之	chi	tchī
3	謂	vị	ouéi
4.	也。	dã.	yè.
A.1	高	29. Cao	Kāo
2	曾	tằng	tsēng

8	和。	hòa.	hô.
B'.1	迭	Diệt	Tʻiĕ
2	奏	tấu	tseóu
3	宣	tuyên	siuēn
4	通	thông	tʻōng
5	調	điều	tʻiâo
6	和	hòa	hô
7	敷	phu	foū
8	暢。	sướng.	tchʻáng.
C'.1	所	Sở	Sò
2	以	dĩ	yì
3	導	đạo	táo
4	誠	thành	tchʻîng
5	敬、	kính,	kʻíng,
6	暢	sướng	tchʻáng
7	性	tình	síng
8	情、	tình,	tsʻîng,
9	昭	chiếu	tchāo
10	感	cảm	kàn
11	格	cách	kĕ
12	助	trợ	tchóu
13	威	oai	ouēi
14	儀。	nghi.	yî.
D'.1	所	Sở	Sò
2	謂、	vị:	ouéi:
3	禮	lễ	Lì
4	樂	nhạc	yŏ
5	備	bị	péi
6	而	nhi	êulh
7	治	trị	tchî

7	樂。	nhạc.	yŏ.
Y.1	用	Dụng	Yóng
2	以	dĩ	yì
3	享	hưởng	hiàng
4	上	Thượng	Cháng
5	帝、	Đế,	Tí,
6	祀	tự	ssé
7	鬼	quỉ	kouèi
8	神、	thần,	chîn,
9	薦	tiến	tsién
10	祖	tổ	tsoù
11	考、	khảo,	kʻáo,
12	宴	yến	yén
13	嘉	gia	kiā
14	賓。	tân.	pīn.
Z.1	酬	Thù	Tchʻêou
2	酢	tạc	tsoŭ
3	獻	hiến	hién
4	灌、	quán,	kouán,
5	非	phi	fēi
6	樂	nhạc	yŏ
7	不	bất	poŭ
8	宣。	tuyên.	siuēn.
A'.1	登	Đăng	Tēng
2	降	giáng	kiáng
3	揖	ấp	yĭ
4	讓、	nhượng	jáng,
5	非	phi	fēi
6	樂	nhạc	yŏ
7	不	bất	poŭ

3	祖、	tổ,	tsòu,
4	父	phụ	foú
5	而	nhi	eûlh
6	身、	thân;	chēn;
7	身	thân	chēn
8	而	nhi	eûlh
9	子、	tử,	tseù,
10	子	tử	tseù
11	而	nhi	eûlh
12	孫。	tôn.	sūn.

B.1	此	Thử	Ts'eù
2	言	ngôn	yên
3	九	cửu	kieòu
4	族	tộc	tsoŭ
5	之	chi	tchī
6	倫	luân	lûn
7	也。	dã.	yè.
C.1	九	Cửu	Kieòu
2	族	tộc	tsoŭ
3	云	vân	yûn
4	何。	hà?	hô?
D.1	一	Nhứt	Yĭ
2	曰	viết	youĕ
3	高	cao	Kāo
4	祖。	tổ.	tsòu.
E.1	高	Cao	Kāo
2	者、	giả,	tchè,
3	最	tối	tsouï
4	上	thượng	cháng
5	之	chi	tchī
6	名。	danh;	mîng;
7	祖	tổ	tsòu
8	之	chi	tchī
9	祖	tổ	tsòu
10	也。	dã.	yè.
F.1	凡	Phàm	Fân
2	高	cao	kāo
3	祖	tổ	tsòu
4	所	sở	sò
5	生	sinh	sēng

6	以	dĩ	yì
7	後	hậu	heóu
8	均	quân	kiūn
9	爲	vi	ouêi
10	同	đồng	t'ông
11	族。	tộc.	tsoŭ.
G.1	所	Sở	Sò
2	謂	vị	ouéi
3	五	ngũ	où
4	服	phục	foŭ
5	以	dĩ	yì
6	内	nội	néi
7	之	chi	tchī
8	親	thân	ts'īn
9	也。	dã.	yè.
H.1	二	Nhị	Eúlh
2	曰	viết	youĕ
3	曾	tăng	tsēng
4	祖。	tổ.	tsòu.
I.1	曾	Tăng	Tsēng
2	者、	giả,	tchè,
3	層	tầng	ts'êng
4	疊	điệp	tiĕ
5	而	nhi.	eûlh
6	上	thượng	cháng
7	也。	dã.	yè.
J.1	謂	Vị	Ouéi
2	父	phụ	foú
3	之	chi	tchī
4	祖	tổ	tsòu

2	身	thân	chīn
3	也。	dã.	yè.
Z.1	身	Thân	Chīn
2	之	chi	chi
3	嫡	dích	tĭ
4	配	phối	p'éi
5	爲	vi	ouêi
6	妻。	thê.	ts'ī.
A'.1	庶	Thứ	Chóu
2	婦	phụ	fóu
3	則	tắc	tsĕ
4	爲	vi	ouêi
5	妾。	thiếp.	ts'iĕ.
B'.1	六	Lục	Loŭ
2	曰	viết	youĕ
3	子。	tử.	tsèu.
C'.1	妻	Thê	Ts'ī
2	妾	thiếp	ts'iĕ
3	之	chi	tchī
4	所	sở	sò
5	生	sinh	chēng
6	也。	dã.	yè.
D'.1	妻	Thê	Ts'ī
2	生	sinh	sēng
3	爲	vi	ouêi
4	嫡	dích	tĭ
5	子。	tử.	tsèu.
E'.1	妾	Thiếp	Ts'iĕ
2	生	sinh	sēng
3	爲	vi	ouêi

3	之	chi	tchī
4	也。	dã.	yè.
S.1	父	Phụ	Fóu
2	沒、	một,	mŏu,
3	則	tắc	tsĕ
4	稱	xưng	tch'īng
5	考。	khảo.	k'ào.
T.1	母	Mẫu	Mòu
2	沒、	một,	mŏu,
3	則	tắc	tsĕ
4	稱	xưng	tch'īng
5	妣。	tỉ.	pì.
U.1	高、	Cao,	Kāo,
2	曾、	tằng,	tsēng,
3	祖、	tổ	tsoù
4	父、	phụ,	fóu,
5	皆	giai	kiāi
6	考	khảo	k'ào
7	也。	dã.	yè.
V.1	高、	Cao,	Kāo,
2	曾、	tằng,	tsēng,
3	祖	tổ	tsoù
4	母	mẫu	moù
5	皆	giai	kiāi
6	妣	tỉ	pì
7	也。	dã.	yè.
X.1	五	Ngũ	Où
2	曰	viết	youĕ
3	身。	thân.	chīn.
Y.1	己	Kỉ	Kí

5	也。	dã.	yè.
K.1	三	Tam	Sān
2	曰	viết	youĕ
3	祖。	tổ.	tsoù.
L.1	一	Nhất	Yĭ
2	曰	viết	youĕ
3	大	đại	tá
4	父。	phụ.	fóu.
M.1	一	Nhất	Yĭ
2	曰	viết	youĕ
3	王	vương	ouâng
4	父。	phụ.	fóu.
N.1	謂	Vị	Ouéi
2	父	phụ	fóu
3	之	chi	tchī
4	父	phụ	fóu
5	也。	dã.	yè.
O.1	四	Tứ	Ssé
2	曰	viết	youĕ
3	父。	phụ.	fóu.
P.1	一	Nhất	Yĭ
2	曰	viết	youĕ
3	家	gia	kiā
4	君。	quân.	kiūn.
Q.1	一	Nhất	Yĭ
2	曰	viết	youĕ
3	嚴	nghiêm	yên
4	君。	quân.	kiūn.
R.1	尊	Tôn	Tsūn
2	稱	xưng	tch'īng

4	庶	thứ	chóu
5	子。	tử,	tsèu.
F'.1	七	Thất	Tsĭ
2	曰	viết	youĕ
3	孫。	tôn.	sūn.
G'.1	子	Tử	Tsèu
2	之	chi	tchī
3	子	tử	tsèu
4	也。	dã,	yè.
H'.1	孫	Tôn	Sūn
2	者、	giả,	tchè,
3	系	hệ	hí
4	也。	dã.	yè.
I'.1	統	Thống	Tòng
2	系	hệ	hí
3	相	tương	siāng
4	傳。	truyền,	tch'ôan.
J'.1	有	Hữu	Yeòu
2	緒	tự	siú
3	而	nhi	eûlh
4	不	bất	pŏu
5	絕	tuyệt	tsiuĕ
6	也。	dã.	yè.

30

A.1	自	Tự	Tséu
2	子	tử	tsèu
3	孫、	tôn,	sūn,
4	至	chí	tchí
5	元	nguyên	yuên
6	曾、	tằng,	tsēng,
7	乃	nãi	nài
8	九	cửu	kieòu
9	族、	tộc,	tsŏu,
10	人	nhơn	jîn
11	之	chi	tchī
12	倫。	luân	lûn.

B.1	己	Kỉ	Kí
2	身	thân	chīn
3	之	chi	tchī
4	下、	hạ,	hiá,
5	有	hữu	yeòu
6	子	tử	tsèu
7	孫。	tôn.	sūn.
C.1	子	Tử	Tsèu
2	孫	tôn	sūn
3	之	chi	tchī
4	所	sở	sò
5	出、	xuất,	tch'ŏu,
6	則	tắc	tsĕ
7	有	hữu	yeòu
8	元	nguyên	yuên
9	曾。	tằng.	tsēng.
D.1	八	Bát	Pă
2	曰	viết	youĕ
3	曾	tằng	tsēng
4	孫。	tôn.	sūn.
E.1	孫	Tôn	Sūn
2	之	chi	tchī
3	子。	tôn.	tsèu.
F.1	九	Cửu	Kieòu
2	曰	viết	youĕ
3	元	nguyên	youên
4	孫。	tôn.	sūn.
G.1	孫	Tôn	Sūn
2	之	chi	tchī
3	孫	tôn	sūn

13	皆	giai	kiai
14	出	xuất	tch'ŏu
15	天	thiên	t'iēn
16	倫。	luân.	lûn.
P.1	一	Nhứt	Yĭ
2	本	bổn	pèn
3	之	chi	tchī
4	源。	nguyên.	yuên.
Q.1	所	Sở	Sò
2	當	đang	tāng
3	敦	đôn	tūn
4	篤、	đốc,	toŭ,
5	敬	kính	kíng
6	愛、	ái,	ngái,
7	而	nhi	eûlh
8	不	bất	pŏu
9	衰	suy	choāi
10	者	giả	tchè
11	也。	dã.	yè.
A.1	父	31. Phụ	Foú
2	子	tử	tsèu
3	恩、	ân,	ngēn,
4	夫	phu	foū

2	有	hữu	yeòu
3	親	thân	ts'īn
4	疎	sơ	soū
5	遠	viễn	yuèn
6	近	cận	kín
7	之	chi	tchī
8	分。	phân.	fēn.
M.1	倫	Luân,	Lûn,
2	序	tự	siú
3	也。	dã.	yè.
N.1	尊	Tôn	Tsūn
2	卑	ti	pēi
3	之	chi	tchī
4	序、	tự,	siú,
5	定	định	tíng
6	而	nhi	eûlh
7	不	bất	pŏu
8	紊。	vặn.	ouén.
O.1	凡	Phàm	Fân
2	此	thử	ts'èu
3	親	thân	ts'īn
4	族、	tộc,	tsoŭ,
5	兄	huynh	hiōng
6	弟、	đệ,	tí,
7	諸	chư	tchōu
8	父、	phụ,	foú,
9	子	tử	tsèu
10	姪、	diệt,	tchĭ
11	諸	chư	tchōu
12	孫、	tôn,	sūn,

4	也。	dã.	yè.
H.1	自	Tự	Tséu
2	高	cao	kāo
3	祖	tổ	tsòu
4	至	chí	tchí
5	元	nguơn	youên
6	孫、	tôn,	sūn,
7	九	cửu	kiòu
8	世	thế	chí
9	矣。	hĩ.	tchī.
I.1	九	Cửu	Kiòu
2	世	thế	chí
3	之	chi	tchī
4	所	sở	sò
5	出、	xuất,	tch'ŏu,
6	謂	vị	ouéi
7	之	chi	tchī
8	九	cửu	kiòu
9	族。	tộc.	tsoŭ.
J.1	族	Tộc	Tsoŭ
2	者、	giả,	tchè,
3	衆	chúng	tchóng
4	也。	dã.	yè.
K.1	其	Kì	Kî
2	間	gian	kiēn
3	生	sinh	sēng
4	育	dục	yŭ
5	繁	phiồn	fân
6	庶。	thứ.	chóu.
L.1	各	Các	Kŏ

5 婦 phụ foú
6 從、 tùng, ts'ông,
7 兄 huynh hiōng
8 則 tắc tsĕ
9 友、 vĩ, yeòu,
10 弟 đệ tí
11 則 tắc tsĕ
12 恭。 cung. kōng.
B.1 自 Tự Ts'eù
2 人 nhơn jîn
3 倫 luân lûn
4 言 ngôn yên
5 之。 chi. tchī.
C.1 九 Cửu Kieòu

2 族 tộc tsoŭ
3 之 chi tchī
4 次、 thứ, ts'é,
5 又 hựu yeóu
6 有 hữu yeòu
7 十 thập chĭ
8 義。 ngãi. yí
D.1 一 Nhứt Yĭ
2 曰 viết youĕ
3 父 phụ foú
4 子。 tử. tseu.
E.1 生 Sinh Sēng
2 我 ngã ngò
3 者 giả tchè
4 父。 phụ. foú.
F.1 我 Ngã Ngò
2 生 sinh sēng
3 者 giả tchè
4 子。 tử. tseu.
G.1 父 Phụ Foú
2 子 tử tseù
3 之 chi tchī
4 道、 đạo, táo,
5 慈 từ ts'eû
6 孝 hiếu hiáo
7 之 chi tchī
8 理。 lí. lì.
H.1 皆 Giai Kiāi
2 由 do yeôu
3 天 thiên t'iēn

4 性 tính síng
5 之 chi tchī
6 恩。 ân. ngēn.
I.1 一 Nhứt Yĭ
2 曰 viết youĕ
3 夫 phu fōu
4 婦。 phụ. foú.
J.1 男 Nam Nân
2 則 tắc tsĕ
3 有 hữu yeòu
4 室、 thất, chĭ,
5 女 nữ niù
6 則 tắc tsĕ
7 有 hữu yeòu
8 家。 gia. kiā.
K.1 夫 Phu Fōu
2 妻 thê ts'ī
3 好 hảo hào
4 合、 hiệp, hŏ,
5 和 hoà hô
6 翕 hấp hĭ
7 順 thuận chún
8 從、 tùng, ts'ông
9 是 thị chí
10 謂 vị ouéi
11 刑 hình hîng
12 于 vu yû
13 之 chi tchī
14 化。 hoá. hoá.
L.1 一 Nhứt Yĭ

2 曰 viết youě
3 兄 huynh hiōng
4 弟。 đệ. tí.
M.1 先 Tiên Siēn
2 生 sinh sēng
3 爲 vi ouêi
4 兄。 huynh. hiōng.
N.1 後 Hậu Héou
2 生 sinh sēng
3 爲 vi ouêi
4 弟。 đệ. tí.
O.1 同 Đồng Tǒng
2 根、 căn, kēn,
3 一 nhứt yǐ
4 本。 bổn. pèn.
P.1 兄 Huynh Hiōng
2 則 tắc tsě
3 友 vĩ yeóu
4 愛 ái ngái
5 其 kì k'î
6 弟。 đệ; tí;
7 弟 đệ tí
8 則 tắc tsě
9 恭 cung kōng
10 敬 kính kíng
11 其 kì k'î
12 兄。 huynh. hiōng.
Q.1 是 Thị Chí
2 謂 vị ouéi
3 手 thủ cheòu
4 足 túc tsǒ
5 之 chi tchī
6 誼。 nghị. yí.
R.1 人 Nhơn Jîn
2 能 năng nêng
3 如 như jôu
4 是、 thị, chí,
5 則 tắc tsě
6 誠 thành tch'îng
7 天 thiên t'iēn
8 倫 luân lûn
9 之 chi tchī
10 美 mĩ mèi
11 德。 đức. tě.
S.1 家 Gia Kiā
2 庭 đình t'îng
3 之 chi tchī
4 至 chí tchí
5 樂 lạc lǒ
6 也。 dã. yè.

32 長幼序、友與朋。君則敬、臣則忠。

A.1 長 Trưởng Tch'âng
2 幼 ấu yeóu
3 序、 tự, siú,
4 友 hữu yeòu
5 與 dữ yù
6 朋。 bằng p'ông.
B.1 君 Quân Kiūn
2 則 tắc tsě
3 敬、 kính, kíng,
4 臣 thần tch'în
5 則 tắc tsě
6 忠。 trung tchōng
C.1 一 Nhứt Yǐ
2 曰 viết youě
3 朋 bằng p'ông

3	君	quân	kiūn
4	臣。	thần.	tch'în.
K.1	君	Quân	Kiūn
2	者、	giả,	tchè,
3	臣	thần	tch'în
4	之	chi	tchī
5	主。	chúa.	tchòu.
L.1	臣	Thần	Tch'în
2	者、	giả,	tchè,
3	君	quân	kiūn
4	之	chi	tchī
5	輔。	phụ.	fòu.
M.1	為	Vi	Ouêi
2	君	quân	kiūn
3	之	chi	tchī
4	道、	đạo,	táo,
5	聰	thông	ts'ōng
6	明	minh	mîng
7	睿	duệ	joúi
8	知、	tri,	tchī,
9	以	dĩ	yì
10	臨	lâm	lîn
11	其	kì	k'î
12	民、	dân;	mîn;
13	莊	trang	tchōang
14	嚴	nghiêm	yên
15	恭	cung	kōng
16	肅、	túc,	sōu,
17	以	dĩ	yì
18	居	cư	kiū

22	均	quân	kiūn
23	苦	khổ	k'òu
24	樂、	lạc,	lŏ,
25	朋	bằng	p'ông
26	友	hữu	yeòu
27	之	chi	tchī
28	道。	đạo.	táo.
G.1	如	Như	Joû
2	是	thị	chí
3	而	nhi	eûlh
4	已。	dĩ.	yì.
H.1	非	Phi	Fēi
2	此、	thử,	ts'èu,
3	則	tắc	tsĕ
4	不	bất	poŭ
5	過	quá,	kouó
6	一	nhất	yĭ
7	時	thì	chî
8	聚	tụ	tsóu
9	散	tan	sàn
10	之	chi	tchī
11	浮	phù	feôu
12	交。	giao.	kiāo.
I.1	非	Phi	Fēi
2	所	sở	sò
3	謂	vị	ouéi
4	友	hữu	yeòu
5	也。	dã.	yè.
J.1	一	Nhất	Yĭ
2	曰	viết	yuĕ

4	友。	hữu.	yeòu.
D.1	同	Đồng	T'ông
2	德	đức	tĕ
3	為	vi	ouêi
4	朋。	bằng.	p'ông.
E.1	同	Đồng	T'ông
2	類	loại	louï
3	為	vi	ouêi
4	友。	hữu.	yeòu.
F.1	感	Cảm	Kàn
2	契	khế	k'í
3	以	dĩ	yì
4	情、	tình,	ts'îng,
5	周	châu	tcheōu
6	旋	tuyền	siuên
7	以	dĩ	yì
8	禮、	lễ,	lì,
9	序	tự	siú
10	分	phân	fēn
11	長	trưởng	tchàng
12	幼、	ấu,	yeóu,
13	誼	nghị	yí
14	同	đồng	t'ông
15	手	thủ	cheòu
16	足、	túc,	tsŏ,
17	義	ngãi	yí
18	共	cọng	kóng
19	死	tử	ssè
20	生、	sinh,	sēng,
21	情	tình	ts'îng

A.1 此 33. Thử Ts'eù
2 十 thập chĕ
3 義、 ngãi, yí,
4 人 nhơn jĵn
5 所 sở sò
6 同。 đồng. t'ông.

B.1 父 Phụ Foú
2 子、 tử, tseù,
3 夫 phu foū
4 婦、 phụ, foú,
5 兄 huynh hiōng
6 弟、 đệ, tí,
7 朋 bằng p'ông
8 友、 hữu, yeòu,
9 君 quân kiūn
10 臣、 thần, tch'în,
11 是 thị chí

21 良 lương leâng
22 醇 thuần chûn
23 謹、 cẩn, kìn,
24 以 dĩ yì
25 事 sự ssé
26 其 kì k'î
27 上。 thượng. cháng.

O.1 如 Như Joû
2 此、 thử, ts'eù,
3 則 tắc tsĕ
4 邦 bang pāng
5 國 quấc kouĕ
6 和 hoà hô
7 平、 bình, p'îng,
8 治 trị tchí
9 化 hoá hoá
10 大 đại tá
11 行 hành hîng.

P.1 非。 Phi Fēi
2 此、 thử, ts'eù,
3 則 tắc tsĕ
4 君 quân kiūn
5 驕、 kiêu, kiaō,
6 臣 thần tch'în
7 諂、 siểm, tch'èn,
8 日 nhựt jĭ
9 趨 xu ts'oū
10 於 ư yú
11 亂 loạn loán
12 矣。 hĩ. yì.

19 其 kì k'î
20 位、 vị; ouéi;
21 恩 ân ngēn
22 威 oại ouēi
23 寬 khoan k'oān
24 惠、 huệ, hoéi,
25 以 dĩ yì
26 御 ngự yú
27 其 kì k'î
28 臣。 thần. tch'în.

N.1 爲 Vi Ouêi
2 臣 thần tch'în
3 者 giả tchè
4 光 quang kouāng
5 明、 minh, mîng,
6 正、 chính, tchíng,
7 大、 đại, tá,
8 以 dĩ yì
9 持 trì tchî
10 其 kì k'î
11 心、 tâm; sīn;
12 公 công kōng
13 廉 liêm liên
14 敏 mẫn mìn
15 信、 tín, sín,
16 以 dĩ yì
17 盡 tận tsín
18 其 kì k'î
19 職、 chức; tchĭ;
20 忠 trung tchōng

B.1	自	Tự	Tseú
2	一	nhứt	yi
3	而	nhi	êulh
4	十	thập	chĕ
5	至	chí.	tchí.
C.1	此	Thử	Ts'èu
2	皆	giai	kiāi
3	屬	thuộc	chŏu
4	於	ư	yü
5	數。	sổ.	choú.
D.1	所	Sở	Sò
2	謂	vị	ouéi
3	知	tri	tchī
4	某	mỗ	meóu
5	數	số	choú
6	矣。	hĩ.	yì.
E.1	後	Hậu	Heóu
2	此	thử	ts'èu
3	皆	giai	kiāi
4	發	phát	fă
5	明	minh	mîng
6	識	thức	chĕ
7	某	mỗ	meóu
8	文	văn	ouên
9	之	chi	tchī
10	義。	ngãi.	yí.
F.1	凡	Phàm	Fân
2	此	thử	ts'èu
3	皆	giai	kiāi
4	所	sở	sò

3	者、	giả,	tchè,
4	人	nhơn	jîn
5	具	cụ	kiú
6	此	thử	ts'èu
7	理。	lý.	lì.
E.1	皆	Giai	Kiāi
2	人	nhơn	jîn
3	道	đạo	táo
4	之	chi	tchī
5	所	sở	sò
6	當	đang	tāng
7	為	vi	ouêi
8	也。	dã.	yè.
A.1	凡	34. Phàm	Fân
2	訓	huấn	hiún
3	蒙、	mông,	mông,
4	須	tu	siū
5	講	giảng	kiàng
6	究。	cứu.	kieóu.

12	謂	vị	ouéi
13	五	ngũ	où
14	倫。	luân.	lûn.
C.1	父	Phụ	Foú
2	慈、	từ,	ts'êu,
3	子	tử	tsèu
4	孝、	hiếu,	hiáo,
5	夫	phu	fōu
6	和、	hoà,	hô,
7	婦	phụ	foú
8	順、	thuận,	chún,
9	兄	huynh	hiōng
10	愛、	ái,	ngái,
11	弟	đễ.	tí
12	恭、	cung,	kōng.
13	朋	bằng	p'ông
14	誼、	nghị,	yí,
15	友	hữu	yeòu
16	信、	tín,	sín,
17	君	quân	kiūn
18	敬、	kính,	kíng,
19	臣	thần	tch'în
20	忠、	trung,	tchōng,
21	所	sở	sò
22	謂	vị	ouéi
23	十	thập	chĕ
24	義	ngãi	yí
25	也。	dã	yè.
D.1	人	Nhơn	Jîn
2	同	đồng	t'ông

B.1	詁	Cổ,	Koù,
2	考	khảo	k'aò
3	證	chứng	tchéng
4	也。	dã.	yè
C.1	旣	Kí	Kí
2	詳	tường	ts'iâng
3	究	cứu	kieóu
4	其	kì	k'î
5	義	ngãi	yí
6	理、	lý,	lì,
7	又	hữu	yeóu
8	考	khảo	k'aò
9	證	chứng	tchéng
10	其	kì	k'î
11	所	sở	sò
12	出	xuất	tch'ŏu
13	之	chi	tchī
14	源。	nguyên.	yuên.
D.1	凡	Phàm	Fân
2	經	kinh	kīng
3	書	thơ	chōu
4	之	chi	tchī
5	義、	ngãi,	yí,
6	一	nhứt	yĭ
7	句	cú	kiú
8	爲	vi	ouêi
9	句、	cú,	kiú,
10	半	bán	pán
11	句	cú	kiú
12	爲	vi	ouêi

4	其	kì	k'î
5	字	tự	tseú
6	義	ngãi	yí
7	之	chi	tchī
8	詳。	tường.	ts'iâng.
K.1	究	Cứu	Kieóu
2	者、	giả,	tchè,
3	究	cứu	kieóu
4	其	kì	k'î
5	精	tinh	ts'īng
6	微	vi	ouêi
7	之	chi	tchī
8	奧。	áo.	ngáo.
A.1	**詳**	35 Tường	Ts'iâng
2	**訓**	huấn	hiún
3	**詁、**	cổ,	koù,
4	**明**	minh	mîng
5	**句**	cú	kiú
6	**讀。**	đậu.	toŭ.

5	謂	vị	ouéi
6	訓	huấn	hiún
7	蒙	mông	mông
8	之	chi	tchī
9	道	đạo	taó
10	也。	dã.	yè.
G.1	蒙	Mông	Mông
2	者、	giả,	tchè,
3	如	như	joû
4	草	thảo	ts'aò
5	之	chi	tchī
6	初	sơ	ts'ōu
7	生。	sinh.	sēng.
H.1	蒙	Mông	Mông
2	昧	muội	méi
3	未	vị	ouéi
4	明	minh	mîng
5	也。	dã.	yè.
I.1	訓	Huấn	Hiún
2	蒙	mông	mông
3	之	chi	tchī
4	義、	ngãi,	yí,
5	以	dĩ	yì
6	講	giảng	kiàng
7	究	cứu	kieóu
8	爲	vi	ouêi
9	先。	tiên.	siēn.
J.1	講	Giảng	Kiàng
2	者、	giả,	tchè,
3	講	giảng	kiàng

13 讀。 đậu, tóu,
E.1 如 Như Jôu
2 字 tự tseú
3 句 cú kiú
4 太 thái t'ái
5 長、 trường, tch'âng,
6 則 tắc tsĕ
7 於 ư yû
8 斷 đoạn toán
9 續 thục sŭ
10 之 chi tchī
11 中、 trung, tchōng,
12 畧 lược liŏ
13 爲 vi ouêi
14 點 điểm tièn
15 斷、 đoạn, toán,
16 以 dĩ yì
17 便 tiện piên
18 童 đồng t'ông
19 蒙 mông mông
20 誦 tụng sóng
21 習 tập sĭ
22 也。 dã. yè.

A.1 爲 36. Vi Ouêi
2 學 học hiŏ
3 者、 giả, tchè,
4 必 tất pĭ
5 有 hữu yeòu
6 初。 sơ ts'ōu.

B.1 凡 Phàm Fân
2 爲 vi ouêi
3 學 học hiŏ
4 之 chi tchī
5 道、 đạo, táo,
6 須 tu siū
7 要 yếu yáo
8 由 do yeôu
9 漸 thiểm tsiên
10 而 nhi eûlh
11 進。 tấn. tsín.

C.1 初 Sơ Ts'ōu
2 學 học hiŏ
3 者、 giả, tchè,
4 須 tu siū
5 由 do yeôu
6 淺 siển ts'ièn
7 而 nhi eûlh
8 入 nhập jĭ
9 深。 thâm. chēn

D.1 不 Bất Poŭ
2 可 khả k'ò
3 躐 liệp liĕ
4 等。 đẳng. tèng

E.1 則 Tắc Tsĕ
2 易 dị yí
3 入 nhập jĭ
4 而 nhi eûlh
5 無 vô voû
6 礙。 ngại. ngái

F.1 鮮 Tiển Sièn
2 扜 ư yû
3 隔 cách kĕ
4 不 bất poŭ
5 通 thông t'ōng
6 之 chi tchī
7 患 hoạn houán
8 矣。 hĩ. yì.

A.1 小 37. Tiểu Siào
2 學 học hiŏ
3 終、 chung, tchōng,

4 至 chí tchí
5 四 tứ ssé
6 書。 thơ. choū.

B. 1 古 Cổ Koù
2 者、 giả, tchè,
3 人 nhơn jîn
4 生 sinh sēng
5 八 bát pă
6 歲、 tuế, souï,
7 先 tiên siēn
8 入 nhập jŭ
9 小 tiểu siào
10 學。 học. hiŏ.

C. 1 教 Giáo Kiáo
2 以 dĩ yì
3 洒、 sái, chài,
4 掃、 tảo, sào,
5 應 ứng yíng
6 對、 đối, touï,
7 進 tấn tsín
8 退 thối t'ouï
9 之 chi tchī
10 節、 tiết, ts'iĕ,
11 禮、 lễ, lì,
12 樂、 nhạc, yŏ,
13 射、 xạ, ché,
14 御、 ngự, yú,
15 書、 thơ, choū,
16 數、 số chóu
17 之 chi tchī
18 文。 văn. ouên.

D. 1 使 Sử Ssè
2 知 tri tchī
3 其 kì k'î
4 義 ngaĩ yí
5 而 nhi eûlh
6 識 thức chĭ
7 之 chi tchī
8 於 ư yū
9 心。 tâm. sīn.

E. 1 故 Cố Koú
2 朱 Châu Tchōu
3 子 Tử Tseù
4 著 trước tchoú
5 爲 vi ouêi
6 小 tiểu siào
7 學 học hiŏ
8 書。 thơ. choū.

F. 1 其 Kì K'î
2 要 yếu yaó
3 以 dĩ yì
4 立 lập lĭ
5 教。 giáo. kiáo.

G. 1 明 Minh Mîng
2 倫、 luân, lûn,
3 敬 kính king
4 身、 thân, chīn,
5 爲 vi ouêi
6 内 nội néi
7 綱。 cang. kāng.

H. 1 稽 Kê Kī
2 古 cổ koù
3 嘉 gia kiā
4 言 ngôn yên
5 善 thiện chén
6 行 hành hîng
7 爲 vi ouêi
8 外 ngoại ouái
9 目。 mục. moŭ.

I. 1 立 Lập Lĭ
2 教 giáo kiáo
3 者、 giả, tchè,
4 立 lập lĭ
5 言 ngôn yên
6 以 dĩ yì
7 教 giáo kiáo
8 子 tử tseù
9 弟 đệ tí
10 也。 dã. yè.

J. 1 明 Minh Mîng
2 倫 luân lûn
3 者、 giả, tchè,
4 皆 giai kiāi
5 所 sở sò

6	以	dĩ	yì
7	明	minh	mîng
8	人	nhơn	jîn
9	倫	luân	lûn
10	也。	dã.	yè.
K. 1	敬	Kính	Kíng
2	身	thân	chīn
3	者、	giả,	tchè,
4	恭	cung	kōng
5	敬	kính	kíng
6	此	thử	ts'èu
7	身、	thân,	chīn,
8	無	vô	vôu
9	敢	cảm	kàn
10	怠	đãi	tái
11	惰	đọa	tó
12	也。	dã.	yè.
L. 1	朱	Châu	Tchōu
2	子	tử	tsèu
3	既	kí	kí
4	詳	tường	ts'iâng
5	明	minh	mîng
6	備	bị	péi
7	悉	tất	sĭ
8	三	tam	sān.
9	者	giả	tchè
10	之	chi	tchī
11	條、	điều,	t'iâo,
12	又	hựu	yeóu
13	益	ích	yĭ

14	之	chi	tchī
15	以	dĩ	yì
16	稽	kê	kī
17	古	cổ	kòu
18	者。	giả.	tchè.
M. 1	稽	Kê	Kī
2	古	cổ	kòu
3	人	nhơn	jîn
4	立	lập	lĭ
5	教、	giáo,	kiáo,
6	明	minh	mîng
7	倫、	luân,	lûn,
8	敬	kính	kíng
9	身	thân	chīn
10	之	chi	tchī
11	法。	pháp.	fă.
N. 1	曰	Viết	Youĕ
2	嘉	gia	kiā
3	言	ngôn	yên
4	者、	giả,	tchè,
5	集	tập	tsĭ
6	古	cổ	kòu
7	人	nhơn	jîn
8	立	lập	lĭ
9	教	giáo	kiáo
10	明	minh	mîng
11	倫	luân	lûn
12	敬	kính	kíng
13	身	thân	chīn
14	之	chi	tchī

15	言。	ngôn.	yên.
O. 1	曰	Viết	Youĕ
2	善	thiện	chén
3	行	hành	hîng
4	者、	giả,	tchè,
5	集	tập	tsĭ
6	古	cổ	kòu
7	人	nhơn	jîn
8	立	lập	lĭ
9	教	giáo	kiáo
10	明	minh	mîng
11	倫	luân	lûn
12	敬	kính	kíng
13	身	thân	chīn
14	之	chi	tchī
15	事、	sự;	ssé;
16	以	dĩ	yì
17	實	thật	chĭ
18	之	chi	tchī
19	也。	dã.	yè.
P. 1	幼	Ấu	Yeóu
2	學	học	hiŏ
3	須	tu	siū
4	是。	thị.	chí.
Q. 1	講	Giảng	Kiàng
2	得	đắc	tĕ
3	朱	Châu	Tchōu
4	子	tử	tsèu
5	小	tiểu	siào
6	學	học	hiŏ

V. 1	中	Trung	Tchông
2	庸	dong	yông
3	大	Đại	Tá
4	學	học	hiŏ
5	二	nhi	eùlh
6	書、	thơ,	choū,
7	又	hựu	yeóu
8	載	tải	tsài
9	入	nhập	jŭ
10	禮	Lễ	Lì
11	記	kí	kí
12	篇	thiên	p'iēn
13	中。	trung.	tchōng
X. 1	至	Chí	Tchí
2	朱	Châu	Tchoū
3	子	tử	tseù
4	始	thỉ	chì
5	採	thể	ts'ài
6	先	tiên	siēn
7	儒	nhu	joû
8	雜	tạp	tsă
9	說	thuyết	chouĕ
10	而	nhi	eûlh
11	折	chiết	tchĕ
12	衷	trung	tchōng
13	之、	chi,	tchī,
14	爲	vi	ouêi
15	論	Luận	Lûn
16	孟	Mạnh	Méng
17	集	tập	tsĭ

8	孝	Hiếu	Hiáo
9	經、	kinh,	kīng,
10	爾	Nhĩ	Eùlh
11	雅、	nhã,	yà,
12	公	Kông	Kōng
13	羊、	Dương,	Yâng,
14	穀	Cốc	Kŏu
15	梁	Lương	Leâng
16	二	nhi	eúlh
17	傳、	truyện,	tch'ouên,
18	周	Châu	Tcheōu
19	禮、	lễ,	lì,
20	儀	Nghi	Yî
21	禮、	lễ,	lì,
22	幷	tịnh	píng
23	五	ngũ	où
24	經	kinh	kīng
25	爲	vi	ouêi
26	十	thập	chĭ
27	三	tam	sān
28	經。	kinh.	kīng.
V. 1	論	Luận	Lûn
2	孟	Mạnh	Méng
3	二	nhi	eúlh
4	書、	thơ,	choū,
5	專	chuyên	tch'ouen
6	習	tập	sĭ
7	者	giả	tchè
8	尚	thượng	cháng
9	少。	thiểu.	chào.

7	明	minh	mîng
8	白、	bạch,	pĕ,
9	然	nhiên	jên
10	後	hậu	heóu
11	講	giảng	kiàng
12	習	tập	sĭ
13	四	tứ	ssé
14	書。	thơ.	choū.
R. 1	自	Tự	Tseú
2	不	bất	poŭ
3	難	nan	nân
4	矣。	hĩ.	yì.
S. 1	四	Tứ	Ssé
2	書	thơ	choū
3	者、	giả,	tchè,
4	論、	Luận,	Lûn,
5	孟、	Mạnh,	Méng,
6	學、	Học,	Hiŏ,
7	庸。	Dong;	Yông;
8	古	cổ	koù
9	有	hữu	yeoù
10	其	kì	k'î
11	書。	thơ.	choū.
T. 1	唐	Đàng	T'âng
2	宋	Tống	Sóng
3	以	dĩ	yì
4	來、	lai,	lâi,
5	論	Luận	Lûn
6	孟	Mạnh	Méng
7	與	dữ	yù

6	篇。	thiên.	p'iên.
B.1	論	Luận	Lûn
2	語、	ngữ,	yù,
3	孔	Khổng	K'ông
4	門	môn	mên
5	傳	truyền	tch'ouên
6	道	đạo	táo
7	之	chi	tchī
8	書。	thơ.	choū.
C.1	有	Hữu	Yeòu
2	齊	Tề	Ts'î
3	論、	luận,	lûn,
4	魯	Lỗ	Loù
5	論。	luận.	lûn.
D.1	齊	Tề	Ts'î
2	論	luận	lûn
3	不	bất	poŭ
4	見	kiến	kién
5	於	ư	yû
6	世。	thế.	chí.
E.1	今	Kim	Kīn
2	所	sở	sò
3	行	hành	hîng
4	者、	giả,	tchè,
5	魯	Lỗ	Loù
6	論	luận	lûn
7	也。	dã.	yè.
F.1	上	Thượng	Cháng

11	專	chuyên	tchouēn
12	習、	tập,	sĭ,
13	而	nhi	eûlh
14	識	thức	chĭ
15	孔、	Khổng,	K'òng,
16	曾、	Tăng,	Tsēng,
17	思、	Tư,	Ssē,
18	孟	Mạnh	Méng
19	聖	thánh	chíng
20	賢	hiền	hiên
21	授	thọ	cheóu
22	受	thọ	cheòu
23	之	chi	tchī
24	源	nguồn	youên
25	流	lưu	lieôu
26	矣。	hĩ.	yì.
A.1	論	38. Luận	Lûn
2	語	ngữ	yù
3	者、	giả,	tchè,
4	二	nhị	eùlh
5	十	thập	chĭ

18	註、	chú,	tchóu,
19	又	hựu	yeóu
20	本	bổn	pèn
21	程	Trình	Tch'îng
22	子	tử	tsèu
23	之	chi	tchī
24	意。	ý.	yí.
Y.1	取	Thủ	Ts'iù
2	學	Học	Hiŏ
3	庸	Dong	Yông
4	分	phân	fēn
5	章	chương	tchāng
6	釋	thích	chĭ
7	句。	cú,	kiú,
8	通	thông	t'ōng
9	名	danh	mîng
10	之	chi	tchī
11	爲	vi	ouêi
12	四	tứ	ssé
13	書。	thơ.	choū.
Z.1	自	Tự	Tseú
2	有	hữu	yeòu
3	四	tứ	ssé
4	書	thơ	choū
5	之	chi	tchī
6	名、	danh,	mîng,
7	學	học	hiŏ
8	者	giả	tchè
9	始	thỉ	chì
10	知	tri	tchī

2	下	*hạ*	hiá
3	凡	*phàm*	fân
4	二	*nhị*	eúlh
5	十	*thập*	chĕ
6	篇。	*thiên.*	p'iēn.
A. 1	羣	39. *Quần*	Kiûn
2	弟	*để*	tí
3	子、	*tử,*	tseù,
4	記	*kí*	kí
5	善	*thiện*	chén
6	言。	*ngôn.*	yên.
B. 1	論	*Luận*	Lún
2	語、	*ngữ,*	yù,
3	乃	*nải*	nài
4	孔	*Khổng*	K'òng
5	子	*tử*	tseù
6	弟	*đệ*	tí

7	子	*tử*	tseù
8	子	*Tử*	Tseù
9	夏、	*hạ,*	hiá,
10	子	*Tử*	Tseù
11	張、	*trương,*	tchāng,
12	子	*Tử*	Tseù
13	游、	*du,*	yeôu,
14	及	*cập*	kĭ
15	曾	*Tăng*	Tsēng
16	子、	*tử,*	tseù,
17	閔	*Mẫn*	Mìn
18	子	*tử*	tseù
19	之	*chi*	tchī
20	門	*môn*	mên
21	人、	*nhơn,*	jîn,
22	記	*kí*	kí
23	聖	*thánh*	chíng
24	人	*nhơn*	jîn
25	之	*chi*	tchī
26	言、	*ngôn,*	yên,
27	行、	*hành,*	hîng,
28	訓	*huấn*	hiún
29	誨、	*hối,*	hoéi,
30	答	*đáp*	tă
31	還	*hoàn*	hoân
32	之	*chi*	tchī
33	語。	*ngữ.*	yù.
C. 1	朱	*Châu*	Tchōu
2	子	*tử*	tseù
3	集	*tập*	tsĭ

4	註。	*chú.*	tchoú.
D. 1	爲	*Vi*	Ouêi
2	四	*tứ*	ssé
3	書	*thơ*	choū
4	之	*chi*	tchī
5	首。	*thủ.*	cheòu.
A. 1	孟	40 *Mạnh*	Méng
2	子	*tử*	tseù
3	者、	*giả,*	tchè,
4	七	*thất*	ts'ĭ
5	篇	*thiên*	p'iēn
6	止。	*chỉ.*	tchì.
B. 1	講	*Giảng*	Kiàng
2	道	*đạo*	táo

3	德、	đức,	tĕ,
4	說	thuyết	choŭe
5	仁	nhơn	jîn
6	義。	ngaĩ.	yí
C. 1	孟	Mạnh	Méng
2	子	tử	tseù
3	當	đang	tāng
4	戰	chiến	tchén
5	國	quấc	koŭe
6	之	chi	tchī
7	時、	thì,	chî,
8	游	du	yeôu
9	於	ư	yū
10	齊	Tề	Ts'ĭ
11	梁。	Lương.	Leâng.
D. 1	其	Kì	K'î
2	道	đạo	táo
3	不	bất	poŭ
4	行、	hành,	hîng,
5	退	thối	t'oúi
6	居	cư	kiū
7	鄒	Trâu	Tseōu
8	國	quấc	koŭe
9	與	dữ	yū
10	弟	đệ	tí
11	子	tử	tseù
12	公	Công	Kōng
13	孫	tôn	sūn
14	丑、	sửu,	tcheôu,
15	萬	Vạn	Ouán
16	章	chương	tchāng
17	之	chi	tchī
18	徒。	đồ.	t'ôu.
E. 1	著	Trước	Tchóu
2	孟	Mạnh	Méng
3	子	tử	tseù
4	七	thất	ts'ĭ
5	篇。	thiên.	p'iēn.
F. 1	道	Đạo	Táo
2	者、	giả,	tchè,
3	天	thiên	t'iēn
4	下	hạ	hiá
5	古	cổ	koù
6	今	kim	kīn
7	所	sở	sò
8	共	cọng	kòng
9	由。	do.	yeôu.
G. 1	德	Đức	Tĕ
2	者、	giả,	tchè,
3	聖	thánh	chìng
4	賢	hiền	hiên
5	躬	cung	kōng
6	行	hành	hîng
7	所	sở	sò
8	心	tâm	sīn
9	得。	đắc.	tĕ.
H. 1	仁	Nhơn	Jîn
2	與	dữ	yù
3	義、	ngaĩ,	yí,
4	乃	naĩ	naì
5	本	bổn	pén
6	於	dữ	yū
7	天	thiên	t'iēn
8	而	nhi	eûlh
9	具	cụ	kiú
10	於	dữ	yū
11	性。	tính:	síng.
I. 1	惻	Trắc	Ts'ĕ
2	隱	ẩn	yìn
3	羞	tu	sieōu
4	惡、	ố	oú,
5	其	kì	k'î
6	見	kiến	kién
7	端、	đoan,	touān,
8	而	nhi	eûlh
9	撫	phủ	foù
10	世	thế	chí
11	長	trưởng	tch'àng
12	民	dân	mîn
13	其	kì	k'î
14	功	công	kōng
15	用	dụng	yóng

6	易。	diệc	yì.
C. 1	子	Tử	Tseù
2	思、	tư,	ssē,
3	孔	Khổng	K'òng
4	子	tử	tseù
5	之	chi	tchī
6	孫、	tôn,	sūn,
7	伯	Bá	Pĕ
8	魚	ngư	yû
9	子、	tử,	tseù,
10	名	danh	mîng
11	伋。	Cấp,	Kĭ.
D. 1	學	Học	Hiŏ
2	者	giả	tchè
3	尊	tôn	tsūn
4	之	chi	tchī
5	爲	vi	ouêi
6	述	Thuật	Chŏu
7	聖。	thánh.	chìng.
E. 1	作	Tác	Tsó
2	中	Trung	Tchōng
3	庸	dong	yông
4	三	tam	sān
5	十	thập	chĭ
6	三	tam	sān
7	章。	chương.	tchāng.
F. 1	程	Trình	Tchîng
2	子	tử	tseù

2	中	Trung	Tchōng
3	庸、	dong,	yōng,
4	子	Tử	Tseù
5	思	tư	ssē
6	筆。	bút.	pĭ.
B. 1	中	Trung	Tchōng
2	不	bất	poŭ
3	偏、	thiên,	p'iēn,
4	庸	dong	yông
5	不	bất	poŭ

16	也。	dã.	yè.
J. 1	如	Như	Jôu
2	闢	tịch	p'ĭ
3	異	dị	yí
4	端、	đoan,	touān,
5	貴	quí	kouéi
6	天	thiên	t'iēn
7	爵、	tước,	tsiŏ,
8	尊	tôn	tsūn
9	王	vương	ouâng
10	賤	tiện	tsién
11	霸、	bá,	pá,
12	距	cự	kiú
13	邪	tà	siê
14	放	phong	fâng
15	淫、	dâm,	yîn,
16	道	đạo	táo
17	性	tính	síng
18	善	thiện	chén
19	言	ngôn	yên
20	必	tất	pĭ
21	稱	xưng	tchīng
22	堯	Nghiêu	Yaô
23	舜。	Thuấn.	Chùn.
K. 1	是	Thị	Chí
2	也。	dã.	yè.

41

A. 1	作	Tác	Tsó

No.	Character	Vietnamese	Chinese
4	子	Tử	Tsèu
5	思	Tư	Ssē
6	筆	Bút	Pĭ
7	三	tam	sān
8	字	tự	tséu
9	爲	vi	ouêi
10	當。	đang.	tāng.
A.1	作	42. Tác	Tsŏ
2	大	Đại	Tá
3	學、	học,	hiŏ,
4	乃	nải	nài
5	曾	Tăng	Tsēng
6	子。	tử.	tsèu.
B.1	自	Tự	Tséu
2	修	tu	siēou

No.	Character	Vietnamese	Chinese
6	彌	di	mî
7	六	lục	loŭ
8	合、	hiệp;	hô;
9	卷	quyện	kiên
10	之、	chi,	tchī,
11	則	tắc	tsĕ
12	返	phản	fàn
13	藏	tàng	tsâng
14	於	ư	yū
15	密	mật	mĭ
16	者	giả	tchè
17	也。	dã.	yè.
J.1	舊	Cựu	Kiéou
2	本	bổn	pèn
3	云。	vân	yûn:
K.1	作	Tác	Tsó
2	中	Trung	Tchōng
3	庸、	dung,	yông,
4	乃	nải	nài
5	孔	Khổng	K'òng
6	伋。	Cấp.	Kĭ.
L.1	斥	Xích	Tch'ĭ
2	言	ngôn	yên
3	大	đại	tá
4	賢	hiền	hiên
5	之	chi	tchī
6	名。	danh.	mîng.
M.1	今	Kim	Kīn
2	替	thế	t'í
3	改	cải	kài.

No.	Character	Vietnamese	Chinese
3	曰。	viết:	youĕ:
G.1	不	Bất	Poŭ
2	偏	thiên	piēn
3	之	chi	tchī
4	謂	vị	ouéi
5	中、	trung,	tchōng,
6	不	bất	poŭ
7	易	diệc	yí
8	之	chi	tchī
9	謂	vị	ouéi
10	庸。	dung.	yông.
H.1	所	Sở	Sò
2	言	ngôn	yên
3	皆	giai	kiāi
4	人	nhơn	jîn
5	生	sinh	sēng
6	日	nhựt	jĭ
7	用、	dung,	yóng,
8	不	bất	poŭ
9	可	khả	kŏ
10	須	tu	siū
11	臾	du	yû
12	離	li	lî
13	之	chi	tchī
14	道。	đạo.	táo.
I.1	所	Sở	Sò
2	謂	vị	ouéi
3	放	phóng	fáng
4	之	chi	tchī
5	則	tắc	tsĕ

3 齊 tê, ts'î,
4 至 chí tchí
5 平 bình p'îng
6 治。 trị. tchí.
C.1 曾 Tăng Tsēng
2 子 tử tsèu
3 名 danh mîng
4 參。 Sâm. Ts'ān.
D.1 字 Tự Tséu
2 子 Tử Tsèu
3 輿。 dư. yù.
E.1 孔 Khổng K'òng
2 子 tử tsèu
3 弟 đệ tí
4 子。 tử. tsèu.
F.1 傳 Truyền Tch'ouên
2 孔 Khổng K'òng
3 子 tử tsèu
4 一 nhứt yĭ
5 貫 quán kouán
6 之 chi tchī
7 道。 đạo. táo.

G.1 學 Học Hiŏ
2 者 giả tchè
3 尊 tôn tsūn
4 之 chi tchī
5 為 vi ouêi
6 宗 Tông Tsōng
7 聖。 thánh. chíng.
H.1 作 Tác Tsó
2 大 Đại Tá
3 學 học hiŏ
4 一 nhứt yĭ
5 書。 thơ. choū.
I.1 大 Đại Tá
2 學 học hiŏ
3 者、 giả, tchè,
4 大 đại tá
5 人 nhơn jîn
6 之 chi tchī
7 學 học hiŏ
8 也。 dã. yè.
J.1 其 Kì K'î
2 綱 cang kāng
3 在 tại tsái
4 明 minh mîng
5 明 minh mîng
6 德、 đức, tĕ,
7 新 tân sīn
8 民、 dân, mîn,
9 止 chỉ tchì
10 於 ư yū

11 至 chí tchí
12 善。 thiện. chén.
K.1 其 Kì K'î
2 目 mục moŭ
3 在 tại tsái
4 格 cách kĕ
5 物、 vật, voŭ,
6 致 trí tchí
7 知、 tri, tchī,
8 誠 thành tch'îng
9 意、 ý, yí,
10 正 chính tchíng
11 心、 tâm, sīn,
12 修 tu sieōu
13 身、 thân, chīn,
14 齊 tề ts'î
15 家、 gia, kiā,
16 治 trị tchí
17 國、 quấc, koŭe,
18 平 bình p'îng
19 天 thiên t'iēn
20 下。 hạ. hiá.
L.1 乃 Nải Nài
2 作 tác tsó
3 聖 thánh chíng
4 之 chi tchī
5 功。 công. kōng.
M.1 學 Học Hiŏ
2 者 giả tchè
3 之 chi tchī

2	子	tử	tseù
3	反	phản	fàn
4	爲	vi	ouêi
5	最	tối	tsoúï
6	後	hậu	heóu
7	者。	giả.	tchè.
U.1	何	Hà	Hô
2	歟。	dư?	yû?
V.1	蓋	Cái	Kái
2	此	thử	ts'eù
3	書、	thơ,	choū,
4	但	đản	tán
5	據	cứ	kiú
6	當	đang	tāng
7	時	thì	chî
8	之	chi	tchī
9	次	thứ	ts'é
10	序	tự	siú
11	而	nhi	eûlh
12	言。	ngôn.	yên.
X.1	論	Luận	Lûn
2	語	ngữ	yú
3	孟	Mạnh	Méng
4	子	tử	tseù
5	先	tiên	siēn
6	有	hữu	yeòu
7	成	thành	tch'îng
8	書。	thơ.	choū.
Y.1	中	Trung	Tchōng
2	庸	dong	yông

1	子	Tử	Tseù
2	思	tư	ssē
3	之	chi	tchī
4	學、	học,	hiŏ,
5	本	bổn	pèn
6	於	ư	yû
7	曾	Tằng	Tsēng
8	子。	tử.	tseù.
R.1	孟	Mạnh	Méng
2	子	tử	tseù
3	受	thọ	cheóu
4	業	nghiệp	niĕ
5	於	ư	yû
6	子	Tử	Tseù
7	思	tư	ssē
8	之	chi	tchī
9	門。	môn.	mên.
S.1	此	Thử	Ts'eù
2	書	thơ	choū
3	乃	nãi	nài
4	先	tiên	siēn
5	論	luận	lûn
6	孔	Khổng	K'òng
7	孟、	Mạnh,	Méng,
8	而	nhi	eûlh
9	後	hậu	heóu
10	及	cập	kĭ
11	子	Tử	Tseù
12	思。	tư.	ssē.
T.1	曾	Tằng	Tsēng

4	先	tiên	siēn
5	務	vụ	óu
6	也。	dã.	yè.
N.1	朱	Châu	Tchoū
2	子	tử	tseù
3	分	phân	fēn
4	爲	vi	ouêi
5	一	nhứt	yĭ
6	經	kinh	kīng
7	十	thập	chĭ
8	傳。	truyền.	tch'ouân.
O.1	所	Sở	Sò
2	謂	vị	ouéi
3	初	sơ	ts'oū
4	學	học	hiŏ
5	入	nhập	jĭ
6	德	đức	tĕ
7	之	chi	tchī
8	門。	môn.	mên.
P.1	按	Án	Ngán
2	孔	Khổng	K'òng
3	子	tử	tseù
4	之	chi	tchī
5	道、	đạo,	táo,
6	曾	Tằng	Tsēng
7	子	tử	tseù
8	獨	độc	toŭ
9	得	đắc	tĕ
10	其	kì	k'î
11	宗。	tông.	tsōng.

3	大	Đại	Tá
4	學	học	hiŏ
5	則	tắc	tsĕ
6	出	xuất	tch'ŏu
7	於	ư	yû
8	禮	Lễ	Lì
9	記	kí	kí
10	之	chi	tchī
11	篇	thiên	p'iēn
12	名。	danh.	mîng.
Z.1	中	Trung	Tchông
2	庸	dong	yông
3	爲	vi	ouêi
4	禮	Lễ	Lì
5	記	kí	kí
6	之	chi	tchī
7	第	đệ	tí
8	三	tam	sān
9	十	thập	chĭ
10	一。	nhứt.	yĭ.
A.1	大	Đại	Tá
2	學	học	hiŏ
3	爲	vi	ouêi
4	禮	Lễ	Lì
5	記	kí	kí
6	之	chi	tchī
7	第	đệ	tí
8	四	tứ	ssé
9	十	thập	chĭ
10	二。	nhị.	eûlh.

B.1	朱	Châu	Tchōu
2	子	tử	tsèu
3	取	thủ	ts'iù
4	而	nhi	eûlh
5	章	chương	tchāng
6	句	cú	kiú
7	之。	chi.	tchī.
C.1	以	Dĩ	Yì
2	列	liệt	liĕ
3	於	ư	yû
4	四	tứ	ssé
5	書。	thơ.	chōu.
D.1	作	Tác	Tsó
2	者	giả	tchè
3	故	cố	koú
4	以	dĩ	yì
5	爲	vi	ouêi
6	次	thứ	ts'é
7	也。	dã.	yè.
A.1	孝	43. Hiếu	Hiáo
2	經	kinh	king
3	通、	thông,	t'ông,
4	四	tứ	ssé

5	書	thơ	chōu
6	熟、	thục,	chŏu,
7	如	như	jôu
8	六	lục	lŏu
9	經、	kinh,	kīng,
10	始	thỉ	chì
11	可	khả	k'ò
12	讀。	độc.,	toŭ.
B.1	此	Thử	Ts'èu
2	言	ngôn	yên
3	讀	độc	toŭ
4	書	thơ	chōu
5	之	chi	tchī
6	序	tự	siú

3	易、	Điệc,	Yĭ,
4	禮	Lễ,	Lì
5	春	Xuân	Tch'ŭn
6	秋、	thu,	tsieôu,
7	號	hiệu	hào
8	六	lục	loŭ
9	經、	kinh,	kĭng,
10	當	đang	tāng
11	講	giảng	kiàng
12	求。	cầu.	kieôu.

3	四	tứ	ssé
4	書	thơ	chōu
5	既	kí	kí
6	熟	thục	choŭ
7	之	chi	tchī
8	後、	hậu,	heóu,
9	宜	nghi	yî
10	先	tiên	siēn
11	讀	đọc	toŭ
12	孝	Hiếu	Hiáo
13	經、	kinh,	kīng,
14	以	dĩ	yì
15	知	tri	tchī
16	爲	vi	ouêi
17	子	tử	tsèu
18	之	chi	tchī
19	禮。	lễ.	lì.
F. 1	然	Nhiên	Jên
2	後	hậu	heóu
3	循	tuần	siûn
4	序	tự	siú
5	而	nhi	eûlh
6	讀	đọc	toŭ
7	六	lục	loŭ
8	經。	kinh.	kīng.
A. 1	詩	44 Thi,	Chī
2	書	Thơ,	Chōu,

7	也。	dã.	yè.
C. 1	孝	Hiếu	Hiáo
2	經	kinh	kīng
3	爲	vi	ouêi
4	古	cổ	kòu
5	十	thập	chĭ
6	三	tạm	sān
7	經	kinh	kīng
8	之	chi	tchī
9	一。	nhứt.	yĭ.
D. 1	曾	Tăng	Tsēng
2	子	tử	tsèu
3	叙	tự	siú
4	孔	Khổng	K'òng
5	子	tử	tsèu
6	問	vấn	ouén
7	答	đáp	tă
8	之	chi	tchī
9	言、	ngôn,	yên,
10	爲	vi	ouêi
11	經	kinh	kīng
12	十	thập	chĭ
13	八	bát	pă
14	章、	chương,	tchāng,
15	以	dĩ	yì
16	明	minh	mîng
17	孝	hiếu	hiáo
18	道。	đạo.	táo.
E. 1	學	Học	Hiŏ
2	者、	giả,	tchè,

B. 1	此	Thử	Ts'eù
2	言	ngôn	yên
3	六	lục	loŭ
4	經	kinh	kīng
5	之	chi	tchī
6	目。	mục.	moŭ.
C. 1	易、	Diệc,	Yĭ,
2	書、	Thơ,	Choū,
3	詩、	Thi,	Chī,
4	春	Xuân	Tch'–
5	秋、	thu,	ts'ieōu,
6	周	Châu	Tcheō
7	禮、	lễ,	lì,
8	禮	Lễ	Lì
9	記、	kí,	kí,
10	是	thị	chí
11	名	danh	mîng
12	六	lục	loŭ
13	經。	kinh.	kīng.
D. 1	學	Học	Hiŏ
2	者	giả	tchè
3	所	sở	sò
4	當	đang	tāng
5	講	giảng	kiàng
6	習	tập	sĭ
7	而	nhi	eûlh
8	研	nghiên	yên
9	求	cầu	k'ieôu
10	者	giả	tchè
11	也。	dã.	yè.

E. 1	當	Đang	Tāng
2	時	thì	chî
3	周	Châu	Tcheōu
4	禮	lễ	lì
5	列	liệt	liĕ
6	于	vu	yû
7	六	lục	loŭ
8	經、	kinh,	kīng,
9	今	kim	kīn
10	則	tắc	tsĕ
11	去	khử	k'iù
12	周	Châu	Tcheōu
13	禮	lễ	lì
14	為	vi	ouêi
15	五	ngũ	où
16	經	kinh	kīng
17	矣。	hĩ.	yì.
F. 1	研	Nghiên	Yên
2	音	âm	yîn
3	嚴、	nghiêm,	yên,
4	有	hữu	yeòu
5	磋	ta	tsō
6	磨	ma	mô
7	之	chi	tchī
8	意。	ý.	yí

45.

A. 1	有	Hữu	Yeòu
2	連	Liên	Liên
3	山、	sơn,	chān,
4	有	hữu	yeòu
5	歸	Qui	Kouei
6	藏、	tàng,	tsáng,
7	有	hữu	yeòu
8	周	Châu	Tcheōu
9	易、	diệc,	yĭ,
10	三	tam	sān
11	易	Diệc	Yĭ
12	詳。	tường.	ts'iâng.

B.1	易	Diệc	Yǐ
2	之	chi	tchī
3	書	thơ	chōu
4	有	hữu	yeòu
5	三。	tam.	sān.
C.1	一	Nhứt	Yǐ
2	曰	viết	yoŭe
3	連	Liên	Liên
4	山。	sơn.	chān.
D.1	伏	Phục	Foŭ
2	羲	hi	hī
3	之	chi	tchī
4	易。	Diệc.	Yǐ.
E.1	以	Dĩ	Yì
2	艮	Cấn	Kén
3	爲	vi	ouêi
4	首。	thủ.	cheòu.
F.1	山	Sơn	Chān
2	之	chi	tchī
3	象	tượng	siàng
4	也。	dã.	yè.
G.1	二	Nhị	Eùlh
2	曰	viết	yoŭe
3	歸	Qui	Kouei
4	藏。	tàng.	tsáng.
H.1	炎	Viêm	Yên
2	帝	đế	tí
3	之	chi	tchī
4	易。	Diệc.	Yǐ.
I.1	以	Dĩ	Yì

2	坤	Khôn	K'ouēn
3	爲	vi	ouêi
4	首。	thủ.	cheòu.
J.1	地	Địa	Tí
2	之	chi	tchī
3	象	tượng	siàng
4	也。	dã.	yè.
K.1	三	Tam	Sān
2	曰	viết	yoŭe
3	周	Châu	Tcheōu
4	易。	diệc.	yǐ.
L.1	文	Văn	Ouên
2	王	vương	ouâng
3	之	chi	tchī
4	易。	Diệc.	Yǐ.
M.1	以	Dĩ	Yì
2	乾	Càn	K'iên
3	爲	vi	ouêi
4	首。	thủ.	cheòu.
N.1	天	Thiên	T'iēn
2	之	chi	tchī
3	象	tượng	siàng
4	也。	dã.	yè.
O.1	連	Liên	Liên
2	山	sơn	chān
3	歸	Qui	Kouei
4	藏	tàng	tsáng
5	二	nhị	eùlh
6	易、	Diệc,	Yǐ,
7	學	học	hiŏ

8	者	giả	tchè
9	鮮	tiển	sièn
10	通	thông	t'ōng
11	其	kì	k'î
12	義。	ngãi.	yí.
P.1	今	Kim	Kīn
2	所	sở	sò
3	行	hành	hîng
4	者	giả	tchè
5	周	Châu	Tcheōu
6	易。	diệc.	yǐ.
Q.1	六	Lục	Loŭ
2	十	thập	chĭ
3	四	tứ	ssé
4	卦	quái	kouá
5	之	chi	tchī
6	象、	tượng,	siáng,
7	始	thỉ	chì
8	于	vu	yū
9	伏	Phục	Foŭ
10	羲。	hi	hī
R.1	卦	Quái	Kouá
2	辭、	từ,	ts'ê,
3	彖	Thoán	T'ouán
4	辭	từ	ts'ê
5	文	Văn	Ouên
6	王	vương	ouâng
7	所	sở	sò
8	著。	trứ.	tchoú.
S.1	卦	Quái	Kouá

2	之	chi	tchī
3	爻	Hào	Hiâo
4	辭、	từ,	ts'ê,
5	周	Châu	Tcheōu
6	公	công	kōng
7	所	sở	sò
8	著。	trứ.	tchóu.
T.1	卦	Quái	Kouá
2	象、	tượng,	siàng,
3	爻	Hào	Hiâo
4	象、	tượng,	siáng,
5	文	Văn	Ouên
6	言、	ngôn,	yên,
7	上	thượng	cháng
8	下	hạ	hiá
9	繫	Hệ	Hí
10	辭、	từ,	ts'ê,
11	則	tắc	tsĕ
12	孔	Khổng	K'òng
13	子	tử	tsèu
14	之	chi	tchī
15	所	sở	sò
16	著。	trứ.	tchóu.
U.1	經	Kinh	Kīng
2	四	tứ	ssé
3	聖	thánh	choū
4	人	nhơn	jîn
5	而	nhi	eûlh
6	後	hậu	heóu
7	成	thành	tch'îng

8	全	tuyền	ts'iouên
9	易	Diệc	Yĭ
10	也。	dã.	yè.
V.1	註	Chú	Tchóu
2	易	Diệc	Yĭ
3	之	chi	tchī
4	儒、	nhu,	jôu,
5	多	đa	tō
6	不	bất	pŏu
7	可	khả	k'ò
8	紀。	kỷ.	kì.
X.1	今	Kim	Kīn
2	惟	duy	ouêi
3	用	dụng	yóng
4	程	Trình	Tch'îng
5	子	tử	tsèu
6	易	Diệc	Yĭ
7	傳、	truyền,	tch'ouên,
8	朱	Châu	Tchōu
9	子	tử	tsèu
10	本	Bổn	Pèn
11	義。	nghĩa.	yí.
Y.1	秦	Tần	Ts'în
2	焚	phần	fên
3	詩	Thi	Chī
4	書。	Thơ.	Chōu.
Z.1	惟	Duy	Ouêi
2	易	Diệc	Yĭ
3	為	vi	ouêi
4	卜	bốc	pŏu

5	筮	phệ	chí
6	之	chi	tchī
7	書、	thơ,	chōu,
8	得	đức	tĕ
9	以	dĩ	yĭ
10	不	bất	pŏu
11	毀。	hủy.	hòei.
A.1	有	Hữu	Yeòu
2	典、	Điển,	Tièn,
3	謨、	Mô,	Môu,
4	有	hữu	yeòu
5	訓、	Huấn,	Hiún,
6	誥、	Cáo;	Káo;
7	有	hữu	yeòu
8	誓	Thệ,	Chí,

9 命、 Mạng, Ming;
10 書 Thơ Chou
11 之 chi tchi
12 奧。 áo. ngáo.

B.1 書 Thơ Chou
2 經 kinh king
3 者、 giả, tchè,
4 虞 Ngu, Yû,
5 夏、 Hạ, Hiá,
6 商 Thương, Chang,
7 周、 Châu, Tcheōu,
8 四 tứ ssé
9 代 đại tái
10 之 chi tchi
11 書 thơ chou
12 也。 dã. yè.

C.1 典 Điển, Tièn,
2 謨、 Mô, Meôu
3 訓、 Huấn, Hiún,
4 誥、 Cáo, Káo,
5 誓、 Thệ, Chí,
6 命、 Mạng, Ming,
7 皆 giai kiai
8 書 Thơ Chou
9 之 chi tchi
10 篇 thiên p'iēn
11 名。 danh. ming.

D.1 典 Điển Tièn
2 者、 giả, tchè,
3 常 thường tch'âng
4 也。 dã. yè.

E.1 典 Điển Tièn
2 常 thường tch'âng
3 而 nhi eûlh
4 不 bất poŭ
5 可 khả k'ò
6 易。 diệc. yĭ.

F.1 為 Vi Ouêi
2 帝 đế tí
3 王 vương ouâng
4 受 thọ cheóu
5 命 mạng ming
6 之 chi tchi
7 書、 thơ, chou,
8 如 như jôu
9 堯 Nghiêu Yâo
10 典、 điển, tièn,
11 舜 Thuấn Chún
12 典、 điển tièn,
13 是 thị chí
14 也。 dã. yè.

G.1 謨 Mô Môu
2 者、 giả, tchè,
3 謀 mô meôu
4 也。 dã. yè.

H.1 大 Đại Tá
2 臣 thần tch'ìn
3 匡 khuông k'ouang
4 贊 tán tsán
5 謀 mô meôu
6 猷 du yeôu
7 以 dĩ yì
8 襄 tương siāng
9 聖 thánh ching
10 治、 trị, tchí,
11 如 như jôu
12 大 đại tá
13 禹 Vũ Yù
14 益 Ích Yĭ
15 稷 tắc tsĭ
16 之 chi tchi
17 謨、 mô, môu,
18 是 thị chí
19 也。 dã. yè.

I.1 訓 Huấn Hiún
2 者、 giả, tchè
3 誨 hối hoéi
4 也。 dã. yè.

J.1 大 Đại Tá
2 臣 thần tch'ìn
3 訓 huấn hiún
4 廸 địch tĭ

11	信	tín	sín
12	賞	thưởng	chàng
13	必	tất	pǐ
14	罰	phạt	fǎ
15	之	chi	tchī
16	辭	từ	ts'ê,
17	如	như	jôu
18	甘	Cam	Kān
19	誓、	thệ,	chí,
20	湯	Thang	T'āng
21	誓、	thệ,	chí,
22	泰	Thái	T'ái
23	誓、	thệ,	chí,
24	費	Phí	Féi
25	誓、	thệ,	chí,
26	秦	Tần	Ts'în
27	誓、	thệ,	chí,
28	是	thị	chí
29	也。	dã.	yè.
O.1	命	Mạng	Míng
2	者、	giả,	tchè,
3	令	lịnh	líng
4	也。	dã.	yè.
P.1	人	Nhơn	Jîn
2	君	quân	kiūn
3	申	thân	chēn
4	布	bố	póu
5	命	mạng	míng
6	令	lịnh	líng
7	于	vu	yū

16	政、	chánh,	tchíng,
17	如	như	jôu
18	仲	Trọng	Tchóng
19	虺	Hủy	Hoèi
20	之	chi	tchī
21	誥、	cáo,	káo,
22	大	đại	Tá
23	誥、	cáo,	káo,
24	康	Khang	K'āng
25	誥、	cáo,	káo,
26	召	Triệu	Tcháo
27	誥、	cáo,	káo,
28	酒	Tửu	Tsieòu
29	誥、	cáo,	káo,
30	是	thị	chí
31	也。	dã.	yè.
M.1	誓	Thệ	Chí
2	者、	giả,	tchè,
3	信	tín	sín
4	也	dã.	yè.
N.1	人	Nhơn	Jîn
2	君	quân	kiūn
3	恭	cung	kōng
4	行	hành	hîng
5	天	thiên	t'iēn
6	討、	thảo,	t'ào,
7	命	mạng	míng
8	將	tướng	tsiáng
9	誓	thệ	chí
10	師、	sư,	ssē,

5	其	kì	k'î
6	君、	quân,	kiūn,
7	以	dĩ	yì
8	匡	khuông	k'ouāng
9	不	bất	poŭ
10	逮、	đãi,	tái,
11	如	như	jôu
12	伊	Y	Yī
13	訓、	huấn,	hiún,
14	是	thị	chí
15	也。	dã.	yè.
K.1	誥	Cáo	Káo
2	者、	giả,	tchè,
3	召	triệu	tcháo
4	也。	dã.	yè.
L.1	王	Vương	Ouâng
2	者	giả,	tchè,
3	渙	hoán	hoán
4	發	phát	fǎ
5	號	hiệu	hâo
6	令、	lịnh,	líng,
7	詔	chiếu	tcháo
8	誥	cáo	káo
9	天	thiên	t'iēn
10	下	hạ,	hiá,
11	以	dĩ	yì
12	布	bố	póu
13	維	duy	ouêi
14	新	tân	sīn
15	之	chi	tchī

23 篇。 thiên. p'iēn.
U.1 以 Dĩ Yì
2 其 kì k'î
3 上 thượng cháng
4 古 cổ kòu
5 之 chi tchī
6 書、 Thơ, Chōu,
7 故 cố koú
8 謂 vị ouéi
9 之 chi tchī
10 尚 Thượng Cháng
11 書。 thơ. chōu.
V.1 又 Hựu Yeóu
2 河 Hà Hô
3 内 nội néi
4 女 nữ niù
5 子 tử tsèu
6 献 hiến hién
7 泰 Thái T'ái
8 誓 thệ chí
9 一 nhứt yǐ
10 篇。 thiên. p'iēn.
X.1 武 Võ Vòu
2 帝 đế tí
3 時、 thì, chî,
4 魯 Lỗ Lòu
5 恭 Cung Kōng
6 王 vương ouâng
7 壞 hoại hoái
8 孔 Khổng K'òng

5 凡 phàm fân
6 百 bá pě
7 篇。 thiên. p'iēn.
S.1 至 Chí Tchí
2 秦 Tần Ts'în
3 焚 phần fên
4 詩 Thi Chī
5 書。 Thơ. Chōu.
T.1 漢 Hán Hán
2 文 Văn Ouên
3 帝 đế tí
4 時、 thì, chî,
5 濟 Tế Tsì
6 南 nam nân
7 有 hữu yeòu
8 伏 Phục Foŭ
9 生 Sinh Sēng
10 名 danh mîng
11 勝 Thắng Chíng
12 者、 giả, tchè,
13 年 niên niên
14 九 cửu kieòu
15 十、 thập, chĭ,
16 口 khẩu k'eòu
17 授 thọ chéou
18 鼂 Tiều Tchāo
19 錯 Thố Ts'ŏ
20 二 nhì eúlh
21 十 thập chĭ
22 八 bát pă

8 大 đại tá
9 臣、 thần, tch'în,
10 如 như jôu
11 說 Duyệt Yoŭe
12 命、 mạng, míng,
13 微 Vi Ouêi
14 子 tử tsèu
15 之 chi tchī
16 命、 mạng, míng,
17 顧 Cố Koú
18 命、 mạng, míng,
19 蔡 Thái Tsái
20 仲 Trung Tchóng
21 之 chi tchī
22 命、 mạng, míng,
23 文 Văn Ouên
24 侯 hầu oüâng
25 之 chi tchī
26 命、 mạng, míng,
27 是 thị chí
28 也。 dã. yè.
Q.1 昔 Tích Sǐ
2 孔 Khổng K'òng
3 子 tử tsèu
4 刪 san chān
5 書。 Thơ. Chōu.
R.1 斷 Đoán Toán
2 自 tự tséu
3 唐 Đường T'âng
4 虞、 Ngu, Yû,

B.1	著	Trứ	Tchóu
2	六	lục	loŭ
3	官、	quan,	kouān,
4	存	tồn	ts'ûn
5	治	trị	tchî
6	體。	thể.	t'ì.
C.1	周	Châu	Tcheōu
2	禮	lễ	lì
3	周	Châu	Tcheōu
4	公	công	kōng
5	所	sở	sò
6	作。	tác.	tsó.
D.1	公	Công	Kōng
2	姓	tánh	sing
3	姬	Cơ	Kī
4	氏。	thị.	chí.
E.1	文	Văn	Ouên
2	王	vương	ouâng

13.	篇。	thiên.	p'iên.
A'.1	朱	Châu	Tchōu
2	子	tử	tsèu
3	門	môn	mên
4	人	nhơn	jîn
5	蔡	Thái	Tsái
6	沈	Trầm	Tchĕn
7	爲	vi	ouêi
8	之	chi	tchī
9	集	tập	tsĭ
10	註。	chú.	tchóu.
A.1	我	47. Ngã	Ngò
2	周	Châu	Tcheōu
3	公、	công,	kōng,
4	作	tác	tsó
5	周	Châu	Tcheōu
6	禮。	lễ.	lì.

9	子	tử	tsèu
10	舊	cựu	kieóu
11	宅。	trạch.	tsĕ.
Y.1	於	Ư	Yû
2	壁	bích	pí
3	中	trung	tchōng
4	得	đắc	tĕ
5	其	kì	k'î
6	所	sở	sò
7	藏	tàng	tsâng
8	古	cổ	kòu
9	文	văn	ouên
10	虞、	Ngu,	Yû,
11	夏、	Hạ,	Hiá,
12	商、	Thương,	Chāng,
13	周	Châu	Tcheōu
14	之	chi	tchī
15	書。	thơ.	Chōu.
Z.1	孔	Khổng	K'òng
2	安	An	Ngān
3	國	quấc	kouĕ
4	考	khảo	k'aò
5	論	luận	lún
6	增	tăng	tsēng
7	多	đa	tō
8	伏	Phục	Foŭ
9	生	Sinh	Sēng
10	二	nhị	eúl
11	十	thập	chĕ
12	五	ngũ	où

8	官	quan	kouān
9	分	phân	fēn
10	職	chức	tchĕ
11	于	vu	yû
12	下。	hạ.	hiá.
K.1	紀	Kỉ	Kì
2	綱	cang	kāng
3	周	châu	tchēou
4	布、	bố,	póu,
5	制	chế	tchí
6	度	độ	toú
7	分	phân	fēn
8	列、	liệt,	liĕ,
9	事	sự	ssé
10	無	vô	voû
11	不	bất	poŭ
12	治、	trị,	tchí,
13	政	chánh	tchíng
14	無	vô	voû
15	不	bất	poŭ
16	理、	lý,	lì,
17	而	nhi	eûlh
18	天	thiên	t'iēn
19	下	hạ	hiá
20	平	bình	p'îng
21	矣。	hĩ.	yì
L.1	秦	Tần	Ts'în
2	毀	hủy	hoèi
3	詩	Thi	Chī
4	書。	Thơ.	Choū.

11	官	quan	kouān
12	宗	tông	tsōng
13	伯、	bá,	pĕ,
14	夏	Hạ	Hiá
15	官	quan	kouān
16	司	tư	ssē
17	馬、	mã,	mà,
18	秋	Thu	Ts'ieōu
19	官	quan	kouān
20	司	tư	ssē
21	寇、	khấu,	k'eóu,
22	冬	Đông	Tōng
23	官	quan	kouān
24	司	tư	ssē
25	工。	công.	kōng.
H.1	故	Cố	Koú
2	謂	vị	ouéi
3	六	lục	loŭ
4	官。	quan.	kouān.
I.1	猶	Du	Yeôu
2	六	lục	loŭ
3	卿	khanh	k'īng
4	也。	dã.	yè.
J.1	天	Thiên	T'iēn
2	子	tử	tsèu
3	垂	thùy	tch'ôei
4	拱	củng	kòng
5	于	vu	yû
6	上、	thượng,	cháng,
7	六	lục	loŭ

3	子、	tử,	tsèu,
4	武	Võ	Voù
5	王	vương	ouâng
6	弟	đệ	tí
7	也。	dã.	yè.
F.1	周	Châu	Tchēou
2	禮	lễ	lì
3	一	nhứt	yĭ
4	書	thơ	choū
5	為	vi	ouêi
6	周	Châu	Tchēou
7	家	gia	kiā
8	一	nhứt	yĭ
9	代	đại	tái
10	設	thuyết	chĕ
11	官	quan	kouān
12	分	phân	fēn
13	職	chức	tchĕ
14	之	chi	tchī
15	制	chế.	tchí.
G.1	有	Hữu	Yeòu
2	天	thiên	T'iēn
3	官	quan	kouān
4	冢	trủng	tchòng
5	宰、	tể,	tsài,
6	地	Địa	Tí
7	官	quan	kouān
8	司	tư	ssē
9	徒、	đồ,	t'oû,
10	春	Xuân	Tch'ūn

10	禮	Lễ	Lì
11	樂	Nhạc	Yŏ
12	備。	bị.	péi.
B.1	禮	Lễ	Lì
2	記	kí	kí
3	一	nhứt	yĭ
4	書	thơ	choū
5	不	bất	poŭ
6	稱	xưng	tch'īng
7	經	kinh	kīng
8	者、	giả,	tchè,
9	五	ngũ	où
10	經	kinh	kīng
11	皆	giai	kiāi
12	聖	thánh	chíng
13	人	nhơn	jîn
14	親	thân	ts'īn
15	製。	chế.	tchí.
C.1	此	Thử	Ts'ù
2	則	tắc	tsĕ
3	後	hậu	heóu
4	儒	nhu	joû
5	纂	toản	tsouàn
6	述	thuật	choŭ

2	不	bất	poŭ
3	用。	dụng.	yóng.
A.1	大	48. Đại	Tá
2	小	Tiểu	Siào
3	戴、	Đái,	Tái,
4	註	chú	tchoú
5	禮	Lễ	Lì
6	記、	kí,	kí,
7	述	thuật	choŭ
8	聖	thánh	chíng
9	言、	ngôn,	yên,

5	不	bất	poŭ
6	用	dụng	yóng
7	周	Châu	Tcheōu
8	禮。	lễ.	lì.
M.1	至	Chí	Tchí
2	漢	Hán	Hán
3	求	cầu	kieôu
4	書、	thơ,	choū,
5	始	thỉ	chì
6	出	xuất	tch'oŭ
7	而	nhi	eûlh
8	亡	vong	ouâng
9	其	kì	kî
10	冬	Đông	Tōng
11	官。	quan.	kouān.
N.1	漢	Hán	Hán
2	儒	nhu	joû
3	以	dĩ	yì
4	考	Khảo	K'ào
5	工	công	kōng
6	記	kí	kí
7	補	bổ	poù
8	之。	chi.	tchī.
O.1	宋	Tống	Sóng
2	代	đại	tái
3	用	dụng	yóng
4	以	dĩ	yì
5	取	thủ	ts'iù
6	士。	sĩ.	ssé.
P.1	今	Kim	Kīn

5	裁	tài	ts'aî
6	定	định	tíng
7	成	thành	tch'îng
8	書	thơ	choū
9	四	tứ	ssé
10	十	thập	chĭ
11	九	cửu	kieòu
12	篇。	thiên.	p'iēn.
J.1	大	Đại	Tá
2	學	học	hiŏ
3	中	Trung	Tchóng
4	庸	dong	yông
5	亦	diệc	yĭ
6	附	phụ	fóu
7	于	vu	yū
8	篇	thiên	p'iēn
9	之	chi	tchī
10	數。	số.	choú.
K.1	元	Nguyên	Yuên
2	儒	nhu	joû
3	陳	Trận	Tchên
4	澔	Hạo	Kiáo
5	註	chú	tchóu
6	爲	vi	ouêi
7	禮	Lễ	Lì
8	記	kí	kí
9	集	Tập	Tsĭ
10	說。	thuyết.	chouĕ.
L.1	大	Đại	Tá
2	戴	Đái	Tái

G.1	戴	Đái	Tái
2	德	Đức	Tĕ
3	集	tập	tsĭ
4	古	cổ	koù
5	禮	Lễ	Lì
6	樂	Nhạc	Yŏ
7	諸	chư	tchoū
8	書	thơ	choū
9	一	nhứt	yĭ
10	百	bá	pĕ
11	八	bát	pă
12	十	thập	chĭ
13	篇、	thiên,	p'iēn,
14	刪	san	chān
15	定	định	tíng
16	爲	vi	ouêi
17	八	bát	pă
18	十	thập	chĭ
19	五	ngũ	où
20	篇。	thiên.	p'iēn.
H.1	今	Kim	Kīn
2	名	danh	mîng
3	大	Đại	Tá
4	戴	Đái	Tái
5	禮	Lễ	Lì
6	記。	kí.	kí.
I.1	小	Tiểu	Siào
2	戴	Đái	Tái
3	更	cánh	kéng
4	爲	vi	ouêi

7	先	tiên	siēn
8	聖	thánh	chíng
9	之	chi	tchī
10	言	ngôn	yên
11	以	dĩ	yì
12	成	thành	tch'îng
13	書。	thơ.	choū.
D.1	故	Cố	Kóu
2	稱	xưng	tch'īng
3	記	kí	kí
4	而	nhi	eûlh
5	不	bất	poŭ
6	稱	xưng	tch'īng
7	經	kinh	kīng
8	也。	dã.	yè.
E.1	大	Đại	Tá
2	戴、	Đái,	Tái,
3	漢	Hán	Hán
4	儒	nhu	joû
5	戴	Đái	Tái
6	德。	Đức.	Tĕ.
F.1	小	Tiểu	Siào
2	戴	Đái	Tái
3	則	tắc	tsĕ
4	德	Đức	Tĕ
5	兄	huynh	hiōng
6	子、	tử,	tseù,
7	戴	Đái	Tái
8	聖	Thánh	Chíng
9	也。	dã.	yè.

7	歌	ca	kō
8	謠	diêu	yâo
9	之	chi	tchī
10	詩。	thi.	chī.
D.1	諸	Chư	Tchōu
2	侯	hầu	heôu
3	采	biện	pién
4	之	chi	tchī
5	以	dĩ	yì
6	貫	quán	kouán
7	於	ư	yū
8	天	Thiên	T'iēn
9	子。	tử.	tsèu.
E.1	天	Thiên	T'iēn
2	子	tử	tsèu
3	受	thọ	cheóu
4	之	chi	tchī
5	而	nhi	eûlh
6	列	liệt	liĕ
7	于	vu	yū
8	樂	Nhạc	Yŏ
9	官、	quan,	kouān,
10	於	ư	yū
11	以	dĩ	yì
12	考	khảo	k'ào
13	其	kì	k'î
14	風	phong	fōng
15	俗	tục	sŏu
16	之	chi	tchī
17	美	mĩ	meì

7	號	hiệu	hào
8	四	tứ	ssé
9	詩、	Thi,	Chī,
10	當	đang	tāng
11	諷	phúng	fóng
12	詠。	vịnh.	yóng.
B.1	詩	Thi	Chī
2	經	kinh	kīng
3	之	chi	tchī
4	體	thể	tì
5	有	hữu	yeòu
6	四。	tứ.	ssé.
C.1	一	Nhứt	Yī
2	曰	viết	youĕ
3	國	Quấc	Kouĕ
4	風	phong,	fōng,
5	民	dân	mîn
6	俗	tục	sŏu

3	禮	Lễ	Lì
4	今	kim	kīn
5	不	bất	poŭ
6	行。	hành.	hîng.
C.1	惟	Duy	Ouêi
2	小	Tiểu	Siào
3	戴	Đái	Taí
4	禮	Lễ	Lì
5	記	kí	kí
6	列	liệt	liĕ
7	于	vu	yū
8	五	ngũ	où
9	經。	kinh.	kīng.
A.1	曰	[49] Viết	Youĕ
2	國	Quấc	Kouĕ
3	風、	phong,	fōng,
4	曰	viết	youĕ
5	雅	Nhã	Yà
6	頌、	tụng,	Sóng,

2	之	chi	tchī
3	雅	Nhã	Yà
4	者、	giả,	tchè,
5	其	kì	k'î
6	體	thể	t'ì
7	端、	đoan,	touan,
8	嚴、	nghiêm,	yên,
9	典、	điển,	tièn,
10	雅、	nhã,	yà,
11	以	dĩ	yì
12	別	biệt	piě
13	於	ư	yū
14	風	phong	fōng
15	也。	dã.	yè.
K.1	四	Tứ	Ssé
2	曰	viết	youe
3	頌。	Tụng.	Sóng.
L.1	天	Thiên	T'iēn
2	子	tử	tsèu
3	享	hưởng	hiàng
4	祀	tự	ssé
5	郊	giao	kiāo
6	廟、	miếu,	miáo,
7	頌	tụng	sóng
8	美	mĩ	mèi
9	先	tiên	siēn
10	王	vương	ouâng
11	先	tiên	siēn
12	公	công	kōng
13	之	chi	tchī

17	王	vương	ouâng
18	臣	thần	tch'în
19	使	sứ	ssè
20	客	khách	k'ě
21	之	chi	tchī
22	作。	tác.	tsó.
H.1	三	Tam	Sān
2	曰	viết	youe
3	大	Đại	Tá
4	雅。	nhã.	yà.
I.1	天	Thiên	T'iēn
2	子	tử	tsèu
3	宴	yến	yén
4	享	hưởng	hiàng
5	諸	Chư	Tchōu
6	侯、	hầu,	heôu,
7	卿、	Khanh,	K'īng,
8	士	Sĩ,	Ssé,
9	及	cập	kǐ
10	王	vương	ouâng
11	朝	triều	tch'âo
12	公	Công	Kōng
13	卿、	Khanh,	K'īng,
14	會	hội	hoéi
15	宴	yến	yén
16	陳	trần	tch'în
17	述	thuật	chǒu
18	之	chi	tchī
19	作。	tác.	tsó.
J.1	謂	Vị	Ouéi

18	惡、	ác,	ngǒ,
19	而	nhi	eûlh
20	知	tri	tchī
21	其	kì	k'î
22	政	chánh	tchíng
23	治	trị	tchî
24	之	chi	tchī
25	得	đắc	tě
26	失	thất	chǐ
27	焉。	diên.	yēn.
F.1	二	Nhị	Eúlh
2	曰	viết	youe
3	小	Tiểu	Siào
4	雅。	nhã.	yà.
G.1	諸	Chư	Tchōu
2	侯、	hầu,	heôu,
3	卿、	Khanh,	K'īng,
4	大	Đại	Tá
5	夫、	phu,	fōu,
6	朝	chầu	tch'âo
7	見	kiến	kién
8	天	Thiên	T'iēn
9	子、	tử,	tsèu,
10	及	cập	kǐ
11	列	liệt	liě
12	國	quấc	kouě
13	之	chi	tchī
14	君、	quân,	kiūn,
15	迎	nghinh	yîng
16	勞	lao	lâo

6	作。	tác.	tsó.
B.1	寓	Ngụ	Yú
2	褒	bao	pāo
3	貶、	biếm,	piền,
4	別	biệt	piĕ
5	善	thiện	chén
6	惡。	ác.	ngŏ.
C.1	孟	Mạnh	Méng
2	子	tử	tsèu
3	曰。	viết:	youĕ:
D.1	王	Vương	Ouâng
2	者	giả	tchè
3	之	chi	tchī
4	迹	tích	tsĭ
5	熄	tức	sĭ
6	而	nhi	eûlh

8	萇	Trường	Tch'âng
9	考	khảo	k'ào
10	定	định	tíng
11	成	thành	tch'îng
12	書。	thơ.	choū.
Q.1	或	Hoặc	Houĕ
2	謂	vị	ouéi
3	之	chi	tchī
4	毛	Mao	Mâo
5	詩。	thi.	chī.
R.1	朱	Châu	Tchoū
2	子	tử	tsèu
3	集	thập	tsĭ
4	註。	chú.	tchóu.
A.1	詩	Thi	Chī
2	既	kí	kí
3	亡、	vong,	ouâng,
4	春	Xuân	Tch'ūn
5	秋	thu	ts'ieōu

14	樂	nhạc	yŏ
15	章。	chương.	tchāng.
M.1	魯	Lỗ	Loù
2	頌、	tụng;	sóng;
3	商	Thương	Chāng
4	頌	tụng	sóng
5	附	phụ	foú
6	焉。	diên.	yēn.
N.1	通	Thông	T'ōng
2	爲	vi	ouêi
3	四	tứ	ssé
4	詩。	thi.	chī.
O.1	學	Học	Hiŏ
2	者	giả	tchè
3	所	sở	sò
4	當	đang	tāng
5	諷	phúng	fóng
6	誦	tụng	sóng
7	而	nhi	eûlh
8	詠	vịnh	yòng
9	歎	thán	t'án
10	之	chi	tchī
11	也。	dã.	yè.
P.1	秦	Tần	Ts'în
2	火	hoả	hò
3	之	chi	tchī
4	後、	hậu,	héou,
5	漢	Hán	Hán
6	儒	nhu	joû
7	毛	Mao	Mâo

4	存	tồn	ts'ûn	22	周	Châu	Tcheōu	7	詩	thi	chī
5	也。	dã.	yè.	23	召	Triệu	Tcháo	8	亾。	vong.	ouâng.
J.1	自	Tự	Tseú	24	之	chi	tchī	E.1	詩	Thi	Chī
2	東	đông	tōng	25	宏	hoằng	hông	2	亾、	vong,	ouâng,
3	遷	thiên	tsiēn	26	勲、	huân,	hiūn,	3	然	nhiên	jên
4	以	dĩ	yì	27	以	dĩ	yì	4	後	hậu	héou
5	來、	lai,	lâi,	28	及	cập	kĭ	5	春	Xuân	Tch'ūn
6	樂	Nhạc	Yŏ	29	豳	Mận	Pīn	6	秋	thu	ts'iēou
7	師	Sư	Ssē	30	風	Phong	Fōng	7	作。	tác.	tsŏ.
8	不	bất	poŭ	31	搫	bàn	p'ân	F.1	王	Vương	Ouâng
9	陳	trần	tch'în	32	業、	nghiệp,	niĕ,	2	者	giả	tchè
10	詩	thi	chī	33	宣	Tuyên	Siouēn	3	之	chi	tchī
11	而	nhi	eûlh	34	王	Vương	Ouâng	4	迹、	tích,	tsĭ,
12	風	Phong	Fōng	35	中	trung	tchōng	5	文	Văn	Ouên
13	亾。	vong.	ouâng.	36	興。	hưng.	hīng.	6	武	Võ	Vòu
K.1	諸	Chư	Tchōu	G.1	皆	Giai	Kiāi	7	之	chi	tchī
2	侯	Hầu	Heôu	2	見	kiến	kién	8	道	đạo	táo
3	不	bất	poŭ	3	於	ư	yū	9	也、	dã;	yè;
4	覲	cẩn	kín	4	四	tứ	ssé	10	如	như	jôu
5	天	Thiên	T'iēn	5	詩	thi	chī	11	文	Văn	Ouên
6	子	Tử	Tsèu	6	之	chi	tchī	12	之	chi	tchī
7	而	nhi	eûlh	7	篇。	thiên.	p'iēn.	13	謨、	mô,	môu,
8	小	Tiểu	Siào	H.1	是	Thị	Chí	14	武	Võ	Vòu
9	雅	Nhã	Yà	2	王	vương	ouâng	15	之	chi	tchī
10	亾。	vong.	ouâng.	3	者	giả	tchè	16	烈、	liệt,	liĕ.
L.1	天	Thiên	T'iēn	4	之	chi	tchī	17	成	Thành	Tch'ing
2	子	Tử	Tsèu	5	迹。	tích.	tsĭ.	18	康	Khang	K'āng
3	不	bất	poŭ	I.1	因	Nhơn	Yīn	19	之	chi	tchī
4	享	hưởng	hiàng	2	詩	thi	chī	20	盛	thạnh	chíng
5	諸	Chư	Tchōu	3	以	dĩ	yì	21	世、	thế,	chí,

6	之	chi	tchī
7	舊	cựu	kieóu
8	名	danh	mîng
9	也	dã.	yè.
Q.1	四	tứ	ssé
2	時	thì	chî
3	皆	giai	kiaī
4	備	bị	péi.
R.1	舉	Cử	Kiù
2	春	Xuân	Tch'ūn
3	秋	Thu	T'sieoū
4	以	dĩ	yì
5	為	vi	ouêi
6	名	danh	mîng
7	者	giả,	tchè,
8	取	thủ	t'siù
9	春	xuân	tch'ūn
10	生	sinh,	sēng,
11	秋	thu	t'sieoū
12	殺	sát	chă
13	之	chi	tchī
14	義	nghĩa.	yí.
S.1	寓	Ngụ	yú
2	王	vương	ouâng
3	者	giả	tchè
4	之	chi	tchī
5	大	đại	tá
6	權	quyền	k'iouên
7	也	dã.	yè.
T.1	周	Châu	Tcheoū

8	之	chi	tchī
9	末	mạt,	mŏ,
10	傷	thương.	chāng
11	王	vương	ouâng
12	政	chánh	tchíng
13	之	chi	tchī
14	不	bất	poŭ
15	行	hành,	hîng,
16	諸	Chư	Tchoū
17	侯	Hầu	Heoû
18	專	chuyên	tchouēn
19	恣	tứ,	t'sé,
20	於	ư	yû
21	是	thị	chí
22	自	tự	tseú
23	衛	Vệ	Ouéi
24	反	phản	fàn
25	魯	Lỗ,	Loù,
26	作	tác	tsŏ
27	春	Xuân	Tch'ūn
28	秋	Thu	T'sieoū
29	以	dĩ	yì
30	正	chính	tchíng
31	王	vương	ouâng
32	化	hóa.	hoá.
P.1	春	Xuân	Tch'ūn
2	秋	Thu	T'sieoū
3	者	giả	tchè
4	魯	Lỗ	Loù
5	史	sử	ssè

6	侯	Hầu	Heoû
7	而	nhi	eûlh
8	大	Đại	Tá
9	雅	Nhã	Yà
10	亡	vong.	ouâng.
M.1	諸	Chư	Tchoū
2	侯	Hầu	Heoû
3	不	bất	poŭ
4	助	trợ	tchoú
5	祭	tế	tsí
6	而	nhi	eûlh
7	頌	Tụng	Sóng
8	亡	vong.	ouâng.
N.1	詩	Thi	Chī
2	既	Kí	kí
3	亡	vong	ouâng
4	而	nhi	eûlh
5	王	vương	ouâng
6	者	giả	tchè
7	之	chi	tchī
8	迹	tích	tsĭ
9	熄	tức	sĭ
10	矣	hĩ.	yì.
O.1	故	Cố	Koú
2	孔	Khổng	K'òng
3	子	Tử	Tseù
4	生	sinh	sēng
5	於	ư	yû
6	東	Đông	Tōng
7	周	Châu	Tcheoū

6	十	thập	chi
7	二	nhì	eùlh
8	年	niên	niên
9	之	chi	tchī
10	事。	sự	ssé.
A'1	一	Nhứt	yĭ
2	字	tự	tsé
3	之	chi	tchī
4	褒	bao,	paō,
5	榮	vinh	yông
6	於	ư	yū
7	華	hoa	hoâ
8	袞	cổn.	kouèn.
B'1	一	Nhứt	yĭ
2	字	tự	tsé
3	之	chi	tchī
4	貶	biếm,	pièn,
5	肅	túc	soŭ
6	於	ư	yū
7	斧	phủ	foù
8	鉞	việt	youĕ.
C'1	孟	Mạnh	Méng
2	子	Tử	tseù
3	曰	viết:	youĕ.
D'1	孔	Khổng	Khòng
2	子	Tử,	tseù
3	成	thành	tch'îng
4	春	Xuân	tch'ūn
5	秋	Thu	ts'ieoū
6	而	nhi	eûlh

8	宣	Tuyên,	Siouēn,
9	成	Thành,	tch'îng,
10	襄	tương,	Siāng,
11	昭	Chiêu,	tchaō,
12	定	Định,	ting,
13	哀	Ai.	Ngaī.
X.1	至	Chí	tchí
2	獲	hoạch	houŏ
3	麟	Lân	Lîn
4	而	nhi	eûlh
5	絕	tuyệt	tsiouĕ
6	筆。	bút.	pĭ.
Y.1	傷	Thương	Chāng
2	非	phi	feī
3	時	thì	chî
4	而	nhi	eûlh
5	麟	Lân	Lîn
6	見	Kiến,	kién,
7	悲	bi	peī
8	王	vương	ouâng
9	道	đạo	taó
10	之	chi	tchī
11	不	bất	poŭ
12	復	phục	foŭ
13	也	dã.	yè.
Z.1	凡	Phàm	Fân
2	紀	Kỉ	kì
3	三	tam	Sān
4	百	bá	pĕ
5	四	tứ	ssé

2	衰	suy	choaī
3	于	vu	yū
4	東	đông	tōng
5	遷	thiên,	tsiēn,
1	春	Xuân	tch'ūn
2	秋	Thu	ts'ieoū
3	起	khỉ	k'ì
4	魯	Lỗ	Loù
5	隱	Ẩn	Yìn
6	公	Công	Kōng
7	元	nguyên	youên
8	年。	niên.	niên
U.1	當	Đang	Tang
2	平	Bình	P'îng
3	王	Vương	Ouâng
4	之	chi	tchī
5	末	mạt,	mŏ,
6	東	đông	tōng
7	周	Châu	tcheoū
8	之	chi	tchī
9	始	thỉ	chì
10	王	vương	ouâng
11	也	dã.	yè.
V.1	歷	Lịch	Lĭ
2	隱	Ẩn,	Yìn,
3	桓	Hoàn,	ouân,
4	莊	Trang,	tchouāng
5	閔	Mẫn,	Mìn,
6	僖	Hi.	Hī,
7	文	Văn,	Ouên,

7	亂	loạn	loán
8	臣	thần	tch'în
9	賊	tặc	tsě
10	子	tử	tseù
11	懼。	cụ.	kiú.
E.1	謂	Vị	Ouéi
2	其	Kì	k'î
3	賞	thưởng	chàng
4	罰	phạt	fă
5	章	chưởng	tchâng
6	而	nhi	eûlh
7	善	thiện	chén
8	惡	ác	ngŏ
9	明，	minh,	mîng,
10	亂	Loạn	loán
11	臣	thần	tch'în
12	賊	tặc	tsě
13	子	tử,	tseù,
14	無	Vô	voû
15	所	Sở	sò
16	逃	đào	t'ao
17	罪	tội	tsouí
18	於	ư	yû
19	天	thiên	t'iēn
20	地	địa	tí
21	之	chi	tchī
22	間	gian	kiēn
23	也	dã.	yè.

A.1	三	Tam	Sān
2	傳	truyện	tch'ouên
3	者	giả;	tchè,
4	有	hữu	yeoù
5	公	Công	Kông
6	羊	Dương,	Yâng,
7	有	hữu	yeoù
8	左	Tả	Tsò
9	氏	Thị,	chí,
10	有	hữu	yeoù
11	穀	Cốc	Koŭ
12	梁。	Lương	Leâng.

B.1	傳	Truyện	Tch'ouên
2	者	giả	tchè
3	所	Sở	Sò
4	以	dĩ	yì
5	釋	thích	chí
6	春	Xuân	Tch'ūn
7	秋	Thu	Ts'ieoū
8	之	chi	tchī
9	義	nghĩa	yí
10	也。	dã.	yè.
C.1	傳	Truyện	Tch'ouên
2	春	Xuân	Tch'ūn
3	秋	Thu	Ts'ieoū
4	者	giả	tchè
5	不	bất	poŭ
6	一，	nhứt,	yĭ,
1	而	nhi	eûlh
2	三	tam	Sān
3	傳	truyện	tch'ouên
4	最	tối	tsouí
5	著。	trứ.	tchoú.
D.1	一	Nhứt	yĭ
2	曰	viết	youĕ
3	左	Tả	Tsò

12 也 dã. yè.
H.1 二 nhị eùlh
2 曰 viết youé
3 公 Công Kông
4 羊 Dương Yâng
5 傳。 truyền. tch'ouên.
I.1 公 Công Kông
2 羊 Dương Yâng
3 高 Cao Kaô
4 魯 Lỗ Loù
5 人 nhơn jîn
6 也。 dã. yè.
J.1 三 tam Sān
2 曰 viết youé
3 穀 Cốc Koŭ
4 梁 Lương Leâng
5 傳。 truyền. tch'ouên.
K.1 穀 Cốc Koŭ
2 梁 Lương Leâng
3 赤 Xích tch'ĭ
4 子 tử tseù
5 夏 Hạ Hiá
6 弟 đệ tí
7 子 tử tseù
8 也。 dã. yè.
L.1 二 nhị eùlh
2 傳 truyền tch'ouên
3 各 các kŏ
4 有 hữu yeoù
5 短 đoản toàn

2 天 Thiên T'ien
3 子 Tử tseù
4 諸 Chư tchoū
5 侯 Hầu Heoû
6 之 chi tchī
7 事 sự, ssé,
8 兵 binh pīng
9 革 cách kĕ
10 禮 lễ lì
11 幣 tệ pí
12 之 chi tchī
13 交 giao, kiaō
14 興 hưng hīng
15 衰 suy choaī
16 存 tồn t'sûn
17 滅 diệt miĕ
18 之 chi tchī
19 故 cố, koú,
20 賢 hiền hiên
21 奸 gian kien
22 淑 thục choŭ
23 慝 nặc t'ĕ
24 之 chi tchī
25 分 phân, fen
26 非 phi feī
27 左 tả tsò
28 氏 thị chí
29 則 tắc tsĕ
30 不 bất poŭ
31 詳 tường t'siâng

4 氏 Thị Chí
5 傳。 truyền. tch'ouên.
E.1 左 tả tsò
2 邱 Khâu Kieoū
3 明 minh mîng
4 魯 Lỗ Loù
5 之 chi tchī
6 賢 hiền hiên
7 人 nhơn jîn
8 也。 dã. yè.
F.1 其 Kì K'î
2 傳 truyền tch'ouên
3 春 Xuân tch'ūn
4 秋 Thu, T'sieoū
5 用 dụng yóng
6 編 biên pien
7 年 niên niên
8 紀 kỉ kì
9 事 sự ssé
10 之 chi tchī
11 體 thể, t'ì,
12 而 nhi eûlh
13 詳 tường t'siâng
14 著 trứ tchoú
15 於 ư yū
16 每 mỗi meì
17 年 niên niên
18 之 chi tchī
19 後。 hậu heoú.
G.1 凡 Phàm Fân

7	數。	Sồ'	Soú.
T.1	今	Kim	Kīn
2	者	giả	tchè
3	考	Khảo	k'aó
4	時	thì	chî
5	紀	Kỉ	kì
6	事	sự	ssé,
7	則	tắc	tsĕ
8	折	chiết	tchĕ
9	衷	trung	tchōng
10	於	ư	yū
11	三	tam	Sān
12	傳。	truyền.	tch'ouên.
U.1	斷	Đoán	Toán
2	制	chế	tchí
3	取	thủ	t'siù
4	法	pháp,	fă,
5	則	tắc	tsĕ
6	用	dụng	yóng
7	眾	Tổng	Sóng
8	儒	nhu	joû
9	胡	Hồ'	Hoû
10	安	An	Ngān
11	國	Quấc	Kouĕ
12	傳。	truyền	tch'ouên.

A.1	經	Kinh	King

5	何	Hà	Hô
6	休	Hưu	Hieoū
7	註。	chú	tchoú.
P.1	穀	Cốc	Koŭ
2	梁	Lương	Leâng
3	有	hữu	yeoù
4	晉	tấn	tsín
5	范	Phạm	Fán
6	甯	Ninh	Nîng
7	註。	chú.	tchoú
Q.1	春	Xuân	Tch'ūn
2	秋	Thu	T'sieoū
3	言	ngôn	yên
4	簡	giản,	kièn,
5	意	ý	yí
6	深	thâm	chīn
7	非	phi	fei
8	傳	truyền	tch'ouên
9	不	bất	poŭ
10	明。	minh	mîng
R.1	故	Cố'	Koú
2	并	tịnh	píng
3	存	tồn	t'sûn
4	之。	chi.	tchī.
S.1	列	Liệt	Liĕ
2	於	ư	yū
3	十	thập	chĕ
4	三	tam	Sān
5	經	Kinh	king
6	之	chi	tchī

6	長	trưởng	tch'âng
7	同	đồng	tông
8	異。	dị.	yí.
M.1	皆	giai	Kiaī
2	論	luận	lún
3	斷	đoán	toán
4	春	Xuân	Tch'ūn
5	秋	Thu	T'sieoū
6	之	chi	tchī
7	大	đại	tá
8	義	nghĩa,	yí,
9	表	biểu	piaò
10	章	chương	tchāng
11	善	thiện	chén
12	惡	ác	ngŏ
13	之	chi	tchī
14	微	vi	ouêi
15	辭	từ	t'sê
16	也。	dã.	yè.
N.1	左	Tả	Tsò
2	傳	truyền	tch'ouên
3	有	hữu	yeoù
4	晉	tấn	tsín
5	杜	Đỗ	Toú
6	預	Dự	Yú
7	註。	chú.	tchoú.
O.1	公	Công	Kōng
2	羊	Dương	Yâng
3	有	hữu	yeoù
4	漢	Hán	Hán

2	既	Kí	kì
3	明、	minh	mîng,
4	方	phương	fāng
5	讀	độc	toǔ
6	子、	tử.	tsèu.
B.1	撮	toát	ts'ŏ
2	其	Kì	k'î
3	要、	yếu,	yaō,
4	記	Kí	kí
5	其	Kì	k'î
6	事。	sự.	ssé.
C.1	四	tứ	ssé
2	書	thơ	choū
3	六	Lục	loǔ
4	經	Kinh,	kīng,
5	皆	giai	kiāi
6	經	Kinh	kīng
7	也。	dã.	yè.
D.1	故	Cố	koú
2	不	bất	poǔ
3	可	Khả	k'ò
4	不	bất	poǔ
5	熟	thục	choǔ
6	讀、	độc,	toǔ,
7	而	nhi	eûlh
8	考	Khảo	k'aò
9	其	Kì	k'î
10	義	ngãi	yí
11	理	lý	lì
12	之	chi	tchī
13	精	tinh	tsīng
14	微	vi	ouêi
15	矣。	hĩ.	yì.
E.1	若	Nhược	jŏ
2	經	Kinh	kīng
3	學	học	hiŏ
4	既	Kí	kí
5	明、	minh,	mîng,
6	又	hựu	yeóu
7	不	bất	poǔ
8	可	Khả	k'ò
9	不	bất	poǔ
10	旁	bàng	p'âng.
11	採	thể	ts'ai
12	諸	chư	tchoū
13	子	tử	tsèu
14	而	nhi	eûlh
15	讀	đọc	toǔ
16	之。	chi.	tchī.
F.1	但	Đãn	táu
2	諸	chư	tchoū
3	子	tử	tsèu
4	之	chi	tchī
5	書	thơ,	choū,
6	醇	thuần	chûn
7	疵	tì	ts'ē
8	互	hỗ	hoú
9	見。	Kiến.	kién.
G.1	必	bất	pǐ
2	當	đang	tāng
3	撮	toát	ts'ŏ
4	取	thủ	ts'iù
5	其	Kì	k'î
6	簡	giản	kièn
7	要	yếu	yaō
8	之	chi	tchī
9	言、	ngôn,	yên
10	以	dĩ	yì

11	老	Lão	Laò
12	莊。、	Trang.	Tchoang.
B.1	四	tứ	Tseū
2	書	thơ	choū
3	百	bá	pĕ
4	家	gia	kiā
5	浩	hảo	haò
6	繁	phiền	fân
7	不	bất	poŭ
8	可	khả	k'ò
9	勝	thắng	chīng
10	紀。、	kỉ.	kì.
C.1	就	tựu	tsieoú
2	其	kỳ	k'î
3	最	tối	tsouí
4	善	thiện	chén
5	者	giả	tchè
6	而	nhi	eulh
7	讀	độc	toŭ
8	之、	chi,	tchī,
9	則	tắc	tsĕ
10	有	hữu	yeoù
11	五	ngũ	où
12	子。、	Tử.	Tseù
D.1	曰	Viết:	Youĕ:
2	老	Lão	Lào
3	子	Tử:	Tseù.

A.1	五	Ngũ	Où
2	子	Tử	Tseu
3	者、	giả,	tchè,
4	有	hữu	yeoù
5	荀	Tuân	Sún
6	楊、	Dương,	Yâng,
7	文	Văn	Ouên
8	中	Trung	Tchōng
9	子。	Tử;	Tseù,
10	及	Cập	kî

11	裨	phi	peī
12	正	chánh	tchíng
13	學、	học,	hiŏ,
14	記	kí	kí
15	憶	ức	yĭ
16	其	kì	k'î
17	事	sự	sé
18	跡	tích	tsĭ
19	之	chi	tchī
20	實、	thật;	chĭ,
21	以	dĩ	yì
22	備	bị	peí
23	參	tham	ts'ān
24	考。、	Khảo.	k'aò.
H.1	則	tắc	tsĕ
2	所	sở	sò
3	學	học	hiŏ
4	日	nhựt	jĭ
5	進	tấn	tsín
6	於	ư	yū
7	淹	yêm	yēn
8	博、	bác,	pŏ,
9	而	nhi	eûlh
10	不	bất	poŭ
11	至	chí	tchí
12	流	lưu	lieôu
13	於	ư	yū
14	邪	tà	siê
15	僻	tịch	p'ĭ
16	矣	hĩ.	yì.

1	姓	Tánh	Síng
2	李、	Lý,	Lỷ,
3	名	danh	mîng
4	耳、	Nhũ,	Eùlh
5	字	tự	tsẻu
6	伯	Bác	Pě
7	陽、	Dưóng,	yâng,
8	亳	Bạc	Pŏ
9	邑	ấp	yǐ
10	人、	nhón,	jîn,
E.1	東	Đống	Tōng
2	周	Châu	Tcheoū
3	時	thì	chî
4	爲	vi	ouêi
5	柱	trụ	tchóu
6	下	hạ	hiá
7	史、	sử,	Sòe
F.1	作	Tác	Tsó
2	道	Đạo	Táo
3	德	đức	tě
4	經	Kinh	kīng
5	五	ngũ	où
6	千	thiên	t'siēn
7	言。	ngôn.	yên.
G.1	莊	Trang	Tchoāng
2	子	Tử,	Tseù,
3	名	danh	mîng
4	周、	Châu,	Tcheoū
5	字	tự	tseú
6	子	Tử	Tseù
7	休、	Hưu.	Hieoū.
H.1	楚	Sở	T'soù
2	蒙	Mông	Mông
3	城	thành	tch'îng
4	人。	nhón.	jîn.
I.1	爲	Vi	Ouêi
2	漆	tất	t'sǐ
3	園	viên	youên
4	令。	linh.	lîng.
J.1	作	Tác	Tsó
2	南	Nam	Nân
3	華	Hoa	Hoâ
4	經。	kinh.	kīng;
K.1	荀	Tuân	Sún
2	子	Tử,	Tseù
3	名	danh	mîng
4	卿	Khanh	k'īng,
5	楚	Sở	T'soù
6	蘭	Lan	Lân
7	陵	Lăng	Lîng
8	人。	nhón.	jîn
L.1	作	Tác	Tsó
2	荀	Tuân	Sún
3	子	Tử	Tseù
4	上	thượng	cháng
5	下	ha	hiá
6	二	nhi	eúlh
7	篇。	thiên;	p'iēn.
M.1	楊	Dưóng	yâng
2	子	Tử,	Tseù,
3	名	danh	mîng
4	雄、	Hùng,	Hiông,
5	漢	Hán	Hán
6	成	thành	tch'îng
7	都	Đô	Toū
8	人。	nhón.	jîn.
N.1	作	Tác	Tsó
2	太	Thái	T'ái
3	元	Nguón	Youên
4	經	kinh,	kīng,
5	法	pháp	Fă
6	言	Ngôn	Yên,
7	二	nhi	eúlh
8	書。	thơ;	choū;
O.1	文	Văn	Ouên
2	中	Trung	Tchōng
3	子	Tử,	Tseù,
4	姓	tánh	Síng
5	王、	Vuóng,	Ouâng,
6	名	danh	mîng
7	通	Thông	T'ōng
8	字、	tự	tseú
9	仲	Trong	Tchóng
10	淹。	Yêm	Yēn.
P.1	隋	Tùy	Souî
2	龍	Long	Lông
3	門	Môn	Môn
4	人。	nhón.	jîn.
Q.1	作	Tác	Tsó
2	元	Nguyên	Youên

2	醇	thuần	chûn
3	而	nhi	eûlh
4	小	tiểu	siaò
5	疵。	tì.	t'sê:
B'1	文	Văn	Ouên
2	中	trung	tchōng
3	中	Trung	Tchōng
4	說	thuyết	chouĕ
5	擬	nghĩ	yì
6	論	Luận	Lûn
7	語	ngữ;	yù,
8	而	nhi	eûlh
9	人	nhơn	jîn
10	非	phi	fai
11	其	kì	k'î
12	倫。	luân.	lûn.
C'1	元	Nguyên	Youên
2	經	Kinh	kīng
3	比	tỉ	pì
4	春	Xuân	Tch'ūn
5	秋	Thu.	T'sieoū.
D'1	尊	Tôn	Toūn
2	纂	Soán	tsoán
3	晉、	Tấn	Tsín
4	帝	đế	tí
5	北	bắc.	pĕ.
6	魏。	Ngụy,	Ouéi.
E'1	非	Phi	Fei
2	春	Xuân	Tch'ūn

3	寓	ngụ	yú
4	言	ngôn	yên
5	翫	ngoạn	ouán
6	世。	thế.	chí.
1	以	Dĩ	Yi
2	離	li	lî
3	羣	quần	k'iûn
4	絕	tuyệt	tsiouĕ
5	俗	tục	soŭ
6	爲	vi	ouêi
7	高。	cao.	kaō.
Y.1	荀	Tuân	Sún
2	子	Tử	Tseù
3	言	ngôn	yên
4	性	tính	síng
5	命	mạng	míng
6	之	chi	tchī
7	學、	học,	hiŏ,
8	擇	trạch	tsĕ
9	焉	diên	yēn
10	而	nhi	eûlh
11	不	bất	poŭ
12	精。	tinh:	t'sīng.
Z.1	揚	Dương	yâng.
2	子	Tử	Tseù
3	擬	nghĩ	yì
4	易	Diệc	yĭ
5	立	lập	lĭ
6	言。	ngôn.	yên.
A'1	大	Đại	Tá

3	經	Kinh	kīng
4	中	Trung	Tchōng
5	說	thuyết	chouĕ
6	二	nhị	eúlh
7	書。	thơ.	choū.
R1	謚	Thụy	Yí
2	文	Văn	Ouên
3	中	Trung	Tchōng
4	子。	Tử.	Tseù.
S.1	五	Ngũ	Où
2	子	tử	tseù
3	大	đại	tá
4	義。	ngãi;	yí;
T.1	老	Lão	Laò
2	子	Tử	Tseù
3	不	bất	poŭ
4	矜	cang	kīng
5	名、	danh,	mîng,
6	不	bất	poŭ
7	炫	huyễn	hiouén
8	德、	đức.	tŏ.
U.1	以	Dĩ	Yì
2	清	thanh	t'sīng
3	靜	tịnh	tsíng
4	無	vô	voû
5	爲	vi	ouêi
6	爲	vi	ouêi
7	尚。	thướng.	cháng.
V.1	莊	Trang	Tchoāng
2	子	tử	Tseù

3	秋	thu	t'sieou
4	之	chi	tchi
5	旨。	chỉ.	tchì.
F.1	學	Học	hiŏ
2	者	giả	tchè
3	但	đản	tán
4	翫	ngoạn	ouán
5	文	văn	ouên
6	取	thủ	t'siù
7	義	nghĩa,	yí,
8	而	nhi	eûlh
9	不	bất	poŭ
10	泥	nê	ní
11	於	ư	yū
12	辭	từ,	t'sê,
13	可	Khả	k'ò
14	也。	dã.	yè.

A.1	經	Kinh	King
2	子	tử	tsèu
3	通	thông,	t'ong
4	讀	đọc	toŭ
5	諸	chư	tchou
6	史。	Sử.	Ssè.
B.1	考	Khảo	K'ào
2	世	thế	chí
3	系。	hệ,	hí,
4	知	tri	tchī
5	終	chung	tchōng
6	始。	thỉ.	chì
C.1	六	Lục	Loŭ
2	經	Kinh	King

3	諸	chư	tchou
4	子	tử,	tsèu
5	既	kí	kí
6	通、	thông,	t'ong,
7	然	nhiên	jên
8	後、	hậu	heoú
9	諸	chư	tchou
10	史	sử,	ssè
11	可	Khả	k'ò
12	讀	đọc	toŭ
13	也。	dã.	yè.
D.1	史	Sử,	Ssè
2	書	thơ	choū
3	紀	Kỉ	kì
4	一	nhứt	yĭ
5	代	đại	tái
6	治	thì	tchî
7	亂	loạn	loán
8	興	hưng	hīng
9	亡	vong	ouâng
10	之	chi	tchī
11	事、	sự,	ssé,
12	君	quân	kiūn
13	之	chi	tchī
14	聖	thánh	chíng
15	狂、	cuồng,	k'ouâng
16	臣	thần	tch'în
17	之	chi	tchī
18	賢	hiền	hiên
19	奸、	gian	kiēn

6	紀	kỉ,	kì,
7	臣	thần	tch'ên
8	有	hữu	yeoù
9	列	liệt	liě
10	傳	truyện,	tch'ouên,
11	政	chính	tchíng
12	事	sự	ssé
13	有	hữu	yeoù
14	志	chí	tchí
15	有	hữu	yeoù
16	表	biểu.	piaò.
K.1	通	Thông	T'ông
2	鑑	giám	kién
3	則	tắc	tsě
4	編	biên	pien
5	年	niên	niên
6	叙	tự	siú
7	事	sự	ssé
8	而	nhi	eûlh
9	已	dĩ.	yì.
L.1	其	Kì	K'î
2	事	sự	ssé
3	則	tắc	tsě
4	本	bổn	pén
5	於	ư	yū
6	國	quấc	kouě
7	史	sử	ssè
8	也	dã	yè.
A.1	自	Tự	Tséu
2	羲	Hi	Hi

4	一	nhứt	yǐ.
5	朝	triều	tch'âo
6	之	chi	tchī
7	事	sự,	ssé,
8	如	như	joû
9	漢	Hán	Hán
10	書	thơ;	choū,
11	晉	Tấn	Tsín
12	書	thơ	choū
13	之	chi	tchī
14	類	loại	louï.
J.1	通	Thông	T'ōng
2	史	sử	ssè
3	紀	kỉ	kì
4	古	cổ	koù
5	今	kim	kīn
6	之	chi	tchī
7	事	sự,	ssé,
8	如	như	joû
9	通	Thông	T'ōng
10	鑑	giám	kién
11	綱	cang	kāng
12	目	mục	moŭ
13	之	chi	tchī
14	類	loại.	louï.
1	國	quấc	Kouě
2	史	sử;	ssè,
3	君	quân	kiūn.
4	有	hữu	yeoù
5	本	bổn	pén

20	世	thế	chí
21	系	hệ	hí
22	之	chi	tchī
23	傳	truyện	tch'ouên
24	授	thọ,	cheóu,
25	始	thỉ	chī
26	終	chung	tchōng
27	之	chi	tchī
28	歲	tuế	souí
29	年	niên,	niên,
E.1	可	Khả	K'ò
2	得	đắc	tě
3	而	nhi	eûlh
4	考	khảo	k'aò
5	也	dã.	yè.
F.1	史	Sử	Ssè
2	書	thơ	choū
3	之	chi	tchī
4	體	thể	t'ì
5	有	hữu	yeoù
6	二	nhi.	eúlh.
G.1	曰	Viết	Youě
2	通	thông	t'ōng
3	史	sử,	ssè,
4	曰	viết	youě
5	國	quấc	kouě
6	史	sử.	ssè.
H.1	國	Quấc	Kouě
2	史	sử	ssè
3	紀	kỉ	kì

3	農	Nông	Nông
4	至	chí	tchi
5	黃	Huỳnh	Hoâng
6	帝。	Đế	ti,
7	號	hiệu	hào
8	三	Tam	San
9	皇。	Hoàng	Hoâng,
10	居	Cư	kiu
11	上	thượng	chang
12	世。	thế	chi.
B.1	洪	Hồng	Hông
2	荒	hoang	hoâng
3	之	chi	tchi
4	始、	thỉ,	chi,
5	混	hỗn	hoèn
6	沌	độn	tùn
7	之	chi	tchi
8	初、	sơ,	t'sou;
9	伏	Phục	Fou
10	羲	Hi	Hi
11	以	dĩ	yì
12	前、	tiền,	t'sièn,
13	雖	tuy	souï
14	有	hữu	yeòu
15	君	quân	kiun
16	長、	trưởng,	tch'ang,
17	不	bất	pou
18	可	khả	k'ò
19	得	đắc	tĕ
20	而	nhi	eulh
21	詳	tường	t'siang
22	也、	dã.	yè.
C.1	故	Cố	Kou
2	司	Tư	Sse
3	馬	Mã	Mà
4	遷	Thiên	Ts'ien
5	作	tác	tsó
6	史	Sử	Ssè
7	記	Kí	kì
8	以	dĩ	yì
9	伏	Phục	Fou
10	羲	Hi	Hi
11	為	vi	ouêi
12	始。	thỉ	chi
D.1	太	Thái	T'ái
2	昊	Hiệu	Hao
3	伏	Phục	Fou
4	羲	Hi	Hi
5	氏。	thị.	chi.
E.1	始	Thỉ	Chi
2	制	chế	tchi
3	文	văn	ouên
4	字	tự,	tseu,
5	首	thủ	cheòu
6	畫	họa	hoá
7	八	Bát	Pă
8	卦。	quái.	Koua.
F.1	為	Vi	Ouêi
2	萬	vạn	ouán
3	世	thế	chi
4	文	văn	ouên
5	明	minh	ming
6	之	chi	tchi
7	祖。	tổ.	tsoù.
G.1	炎	Viêm	Yên
2	帝	Đế	ti
3	神	Thần	Chin

4	農	nông	nông
5	氏	thị.	chi.
H.1	始	Thỉ	Chĭ
2	爲	vi	ouêi
3	耒	lối	louì
4	耜、	chủy,	ssé,
5	樹	thụ	choú
6	藝	nghệ	yí
7	五	Ngũ	Où
8	穀。	Cốc.	Koŭ.
I.1	立	Lập	Lĭ
2	生	sinh	Sēng
3	民	dân	mîn
4	養	dưỡng	yàng
5	育	dục	yŭ
6	之	chi	tchī
7	源。	nguyên.	youên.
J.1	黃	Huỳnh	Hoâng
2	帝	Đế	Tí
3	有	Hữu	yeoù
4	熊	Hùng	Hiông
5	氏、	thị,	chí,
6	制	chế	tchí
7	衣	y	yī
8	裳、	thường	tch'âng
9	定	định	tíng
10	禮	lễ	lì
11	儀、	nghi.	yî.
K.1	文	Văn	Ouên
2	明	minh	mîng

3	大	đại	tá
4	備。	bị	péi.
L.1	品	Phẩm	P'ìn
2	物	vật	Vŏu
3	咸	hàm	hiên
4	亨。	hưởng,	hēng,
M.1	作	Tác	Tsó
2	萬	vạn	ouán
3	國	quấc	kouĕ
4	具	cụ	kiú
5	瞻	chiêm	tchān
6	之	chi	tchī
7	表。	biểu	piaò
N.1	後	Hậu	Heóu
2	世	thế	chí
3	首	thủ	cheoù
4	崇、	sùng.	ts'ông.
O.1	祀	Tự	Ssé
2	典	điển,	tièn,
3	以	dĩ	yì
4	羲	Hi,	Hī,
5	農	Nông,	Nông,
6	黃	Huỳnh	Hoâng
7	帝	Đế	Tí
8	爲	vi	ouêi
9	三	tam	Sān
10	皇。	hoàng.	hoâng.
P.1	史	Sử	Ssè
2	記	Kí	kí
3	列	liệt	liĕ

4	於	ư	yū
5	前	tiền	ts'iên
6	編、	biên,	piēn,
7	爲	vi	ouêi
8	千	thiên	ts'iēn
9	古	cổ	koù
10	帝	đế	tí
11	王	vương	ouâng
12	之	chi	tchī
13	冠。	quán	kouán.
A.1	唐	Đàng	T'âng
2	有	hữu	yeoù
3	虞。	ngu,	yû,
4	號	hiệu	hâo
5	二	nhị	éulh
6	帝。	Đế.	tí.

B.1	相	Tương	Siāng
2	揖	ấp	yǐ
3	遜	tốn,	sún,
4	稱	xưng	tch'ĭng
5	盛	thạnh	chíng
6	世。	thế.	chí.
C.1	黃	Huỳnh	Hoâng
2	帝	Đế	Tí
3	之	chi	tchī
4	子、	tử,	tsèu,
5	少	Thiểu	Chaò
6	昊	Hiệu,	Hao,
7	金	Kim	Kin
8	天	thiên	T'iēn
9	氏、	thị,	chí,
10	在	tại	tsoái
11	位	vị.	ouéi
12	八	bát	pǎ
13	十	thập	chǐ
14	四	tứ	ssé
15	年。	niên.	niên
D.1	黃	Huỳnh	Hoâng
2	帝	Đế	Tí
3	之	chi	tchī
4	孫、	tôn,	sūn,
5	顓	Chuyên	Tchouēn
6	頊	Húc	Hiǒ
7	高	Cao	Kāo
8	陽	Dương	Yâng
9	氏、	thị,	chí,
10	在	tại	tsoái
11	位	vị	ouéi
12	七	thất	tsǐ
13	十	thập	chǐ
14	五	ngũ	où
15	年。	niên.	niên.
E.1	金	Kim	Kin
2	天	Thiên	T'iēn
3	之	chi	tchī
4	孫	tôn	sūn
5	帝	Đế	Tí
6	嚳、	Cốc	Kǒ
7	高	Cao	Cāo
8	辛	Tân	Sīn
9	氏、	thị,	chí,
10	在	tại	tsoái
11	位	vị	ouéi
12	七	thất	tsǐ
13	十	thập	chǐ
14	年。	niên.	niên.
F.1	並	Tinh	Píng
2	堯	Nghiêu	yâo
3	舜	Thuấn	Chùn
4	為	vi	ouêi
5	五	Ngũ	Où
6	帝	Đế,	Tí,
G.1	作	Tác	Tsó
2	者	giả	tchè
3	但	đản	tán
4	言	ngôn	yên
5	堯	Nghiêu	Yâo
6	舜	Thuấn	Chùn
7	者、	giả,	tchè,
8	以	dĩ	yì
9	其	kì	k'î
10	功	công	kōng
11	德	đức	tě
12	最	tối	tsouí
13	高	cao	kāo
14	也。	dã.	yè.
H.1	帝	Đế	Tí
2	堯	Nghiêu	Yâo
3	陶	Đào	T'âo

4	唐	Đàng	T'âng
5	氏	thị	chí
6	高	Cao	Kao
7	辛	Tân	Sin
8	少	thiểu	chào
9	子	tử.	tseù.
I.1	兄	Huynh	Hiōng
2	帝	đế	tí
3	摯	Chí	Chí
4	無	vô	voû
5	道	đạo.	taó.
J.1	諸	Chư	Tchoū
2	侯	hầu	heoû
3	廢	phế	feí
4	之	chi	tchī
5	而	nhi	eûlh
6	立	lập	lí
7	堯	Nghiêu.	Yâo.
K.1	自	tự	Tseú
2	唐	Đàng	T'âng
3	侯	hầu	heoû
4	而	nhi	eûlh
5	為	vi	ouêi
6	天	thiên	T'iēn
7	子	tử.	Tseù.
L.1	其	Kì	K'î
2	始	thỉ	chì
3	封	phong	fōng
4	於	ư	yū
5	陶	Đào.	T'aô.

M.1	故	Cố	Koú
2	號	hiệu	hâo
3	陶	Đào	T'âo
4	唐	Đàng	T'âng
5	氏	thị.	chí.
N.1	堯	Nghiêu	Yâo
2	之	chi	tchī
3	為	vi	ouêi
4	君	quân	kiūn
5	也	dã,	yè,
6	其	kì	k'î
7	仁	nhơn	jîn
8	如	như	joû
9	天	thiên,	t'iēn,
10	其	kì	k'î
11	智	trí	tchí
12	如	như	joû
13	神	thần.	chîn.
O.1	巍	Nguy	Ouêi
2	巍	nguy	ouêi
3	蕩	đãng	t'áng
4	蕩	đãng,	t'áng,
5	民	dân	mîn
6	無	vô	voû
7	能	năng	nêng
8	名	danh.	mîng.
P.1	在	tại	Tsái
2	位	vị	ouéi
3	七	thất	tsī
4	十	thập	chî

5	二	nhị	eúlh
6	年	niên.	niên.
Q.1	有	Hữu	Yeoù
2	子	tử	tseù
3	弗	phất	foŭ
4	肖	tiêu.	siáo.
R.1	求	Cầu	K'ieôu
2	賢	hiền	hiên
3	而	nhi	eûlh
4	禪	thiền	chén
5	於	ư	yū
6	虞	Ngu	Yû
7	是	Thị	Chí
8	為	vi	ouêi
9	帝	Đế	Tí
10	舜	Thuấn.	Chún.
S.1	有	Hữu	Yeoù
2	虞	Ngu	Yû
3	氏	Thị	chí
4	舜	Thuấn.	Chún.
T'1	黃	Huỳnh	Hoâng
2	帝	Đế	Tí
3	之	chi	tchī
4	裔	duệ	yí
5	孫	tôn.	Sūn.
1	父	Phụ	Foú
2	頑	ngoan,	ouân,
3	母	mẫu	moù
4	嚚	ngân,	yîn,
5	克	Khắc	k'ĕ

6	年、	niên,	niên,
7	而	nhi	eûlh
8	禅	thiện	chén
9	於	ư	yû
10	禹。	Vũ.	Yù.
D.1	唐	Đàng	T'âng
2	虞	Ngu	Yû
3	之	chi	tchī
4	際、	tế,	tsí,
5	世	thế	chí
6	樂	lạc	lŏ
7	雍	ung	yōng
8	熙、	hi.	hī.
E.1	揖	Thiệp	Yí
2	遜	tốn	sún
3	而	nhi	eûlh
4	有	hữu	yeoù
5	天	thiên	t'iēn
6	下、	hạ,	hiá.
F.1	可	Khả	K'ŏ
2	謂	vị	ouéi
3	盛	thạnh	ching
4	矣、	hĩ.	yì.
5	蓋	Cái	Kái
6	自	tự	tseú
7	黃	Huỳnh	Hoâng
8	帝	Đế	Tí
9	以	dĩ	yì
10	來、	lai,	lại,
11	始	thỉ	chì

Z.1	舉	Cử	Kiù
2	用	dụng	yóng
3	九	cửu	kieoù
4	官	quan	kouān
5	十	thập	chĕ
6	二	nhị	eúlh
7	牧、	mục,	moŭ,
8	八	bát	pă
9	元、	nguơn,	youên,
10	八	bát	pă
11	愷	Khải	k'aì
12	之	chi	tchī
13	賢。	hiền.	hiên.
A.1	誅	Tru	Tchoū
2	四	tứ	soé
3	凶	hung	hiōng
4	之	chi	tchī
5	不	bất	poŭ
6	肖。	tiếu.	siaó.
B.1	使	Sử	Soè
2	禹	Vũ	Yù
3	治	trị	tchí
4	水	thủy	choùi
5	成	thành	tch'îng
6	功、	công.	kōng.
C.1	在	tại	tsái
2	位	vị	ouéi
3	六	lục	loŭ
4	十	thập	chĕ
5	一	nhứt	yĭ

6	諧	hài	hiâi
7	以	dĩ	yì
8	孝。	hiếu.	hiáo.
U.1	耕	Canh	Kēng
2	稼	giá	kiá
3	陶	đào	t'aô
4	漁、	ngư.	yû.
V.1	日	Nhựt	Jĭ
2	彰	chương	tchāng
3	其	kì	k'î
4	德。	đức.	tĕ.
X.1	四	Tứ	Ssé
2	岳	nhạc	yŏ
3	薦	tiến	tsién
4	之	chi	tchī
5	於	ư	yû
6	堯。	Nghiêu.	Yâo.
Y.1	妻	Thê	Ts'ī
2	之	chi	tchī
3	以	dĩ	yì
4	二	nhị	eúlh
5	女、	nữ,	niù
6	俾	tĩ	pèi
7	總	tổng	tsòng
8	百	bá	pĕ
9	揆、	quì,	k'ouêi
10	後	hậu	heóu
11	遜	tốn	sún
12	以	dĩ	yì
13	位。	vị.	ouéi.

B1	二	Nhị	Eúlh
2	帝	Đế	Tí
3	之	chi	tchī
4	盛	thạnh	ching
5	為	vi	ouêi
6	君	quân	kiūn
7	道	đạo	taó
8	立	lập	lĭ
9	極。	cực.	kĭ.
C1	繼	Kế	Kí
2	其	Kì	kî
3	盛	thạnh	ching
4	者	giả	tchè,
5	則	tắc	tsĕ
6	有	hữu	yeoù
7	三	tam	sān
8	王	vuông.	ouâng
D1	夏	Hạ	Hiá
2	后	Hậu	Heóu
3	氏	Thị	Chí
4	之	chi	tchī
5	君	quân,	kiūn,
6	首	thủ	cheoù
7	稱	xưng	tch'ing
8	禹	Vũ	Yù
9	王	vuông.	ouâng.
E1	禹	Vũ	Yù
2	者	giả	tchè
3	受	thọ	cheoú
4	禪	thiền	chén

4	商	Thuông	Chāng
5	有	hữu	yeoù
6	湯。	Thang,	T'āng,
7	周	Châu	Tcheōu
8	文	Văn	Ouên
9	武。	Võ,	vou;
10	稱	xung	tch'ing
11	三	tam	sān
12	王。	Vuông	ouâng

12	有	hữu	yeoù
13	年	niên	niên
14	甲	giáp	kiă
15	可	Khả	kò
16	紀	Kỉ	kì
H1	自	tự	tseú
2	黃	Huỳnh	Houâng
3	帝	Đế	Tí
4	至	chí	chí
5	舜	Thuấn,	Chùn
6	凡	phàm	fan
7	六	lục	loŭ
8	世	thế,	chí,
9	四	tứ	ssé
10	百	bá	pĕ
11	八	bát	pă
12	十	thập	chĭ
13	年、	niên	niên.
1	夏		Hạ Hiá
2	有		hữu yeoù
3	禹。		Vũ, Yù,

9	祖。	tổ.	tsou.
P 1	故	Cố	Kou
2	曰	viết	youĕ
3	三	tam	sān
4	王。	vuông.	ouâng.
Q 1	堯	Nghiêu,	Yâo,
2	舜	Thuấn,	Chún,
3	禹	Vũ,	Yù,
4	湯	Thang,	T'āng,
5	文	Văn	Ouên
6	武	Võ,	Voù,
7	二	nhị	eúlh
8	帝	đế	tí
9	三	tam	sān
10	王	vương,	ouâng,
11	所	sở	sò
12	謂	vị	ouéi
13	繼	kế	kí
14	天	thiên	t'iēn
15	立	lập	lĭ
16	極。	cực.	kĭ.
R 1	為	Vi	Ouêi
2	萬	vạn	ouán
3	世	thế	chí
4	之	chi	tchī
5	君	quân	kiūn
6	師	sư	ssē
7	者	giả	tchè
8	也。	dã	yè.

K 1	文	Văn	Ouên
2	者	giả	tchè
3	武	Võ	Voù
4	之	chi	tchī
5	父。	phụ.	foú.
L 1	經	Kinh	King
2	天	thiên	t'iēn
3	緯	vĩ	ouéi
4	地	địa	tí
5	曰	viết	youĕ
6	文。	văn.	ouên.
M 1	武	Võ	Voù
2	者	giả	tchè
3	文	Văn	Ouên
4	之	chi	tchī
5	子。	tử.	tseù.
N 1	伐	Phạt	Fă
2	暴	bạo	páo
3	救	cứu	kieoú
4	民	dân	mîn
5	曰	viết	youĕ
6	武。	Võ.	Voù.
O 1	是	Thị	Chí
2	皆	giai	kiāi
3	三	tam	sān
4	代	đại	taí
5	受	thọ	cheoú
6	命	mạng	míng
7	之	chi	tchī
8	始	thủ	chì

5	成	thành	tch'îng
6	功	công	kōng
7	之	chi	tchī
8	謂。	vị.	ouéi
F 1	繼	Kế	Kí
2	夏	Hạ	Hiá
3	者	giả	tchè
4	商。	Thương.	Chāng.
G 1	則	Tắc	Tsĕ
2	有	hữu	yeoù
3	湯	Thang	T'āng
4	王。	vương.	ouâng.
H 1	湯	Thang	T'āng
2	者	giả	tchè
3	除	trừ	tch'oû
4	殘	tàn	t'sân
5	去	khử	k'ieoú
6	虐	ngược	nió
7	之	chi	tchī
8	謂。	vị.	ouéi
I 1	繼	Kế	Kí
2	商	Thương	Chāng
3	者	giả	tchè
4	周。	Châu	Tcheoū.
J 5	則	tắc	Tsĕ
6	有	hữu	yeoù
7	文	Văn	Ouên
8	武	Võ	Voù
9	二	nhị	eúlh
10	王。	vương.	ouâng.

A.1	夏	Hạ	Hiá
2	傳	truyền	tch'ouên
3	子。	tử	tseù,
4	家	gia	kiā
5	天	thiên	t'iēn
6	下。	hạ.	hiá.
B1	四	tứ	ssé
2	百	bá	pě
3	載。	tải,	tsai,

4	遷	thiên	tsiēn
5	夏	Hạ	Hiá
6	社。	xã.	ssé.
C1	前	Tiền	ts'siên
2	通	thông	t'ong
3	論	luận	lún
4	三	tam	sān
5	王、	vương.	ouâng.
D1	此	Thử	ts'eù
2	則	tắc	tsě
3	各	các	kŏ
4	言	ngôn	yên
5	其	Kì	kî
6	終	chung	tchōng
7	始、	thỉ.	chì.
E1	三	tam	sān
2	皇	Hoàng	Hoâng
3	五	ngũ	où
4	帝	Đế	ti,
5	以	dĩ	yì
6	天	thiên	t'iēn

7	下	hạ	hiá
8	爲	vi	ouêi
9	公、	công.	kōng.
F1	傳	truyền	tch'ouên
2	賢	hiền	hiên
3	而	nhi	eûlh
4	授	thọ	cheóu
5	位、	vị.	ouéi.
G1	謂	vị	ouéi
2	之	chi	tchī
3	官	quan	kouān
4	天	thiên	t'iēn
5	下、	hạ.	hiá.
H1	若	Nhược	jŏ
2	夫	phù	foû
3	家	gia	kiā
4	天	thiên	t'iēn
5	下	hạ,	hiá,
6	則	tắc	tsě
7	自	tự	tseú
8	夏	Hạ	Hiá.
9	后	Hậu	Heóu
10	氏	Thị	Chí
11	始、	thỉ.	chì
I 1	禹	Vũ	Yù
2	妙	Diệu	Miáo
3	姒	tỉ	ssē
4	氏、	thị	chí
5	顓	Chuyên	Tchouēn
6	頊	Húc	Hiŏ

7	之	chi	tchī
8	後	hậu	heóu
9	也。	dã.	yè.
J 1	平	Bình	P'îng
2	治	trị	tchí
3	洪	hồng	hông
4	水	thủy.	choùi.
K 1	聖	Chánh	chíng
2	德	đức	tĕ
3	神	thần	chîn
4	功	công	kōng
5	及	cập	kĭ
6	民	dân	mîn
7	悠	du	yeoū
8	久	cửu.	kieòu.
L 1	復	Phục	Foŭ
2	生	sinh	sēng
3	賢	hiền	hiên
4	子	tử	tseù
5	曰	viết	youĕ
6	啓。	Khải.	K'ì.
M 1	賢	Hiền	Hiên
2	能	năng	nêng
3	誠	thành	tch'îng
4	敬	kính.	kíng.
N 1	繼	Kế	Kí
2	禹	Vũ	Yù
3	之	chi	tchī
4	道。	đạo.	táo.
O 1	禹	Vũ	Yù

2	崩	băng	pōng
3	之	chi	tchī
4	日	nhựt,	youĕ,
5	讓	nhượng	jáng,
6	位	vị	ouéi
7	於	ư	yū
8	其	Kì	k'î
9	臣	thần	tch'în
10	伯	Bác	Pĕ
11	益。	Ích.	Yĭ.
P 1	天	Thiên	T'iēn
2	下	hạ	hiá
3	之	chi	tchī
4	民	dân	mîn,
5	不	bất	poŭ
6	從	tùng	t'sông
7	益	Ích	Yĭ
8	而	nhi	eûlh
9	從	tùng	t'sông
10	啓。	Khải.	K'ì.
Q 1	曰	Viết:	Youĕ:
2	吾	Ngô	Oû
3	君	quân	kiūn
4	之	chi	tchī
5	子	tử	tseù
6	也。	dã.	yè.
R 1	自	Tự	Tséu
2	禹	Vũ	Yù
3	之	chi	tchī
4	傳	truyền	tch'ouên

5	子	tử,	tsèu,
6	後	hậu	heóu
7	世	thế	chí·
8	以	dĩ	yì
9	天	thiên	t'ien
10	下	hạ	hiá
11	為	vi	ouêi
12	家。	gia.	kiā.
S 1	故	Cố	Koú
2	曰	viết	youĕ
3	家	gia.	kiā
4	天	thiên	t'iēn
5	下。	hạ.	hiá.
T 1	夏	Hạ	Hiá
2	歷	lịch	lĭ
3	十	thập	chĕ
4	七	thất	ts'ĭ
5	世	thế.	chí.
U 1	至	Chí	Tchí
2	桀	Kiệt	Kiĕ
3	躭	thẩm	tān
4	酒	tửu	tsieoū
5	嗜	thị	chí
6	色	sắc,	sĕ,
7	無	vô	voû
8	道	đạo	táo
9	虐	ngược	niŏ
10	民	dân,	mîn,
11	而	nhi	eûlh
12	國	quốc	kouĕ

2	姓	tánh	Síng
3	子	tử	Tsèu.
4	氏	thị,	chí,
5	名	danh	mîng.
6	履	lý,	lì,.
7	高	Cao	Kaō
8	辛	Tân	Sīn
9	之	chi	tchī
10	子	tử	tsèu
11	契	Khế	Siē
12	之	chi	tchī
13	後	hậu	heóu
14	也	dã.	yè.
E1	世	Thế	Chí
2	封	phong	fōng
3	於	ư	yū
4	商	Thương.	Chāng.
F1	伐	Phạt	Fă.
2	桀	Kiệt	Kiă
3	而	nhi	eûlh
4	有	hữu	yeoù
5	天	thiên	t'iēn
6	下	hạ	hiá.
G1	傳	Truyền	Tch'ouân
2	祚	tộ	tsóu
3	二	nhị	eúlh
4	十	thập	chĕ
5	八	bát	pă
6	世	thế,	chí,
7	六	lục	loŭ

B1	六	lục	Loŭ
2	百	bá	pĕ
3	載	tải;	tsaì,
4	至	chí	tchí
5	紂	Trụ	Tcheóu
6	亡	vong.	ouâng.
C1	繼	Kế	Kí
2	夏	Hạ	Hiá
3	爲	vi	ouêi
4	君	quân	kiūn
5	者	giả	tchè
6			
7	商	Thương	Chāng
8	也。	dã.	yè
D1	湯	Thang	T'āng

13	以	dĩ	yì
14	亡	vong,	ouâng,
15	凡	phàm	fan
16	四	tứ	ssé
17	百	bá	pĕ
18	五	ngũ	où
19	十	thập	chĕ
20	八	bát	pă
21	年。	niên.	niên.
A1	湯	Thang	T'āng
2	伐	phạt	fă.
3	夏	Hạ,	Hiá,
4	國	quốc	kouĕ
5	號	hiệu	háo
6	商。	Thương.	Chāng

8	百	bá	pĕ
9	四	tứ	soé
10	十	thập	chĕ
11	四	tứ	soé
12	年	niên,	nièn,
13	至	chí	tchí
14	紂	Trụ	Tcheoù
15	無	vô	voû
16	道	đạo	táo
17	而	nhi	eûlh
18	失	thất	chĕ
19	其	kì	k'î
20	國。	quốc	koué.

A 1	周	Châu Tcheoū
2	武	Võ Voù
3	王	Vương Ouâng
4	始	thỉ chì
5	誅	tru tchoū

6	紂	Trụ Tcheoù.

B 1	紂	Trụ	Tcheoū
2	為	vi	ouêi
3	商	Thương	Chāng
4	王	Vương	ouâng
5	帝	Đế	Tí
6	乙	Ất	yĭ
7	之	chi	tchī
8	子。	tử.	tseù.
C 1	言	Ngôn	yên
2	足	túc	tsŏ
3	拒	cự	kiù
4	諫	gián,	kién,
5	智	trí	tchí
6	足	túc	tsŏ
7	飾	sức	chĕ
8	非。	phi.	fēi
D 1	寵	Sủng	Tch'òng
2	嬖	bế	pì
3	妲	Đát	Tă
4	己	Kỉ	Kì
5	炮	bào	p'âo
6	烙	lạc	lŏ
7	庭	đình	t'îng
8	臣。	thần.	tch'ên.
E 1	刳	Khoa	K'oū
2	剔	thích	t'ĭ
3	孕	dựng	yìng

4	婦	phụ	foú
5	以	dĩ	yì
6	觀	quan	koūan
7	男	nam	nân
8	女。	nữ.	niù.
F 1	斫	Trác	Tchŏ
2	人	nhơn	jĵn
3	脛	cảnh	hing
4	骨,	cốt,	koŭ,
5	驗	nghiệm	nién
6	髓	tủy	soùi
7	盈	dinh	yîng
8	枯。	khô.	k'oū.
G 1	剖	Phẩu	P'eoū
2	叔	thúc	choŭ
3	父	phụ	foú
4	比	Tỉ	Pì
5	干	can	kān
6	之	chi	tchī
7	心。	tâm.	sīn.
H 1	西	Tây	Sī
2	伯	bá	pĕ
3	周	Châu	Tcheoū
4	武	Võ	Voù
5	王	Vương	Ouâng
6	興	hưng	hīng
7	師	sư	soē
8	伐	phạt	fă
9	紂	Trụ,	Tcheoù,
10	而	nhi	eûlh

11	遷	thiên	tsiên
12	殷	Ân	yīn
13	社	xã	ssé
14	焉。	diên.	yên.
A1	八	Bát	Pă
2	百	bá	pĕ
3	載	tải,	tsài,
4	最	tối	tsouï
5	長	trường	tch'âng
6	久。	cửu.	kieou.
B1	周	Châu,	Tcheou
2	自	tự	tseu
3	文	Văn	Ouên
4	武	Võ	Voù
5	開	Khai	k'aï
6	基、	cơ,	ki,
7	都	đô	tou
8	於	ư	yŭ
9	豐	Phong	Fōng
10	鎬。	Hiểu.	Hào.
C1	成	Thành	Tch'ing
2	康	Khang	Khāng
3	繼	Kế	ki
4	世。	thế.	chi.
D1	天	Thiên	T'ien
2	下	hạ	hiá
3	咸	hàm	hiên
4	寧。	ninh.	nîng.
E1	傳	Truyền	Tch'ouên
2	昭	Chiêu	Tchao
3	王、	Vương,	Ouâng,
4	穆	Mục	Mou
5	王、	Vương,	Ouâng,
6	以	dĩ	ì
7	及	cập	ki
8	共、	Cung,	Kong,
9	懿、	Ý,	yi,
10	孝、	Hiếu,	hiao,
11	夷、	Di,	yi,
12	厲、	Lệ,	Li,
13	凡	phàm	fân
14	十	thập	chi
15	二	nhị	eulh
16	世	thế,	chi,
F1	而	nhi	eûlh
2	厲	Lệ	Li
3	王	Vương	Ouâng
4	以	dĩ	yì
5	無	vô	voû
6	道	đạo	tao
7	失	thất	chi
8	國。	quốc.	kouě.
G1	宣	Tuyên	Siouên
2	王	Vương	Ouâng
3	中	trung	tchông
4	興、	hưng,	hing,
5	至	chí	tchi
6	幽	U	yeou
7	王	Vương	Ouàng
8	復	phục	fou
9	無	vô	voû
10	道	đạo,	tao,
11	而	nhi	eûlh
12	見	kiến	kién
13	殺	sát	chă
14	於	ư	yŭ
15	西、	Tây	Si
16	戎。	Nhung.	Jông.
H1	其	Kì	K'i
2	子	tử	tseù
3	平	Bình	P'îng
4	王	Vương	Ouâng
5	東	đông	tông

A1	周	Châu	Tcheoū
2	轍	triệt	tch'ĕ
3	東。	đông,	tong,
4	王	vuóng	ouâng
5	綱	cang	kāng
6	墜。	truy.	tchouï.
B1	逞	Sinh	Tch'ing
2	干	can	kān
3	戈。	qua,	kō,
26	愼	Thận	Chén
27	靚	tĩnh	tsing,
28	至	chí	tchí
29	赧	Noản	Nàn
30	王	Vuơng	Ouâng
31	而	nhi	eûlh
32	周	Châu	Tcheoū
33	亾。	vong.	ouâng.
H1	凡	Phàm	Fân
2	東	đông	tong
3	西	tây	si
4	周	Châu,	Tcheoū,
5	共	cong	kòng
6	三	tam	sān
7	十	thập	chĭ
8	八	bát	pă
9	世。	thế,	chí,
10	八	bát	pă
11	百	bá	pĕ
12	七	thất	ts'ĭ
13	十	thập	chĭ
14	四	tứ	soé
15	年。	niên.	niên.
I1	有	Hữu	Yeoù
2	國	quốc	kouĕ
3	之	chi	tchi
4	最	tối	tsouí
5	長	trưởng	tch'âng
6	者	giả	tchè
7	也。	dã.	yè.
6	遷	thiên	tsiên
7	于	vu	yū
8	洛。	Lạc.	Lŏ.
I1	是	Thị	Chí
2	為	vi	ouêi
3	東	Đông	Tōng
4	周。	Châu	Tcheoū
J1	傳	Truyền	Tch'ouên
2	桓	Hoàn,	Ouân,
3	莊	Trang,	Tchouāng,
4	僖	Hi,	Hī,
5	惠	Huệ,	Hoéi,
6	襄	Tương,	Siāng,
7	頃	Khuỉnh,	K'ing,
9	定	Định.	Ting,
10	簡	Giản,	Kièn,
11	靈	Linh,	Lîng,
12	景	Cảnh,	Kìng,
13	悼	Đạo,	Táo,
14	敬	Kính,	King,
15	元	Nguyên,	Youên,
16	貞	Trinh	Tchīng
17	定	Định,	Ting,
18	哀	Ai,	Ngāi,
19	思	Tư,	Sōe
20	考	Khảo,	K'ào
21	威	Oai	Ouēi
22	烈	Liệt,	Liĕ,
23	安	An,	Ngān
24	烈	Liệt,	Liĕ,
25	顯	Hiển,	Hièn,

4	尚	thượng	chàng
5	遊	du	yeôu
6	說	thuyết.	chouĕ.
C 1	周	Châu	Tcheōu
2	自	tự	tseú
3	東	đông	tōng
4	遷。	thiên,	tsiēn,
5	諸	Chư	Tchoū
6	侯	hầu	Heôu
7	強	cường	k'iâng
8	大	đại.	tá.
D 1	王	Vương	Ouâng
2	令	lịnh	líng
3	不	bất	poŭ
4	行。	hành.	hîng.
E 1	列	Liệt	Liĕ
2	國	quấc	kouĕ
3	日	nhựt	jĭ
4	尋	tầm	tsîn
5	干	can	kān
6	戈。	qua,	kō,
7	互	hộ	hóu
8	為	vi	ouêi

9	侵	Xâm	tch'īn
10	伐	phạt:	fă.
F 1	游	Du	yeôu
2	說	thuyết	chouĕ
3	之	chi	tchī
4	士	sĩ	sóe,
5	逞	sính	tch'ìng
6	口	Khẩu	k'eòu
7	舌	thiệt	chĕ
8	為	vi	ouêi
9	縱	tủng	tsōng
10	橫	hoành	hông
11	之	chi	tchī
12	言。	ngôn,	yên,
13	以	dĩ	ì
14	興	hưng	hīng
15	戰	chiến	tchén
16	鬭	đấu	teóu
17	而	nhi	êulh
18	已。	dĩ.	yì.
A 1	始		Thỉ chì
2	春		Xuân Tch'ūn
3	秋		thu, ts'ieōu,

4	終	chung tchōng
5	戰	chiến tchén
6	國。	quấc. kouĕ.
B 1	五	Ngũ Où
2	霸	Bá Pá
3	強。	cường, k'iâng,
4	七	thất Ts'ĭ
5	雄	hùng hiông
6	出。	xuất tch'oŭ.

C 1	平	Bình	P'îng
2	王	Vương	Ouâng
3	東	đông	tong
4	遷	thiên	tsiēu
5	之	chi	tchī
6	始、	thỉ,	chì,
7	則	tắc	tsě
8	為	vi	ouêi
9	春	Xuân	Tch'ūn
10	秋。	Thu.	T'sieou.
D 1	孔	Khổng	K'òng
2	子	Tử	Tseù
3	絕	tuyệt	tsioué
4	筆	bút	pǐ
5	之	chi	tchī
6	後、	hậu,	heóu,
7	則	tắc	tsě
8	為	vi	ouêi
9	戰	chiến	tchén
10	國。	quấc.	kouě.
E 1	春	Xuân	Tch'ūn
2	秋	Thu	T'sieōu
3	諸	Chư	Tchoū
4	侯	Hầu,	Heôu,
5	有	hữu	yeoù
6	齊	Tề	T'sî
7	桓	Hoàn	Ouân
8	公。	Công,	Kōng,
9	晉	Tấn	Tsín
10	文	Văn	Ouên
11	公	Công,	Kōng,
12	宋	Tống	Sóng
13	襄	Tương	Siāng
14	公。	Công,	Kōng,
15	秦	Tần	T'sîn
16	穆	Mục	Mieôu
17	公。	Công,	Kōng,
18	楚	Sở	T'soù
19	莊	Trang	Tchoāng
20	王。	Vương.	Ouâng.
F 1	當	Đang	Tāng
2	五	Ngũ	Où
3	霸	Bá	Pá
4	時	thì,	chî,
5	雖	tùy	souī
6	云	vân	yûn
7	詐	trá	tchá
8	力。	lực,	lǐ,
9	猶	du	yeôu
10	假	giả	kià
11	仁	nhơn	jîn
12	義。	ngãi,	yí,
13	尊	tôn	tsūn
14	王	vương	ouâng
15	伐	phạt	fǎ
16	叛。	phản,	p'án,
17	有	hữu	yeoù
18	扶	phò	foû
19	傾	Khuynh	k'īng
20	濟	tế	tsì
21	弱	nhược	jǒ
22	之	chi	tchī
23	功。	công.	kōng.
G 1	及	Cập	Kǐ
2	乎	hồ	hôu
3	七	thất	tsǐ
4	雄	hùng.	hiông.
5	自	tự	tseú
6	王。	vương,	ouâng,
7	周	Châu	Tcheōu
8	室	thất	chě
9	衰	suy	choaī
10	微。	vi,	ouêi,
11	下	hạ	hiá
12	同	đồng	t'ông
13	小	tiểu	siào
14	國。	quấc.	kouě.
H 1	周	Châu	Tcheōu
2	祚	tộ	tsoú
3	雖	tùy	souī
4	長。	trưởng,	tch'âng,
5	猶	du	yeôu
6	一	nhứt	yǐ
7	線	tiến	sién
8	之	chi	tchī
9	僅	cẩn	kín
10	延	diên	yên
11	而	nhi	eûlh
12	已。	dĩ.	yì.

A 1	嬴	Dinh	Yîng
2	秦	Tần	T'sîn
3	氏	Thị,	Chí,
4	始	thỉ	chì
5	兼	Kiêm	kiēn
6	并	bình	píng.
B 1	傳	Truyền	tch'ouên
2	二	nhị	eúlh
3	帝。	thế,	chí,

4	楚	Sở	T'sou
5	漢	Hán	Hán
6	爭。	tranh.	tsāng.
C 1	嬴	Dinh	Yîng
2	秦	Tần	T'sîn
3	國	quốc	kouĕ
4	之	chi	tchī
5	姓	tánh	síng
6	也。	dã.	yè.
D 1	秦	Tần	T'sîn
2	伯	Bá	Pĕ
3	益	Ích	yĭ
4	之	chi	tchī
5	後、	hậu.	heóu
6	非	Phi	Fēi
7	子	Tử,	Tseù
8	起	Khỉ	k'ì
9	自	tự	tséu
10	西、	Tây	Sī
11	戎。	Nhung,	Jông,
12	事	Sự	sóe
13	周	Châu	Tcheōu

14	孝	Hiếu	Hiáo
15	王	Vương,	Ouâng,
16	牧	mục	moŭ
17	馬	mã	mà
18	蕃	phiền	fân
19	庶。	thứ	choú.
E 1	封	Phong	Fōng
2	国	quốc	kouĕ
3	於	ư	yū
4	秦。	Tần.	T'sîn.
F 1	至	Chí	Tchí
2	襄	Tương	Siāng
3	公	công	kōng
4	而	nhi	eûlh
5	國	quốc	kouĕ
6	日	nhựt	jĭ
7	富。	phú.	foú.
G 1	繆	Mậu	Meôu
2	公	công	công
3	而	nhi	eûlh
4	國	quốc	kouĕ
5	日	nhựt	jĭ
6	強。	cường.	k'iâng.
H 1	惠	Huệ	Hoéi
2	文	Văn	Ouên
3	稱	xưng	tch'īng
4	王。	vương,	ouâng,
5	蠶	tàm	t'sân
6	食	thực	chĭ
7	列	liệt	lié

9	矣。	hĩ.	yì.
R 1	始	Thỉ	Chì
2	皇	Hoàng	Hoâng
3	席	tịch	sî
4	強	cường	k'iâng
5	大	đại	tá
6	之	chi	tchi
7	業、	nghiệp,	niě,
8	翦	tiễn	tsièu
9	六	lục	loǔ
10	國	quấc	kouě
11	而	nhi	eûlh
12	成	thành	tch'îng
13	一	nhứt	yǐ
14	統。	thống.	tòng.
S 1	威、	Oai	Ouei
2	武	Võ	Voù
3	強	cường	k'iâng
4	暴	bạo	paó
5	以	dĩ	yì
6	臨	lâm	lîn
7	天	thiên	t'ien
8	下、	hạ.	hia.
T 1	銷	Tiêu	Siao
2	兵	binh	ping
3	革	cách	kě
U 1	築	Trúc	Tchoǔ
2	長	trường	tch'âng
3	城、	thành	tch'îng.
V 1	焚	Phần	Fên

M 1	迨	Đãi	Tái
2	及	cập	kî
3	始	Thỉ	Chì
4	皇	Hoàng	Hoâng
5	帝	Đế.	Tí.
N 1	為	Vi	Ouêi
2	莊	Trang	Tchoâng
3	襄	Tương	Siâng
4	子、	tử.	tsèu.
O 1	其	Kì	K'î
2	母	mẫu	moù
4	有	hữu	yeoù
5	娠	thần	chén
6	而	nhi	eûlh
7	生	sinh	sēng
8	始	Thỉ	Chì
9	皇。	Hoàng.	Hoâng.
P 1	實	Thật	Chě
2	呂	Lữ	Liù
3	氏	thị	chí
4	之	chi	tchi
5	子、	tử.	tsèu.
Q 1	冒	Mạo	Máo
2	繼	Kế	kí
3	秦	Tần	T'sîn
4	祚	tộ	tsóu,
5	而	nhi	eûlh
6	嬴	Dinh	yîng
7	氏	thị	chí
8	亡	vong	ouâng

8	國	quấc	kouě.
I 1	昭	Chiêu	Tchāo
2	襄	Tương	Siâng
3	益	ích	yǐ
4	大、	đại,	tá,
5	吞	thôn	t'ūn
6	并	bính	pìng
7	諸	chư	tchoū
8	侯、	hầu.	Heôu.
J 1	赧	Noản	nàn
2	王	vương	ouâng
3	献	hiến	hién
4	土	thổ	t'où
5	而	nhi	eûlh
6	周	Châu	Tcheōu
7	室	thất	chě
8.	亡、	vong.	ouâng.
K 1	傳	Truyền	Tch'ouên
2	孝	Hiếu	Hiáo
3	文	Văn,	Ouên,
4	莊	Trang	Tchoâng
5	襄	Tương.	Siâng.
L 1	滅	Diệt	Miě
2	東	đông	tōng
3	周	Châu	Tcheōu
4	君	quân	kiūn
5	而	nhi	eûlh
6	姬	Cơ	Kī
7	祚	tộ	tsóu
8	盡。	tận.	tsín.

	4	枝、	chi.	tchi.
H	1	大	Đại	Tá
	2	興	hưng	hing
	3	土	thổ	t'où
	4	木、	mộc.	moŭ.
I	1	戶	Hộ	Hóu
	2	口	Khẩu	k'eoù
	3	逃	đào	t'aò
	4	亡、	vong.	ouâng.
J	1	天	Thiên	T'ieū
	2	下	hạ	hiá
	3	大	đại	tá
	4	亂。	loạn.	loán.
K	1	楚	Sở	T'soù
	2	人	nhơn	jîn
	3	陳	Trần	Tch'în
	4	勝	Thắng	Chíng
	5	起	Khỉ	k'ì
	6	兵	binh,	pīng,
	7	不	bất	poŭ
	8	成	thành	tch'îng
	9	而	nhi	eûlh
	10	敗。	bại.	pái.
L	1	繼	Kế	Kí
	2	之	chi	tchī
	3	者	giả	tchè
	4	項	Hạng	Hiáng
	5	梁	Lương,	Leâng,
	6	項	Hạng	Hiáng
	7	羽	Võ,	yù,

	7	沙	Sa	Chā
	8	邱。	Khâu.	Kieoū.
D	1	宦	Hoạn	Hoán
	2	者	giả	tchè
	3	趙	Triệu	Tchaò
	4	高	Cao	Kāo
	5	矯	Kiểu	kiaò
	6	詔	chiếu	tcháo
	7	殺	sát	chă
	8	太	đại	t'ái
	9	子	tử	tseù
	10	扶	Phò	Foû
	11	蘇、	Tô,	Soū,
	12	而	nhi	eûlh
	13	立	lập	lĭ
	14	少	thiểu	chaò
	15	子	tử	tseù
	16	胡	Hồ	Hôu
	17	亥、	Hợi.	Hái.
E	1	是	Thị	Chí
	2	為	vị	ouêi
	3	二	nhị	eúlh
	4	世。	thế	chí.
F	1	酷	Khốc	K'ŏ
	2	暴	bạo	páo
	3	厚	hậu	heóu
	4	斂、	liễm.	lièn.
G	1	斬	Trảm	Tchàn
	2	絕	tuyệt	tsiouĕ
	3	宗	tông	tsōng

	2	詩	thi	chi
	3	書、	thơ,	choū.
X	1	尚	Thượng	cháng
	2	律	luật	lŭ
	3	令、	lệnh.	líng.
Y	1	除	Trừ	Tch'oû
	2	謚	thụy	yĭ
	3	號、	hiệu.	háo.
Z	1	自	Tự	Tseú
	2	稱	xưng	tch'īng
	3	始	Thỉ.	Chì
	4	皇、	Hoàng.	Hoâng.
A	1	欲	Dục	yŭ
	2	傳	truyền	tch'ouên
	3	國	quấc	kouĕ
	4	於	ư	yū
	5	萬	vạn	ouán
	6	世、	thế	chí.
B	1	在	Tại	Tsái
	2	位	vị	ouéi
	3	三	tam	sān
	4	十	thập	chĭ
	5	七	thất	tsĭ
	6	年、	niên.	niên.
C	1	東	Đông	Tōng
	2	巡	tuần	siûn
	3	狩	thú	cheóu
	4	而	nhi	eûlh
	5	崩	bưng	pāng
	6	於	ư	yū

8	立	lập	lǐ
9	楚	Sở,	T'sou,
10	後	hậu	heoú
11	以	dĩ	yì
12	伐	phạt	fă
13	秦。	Tần.	T'sîn
M 1	漢	Hán	Hán
2	高	Cao	Kaō
3	祖	Tổ	Tsoù
4	劉	Lưu	Lieôu
5	季	Quí,	kí,
6	為	vi	ouêi
7	泗	Tứ	soé
8	上	Thượng	Cháng
9	亭	đình	tîng
10	長。	trưởng.	tch'âng.
N 1	因	nhơn	Ngēn
2	民	dân	mîn
3	之	chi	tchī
4	亂	loạn,	loán,
5	合	hiệp	hŏ
6	楚	Sở	T'soù
7	興	hưng	hīng
8	兵	binh,	pīng,
9	入	nhập	jŭ
10	關	quan	kouān
11	滅	diệt	miĕ
12	秦。	Tần.	T'sîn.
O 1	二	Nhị	Eùlh
2	世	Thế	Chí
3	以	dĩ	yì
4	為	vi	ouâi
5	趙	triệu	Tchào
6	高	Cao	Kaō
7	所	Sở	Sò
8	弑	thí.	chí.
P 1	三。	tam	Sān
2	世	Thế	Chí
3	子	tử	Tseù
4	嬰	Anh	Yīng
5	素	tố	soú
6	車	xa	tch'ē
7	白	bạch	pĕ
8	馬	mã	mà
9	而	nhi	eûlh
10	降	hàng	hiâng
Q 1	秦。	Tần	Ts'în
2	有	hữu	yeoù
3	天	thiên	t'iēn
4	下	hạ,	hiá,
5	才	tài	t'sâi
6	三	tam	Sān
7	世	thế,	chí,
8	四	tứ	soé
9	十	thập	chĭ
10	三	tam	sān
11	年	niên	niên
12	而	nhi	eùlh
13	亡。	vong.	ouâng.
R 1	項	Hạng	Hiáng
2	羽	Vũ	Yù
3	封	phong	fōng
4	高	Cao	kāo
5	祖	Tổ	Tsoù
6	為	vi	ouêi
7	漢	Hán	Hán
8	王。	vương.	ouâng.
S 1	國	Quốc	Kouĕ
2	於	ư	yū
3	西	tây	Sī
4	蜀。	Thục.	Choŭ.
T 1	恐	Khủng	K'òng
2	其	kì	k'î
3	東	đông	tōng
4	歸	qui,	kouēi,
5	立	lập	lĭ
6	雍	Ung,	yōng,
7	塞	tắc,	Sĕ,
8	翟	Địch	Tĭ,
9	三	tam	Sān
10	王	vương,	ouâng,
11	以	dĩ	yì
12	阻	trở	tsoù
13	之。	chi.	tchī.
U 1	未	Vị	Ouéi
2	幾	kỉ	k'ī,
3	漢	Hán	Hán
4	王	vương	ouâng
5	出	xuất	tch'oŭ
6	定	định	tíng

2	孝	Hiếu	Hiáo
3	平。	Bình,	P'îng,
4	王	Vương	Ouâng
5	莽	Mãng	Màng
6	篡。	Soán	Tsoán.
C 1	史	Sử	Ssè
2	記	kí	kí
3	之	chi	tchī
4	書	thơ	choū
5	始	thỉ	chì
6	于	vu	yū
7	三	tam	sān
8	皇、	hoàng,	Hoâng,
9	終	chung	tchōng
10	于	vu	yū
11	漢	Hán	Hán
12	武。	Võ	Voù.
D 1	班	Ban	Pān

5	自	tự	tséu
6	剄	kinh,	kìng,
7	而	nhi	eûlh
8	漢	Hán	Hán
9	興	hưng	hīng
10	矣。	hĩ	yì.
A 1	高	Cao	Kaō
2	祖	Tổ	Tsoù
3	興。	hưng,	hīng,
4	漢	Hán	Hán
5	業	nghiệp	niě
6	建。	Kiến.	kién
B 1	至	Chí	Tchí

7	三	tam.	sān.
8	秦	Tần.	Ts'în.
V 1	與	Dữ,	yù
2	楚	Sở	Ts'où
3	戰	chiến	tchén
4	于	vu	yū
5	成	Thành	Tch'îng
6	臯	Cao,	Kāo,
7	凡	phàm	fân
8	七	thất	tsĭ
9	十	thập	chĭ
10	餘	dư	yû
11	戰。	chiến.	tchén.
X 1	互	Hộ	Hóu
2	有	hữu	yeoù
3	勝	thắng	chíng
4	負。	phụ.	foú.
Y 1	終	Chung	Tchōng
2	會	hội	hoéi
3	兵	binh	pīng
4	于	vu	yū
5	垓	cai	Kāi
6	下、	Hạ,	Hiá,
7	以	dĩ	yì
8	破	phá	p'ó
9	楚。	Sở	Ts'où.
Z 1	項	Hạng	Hiáng
2	王	vương	ouâng
3	勢	thế	chí
4	窮	cùng,	k'iông,

3	者	giả,	tchè,
4	孝	Hiếu	Hiáo
5	元	Nguyên	Youên
6	王	Vương	Ouâng
7	皇	hoàng	hoâng
8	后	hậu	heóu
9	之	chi	tchī
10	兄	huynh	hiōng
11	子	tử	tseù
12	也	dã.	yè.
K 1	以	Dĩ	yì
2	謙	Khiêm	k'iēn
3	恭	cung	kōng
4	竊	thiết	t'siē
5	名	danh,	mîng,
6	而	nhi	eûlh
7	致	trí	tchí
8	宰	tể	tsài
9	相	tướng.	siáng.
L 1	鴆	Trậm	Tchóu
2	殺	sát	chă
3	平	Bình	P'îng
4	帝	Đế.	Tí.
M 1	假	giả	Kià
2	立	lập	lĭ
3	孺	Nhụ	Joû
4	子	tử,	tseù,
5	復	phục	foŭ
6	廢	phế	féi
7	之	chi	tchī

6	有	hữu	yeoù
7	天	thiên	t'iēn
8	下	hạ.	hiá.
H 1	都	Đô	Toū
2	長	Trường	Tch'âng
3	安	An	Ngān
I 1	傳	Truyền	Tch'ouên
2	惠	Huệ,	Hoéi,
3	文	Văn,	Ouên,
4	景	Cảnh,	Kìng,
5	武	Võ,	Voù,
6	昭	Chiêu,	Tchāo,
7	宣	Tuyên,	Siouên,
8	元	Nguyên,	Youên,
9	成	thành,	tch'îng,
10	哀	Ai,	Ngāi,
11	平	Bình,	P'îng,
12	孺	Nhụ	Joû
13	子	tử,	tseù,
14	凡	phàm	fân
15	十	thập	chĭ
16	二	nhị	eúlh
17	世	thế,	chí,
18	而	nhi	eûlh
19	王	Vương	Ouâng
20	莽	Mảng	Màng
21	簒	Soán	tsoán
22	位	vị.	ouéi.
J 1	王	Vương	Ouâng
2	莽	mảng	Màng

2	氏	Thị	Chí
3	作	tác	tsó
4	前	tiền	t'siên
5	漢	Hán	Hán
6	書	thơ;	choū,
7	以	dĩ	yì
8	紀	kỉ	kì
9	西	tây	sī
10	京	kinh	kīng
11	十	thập	chĭ
12	二	nhị	eúlh
13	帝	đế.	tí.
E 1	前	Tiền	T'siên
2	漢	Hán	Hán
4	祖	Tổ,	Tsoù,
5	姓	tánh	sìng
6	劉	Lưu	Lieôu
7	氏	Thị,	Chí,
8	名	danh	mîng
9	邦	Bang,	Pāng,
10	字	tự	tséu
11	季	Quí.	Kí.
F 1	沛	Phái	P'éi
2	人	nhơn	jîn
3	也	dã.	yè.
G 1	誅	tru	Tchoū
2	秦	Tần	T'sîn
3	滅	diệt	miè
4	楚	Sở	Tsoù
5	而	nhi	eûlh

6	有	hữu	yeou
7	天	thiên	t'ien
8	下	hạ.	hia.
H1	都	Đô	Tou
2	長	Trường	Tch'ang
3	安	An.	Ngan
I1	傳	Truyền	Tchouen
2	惠	Huệ,	Hoei,
3	文	Văn,	Ouen,
4	景	Cảnh,	King,
5	武	Võ,	Vou,
6	昭	Chiêu,	Tchao,
7	宣	Tuyên,	Siouen,
8	元	Nguơn,	Youen,
9	成	Thành,	Tch'ing,
10	哀	Ai,	Ngai,
11	平	Bình,	P'ing,
12	孺	Nhu	Jou
13	子、	tử,	tseu,
14	凡	phàm	fan
15	十	thập	chě
16	二	nhị	eùlh
17	世、	thế,	chi,
18	而	nhi	eùlh
19	王	vương	Ouang
20	莽	Mãng	Mang
21	簒	soán	tsoan
22	位。	vị.	ouei.
J1	王	Vương	Ouang
2	莽	mảng	Mang
3	者	giả	tchè
4	孝	Hiếu	Hiao
5	元	Nguyên	Youen
6	王	Vương	Ouang
7	皇	hoàng	hoang
8	后	hậu	heou
9	之	chi	tchi
10	兄	huynh	hiong
11	子	tử	tseu
12	也。	dã.	yè.
K1	以	Dĩ	Yi
2	謙	Khiêm	kien
3	恭	cung	kong
4	竊	thiết	t'sie
5	名、	danh,	ming
6	而	nhi	eùlh
7	致	trí	tchi
8	宰	tể	tsai
9	相。	tướng.	siang.
L1	鴆	Trậm	Tchen
2	殺	sát	cha
3	平	Bình	P'ing
4	帝、	Đế!	Ti.
M1	假	Giả	Kia
2	立	lập	li
3	孺	Nhu	jou
4	子、	tử,	tseu
5	復	phục	fou
6	廢	phế	fei
7	之、	chi	tchi
8	而	nhi	eùlh
9	自	tự	tseu
10	立。	lập	li.
N1	凡	Phàm	Fan
2	十	thập	chě
3	八	bát	pa
4	年。	niên.	nien.
O1	延、	Diên	Yên
2	漢	Hán	Han
3	復	phục	fou
4	興、	hưng	hing
5	而	nhi	eùlh
6	誅	tru	tchou
7	莽。	Mãng.	Mang.

1	光	Quang	Kouang
2	武	Võ	Vou
3	興。	hưng	hing,
4	爲	Vi.	

5	東	Đông	tōng
6	漢。	Hán	Hán.
1	四	Tứ	Ssé
2	百	bá	pĕ
3	年。	niên	niên
4	終	chung	tchōng
5	於	ư	yū
6	獻。	Hiến.	hién.

P1	後	Hậu	Heóu
2	漢	Hán	Hán
3	光	Quang	Kouāng
4	武	Võ	Voù
5	皇	Hoàng	Hoâng
6	帝	Đế,	Ti,
7	名	danh	mîng
8	秀、	Tú;	Sieóu,
9	景	Cảnh	Kìng
10	帝	Đế	Tí
11	七	thất	tsĭ
12	世	thế	chí
13	孫。	tôn.	sūn.
Q1	以	Dĩ	yì
2	布	bố	poú
3	衣	y	yī
4	起	Khỉ	K'i
5	兵、	binh,	pīng,
6	誅	tru	tchoū
7	王	vương	ouâng
8	莽、	Mãng,	Màng,
9	滅	diệt	miĕ
10	羣	quần	k'iûn
11	盜、	đạo,	táo,
12	而	nhi	cûlh
13	復	phục	foŭ
14	興	hưng	hīng
15	漢	Hán	Hán
16	室。	thất.	chĭ.
R1	都	Đô	Toū

2	洛	Lạc	Lŏ
3	陽	Dương.	Yâng.
S1	是	Thị	Chí
2	為	vi	ouêi
3	東	đông	tōng
4	漢	Hán:	Hán.
T1	傳。	Truyện	Tchouén
2	明、	Minh,	Mîng
3	章、	chương,	Tchang,
4	和、	Hoà,	Hô,
5	殤、	Thương,	Chāng,
6	安、	An,	Ngān
7	順、	Thuận,	Chún
8	冲、	Xung	Tchōng
9	質、	Chất,	Chĕ,
10	桓、	Hoàn	Houân,
11	靈、	Linh,	Lîng,
12	獻、	Hiến,	Hién;
13	凡	phàm	fân
14	十	thập.	chĭ
15	二	nhị	yĭ
16	世、	thế;	chí,
17	而	nhi	cûlh
18	禪	thiền	chén
19	于	vu	yū
20	魏。	Nguỵ.	Ouéi.
U1	兩	lưỡng	Leàng
2	漢	Hán	Hán
3	共	cộng	kóng
4	歷	lịch	lĭ

5 二 nhị eúlh
6 十 thập chĭ
7 四 tứ, ssé
8 世 thế, chí
9 四 tứ ssé
10 百 bá pĕ,
11 二 nhị eúlh
12 十 thập chĭ
13 五 ngũ où
14 年。 niên. niên

A1 魏 Ngụy, Ouéi
2 蜀 Thục, Chŏu,
3 吳 Ngô Oû
4 爭 tranh tsēng
5 漢 Hán Hán
6 鼎。 đỉnh. ting

B1 號 Hiệu Háo
2 三 Tam Sān
3 國 quấc, koué;
4 迄 hất hĭ
5 兩 lưỡng leàng
6 晉。 Tấn. Tsín.

C1 兩 Lưỡng Leàng
2 漢 Hán Hán
3 書 thơ chōu
4 後 hậu heóu,
5 有 hữu yeoù
6 三 tam sān
7 國 quấc kouĕ
8 志。 chí. tchí.

D1 三 Tam Sān
2 國 quấc kouĕ
3 者 giả tchè
4 何 hà? hô?

E1 魏 Ngụy, Ouéi
2 蜀 Thục, Chŏu
3 吳 Ngô, Oû.
4 是 thị chí
5 也。 dã. yè

F1 魏 Ngụy Ouéi
2 國 quấc kouĕ
3 曹 Tào T'sâo
4 氏 Thị, chí,
5 名 danh mîn
6 操 Thảo, T'sāo,
7 譙 Tiều T'siâo
8 人 nhơn jîn
9 也。 dã. yè.

G1 當 Đang Tāng
2 董 Đổng Tòng
3 卓 Trác Tchŏ
4 之 chi tchī
5 亂 loạn loán,
6 天 thiên t'iēn
7 子 tử, tsèu
8 蒙 mông mông
9 塵 trần, tch'în,
10 操 Thảo T'sāo
11 迎 nghinh yîng
12 駕 giá kiá
13 都 đô tou

14	許、	hử	hiù
15	挾	hiệp	hiĕ
16	天	thiên	T'iēn
17	子、	tử	tsèu
18	令	linh	líng
19	諸	chư	tchoū
20	侯	hầu,	heoú,
21	削	tước	hiŏ
22	平	bình	p'îng
23	僭	tiếm	toàn
24	亂、	loạn,	loán,
H1	威	Oai	Ouēi
2	德	Đức	tĕ
3	日	nhật	jĭ
4	盛。	thạnh	ching.
I1	子、	Tử	Tsèu
2	丕	Phi	p'ēi
3	繼	Kế	kí
4	立、	lập	lí.
J1	受	Thọ	Cheoú
2	漢	Hán	Hán
3	禪、	thiền	chén,
5	而	nhi	êulh,
6	有	hữu	yeoū
7	天	thiên	t'iēn
8	下。	hạ.	hiá.
K1	國	Quấc	Kouĕ
2	號	hiệu	háo
3	曰	viết	youĕ
4	魏。	Ngụy	Ouéi.

L1	傳	Truyền	Tchoûen
2	子	tử	tseù
3	叡	Duệ	Joúi,
4	孫	tôn	Sūn
5	芳	Phương	Fāng
6	髦	Mạo	Maó
7	以	dĩ	yì
8	及	cập	kĭ
9	姪	diệt	tchĭ
10	璜	Hoàng.	Hoâng
11	而	nhi	êulh
12	禪	thiện	chén
13	於	ư	yū
14	晉。	Tấn,	Tsín,
15	凡	phàm	fân
16	五	ngũ	oū
17	世	thế	chí
18	四	tứ	ssé
19	十	thập	chĭ
20	六	lục	loŭ
21	年。	niên.	niên.
M1	蜀	Thục	Chŏu
2	劉	Lưu	Lieôu
3	氏	Thị,	Chí,
4	名	danh	mîng
5	備、	Bị,	Péi,
6	景	Cảnh	Kìng
7	帝	Đế	Tí
8	之	chi	tchī
9	後。	hậu;	heoú,

N1	起	Khỉ	Kì
2	兵	Binh,	pīng
3	討	thảo	t'ào
4	賊	tặc,	tsĕ,
5	據、	cứ	kiú
6	有	hữu	yeoù
7	荊	Kinh	Kīng
8	蜀。	Thục.	Choŭ.
O1	漢	Hán	Hán
2	亡	vong,	ouâng,
3	稱	Xưng	tchīng
4	帝、	đế;	tí
7	禪	thuyền	Chén
P1	二	Nhi	éulh
2	世、	thế	chí,
3	四	tứ	ssé
4	十	thập	chĭ
5	年。	niên.	niên.
Q1	吳	Ngô	Oû
2	孫	tôn	sūn
3	權、	Quyền,	K'iouên,
4	父	phụ	foú
5	堅、	Kiên,	Kiēn
6	兄	huynh	hiōng
7	策、	Sách,	T'sĕ,
8	積	tích	tsĭ
9	累	lụy	loùi
10	世	thế	chí
11	之	chi	tchī
12	業。	nghiệp.	niĕ.

1	跨	Khoa'	K'oua'
2	有	hữu	yeoū
3	江	Giang	Kiāng
4	表	biểu	piào.
S'1	傳	Truyền	S. Tchouēn
2	子	tử	tsèu
3	亮	Lượng	Léang
4	休	Hưu,	Hieoū,
5	孫	tôn	sūn
6	皓	Hạo.	Hāo.
T'1	四	Tứ	Ssé
2	世	thế,	chí
3	五	ngũ	où
4	十	thập	chî
5	九	cửu	kieoū
6	年	niên,	niên,
7	而	nhi	eûlh
8	滅	diệt	miĕ
9	于	vu	yū
10	晉	Tấn.	Tsín.
U'1	三	Tam	Sān
2	國	quấc	kouĕ
3	之	chi	tchī
4	祚	tộ	tsóu,
5	皆	giai	kiaī
6	歸	qui	kouēi
7	于	vu	yū
8	晉	Tấn.	Tsín.
V'1	晉	Tấn	Tsín
2	司	tư	ssē

3	馬	Mã	Mà
4	氏	Thị,	Chí,
5	名	danh	mîn
6	炎	Viêm,	Yên,
7	祖	tổ	tsoù
8	懿	ý.	yí,
9	伯	bá	pĕ
10	師	Sư,	Ssē,
11	父	phụ	foú
12	昭	Chiêu,	Tchaō,
13	四	tứ	ssé
14	世	thế	chí
15	執	chấp	tchĕ
16	魏	Ngụy	Ouéi
17	政	Chánh.	tchíng.
X'1	受	Thọ	Cheóu
2	禪	thuyền	chén
3	而	nhi	eûlh
4	有	hữu	yeòu
5	天	thiên	t'iēn
6	下	hạ.	hiá.
Y'1	都	Đô	Toū
2	於	ư	yū
3	洛	Lạc	Lŏ
4	陽	Dương	Yâng.
Z1	是	Thị	Ché
2	為	Vi	Ouêi
3	武	Võ	Voù
4	帝	Đế.	Tí.
A'1	傳	Truyền	Tchouên

2	子	tử	tsèu
3	惠	Huệ	Hoéi
4	帝	Đế,	Tí,
5	懷	Hoài	Hoâi
6	帝	Đế,	Tí,
7	孫	tôn	sūn
8	愍	Mẫn	Mìn
9	帝	Đế.	Tí.
5	傳	truyền	tch'ouên
6	子	tử	tseu
B'1	懷	Hoài	Hoâi
2	愍	Mẫn	Mìn
3	共	cộng	kóng
4	見	kiến	kién
5	殺	sát	chă
6	於	ư	yū
7	前	tiền	t'siên
8	趙	Triệu,	Tchaó
9	而	nhi	eûlh
10	西	Tây	Sī
11	晉	Tấn	Tsín
12	亡	vong.	ouâng.
C'1	凡	Phàm	Fân
2	四	tứ	ssé
3	世	thế	chí
4	五	ngũ	où
5	十	thập	chî
6	三	tam	sān
7	年	niên.	niên.
D'1	東	Đông	Tōng

2	晉	Tấn	Tóm
3	牛	Ngưu	Nieōu
4	氏、	Thị,	Chí,
5	司	Tư	Ssē
6	馬	Mã	Mā
7	懿	Ý	Yí
8	孫	tôn.	Sūn.
E'1	瑯。	Lang	Lâng
2	琊	Da	Yâ
3	恭	Cung	Kōng
4	王、	Vương,	Ouâng,
5	妃	phi	fei
6	夏	Hạ	Hiá
7	侯	Hầu	Heôu
8	氏、	Thị,	Chí,
9	通	thông	t'ōng
10	牛	Ngưu	Nieōu
11	氏	Thị	Chí
12	之	chi	tchī
13	子、	tử	tseù
14	而	nhi	eûlh
15	生	sinh	sēng
16	子	tử	tseù
17	睿。	Duệ.	Joui.
F'1	冒	Mạo	Máo
2	襲	tập	sĭ
3	王	vương	ouâng
4	爵	tước.	tsiŏ.
G'1	據	Cứ	Kiú
2	有	hữu	yeoù

3	江	Giang	Kiāng
4	表	biểu.	piaò.
H'1	值。	Tri	Tchí
2	晉	Tấn.	Tóm
3	失	thất	chĭ
4	國	quấc,	kouĕ,
5	遂、	toại	souí
6	稱	xưng	tch'īng
7	帝	đế	tí
8	于	vu	yū
9	金	Kim	kīn
10	陵	Lang.	Lîng.
I'1	是。	Thị	Chí
2	為	vi	ouêi
3	東	đông	tōng
4	晉	Tấn	Tóm
5	元	Nguyên.	Youên
6	帝。	Đế.	tí.
J'1	傳	Truyền	Tch'ouên
2	子	tử	tseù
3	明	Minh	Mîng
4	帝、	Đế,	Tí,
5	孫	tôn	Sūn
6	成	Thành	Tch'îng
7	帝、	Đế,	Tí,
8	康	Khang	K'āng
9	帝、	Đế,	Tí,
10	曾	tăng	tsēng
11	孫	tôn	sūn.
12	穆	Mục	Moŭ

13	帝、	Đế,	Tí,
14	哀	Ai	Ngaī
15	帝、	Đế,	Tí,
16	帝	Đế	Tí,
17	奕、	Diệc.	Yí,
18	以	dĩ	Yì
19	及	cập	kĭ
20	元	Nguơn	Youên
21	帝	đế	Tí.
22	少	thiểu	chào
23	子	tử	tseù
24	簡	Giản	Kién
25	文、	Văn,	Ouên,
26	孫	tôn	Sūn
27	孝	Hiếu	Hiaó
28	武	Võ	Voù
29	帝、	Đế,	Tí,
30	曾	tăng	tsēng
31	孫	tôn	sūn
32	安	An	Ngān
33	帝、	Đế,	Tí,
34	恭	Cung	Kóng
35	帝、	Đế,	Tí,
36	凡	phàm	fân
37	十	thập	chĭ
38	一	nhứt	yĭ
39	世、	thế,	chí,
40	百	bá	pĕ
41	二	nhị	eúlh
42	年	niên	niên.

10	惠	Huệ	Hoéi
11	帝	Đế	Tí
12	時	thì,	chî,
13	據	cứ,	kiú
14	平	Bình	P'îng
15	陽	Dương.	Yâng.
N'1	稱	Xưng	tch'ing
2	漢	Hán	Hán
3	帝	Đế.	Tí.
O'1	傳	Truyền	Tch'ouên
2	子	tử	tseu
3	劉	Lưu	Lieôu
4	聰	Thông.	T'sông.
P'1	陷	Hãm	Hién
2	長	Trường	Tch'âng
3	安	An.	Ngân.
Q'1	執	Chấp	Tchî
2	晋	Tấn	Tsín
3	二	nhị	eúlh
4	帝	Đế.	Tí.
R'1	傳	Truyền	Tch'ouên
2	子	tử	tseu
3	和	Hoà	Hô
4	淵	Huyên;	Youên;
5	姪	điệt	tchĭ
6	曜	Diệu,	Yaó,
7	曜	Diệu	Yaó
8	子	tử	tseu
9	熙	Hi,	Hi,
10	凡	phàm	fân

18	計	Kế	kí
19	二	nhị	eúlh
20	趙	Triệu,	Tchaó,
21	三	tam	sān
22	秦	Tần,	T'sîn,
23	五	Ngũ	où
24	燕	Yên,	Yēn;
25	五	Ngũ	où
26	涼	Lương,	Leâng;
27	蜀	Thục,	Choŭ,
1	魏	Ngụy,	Ouéi,
2	夏	Hạ,	Hiá,
3	而	nhi	eûlh
4	拓	Thác	Toŭ
5	拔	Bạt	Pă
6	之	chi	tchī
7	代	đại	taí
8	魏	Ngụy	Ouéi
9	不	bất	poŭ
10	與	dự	yù
11	焉	diên:	yên.
M'1	前	Tiền	Ts'iên
2	趙	Triệu	Tchaó
3	劉	Lưu	Lieôu
4	淵	Huyên,	Youên
5	單	Đơn	Tch'ên
6	于	Vu	Yû
7	左	tả	tsò
8	賢	hiền	hiên
9	王	vương,	ouâng,

K'1	右	Hữu	Yeóu
2	兩	lưỡng	leàng
3	晉	Tấn	Tsín
4	共	cộng	kóng
5	十	thập	chĕ
6	五	ngũ	où
7	世	thế,	chí,
8	一	nhứt	yĭ
9	百	bá	pĕ
10	五	ngũ	où
11	十	thập	chĕ
12	四	tứ	soé
13	年	niên.	niên.
L'1	兩	lưỡng	leàng
2	晉	Tấn	Tsín
3	之	chi	tchī
4	間	gian,	kien;
5	前	tiền	ts'iên
6	後	hậu	heóu
7	僭	tiếm	tsién
8	偽	ngụy	ouéi
9	于	vu	yû
10	北	bắc	pĕ
11	方	phương	fāng
12	者	giả,	tchè,
13	凡	phàm	fân
14	十	thập	chĕ
15	八	bát	pă
16	國	quấc,	kouĕ,
17	總	tổng	tsòng

11	五	ngũ	ou
2	世	thế	chi
13	二	nhị	eulh
14	十	thập	chi
15	六	lục	lou
16	年	niên.	nien.
S'1	滅	Diệt	Mie
2	於	ư	yu
3	後	hậu	heou
4	趙。	Triệu.	Tchao
T'1	後	Hậu	Heou
2	趙	Triệu	Tchao
3	石	Thạch	Chi
4	勒、	Lặc,	Le,
5	淵	Huyên	Youen
6	之	chi	tchi
7	將、	tướng,	tsiang,
8	元	Nguyên	Yuen
9	帝	Đế	Ti
10	時	thì,	chi,
11	據	cứ,	kiu
12	襄	Tương	Siang
3	國。	quốc.	koue.
U'1	傳	Truyền	
2	子	tử	tseu
3	弘、	Hoằng,	Hong
4	弟	Đệ	Ti,
5	虎、	Hổ,	Hou,
6	虎	Hổ	Hou
7	子	tử	tseu

8	世	Thế,	chi,
9	遵	Tuân,	Tsun,
10	鑑	Giám	kien,
11	祇、	kì.	K'i.
V'1	七	Thất	Tsi
2	世	thế	chi
3	二	nhi	eulh
4	十	thập	chi
5	三	tam	san
6	年、	niên.	nien.
X'1	滅	Diệt	Mie
2	于	vu	yu
3	冉	Nhiễm	Jen
4	閔。	Mẫn.	Min.
Y'1	前	Tiền	Ts'ien
2	燕	Yên	Yen
3	慕	Mộ	Mou
4	容	Dung	Yong
5	廆	Khôi	Hoei,
6	鮮	Tiển	Sien
7	卑	Ti	Pei
8	部	bộ	p'ou
9	長	trưởng.	tch'ang.
Z'1	子	Tử	Tseu
2	皝、	Hoang,	Hoang,
3	懷	Hoài	Hoai
4	帝	Đế	Ti
5	時	thì,	chi,
6	據	cứ	kiu
7	鄴	Nghiệp	Nie

8	稱	xưng	tch'ing
9	王。	vương.	ouang.
A'1	歷	Lịch	Li
2	皝	Hoang	Hoang
3	子	tử	tseu
4	儁、	Tuấn,	Tsiun,
5	稱	xưng	tch'ing
6	帝、	đế,	ti,
7	儁	Tuấn	Tsiun
8	子	tử,	tseu
9	暐、	Vĩ	Oui,
10	四	tứ	ssé
11	世、	thế	chi
12	六	lục	lou
13	十	thập	chi
14	三	tam	san
15	年、	niên.	nien.
1	滅	Diệt	Mie
2	於	ư	yu
3	秦。	Tần.	Ts'in
C'1	後	Hậu	Heou
2	燕	Yên	Yen
3	慕	Mộ	Mou
4	容	Dung	Yong
5	垂、	Thùy,	Tch'oui,
6	皝	Hoang	Hoang
7	子、	tử,	tseu,
8	孝	Hiếu	Hiao
9	武	Vũ	Wou
10	時	thì,	chi,

7	弟	đệ	tí,	10	陰	Âm.	Yīn.	11	叛	phản	p'án
8	據	cứ	kiú	H''1	歷	Lịch	Lĭ	12	秦	Tần	Ts'în
9	滑	Hoạt	Hoā	2	弟	đệ	tí	13	稱	xưng	tch'ing
10	臺	Đài.	T'âi.	3	沖	Xung,	Tchōng,	14	帝	đế.	tí.
K''1	歷	Lịch	Lĭ	4	沖	Xung	Tchōng	D''1	歷	Lịch	Lĭ
2	子	tử	tsèu	5	姪	điệt	tchĭ	2	子	tử	tsèu
3	超	Siêu.	Tch'āo.	6	顗	Khải.	Yì,	3	寶	Bửu	Paò,
L''1	二	Nhị	Eulh	7	沖	Xung	Tchōng	4	孫	tôn	sūn
2	世	thế	chí	8	子	tử	tsèu	5	盛	Thạnh,	Ching,
3	十	thập	chĕ	9	瑶	Diêu,	Yâo,	6	寶	Bửu.	Paò
4	三	tam	sān	10	泓	Hoằng	Hông	7	弟	đệ.	tí.
5	年	niên.	niên.	11	子	tử	tsèu	E''1	四	Tứ	Ssé
M''1	滅	Diệt	Miĕ	12	忠	Trung,	Tchōng	2	世	thế	chí
2	于	vu	yū	13	泓	Hoằng	Hông	3	二	nhị	eulh
3	晉	Tấn.	Tsín.	14	弟	đệ	tí	4	十	thập	chĕ
N''1	北	Bắc	Pĕ	15	來	Lai,	Laî,	5	四	tứ	ssé
2	燕	Yên	Yēn	16	六	lục	loŭ	6	年	niên.	niên.
3	馮	Phùng	P'îng	17	世	thế,	chí	F''1	滅	Diệt	Miĕ
4	跋	Chánh,	Tch'ing,	18	十	thập	chĕ	2	于	vu	Yū
5	慕	Mộ	Moú	19	年	niên.	niên.	3	高	Kao	Kāo
6	容	Dung	Yông	I''1	滅	Diệt	Miĕ	4	雲	Vân	Yûn.
7	垂	Thùy	Tchoûi	2	於	ư	yū	G''1	西	Tây	Sī
8	臣	thần,	tch'în,	3	後	Hậu	Heóu	2	燕	Yên	Yēn
9	據	cứ	kiú	4	燕	Yên.	Yēn.	3	慕	Mộ	Moú
10	龍	Long	Lông	J''1	南	Nam	Nân	4	容	Dung	Yông
11	城	Thành.	tch'îng.	2	燕	Yên	Yēn	5	泓	Hoằng,	Hông,
O''1	歷	Lịch	Lĭ	3	慕	Mộ	Moú	6	儁	Tuấn	Tsiún
2	弟	đệ	tí	4	容	Dung	Yông	7	子	tử,	tsèu,
3	弘	Hoằng	Hông.	5	德	Đức,	Tĕ,	8	據	cứ	kiú
P''1	二	Nhị	Eulh	6	垂	Thùy	Tchoûi	9	華	Hoa	Hoâ

11	年	niên.	nien.
V''1	滅	Diệt	Mie
2	于	vu	yu
3	晉	Tấn.	Tsin.
X''1	西	Tây	Si
2	秦	Tần	Ts'in
3	乞	Khất	K'i
4	伏	Phục	Fou
5	國	Quấc	Koue
6	仁	Nhơn	Jin,
7	秦	Tần	Ts'in
8	將	tướng,	tsiang,
9	據	cứ	kiu
10	金	Kim	kin
11	城	Thành.	Tch'ing.
Y''1	歷	Lịch	Li
2	弟	đệ	ti
3	乾	Càn	K'ien
4	歸	Qui,	Kouei
5	孫	tôn	sun
6	熾	Xí	Tchi
7	磐	Bàn,	P'an,
8	磐	Bàn	P'an
9	子	tử	tseu
10	暮	Mộ	Mou
11	末	Vị,	Ouei,
12	四	tứ	ssé
13	世	thế	chi
14	四	tứ	ssé
15	十	thập	chi

16	崇	Sùng,	Ts'ong,
17	七	thất	ts'i
18	世	thế,	chi,
19	四	tứ	ssé
20	十	thập	chi
21	六	lục	lou
22	年	niên.	nien.
S''1	滅	Diệt	Mie
2	於	ư	yu
3	後	hậu	heou
4	秦	Tần.	Ts'in.
T''1	後	Hầu	Heou
2	秦	Tần	Ts'in
3	姚	Diêu	Yao
4	萇	Trường	Tch'ang
5	叛	phản	p'an
6	秦	Tần	Ts'in
7	據	cứ	kiu
8	長	Trường	Tch'ang
9	安	An.	Ngan.
U''1	歷	Lịch	Li
2	子	tử	tseu
3	興	Hưng.	Hing,
4	孫	tôn	sun
5	泓	Hoằng,	Hong,
6	三	tam	san
7	世	thế.	chi.
8	三	tam	san
9	十	thập	chi
10	四	tứ	ssé

2	世	thế	chi
3	二	nhị	eulh
4	十	thập	chi
5	八	bát	pa
6	年	niên.	nien.
Q''1	前	Tiền	Ts'ien
2	秦	Tần	Ts'in
3	苻	Phù	Fou
4	洪	Hồng,	Hong,
5	穆	Mục	Mou
6	帝	Đế	Ti
7	時	thì,	chi,
8	據	cứ	kiu
9	長	Trường	Tch'ang
10	安	An.	Ngan.
R''1	歷	Lịch	Li
2	洪	Hồng	Hong
3	子	tử	tseu
4	健	Kiện,	kien,
5	孫	tôn	sun
6	生	Sinh,	seng,
7	健	kiện	kien
8	弟	đệ	ti
9	堅	Kiên,	kien,
10	堅	Kiên	kien
11	子	tử	tseu
12	丕	Phi,	P'ei,
13	登	Đăng,	Teng,
14	登	Đăng	Teng
15	子	tử	tseu

7	據	cứ	kiú	14	子	tử	tseū	16	七	thất	ts'ĭ
8	涼	Lương.	Leâng.	15	曜	Diệu	Yáo	17	年	niên.	niên,
E'''1	傳	Truyền	Tch'ouan	16	靈	Linh,	Lîng,	Z'''1	滅	Diệt	Miĕ
2	子	tử,	tseū	17	華	Hoa	Hoâ	2	於	ư	yū
3	紹	Thiệu,	chaó,	18	弟	đệ	tí	3	夏	Hạ.	Hiá.
4	慕	Mộ,	Moú,	19	祚	Tộ,	Tsoú,	A''''1	前	Tiền	Ts'iên
5	隆	Lung,	Lông,	20	曜	Diệu	Yáo	2	涼	Lương	Leâng
6	四	tứ,	ssé	21	靈	Linh	Lîng	3	張	Trương	Tchāng
7	世	thế,	chí	22	弟	đệ	tí	4	軌	Quỹ,	Kouèi,
8	十	thập	chĭ	23	元	Nguơn	Youên	5	晉	Tấn	Tsín
9	九	cửu	kieoū	24	靚	Tĩnh,	Tsíng,	6	臣	thần,	tch'în,
10	年	niên.	niên.	25	祚	Tộ	Tsoú	7	惠	Huệ	Hoéi
F'''1	滅	Diệt	F'''Miĕ	26	弟	đệ	tí	8	帝	Đế	Tí
2	于	vu	yū	27	天	Thiên	T'iēn	9	時	thì,	chî,
3	後	hậu	heoû	28	錫	Tích,	Sĭ,	10	據	cứ	kiú
4	秦	Tần.	Ts'în.	29	九	cửu	kieoū	11	平	Bình	P'îng
G'''1	南	Nam	Nân	30	世	thế	chí	12	涼	Lương.	Leâng.
2	涼	Lương	Leâng	31	七	thất	tsĭ	B'''1	傳	Truyền	Tch'ouen
3	禿	Thốc	T'ŏ	32	十	thập	chĭ	2	子	tử	tseū
4	髮	Phát	Fă	33	八	bát	pă	3	寔	Thật,	Chĭ,
5	烏	Ô	Oû	34	年	niên.	niên.	4	孫	Tôn	Sūn
6	孤	Cô,	Koū,	C'''1	滅	Diệt	Miĕ	5	茂	Mậu,	Meoú,
7	涼	Lương	Leâng	2	于	vu	yū	6	茂	Mậu	Meoú
8	將	tướng,	tsiáng,	3	秦	Tần.	Ts'în.	7	子	tử	tseū
9	據	cứ	cú	D'''1	後	Hậu	Heoú	8	駿	Tuấn,	Tsún,
10	樂	Nhạc	Yŏ	2	涼	Lương	Leâng	9	駿	Tuấn,	Tsún
11	都	Đô.	Toū.	3	呂	Lữ	Liù	10	子	tử,	tseū
H'''1	歷	Lịch	Lĭ	4	光	Quang,	Kouāng,	11	重	Trung	Tchóng
2	弟	đệ	Tí	5	秦	Tần	Ts'în	12	華	Hoa,	Hoâ,
3	利	Lợi	Lí	6	將	tướng,	tsiáng,	13	華	Hoa	Hoâ

13	自	tự	tsèu
14	立	lập.	li.
O'''1	傳	Truyền	Tchouen
2	子	tử,	tsèu
3	牧	Mục	Mou
4	犍	kiền.	Kien.
P'''1	兩	Lưỡng	P''' Leàng
2	姓	tánh.	sing
3	三	tam	san
4	世	thế,	chi,
5	四	tứ	ssé
6	十	thập	chi
7	三	tam	san
8	年	niên.	nien.
Q'''1	滅	Diệt	Q''' Mie
2	於	ư	yu
3	魏	Ngụy.	Ouéi.
R'''1	蜀	Thục	Chou
2	李	Lý	Li
3	特	Đặc,	T'e,
4	惠	Huệ	Houéi
5	帝	Đế	Ti
6	時	thì,	chi,
7	據	cứ	kiu
8	廣	Quảng	Kouàng
9	漢	Hán.	Hán.
S'''1	傳	Truyền	Tchouen
2	子	tử	tseu
3	雄	Hùng,	Hiông,
4	稱	Xưng	tch'ing

6	世	thế,	chi
7	十	thập	chi
8	九	cửu	kieou
9	年	niên.	nien.
L'''1	滅	Diệt	Mie
2	於	ư	yu
3	北	bắc	pe
4	涼	Lương.	Leang.
M'''1	北	Bắc	Pe
2	涼	Lương	Leang
3	段	Đoạn	Toan
4	業	Nghiệp,	Nie
5	後	Hậu	Heou
6	涼	Lương	Leang
7	將	tướng,	tsiang,
8	據	cứ	kiu
9	張	Trương	Tchang
10	掖	Dịch	yi.
N'''1	稱	Xưng	Tching
2	王	vương	ouang
3	五	ngũ	ou
4	年	niên;	nien;
5	其	Kì	k'i
6	臣	thần	tch'in
7	沮	Thư	Tsiu
8	渠	cừ	kiu
9	蒙	Mông	Mông
10	遜	Tốn	Sún
11	弒	thí	chi
12	之	chi	tchi

4	鹿	Lộc	Lou
5	孤	Cô.	Kou,
6	傉	Nục	Jŏ
7	檀	Đàn,	Tàn,
8	三	tam	san
9	世	thế	chi
10	十	thập	chi
11	九	cửu	kieou
12	年	niên.	nien.
I'''1	滅	Diệt	Mie
2	於	ư	yu
3	西	Tây	si
4	秦	Tần.	Ts'in.
J'''1	西	Tây	Si
2	涼	Lương	Leang
3	李	Lý	Li
4	暠	Cao,	Kao,
5	北	Bắc	Pe
6	涼	Lương	Leang
7	段	Đoạn	Toan
8	業	Nghiệp	Nie
9	臣	thần,	tch'in,
10	據	cứ	kiu
11	晉	Tấn	Tsin
12	昌	Xương.	Tchang.
K'''1	傳	Truyền	Tchouen
2	子	tử	tseu
3	歆	Hâm,	Hin,
4	恂	Tuân,	Siun,
5	三	tam	san

7	二	nhị	eulh	7	孫、	tôn,	sūn,	5	成	Thành	Tch'ing
8	十	thập	chĭ	8	殺	sát	chă	6	帝	Đế.	Tí.
9	五	ngũ	où	9	虎	Hổ	Hoū	T'''1	歷	Lịch	Lĭ
10	年。	niên.	niên.	10	子	tử	tseù	2	姪	điệt	tchĭ
D^{2}1	滅	Diệt	Miĕ	11	自	tự.	tseú	3	班	Ban	Pan
2	於	ư	yŭ	12	立	lập.	lĭ.	4	期、	Kì.	Kî.
3	土	Thổ	T'où	A^{3}1	三	Tam	sān	U'''1	期	Kì	Kî.
4	谷	Cốc	Koŭ	2	年	niên	niên,	2	叔	thúc	choŭ
5	渾。	Hồn.	Hoên.	3	燕	Yên	Yēn	3	壽	Thọ	Cheóu
E^{2}1	北	Bắc	Pĕ	4	人	nhơn	jîn	4	改	cải	kài
2	燕	Yến	Yen	5	誅	tru	tchoū	5	號	hiệu	háo
3	高	Cao	Kāo	6	之。	chi.	tchī.	6	漢、	Hán.	Hán.
4	雲、	Vân,	Yŭn,	B^{3}1	夏	Hạ	Hia	V'''1	傳	Truyền	Tchouen
5	弒	thí	chí	2	赫	Hạch	Hĕ	2	子	tử	tseù
6	慕	Mộ	Moú	3	連	Liên	Lien	3	勢、	Thế.	Chí.
7	容	Dung	yông	4	勃	Bột	P'ŏ	X'''1	六	Lục	Loŭ
8	熙	hi	Hī	5	勃、	Bột,	P'ŏ,	2	百	thế	chĭ
9	而	nhi	eulh	6	劉	Lưu	Lieôu	3	四	tứ	sseé
10	自	tự	tseú	7	淵	Huyên	youên	4	十	thập	chĭ
11	立。	lập.	lĭ.	8	之	chi	tchī	5	七	thất	ts'ĭ
F^{2}1	三	Tam	Sān	9	族、	tộc,	tsoŭ,	6	年。	niên.	niên.
2	年	niên,	niên,	10	據	cư	kiú	Y'''1	滅	Diệt	Miĕ
3	為	vi	ouêi	11	統	Thống	Tòng	2	於	Ư	yū
4	其	Kì	k'î	12	萬	Vạn	Ouén	3	晉、	Tấn.	Tsín.
5	下	hạ	hiá	C^{3}1	傳	Truyền	Tchouen	Z'''1	魏	Ngụy	Ouéi
6	所	sở	sò	2	子	tử	tseù	2	冉	Nhiễm	Jèn
7	殺。	sát.	chă.	3	昌、	Xương,	Tch'ang,	3	閔	Mẫn,	Mìn,
G^{2}1	馮	Phùng	P'ing	4	定、	Định,	Tíng,	4	石	Thạch	Chĕ
2	跋	Bạt	Pŏ	5	三	tam	sān	5	虎	Hổ	Hoū
3	繼	Kế	Kí	6	世、	thế,	chí	6	養	dưỡng	Yàng

2 南 nam. nân
3 朝 triều. tch'aô,
4 都 đô tou.
5 金 Kim. Kīn.
6 陵 Lăng. Lîng.
C1 此 Thử T'seu
2 言 ngôn yên
3 南 Nam Nân
4 朝 triều tch'aô
5 之 chi tchī
6 史 sử ssè
7 也 dã. yè.
D1 凡 Phàm Fân
2 四 tứ ssé
3 朝 triều, tch'aô,

9 書 thơ. chou.
A1 宋 Tống Sóng
2 齊 Tề T'sî
3 繼 Kế, ki,
4 梁 Lương Leâng
5 陳 Trần Tch'în
6 承 thừa. tch'êng.
B1 為 Vi Ouêi.

4 立 vị. ouéi.
H1 雲 Vân Yûn
2 與 dữ yù
3 冉 Nhiễm Jèn
4 閔 Mẫn Mìn
5 弒 thí chí
6 逆 nghịch nǐ
7 不 bất poŭ
8 終 chung. tchōng.
I1 西 Tây Sī
2 燕 Yên Yēn
3 六 lục loŭ
4 主 chúa tchòu
5 自 tự tseú
6 相 tướng siāng
7 戕 tường t'siâng
8 殺 sát. chă.
J1 三 Tam Sān
2 者 giả tchè
3 不 bất poŭ
4 成 thành tch'îng
5 國 quốc. kouĕ.
K1 餘 Dư Yû
2 十 thập chĕ
3 六 lục loŭ
4 國 quốc, kouĕ,
5 俱 cụ kiū
6 附 phụ foú
7 見 Kiến kién
8 晉 Tấn Tsín

4	一	nhứt	yĭ
5	曰	viết	youĕ
6	宋	Tống.	Sóng.
E 1	高	Cao	Kaō
2	祖	Tổ	Tsoù
3	劉	Lưu	Lieoû
4	裕	Dũ,	Yú,
5	彭	Bành	P'âng
6	城	Thành	Tch'ing
7	人	nhơn,	jin,
8	受	thọ	cheoú
9	晉	Tấn	Tsín
10	禪	thiện.	chén.
F 1	傳	Truyền	Tch'ouên
2	子	tử	tsèu
3	少	Thiếu	chào
4	帝	Đế,	Tí,
5	文	Văn	Ouên
6	帝	Đế,	Tí,
7	文	Văn	Ouên
8	子	tử	tsèu
9	孝	Hiếu	Hiáo
10	武	Võ,	Où,
11	武	Võ	Où
12	子	tử	tsèu
13	廢	Phế	Feï
14	帝	Đế,	Tí,
15	武	Võ	Où
16	弟	đệ	tí
17	明	Minh	Mîng
18	帝	Đế,	Tí,
19	明	Minh	Mîng
20	子	tử	tsèu
21	蒼	Thương	Ts'âng
22	梧	Ngô,	Oû,
23	順	Thuận	Chouén
24	帝	Đế,	Tí,
25	凡	phàm	fân
26	八	bát	pă
27	世	thế,	chí
28	六	lục	loŭ
29	十	thập	chĭ
30	年	niên.	niên.
G 1	二	Nhị	Eúlh
2	曰	viết	youĕ
3	齊	Tề.	Ts'î.
H 1	蕭	Tiêu	Siāo
2	氏	thị	chí
3	太	Thái	T'aí
4	祖	Tổ	Tsoù
5	道	Đạo	Taó
6	成	Thành,	Tch'ing,
7	蘭	Lan	Lân
8	陵	Lăng	Lîng
9	人	nhơn,	jin,
10	受	thọ	cheoú
11	宋	Tống	Sóng
12	禪	thiện.	chén.
I 1	傳	Truyền	Tch'ouên
2	子	tử	tsèu
3	武	Võ	Voù
4	帝	Đế,	Tí,
5	孫	tôn	sūn
6	二	nhị	eúlh
7	少	thiếu	chào
8	帝	đế,	tí,
9	姪	điệt	tchĭ
10	明	Minh	Mîng
11	帝	đế,	tí,
12	明	Minh	Mîng
13	子	tử	tsèu
14	東	Đông	Tōng
15	昏	Hôn,	Hoēn,
16	和	Hoà	Hô
17	帝	Đế,	Tí.
18	七	thất	ts'ĭ
19	世	thế,	chí
20	二	nhị	eúlh
21	十	thập	chĭ
22	三	tam	sān
23	年	niên.	niên.
J 1	三	Tam	Sān
2	曰	viết	youĕ
3	梁	Lương.	Leâng.
K 1	蕭	Tiêu	Siāo
2	氏	thị	chí
3	武	Võ	Voù
4	帝	đế	tí
5	蕭	Tiêu	siāo
6	衍	Diễn,	yèn,
7	齊	Tề	Ts'î

2	上	thưởng	chàng
3	四	tứ	ssé
4	朝	triều,	tch'aô,
5	俱	cu	kiū
6	都	Đô	toū
7	金	kim	kīn
8	陵	Lăng.	Lîng.
Q 1	南	Nam	Nân
2	史	Sử	ssè
3	之	chi	tchī
4	外	ngoại,	ouái,
5	各	các	kŏ
6	有	hữu	yeoù
7	国	quấc	koué
8	史	sử.	ssè.
R 1	四	Tứ	ssé
2	朝	triều	tch'aô
3	連	liên	liên
4	吳	Ngô	ôu
5	與	dữ	yù
6	東	đông	tông
7	晉	Tấn,	Tsín,
8	又	hựu	yeoú
9	號	hiệu	hāo
10	六	lục	loū
11	朝	triều.	tch'aô.
A 1	北	Bắc	Pĕ

7	長	Trường	Tch'âng
8	興	Hưng	Hīng
9	人	nhơn,	jîn,
10	受	thọ	chéou
11	梁	Lương	Leâng
12	禪	thuyền.	chén.
O 1	傳	Truyền	Tch'ouen
2	兄	huynh	hiōng
3	子	tử	tseù
4	文	Văn	Ouên
5	帝	Đế,	Tí,
6	文	Văn	Ouên
7	子	tử	tseù
8	廢	Phế	Feí
9	帝	Đế,	Tí,
10	文	Văn	Ouên
11	弟	đệ	tí
12	宣	Tuyên	Siouēn
13	帝	đế,	tí,
14	宣	Tuyên	Siouēn
15	子	tử	tseù
16	后	Hậu	Heoú
17	主	Chúa,	Tchoù,
18	五	ngũ	où
19	世	thế	chí
20	三	tam	sān,
21	十	thập	chĕ
22	三	tam	sān
23	年	niên.	niên.
D 1	以	Dĩ	yì

8	之	chi	tchī
9	族	tộc,	tsoū,
10	受	thọ	cheóu
11	齊	Tề	Ts'î
12	禪	thuyền.	chén.
L 1	傳	Truyền	Tch'ouen
2	子	tử	tseù
3	簡	Giản	Kièn
4	文	Văn,	Ouên,
5	元	Nguơn	Youên
6	帝	Đế,	tí,
7	元	Nguơn	Youên
8	子	tử	tseù
9	敬	Kính	Kíng
10	帝	đế,	tí,
11	四	tứ	ssé
12	世	thế	chí
13	五	ngũ	où
14	十	thập	chĕ
15	六	lục	loū
16	年	niên.	niên.
M 1	四	Tứ	ssé
2	曰	viết	youĕ
3	陳	Trần.	Tch'ên.
N 1	陳	Trần	Tch'ên
2	代	thị	chí
3	武	Võ	Vòu
4	帝	Đế	Tí
5	霸	Bá	Pá
6	先	Tiên,	Siên,

No.	Char.	Annamite	Chinese
2	元	Nguơn	Youen
3	魏。	Ngụy.	Ouei,
4	分	phân	fen
5	東	Đông	tong
6	西。	Tây.	Si.
B1	宇	Vũ	Yu
2	文	Văn	Ouen
3	周	Châu,	Tcheou
4	與	dữ	yu
5	高	Cao	Kao
6	齊。	Tề	Ts'i.

No.	Char.	Annamite	Chinese
A 1	北	Bắc	Pe
2	史	Sử	sse
3	三	tam	san
4	朝、	triều,	tch'ao
5	一	nhứt	yi
6	曰	viết	youe
7	魏	Ngụy.	Ouei
B 1	姓	Tánh	Sing
2	拓	Thác	Tou
3	拔	Bạt	Pa
4	氏、	Thị.	Chi.
C 1	起	Khỉ	K'i
2	於	ư	yu
3	朔	Sóc	So
4	漠	Mạc.	Mo.
D 1	始、	Thỉ,	Chi
2	聖	Thánh	Ching
3	武	Võ	Wou

No.	Char.	Annamite	Chinese
4	帝	Đế,	Ti,
5	詰	Cật	K'i
6	汾	Phần,	Fen,
7	神	Thần	Chin
8	元	Nguyên	Youen
9	帝	Đế,	Ti,
10	力	Lực	Li
11	微	Vi,	Ouei,
12	世	thế	chi
13	為	vi	ouei
14	君	quân	kiun
15	長、	trưởng,	tch'ang
16	臣	thần	tch'in
17	服	phục	fou
18	中	trung	tchong
19	國、	quấc,	koue
20	至	chí	tchi
21	拓	Thác	Tou
22	拔	Bạt	Pa
23	猗	Ỷ	yi
24	盧	Lư	Lou
25	入	nhập	ji
26	討	thảo	t'ao
27	内	nội	nei
28	叛、	phản,	p'an
29	始	thỉ	chi
30	有	hữu	yeou
31	中	trung	--
32	國。	quấc,	koue,
33	自	tự	tseu

5	武	Võ	Wou
6	子	tử	tseu
7	孝	Hiếu	Hiáo
8	明	Minh.	Ming.
9	孝	Hiếu	Hiáo
10	文	Văn	Ouên,
11	孫	tôn	sūn
12	孝	Hiếu	Hiáo
13	莊	Trang,	Tchoāng,
14	節	Tiết	Tsiě
15	閔	Mẫn,	Min.
16	孝	Hiếu	Hiáo
17	武	Võ.	Woù
K 1	孝	Hiếu	Hiáo
2	武	Võ	Woù
3	為	vi	ouêi
4	其	kì	k'î
5	相	tướng	siang
6	高	Cao	Kaō
7	歡	Hoan	Hoān
8	所	sở	sò
9	逼	bức,	pĭ,
10	奔	tôn	pēn
11	於	ư	yū
12	長	Trường	Tch'âng
13	安	An.	Ngan.
L 1	是	Thi	Chí
2	為	vi	ouêi
3	西	Tây	Sī
4	魏	Nguy	Ouéi

5	帝	Đế.	Tí.
I 1	子	Tử	Tseu
2	明	Minh	Ming
3	元	Nguyên,	Youên,
4	元	Nguyên	Youên
5	子	tử	tseu
6	大	Đại	Tá
7	武	Võ,	Woù,
8	武	Võ	Wou
9	孫	tôn	sūn
10	高	Cao	Kaō
11	宗	Tông,	Tsōng
12	高	Cao	Kaō
13	子	tử	tseu
14	献	Hiến	Hién
15	文	Văn,	Ouên
16	献	Hiến	Hién
17	子	tử	tseu
18	孝	Hiếu	Hiáo
19	文	Văn,	Ouên
20	始	thỉ	chì
21	改	cải	kaì
22	姓	tánh	síng
23	為	vi	ouêi
24	元	Nguyên	Youên
25	氏	thị.	chí.
J 1	傳	Truyền	Tch'ouên
2	子	tử	tseu
3	宣	Tuyên	Siouên
4	武	Võ,	Woù,

34	稱	xưng	tch'īng
35	代	Đại	Tái
36	王	Vương	Ouâng
E 1	傳	Truyền	Tch'ouên
2	弟	đệ	tí
3	子	tử	tseu
4	壘	Lũy	Louì
5	律	Luật,	Liŭ,
6	律	Luật	Liŭ
7	子	tử	tseu
8	什	thập	chĭ
9	翼	Dực	Yĭ
10	健	Kiện,	Kién,
11	健	Kiện	Kién
12	子	tử	tseu
13	珪	Khuê.	Kouēi.
F 1	以	Dĩ	Yì
2	孝	Hiếu	Hiáo
3	武	Võ	Wou
4	時	thì	chî
5	稱	xưng	tch'īng
6	魏	Nguy	Ouéi
7	帝	Đế.	Tí
G 1	都	Đô	Tou
2	平	hô	hoū
3	陽	Dương	Yâng
H 1	是	Thi	Chí
2	為	vi	ouêi
3	道	Đạo	Táo
4	武	Võ	Wou

M	1	傳	Truyền	Tch'ouên.
	2	從	tùng	ts'ông
	3	弟	đệ	ti
	4	文	Văn	Ouên
	5	旁、	Bàng,	P'âng
	6	文	Văn	Ouên
	7	子	tử	tseu
	8	廢	Phế	Fei
	9	帝、	Đế;	Ti,
	10	恭	Cung	Kông
	11	帝、	Đế;	Ti,
	12	而	nhi	eulh
	13	禪	thuyền	chén
	14	於	ư	yû
	15	周。	Châu.	Tcheou
N	1	東	Đông	Tông
	2	魏	Ngụy	Ouéi
	3	靜	Tĩnh	Tsíng
	4	帝	Đế	Tí
	5	善	Thiện	Chén
	6	見	Kiến,	Kién
	7	孝	Hiếu	Hiaó
	8	文	Văn	Ouên
	9	之	chi	tchi
	10	孫、	tôn;	sün;
	11	高	Cao	Kaō
	12	歡	Hoan	Hoān
	13	所	sở	sò
	14	立。	lập,	lĭ,
	15	鄴	đô	tōu
	16	於	ư	yü
	17	鄴。	Nghiệp,	Nie;
	18	分	phân	fen
	19	魏	Ngụy	Ouéi
	20	為	vi	ouéi
	21	二。	nhị.	eulh.
O	1	立	Lập	lĭ
	2	十	thập	chĭ
	3	二	nhị	eúlh
	4	年	niên	niên,
	5	而	nhi	eûlh
	6	禪	thuyền	chen
	7	於	ư	yū
	8	齊。	Tề.	T'sī.
P	1	自	Tự	Tseú
	2	道	Đạo	Taó
	3	成	Thành	Tch'ing
	4	至	chí	tchí
	5	恭	Cung	Kong
	6	帝。	Đế,	Ti,
	7	凡	phàm	fân
	8	十	thập	chĭ
	9	六	lục	loŭ
	10	世	thế,	chí,
	11	百	bá	pĕ
	12	七	thất	t'sĭ
	13	十	thập	chĭ
	14	年。	niên.	niên.
Q	1	恭	Cung	Kōng
	2	帝	Đế	Ti
	3	上	thưởng	chàng
	4	至	chí	tchí
	5	聖	Thánh	Ching
	6	武、	Võ,	Voū.
	7	三	tam	sān.
	8	百	bá	pĕ
	9	三	tam	sān.
	10	十	thập	chĭ
	11	餘	dư	yū
	12	年。	niên.	niên.
R	1	二	Nhị	Eúlh
	2	曰	viết	youĕ
	3	齊、	Tề;	T'sī.
	4	高	Cao	Kaō
	5	氏。	thị.	chí.
S	1	始	Thỉ	Chī
	2	高	Cao	Kaō
	3	歡	Hoan	Hoān
	4	立	lập	lĭ
	5	靜	Tĩnh	Tsíng
	6	帝、	Đế.	Tí.
T	1	世	Thế	Chí
	2	執	chấp	tchĭ
	3	其	Kì	k'î
	4	政、	chánh,	tching,
	5	至	chí	tchí
	6	子	tử	tseu
	7	洋	Dương	yăng
	8	而	nhi	eûlh
	9	受	thọ	cheoú

11	號	hiệu	hào
12	周。	Châu	Tchêou
B'1	傳	Truyền	Tchouên
2	弟	Đệ	ti
3	孝	Hiếu	Hiáo
4	明、	Minh	Ming
5	孝	Hiếu	Hiao
6	武、	Võ,	Voù,
7	武	Võ	Voù
8	子	tử	tseù
9	孝	Hiếu	Hiáo
10	宣、	Tuyên,	Siouên,
11	宣	Tuyên	Siouên
12	子	tử	tseù,
13	孝	Hiếu	Hiáo
14	靜、	Tĩnh,	Tsing,
15	五	ngũ	où
16	世	thế	chi
17	二	nhị	eulh
18	十	thập	chĕ
19	五	ngũ	où
20	年、	niên.	niên
C'1	禪	Thuyền	chén
2	於	ư	yû
3	隋。	Tùy	Souî
A1	迨	Đãi	Tài

2	曰	viết	youĕ
3	周	Châu	Tchêou
4	宇	Vũ	Yû
5	文	Văn	Ouên
6	氏	thị	chi.
Z1	宇。	Vũ	Yû
2	文	Văn	Ouên
3	泰	Thái	T'ai
4	擁	ủng	yòng
5	魏	Ngụy	Ouéi
6	孝	Hiếu	Hiáo
7	武	Võ	Voù
8	帝	Đế	Ti
9	於	ư	yû
10	長	Trường	Tch'âng
11	安、	An,	Ngān
12	世	thế	chi
13	執	chấp	tchĕ
14	其	Kì	k'î
15	政、	chánh	tching
A'1	其	Kì	K'î
2	子	tử	tseù
3	孝	Hiếu	Hiáo
4	閔	Mẫn	Min
5	帝	Đế	Ti
6	覺	giác	kiŏ
7	受	thọ	cheóu
8	魏	Ngụy	Ouéi
9	禪、	thuyền,	chén
10	改	cải	kài

10	禪、	thuyền	chén.
U1	是	Thị	Chí
2	為	vi	ouêi
3	齊	Tề	T'sî
4	文	Văn	Ouên
5	宣	Tuyên	Siouên
6	帝。	Đế	Ti.
V1	傳	Truyền	Tch'ouên
2	子	tử	tseù
3	廢	Phế	Féi
4	帝、	Đế,	Ti,
5	弟	đệ	ti
6	孝	Hiếu	Hiáo
7	昭、	Chiêu,	Tchaō,
8	武	Võ	Voù
9	成、	Thành,	Tch'ing,
10	成	Thành	Tch'ing
11	子	tử	tseù
12	後	Hậu	Heóu
13	主、	Chủ,	Tchòu,
14	五	Ngũ	où
15	世	thế	chi
16	二	nhị	eulh
17	十	thập	chĕ
18	八	bát	pă
19	年。	niên.	niên.
X1	滅	Diệt	Miĕ
2	於	ư	yû
3	周。	Châu	Tcheōu.
Y1	三	Tam	Sān

2	至	chi	tchí
3	隋。	Tùy,	Souî,
4	一	nhứt	yĭ
5	土	thổ	t'òu
6	宇。	vũ.	yù.
B 1	不	Bất	Poŭ
2	再	tái	tsái
3	傳。	truyền,	tch'ouên,

4	失	thất	chĭ
5	統	thống	tòng
6	緒。	tự.	siú.
C 1	四	Tứ	ssé
2	曰	viết	youĕ
3	隋。	Tùy,	Souî,
4	楊	Dương	Yâng
5	氏、	thị.	chí.
D 1	高	Cao	Kāo
2	祖	Tổ	Tsoù
3	楊	Dương	Yâng
4	堅、	Kiên,	Kiēn,
5	相	tướng	siáng
6	周	Châu,	Tcheōu,
7	受	thọ	cheoú
8	禪。	thuyền.	chén.
E 1	國	Quấc	Kouĕ
2	號	hiệu	hāo
3	曰	viết	youĕ
4	隋。	Tùy.	Souî.
F 1	南	Nam	Nân
2	平	bình	p'îng
3	陳	Trần	Tch'în

4	國、	quấc,	kouĕ,
5	而	nhi	eûlh
6	一	nhứt	yĭ
7	天	thiên	t'iēn
8	下。	hạ.	hiá.
G 1	傳	Truyền	Tch'ouên
2	子	tử	tseù
3	煬	Dương	Yáng
4	帝、	Đế,	Tí,
5	荒	hoang	hoang
6	淫	dâm	yîn
7	無	vô	voû
8	度、	độ.	toú.
H 1	天	Thiên	T'iēn
2	下	hạ	hiá
3	大	đại	tá
4	亂、	loạn	loán.
I 1	不	Bất	Poŭ
2	再	tái	tsái
3	傳	truyền	tch'ouên
4	而	nhi	eûlh
5	李	Lý	Li
6	氏	thị	chí
7	立	lập	lĭ
8	恭	Cung	Kōng
9	帝。	Đế.	Tí.
J 1	隋	Tùy	Souî
2	亡	vong	ouâng
3	矣。	hĩ	yĭ.
K 1	右	Hữu	Yeoú

2 隋、 Tùy Souî
3 三 tam sān
4 世 thế chí
5 三 tam sān
6 十 thập chî
7 七 thất tsĭ
8 年。 niên. niên.
L 1 以 Dĩ Yĭ
2 上 thượng chảng
3 四 tứ ssé
4 朝、 triều tch'aô,
5 謂 vị ouẻi
6 之 chi tchī
7 北 bắc pĕ
8 史。 sử. ssè
M 1 魏、 Ngụy, Ouéi,
2 齊、 Tề, T'sî,
3 周、 Châu, Tcheoū,
4 隋、 Tùy, Souî,
5 亦 diệc yĭ
6 各 các kŏ
7 有 hữu yeoù
8 史 sử ssè
9 書。 thơ. choū
A 1 唐 Đường T'âng
2 高 Cao Kāo

3 祖。 tổ tsoù
4 起 khỉ k'ì
5 義 ngãi yí
6 師。 sư. ssē.
B 1 除 Trừ Tch'oû
2 隋 Tùy Souî
3 亂。 loạn, loán,
4 建 sảng tch'oang

5 國 quấc koue
6 基。 Cơ. Kī.
C 1 繼 Kế Kí
2 隋 Tùy Souî
3 者 giả tchè
4 唐 Đàng T'âng
5 也。 dã. yè
D 1 是 Thị Chí
2 為 vi ouêi
3 唐 Đàng T'âng
4 書。 thơ. choū.
E 1 唐 Đàng T'âng
2 高 Cao Kāo
3 祖 tổ, tsoù,
4 姓 tánh síng
5 李 Lý Lí
6 氏、 thị, chí,
7 名 danh mîng
8 淵、 Huyên; Youēn
9 隴 Lũng Lòng,
10 西 Tây Sī
11 人、 nhơn jîn.
F 1 仕 Sĩ ssè
2 隋 Tùy Souî
3 為 vi ouêi

4	太	Thái	T'ai
5	原	nguyên	youen
6	守、	thủ.	cheou.
G 1	威	Oai	Ouei
2	望	vọng	ouang
3	素	tố	sou
4	著、	trứ.	tchou.
H 1	隋	Tùy	Soui
2	帝	Đế	Ti
3	忌	Kị	ki
4	之、	chi.	tchi.
I 1	帝	Đế	Ti
2	東	đông	tong
3	巡	tuần.	siun
4	不	bất	pou
5	反、	phản.	fan.
J 1	關	Quan	Kouan
2	中	trung	tchong
3	大	đại	ta
4	亂、	loạn :	loan
K 1	詔	Chiếu	Tchao
2	高	Cao	Kao
3	祖	tổ	tsou
4	盡	tận	tsin
5	討	thảo	t'ao
6	羣	quần	k'iun
7	賊。	tặc.	tsé
L 1	高	Cao	Kao
2	祖	tổ	tsou
3	懼、	cụ.	kiu.

M 1	乃	Nãi	Nai
2	因	nhơn	yin
3	子	tử	tseu
4	太	Thái	T'ai
5	宗	Tông	Tsong
6	之	chi	tchi
7	計、	kế,	ki,
8	倡	xướng	tch'ang
9	義	ngãi	yi
10	起	Khỉ	k'i
11	兵	binh	ping,
12	入	nhập	ji
13	關	quan	kouan
14	立	lập	li
15	煬	Dương	Yang
16	帝	Đế	Ti
17	孫	tôn	sun
18	恭	Cung	Kong
19	帝、	Đế.	Ti
N 1	號	Hiệu	Hao
2	召	triệu	tchao
3	天	thiên	t'ien
4	下、	hạ.	hia.
O 1	未	Vị	Ouei
2	幾	cơ	k'i
3	遂	toại	soui
4	創	sáng	tch'oang
5	業	nghiệp	nie
6	而	nhi	eulh
7	移	di	yi

8	隋	Tùy	Soui
9	祚	tộ	tsou
10	矣、	hĩ.	yi.
A 1	二	Nhị	Eulh
2	十	thập	chi
3	傳	truyền,	tch'ouen,
4	三	tam	san
5	百	bá	pé
6	載	tải,	tsai,
7	梁	Lương	Leang

8	滅	diêt	miĕ
9	之	chi,	tchī,
10	國	quấc	kouĕ
11	乃	nãi	naī
12	改。	cải.	Kai.
B1	唐	Đàng	T'âng
2	有	hữu	yeoù
3	天	thiên	t'iēn
4	下、	hạ,	hiá,
5	高	Cao	Kaō
6	祖	tổ	tsoū
7	開	khai	k'aī
8	基、	cơ,	kī
9	皆	giai	kiāi
10	由	do	yeoū
11	其	Kì	K'î

12	子	tử,	tseù
13	太	Thái	T'ái
14	宗	Tông	Tsōng
15	戡	thậm	K'ān
16	定	định	ting
17	禍	họa	hó
18	亂	loan,	loán,
19	削	tước	hiŏ
20	平	bình	p'îng
21	僭	tiếm	tsàn
22	僞	ngụy	ouèi
23	之	chi	tchī
24	功	công	kōng
25	也。	dã.	yè.
C1	太	Thái	T'ai
2	宗	Tông	Tsōng
3	子	tử	tseù
4	高	Cao	Kāo
5	宗。	Tông.	Tsōng.
D1	高	Cao	Kaō
2	子	tử,	tseū
3	中	Trung	Tchōng
4	宗	Tông	Tsōng
5	為	vi	ouēi
6	毋	mẫu	moù
7	武	Vũ	Voū
8	氏	thị	chí
9	所	sở	sŏ
10	廢	phế.	féi.
E1	武。	Vũ	Woū

2	氏	thị	chí.
3	稱	xưng	tchīng
4	制	chế	tchí
5	二	nhị	eúlh
6	十	thập	chĭ
7	年。	niên.	niên.
F1	然	Nhiên	Jên
2	後	hậu	héou
3	復	phục	foŭ
4	位。	vị.	ouéi.
G1	中	Trung	Tchōng
2	弟	Đệ	tí
3	睿	Duệ	Joüi
4	宗、	Tông.	Tsōng.
H1	睿	Duệ	Joüī
2	子	tử	tseū
3	明	Minh	Mîng
4	皇	Hoàng	Hoâng
5	寵	sủng	tch'ōng
6	楊	Dương	Yâng
7	妃	phi	fēi
8	而	nhi	eûlh
9	亂	loạn	loàn
10	國、	quấc.	kouĕ.
I1	安	An	Ngān
2	祿	Lộc	Loŭ
3	山	sơn	chān
4	犯	phạm	fán
5	京	kinh	kīng
6	師。	sư.	ssé.

No.	Character	Vietnamese	Mandarin
J 1	帝	Đế	Ti
2	遷	thiên	tsien
3	西	Tây	Si
4	蜀、	Thục	Chou.
K 1	幾	Cơ	Ki
2	亾	Vong	ouang
3	天	thiên	tien
4	下。	hạ	hia.
L 1	明	Minh	Ming
2	子	tử	tseu
3	肅	Túc	Sou
4	宗、	Tông,	Tsong,
5	肅	Túc	Sou
6	子	tử	tseu
7	代	Đại	Tai
8	宗、	Tông,	Tsong,
9	代	Đại	Tai
10	子	tử	tseu
11	德	Đức	Te
12	宗、	Tông,	Tsong,
13	德	Đức	Te
14	子	tử	tseu
15	順	Thuận	Chun
16	宗、	Tông,	Tsong,
17	順	Thuận	Chun
18	子	tử	tseu
19	憲	Hiến	Hien
20	宗、	Tông,	Tsong
21	憲	Hiến	Hien
22	子	tử	tseu.
23	穆	Mục,	Mou
24	宗、	Tông,	Tsong,
25	穆	Mục	Mou
26	子	tử	tseu
27	敬	Kính	King
28	宗、	Tông,	Tsong,
29	文	Văn	Ouen
30	宗、	Tông,	Tsong,
31	武	Võ	Wou
32	宗、	Tông,	Tsong,
33	穆	Mục	Mou
34	弟	đệ	ti
35	宣	Tuyên	Siouen
36	宗、	Tông,	Tsong,
37	宣	Tuyên	Siouen
38	子	tử	tseu
39	懿	ý	yi
40	宗、	Tông,	Tsong,
41	懿	ý.	yi
42	子	tử	tseu
43	僖	Hi	Hi
44	宗、	Tông,	Tsong,
45	昭	Chiêu	Tchao
46	宗、	Tông,	Tsong,
47	昭	Chiêu	Tchao
48	子	tử	tseu
49	昭	Chiêu	Tchao
50	宣	Tuyên,	Siouen,
51	凡	phàm	fan
52	傳	truyền	tch'ouen
53	國	quấc	koue
54	二	nhị	eulh
55	十	thập	chi
56	世、	thế;	chi,
57	歷	lịch	li
58	年	niên	nien
59	二	nhị	eulh
60	百	bá	pe
61	八	bát	pa
62	十	thập	chi
63	九、	cửu,	kieou,
64	而	nhi	eulh
65	滅	diệt	mie
66	於	ư	yu
67	梁	Lương.	Leang.
M 1	唐。	Đàng	T'ang
2	之	chi	tchi
3	國	quấc	koue
4	祚	tộ	tsou
5	遂	toại	soui
6	改	cải	kai
7	移	di	yi
8	為	vi	ouei
9	梁	Lương	Leang
10	矣。	hĩ.	yi

No.	Character	Vietnamese	Mandarin
A 1	梁	Lương	Leang

2 唐 Đàng, T'âng,
3 晉。 Tấn, Tsín,
4 及 cập kĭ
5 漢 Hán Hán
6 周。 Châu, Tcheōu,
7 稱 xưng tch'ing
8 五 ngũ où
9 代。 đại, taí,
10 皆 giai kiai
11 有 hữu yeòu
12 由。 do. yeôu.
B 1 繼 Kế Kí
2 唐 Đàng T'âng
3 者 giả, tchè,
4 梁、 Lương, Leâng,
5 唐、 Đàng, T'âng,
6 晉、 Tấn, Tsín,
7 漢、 Hán, Hán,
8 周、 Châu. Tcheōu.
C 9 是 Thị Chí
10 為 vi ouêi
11 五 ngũ où
12 代。 đại. taí.
D 1 史 Sử Ssè
2 官 quan kouan
3 依 tức tsǐ
4 五 ngũ où
5 代 đại taí
6 史 sử, ssè,
7 共 cọng kóng
8 為 vi ouêi
9 一 nhứt yĭ
10 書。 thơ. choū
E 1 一 nhứt yĭ
2 曰 viết youĕ
3 梁 Lương. Leâng.
F 1 太 Thái T'ái
2 祖 tổ tsoù
3 朱 Châu tchoū
4 温 Ôn Ouēn
5 始 thỉ chì
6 為 vi ouêi
7 賊 tặc tsĕ
8 將。 tướng, tsiáng,
9 歸 qui kouēi
10 唐 Đàng, T'âng,
11 為 vi ouêi
12 節 tiết tsiĕ
13 鎮。 trấn. tchín.
G 1 遂 Toại Soúi
2 篡 soán tsoán
3 唐 Đàng, T'âng
4 都 đô toū
5 於 ư yū
6 汴、 Biện Piēn.
H 1 貪 Tham T'ān
2 淫 dâm, yîn,
3 無 vô voû
4 道 đạo, táo,
5 為 vi ouêi

R	1	滅	Diệt	Miĕ
	2	後	hậu	heóu
	3	梁	Lương	Leâng
	4	而	nhi	eûlh
	5	有	hữu	yeoû
	6	天	thiên	t'iēn
	7	下。	hạ	hiá.
S	1	好	Hảo	Haó
	2	遊	du	yeoû
	3	戲	hí	hí
	4	而	nhi	eûlh
	5	失	thất	chĕ
	6	國。	quắc.	koŭe.
T	1	父	Phụ	Foú
	2	之	chi	tchī
	3	養	dưỡng	yàng
	4	子	tử	tseū
	5	嗣	Tự	Sóe
	6	源	Nguyên	Youên
	7	代	đại	taí
	8	位、	vị	ouéi.
U	1	是	Thị	Chí
	2	為	vi	ouéi
	3	明	Minh	Mîng
	4	宗、	Tông.	Tsōng.
V	1	傳	Truyền	Tch'ouên
	2	子	tử	tseū
	3	愍	Mẫn	Mìn
	4	帝、	Đế.	Tí.
X	1	養	Dưỡng	Yàng

	4	存	Tồn,	T'sûn,
	5	最	Tối,	Tsouí,
	6	本、	bổn	pèn
	7	姓	tánh	síng
	8	朱	Châu	Tchōu
	9	邪、	Da,	Siê,
	10	沙	Sa	Chā
	11	陀	Đà	T'ô
	12	人、	nhơn,	jîn,
N	1	先	Tiên	Siēn
	2	世	thế	chí
	3	有	hữu	yeoû
	4	功	công	kōng
	5	於	ư	yū
	6	唐。	Đàng.	T'âng
O	1	賜	Tứ	Soé
	2	姓	tánh	síng
	3	李	Lý	Lì
	4	氏、	Thị.	Chí.
P	1	封	Phong	Fōng
	2	晉	Tấn	Tsín
	3	王、	Vương	ouâng.
Q	1	朱	Châu	Tchōu
	2	氏、	Thị	Chí
	3	篡	Soán	soán
	4	唐、	Đàng,	T'âng,
	5	與	dữ	yù
	6	晉	Tấn	Tsín
	7	世	thế	chí
	8	仇、	cừu.	Kieôu.

	6	子	tử	tseù
	7	友	Hữu	Yeoù
	8	珪	Quế	Kouēi
	9	所	sở	sò
	10	弒。	thí.	chí.
I	1	三	Tam	sān
	2	子	tử	tseù
	3	友	Hữu	Yeoù
	4	貞	Trinh	Tchīng
	5	殺	sát	chă
	6	珪	Quế	Kouēi
	7	自	tự	tseú
	8	立。	lập	lĭ
J	1	凡	Phàm	Fân
	2	二	nhị	eúlh
	3	世、	thế,	chí,
	4	十	thập	chĕ
	5	七	thất	ts'ĭ
	6	年、	niên.	niên.
K	1	滅	Diệt	Miĕ
	2	於	ư	yū
	3	後	hậu	heóu
	4	唐。	Đàng.	T'âng.
L	1	二	Nhị	eúlh
	2	曰	viết	youĕ
	3	後	Hậu	Heóu
	4	唐。	Đàng.	T'âng.
M	1	莊	Trang	Tchoāng
	2	宗	Tông	Tsōng
	3	李	Lý	Lì

6	逐	trục	tchoŭ
7	遼	Liêu	Leâo
8	而	nhi	eûlh
9	代	đại	tái
10	晉。	Tấn.	Tsin.
F' 1	傳	Truyền	Tch'ouen
2	子	tử	tseù
3	隱	Ẩn	Yin
4	帝。	Đế.	Ti.
G' 1	殺	Sát	chă
2	戮	lục	lŏ
3	大	đại	tá
4	臣	thần.	tch'în.
H' 1	兵	Binh	Ping
2	變	biến	pien
3	而	nhi	eûlh
4	亡。	vong.	ouâng.
I' 1	二	Nhi	Eûlh
2	世	thế	chí
3	凡	phàm	fân
4	四	tứ	ssé
5	年。	niên.	niên.
J' 1	五	Ngũ	Où
2	曰	viết	youĕ
3	後	hậu	heóu
4	周、	Châu.	Tcheou.
K' 1	太	Thái	T'ái
2	祖	Tổ	tsoù
3	郭	Quách	Kouŏ
4	威、	Oai	Ouei

9	壻、	tế,	sí,
10	借	tá	tsié
11	遼	Liêu	Leâo
12	兵	binh	ping
13	而	nhi	eûlh
14	滅	diệt	mié
15	唐。	Đàng.	T'âng.
B' 1	傳	Truyền	Tch'ouen
2	子	tử	tseù
3	齊	Tề	T'si
4	王	vương	ouâng
5	為	vi	ouêi
6	契	Khế	K'i
7	丹	Đơn	Tan
8	所	sở	sò
9	滅。	diệt.	miĕ
C' 1	凡	Phàm	Fân
2	二	nhị	eûlh
3	世	thế	chí
4	十	thập	chĕ
5	年。	niên.	niên.
D' 1	四	Tứ	Ssé
2	曰	viết	youĕ
3	後	hậu	heóu
4	漢、	Hán.	Hán.
E' 1	高	Cao	Kaō
2	祖	Tổ	tsoù
3	劉	Lưu	Lieôu
4	知	Tri	tchī
5	遠。	Viễn	Yuèn

2	子	tử	tseù
3	王	Vương	Ouâng
4	從	Tùng	T'sông
5	珂	Kha	K'ō
6	又	hựu	yeoú
7	奪	đoạt	tŏ
8	其	kì	k'î
9	位。	vị.	ouéi.
Y' 1	凡	phàm	Fân
2	四	tứ	ssé
3	世	thế	chí
4	十	thập	chĕ
5	五	ngũ	où
6	年。	niên,	niên,
1	而	nhi	eûlh
2	滅	diệt	miĕ
3	於	ư	yū
4	晉。	Tấn.	Tsin.
Z' 1	三	Tam	Sān
2	曰	viết	youĕ
3	後	hậu	heóu
4	晉	Tấn.	Tsín.
A' 1	高	Cao	Kaō
2	祖	Tổ	tsoù
3	石	Thạch	Chĕ
4	敬	Kính	King
5	瑭	Đàng,	T'âng,
6	明	Minh	Ming
7	宗	Tông	Tsōng
8	之	chi	tchī

5	仕	sĩ	sśè
6	漢	Hán	Hán
7	鎮	trấn	tchín
8	鄴。	Nghiệp.	Yě
L' 1	兵	Binh	Pīng
2	變	biến	piến
3	廢	phế	fí
4	漢	Hán	Hán
5	而	nhi	eûlh
6	代	đại	tái
7	之。	chi.	tchī.
M' 1	傳	Truyền	Tchouên
2	養	dưỡng	yàng
3	子	tử	tseù
4	世	thế	chí
5	宗	Tông,	Tsōng,
6	柴	Sài	Tch'aî
7	榮。	Vinh	Yông
N' 1	威	Oai	Ouēi
2	定	định	tíng
3	南	nam	nân
4	北。	Bắc.	Pĕ
O' 1	傳	Truyền	Tch'ouên
2	子	tử	tseù
3	恭	Cung	Kōng
4	帝、	Đế,	Tí,
5	禪	thuyền	chén
6	于	vu	yû
7	宋。	Tống.	Sóng
P' 1	氾	Phàm	Fân

2	三	tam	sān
3	世	thế	chí
4	十	thập	chĕ
5	年	niên.	niên.
Q' 1	右	Hữu	Yeóu
2	五	ngũ	où
3	代	đại	tái
4	共	Cộng	Kóng
6	三	tam	sān
7	王	vương	ouâng
8	五	ngũ	où
9	十	thập	chĕ
10	三	tam	sān
11	年。	niên.	niên.
R' 1	附	Phụ	Fóu
2	十	thập	chĕ
3	國	quấc	kouĕ
4	紀	Kỉ	kì
5	年。	niên.	niên.
S' 1	五	Ngũ	Où
2	代	đại	tái
3	三	tam	sān
4	世	thế,	chí
5	各	các	kŏ
6	據	cứ	kiú
7	一	nhứt	yĭ
8	方。	phương.	fāng.
T' 1	吳	Ngô	Oû
2	王	Vương	Ouâng
3	楊	Dương	Yâng

4	行	Hành	Hîng
5	密、	Mật,	Mĭ,
6	南	nam	nân
7	唐	Đàng	T'âng
8	李	Lý	Lì
9	昇	Thăng,	Chīng,
10	蜀	Thục	Choŭ
11	王	vương	ouâng
12	建、	Kiến,	Kién.
13	後	hậu	heóu
14	蜀	Thục.	Choŭ
16	孟	Mạnh	Méng
16	知	Tri	Tchī
17	祥。	tường,	t'siâng
18	閩	Mẫn	Mìn
19	王	vương	ouâng
20	審	Thẩm	Chèn
21	知。	Tri,	Tchī,
22	楚	Sở	T'soù
23	馬	Mã	Mà
24	殷、	Ân,	Yīn,
25	吳	Ngô	Oû
26	越	việt	Youĕ
27	錢	Tiền	T'siên
28	鏐、	Lưu,	Lieôu,
29	南	nam	nân
30	漢	Hán	Hán
31	劉	Lưu	Lieôu
32	隱、	Ẩn,	Yìn,
33	北	bắc	pĕ

B 1	十	Thập	Chĩ
2	八	bát	pă
3	傳	truyền	tch'ouên,
4	南	nam	nân
5	北	bắc	pĕ
6	混。	hỗn.	hoēn.
C 1	繼	Kế	Kí
2	五	ngũ	où
3	代	đại	tái
4	者	giả	tchè
5	宋	Tống	Sóng

3	丹	Đơn	Tān
4	與	dữ	yù
5	宋	Tống	Sóng
6	并	Bình	Tíng
7	立。	lập.	lí.
A 1	炎	Viêm	Yên
2	宗	Tông	Sóng
3	興。	hưng,	hing
4	受	thọ	cheóu
5	周	Châu	Tcheōu
6	禪。	thiện.	chén.

34	漢	Hán	Hán
35	劉	Lưu	Lieōu
36	宗、	Tông,	Tsōng,
37	荊	Kinh	King
38	南	nam	nân
39	高	Cao	Kaō
40	季	Quí	Kí
41	興	Hưng,	Hīng,
42	凡	phàm	fân
43	十	thập	chĩ
44	僭	tiếm	tsàn
45	國。	quốc	kouĕ.
U' 1	至	Chí	Tchí
2	宗	Tông	Tsōng
3	初	sơ,	t'soū
4	南	nam	nân
5	北	bắc	pĕ
6	漢、	Hán,	Hán
7	唐、	Đàng,	Tâng,
8	蜀、	Thục,	Choŭ,
9	荊	Kinh,	King,
10	南	nam	nân
11	吳	Ngô	Où
12	越	việt,	youĕ,
13	皆	giai	kiāi
14	入	nhập	jĕ
15	於	ư	yū
16	宋。	Tống.	Sóng.
V' 1	惟	Duy	Ouêi
2	契	Khế	K'í

H	1	金	Kim	Kīn
	2	人	nhơn	jîn
	3	克	Khắc	k'ĕ
	4	汴。	Biện.	Piên.
I	1	徽	Huy	Hoēi
	2	欽	Khâm	Kīn
	3	父	phụ	foú
	4	子	tử	tseù
	5	皆	giai	kiāi
	6	降	hàng	hiāng
	7	於	ư	yū
	8	金	Kim.	Kīn.
J	1	南。	Nam	Nân
	2	宋	Tống	Sóng
	3	高	Cao	Kaō
	4	宗	Tông,	Tsōng,
	5	徽	Huy	Hoēi
	6	宗	Tông	Tsōng
	7	子	tử	tseù
	8	都	đô	toū
	9	杭	Khang	Hâng
	10	州、	Châu.	Tcheoū.
K	1	無	Vô	Voû
	2	子	tử,	tseù,
	3	傳	truyền	Tch'ouên
	4	太	Thái	T'ái
	5	祖	Tổ	Tsoù
	6	八	bát	pă
	7	世	thế	chí
	8	孫	tôn	sūn

	7	子	tử	tseù
	8	真	Chân	Tchēn,
	9	宗	Tông,	Tsōng,
	10	真。	Chân	Tchēn
	11	子	tử	tseù
	12	仁	Nhơn	Jîn
	13	宗	Tông,	Tsōng,
	14	太	Thái	T'ái
	15	宗	Tông,	Tsōng,
	16	曾	tăng	tsēng
	17	孫	tôn	sūn
	18	英	Anh	Yīn
	19	宗	Tông,	Tsōng,
	20	英	Anh	Yīn
	21	子	tử	tseù
	22	神	Thần	Chîn
	23	宗	Tông,	Tsōng,
	24	神	Thần	Chîn
	25	子	tử	tseù
	26	哲	Triết	Tchĕ
	27	宗、	Tông,	Tsōng,
	28	徽	Huy	Hoēi
	29	宗、	Tông,	Tsōng,
G	1	徽	Huy	Hoēi
	2	子	tử	tseù
	3	欽	Khâm	Kīn
	4	宗、	Tông,	Tsōng,
	5	凡	phàm	fân
	6	九	cửu	kieoù
	7	帝、	đế.	tí.

	6	也。	dã.	yè.
D	1	宋	Tống	Sóng
	2	以	dĩ	yì
	3	火	viêm	yên
	4	德	đức	tĕ
	5	王	vương.	ouâng.
E	1	故	Cố	Koú
	2	稱	xưng	tch'īng
	3	炎	viêm	yên
	4	宋	Tống.	Sóng.
F	1	太	Thái	T'ái
	2	祖	Tổ	Tsoù
	3	趙	Triệu	Tchaó
	4	氏	Thị,	Chí,
	5	名	danh	mîng
	6	匡	Khuông	K'ouāng
	7	允	Doãn,	Yùn,
	8	受	thọ	cheóu
	9	周	Châu	Tcheoū
	10	禪	thuyền	chén
	11	而	nhi	eûlh
	12	都	đô	toū
	13	於	ư	yū
	14	汴。	Biện.	Pién.
G	1	傳	Truyền	Tch'ouên
	2	弟	đệ	tí
	3	太	Thái	T'ái
	4	宗	Tông,	Tsōng
	5	太	Thái	T'ái
	6	宗	Tông	Tsōng

	2	祖	Tổ	Tsoù
	3	耶	Da	Yê
	4	律	Luật	Liü
	5	氏	Thị,	Chi,
	6	名	danh	mîng
	7	阿	A	Ngō
	8	保	Bảo	Paò
	9	機	Cơ.	Ki
P	1	傳	Truyền	Tch'ouên
	2	太	Thái	T'ái
	3	宗	Tông,	Tsōng,
	4	世	Thế	Chí
	5	宗	Tông,	Tsōng,
	6	穆	Mục	Moŭ
	7	宗	Tông,	Tsōng,
	8	景	Cảnh	King
	9	宗	Tông,	Tsōng,
	10	聖	Thánh	Ching
	11	宗	Tông,	Tsōng,
	12	興	Hưng	Hing
	13	宗	Tông,	Tsōng,
	14	道	Đạo	Taó
	15	宗	Tông,	Tsōng,
	16	天	Thiên	T'iēn
	17	祚	Tộ.	Tsoú.
Q	1	滅	Diệt	Miĕ
	2	於	ư	yŭ
	3	金	Kim.	Kin.
R	1	德	Đức	Tĕ
	2	宗	Tông,	Tsōng,

	22	弟	Đệ	Tí
	23	昺	Bính,	Pìng,
	24	凡	phàm	fân
	25	九	cửu	kieoū
	26	世	thế	chí
	27	而	nhi	eulh
	28	亡	vong	ouâng
	29	於	ư	yŭ
	30	元	Nguyên.	Youên.
M	1	南	Nam	nân
	2	北	bắc	pĕ
	3	宋	Tống	Sóng
	4	十	thập	chĕ
	5	八	bát	pă
	6	世	thế,	chí,
	7	三	tam	sān
	8	百	bá	pĕ
	9	二	nhị	eulh
	10	十	thập	chĕ
	11	年	niên.	niên.
N	1	北	Bắc	Pĕ
	2	方	phương	fang
	3	之	chi	tchī
	4	國	quấc,	koué,
	5	前	tiền	t'siên
	6	乎	hồ	hoû
	7	宋	Tống	Sóng
	8	者	giả	tchè
	9	有	hữu	yeoù
	10	遼	Liêu.	Leáo.
O	1	太	Thái	T'ái

	9	孝	Hiếu	Hiáo
	10	宗	Tông,	Tsōng,
	11	孝	Hiếu	Hiáo
	12	子	tử	tseu
	13	光	Quang	Kouāng
	14	宗	Tông,	Tsōng,
	15	孫	tôn	sūn
	16	寧	Ninh	Ning
	17	宗	Tông.	Tsōng.
L	1	無	Vô	Woû
	2	子	tử,	tseu
	3	傳	truyền	tchouên
	4	太	Thái	T'ái
	5	祖	Tổ	Tsoù
	6	十	thập	chĕ
	7	一	nhứt	yĕ
	8	世	thế	chí
	9	孫	tôn	sūn
	10	理	Lý	Lì
	11	宗	Tông,	Tsōng,
	12	理	Lý	Lì
	13	子	tử	tseu
	14	度	Độ	Toú
	15	宗	Tông,	Tsōng,
	16	度	Độ	Toú
	17	子	tử	tseú
	18	恭	Cung	Kōng
	19	帝	Đế,	Tí,
	20	端	Đoan	Touān
	21	宗	Tông,	Tsong

	18	末	Mạt	Mó
	19	主	Chủ,	Tchoù,
	20	凡	phàm	fân;
	21	十	thập	chĕ
	22	世	thế,	chí,
	23	一	nhứt	yĭ
	24	百	bá	pĕ
	25	二	nhị	eúlh
	26	十	thập	chĕ
	27	年	niên.	niên.
A'	1	滅	Diệt	Miĕ
	2	於	ư	yū
	3	元	Nguyên:	Youên.
B'	1	元	Nguyên	Youên
	2	太	Thái	T'ái
	3	祖	Tổ	Tsoù
	4	姓	tánh	sing
	5	奇	Khì	K'î
	6	渥	Ốc	Ouŏ
	7	温	Ôn	Ouên
	8	氏	Thị,	chí,
	9	名	danh	mîng
	10	鐵	Thiết	T'iĕ
	11	木	Mộc	Moŭ
	12	眞	Chân.	Tchēn.
C'	1	興	Hứng	Hîng
	2	自	tự	Tseú
	3	蒙	Mông	Mông
	4	古	Cổ.	Koù.
D'	1	傳	Truyền	Tch'ouên

	2	完	Hoàn	Quân
	3	顏	Nhan	Yên
	4	氏	thị.	chí.
X	1	太	Thái	T'ái
	2	祖	Tổ	Tsoù
	3	名	danh	mîng
	4	旻	Mân:	Min.
Y	1	滅	Diệt	Miĕ
	2	遼	Liêu	Leao
	3	而	nhi	eúlh
	4	都	đô	tou
	5	於	ư	yū
	6	燕	Yen:	Yen.
Z	1	傳	Truyền	Tch'ouên
	2	太	Thái	T'ái
	3	宗	Tông,	Tsōng,
	4	熙	Hi	Hĭ
	5	宗	Tông,	Tsōng,
	6	廢	Phế	Feí
	7	帝	Đế,	Tí,
	8	世	Thế	Chí
	9	宗	Tông,	Tsōng,
	10	章	Chưởng	Tchāng
	11	宗	Tông,	Tsōng,
	12	衛	Vệ	Ouéi
	13	王	Vương,	Ouâng,
	14	宣	Tuyên	Siouēn
	15	宗	Tông,	Tsōng,
	16	哀	Ai	Ngāi
	17	宗	Tông,	Tsōng,

	3	自	tự	tseú
	4	立	lập,	lĭ,
	5	號	hiệu	hào
	6	西	Tây	si
	7	遼	Liêu.	Leâo.
S	1	傳	Truyền	Tch'ouên
	2	仁	Nhơn	Jîn
	3	宗	Tông,	Tsōng,
	4	末	Mạt	Mó
	5	主	Chủ;	Tchoù,
	6	凡	phàm	fân
	7	十	thập	chĕ
	8	二	nhị	eúlh
	9	世	thế,	chí.
	10	百	bá	pĕ
	11	七	thất	t'sĭ
	12	十	thập	chĕ
	13	餘	dư	yû
	14	年	niên.	niên.
T	1	滅	Diệt	Miĕ
	2	于	vu	yū
	3	乃	Nãi	Naì
	4	蠻	Man.	Mân.
U	1	後	Hậu	Heoú
	2	遼	Liêu	Leao
	3	而	nhi	eúlh
	4	王	vương	ouâng
	5	有	hữu	yeoù
	6	金	Kim	Kin,
V	1	姓	Tánh	Sing

2	太	Thái	Tái
3	宗、	Tông,	Tsông,
4	滅	diệt	miě
5	金	Kim	Kīn,
6	都	đô	tou
7	於	ư	yū
8	燕。	Yên.	Yên.
9	太	Thái	Tái
10	宗	Tông	Tsông
11	子	tử	tseu
12	定	Định	Tíng
13	宗、	Tông,	Tsông,
14	太	Thái	Tái
15	宗	Tổ	Tsoù
16	孫	tôn	sūn
17	憲	Hiến	Hién
18	宗、	Tông,	Tsông,
19	憲	Hiến	Hién
20	弟	Đệ	Tí
21	世	Thế	Chí
22	祖、	Tổ.	Tsoù.
E'1	滅	Diệt	Miě
2	宋	Tống	Sóng,
3	而	nhi	eulh
4	南	nam	nân
5	北	bắc	pě
6	混	hỗn	hoèn
7	一。	nhứt	yī.
F'1	傳	Truyền	Tch'ouên
2	孫	tôn	sūn

3	成	Thành	Tch'îng
4	宗、	Tông,	Tsông,
5	成	Thành	Tch'îng
6	姪	điệt	tchĭ
7	武	Võ	Wou
8	宗、	Tông,	Tsông,
9	仁	Nhơn	Jîn
10	宗、	Tông,	Tsông,
11	仁	Nhơn	Jîn
12	子	Tử	tseu
13	英	Anh	Yîn
14	宗、	Tông,	Tsông,
15	成	Thành	Tch'îng
16	姪	điệt	tchĭ
17	泰	Thái	Tái
18	定	Định,	Tíng,
19	武	Võ	Wou
20	子	tử	tseù
21	明	Minh	Mîng
22	宗、	Tông,	Tsông,
23	文	Văn	Ouên
24	宗、	Tông,	Tsông,
25	明	Minh	Mîng
26	子	tử	tseu
27	寧	Ninh	Nîng
28	宗、	Tông,	Tsông,
29	順	Thuận	Tchouên
30	帝。	Đế,	Tí,
31	凡	phàm	fân
32	十	thập	chĭ

33	四	tứ	ssé
34	世、	thế,	chí,
35	百	bá	pĕ
36	六	lục	loŭ
37	十	thập	chĭ
38	五	ngũ	où
39	年、	niên;	niên,
40	而	nhi	eulh
41	滅	diệt	miě
42	於	ư	yū
43	明。	Minh.	Mîng.

A1	十	Thập Chĭ
2	七	thất ts'ĭ
3	史。	sử ssè
4	全	tuyền tch'ouên
5	在	tại tsái

6	茲	tư.	tseu.
B1	十	Thập	Chi
2	七	thất	ts'i
3	史	sử,	sse,
4	當	đương	tang
5	時	thì	chi
6	正	chính	tching
7	史	sử	sse
8	之	chi	tchi
9	数	số	sou
10	也。	dã.	ye.
C1	一	nhứt	yi
2	曰	viết	youe
3	史	sử	sse
4	記。	Kí.	ki.
D1	三	Tam	San
2	皇、	Hoàng,	Hoâng,
3	五	ngũ	ou
4	帝、	Đế,	Ti,
5	三	tam	san
6	王、	vương,	ouang,
7	秦、	Tần,	Tsin,
8	楚、	Sở,	Ts'ou,
9	以	dĩ	yi
10	至	chí	tchi
11	漢	Hán	Hán
12	武	Võ	Ou
13	帝	Đế	ti

14	之	chi	tchi
15	史。	sử.	ssé.
E1	漢	Hán	Hán
2	司	Tư	sse
3	馬	Mã	Mà
4	遷	Thiên	Tsien
5	著。	trứ.	tchou,
F1	二	Nhị	Eulh
2	曰	viết	youe
3	前	tiền	ts'ien
4	漢	Hán	Hán
5	書。	thơ;	chou;
6	漢	Hán	Hán
7	班	Ban	Pan
8	固	Cố	Kou
9	著。	trứ.	tchou.
G1	三	Tam	San
2	曰	viết	youe
3	後	hậu	heou
4	漢	Hán	Hán
5	書	thơ	chou
6	劉	Lưu;	Lieou;
7	宋	Tống	Song
8	范	Phạm	Fan
9	蔚	Uý	Ouei
10	宗	Tông	Tsong
11	著。	trứ.	tchou.
H1	四	Tứ	Ssé
2	曰	viết	youe
3	三	tam	san.

4	國	quấc	Koue
5	志。	chí.	tchi,
6	晉	Tấn,	Tsin,
7	陳	Trần	Tch'in
8	壽	Thọ	Cheou
9	著。	trứ.	tchou.
I1	五	Ngũ	Ou
2	曰	viết	youe;
3	晉	Tấn	Tsin
4	書。	thơ,	chou,
5	唐	Đàng	T'ang
6	太	Thái	T'ai
7	宗	Tông	Tsong
8	著。	trứ.	tchou.
J1	六	Lục	Lou
2	曰	viết	youe
3	宋	Tống	Song
4	書。	thơ,	chou,
5	梁	Lương	Leang
6	沈	Trầm	Tch'in
7	約	Ước	Yo
8	著。	trứ.	tchou.
K1	七	Thất	Ts'i
2	曰	viết	youe
3	齊	Tề	Ts'i
4	書。	thơ,	chou,
5	梁	Lương	Leang
6	蕭	Tiêu	Siao
7	子	Tử	Tseu
8	顯	Hiển	hien

	7	南	nam	nân
	8	史。	sử.	sôe
S	1	十	Thập	Chĭ
	2	五	ngũ	où
	3	魏	Ngụy,	Ouei
	4	齊、	Tê,	T'si,
	5	周、	Châu	Tcheou
	6	隋、	Tùy,	Soui,
	7	北	bắc	pĕ
	8	史。	sử.	sòe.
T	1	俱	Cụ	Kiu
	2	唐	Đàng	T'ang
	3	李	Lý	Li
	4	延	Diên	Yen
	5	壽	Thọ	Cheou
	6	著。	trứ.	tchou,
U	1	十	Thập	Chĭ
	2	六	lục	loŭ
	3	唐	Đàng	T'ang
	4	書。	thơ,	choŭ,
V	1	宋、	Tống	Sóng
	2	宋	Tống	Sóng
	3	祁	Kì	Ki
	4	歐	Âu	Ngeou
	5	陽	Dương	yâng
	6	修	Tu	Sieou
	7	著。	trứ.	tchou.
X	1	十	Thập	Chĭ
	2	七	thất	t'sĭ
	3	五	Ngũ	Où

	6	唐	Đàng	T'ang
	7	李	Lý	Li
	8	百	Bá	Pĕ
	9	藥	Dược	yŏ
	10	著。	trứ	tchou.
P	1	十	Thập	Chĭ
	2	二	nhị	eúlh
	3	北	bắc	pĕ
	4	周	Châu	Tcheou
	5	書。	thơ,	choŭ,
	6	唐	Đàng	T'ang
	7	令	Lịnh	Ling
	8	狐	Hồ	Hou
	9	德	Đức	Tĕ
	10	棻	Phân	Fen
	11	著。	trứ.	tchou.
Q	1	十	Thập	Chĭ
	2	三	tam	sān
	3	隋	Tùy	Soui
	4	書。	thơ,	choŭ,
	5	唐	Đàng	T'ang
	6	魏	Ngụy	Ouei
	7	徵	Trưng	Tchăng
	8	著。	trứ.	tchou.
R	1	十	Thập	Chĭ
	2	四	tứ	sóe
	3	宋、	Tống,	Sóng,
	4	齊、	Tê,	T'si,
	5	梁、	Lương,	Leâng,
	6	陳、	Trần,	Tch'in,

	9	著。	trứ.	tchou.
L	1	八	Bát	Pă
	2	曰	viết	youe
	3	梁	Lương	Leâng
	4	書。	thơ;	choŭ;
M	1	九	Cửu	Kieou
	2	曰	viết	youe
	3	陳	Trần	Tch'in
	4	書。	thơ,	choŭ,
	5	俱	cụ	kiu
	6	唐	Đàng	T'ang
	7	姚	Dào	Yaô
	8	思	Tư	Sóe
	9	廉	Liêm	Lien
	10	著。	trứ.	tchou.
N	1	十	Thập	Chĭ
	2	曰	viết	youe
	3	北	bắc	pĕ
	4	魏	Ngụy	Ouei
	5	書。	thơ,	choŭ,
	6	北	bắc	pĕ
	7	齊	Tê	T'si
	8	魏	Ngụy	Ouei
	9	收	Thu	Cheou
	10	著。	trứ.	tchou.
O	1	十	Thập	Chĭ
	2	一	nhứt	yĭ
	3	北	bắc	pĕ
	4	齊	Tê	T'si
	5	書。	thơ,	choŭ,

2	治	trị	tchi
3	亂	loạn; loán;	
4	知	tri	tchi
5	興	hưng	hing
6	衰	suy	choai.
B.1	史	Sử	soe
2	者	giả	tchè
3	經	Kinh	King
4	國	quốc	koue
5	之	chi	tchi
6	大	đại	tá
7	典。	điển.	tièn.
C.1	所	Sở	sò
2	載	tải	tsai
3	者	giả,	tchè,
4	朝	triều	tch'aô
5	廷	đình	t'ing
6	治	trị	tchi

C'1	俱	cụ	Kiu
2	元	Nguyên	Youên
3	脫	Thoát	T'o
4	脫	Thoát,	T'o,
5	歐	Âu	Ngeôu
6	陽	Dương	Yâng
7	元	Nguyên,	Youên,
8	揭	Kiệt	Kie
9	傒	Khê	Hi
10	斯	Tư	Soe
11	著。	trứ.	tchóu.
D'1	又	Hựu	Yeóu
2	有	hữu	yeoù
3	元	Nguyên	Youên
4	史、	sử.	soè.
E'1	乃	Nãi	Naì
2	明	Minh	Ming
3	宋	Tống	Sóng
4	濂	Liêm	Lièn
5	等	Đẳng	Tèng
6	著	trứ.	tchóu.
F'1	共	Cộng	Kóng
2	稱	xưng	tch'ing
3	二	nhị	eúlh
4	十	thập	chĕ
5	一	nhất	yĭ
6	史。	sử;	soè
A 1	載	Tải	Tsai

4	代	Đại	Tái
5	史	sử.	sè.
Y 1	歐	Âu	Ngeôu
2	陽	Dương	Yâng
3	脩	Tu	Sieou
4	著。	trứ	tchou.
Z 1	作	Tác	Tsó
2	者	giả	tchè
3	言	ngôn	yên
4	十	thập	chĕ
5	七	thất	ts'ĭ
6	史	sử	soè
7	之	chi	tchi
8	大	đại	tá
9	畧	lược.	liŏ.
A'1	全	Tuyền	Ts'ouên
2	在	tại	tsái
3	于	vu	yû
4	茲	tư	tseu
5	也。	dã.	yè.
B 1	繼	Kế	Ki
2	此	thử	ts'eu
3	又	hựu	yeóu
4	有	hữu	yeòu
5	宋	Tống	Sóng
6	史、	sử,	soè,
5	遼	Liêu	Leâo
6	史、	sử,	soè,
7	金	Kim	Kin
8	史、	sử,	sè.

5 親 thân t'sin
6 目 mục. mou.

C 1 言 Ngôn Yên
2 凡 phàm fân
3 讀 độc tou
4 史 sử, ssé,
5 須 tu siu
6 要 yếu yaô
7 細 tế si
8 心 tâm sin
9 考 khảo k'aò
10 較 giảo. kiáo.
D 1 君 Quân Kiun
2 臣 thần tch'in
3 紀 kỉ ki
4 傳 truyện tch'ouen
5 之 chi tchi
6 實 thật chi
7 錄 lục, lö,
8 與 dữ yù
9 稗 bại pài
10 官 quan kouan
11 小 tiểu siaò
12 說 thuyết chouë
13 眞 chân tchin

3 者 giả, tchè,
4 考 Khảo k'áo
5 實 thật chi
6 錄 lục. lö.
B 1 通 Thông, T'ong
2 古 Cổ kou
3 今 kim, kin,
4 若 nhược jö

7 亂 loạn loán
8 之 chi tchi
9 由 do, yeou.
10 國 quắc kouë
11 祚 tộ tsou
12 興 hưng hing
13 衰 suy choai.
14 之 chi tchi
15 理 lý. li.
D 1 得 Đắc Tê
2 其 Kì k'i
3 道 đạo, táo,
4 則 tắc tsë
5 治 trị. tchi.
E 1 失 Thất Chi
2 其 Kì k'i
3 道 đạo, táo,
4 則 tắc tsë
5 亂 loạn. loán.
F 1 千 Thiên T'sien
2 古 Cổ kou
3 如 như jou
4 一 nhứt yi
5 轍 triệt tch'ë
6 也 dã. yè.

A 1 讀 Độc Tou
2 史 sử ssë

B, 1	朝	Triều	Tch'aô
2	於	ư	yû
3	斯。	tư,	ssē.
4	夕	tịch	sĭ
5	於	ư	yū
6	斯	tư.	ssē.
C, 1	此	Thử	T'seu
2	以	dĩ	yì
3	下	hạ	hiá
4	通	thông	t'ōng
5	言	ngôn	yên
6	讀	đọc	toŭ
7	書	thơ	chou
8	之	chi	tchī

2	短	đoản,	toàn.
3	此	thử	t'seu
4	長	trường,	tch'âng,
5	可	khả	k'ò
6	得	đắc	tĕ
7	而	nhi	eûlh
8	評	bình	p'îng
9	也。	dã.	yè.
A 1	口	Khẩu	K'eoù
2	而		nhi eûlh
3	誦。		tụng. sóng;
4	心		tâm sīn
5	而		nhi eûlh
6	惟。		duy ouêi.

14	僞	ngụy	ouéi
15	不	bất	poŭ
16	同	đồng.	t'ông.
E 1	賢	Hiền	Hiên
2	奸	gian,	kiēn
3	治	trị	tchī
4	亂	loạn;	lóan
5	彰	chương	tchāng
6	明	minh	mîng
7	較	giảo	kiáo
8	著、	trứ.	tchoú.
F 1	通	Thông	T'ōng
2	達	đạt	tă
3	古	cổ	koù
4	今	Kim,	kīn
5	如	như	joû
6	親	thân	t'sīn
7	眼	nhãn	yèn
8	所	sở	sò
9	見	Kiến.	kién.
G 1	則	Tắc	Tsĕ
2	微	vi	ouêi
3	辭	từ	t'sê
4	奥	áo	ngáo
5	義	nghĩa	yí
6	可	khả	k'ò
7	得	đắc	tĕ
8	而	nhi	eûlh
9	明、	minh.	mîng.
H 1	彼	Bỉ	Pì

5	而	nhi	eûlh
6	亡	vong.	ouâng
J 1	非	Phi	Fei
2	時	thi	chî
3	習	tập	sî
4	之	chi	tchî
5	道	đạo	táo
6	也。	dã.	yè

(134)

A 1	昔	Tích	Sĭ
2	仲	Trọng	Tchóng
3	尼。	Ni	Nî
4	師	sư	ssē
5	項	Hạng	Hiáng
6	橐。	Thác.	Tŏ.

2	惟	duy	ouêi
3	而	nhi	eûlh
4	口	khẩu	k'eòu
5	不	bất	poŭ
6	誦	tụng,	sóng,
7	則	tắc	tsĕ
8	神	thần	chîn
9	志	chí	tchí
10	不	bất	poŭ
11	專。	chuyên.	tchouēn.
H 1	朝	Triêu	Tch'aō
2	或	hoặc	hŏ
3	於	ư	yû
4	斯	tư,	ssē,
5	而	nhi	eûlh
6	夕、	tịch	sĭ
7	或	hoặc	hŏ
8	不	bất	poŭ
9	然。	nhiên,	jên,
10	則	tắc	tsĕ
11	所	sở	sò
12	學	học	hiŏ
13	有	hữu	yeòu
14	時	thì	chî
15	而	nhi	eûlh
16	發。	phế;	fei.
I 1	所	sở	sò
2	得	đắc	tĕ
3	有	hữu	yeòu
4	時	thì	chî

9	法	pháp.	fă.
D 1	惟	Duy.	Ouêi
2	思	tư	ssē
3	也。	dã.	yè.
E 1	凡	Phàm	Fân
2	讀	đọc	toŭ
3	經、	kinh,	kīng
4	史、	sử,	ssè,
5	子、	tử,	tsè,
6	集	tập	tsĭ
7	諸	chư	tchoū
8	書、	thơ,	choū,
9	要	yếu	yaó
10	心	tâm	sīn
11	口	khẩu	k'eòu
12	相	tương	siāng
13	應。	ứng.	yíng.
F 1	口	Khẩu	K'eòu
2	誦	tụng	sóng
3	而	nhi	eûlh
4	心	tâm	sīn
5	不	bất	poŭ
6	惟、	duy,	ouêi.
7	則	tắc	tsĕ
8	扞	hẵn	hán
9	格	cách	kĕ
10	而	nhi	eûlh
11	不	bất	poŭ
12	入。	nhập	jŭ.
G 1	心	Tâm	Sīn

B	1	古	Cổ	Koù
	2	聖	thánh	chíng
	3	賢	hiền	hiên
	4	尚	thượng	cháng
	5	勤	cần	k'în
	6	學	học	hiŏ
C	1	此	Thử	Tseù
	2	以	dĩ	yì
	3	下	hạ	hiá
	4	雜	tạp	tsă
	5	引	dẫn	yìn
	6	古	cổ	koù
	7	人	nhơn	jîn
	8	以	dĩ	yì

	9	勸	khuyên	k'iouén
	10	勉	miễn	mièn
	11	小	tiểu	siào
	12	子	tử	tseù
	13	之	chi	tchī
	14	讀	đọc	toŭ
	15	書	thơ	choū
	16	勤	cần	k'în
	17	學	học	hiŏ
	18	也	dã	yè
D	1	仲	Trọng	Tch'óng
	2	尼	Ni	Nî
	3	孔	Khổng	K'òng
	4	子	tử	tseù
	5	之	chi	tchī
	6	字	tự	tseú.
E	1	孔	Khổng	k'òng
	2	子	tử	tseù
	3	毋	mẫu	moù
	4	禱	đảo	taŏ
	5	於	ư	yû
	6	尼	Ni	Nî
	7	山	sơn	chān
	8	而	nhi	eûlh
	9	生	sinh	sēng
	10	孔	Khổng	K'òng
	11	子	Tử	Tseù.
F	1	故	Cố	Koú
	2	孔	Khổng	K'òng
	3	子	Tử	Tseù

	4	字	tự	tseú
	5	仲	Trọng	Tchóng
	6	尼	Ni.	Nî.
G	1	項	Hạng	Hiáng
	2	橐	Thác	T'ŏ
	3	魯	Lỗ	Loù
	4	之	chi	tchī
	5	聖	thánh	chíng
	6	童	đồng	t'ông
	7	也	dã.	yè.
H	1	七	Thất	Ts'ĭ
	2	歲	tuế	souí
	3	而	nhi	eûlh
	4	為	vi	ouêi
	5	孔	Khổng	Khòng
	6	子	Tử	Tseù
	7	師	sư	ssē.
I	1	言	Ngôn	Yên
	2	聖	thánh	chíng
	3	人	nhơn	jîn
	4	生	sinh	sēng
	5	知	tri.	tchī.
J	1	尚	Thượng	Cháng
	2	且	thả	ts'iè
	3	辛	tân	sīn
	4	勤	cần	k'în
	5	好	hảo	haò
	6	學	học.	hiŏ.
K	1	師	sư	ssē
	2	倣	phỏng	fàng

C	1	此	Thử	T'seu
	2	言	ngôn	yên
	3	旣	kí	kí
	4	貴	quì	kouéi
	5	而	nhi	eulh
	6	好	hảo	hào
	7	學	học	hiŏ
	8	也。	dã.	yè.
D	1	宋	Tống	Sóng
	2	趙	Triệu	Tchaò
	3	普	Phổ	P'où
	4	相	tướng	siáng
	5	太	Thái	T'ái
	6	祖	Tổ	Tsoù
	7	太	Thái	T'ái
	8	宗	Tông.	Tsōng.
E	1	爲	Vi	Ouêi
	2	中	trung	tchōng
	3	書	thơ	chou
	4	令	lịnh.	líng.
F	1	故	Cố	Kóu
	2	曰	viết	youĕ
	3	中	trung	tchōng
	4	令	lịnh.	líng.
G	1	嘗	Thường	Tch'âng
	2	曰	viết:	youĕ:
H	1	吾	Ngô	Ou
	2	以	dĩ	yì
	3	半	bán	pán
	4	部	bộ	p'oú

	5	魯	Lỗ	Lou
	6	論。	luận.	lún.
B	1	彼	Bỉ	Pì
	2	旣	kí	kí
	3	仕。	sĩ,	ssé,
	4	學	học	hiŏ
	5	且	thả	t'sié
	6	勤。	cần.	k'în.

	3	賢	hiền	hiên
	4	聖	thánh	chíng
	5	之	chi	tchī
	6	童	đồng	t'ông
	7	以	dĩ	yì
	8	自	tự	tseú
	9	勵	lệ.	lí.
L	1	況	Huống	Hoáng
	2	乎	hồ	hoū
	3	今	kim	kīn
	4	之	chi	tchī
	5	小	tiểu	siào
	6	子	tử	tseù
	7	可	khả	kŏ
	8	不	bất	poú
	9	勉	miễn	mièn
	10	歟。	dư?	yû?
A	1	趙	Triệu	Tchào
	2	中	trung	tchōng
	3	令。	lịnh	líng
	4	讀	độc	toŭ

4	削	tuớc	hiŏ
5	竹	truớc	tchoŭ
6	簡。	giản.	kiēn.
B 1	彼	Bỉ	Pi
2	無	vô	voû
3	書。	thơ;	choū,
4	且	thả	t'sié
5	知	tri	tchī

8	相	tương	siang
9	矣	hĩ,	yi,
10	而	nhi	eûlh
11	勤	cần	k'în
12	學	học	hiŏ
13	好	hảo	hào
14	讀。	đọc.	toŭ.
L 1	尚	Thượng	Chàng
2	且	thả	t'sié
3	如	như	joû
4	此。	thử!	tseū.
M 1	況	Huống	Hoáng
2	未	vị	ouéi
3	仕	sĩ	ssé
4	之	chi	tchī
5	小	tiểu	siaò
6	生,	sinh	sēng
7	可	khả	k'ò
8	不	bất	poŭ
9	勉	miễn	mièn
10	歟。	dư?	yû?
A 1	披	Phi	P'i
2	蒲	bồ	p'oû
3	編,	biên,	piēn,

5	論	luận	lún
6	語	ngữ	yù
7	相	tướng,	siáng
8	太	Thái	T'ái
9	祖	Tổ,	Tsoù,
10	以	dĩ	yì
11	半	bán	puán
12	部	bộ	poú
13	相	tướng	siáng
14	今	Kim	Kīn
15	皇。	hoàng.	hoâng.
I 1	凡	Phàm	Fān
2	世	thế	chí
3	治	trị,	tchí,
4	民	dân	mîn
5	安。	an.	ngān.
J 1	皆	Giai	Kiāi
2	讀	đọc	toŭ
3	論	luận	lún
4	語	ngữ	yù
5	之	chi	tchī
6	功	công	kōng
7	也。	dã.	yè.
K 1	彼	Bỉ	P'ì
2	既	kí	kí
3	仕,	sĩ,	ssé,
4	且	thả	t'sié
5	貴	quí	kouéi
6	為	vi	ouêi
7	宰	tể	tsài

12	蒲	bồ	p'ou
13	草	thảo	t'sao
14	編	biên	pien
15	織	chức	tchĕ
16	成	thành	tch'ing
17	席	tịch.	si.
I 1	借	Tá	Tsié
2	尚	thượng	chang
3	書	thơ	chou
4	鈔	sao	tchao
5	錄	lục	lŏ
6	而	nhi	eulh
7	讀	độc	tou
8	之	chi.	tchi.
J 1	公	Công	Kong
2	孫	Tôn	Sun
3	弘	Hoằng	Hong
4	年	niên	nien
5	五	ngũ	ou
6	十	thập	chĕ
7	矣	hĩ.	yi.
K 1	為	Vi	Ouei
2	人	nhơn	jin
3	牧	mục	mou
4	豕	thỉ	chi
5	於	u	yu
6	寒	Hàn	Han
7	竹	trước	tchou
8	林	lâm	lin
9	中	trung.	tchong.

5	絹	quyên	kiouen
6	帛	bạch,	pĕ,
7	皮	bì	p'i
8	幣	tệ,	pi,
9	簡	giản	kien
10	冊	sách,	ts'ĕ,
11	不	bất	pou
12	能	năng	neng
13	鈔	sao	tch'ao
14	錄	lục.	lŏ.
G 1	貧	Bần	P'in
2	而	nhi	eulh
3	無	vô	vou
4	資	tư	tse
5	者	giả,	tche,
6	不	bất	pou
7	能	năng	neng
8	得	đắc	tĕ
9	書	thơ.	chou.
H 1	漢	Hán	Han
2	有	hữu	yeou
3	路	Lộ	Lou
4	溫	Ôn	Ouen
5	舒	Thơ,	Chou,
6	牧	mục	mou
7	羊	dương	yang
8	於	u	yu
9	大	đại	ta.
10	澤	trạch,	tsĕ;
11	取	thủ	t'siu

6	勉	miễn	mièn.
C 1	此	Thử	Ts'eu
2	言	ngôn	yen
3	無	vô	vou
4	書	thơ	chou
5	而	nhi	eulh
6	好	hảo	hao
7	學	học	hio
8	也	dã.	yĕ.
D 1	漢	Hán	Han
2	以	dĩ	yi
3	先	tiên,	sien,
4	非	phi	fei
5	世	thế	chi
6	家	gia	kia
7	無	vô	vou
8	書	thơ;	chou;
E 1	非	Phi	Fei
2	鈔	sao	tch'ao
3	錄	lục	lŏ
4	傳	truyền	tch'ouen
5	寫	tả,	sie,
6	則	tắc	tsĕ
7	無	vô	vou
8	書	thơ.	chou.
F 1	又	Hựu	Yeou
2	無	vô	vou
3	紙	chỉ,	tchi,
4	非	phi	fei

1	乃	Naĩ	Naì
2	以	dĩ	yì
3	刀	đao	tao
4	削	tước	hiŏ
5	去	khứ	k'ieoù
6	竹	trước	tchoŭ
7	青	thanh	ts'îng
1	借	Tá	Tsié
2	取	thủ	ts'iù
3	春	Xuân	Tch'ûn
4	秋	Thu	Ts'ieoû
5	鈔	sao	tch'aô
6	錄	lục	lŏ
7	而	nhi	eûlh
8	讀	đọc	toŭ
9	之、	chi.	tchî.
1	二	Nhị	Eúlh
2	子	tử	tseù
3	由	do	yeoû
4	是	thị	chí
5	名	danh	mîng
6	顯	hiển	hièn
7	當	đang	tâng
8	時	thì.	chî.
O 1	貴	Quí	Kouéi
2	為	vi	ouêi
3	卿	khanh	k'îng
4	相。	tướng.	siáng.
P 1	夫	Phu	Foû
2	二	nhi	eúlh
3	子	tử	tseù
4	貧	bần	p'în
5	賤	tiện	tsién
6	而	nhi	eûlh
7	好	hảo	haó
8	學	học	hiŏ
9	如	như	joû
10	此。	thử.	ts'eù.
Q 1	今	Kim	Kîn
2	之	chi	tchî
3	讀	đọc	toŭ
4	書	thơ	choû.
5	者	giả	tchè
6	易	dị	yí
7	求	cầu	k'ieoû
8	易	dị	yí
9	辨、	biện.	pán.
R 1	輕	Khinh	K'îng
2	賤	tiện	tsién
3	精	tinh	ts'îng
4	良、	lương	leâng
5	如	như	joû
6	此	thử	ts'eù
7	而	nhi	eûlh
8	不	bất	poŭ
9	好	hảo	haò
10	學、	học,	hiŏ,
11	豈	khỉ	k'ì
12	非	phi	fêi
13	自	tự	tseú
14	誤	ngộ	oú
15	乎。	hồ?	hoû
A 1	頭	Đầu	T'eoû
2	懸	huyền	hiouên
3	梁。	lương;	leâng;
4	錐	chuy	tchouî
5	刺	thích	ts'é
6	股。	cổ.	koù
1	彼	Bỉ	Pì

2	不	bất	poŭ
3	教	giáo,	kiaó,
	°		
4	自	tự	tseú
5	勤	cần	k'în
6	苦	khổ.	k'òu.
C 1	此	Thử	Ts'eù
2	言	ngôn	yên
3	苦	Khổ	k'òu
4	讀	đọc	toŭ
5	之	chi	tchī
6	勤	cần	k'în
7	也。	dã.	yè.
D 1	晉	Tấn.	Tsín
2	有	hữu	yeoù
3	孫	Tôn	Sün

4	敬	kính	kíng
5	讀	đọc	toŭ
6	書	thơ	chou
7	夜	dạ	yé
8	深	thâm,	chīn,
E 1	常	Thường	Tch'âng
2	恐	khủng	k'òng
3	盹	truân	tùn
4	倦	quyện	kiouén.
F 1	乃	Nãi	Nai
2	以	dĩ	yì
3	頭	đầu	t'eôu
4	髻	kế	kí
5	懸	huyền	hiouên
6	於	ư	yû
7	梁	lương	leâng
8	上	thượng,	chàng
9	以	dĩ	yì
10	妨	phòng	fâng
11	困	khốn	k'ouén
12	睡。	thỏa.	chouí.
G 1	蘇	Tô	Sou
2	秦	Tần	Ts'în
3	不	bất	poŭ
4	遇	ngộ	yú
5	而	nhi	eûlh
6	歸	qui.	kouei.
H 1	為	Vi.	Ouêi.
2	骨	cốt	koŭ
3	肉	nhục	joŭ

4	所	sở	sò
5	賤	tiện.	tsién.
I 1	乃	Nãi	Nai
2	勵	lệ	lí
3	志	chí	tchí
4	讀	đọc	toŭ
5	書	thơ.	chou.
J 1	每	Mỗi	Meï
2	值	trị	tchí
3	懶	lại	lan
4	惰	đọa	tó
5	昏	hôn	hoēn
6	倦	quyện	kiouén
7	之	chi	tchī
8	時	thì,	chî,
9	將	tương	tsiāng
10	利	lợi	lí
11	錐	chuy	tchouī
12	刺	thích	ts'é
13	其	Kì	K'î
14	股	cổ	koú
15	以	dĩ	yì
16	自	tự	tseú
17	警。	kính.	king.
K 1	夫	Phu	Fou
2	二	nhị	eúlh
3	子	tử	tseù
4	之	chi	tchī
5	刻	khắc	k'é
6	苦	khổ	k'òu

5 映 ương yàng

6 雪 tuyết. siouĕ.

B. 1 家 Gia Kiā

2 雖 tùy souī

3 貧 bần, p'în;

4 學 học hiŏ

5 不 bất poŭ

6 輟 chuyết tchouĕ

4 父 phụ foú

5 兄 huynh hiōng

6 以 dĩ yì

7 教 giáo kiáo

8 率 suất sŏ

9 之 chi, tchī,

10 安 an ngān

11 得 đắc tĕ

12 不 bất poŭ

13 思 tư sōē

14 勉 miễn mièn

15 勵 lệ lí

16 以 dĩ yì

17 自 tự tséú

18 奮 phấn fén

19 哉 tai? tsāi?

A. 1 如 Như Joû

2 囊 nang náng

3 螢 uinh, yông,

4 如 như joû

7 自 tự tseú

8 勵 lệ lí

9 如 như joû

10 此 thử; tseŭ,

11 固 cố koú

12 無 vô voû

13 父 phụ foú

14 兄 huynh hiōng

15 之 chi tchī

16 教 giáo, kiáo,

17 威 oai ouēi

18 嚴 nghiêm yên

19 課 khóa k'ó

20 督 đốc toŭ

21 之 chi tchī

22 也 dã. yè.

L. 1 爾 Nhĩ Eùlh

2 輩 bối péi

3 小 tiểu siào

4 生 sinh, sēng,

5 享 hưởng hiàng

6 安 an ngān

7 居 cư kiū

8 溫 ôn ouēn

9 飽 bão paò

10 之 chi tchī

11 樂 lạc. lŏ,

M. 1 又 hựu yeóu

2 有 hữu yeoù

3 賢 hiền hiên

C	1	此	Thử,	T'seu
	2	言	ngôn	yến
	3	貧	bần	p'în
	4	不	bất	poŭ
	5	廢	phế	fei
	6	學	học	hiŏ
	7	也	dã.	yĕ.
D	1	晉	Tấn	Tsín
	2	車	Xa	Tch'e
	3	允	doãn	yùn
	4	好	hảo	hào
	5	學	học.	hiŏ.
E	1	家	Gia	Kiā
	2	貧	bần	p'în
	3	夜	dạ	yĕ
	4	讀	độc	toŭ
	5	無	vô	voû
	6	油	du.	yeôu.
F	1	乃	Nải	Naì
	2	取	thủ	t'siu
	3	螢	uinh	yông
	4	火	hỏa	hò
	5	囊	nang	náng
	6	之	chi,	tchī,
	7	而	nhi	eûlh
	8	藉	tạ	tsi.
	9	其	kì	k'î
	10	光	quang	kouāng
	11	以	dĩ	yì
	12	照	chiếu	tchaó
	13	讀	độc	toŭ
	14	書。	thơ.	choū.
G	1	孫	Tôn	Sūn
	2	康	Khang	K'āng
	3	寒	hàn	hân
	4	夜	dạ	yĕ
	5	讀	độc	toŭ
	6	書	thơ	choū
	7	無	vô	voû
	8	油	du.	yeôu.
H	1	乃	Nải	Naì
	2	出	Xuất	tch'oŭ
	3	庭	đình	t'îng
	4	前	tiền,	t'siên,
	5	映	ưởng	yāng
	6	雪	tuyết	siouĕ
	7	光	quang	kouāng
	8	而	nhi	eûlh
	9	讀	độc.	toŭ.
I	1	夫。	Phu	Foū
	2	二	nhị	eúlh
	3	子	tử	tseù
	4	不	bất	poŭ
	5	以	dĩ	yì
	6	貧	bần	p'în
	7	而	nhi	eûlh
	8	廢	phế	féi
	9	學	học.	hiŏ.
J	1	終	Chung	Tchōng
	2	成	thành	tch'îng
	3	大	đại	tá
	4	名。	danh.	mîng.
K	1	況	Huống	Hoáng
	2	爾	nhĩ	eulh
	3	輩	bối	péi
	4	有	hữu	yeoù
	5	父	phụ	foú
	6	兄	huynh	hiōng
	7	資	tư	tseū
	8	給	cấp	kĭ
	9	可	khả	k'ò
	10	不	bất	poŭ
	11	勉	miễn	miēn
	12	歟。	dư?	yū?
A	1	如	Như	Joû
	2	負	phụ	foú
	3	薪。	tân,	sīn,
	4	如	như	joû

	5	挂	quải	kouá
	6	角。	giác.	kiŏ.
B	1	身	Thân	Chin
	2	雖	tuy	souï
	3	勞。	lao,	lâo,
	4	猶	du	yeou
	5	苦	Khổ	k'ou
	6	卓。	trác.	tchŏ.

C	1	此	Thử	Ts'eu
	2	言	ngôn	yên
	3	身	thân	chin
	4	勞	lao	lâo
	5	而	nhi	eulh
	6	好	hảo	hao
	7	學	học	hiŏ
	8	也。	dã.	ye.
D	1	漢	Hán	Han
	2	朱	Châu	Tchou
	3	買	Mãi	Mai
	4	臣	Thần,	Tch'in,
	5	貧	bần	p'in
	6	而	nhi	eulh
	7	採	thể	t'sai
	8	樵	tiều,	t'siao,
	9	不	bất	pou
	10	廢	phế	fei
	11	讀	độc	tou
	12	書。	thơ.	chou.
E	1	方	Phương	Fang
	2	砍	Khảm	k'an
	3	柴	sài	tch'ai
	4	時	thì,	chi,
	5	置	trí	tchi
	6	書	thơ	chou
	7	於	ư	yū
	8	林	lâm	lin
	9	下	hạ	hia
	10	而	nhi	eulh

	11	讀。	đọc.	tou.
F	1	負	Phụ	Fou
	2	薪	tân	sīn
	3	還	qui,	houei,
	4	懸	huyền	hiouên
	5	書	thơ	chou
	6	於	ư	yū
	7	擔	đảm	tan
	8	頭	đầu	t'eou
	9	誦	tụng	sóng
	10	而	nhi	eulh
	11	去	khứ	k'iu
	12	行。	hành.	hing.
G	1	後	Hậu	Heou
	2	仕	sĩ	sse
	3	武	Võ	Vou
	4	帝	Đế	Ti
	5	為	vi	ouei
	6	會	Hội	Hoei
	7	稽	Kê	Ki
	8	守。	thủ.	cheou
H	1	隋	Tùy	Souï
	2	李	Lý	Li
	3	密	Mật	Mi
	4	好	hảo	hao
	5	學	học.	hiŏ.
I	1	乘	Thừa	Ching
	2	牛	ngưu	nieou
	3	而	nhi	eulh
	4	讀	đọc	tou

No.	Character	Sino-Vietnamese reading	Mandarin romanization
5	漢	Hán	Hán
6	書	thơ	chou
J 1	將	Tướng	Tsiang
2	餘	dư	yû
3	本	bổn	pén
4	挂	quải	koua
5	兩	lưỡng	leàng
6	角	giác	kiŏ
7	之	chi	tchi
8	上。	thượng	chang
K 1	楊	Dương	Yâng
2	越	Việt	Youe
3	公	Công	kông
4	見	Kiến	kién
5	而	nhi	eulh
6	意	ý	yí
7	之。	chi.	tchi.
L 1	後	Hậu	Heóu
2	襲	tập	sî
3	爵	tước	tsiŏ
4	為	vi	ouêi
5	蒲	Bồ	P'oû
6	山	Sơn	Chān
7	公。	công.	kōng
M 1	二	Nhị	Eúlh
2	子	tử	tseù
3	身	thân	chīn
4	既	kí	kí
5	勤	cần	k'în
6	勞。	lao,	lâo,

No.	Character	Sino-Vietnamese reading	Mandarin romanization
7	而	nhi	eûlh
8	猶	du	yeôu
9	勞	lao	lâo
10	苦	khổ	k'où
11	堅	kiên	kiēn
12	卓	trác	tchŏ
13	如	như	joû
14	此。	thử.	tseù.
N 1	況	Huống	Hoáng
2	爾	nhĩ	eùlh
3	輩	bối	péi
4	飽	bão	paò
5	食	thực	chĭ
6	終	chung	tchōng
7	日	nhựt,	jĭ,
8	無	vô	woû
9	所	sở	sò
10	事	sự	ssé
11	事	sự	ssé
12	者	giả	tchè
13	乎。	hồ!	hoû!
A 1	蘇	Tô	Soû
2	老	Lão	Lào
3	泉。	Tuyền	Ts'iouên

No.	Character	Sino-Vietnamese reading	Mandarin romanization
4	二	nhị	eúlh.
5	十	thập	chĭ
6	七。	thất,	ts'ĭ,
7	始	thỉ	chì
8	發	phát	fă
9	憤。	phẫn,	fén,
10	讀	đọc	toŭ
11	書	thơ	chou

A	1	彼	Bỉ	Pì
	2	既	Kí	Kí
	3	老。	lão,	lào,
	4	猶	du	yôu
	5	悔	hối	hoèi
	6	遲。	trì.	tch'î.
B	1	爾	Nhĩ	Eùlh
	2	小	tiểu	siào
	3	生	sinh,	sēng,

	3	幼	ấu	yeóu
	4	而	nhi	eûlh
	5	失	thất	chī
	6	學、	học.	hiŏ.
F	1	至	Chí	Tchí
	2	二	nhị	eúlh
	3	十	thập	chî
	4	七	thất	ts'ī
	5	歲	tuế,	souí,
	6	始	thỉ	chì
	7	悟	ngộ	oú
	8	其	kì	k'î
	9	非、	phi,	fēi,
	10	發	phát	fă
	11	憤	phẫn	fén
	12	攻	công	kōng
	13	書、	thơ	chōu
	14	以	dĩ	yì
	15	成	thành	tch'îng
	16	大	đại	tá
	17	名。	danh.	mîng.
G	1	兩	Lưỡng	Leàng
	2	子	tử	tsè
	3	皆	giai	kiaī
	4	大	đại	tá
	5	儒。	nhu.	joû.
H	1	日	Nhựt	Jĭ
	2	號	hiệu	háo
	3	二	nhị	eúlh
	4	蘇。	Tô.	Soū.

	12	籍	tịch.	tsĭ.
B	1	此	Thử	Tseù
	2	言	ngôn	yên
	3	年	niên	niên
	4	長	trưởng	tch'àng
	5	而	nhi	eûlh
	6	好	hảo	hào
	7	學	học	hiŏ
	8	者。	giả.	tchè.
C	1	老	Lão	Lào
	2	泉	Tuyền	Ts'iouên
	3	名	danh	mîng
	4	洵	Tuân.	Siûn.
D	1	字	Tự	Tseú
	2	明	Minh	Mîng
	3	允、	Doãn,	Yùn,
	4	宋	Tống	Sóng
	5	眉	Mi	Meî
	6	山	Sơn	Chān
	7	人、	nhơn,	jîn,
	8	蘇	Tô	Soū
	9	東	Đông	Tōng
	10	坡	Pha	P'ō
	11	之	chi	tchī
	12	父	phụ	foú
	13	也。	dã.	yè.
E	1	老	Lão	Lào
	2	泉	Tuyền	Ts'iouên

	Chữ	Âm Việt	Âm Hoa
4	宜	nghi	yî
5	早	tảo	tsaò
6	思	tư.	ssē.
C 1	此	Thử	T'seù
2	言	ngôn	yên
3	年	niên	niên
4	歲	tuế	souí
5	雖	tuy	souī
6	不	bất	poŭ
7	為	vi	ouêi
8	老	lão,	lào,
9	以	dĩ	yì
10	人	nhơn,	jîn
11	生	sinh	sēng
12	八	bát	pă
13	歲	tuế,	souí,
14	當	đang	tāng
15	入	nhập	jĕ
16	小	tiểu	siào
17	學	học,	hiŏ,
18	十	thập	chĕ
19	五	ngũ,	où,
20	當	đang	tāng
21	入	nhập	jĕ
22	大	đại	tá
23	學	học,	hiŏ,
24	計	kế	kí
25	之	chi,	tchī,
26	則	tắc	tsĕ
27	已	dĩ	yì
28	老	lão	laò
29	矣	hĩ.	yì.
D 1	夫	Phu	Foū
2	老	lão	laò
3	泉	Tuyền	T'siouên
4	年	niên	niên
5	既	kí	kí
6	長	trưởng,	tch'àng,
7	有	hữu	yeoù
8	室	thất	chĕ
9	家	gia	kiā
10	之	chi	tchī
11	累	luỵ,	louí,
12	又	hữu	yeoú
13	初	sơ	t'soū
14	不	bất	poŭ
15	好	hảo	hào
16	學	học,	hiŏ,
17	而	nhi	eûlh
18	一	nhứt	yĕ
19	旦	đán	tán
20	悔	hối	hoeì
21	向	hướng	hiáng
22	學	học	hiŏ
23	之	chi	tchī
24	遲	trì,	tch'î,
25	發	phát	fă
26	憤	phấn	fén
27	以	dĩ	yì
28	成	thành	tch'îng
29	大	đại	tá
30	名	danh	mîng
31	如	như	joû
32	此	thử.	t'seù.
E 1	至	Chí	Tchí
2	爾	nhĩ	eùlh
3	輩	bối	péi
4	小	tiểu	siaò
5	生	sinh,	sēng,
6	當	đang	tāng
7	未	vị	ouéi
8	老	lão	laò
9	之	chi	tchī
10	時	thì,	chî,
11	宜	nghi	yî
12	早	tảo	tsaò
13	思	tư	ssē
14	上	thượng	chàng
15	進	tấn,	tsín,
16	黽	mẫn	mìn
17	勉	miễn	mièn
18	以	dĩ	yì

12	士。	sĩ.	ssé.
B 1	此	Thử	T'seu
2	言	ngôn	yen
3	好	hảo	hào
4	學	học	hiŏ
5	之	chi	tchī
6	心,	tâm,	sīn,
7	至	chí	tchí
8	老	lão	laò
9	而	nhi	eulh
10	彌	di	mî
11	篤	đốc	toŭ
12	也。	dã.	yè.
C 1	大	Đại,	Tá
2	廷	đình,	t'îng,
3	天	thiện	t'ien
4	子	tử	tseù
5	之	chi	tchī
6	廷。	đình.	t'îng.
D 1	魁	Khôi	K'ouei
2	多	đa	to
3	士	sĩ,	ssé,
4	狀	trạng	tchouang
5	元	nguyên	youen
6	也。	dã.	yè.
E 1	宋	Tống	Song
2	之	chi	tchī
3	梁	lương	Leang.

3	灝。	Hạo,	Haó,
4	八	bát	pă
5	十	thập	chĕ
6	二。	nhị,	eulh,
7	對	đối	touï
8	大	đại	tá
9	廷	đình,	t'îng,
10	魁	Khôi	K'ouei
11	多	đa	to

19	成	thành	tch'îng
20	功	công.	kong.
F 1	莫	Mạc	Mŏ
2	待	đãi	taí
3	老	lão	laò
4	而	nhi	eulh
5	後	hậu	heoú
6	悔	hối	hoeï
7	之	chi	tchī
8	無	vô	voû
9	及	cập.	kĭ.
G 1	又	Hựu	Yeoú
2	安	an	ngān
3	能	năng	nêng
4	如	như	joû
5	老	Lão	Laò.
6	泉	Tuyền	Ts'iouen
7	天	thiên	t'ien
8	資	tư	tseū
9	之	chi	tchī
10	高	cao	kaō
11	也	dã,	yè,
12	乎。	hồ ?	hoû !
A 1	若	Nhược	Jŏ
2	梁	Lương	Leang

3	生。	sinh,	sēng,
4	宜	nghi	yî
5	立	lập	lĭ
6	志。	chí.	tchí.
C 1	彼	Bỉ	Pì
2	指	chỉ	tchì
3	梁	Lương	Leâng
4	灝	Hạo	Háo
5	也。	dã.	yè.
D 1	言	Ngôn	Yên
2	灝	Hạo	Háo
3	年	niên	niên
4	高	cao	kaō
5	而	nhi	eûlh
6	才	tài	ts'aî
7	雄	hùng	hiông
8	力	lực	lĭ
9	健、	Kiện.	Kién.
E 1	又	Hựu	Yeoú
2	能	năng	nêng

10	首。	thủ.	cheoù.
A 1	彼	Bỉ	Pì
2	既	kí	kí
3	成。	thành,	tch'îng,
4	眾	chúng	tchóng
5	稱	xưng	tch'îng
6	異。	dị.	yí.
B 1	爾	Nhĩ	Eùlh
2	小	tiểu	siaò

4	灝	Hạo	Háo,
5	苦	Khổ	K'òu
6	學	học,	hiŏ
7	一	nhất	yĭ
8	生	sinh	sēng
9	未	vị	ouéi
10	遇	ngộ.	yú.
F 1	及。	Cập	Kĭ
2	乎	hồ	hôu
3	年	niên	niên
4	八	bát	pă
5	十	thập	chĕ
6	有	hữu	yeoù
7	二	nhị	eúlh
8	矣	hĩ,	yì,
9	尚	thượng	cháng
10	能	năng	nêng
11	奮	phấn	fén
12	發	phát	fă
13	有	hữu	yeoù
14	為、	vi	ouêi.
G 1	對	Đối	Toui
2	策	sách	ts'ĕ
3	大	đại	tá
4	廷、	đình,	t'îng,
5	而	nhi	eûlh
6	為	vi	ouêi.
7	多	đa	tō
8	士	sĩ	ssé
9	之	chi	tchī

	3	成	thành	tch'ĩng
	4	此	thử	t'sèu
	5	大	đại	tá
	6	名。	danh.	míng.
F	1	真	Chơn	Tchīn
	2	古	cổ	koù
	3	今	kim	kīn
	4	之	chi	tchī
	5	獨	độc	toû
	6	異	dị	yí
	7	者	giả	tchè
	8	也。	dã.	yè.
G	1	爾	Nhĩ	Eùlh
	2	輩	bối	péi
	3	讀	độc	toû
	4	書，	thơ,	choū,
	5	宜	nghi	yî
	6	以	dĩ	yì
	7	此	thử	t'seù
	8	為	vi	ouêi
	9	法。	pháp.	fă.
H	1	不	Bất	Poŭ
	2	以	dĩ	yì
	3	飢	kí	kí
	4	遇	ngộ	yú
	5	而	nhi	eùlh
	6	自	tự	tséu
	7	荒。	hoang.	hōang.
I	1	不	Bất	Poŭ
	2	以	dĩ	yì
	3	不	bất	poŭ
	4	遇	ngộ	yú
	5	而	nhi	eûlh
	6	自	tự	tséu
	7	廢。	phế.	féi.
J	1	一	Nhứt	Yĭ
	2	心	tâm	sīn
	3	向	hướng	hiáng
	4	學	học	hiŏ
	5	至	chí	tchí
	6	老	lão	lào
	7	而	nhi	eûlh
	8	不	bất	poŭ
	9	倦。	quyện.	kiouén.
K	1	以	Dĩ	Yì
	2	灝	Hạo	Haó
	3	自	tự	tséu
	4	期	kì	kī
	5	無	vô	voû
	6	怠	đãi	taí
	7	其	kì	kî
	8	志	chí,	tchí,
	9	可	khả	k'ò
	10	也。	dã.	yè.
A	1	瑩	Uinh	Yǒng
	2	八	bát	pă
	3	歲。	tuế,	souí,
	4	能	năng	nêng
	5	咏	vịnh	yóng
	6	詩。	thi.	chī.
	1	此	Thử	T'seù
	2	言	ngôn	yên
	3	幼	ấu	yeóu
	4	而	nhi	eûlh
	5	早	tảo	tsào
	6	成	thành	tch'ĩng
	7	也。	dã.	yè.
B	1	北	Bắc	Pĕ
	2	齊	Tề	Tsî
	3	祖	Tổ	Tsoù
	4	瑩	Uinh,	Yǒng
	5	年	niên	niên
	6	八	bát	pă
	7	歲	tuế,	souí,
	8	即	tức	tsĭ
	9	能	năng	nêng

	2	曰	viết:	youĕ:
F	1	舅	Cựu	Kieóu
	2	子	tử	tsèu
	3	李	Lý	Lì
	4	泌	Bí	Pí
	5	七	thất	t'sĭ
	6	歲	tuế	soúi
	7	才	tài	t'sâi
	8	勝	thắng	chíng
	9	於	ư	yû
	10	臣。	thần.	tch'în.
G	1	帝	Đế	Tí
	2	令	lịnh	líng
	3	入	nhập	jĭ
	4	見	kiến.	kién.
H	1	時。	Thì	Chî
	2	帝	đế	tí
	3	方	phương	fāng
	4	與	dữ	yù
	5	張	Trương	Tchāng
	6	說	Duyệt	Youĕ
	7	奕	diệc	yĭ
	8	碁。	kì.	k'î.
I	1	帝	Đế	Tí
	2	問	vấn	ouén
	3	曰。	viết:	youĕ:
J	1	小	Tiểu	Siào
	2	子	tử	tsèu
	3	能	năng	nêng
	4	賦	phú	foú

B	1	唐	Đường	T'âng
	2	李	Lý	Lì
	3	泌	Bí	Pí
	4	年	niên	niên
	5	始	thỉ	chì
	6	七	thất	t'sĭ
	7	歲	tuế.	soúi.
C	1	姑	Cô	Kou
	2	子	tử	tsèu
	3	員	Viên	Youên
	4	半	Bán	Pán
	5	千	Thiên	T'siên
	6	九	cửu	kieoù
	7	歲	tuế	soúi
	8	舉	cử	kiù
	9	神	thần	chîn
	10	童。	đồng.	t'ông.
D	1	明	Minh	Mîng
	2	皇	Hoàng	Hoâng
	3	問	vấn	ouén
	4	曰	viết:	youĕ:
	1	外	Ngoại	Ouái
	2	庭	đình	t'îng
	3	尚	thượng	cháng
	4	有	hữu	yeoù
	5	如	như	joû
	6	卿	khanh	k'īng
	7	者	giả	tchè
	8	乎。	hồ?	hoû?
E	1	對	Đối	Touí

	10	詠	vịnh	yóng
	11	詩	thi	chī
	12	成	thành	tch'îng
	13	章	chương.	tchāng.
C	1	後	Hậu	Heóu
	2	為	vi	ouêi
	3	著	trứ	tchoú
	4	作	tác	tsŏ
	5	郎。	lang.	lâng.
A	1	泌		Bí Pí
	2	七		thất t'sĭ
	3	歲。		tuế, soúi,
	4	能		năng nêng
	5	賦		phú foú
	6	碁。		kì. k'î.

7	紫	tử	tsè
8	衣	y.	yī.
T 1	後	Hậu	Heoú
2	歷	lịch	lĭ
3	相	tướng	siáng
4	位	vị	ouéi
5	為	vi	ouêi
6	社	xã	ssé
7	稷	tắc	tsĭ
8	臣	thần.	tch'în.
A 1	彼	Bỉ	Pì
2	穎	dĩnh	yìng
3	悟	ngộ,	oú,
4	人	nhơn	jîn
5	稱	xưng	tch'ing
6	奇	kì.	k'î.

12	生	sinh,	sēng,
13	靜	tịnh	tsíng
14	若	nhược	jŏ
15	棋	kì	k'î
16	死	tử	ssè.
Q 1	泌	Bí	Pí
2	対	đối	touí
3	曰	viết:	youĕ:
R 1	方	Phương	Fāng
2	若	nhược	jŏ
3	行	hành	hîng
4	義	ngãi,	yí,
5	圓	viên	youên
6	若	nhược	jŏ
7	運	vận	yún
8	智	trí,	tchí,
9	動	động	tóng
10	若	nhược	jŏ
11	騁	sính	tch'ing
12	材	tài,	ts'âi,
13	靜	tịnh	tsíng
14	若	nhược	jŏ
15	得	đắc	tĕ
16	意	ý.	yí.
S 1	帝	Đế	Tí
2	大	đại	tá
3	奇	kì	k'î
4	之	chi,	tchī
5	賜	tứ,	ssè
6	以	dĩ	yì

5	乎	hồ?	hoû?
K 1	対	Đối	Touí
2	曰	viết:	youĕ:
L 1	能	Năng.	Nêng.
M 1	帝	Đế	Tí
2	命	mạng	míng
3	賦	phú	foú
4	方	phương,	fāng,
5	圓	viên,	youên,
6	動	động,	tóng,
7	靜	tịnh.	tsíng.
N 1	泌	Bí	Pí
2	請	thỉnh	tsìng
3	問	vấn	ouén
4	其	kì	k'î
5	旨	chỉ.	tchì.
O 1	張	Trương	Tchāng
2	說	Duyệt	youĕ
3	曰	viết:	youĕ:
P 1	方	Phương	Fāng
2	若	nhược	jŏ
3	棋	kì	k'î
4	盤	bàn,	p'ân,
5	圓	viên	youên
6	若	nhược	jŏ
7	棋	kì	k'î
8	子	tử,	tsèu,
9	動	động,	tóng
10	若	nhược	jŏ
11	棋	kì	k'î

A 1	蔡	Thái	Tsái
2	文	văn	ouên
3	姬	kì	kī
4	能	năng	nêng
5	辨	biện	pién
6	琴	kim.	k'în.
B 1	謝	Tạ	Sié
2	道	Đạo	Táo

8	穎	dĩnh	yìng
9	悟。	ngộ.	où.
D 1	才	Tài	T'saî
2	能	năng	nêng
3	動	động	tóng
4	主	chúa	tchoù
5	早。	tảo	tsaò
6	取	thủ	t'siù
7	卿	khanh	k'ing
8	相	tướng,	siáng,
9	人。	nhơn	jîn
10	稱	xưng	tch'ing
11	奇	kì	k'î
12	異	dị	yí
13	如	nhu'	jôu
14	此。	thử.	t'seù.
E 1	爾	Nhĩ	Eùlh
2	幼	ấu	yeóu
3	學	học	hiŏ
4	之	chi	tchī
5	人	nhơn,	jîn,
6	當	đang	tāng
7	以	dĩ	yì
8	為	vi	ouêi
9	法	pháp	fă
10	而	nhi	eûlh
11	效	hiệu	hiáo
12	之	chi,	tchī
13	可	khả	k'ò
14	也。	dã.	yè.

B 1	爾	Nhĩ	Eùlh
2	幼	ấu	yeóu
3	學。	học,	hiŏ,
4	當	đang	tāng
5	效	hiệu	hiáo
6	之	chi.	tchī.
C 1	言	Ngôn	Yên
2	祖	Tổ	Tsoù
3	李	Lý	Lì
4	二	nhị	eúlh
5	人	nhơn	jîn
6	童	đồng	t'ông
7	年	niên	niên

H 1	董	Đổng	Tòng
2	卓	Trác	Tchŏ
3	擅	thiện	chén
4	政、	chánh,	tchíng,
5	邕	Ung	yōng
6	有	hữu	yeoù
7	憂	ưu	yeoū
8	時	thì	chî
9	之	chi	tchī
10	心。	tâm.	sīn.
I 1	方	Phương	Fāng
2	操	thảo	t'sáo
3	琴	Kim	k'în
4	而	nhi	êulh
5	文	Văn	Ouên
6	姬	Ki	Kī
7	傷	thương	chāng
8	其	Kì	k'î
9	父	phụ	foú
10	琴	kim	k'în
11	聲	thinh	chīng
12	噍	tiêu	tsiaō
13	殺、	sát,	chái,
14	危	nguy	ouêi
15	難	nạn	nán
16	將	tướng	tsiāng
17	至。	chí.	tchí.
J 1	父	Phụ	Foú
2	因	nhơn	yīn
3	卓	Trác	Tchŏ

8	才	tài	t'sâi
9	智	trí	tchí
10	過	quá	kouó
11	人	nhơn	jîn
12	者。	giả.	tchè.
E 1	蔡	Thái	Tsái
2	伯	Bá	Pĕ
3	喈	Giai	Kiāi
4	女	nữ	niù
5	名	danh	mîng
6	琰、	Diệm,	Yèn,
7	字	tự	tseú
8	文	Văn	Ouên
9	姬。	Ki.	Kī.
F 1	父	Phụ	Foú
2	方	phương	fāng
3	操	thảo	t'sáo
4	琴、	Kim,	k'în,
5	遇	ngộ	yú
6	貓	miêu	miāo
7	捕	bộ	poú
8	鼠、	thử.	choù.
G 1	文	Văn	Ouên
2	姬	Ki	Kī
3	知	tri	tchī
4	其	Kì	k'î
5	琴	Kim	k'în
6	聲	thinh	chīng
7	帶	đái	tái
8	殺。	sát.	chă.

3	蘊	Uẩn	Yùn
4	能	năng	nêng
5	詠	vịnh	yòng
6	吟。	ngâm.	yîn.
C 1	言	Ngôn	Yên
2	古	cổ	koù
3	不	bất	poŭ
4	獨	độc	tŏ
5	男	nam	nân
6	子	tử	tseù
7	好	hảo	hào
8	學、	học.	hiŏ.
D 1	雖	Tuy	Souī
2	女	nữ	niù
3	子	tử	tseù
4	亦	diệc	yĭ
5	有	hữu	yeoù
6	聰	thông	t'sōng
7	明	minh	mîng

4	詩。	thi.	chī.
R1	庭	Đình	T'ìng
2	中	trung	tchōng
3	大	đại	tá
4	雪	tuyết.	sioüě.
S1	安、	An	Ngān
2	問	văn	ouén
3	諸	chư	tchōu
4	子	tử	tsè
5	姪	điệt	tchĭ
6	云、	vân:	yûn:
T1	大、	Đại	Tá
2	雪	tuyết	sioüě
3	紛	phân	fēn
4	紛、	phân	fēn
5	何	hà	hô
6	所	sở	sò
7	似。	tợ.	ssé.
U1	姪	Điệt	Tchĭ
2	琰	Diệm	Yèn
3	對	Đối	toüí
4	曰、	viết:	youě.
V1	撒	Tát	Să
2	鹽	diêm	yên
3	空	Không	K'ōng
4	中	trung	tchōng
5	差	sai	Tsêu
6	可	Khả	kò
7	擬	nghĩ.	yì.
X1	道。	Đạo	Táo

O1	曹	Tào	T'sâo
2	孟	Mạnh	Méng
3	德	Đức	Tĕ
4	聞	Văn	Ouên
5	之	chi,	tchī,
6	以	dĩ	yì
7	千	thiên	t'siēn
8	金	kim	kīn
9	贖	thục,	choŭ,
10	回	hồi,	hoêi,
11	而。	nhi	êulh
12	配	phối	p'éi
13	士	sĩ	ssé
14	人	nhơn	jîn
15	董	Đổng	Tòng
16	玘	Ki.	Kì.
P1	謝。	Tạ	Sié
2	道	Đạo	táo
3	韞	Uẩn	Yùn
4	晉	Tấn	tsín
5	宰	tể	tsaì
6	相	tướng	siáng
7	謝	Tạ	Sié
8	安	An	ngān
9	之	chi	tchī
10	兄	huynh	hiōng
11	女。	nữ	niù.
Q1	幼	Ấu	Yeóu
2	能	năng	nêng
3	咏	vịnh	yòng

4	之	chi	tchī
5	誅	tru	tchōu
6	得	đắc	tĕ
7	罪	tội	tsoüí
8	而	nhi	êulh
9	死。	tử.	ssè.
K1	流	Lưu	Lieôu
2	文	Văn	Ouên
3	姬	Ki	Kī
4	於	ư	yū
5	胡	Hồ	Hoû
6	地	địa.	tí.
L1	文。	Văn	Ouên
2	姬	Ki	Kī
3	作	tác	tsó
4	胡	Hồ	Hoû
5	笳	gia	kiā
6	十	thập	chĭ
7	八	bát	pă
8	拍	phách	p'ĕ
9	之	chi	tchī
10	曲。	Khúc.	k'iŏ.
M1	流	Lưu	Lieōu
2	入	nhập	jŭ
3	中	trung	tchōng
4	國	quắc.	kouĕ.
N1	幽。	U	Yeōu
2	怨	oán	yuén
3	哀	ai	ngāi
4	傷。	thương.	chāng.

6	警。	Kính	king.
C 1	言	Ngôn	yên
2	文	Văn	Ouên
3	姬	Ki	ki.
4	道	Đạo	Táo
5	韞	Uẩn	yùn
6	不	bất	poû
7	過	quá	kouó
8	女	nữ,	niù
9	子	tử	tseù
10	耳。	nhĩ,	eulh,
11	且	thả	tsiè
12	能	năng	nêng
13	聰	thông	t'sōng
14	明	minh	mîng
15	敏	mẫn	mìn
16	捷	thiệp	tsiê
17	審	thẩm	chèn
18	音	âm	yīn
19	如	như	joû
20	此。	thử,	t'seù,
21	其	kì	k'î
22	精	tinh	t'sīng
23	明、	minh.	mîng.
D 1	應	Ứng	Yíng
2	對	đối	touï
3	如	như	joû
4	此、	thử,	t'seù,

3	子。	tử,	tseù,
4	且	thả	tsiè
5	聰	thông	t'sōng
6	敏。	mẫn.	mìn.
B 1	爾	Nhĩ	Eulh
2	男	nam	nân
3	子。	tử;	tseù,
4	當	đang	tāng
5	自	tự	tseú

2	韞	Uẩn	yùn
3	對	đối	touí
4	曰	viết:	youê:
Y 1	未	Vị	Ouéi
2	若	nhược	jŏ
3	柳	liễu	lieòu
4	絮	nhứ	sée
5	風	phong	fōng
6	起。	khởi.	k'ì.
Z 1	安	An	Ngān
2	大	đại	tá
3	奇	kì	k'î
4	之。	chi.	tchī.
A' 1	後	Hậu	Heoú
2	嫁	giá	kiá
3	王	Vương	Ouâng
4	右	Hữu	Yeóu
5	軍	quân	kiūn
6	凝	tử	tseù
7	之、	Ngưng	Yîng
8	夫	chi.	tchī.
B' 1	死	Phu	Foū
2	以	tử,	ssè,
3	節	dĩ	yì
4	著。	tiết	tsiê
A 1	彼	Bỉ	Pì
2	女	nữ	niù

9	童。	đồng,	t'ông,
10	作	tác	tsó
11	正	chính	tchíng
12	字。	tự.	tseú.
B 1	此	Thử	T'seù
2	又	hửu	yeoú
3	引	dẫn	yìn
4	神	thần	chîn
5	童	đồng	t'ông
6	之	chi	tchī
7	事	sự,	ssé,
8	以	dĩ.	yì
9	明	minh	mîng
10	穎	dĩnh	yìng
11	悟	ngộ	oú
12	之	chi	tchī
13	才。	tài.	t'sâi.
C 1	唐	Đàng	T'âng
2	有	hữu	yeoù

9	可	Khả	k'ò
10	也。	dã.	yè.
A 1	唐	Đàng	T'âng
2	劉	Lưu	Lieôu
3	晏。	Yến,	Yén,
4	方	phương	fāng
5	七	thất	ts'ĭ
6	歲。	tuế,	soúi,
7	舉	cử	kiù
8	神	thần	chîn

5	其	Kì	k'î
6	穎	dĩnh	yìng
7	異。	dị.	yí.
E 1	況	Huống	Hoáng
2	爾	nhĩ	eùlh
3	輩	bối	péi
4	皆	giai	kiāi
5	男	nam	nân
6	子	tử	tseù
7	也、	dã,	yè,
8	豈	khỉ	k'ì
9	可	khả	k'ò
10	不	bất	poŭ
11	如	như	joû
12	女	nữ	niù
13	子、	tử,	tseù,
14	而	nhi	eûlh
15	自	tự	tseú
16	對	đối	t'oúi
17	其	kì	k'î
18	志	chí	tchí
19	乎。	hồ?	hoû?
F 1	當	Đang	Tāng
2	以	dĩ	yì
3	此	thử	t'seù
4	自	tự	tseú
5	警、	kính	k'ìng
6	而	nhi	eûlh
7	自	tự	tseú
8	惕	thích,	t'ĭ

L 1	晏	Yến	yén
2	俯	phủ	foù
3	伏	phục	foŭ
4	對	đối	touí
5	曰。	viết:	youĕ:
M 1	諸	Chư	Tchoū
2	字	tự	tseú
3	皆	giai	kiaī
4	正。	chính.	tchíng
N 1	惟	Duy	Ouêi
2	有	hữu	yeoù
3	朋	bằng	p'ông
4	字	tự	tseú
5	不	bất	poŭ
6	正、	chính.	tchíng.
O 1	蓋	Cái	Kái
2	朋	bằng	p'ông
4	似	tựa	ssé
5	兩	lưỡng	leàng
6	月	nguyệt	youĕ
7	字、	tự	tseú
8	而	nhi	eûlh
9	體	thể	t'ì
10	不	bất	poŭ
11	正。	chính.	tchíng.
P 1	且	Thả	t'sié.
2	不	dĩ	yì
3	諷	phung	fóng
4	當	đang	tāng
5	時	thì	chî

9	字。	tự.	tseú.
H 1	一	Nhứt	yī
2	日	nhựt	jĭ
3	詔	chiếu	tchaó
4	見。	Kiến.	kién.
I 1	楊	Dương	Yâng
2	妃	phi	fei
3	愛	ái	ngái
4	之、	chi,	tchī,
5	命	mạng	míng
6	坐	tọa	tsó
7	於	ư	yū
8	膝	tất	sĭ
9	上、	thượng,	cháng,
10	親	thân	t'sīn
11	為	vi	ouêi
12	綰	oản	ouàn
13	髻。	kế.	kí.
J 1	帝	Đế	Tí
2	問	vấn	ouén
3	之	chi	tchī
4	曰。	viết:	youĕ
K 1	卿	Khanh	K'īng
2	為	vi	ouêi
3	正	chính	tchíng
4	字、	tự,	tseú,
5	正	chính	tchíng
6	得	đắc	tĕ
7	幾	kỉ	k'ì
8	字。	tự?	tseú?

3	劉	Lưu	Lieôu
4	晏	Yến	Yén.
D 1	年	Niên	Nién
2	方	phương	fāng
3	七	thất	t'sĭ
4	歲	tuế,	souí,
5	值	trị	tchĭ
6	明	Minh	Mîng
7	皇	Hoàng	Hoâng
8	幸	hạnh	híng
9	華	Hoa	Hoâ
10	清	Thanh	T'sīng
11	宮。	cung.	kōng.
E 1	晏	Yến	Yén
2	攔	loan	lân
3	駕	giá	kiá
4	上	thượng	cháng
5	書、	thơ.	chōu.
F 1	帝	Đế	Tí
2	大	đại	tá
3	奇	kì	k'î
4	之、	chi.	tchī.
G 1	謂	Vị	Ouéi
2	之	chi	tchī
3	神	thần	chîn
4	童	đồng,	t'ông,
5	授	thọ	cheóu
6	翰	Hàn	Hán
7	林	Lâm	lîn
8	正	chính	tchíng

4	身	thân	chin
5	已	dĩ	yì
6	仕。	sĩ.	ssè.
1	爾	Nhĩ	Eùlh
2	幼	ấu	yeoú
3	學	học,	hiŏ;
4	勉	miễn	mièn
5	而	nhi	eûlh
6	致	trí.	tchí

5	尚	thượng	cháng
6	書	thơ,	chou,
7	平	bình	p'îng
8	章	chương	tchāng
9	事。	sự.	ssé.
T1	晏	Yến	Yén
2	不	bất	poŭ
3	惟	duy	ouêi
4	聰	thông	t'sōng
5	穎、	dĩnh,	yìng,
6	而	nhi	eûlh
7	崇	sùng	t'sōng
8	正	chính	tching
9	黜	truất	tch'oŭ
10	邪	tà	siê
11	之	chi	tchi
12	心、	tâm,	sin,
13	已	dĩ	yì
14	見	kiến	kién
15	於	ư	yû
16	此	thử	t'sèu
17	矣。	hĩ.	yì.
A1	彼	Bỉ	Pi
2	雖	tuy	souî
3	幼。	ấu,	yeóu,

6	讒	sàm	t'sân
7	臣	thần	tch'în
8	用	dụng	yóng
9	事、	sự	ssé
10	寵	sủng	tch'òng
11	倖	hãnh	híng
12	多	đa	tō
13	門、	môn,	mên,
14	朋	bằng	p'ông
15	比	tỉ	pì
16	而	nhi	eûlh
17	為	vi	ouêi
18	奸	gian	kiēn
19	也。	dã.	yè.
Q1	明	Minh	Mîng
2	皇	Hoàng	Houâng
3	大	đại	tá
4	異	dị	yi
5	之。	chi.	tchi.
R1	後	Hậu	Heóu
2	歷	lịch	lĭ
3	仕	sĩ	ssè
4	明、	Minh,	Mîng,
5	肅、	Túc,	Soŭ,
6	代、	Đại,	Tái
7	德、	Đức.	Tĕ.
S1	官	Quan	Kouān
2	至	chí	tchí
3	白	bộ	boú
4	部	bộ	p'oú

3 晏 Yến Yén
4 亦 diệc yĭ
5 人 nhơn jĭn
6 也 dã. yè.
D1 效 Hiệu Hiáo
2 之 chi tchī
3 何 hà hô
4 難 nan? nân?

A1 犬 Khuyển K'iouèn
2 守 thủ cheoù
3 夜 dạ, yè,
4 雞 kê ki
5 司 tư ssē
6 晨 thần. chĭn.

2 為 vi ouêi
3 者 giả, tchè,
4 亦 diệc yĭ
5 若 nhược jŏ
6 是 thị chí.

B1 人 Nhơn jĭn
2 但 đản tán
3 不 bất poŭ
4 能 năng nêng
5 奮 phấn fén
6 發 phát fă
7 有 hữu yeoù
8 為 vi ouêi
9 耳 nhĩ. eùlh.
C1 彼 Bỉ Pì
2 劉 Lưu Lieoû

C1 言 Ngôn yên
2 晏 Yến yén
3 雖 duy soui
4 七 thất t'sĭ
5 歲 tuế soui
6 幼 âu yeóu
7 童 đồng, t'ông,
8 然 nhiên jên
9 已 dĩ yì
10 身 thân chin
11 入 nhập jŏ
12 仕 sĩ ssé
13 林 lâm lîn
14 矣 hĩ yì.
D1 爾 nhĩ eùlh
2 等 đẳng tèng
3 幼 ấu yeóu
4 學 học, hiŏ,
5 當 đang tāng
6 勉 miễn mièn
7 力 lực lĭ
8 以 dĩ yì
9 效 hiệu hiáo
10 之 chi; tchī;
11 可 khả k'ò
12 也 dã. yè.

A1 有 Hữu yeoù

苟不學。曷為人。

B1	苟	Cẩu	Keòu
2	不	bất	poŭ
3	學。	học,	hiŏ,
4	曷	hạt	hŏ
5	為	vi	ouêi
6	人。	nhơn?	jĭn?
C1	爾	Nhĩ	Eùlh
2	曷	hạt	hŏ
3	不	bất	poŭ
4	下	hạ	hiá
5	觀	quan	kouān
6	於	ư	yū
7	物	vật	voŭ
8	類	loại	louí
9	以	dĩ	yì
10	自	tự	tseú
11	警	kỉnh	king
12	乎。	hồ?	hoū?
D1	犬	Khuyển	Kiouèn
2	與	dữ	yŭ
3	雞	kê	kī
4	皆	giai	kiaī
5	畜	súc	tch'oŭ
6	也。	dã.	yè.
E1	犬	Khuyển	Kiouèn
2	則	tắc	tsĕ
3	有	hữu	yeoù
4	守	thủ	cheoù
5	夜	dạ	yè
6	之	chi	tchī
7	能、	năng,	nêng,
8	使	sử	ssè
9	人	nhơn	jĭn
10	不	bất	poŭ
11	敢	cảm	kàn
12	犯。	phạm.	fán.
F1	雞	Kê	Kī
2	則	tắc	tsĕ
3	有	hữu	yeoù
4	司	tư	ssē
5	晨	thần	chĭn
6	報	báo	paó
7	曉	hiểu	hiaò
8	之	chi	tchī
9	能、	năng,	nêng,
10	使	sử	ssè
11	人	nhơn	jĭn
12	知	tri	tchī
13	早	tảo	tsào
14	起。	khỉ.	k'ì.
G1	夫	Phu	Foû
2	雞	kê	kī
3	犬	khuyển	k'iouèn
4	之	chi	tchī
5	微、	vi,	ouêi,
6	尚	thượng	chàng
7	有	hữu	yeoù
8	可	khả	k'ò
9	取	thủ	t'siù
10	之	chi	tchī
11	處。	xứ.	tch'où.
H1	況	Huống	Hoáng
2	人	nhơn,	jĭn,
3	為	vi	ouêi
4	萬	vạn	ouán
5	物	vật	voŭ
6	之	chi	tchī
7	靈、	linh,	lîng,
8	豈	khỉ	k'ì
9	可	khả	k'ò
10	晏	yến	yén
11	然、	nhiên	jên
12	自	tự	tseú

2	不	bất	poû
3	學。	học,	hiŏ,
4	不	bất	poû
5	如	như	joû
6	物	vật.	woŭ
G1	又	Hựu	yeoú
2	不	bất	poŭ
3	覌	quan	kouān
4	之	chi	tchī
5	於	ư	yu
6	蜂	phong	fōng
7	與	dữ	yù
8	蠶	tàm	ts'ân
9	乎。	hồ?	hoû?
D1	彼	bỉ	pì
2	蠶	tàm	ts'ân
3	蜂	phong	fōng
4	至	chí	tchí
5	微	vi	ouēi

8	取	thủ.	ts'iù.
L1	則	tắc	tsĕ
2	亦	diệc	yì
3	何	hà	hô
4	以	dĩ	yì
5	為	vi	ouêi
6	人	nhơn	jîn
7	哉	tai?	tsaī.
A1	蠶	Tàm,	ts'ân
2	吐	thổ	t'où
3	絲。	tư,	ssē,
4	蜂	phong	fōng
5	釀	nhưỡng	neáng
6	蜜	mật.	mĭ.
B1	人。	Nhơn	jîn

13	安	an	ngān
14	乎。	hồ?	hoû
I1	自	Tự	tseú
2	古	cổ,	koù,
3	大	đại	tá
4	聖	thánh	chíng
5	大	đại	tá
6	賢	hiền,	hiên,
7	皆	giai	kiāi
8	由	do	yeoû
9	學	học	hiŏ
10	而	nhi	eûlh
11	後	hậu	heóu
12	成。	thành.	tch'îng.
H1	人	Nhơn	jîn
2	苟	Cẩu	keoù
3	不	bất	poŭ
4	學,	học,	hiŏ,
5	則	tắc	tsĕ
6	終	chung	tchōng
7	歸	qui	kouēi
8	下	hạ	hiá
9	流。	lưu	lieôu.
K1	反	Phản	Fàn
2	不	bất	poŭ
3	及	cập	kĭ
4	雞	kê	kī
5	犬	khuyển	k'iouèn
6	之	chi	tchī
7	可	khả	kò

	Chữ	Annamite	Chinois
16	昆	côn	kouēn
17	蟲	trùng	tch'ông
18	之	chi	tchī
19	不	bất	joŭ
20	如	như	joû
21	也。	dã.	yè.
A 1	幼	Ấu	Yeoú
2	而	nhi	eûlh
3	學。	học,	hiŏ,
4	壯	tráng	tchoáng
5	而	nhi	eûlh
6	行。	hành.	hîng.
B 1	人	Nhơn	Jîn
2	之	chi	tchī
3	生	sinh	sēng

	Chữ	Annamite	Chinois
7	蜜、	mật	mĭ
8	以	dĩ	yì
9	資	tư	tsē
10	飲	ẩm	yìn
11	食	thực	chĭ
12	之	chi	tchī
13	用。	dụng.	yóng.
H 1	爲	Vi	Ouêi
2	物	vật	voŭ
3	也	dã	yè
4	小	tiểu,	siào,
5	成	thành	tch'îng
6	功	công	kōng
7	也	dã	yè
8	大。	đại.	tá
I 1	汝	Nhữ	Joù
2	等	đẳng	tèng
3	堂	đường	t'âng
4	堂	đường	t'âng
5	男	nam	nân
6	子、	tử,	tseù,
7	倘	thượng	t'ǎng
8	如	như	joû
9	不	bất	poŭ
10	學、	học	hiŏ
11	而	nhi	eûlh
12	荒	hoang	hoāng
13	其	kì	k'î
14	業、	nghiệp,	niĕ,
15	是	thị	chí

	Chữ	Annamite	Chinois
6	之	chi	tchī
7	物	vật	voŭ
8	也。	dã.	yè.
E 1	無	vô	voû
2	求	cầu	k'ieôu
3	於	ư	yū
4	人、	nhơn.	jîn.
F 1	爲	Vi	Ouêi
2	人	nhơn	jîn
3	所	sở	sò
4	畜。	súc,	tch'oŭ,
5	蠶	tàm	t'sân
6	則	tắc	tsĕ
7	有	hữu	yeoù
8	吐	thổ	t'où
9	絲	tư	ssē
10	結	kiết	kiĕ
11	繭	kiển	kièn
12	以	dĩ	yì
13	成	thành	tch'îng
14	幣	tệ	pí
15	帛	bạch	pĕ
16	之	chi	tchī
17	功。	công.	kōng.
G 1	蜂	Phong	Fōng
2	則	tắc	tsĕ
3	有	hữu	yeoù
4	採	thễ	t'saì
5	花	hoa	hoā
6	釀	nhưỡng	niàng

B 1	壯	Tráng	Tchoáng
2	行	hành	hîng
3	云	vân	yûn
4	何。	hà?	hô?
C 1	士、	Sĩ,	Ssé,
2	君	quân	kiūn
3	子	tử	tseŭ
4	得	đắc	tĕ
5	志	chí	tchí
6	而	nhi	eûlh
7	行	hành	hîng
8	其	kì	k'î
9	道	đạo	táo
10	也。	dã.	yè.
D 1	上	Thượng	Cháng
2	以	dĩ	yì
3	致	trí	tchí
4	其	kì	k'î
5	君	quân,	kiūn,
6	爲	vi	ouêi
7	堯	Nghiêu	Yâo
8	舜	Thuấn	Chùn
9	之	chi	tchī
10	君。	quân.	kiūn.
E 1	下	Hạ	Hiá
2	以	dĩ	yì
3	澤	trạch	tsĕ
4	其	kì	k'î
5	民、	dân,	mîn,
6	如	như	joû

5	不	bất	poŭ
6	行	hành	hîng
7	其	kì	k'î
8	行	hành,	hîng,
9	又	hựu	yeóu
10	何	hà	hô
11	取	thủ	t'siù
12	於	ư	yū
13	學	học	hiŏ
14	也。	dã?	yè?
A 1	上	Thượng	Cháng
2	致	trí	tchí
3	君。	quân,	kiūn,
4	下	hạ	hiá
5	澤	trạch	tsĕ
6	民。	dân.	mîn.

4	也	dã,	yè,
5	非	phi	fēi
6	徒	đồ	t'oû
7	事	sự	ssé
8	於	ư	yū
9	誦	tụng	sóng
10	讀	đọc	toŭ
11	而	nhi	eûlh
12	已	dĩ.	yì.
C 1	幼	Ấu	Yeóu
2	而	nhi	eûlh
3	學	học	hiŏ
4	聖	thánh	chíng
5	賢	hiền	hiên
6	之	chi	tchī
7	言。	ngôn,	yên,
8	將	tương	tsiang
9	以	dĩ	yì
10	壯	tráng	tchoáng
11	而	nhi	eûlh
12	行	hành	hîng
13	聖	thánh	chíng
14	賢	hiền	hiên
15	之	chi	tchī
16	行	hành	hîng
17	也。	dã.	yè.
D 1	若	Nhược	Jŏ
2	徒	đồ	t'oû
3	學	học	hiŏ
4	而	nhi	eûlh

4 儒 nhu, jou,
5 聲 thinh chĕng
6 名 danh mîng
7 達 đạt tă
8 於 ư yū
9 四 tứ ssé
10 方。 phương. fāng.
D1 仕 sĩ ssè
2 為 vi ouêi
3 名 danh mîng
4 臣、 thần, tch'în
5 褒 bão pāo
6 寵 sủng tch'òng
7 加 gia kiā
8 於 ư yū
9 父 phụ foù
10 母、 mẫu, moù,
11 或 hoặc hŏ
12 全 tuyền tch'ouên
13 忠 trung tchōng
14 盡 tận tsìn
15 孝、 hiếu, hiaó,
16 百 bá pĕ
17 世 thế chí
18 流 lưu lieôu
19 芳、 phương, fāng,
20 或 hoặc hŏ
21 正 chính tchíng
22 直 trực tchĭ
23 公 công kōng

5 父 phụ fou
6 母。 mẫu. moù.
B1 光 Quang Kouāng
2 於 ư yū
3 前 tiền, ts'iên,
4 裕 dũ yú
5 於 ư yū
6 後 hậu. heóu
C1 學 Học Hiŏ
2 為 vi ouêi
3 大 đại tá

7 堯 Nghiêu Yaô
8 舜 Thuấn Chún
9 之 chi tchī
10 民。 dân. mîn.
F1 所 Sở Sò
2 謂 vị: ouéi:
3 窮 Cùng, Kiông
4 則 tắc tsĕ
5 獨 độc toŭ
6 善 thiện chén
7 其 kì kî
8 身。 thân; chīn;
9 達 đạt, tă,
10 則 tắc tsĕ
11 兼 kiêm kiēn
12 善 thiện chén
13 天 thiên t'iēn
14 下。 hạ. hiá.
A1 揚 Dương Yâng
2 名 danh mîng
3 聲 thinh chēng,
4 顯 hiển hièn

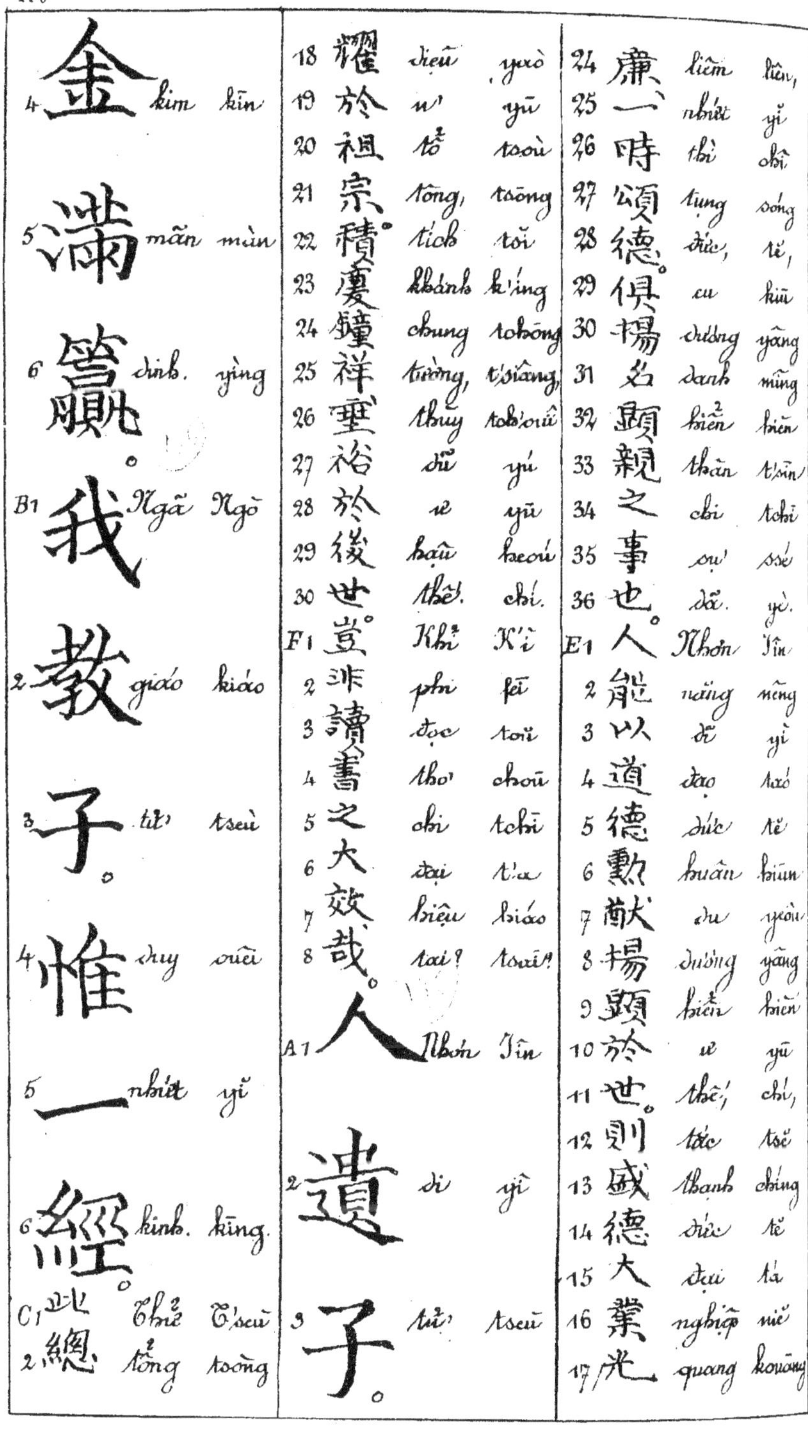

4	金	kim	kīn
5	滿	mãn	màn
6	籯。	dinh.	yîng
B1	我	Ngã	Ngò
2	教	giáo	kiáo
3	子。	tử	tseù
4	惟	duy	ouêi
5	一	nhứt	yĭ
6	經。	kinh.	kīng.
C1	此	Thử	T'seù
2	總	tổng	tsòng

18	耀	diệu	yaò
19	於	ư	yū
20	祖	tổ	tsoù
21	宗	tông,	tsōng
22	積。	tích	tsĭ
23	慶	khánh	k'ing
24	鐘	chung	tchōng
25	祥	tường,	t'siâng,
26	垂	thùy	tch'ouî
27	裕	dũ	yú
28	於	ư	yū
29	後	hậu	heoú
30	世。	thế.	chí.
F1	豈	Khỉ	K'i
2	非	phi	fēi
3	讀	đọc	toŭ
4	書	thơ	choū
5	之	chi	tchī
6	大	đại	t'a
7	效	hiệu	hiáo
8	哉。	tai?	tsaī?
A1	人	Nhơn	Jîn
2	遺	di	yî
3	子。	tử	tseù

24	廉	liêm	liên,
25	一	nhứt	yĭ
26	時	thì	chî
27	頌	tụng	sóng
28	德。	đức,	tĕ,
29	俱	cu	kiū
30	揚	dương	yâng
31	名	danh	mîng
32	顯	hiển	hièn
33	親	thân	t'sīn
34	之	chi	tchī
35	事	sự	ssé
36	也。	dã.	yè.
E1	人	Nhơn	Jîn
2	能	năng	nêng
3	以	dĩ	yì
4	道	đạo	taó
5	德	đức	tĕ
6	勳	huân	hiūn
7	猷	du	yeôu
8	揚	dương	yâng
9	顯	hiển	hièn
10	於	ư	yū
11	世。	thế;	chí,
12	則	tắc	tsĕ
13	盛	thạnh	ching
14	德	đức	tĕ
15	大	đại	tá
16	業	nghiệp	niĕ
17	光	quang	kouāng

3	益。	ích.	yĭ.
C1	戒	Kiái	Kiái
2	之	chi	tchī
3	哉。	tai!	tsaï!
D1	宜	Nghi	yì
2	勉	miễn	mièn
3	力。	lực.	lĭ.
E1	此	Thử	T'seù
2	總	tổng	tsòng
3	戒	giái	kiaí
4	後	hậu	heóu
5	學	học	hiŏ
6	之	chi	tchī
7	辭。	từ.	tsě.
F1	言	Ngôn	Yên

15	已。	dĩ	yì.
F1	詩	Thi	Chī
2	云	vân:	yûn.
G1	黃	Hoàng	Hoâng
2	金	kim	kīn
3	滿	mãn	màn
4	籝	dinh	yîng
5	不	bất	poŭ
6	如	như	jôu
7	教	giáo	kiáo
8	子	tử	tseù
9	一	nhứt	yĭ
10	經、	kinh;	kīng.
11	是	thị	chí
12	也。	dã.	yè.
A1	勤	Cần	Kîn
2	有	hữu	yeoù
3	功。	công	kōng
B1	戲	Hí	Hí
2	無	vô	voû

3	結	kiết	kiĕ,
4	上	thượng	chàng
5	文	văn.	ouên.
D1	言	Ngôn	Yên
2	凡	phàm	fân
3	人	nhơn	jîn
4	遺	di	yî
5	留	lưu	lieôu
6	與	dữ	yù
7	子	tử	tseù
8	孫	tôn	sūn
9	者、	giả,	tchè,
10	俱	đều	tóu
11	重	trọng	tchóng
12	金	kim	kīn
13	銀	ngân.	yîn.
E1	我	Ngã	Ngò
2	則	tắc	tsĕ
3	惟	duy	ouêi
4	以	dĩ,	yì
5	一	nhứt	yĭ
6	經	kinh	kīng
7	教	giáo	kiáo
8	子	tử,	tseù,
9	使	sử	sè
10	學	học	hiŏ
11	為	vi	ouêi
12	聖	thánh	chéng
13	賢	hiền	hiên
14	而	nhi	eûlh

2	凡	phàm	fân
3	人	nhơn	jîn
4	殷	ân	yīn
5	勤	cần	k'în
6	向	hướng	hiáng
7	學	học,	hiŏ,
8	則	tắc	tsĕ
9	有	hữu	yeoù
10	日	nhựt	jĭ
11	進	tấn	tsín
12	之	chi	tchī
13	功。	công.	kōng.
G 1	若	Nhược	Jŏ
2	怠	đãi	tái
3	惰	đọa	tó
4	嬉	hi	hī
5	戲、	hí,	hí,
6	則	tắc	tsĕ
7	無	vô	voû
8	益、	ích	yĭ
9	而	nhi	eûlh
10	有	hữu	yeoù
11	損	tổn	siùn
12	也。	dã.	yè.
H 1	爾	Nhĩ	Eùlh
2	輩	bối	péi
3	宜	nghi	yî
4	戒	giái	kiái
5	之、	chi,	tchī,
6	烕	diệt	miĕ

7	之	chi.	tchī
I 1	不	Bất	Poŭ
2	可	khả	k'ò
3	不	bất	poŭ
4	勉	miễn	mièn
5	力	lực	lĭ
6	勵	lệ	lí
7	志	chí	tchí
8	於	ư	yū
9	學	học	hiŏ
10	以	dĩ	yì
11	成	thành	tch'îng
12	大	đại	tá
13	儒	nhu	joû
14	也。	dã.	yè.

終

34 王充。

35 麒麟。

36 瞽瞍焚廩。

37 岱宗、泰山、衡山、華山、大華、恆山。

38 帝。

39 犧牲既成、粢盛既潔、祭祀以時、然而旱乾水溢、則變置社稷。

40 民爲貴、社稷次之、君爲輕。

41 定鼎、立鼎。革鼎。鼎臣。

42 古之人、得志、澤加於民。不得志、修身見於世。窮、則獨善其身。達、則兼善天下

22 扈氏。

23 威侮五行，怠棄三正。

24 桀。

25 天之罰。

26 武丁.

27 啟。

28 成王。

29 殷。

30 胡。

31 釗。

32 平王。

33 用賚爾秬鬯一卣、彤弓一、彤矢百、盧弓一盧矢百、馬四匹。

10 姓。氏。名。字。諱。

11 百姓。百家姓。

12 百工

13 典

14 八

15 說文

16 丌

17 册

18 受 紂

19 自絶于天

20 百里奚

21 邦之杌隉、曰由一人、邦之榮懷
亦尚一人之慶

CARACTÈRES CORRESPONDANT

AUX MOTS ET PHRASES CHINOISES CITÉS DANS LES NOTES.

1 十干

2 支

3 六十花甲子

4 運年六甲

5 治國之君子

6 君子必愼其獨也

7 綱

8 五霸

9 久假而不歸、惡知其非有也

IMP. H. MONCHARMONT
PARIS, RUE VIDE-GOUSSET, 4, PLACE DES VICTOIRES.